Marcus Sakey

Afterlife – unser Tod ist nur der Anfang

W0363645

EDITION M

Das Buch

Was ist, wenn unser Tod nur der Anfang ist?

Ein Scharfschütze versetzt Chicago in Panik: Achtzehn Menschen hat er heimtückisch erschossen. FBI-Agent Will Brody und seine Vorgesetzte Claire McCoy brennen darauf, den Killer zu überführen. Dann gerät Will selbst in einen Hinterhalt. Eine tödliche Explosion zerfetzt die Luft, tausende Glassplitter bohren sich in seinen Körper. Doch er wacht auf, ohne jeglichen Kratzer. Seine Leute sind verschwunden. Er ist allein. Um ihn herum liegt Chicago im Dunkeln. Willkommen im Jenseits.

Die Grenze zwischen Leben und Tod ist hauchdünn, und was für Will und Claire zählt, ist, einander wiederzufinden. Aber die gemeinsame Jagd auf den mörderischen Feind ist noch längst nicht vorbei.

Der Autor

Marcus Sakeys Thriller wurden für mehr als 15 Preise nominiert und mehrfach ausgezeichnet. Sein Roman »Im Augenblick der Angst« wurde mit James Franco und Kate Hudson verfilmt. Die Verfilmung von »Die Abnormen« durch Legendary Pictures (»Inception«, »The Dark Knight«) befindet sich derzeit in der Entwicklungsphase. Sakey lebt mit seiner Frau und seiner Tochter in Chicago.

MARCUS SAKEY

AFTERLIFE

UNSER TOD IST NUR DER ANFANG

THRILLER

Aus dem Amerikanischen von
Olaf Knechten

EDITION M

Die amerikanische Ausgabe erschien 2017 unter dem Titel »Afterlife« bei Thomas & Mercer, Seattle.

Deutsche Erstveröffentlichung bei
Edition M, Amazon Media E.U. S.à r.l.
5 Rue Plaetis, L-2338 Luxembourg
Januar 2018
Copyright © der Originalausgabe 2017
By Marcus Sakey
All rights reserved.
Copyright © der deutschsprachigen Ausgabe 2018
By Olaf Knechten

Die Übersetzung dieses Buches wurde durch AmazonCrossing ermöglicht.

Umschlaggestaltung: bürosüd⁰ München, www.buerosued.de
Umschlagmotiv: © Michele Falzone/Alamy Stock Foto; © Charcompix/Shutterstock; © Nik Merkulov/Shutterstock; © REDPIXEL.PL/Shutterstock; © Luria/Shutterstock; © Only background/Shutterstock; © Benoit Daoust/Shutterstock; © Realstock/Shutterstock
Lektorat: Kanut Kirches
Korrektorat: Gisela Wunderskirchner/DRSVS
Printed in Germany
By Amazon Distribution GmbH
Amazonstraße 1
04347 Leipzig, Germany
ISBN: 978-1-542-04980-1

www.edtion-m-verlag.de

Es ist mir eine Freude und
ein Privileg, mein Brot mit
dem Geschichtenerzählen zu
verdienen.

Deshalb, geliebte Leser,
Mitträumer, ist dieses Buch
euch gewidmet, in aller
Dankbarkeit.

Eins

Die Welt, in die er geboren wurde, bestand aus engen Gassen, fauliger Luft, Fischgestank, Unrat und dem Ruf des Nachtwächters: *Der Abend rückt vor, verschließt Tür und Tor.* London im Jahre des Herrn 1532. Der Vater abgehauen, die Mutter nur eine blasse Erinnerung, wuchs er auf der Straße auf, arbeitete, wenn es Arbeit gab, und wenn es keine gab, bettelte er, stahl und ging auf den Strich. Als er zum ersten Mal die *Persephone* erblickte, wie sie an einem Wolkentag von Sonnenlicht umspielt auf den Wellen schaukelte, betrachtete er sie als ein Versprechen, das jemand ihm hätte machen sollen.

Er war dünn und blass, ein ruheloser Geist, der nicht verstand, warum manche mit einem silbernen Löffel im Mund zur Welt kamen und andere als Sklaven, und der nicht bereit war, die Dinge einfach hinzunehmen. Edmund betrachtete die Karavelle und beobachtete die Seeleute, die schwankend an Land gingen. Unter ihnen befand sich ein Schiffsjunge, nicht älter als er selbst. Edmund folgte ihnen, als sie sich lachend zu dem verdreckten Wirtshaus mit dem ankerförmigen Schild aufmachten, wo sie gallonenweise verwässertes Bier tranken. Als der Junge in die Gasse hinausging, um zu pissen, versenkte Edmund die Klinge in seinem Nacken, zog sie hoch und drehte sie.

Am nächsten Morgen stach die *Persephone* mit einem neuen Schiffsjungen in See. Edmund schuftete sich wund, doch hatte immer einen Scherz auf den Lippen, und die Männer mochten ihn und führten ihn in das salzige Leben auf See ein. Er schlief an Deck, wurde morgens mit Tritten und Flüchen geweckt, in sauberer Luft und Sonnenschein, und erfuhr zum ersten Mal, was es hieß, glücklich zu sein. Er lernte seine Knoten und bekam seine Peitschenhiebe, aß gepökeltes Rindfleisch und trockenen, von Käfern angenagten Schiffszwieback und sah die Neue Welt, doch fand sie enttäuschend: nur Land, Bäume und braune Männer.

Der Sturm erwischte sie zwei Wochen nach Antritt der Rückreise. Der Himmel war schwarz und das Meer nur Schaum, und sie fuhren nicht über die Wellen hinweg, sondern an ihnen hoch, ritten immer wieder auf den Gipfel eines wandelnden Berges hinauf, wo sie einen Herzschlag lang hingen, bevor sie in die Schlucht dahinter stürzten. Edmund hörte die *Persephone* schreien, sah mit an, wie der Bootsmann über Bord gespült wurde und mit ihm der Großmast, und als sich eine Welle so hoch wie der Tower of London vor die Welt schob, band er sich am Vorderdeck fest und erwog zu beten, doch sah keinen Sinn darin.

Als er erwachte, war die Welt blank gescheuert. Die Sonne brannte gnadenlos, das Meer war glatt, und das verkrüppelte Schiff lag tief im Wasser, Masten und Segel und der Großteil der Mannschaft waren dahin. Es gab genug sauberes Regenwasser, doch der Frachtraum war aufgebrochen und Ladung und Proviant verloren.

Der Kapitän, dem im Sturm der Brustkorb eingedrückt worden war, siechte noch zwei Tage mit Fieber dahin und rief den Herrn an, der ihn vielleicht erhörte, denn am Morgen des dritten Tages war er tot. Die sieben überlebenden Männer blickten einander an und alle hatten den gleichen Gedanken, doch keiner wollte ihn aussprechen.

Die Ratten, die einst ihre Nahrung verunreinigt hatten, wurden nun selbst zur Nahrung. Doch bald gab es keine Ratten mehr.

Nach zwei weiteren Tagen des Hungerns zerteilten der Barbier und der Koch die Leiche des Kapitäns. Sie alle aßen, doch keiner schaute den anderen dabei an.

Aber Edmund, nicht bereit, die Dinge einfach hinzunehmen, wusste, dass es lange dauern würde, bis sie mit aufgebrochenem Frachtraum und ohne Segel Land erreichten. Der volle Bauch schärfte seinen Verstand und er begriff, dass es reichlich Fleisch gab, wenn man nur entschlossen war, es sich zu nehmen.

Sie fanden den Barbier im Frachtraum, das Rasiermesser in der Hand, seine Kehle aufgeschlitzt. Eine Todsünde, waren sich alle einig. Diesmal zögerte keiner zu essen, doch sie schauten sich immer noch nicht dabei an.

Die *Persephone* trieb dahin, der Strömung und der Gnade Gottes ausgeliefert.

Als die Männer backbord im Wasser einen ertrunkenen, in Leinen verhedderten Matrosen fanden, waren sie sich einig, dass er nachts über Bord gefallen sein musste. Sie sprachen ein Stegreifgebet und der Koch machte sich an die Arbeit.

Es war immer noch kein Land in Sicht. Die Sonne brannte wütend herab und es herrschte Flaute.

Unfälle und Freitode rafften einen Mann nach dem anderen dahin, bis nur noch zwei übrig waren. Der Koch erklärte, es sei Gottes Strafe, dass sie für immer dahintreiben müssten, weil sie das Fleisch anderer Menschen gegessen hatten.

Edmund stimmte ihm zu und gemeinsam beteten sie um Vergebung.

Er tötete den Koch mit derselben Klinge, mit der er sich die Fahrt auf der *Persephone* erkauft hatte. Er hatte ihm dabei zugesehen, wie er ihre Gefährten zerteilt hatte, und obwohl es sein erstes Mal war, machte er es recht gut. Er salzte das Fleisch ein und räucherte es und während er seine grausigen Happen verzehrte, starrte er hinaus auf den Horizont.

Wochen waren seit dem Schiffbruch vergangen und Edmund trieb noch wochenlang weiter dahin.

Und dann, eines Morgens, schon lange ohne Proviant und von der sengenden Sonne wahnsinnig geworden, hob er den Kopf vom Deck und sah Land.

Es war kaum eine Meile entfernt, als er starb.

* * *

Es war gar nicht so anders.

Edmund planschte ans Ufer, an Land wacklig auf den Beinen. Stand da und schaute sich um. Wartete auf das Jüngste Gericht. Nach Wochen von nichts als Sonne, Meer und der quälenden Leere in seinem Bauch war er gleichermaßen bereit für einen Engelschor oder einen Dämon mit weinroten Klauen.

Doch weder Engel noch Teufel erschienen und auch keine andere Seele. Wellen schlugen auf den Strand. Der Wind schüttelte die monströs hohen Bäume. Durch den Sand rann ein kleiner Bach.

Die Büsche zierten rote Beeren.

Edmund stürzte sich darauf und verschlang gierig die klebrigen Früchte. Dann legte er sich auf den Bauch, um eiskaltes Wasser zu schlürfen. Als er seinen Durst gestillt hatte, drehte er sich auf den Rücken und dachte sich, dass die Priester gar nicht so viel wussten. Hundertmal hatte ihre Mildtätigkeit ihm eine Mahlzeit beschert, hatte er für ein Stück Brot seine Seele versprochen und immer hatte er dabei das Gefühl gehabt, das bessere Geschäft gemacht zu haben. Und hier war der Beweis.

Schließlich begann er zu laufen.

Salz auf der einen Seite, Wald auf der anderen, doch die See kannte er und die Bäume fürchtete er. Als Kind von London hatte er noch nie dergleichen gesehen, Grün, so hoch und dicht gewachsen, dass alles darunter in kühlstem Schatten lag. Jede Brise, die durch die Blätter wehte, schien wie ein Wispern, das ihn in das Dickicht locken wollte, um seinen Mund mit Erdreich zu füllen und Wurzeln durch seine Brust wachsen zu lassen.

Der Himmel veränderte sich ständig, doch blieb gleich, die Sonne nur ein blasser Fleck, der von Horizont zu Horizont wanderte. Keine Möwen segelten durch die Luft, keine Insekten summten im hohen Gras. Nachts verdeckten dicke Wolken Mond und Sterne und hüllten alles in eine Dunkelheit – so schwarz, dass ein Mann sich darin vor sich selbst verstecken konnte. Er schlief am Meeresufer, zitternd in Haufen von Nadeln und Blättern.

Nach einiger Zeit gelangte er an einen breiten Fluss, der sich langsam ins Meer ergoss, daneben ein Kreis von kuppelförmigen, mit Gestrüpp bedeckten Hütten. Weder Rauch noch Geräusche drangen aus den Behausungen hervor. Das Dorf schien verlassen. Als hätte ein vergessenes Volk es als Denkmal seines eigenen Verschwindens gebaut. Den ganzen Nachmittag verbarg er sich hinter einer Ansammlung von Felsbrocken und hielt Ausschau, doch er konnte niemanden sehen.

Die Hütten waren geschickte Konstruktionen aus gebogenen und zusammengebundenen Ästen mit Dächern aus verwobenem Gras. Sie waren mit dem Hab und Gut der Wilden angefüllt: Tongefäße, Kleidungsstücke aus Tierhäuten und seltsame, vielsamige Pflanzen. Er stellte sich das Leben in einer solchen Hütte vor, eine Frau, die Essen zubereitete, ein Kind in einer Schlinge an ihrer Brust. Er konnte fast sehen, wie sie beim Zerstoßen des Korns innehielt, stellte sich vor, wie sie auf die Stelle spähte, wo er stand, und sich wunderte, warum ihre Hände plötzlich so ungeschickt arbeiteten und ihre Brustwarze aus dem schreienden Mund gerutscht war.

Edmund holte sich getrockneten Fisch von den Dachsparren einer Hütte und setzte sich in die Tür. Während er den düster werdenden Himmel betrachtete, dachte er über die Geschichten nach, die über das Leben nach dem Tod erzählt wurden, und fragte sich, warum die Leute sie glaubten. Denn nur wer sich auf diese Reise begeben hatte, konnte darüber reden. Doch selbst der hatte keine Gewissheit, denn wer wusste schon, was jenseits dieses farblosen und wolkenverhangenen Orts lag. Die, die behaupteten, es zu wissen, waren entweder Narren oder Geschäftemacher, denen man nicht glauben konnte. Denn Edmund hätte für all seine Taten ganz bestimmt in der Verdammnis enden müssen, doch dies schien keine Strafe.

Mit einem Umhang aus Hirschfell zugedeckt schlief er auf einer Riedmatte und wusste, dass er nicht allein in seinem Bett war. Obwohl er sie nicht sehen, nicht fühlen oder riechen konnte, war er sicher, dass darin auch ein Mann und eine Frau lagen. Er fragte sich, ob sie unruhige Träume hatten.

Er erwachte in der Hölle.

Über ihm grinste ein Dämon in der Gestalt eines Manns – abgesehen von den Federn, die aus seinem Kopf wuchsen, und den Lauten, die aus seinem Mund entwichen, ein kehliges Knurren und das Klicken gefletschter Zähne. Edmund wich zurück und sah, dass hinter dieser Kreatur eine weitere stand, von der Taille aufwärts nackt und mit schwer herabhängenden braunen Brüsten. Der erste Dämon hob einen Speer und nur das schwere Hirschfell rettete Edmund, denn der Speer verfing sich darin, als er auf den Teufel zusprang und ihm sein Messer in die Brust stieß.

Das Blut spritzte und in dieser heißen Taufe wurde Edmund neu geboren.

Er lebte als Unalachtigo vom Schildkrötenclan, rannte mit den Kindern durch den Wald, fischte und jagte.

Er wuchs und schaute den Frauen zu, die Mais und Kürbisse säten, und verlangte nach ihnen – und sah, dass sie seine Blicke erwiderten.

Im flackernden Licht des Feuers berührte er seine neue Frau, nahm den Moschusgeruch ihres Halses wahr, den Schweiß auf ihrem Bauch, und spürte, wie ihre Muskeln ihn packten, als er in sie eindrang.

In einem Wirbel von kaltem, sauberem Schnee hielt er mit beiden Händen seinen winzigen Sohn und staunte angesichts der Größe des Schöpfers.

Der Bär war wilder Geruch und Hass und Hitze. Ein Hieb seiner Pranke schlitzte seine Frau auf, noch während er auf sie zurannte, Klauen und Zähne und stinkender Atem, und riss ihn selbst, als würde er das fette Fleisch vom Knochen eines Vogels pflücken.

Edmund stand im Wigwam. Wieder er selbst. Das Fleisch des Manns, der er gewesen war, fiel zu Boden. Die Frau, die er als die seine gekannt hatte, starrte ihn entsetzt an.

Sie verfluchte ihn.

Ein Leben in einem Augenblick. Eine Geschichte, verschlungen wie Fleisch. Edmund war erfüllt davon, quoll fast über und leuchtete von innen.

Er blickte die Frau an und erinnerte sich, wie er in ihr heißes Inneres geglitten war. Und dachte daran, wie Männer, die stärker waren als er, sich mit ihm vergnügt hatten, manchmal gezahlt hatten und manchmal auch nicht.

Sie sah es wohl auch, denn sie nahm Reißaus. Ihre nackten braunen Füße flitzten flink davon.

Er lächelte und verfolgte sie über die Jagdfährte in den Wald, den er nicht länger fürchtete.

Wenn dies die Hölle war, würde er sie zu seiner Heimstatt machen.

Zwei

Chicago hatte sich seltsam verändert.

Eigentlich hätte Brody nur stockend vorankommen dürfen, hätte Taxis anhupen und Radfahrer mit Flüchen überschütten müssen, anstatt mit Bleifuß durch die Straßen zu rasen.

Normalerweise hätten sich Pendler, Touristen und Studenten auf den Bürgersteigen gedrängt. An den Kreuzungen wäre die Menge auf die Fahrbahn hinausgeströmt, die Köpfe zur Musik aus Ohrhörern wippend. Überall Nannys mit Kinderwagen, mit Bechern rasselnde Bettler und *»Haben Sie einen Moment Zeit für Greenpeace?«*

Doch die Bürgersteige waren verlassen. Die Zebrastreifen wie leer gefegt.

Die wenigen Fußgänger bewegten sich scheinbar ziellos, reckten die Köpfe in die Höhe und versuchten, in alle Richtungen gleichzeitig zu blicken. Als Brodys Reifen quietschten, warf sich eine Frau im Businesskostüm flach auf den Boden und legte die Hände schützend über den Kopf.

Er sauste an der Shell-Tankstelle auf dem Jackson Boulevard vorbei. Die gesamte Anlage war mit riesigen blauen Plastikplanen abgeschirmt, die im Oktoberwind flatterten. Bei den meisten Tankstellen war man ebenso verfahren, hatte sie verpackt wie Weihnachtsgeschenke von Geisteskranken.

Zwei Blocks weiter hielt ein Zug der orangen Linie ratternd in der Station über der Straße. Niemand stieg aus. Niemand stieg ein. Die Türen schlossen sich und die Hochbahn rumpelte weiter nach Norden.

Als eine Grundschule an ihm vorbeisauste, sah er auf dem Gehsteig davor einen Geländewagen der Armee parken. Männer mit kurz rasierten Haaren und schusssicheren Westen standen Wache, die Schnellfeuergewehre nach unten gerichtet. Die Geräte auf dem Spielplatz waren verwaist. Die Schaukeln bewegten sich im Wind, als würden Geister darauf hin- und herschwingen.

Er drückte weiter aufs Gas. Das Dröhnen des Motors bildete einen Kontrapunkt zum Heulen der Sirenen, das aus allen Richtungen kam. Das Police Department von Chicago hatte die Straßensperren verbessert und zog um jeden Anschlagsort eine Reihe konzentrischer Kreise. Theoretisch eine gute Idee, doch Brody hasste den reaktiven Charakter der Maßnahme, die damit ausgedrückte Kapitulation …

Da.

Es war eine große, ganz normale Kreuzung: eine Bank, ein Starbucks, ein Hotel. An der nordwestlichen Ecke befand sich ein Mariano's, einer der Supermärkte, die in den letzten Jahren hochgezogen worden waren, um die neuen Lofts in West Loop zu versorgen.

Brody wohnte in einem dieser Lofts und kannte das Geschäft sehr gut. Drei Geschosse aus Glas und weißem Stein, das Erdgeschoss zum großen Teil Parkfläche, überdacht, aber zu den Seiten hin offen.

Die blauen Lichter eines Streifenwagens, der mitten auf einem Fahrstreifen parkte, erzeugten grelle Lichtreflexe. Brody bremste abrupt direkt dahinter. Ein Dutzend Leute liefen im

Kreis herum, nervös wie Katzen. Immer wieder wandten sie sich vom hellen Tageslicht ab und der Gestalt zu, die sie umringten.

»Aus dem Weg!«

Dort inmitten der Menschen lag eine Frau. Sie war auf dem Rücken ausgestreckt, ein Bein seltsam umgeknickt. Ihre Brust eine blutige Masse. Ein Polizist kniete rittlings über ihr und presste auf die Wunde, während er ihr Luft in die Lungen blies. Sie hatte ihre Taschen fallen lassen und um sie herum waren Lebensmittel verstreut, Äpfel, Bananen, Kaffee, Tiefkühlpizza und ein Behälter mit Vanilleeis, der beim Aufprall aufgebrochen war.

Nummer siebzehn.

Es war ein zielgerechter Schuss gewesen. Gerade war sie aus dem Supermarkt gekommen, umweltfreundliche Stofftaschen über die Schulter gehängt, Autoschlüssel in der Hand. Und im nächsten Augenblick war ihre Brust explodiert.

Hatte sie überlegt, was sie zum Abendessen kochen sollte? Sich auf Mann oder Kind gefreut? An ihre Lieblingsszene aus einem Film gedacht?

Wahrscheinlich hatte sie an den Mann gedacht, der sie kurz darauf umbringen würde.

Jeder wusste, Chicago war eine große Stadt und die Gefahr, selbst zum Opfer zu werden, sehr gering. Doch vom Bauchgefühl her glaubte jeder, bald selbst dran zu sein. Das war es, was Terror mit einem machte. Er schaltete alle höheren Impulse aus, Liebe, Denkvermögen und Kreativität, und ersetzte sie durch primitive Angst. Terror verwandelte Menschen in Mäuse, die panisch herumhuschten, während sie den Schatten des Habichts und den Griff seiner Krallen erwarteten.

Diese Entwürdigung machte Brody fast so wütend wie die Morde selbst.

»Wer sind Sie?« Der Polizist war kräftig gebaut und die schusssichere Weste spannte über seinem Bauch. Auf seinem

Namensschild stand J. SOKOLOFSKY. Er hatte seine Waffe gezogen.

»Will Brody, FBI.« Brody fischte mit der Linken nach seinem Dienstausweis. »Waren Sie die Ersten am Tatort?«

»Wir wollten uns nur einen Kaffee holen.« Sokolofsky wollte mit der Waffe Richtung Starbucks zeigen. Brody hielt sie fest und sagte: »He, stecken Sie die besser weg.«

»Was?« Der Polizist wurde rot und schob die Pistole ins Halfter »Ja, sicher.«

»Haben Sie irgendwas gesehen?«

»Nein, nur gehört. Und dann sind wir hergerannt.«

Brody blickte sich um. Prüfte mögliche Schusslinien, suchte nach hellen Blitzen in dunklen Fenstern. Fixierte keinen besonderen Punkt, sondern ließ einfach seinen Blick umherschweifen, um zu sehen, ob ihm etwas auffiel. Das hatte er im Kriegseinsatz gelernt, wo man alles auf sein Bedrohungspotenzial hin abschätzen musste. Minarette waren nicht etwa anmutige Türme, errichtet, um Allah zu preisen, sondern Scharfschützennester. Enge Gassen waren keine malerischen Zeugen der Geschichte, sondern tödliche Fallen, wo Kugelsalven über die Mauern tanzten und aus jedem Fenster plötzlich der Lauf einer Kalaschnikow hervorstoßen konnte. Während das Heulen der Sirenen und das Rotorengeräusch der Hubschrauber immer lauter wurde, hatte Brody den Eindruck, in Fallujah zu sein und nicht in der Stadt, die er bereits sein ganzes Leben kannte.

Es ist schon erstaunlich, dachte Brody, *was ein Mensch mit Sinn für Dramatik und einem Gewehr in einer zivilisierten Gesellschaft anrichten kann.*

* * *

Am neunzehnten September wurden innerhalb von zwei Stunden vier Menschen ermordet.

Jerrie Simpson, eine Krankenschwester und dreifache Mutter, hatte auf die Hochbahn gewartet und Candy Crush gespielt. Wahrscheinlich hatte sie nicht einmal den Schuss gehört.

Michael Dillman jedoch hatte noch mindestens zehn Minuten weitergelebt. Die Notrufaufnahme seiner um Hilfe flehenden Frau hatten sie sich immer wieder angehört.

Larry Wong war gerade dabei gewesen, sein Taxi aufzutanken, als eine Kugel ihm die Kehle aufgerissen hatte.

Dr. Riya Kumar hatte sich an diesem schönen Herbsttag eine kurze Pause gegönnt, um zu lesen. Wenn nicht kurzfristig ein Patient abgesagt hätte, wäre sie noch am Leben.

Zwischen den Opfern bestand keine Verbindung. Auch nicht zwischen den dreizehn folgenden. Der Heckenschütze hatte keine Erklärung veröffentlicht, keine Forderungen gestellt. Er hatte die Polizei nicht verhöhnt und auch keine geheimnisvollen Botschaften an die Nachrichtenredaktionen geschickt. Weder der IS noch al-Qaida oder irgendwelche Nazi-Gruppen hatten ihn – DNA-Spuren bestätigten, dass es sich um einen Mann handelte – als einen der ihren ausgewiesen. Falls er ein Terrorist war, dann einer ohne Anliegen.

Er mordete einfach und verschwand.

Aber vielleicht geht es ihm ja nur um Terror, darum, Schrecken zu verbreiten, dachte Brody. *Falls ja, dann gelingt es ihm. Er hat meine Stadt nach seinem Bild ganz neu geschaffen.*

»Alle mal herhören«, sagte er, während er sich der Menge zuwandte und seinen Ausweis hochhielt. »Ich bin Agent Will Brody vom FBI. Hat irgendjemand etwas gesehen?«

Die Leute schauten einander an, schauten ihn an, schauten nervös zur Skyline.

»Irgendetwas Ungewöhnliches. Einen Pkw oder Laster, der zu schnell fuhr. Einen verdächtig wirkenden Fensterputzer. Eine Rauchwolke.«

»Ich habe sie zusammenbrechen sehen«, sagte eine Frau. Sie nestelte mit den Fingern, als hielte sie Gebetsperlen. »Wir waren beide gleichzeitig am Ausgang.« Plötzlich riss sie die Augen auf. »Mein Gott. Oh mein *Gott.*«

»Ma'am?« Brody schritt auf sie zu. »Was haben Sie gesehen?«

»Ich … Wir haben zur gleichen Zeit die Tür erreicht und ich habe ihr den Vortritt gelassen.« Ihre Stimme klang erregt und ihre Worte taumelten heraus. »Sie hat mich angelächelt und ich habe gesagt, sie solle vorgehen … Wäre ich sonst …? Wäre sie …? Ich wusste doch nicht, was passieren würde. Ich wollte nur höflich sein. Ich wusste doch nicht …«

»Es ist nicht Ihre Schuld.« Brody berührte ihre Schulter. »Sie können nichts dafür.«

Ein Rettungswagen kam mit heulender Sirene angerast und die Türen flogen auf. Der über der Frau kniende Polizist stand auf. Seine Hose war von Blut getränkt und es tropfte von seinen Händen. Zwei Rettungssanitäter eilten herbei, einer trug ein Beatmungsgerät, der andere schob eine Rolltrage.

Brody wusste, sie kamen zu spät. Die Frau war tot. Alle Hoffnungen, die sie gehegt haben mochte, waren ihr genommen. All die kleinen Momente, die ein Leben ausmachten, dahin. Sie würde nie das Buch beenden, das sie gelesen hatte. Nie mehr ihre Mutter anrufen. Nie mehr mit Genuss die *Sunday Times* lesen, Sushi essen, ihre E-Mails durchsehen. Vor fünf Minuten war sie noch ein Mensch gewesen. Nun war sie nichts.

»Wie ist so etwas nur möglich?« Sokolofsky war blass.

»Stellen Sie die Personalien der Leute fest«, sagte Brody. »Alle bleiben hier, bis wir sie befragt haben.«

Der rundliche Polizist nickte.

Es stank nach Abgasen und der scharfe Kupfergeruch von Blut lag in der Luft. Weitere Polizeibeamte kamen mit quietschenden Reifen angefahren. Über ihnen schwebten

Hubschrauber wie Libellen. Die Sanitäter hatten die Frau auf die Trage gelegt und deckten sie mit einem Laken ab.

Brody lief zu der Stelle, wo sie gelegen hatte, und zog ihre Handtasche aus dem Haufen Lebensmittel. Im Innern fand sich ein Wirrwarr aus Alltagsgegenständen, ein ganzes Leben im Kleinen: Sonnenbrille, iPhone, Schlüssel, Müsliriegel, Lippenpflegestift, Kaugummi, Desinfektionsgel und Kopfhörer. Er nahm ihre Brieftasche heraus. Der Führerschein war auf Emily Watkins ausgestellt. Auf dem Foto lächelte sie geziert, zu gleichen Teilen verschmitzt und warm. Das Lächeln schien einstudiert, eine Standardmiene, die sie wahrscheinlich immer aufsetzte, wenn ein Fotoapparat auf sie gerichtet wurde. Ihr Handy war passwortgeschützt, doch er war sicher, wenn er ihre Fotos durchsah, würde sie auf den meisten das gleiche Lächeln zur Schau stellen. Sie wohnte auf der Aberdeen Street, zwei Blocks von der Morgan Street entfernt. Sie waren Nachbarn gewesen.

In den fünf Minuten, seit der Schuss gefallen war, war auf dem Parkplatz hektisches Treiben ausgebrochen. Polizeibeamte befragten Zeugen in der Hoffnung, dass diesmal jemand, irgendjemand, etwas gesehen hätte. Polizisten hielten die Menge von Schaulustigen zurück, von denen viele ihre Handys gezückt hatten, um zu filmen, wie Emilys Leiche in den Rettungswagen geladen wurde. Brody war immer wieder verdutzt, verwirrt und wütend angesichts der Gier der Leute nach Hässlichem. *He, seht mal, ihr Blut vermischt sich mit dem schmelzenden Eis! Schnell auf Instagram posten.*

Er schüttelte den Kopf und lief zum Krankenwagen hinüber. Einer der Rettungssanitäter befand sich im Innern und lenkte die Rolltrage. Der andere schob von hinten, doch als er sich vorbeugte, um sie zu verankern, rutschte ihm sein Stethoskop vom Hals. Er bückte sich schnell und fing es auf, noch bevor es auf den Boden fiel.

Im selben Moment zerbarst das Bremslicht des Wagens. Seltsam, denn der Sanitäter hatte es gar nicht berührt …

Brody packte den Mann an der Schulter und schleuderte ihn zur Seite. Das Gesicht des Manns verzerrte sich vor Überraschung, während die Schallwellen des Schusses die Kugel einholten. Er taumelte und fiel der Länge nach zu Boden. Brody warf sich in einem ungeschickten Hechtsprung daneben. Irgendetwas peitschte hinter ihm durch die Luft, ein schrilles Surren wie eine wütende Biene, die zweite Kugel, die ihn nur um Zentimeter verfehlte, und einen Sekundenbruchteil später der Knall, in der Ferne widerhallend. Er war hart aufgekommen, doch der Schmerz war weit weg. Jemand begann zu schreien und die Gaffer schubsten und drängten und warfen sich hin. Die Polizisten knieten hinter den Streifenwagen, zogen ihre Waffen und starrten in verschiedene Richtungen. Der Sanitäter kroch wie ein Krebs und lehnte sich mit dem Rücken zum Reifen. Gut, er war aus der Schusslinie, und Brody konnte sich auf Ellbogen und Knien vorrobben, um unter dem Rettungswagen hindurchzuschauen …

In der Ferne eine schnelle Abfolge heller Blitze, einszweidreivierfünf, und als er den fünften gezählt hatte, war die erste Kugel bereits mit einem metallischen *Plank!* in die Seite des Wagens eingeschlagen, gefolgt von vier weiteren. Die Schüsse waren aus einer engen Gasse zwischen zwei flachen Gebäuden drei oder vier Blocks entfernt gekommen.

Da bist du.

Brody stand auf und sprintete los, packte die Ecke des Rettungswagens, um sich herumzuschwingen. Er umkurvte einen Streifenwagen, sprang auf die Motorhaube des nächsten und rannte mit metallisch dröhnenden Schritten darüber. Er sprang hinunter und sauste hinaus auf die Straße, wo der Verkehr bereits stillstand, weil die Kontrollpunkte alles aufhielten, und während er zwischen den Autoschlangen entlangrannte, erhaschte er aus dem Augenwinkel Blicke auf die Insassen der Fahrzeuge: Männer, die unter ihren Lenkrädern kauerten, eine Frau auf dem Rücksitz eines SUV, die Mühe hatte, den Gurt am Kindersitz ihrer Tochter zu lösen. Erst jetzt, wo er über die Straße sprintete, wurde ihm bewusst, dass er völlig ungeschützt war.

Brody rannte noch schneller.

Einen Block vor der Gasse sprang er zwischen zwei parkenden Autos auf den Bürgersteig, stellte sich mit dem Rücken an die Hauswand, zog seine Waffe und hielt sie mit beiden Händen nach unten. Er bewegte sich schnell, den Blick auf die Mündung der Gasse geheftet. Sein Puls raste. Er konnte über die Sirenen und Hubschrauber hinweg seinen eigenen Atem hören. Dreißig Schritte, zwanzig, zehn.

Brody atmete zweimal schnell aus und wirbelte um die Ecke, die Glock vor sich in den ausgestreckten Händen. Eine typische Chicagoer Gasse, Telefonmasten und süßlicher Müllgestank, der Boden rau und löchrig. Niemand zu sehen. Drei Müllcontainer, zwei davon zugekettet.

Die Kette des dritten lag davor. Der Deckel stand offen.

Brody prüfte den Stand der Nachmittagssonne und machte einen Schritt zur Seite, damit sein Schatten ihn nicht verriet. Er schlich sich vor, Waffe im Anschlag, Finger am Abzug. Nach und nach konnte er den Container einsehen. Der Müll war auf eine Seite geschoben worden, sodass genug Platz für einen knienden Mann war. Ausgeworfene Messinghülsen schimmerten matt auf dem rostigen Metall.

Außerdem eine halb gerauchte Zigarette, die noch glühte.

Ein zarter Rauchfaden schlängelte sich hoch und löste sich auf.

Drei

Zwei Stunden später saß Brody in seinem Wagen und starrte auf ein vierstöckiges Gebäude. Die ehemalige Fabrik war in einen Komplex mit Eigentumswohnungen umgebaut worden. Neue Balkone an alten Ziegelmauern, breite Fenster mit freundlichen Vorhängen. Ein Fahrradständer. Gegenüber ein schickes, kleines Café. Er hatte das Gebäude nie richtig wahrgenommen, nur beiläufig registriert. Es befand sich auf der Aberdeen Street, zwei Blocks von der Morgan Street entfernt, wo er wohnte.

Er hatte Kopfschmerzen und sein Anzug war verdreckt und zerrissen. Er wollte nach Hause, eine Stunde lang in der Dusche sitzen und an nichts denken.

Stattdessen stieg er aus, lief zum Eingang des Gebäudes und drückte auf den Knopf mit der Nummer 411. Nach einigen Sekunden erklang eine knisternde Männerstimme. »Ja bitte?«

»Mr Watkins?«

»Ja. Wer ist denn da?«

»Sir, ich heiße Will Brody. Ich bin Agent beim Federal Bureau of Investigation.«

»Ähm … okay. Was kann ich für Sie tun?«

Brody zögerte. Es gab Momente im Leben, in denen sich alles veränderte.

Unausweichliche Momente, die die Zeit in vorher und nachher teilten. Chad Watkins wusste es noch nicht, doch ihm stand ein solcher bevor. War eine Verzögerung, wenn auch nur um ein paar Sekunden, nicht ein Akt der Güte?

»Hallo?«

»Bitte drücken Sie auf, Sir. Wir müssen reden.«

* * *

»Ich verstehe nicht.« Chad Watkins saß auf einem knallroten Sofa in der Mitte des hellen Wohnzimmers. Die Füße auf dem Teppich, Ellbogen auf die Knie gestützt, die Hände verschränkt. Vorgebeugt und den Kopf leicht zur Seite geneigt. »Was soll das heißen, Emily ist …? Ich verstehe nicht.«

»Es tut mir leid. Emily ist tot.« Brody zwang sich, mit ruhiger, klarer Stimme zu sprechen. Er hasste es, wie die Worte herauskamen, wollte »von uns gegangen« oder »verschieden« sagen, doch beides war irreführend und verharmlosend. Emily Watkins war nicht nach langer Krankheit entschlafen. Auch beschönigende Lügen machten es für Chad nicht einfacher. »Sie wurde heute Nachmittag erschossen.«

»Das ist unmöglich. Sie hat morgen einen Zahnarzttermin.«

»Es tut mir leid.«

»Moment mal. Das ist ein Scherz, oder? Einer von Emilys Streichen. Sie sind von ihrer Schauspielgruppe …«

»Nein«, sagte Brody etwas schärfer als beabsichtigt. Er holte Luft. Kämpfte gegen den Drang an, den Blick abzuwenden. Was tat er hier überhaupt? Normalerweise informierte das Chicago Police Department die Angehörigen. Doch sie waren Nachbarn und er hatte das Gefühl, dass es sich so gehörte. »Kein Scherz.«

»Was …? War er es?« Chad riss die Augen auf. »Ich hatte eine Eilmeldung auf dem Handy, dass es ein weiteres Opfer gegeben hat. War sie das? War es Emily?«

Großer Gott. Brody fragte sich manchmal, ob es deshalb so schien, als gäbe es mehr Verrückte, weil sie alle ihre Bühne bekamen. »Ich fürchte ja.«

Chad starrte ihn an. Seine Hände zitterten. Er öffnete den Mund, doch es kamen keine Worte heraus. Plötzlich sprang er auf und stolperte beinah über seine eigenen Füße. Auch Brody stand auf und streckte seine Hand aus, um Chad behilflich zu sein, doch der schreckte zurück. Er drückte gegen seine Schläfen, bis seine Fingerspitzen weiß wurden.

Brody musterte ihn einen Moment lang. Dann drehte er sich um und lief am Sofa vorbei zur Küche. Automatisch registrierte er Einzelheiten. Ein langer Esstisch mit kunstvoll arrangiertem Nippes und einem Stapel Post. Ein zwanzig mal fünfundzwanzig Zentimeter großes, gerahmtes Foto von Chad und Emily am Tag ihrer Hochzeit, wie sie in der Stadt herumalbern, er im Smoking, auf dem Geländer einer Brücke balancierend, während sie lachend den Kopf zurückwirft und einen Blumenstrauß an ihre Brust drückt. Die Pedale des Hometrainers in der Ecke waren von einer Staubschicht bedeckt. Ein Regal voller Romane und Bücher über Fotografie. Eine rot-weiße Katze, die auf einer sonnigen Fensterbank döste.

Die Küche lag direkt hinter dem Wohnzimmer. Brody öffnete die Schränke beim Spülbecken. Fand Teller, Schnaps, Gewürze, schließlich Gläser. Er füllte eins mit Wasser.

Er ging zurück und hielt es Chad hin. Nach ein paar Sekunden nahm er es. Setzte es an die Lippen und nahm zögernd einen Schluck, dann noch einen. Als er das Glas auf den Beistelltisch stellte, bemerkte Brody, dass er einen Untersetzer benutzte. »Was ist passiert?«

»Wir ermitteln noch. Sie war gerade aus dem Mariano's gekommen und auf dem Weg zu ihrem Auto.« Er zögerte. »Es ging sehr schnell. Sie hat nichts gespürt.«

»Warum?«

»Sie hat eine Kugel ins Herz bekommen und …«

»Warum?«, fragte Chad wieder und Brody begriff, was er meinte.

Nicht »warum?«, sondern: »Wie war es möglich?«

Wie war es möglich, dass er heute Morgen, als er seine Frau küsste, nicht gespürt hatte, dass es das letzte Mal war? Wie konnte ihm etwas so ungeheuer Bedeutendes entgehen?

Wie war es möglich, dass man sich jahrzehntelang bemühte, gut und anständig zu sein, jemanden zu finden, den man liebte, und sich zusammen ein Leben aufzubauen, nur damit es einem von einer Sekunde auf die andere genommen wurde?

Wie konnte so etwas geschehen, völlig ohne Grund?

Wie war es möglich, dass das Leben so lief?

Wie?

»Ich weiß nicht«, sagte Brody.

Einen Moment lang saßen sie schweigend da. Die Uhr auf dem Esstisch tickte leise. Brody fragte sich, wo Emily am liebsten gesessen hatte. Ob sie das Sofa bevorzugt oder es sich lieber auf dem Sessel gemütlich gemacht hatte, auf dem er saß.

»Ich glaube es nicht«, sagte Chad. Er blickte auf die Uhr. »Es ist nach sechs. Sie müsste bald nach Hause kommen. Ich koche Spaghetti Bolognese. Wir schauen uns noch einmal *The Wire* an.«

Brody nickte. Er wusste nicht, was er sonst tun sollte.

»Gibt es etwas, das ich …« Chad nahm das Wasserglas in die Hand, dann stellte er es wieder ab. »Emilys Leichnam, soll ich …?«

»Es besteht keine Eile.«

»Warum hat er sich ausgerechnet sie ausgesucht?«

»Ich weiß es nicht.«

»Sie hat nie jemandem etwas getan. Sie ist Grafikerin.« Chad rieb sich die Augen. »Gott, warum haben Sie ihn noch nicht?«

»Wir kriegen ihn schon. Wir haben eine der größten Spezialeinheiten zusammengestellt, die es je gegeben hat. Buchstäblich Tausende tun alles, um ihn dingfest zu machen …«

»Wen interessiert das?«

»Wir tun wirklich alles …«

»Wen interessiert das noch?« Chad blickte ihn an. »Was nutzt es denn, wenn Sie ihn morgen schnappen? Was morgen ist, ist mir egal.« Seine Stimme war harsch, ein verwundeter Boxer, der blind um sich schlug. »Warum haben Sie ihn nicht gestern geschnappt?«

Brody hielt seinem Blick stand. Ein Dutzend Antworten gingen ihm durch den Kopf. Er sah das zerschossene Bremslicht des Rettungswagens vor sich. Dachte an die Mutter, die versuchte, ihre Tochter aus dem Kindersitz zu befreien, während er zu der Gasse hinüberrannte.

»Bevor ich zum FBI gegangen bin, war ich bei den Marines«, sagte er langsam. »Das war kurz nach dem elften September. Ich wollte helfen. Die meisten von uns wollten das. Wir hatten uns vorgestellt, wir würden einfach ein paar Bösewichte unschädlich machen und dann würde wieder alles in Ordnung kommen.« Er schüttelte den Kopf. »Viele Menschen, die ich einmal kannte, sind tot. Gute und schlechte. Es steckt keine Logik dahinter. Keine Regeln. Zumindest kann ich keine erkennen. Gott vielleicht, aber ich nicht.«

Brody legte eine Visitenkarte auf den Beistelltisch und stand langsam auf. »Es tut mir leid, Mr Watkins. Es tut mir wirklich leid, dass ich sie nicht retten konnte.

Er hatte schon die Tür erreicht, als er Chad sagen hörte: »Agent Brody?«

»Ja?«

»Versprechen Sie mir etwas?«

»Was?«

»Finden Sie den Mann, der das getan hat. Egal wie. Finden Sie ihn.«

Brody drehte sich um. Chad starrte auf seine Schuhe. Brody wartete, bis er zu ihm hochschaute, ihre Blicke ineinander ruhten. Er bemühte sich, all sein Mitgefühl, all sein Bedauern und seine Wut in den Blick zu legen.

Dann sagte er: »Verlassen Sie sich drauf.«

Vier

Claire McCoy saß auf ihrem Schreibtischstuhl und schaute sich eine Pressekonferenz mit Claire McCoy an.

Die Uhr unten rechts auf ihrem Laptop zeigte 23:02 an. Es war mehr als drei Stunden her, seit sie vor die Kameras getreten war, doch der Attentäter hatte die ungeteilte Aufmerksamkeit des ganzen Landes, und da es keine aufregenden Bilder gab – Aufnahmen von den Toten waren zur Wahrung der Privatsphäre untersagt –, zeigte CNN immer wieder denselben kurzen Ausschnitt, als handelte es sich um eine aktuelle Nachricht. Doch es war nur Claire, die auf einem Podium stand und sagte, sie täten alles, was sie konnten, es gebe eine riesige Ermittlungsaktion und die Bevölkerung solle Ruhe bewahren.

Ihr Telefon klingelte. Sie starrte es an. In letzter Zeit hatte sie eine irrationale Angst vor diesem Geräusch entwickelt. Wenn es klingelte, fürchtete sie jedes Mal, der Todesschütze könnte wieder zugeschlagen haben.

Nein, dachte sie, *sein heutiges Menschenopfer hat er schon gehabt.*

Und dann: *Bisherige Muster sind keine zuverlässigen Indikatoren für zukünftiges Verhalten. Schließlich hat er seine*

Vorgehensweise geändert, als er am Tatort geblieben ist und auf den Sanitäter geschossen hat.

Und schließlich: *Sei nicht so albern und geh ran.*

»McCoy.«

»Bitte bleiben Sie dran, Ma'am. Direktor Mikkelson möchte Sie sprechen.«

»Okay.« Claire lehnte sich auf ihrem Stuhl zurück. Draußen vor dem Fenster war der Himmel so düster wie nie, Oktoberwolken in den Farben verblassender Blutergüsse.

Im Fernsehen wurden Morde durch geniale Intuitionssprünge aufgelöst. Als Assistant Special Agent in Charge oder ASAC, zweite Führungsoffizierin beim FBI, wusste Claire, die Wirklichkeit sah anders aus. Man musste sich alles mühsam erarbeiten. Jeder plausiblen Spur, jedem Tipp und jeder Ahnung der Profiler nachgehen. Das Team leiten, sich mit anderen Behörden kurzschließen, Ressourcen sichern, sich mit der Polizei vor Ort abstimmen und die Medien mit gerade so vielen Informationen füttern, dass sie keine wilden Theorien veröffentlichten. So sah die Arbeit aus. Und am Ende funktionierte es auch, doch bis dahin …

»Claire.«

»Guten Abend, Direktor.«

»Sie haben sich bei der Pressekonferenz gut geschlagen. Genau der richtige Ton, anteilnehmend und entschlossen.«

»Um ehrlich zu sein, ich wünschte, die von CNN würden einmal sagen: ›Leute, es tut uns ganz schrecklich leid, aber wir haben überhaupt nichts Neues zu berichten, also seid einfach nett zueinander.‹«

Mikkelson schnaubte ein kurzes Lachen. »Was denken Sie darüber, dass er direkt anschließend auf eine weitere Person geschossen hat?«

»Wir vermuten, dass er langsam die Kontrolle verliert. Mit dieser Eskalation ist er ein viel größeres Risiko eingegangen als bisher. Sie untermauert auch unsere Theorie, dass es sich wahrscheinlich um einen ehemaligen Armeeangehörigen handelt. Terroristen gehen schon seit Jahren so vor: ein Anschlag, um Ersthelfer anzulocken, die dann auch angegriffen werden.«

»Könnte das nicht auch auf einen ausländischen Extremisten hindeuten?«

»Die Verhaltensforschung sagt Nein. Denn wenn er einer extremistischen Gruppe angehören würde, hätte die sich schon längst zu seinen Taten bekannt.«

»Hmm. Gibt's sonst noch was?«

»Nichts Erwähnenswertes. Die Spurensicherung untersucht noch den Geschossdrall, aber es war eine Kugel des Kalibers .223, genau wie bei den früheren Opfern. Keine Fingerabdrücke. Wir haben DNA von der Zigarette sichergestellt. Aber natürlich hatten wir schon DNA, nur keine Übereinstimmung in unserer Datenbank. Keine Zeugen oder brauchbaren Überwachungsvideos …«

Sie erklärte ihm die technischen Einzelheiten, doch die Quintessenz war, dass der Fall Emily Watkins die Ermittlungen kein Stück weiterbrachte. Auf der Wikipedia-Seite, die einst die derzeitige Anschlagwelle beschreiben würde, würde Emily in einer Tabelle zwischen Luis Orlando und dem Opfer von morgen aufgelistet. Ihr Name würde nicht fett gedruckt und es würde auch keine Randnotiz geben, dass der Täter bei diesem Mord einen Fehler begangen und die Polizei die ausschlaggebende Spur gefunden hätte, um dem Wahnsinn ein Ende zu bereiten.

Eine schlechte Angewohnheit, dachte Claire, *sich die Gegenwart als zukünftigen Wikipedia-Eintrag vorzustellen. Besonders, wenn man gerade mit dem Direktor des FBI spricht.*

Mikkelson fragte: »Was habe ich da gehört? Ein Agent soll über die Straße gerannt sein?«

Claire verzog das Gesicht. »Special Agent William Brody hat beim zweiten Beschuss Mündungsfeuer gesehen und ist der Sache nachgegangen.«

»Ein Draufgänger?«

»Ein guter Agent, der manchmal etwas zu impulsiv reagiert. Aber er hat auch dem Sanitäter das Leben gerettet.«

»Okay. Wie ist die Stimmung?«

»Nun … alle sind ziemlich mitgenommen.«

»Wenn Sie mehr Ressourcen brauchen, fragen Sie einfach.«

»Das ist es nicht.« Sie atmete hörbar aus. »Dieser Fall ist anders als alle, mit denen ich je zu tun hatte. Es ist fast, als würde …«

»Ja?«

»Ach, schon gut. Ich habe nur laut gedacht.«

»Claire, es gibt einen Grund, warum ich Sie befördert habe. Sagen Sie mir, was Ihnen durch den Kopf geht.«

»Nun, es ist, als würde der Täter Anleitungen bekommen. Er scheint genau zu wissen, was er nicht tun darf. Und wo unsere Schwachpunkte liegen. Als wenn er mit jemandem zusammenarbeiten würde, vielleicht sogar mit jemandem bei einer Ermittlungsbehörde.«

»Hmm.« Der Direktor zögerte. »Okay. Gehen Sie der Sache auf den Grund.«

»Ja, Sir.«

»Und Claire, Sie haben mein vollstes Vertrauen, aber machen Sie der Sache ein Ende. Für uns – das FBI, die Stadt Chicago und das ganze Land. Es muss aufhören.«

»Ja, Sir.«

Nach dem Gespräch stand Claire auf, legte die Hände aufs Kreuz und beugte sich nach hinten. Es knackte nicht, fühlte sich aber trotzdem gut an.

Sie wollte sich wieder hinsetzen und an die Arbeit machen. Sich mit schierer Willenskraft und Fleiß durch diese Sache ackern, wie sie es in der Georgetown University, in der FBI-Akademie Quantico und auf jedem Posten seither getan hatte. Sie wollte sich hinsetzen und weiterarbeiten. Doch es gab einfach nichts zu tun. Sich an ihren Schreibtisch zu setzen, würde daran auch nichts ändern.

23.21 Uhr.

Sie nahm das Telefon und wählte. »Claire McCoy hier. Ich bin weg. Wenn was ist, können Sie mich auf dem Handy erreichen.«

»Ja, Ma'am. Schönen Abend noch.«

In ihrem Becher war noch ein Fingerbreit kalter Kaffee, den sie trank. Ihre Augen fühlten sich an, als hätte jemand Sand hineingestreut. Sie klappte den Laptop zu und steckte ihn in ihre Tasche.

Der Sache ein Ende machen, dachte sie. *Ja.*

* * *

Die Straßen waren verlassen. Die Schilder mit der Aufschrift WIR HABEN GEÖFFNET wirkten ein wenig verzweifelt. An einer Ampel kam ein Streifenwagen der Chicagoer Polizei um die Ecke und scherte hinter ihr ein. Claire konnte sehen, dass der Cop ihr Nummernschild in ein System eingab, und ließ ihre Kennleuchte aufblitzen, um allen Zeit zu sparen. Der Beamte nickte und deutete ein Salutieren an.

Wenn man in einer Ermittlungsbehörde überleben wollte, musste man Arbeit und Leben trennen können. Es war ein anstrengender Job mit schwierigen Arbeitszeiten und hohem Risiko, aber eben nur ein Job. Man musste in der Lage sein, monate- oder gar jahrelang an einem Fall zu arbeiten, Opfer von Gewalt und verbrannte Leichen anzusehen und anschließend nach Hause zu gehen und einfach sein Leben zu leben.

Zumindest sagten das alle.

An ihrem Wohnblock angekommen, stellte sie ihren Wagen im Parkhaus ab, lief zum Aufzug und ließ sich gegen die Wand sinken. Wenn sie den Kerl erwischt hatten, würde sie eine Woche lang schlafen und sich jede Wellnessbehandlung gönnen, die frau finden konnte. Jedes Stockwerk wurde mit einem leisen Klingeln angekündigt, aber als sie im zwanzigsten ankam, war ihr, als hätte sie es nur ein paar Mal gehört. Sie musste zwischendurch weggedöst sein.

Claire schloss ihre Wohnungstür auf, schaltete das Licht ein und ließ ihre Tasche fallen. Sie wanderte in die Küche und entdeckte im Kühlschrank den Rest eines thailändischen Nudelgerichts. Was für ein Glück. Eine halbe Flasche Sriracha-Soße drüberspritzen und direkt aus der Packung essen, dann vielleicht duschen, vielleicht auch nicht, anschließend direkt ins Bett und volle sieben Stunden …

»Hallo.«

Die Stimme kam von hinten. Claire ließ die Nudelpackung fallen, wirbelte herum, ihre Hand flog zur Hüfte, und in einer glatten Bewegung zog sie die Waffe und zielte …

Auf Will Brody, der auf dem Sessel am Fenster saß, ein paar leere Bierflaschen neben sich auf dem Tisch. »He, langsam«, sagte er und hob die Hände.

»Großer Gott. Was zum Teufel soll das, Brody?« Sie ließ die Waffe sinken. »Wieso sitzt du im Dunkeln hier in meiner Wohnung?«

Er knipste ein Licht an und stand auf. »Habe auf dich gewartet.« Er schritt auf sie zu und blickte sie eindringlich an.

»Ich hatte einen langen Tag.«

»Ich auch, Ma'am.« Brody baute sich vor ihr auf, aufdringlich nah. Sie wich keinen Zentimeter. Er berührte sie an der Schulter. Ihr Adrenalinspiegel war noch immer erhöht. Sie konnte sein Aftershave und einen Hauch von Seife riechen. Sein Blick noch immer an ihrem heftend, ließ er seine Finger an ihr heruntergleiten, berührte sie dabei kaum, fuhr die Wölbung ihrer Brust entlang, dann seitlich herunter, und zeichnete die Linien ihres Bauchs und die Umrisse ihrer Hüften nach. »Also habe ich beschlossen, nach Hause zu gehen.«

»Das hier ist meine Wohnung.«

»Das hier ist deine Wohnung«, stimmte Brody zu. Er kam noch dichter heran und sie konnte seine Wärme spüren, die goldenen Reflexe in seinen Augen sehen. Eine Hand schob sich um ihren Rücken, die andere legte sich um ihren Nacken und verhedderte sich in ihrem Haar. »Und *das* ist dein Zuhause.«

Der Kuss begann sanft, doch seine Hand rutschte hinunter und er drückte ihr Becken an sich und sie konnte seine Brustmuskeln fühlen, seine Hitze, und sie steckte ihre Waffe zurück ins Halfter und legte ihre Hand auf seinen Hinterkopf, packte Büschel seines Haars. Der Kuss wurde härter und seine raue Gesichtshaut kratzte ihr über Lippen und Kinn. Als er stöhnte, konnte sie es am ganzen Leib spüren, und sie zog fester an seinem Haar, bis aus dem Stöhnen ein Ringen nach Atem wurde. Mit der rechten Hand schob er ihren Rock hoch bis zur Taille und mit der linken fingerte er an seinem Gürtel herum, klimperndes Metall, die Schnalle kalt und hart, und dann zog er seine Hose herunter, riss ihren Slip zur Seite und hob sie hoch, um sie auf seine Härte herunterzudrücken.

Sie sog scharf die Luft ein, die Empfindung zu heftig, zu plötzlich, zu scharf, und trotzdem angenehm, sodass ihr Körper noch reagierte, während sie zurückwich. Er packte sie fester, ließ nicht zu, dass sie sich von ihm löste, während er zur Wand stolperte, die Hose um seine Knöchel wie die Fußschellen eines Gefangenen, und der Clip ihres Halfters löste sich und die Glock fiel mit dumpfem Aufschlag zu Boden, und sie lachte, schwindelig von dem Moment. Die Wand an ihren Schultern fühlte sich kühl an und er drückte sich gegen sie und sie war bereit, Gott, was hatte er nur an sich, dass sie so schnell bereit war, und natürlich begann er jetzt, sie zu necken, rieb sich an ihr und glitt zwischen ihre Beine. Sie wölbte ihr Becken nach oben, um seiner habhaft zu werden, doch er ließ sie nicht, und die Reibung war köstlich, doch nicht genug. Claire nahm eine Hand von seinem Kopf, griff seine linke Brustwarze und kniff zu, als wollte sie Luftpolsterfolie zum Knallen bringen, so fest, dass seine Knie zitterten. Er zog sie von der Wand zurück, gerade so weit, dass er sie wieder dagegendonnern konnte, und die Bilderrahmen wackelten, während er in sie eindrang, so sanft, wie er bisher rau gewesen war. Mit kurzen Stößen schob er sich zentimeterweise vor und hielt sie fest, bis sie sich in seinem Rücken verkrallte und sich auf seine Länge hinunterrammte und sie beide bebten.

Das Bild, das am nächsten hing, vibrierte und schlug gegen die Wand. Und nicht lange, nachdem es schließlich heruntergefallen war, packte er sie fest, stieß tief genug in sie hinein, dass es wehtat, und explodierte in ihr.

Sie blies sich die Ponysträhnen aus den Augen, schaute ihn an und sagte: »Ich habe gewonnen.«

»Du hast gewonnen.« Ohne sich aus ihr zurückzuziehen, schob er die Hand zwischen sie, sein Daumen fand ihre Klitoris und rieb sie sanft kreisend, sodass sie sich vorbeugte und ihm in die Schulter biss, den Geschmack von Baumwolle im Mund, während Welle auf Welle sie schüttelte, sie mitriss und ausquetschte.

Als sie schließlich aufhörte zu zittern, keuchten sie beide, glibbrig vor Schweiß. Ihr Rock war verdreht, die Waffe lag auf dem Boden und die Handschellen drückten ihr ins Kreuz. Die Landschaftsdarstellung, die sie bei einem Kunstfestival in Washington DC gekauft hatte, war halb hinter einem gezackten Blitz aus zerschmettertem Glas verborgen. Es war irgendwie albern und sie musste lachen. Will begrub sein Gesicht an ihrem Hals und lachte auch.

Als sie wieder zu Atem kamen, sagte sie: »›Und das ist dein Zuhause.‹ Was für ein dämlicher Spruch. Könnte von Nicholas Sparks stammen.«

»Hat doch funktioniert.« Er lehnte sich zurück und hob sie herunter und beide erzitterten bei der Trennung. »Hast du Hunger?«

»Ich sterbe vor Hunger.«

* * *

Sie holte ein Bier aus dem Kühlschrank, ging sich ausziehen und kam in einem Morgenmantel zurück in die Küche. An den Schränken klebten überall Nudeln. Während sie saubermachte, stellte er eine Pfanne auf den Herd und inspizierte den Kühlschrank.

»Du hast überhaupt nichts zu essen.«

»Das sagst du jeden Abend.«

»Weil du nichts zu essen hast.« Er holte einen Karton mit Eiern heraus, eine traurige Zitrone und eine halbe Zwiebel in einem Gefrierbeutel. Er hatte sein Hemd ausgezogen und das kleine Silberkreuz, das seine Mutter ihm geschenkt hatte, ruhte in seinem Brusthaar.

Sie fragte: »Also, was hast du dir dabei gedacht?«

»Hä?«

»Einfach so über die Straße zu rennen. Die Cops am Tatort haben gesagt, du hättest nicht einmal Deckung gesucht. Bist einfach stur gerannt, wie ein Idiot. Dir ist klar, dass du auf einen *Heckenschützen* zugelaufen bist, oder?«

Er lachte.

»Ja, das ist mir auch durch den Kopf gegangen.«

»Die ganze Stadt dreht sowieso schon durch. Das Letzte, was wir jetzt gebrauchen können, sind Bilder von einem toten FBI-Agenten. Der Direktor hat mich danach gefragt. Ehrlich, Will, was hast du dir dabei gedacht?«

»Ganz ehrlich?« Brody hielt beim Schneiden inne und seufzte. »Ich habe mir gedacht: ›Das ist er, direkt da vorn, der Kerl, der gerade eine unschuldige Frau ermordet hat. Er ist *direkt da vorn.*‹« Er zuckte mit den Schultern und schnitt weiter die Zwiebel. »Vielleicht war's nicht sehr klug, aber ich konnte einfach nicht anders.«

Wenn jemand Claire vor ein paar Monaten erzählt hätte, sie würde kurz nach ihrer Beförderung etwas mit einem anderen Agenten anfangen – noch dazu einem, der ihr unterstand –, denjenigen hätte sie für verrückt erklärt. Niemals, auf keinen Fall, so etwas Dummes würde sie nie tun. Das FBI war fortschrittlicher als die meisten Ermittlungsbehörden, doch nur zwanzig Prozent der Agenten waren weiblich, und je höher der Rang, desto geringer der Frauenanteil. Agentinnen konnten sich kein Fehlverhalten leisten. Vor allem nicht, wenn sie so ehrgeizig waren wie sie.

Und dann war ihr Will begegnet, und er hatte sie auf diese bestimmte Art angelächelt. Es war schwer zu sagen, warum er diese Gefühle in ihr auslöste. Er sah gut aus, aber das Killerlächeln eines George Clooney hatte er nicht. Im Grunde hatte es gar nichts mit seinem Äußeren zu tun. Es war mehr wie eine Art Wiedererkennen. Wie zwei alte Freunde, die aus Jux so taten, als würden sie sich zum ersten Mal begegnen.

Und obwohl es eine furchtbare Idee zu einem furchtbar ungünstigen Zeitpunkt war, lief dieses Ding zwischen ihnen seit ihrer ersten Begegnung. Jeden Abend zogen sie sich in ihre Wohnung zurück und schotteten sich von der Welt ab. In Bezug auf Routine, Zeitplanung und Erholung wirkte sich ihre Junge-trifft-Mädchen-Geschichte ähnlich aus wie ein Wirbelsturm auf einen Trailerpark. Und doch verstand sie, was er mit Zuhause meinte. Sie waren füreinander zu Ruhepolen geworden.

Natürlich gab es gute Gründe, warum eine Beziehung zwischen Agenten unterschiedlicher Ränge eine furchtbare Idee war.

Claire wusste nicht mit Sicherheit, ob sie bei einem anderen Agenten genauso reagieren würde. War sie verärgert, weil er gegen die Vorschriften verstoßen hatte, oder weil ihr so viel an ihm lag?

Und dann ist da noch die andere Frage: Würdest du lieber mit einem Mann zusammen sein, der auf Nummer sicher geht und den Mörder entkommen lässt?

Schwierig. Claire war zu müde, sich Gedanken darüber zu machen. »Du bist ein Trottel.«

»Und was sagt das über deinen Geschmack aus?« Brody schaute auf und zwinkerte ihr zu. »Am Tatort irgendwas gefunden?«

Sie schüttelte den Kopf. »Nichts Brauchbares.«

»Also warten wir noch immer.«

»Nein. Wir untersuchen jede glaubwürdige Theorie, gehen jedem telefonischen Hinweis nach …«

»Ich weiß.«

»Und weißt du, was das Frustrierende ist?« Claire gestikulierte mit ihrer Bierflasche. »Irgendwann schnappen wir den Kerl und dann wird sich herausstellen, dass er so ein Loser ist, der zu oft *Batman* gesehen und sich an der falschen Figur aufgegeilt hat.«

»Gibst du etwa Heath Ledger die Schuld?«

»Natürlich nicht. Ohne Jodie Foster wäre ich niemals FBI-Agentin geworden.«

»Einer dieser Meinungsforscher wollte mich testen«, sagte Brody daraufhin. »Ich genoss seine Leber mit ein paar Fava-Bohnen, dazu einen ausgezeichneten Chianti.« Er warf die Zwiebeln in die heiße Butter, sie begannen zu brutzeln und er rührte sie um. »Chips?«

»In der Speisekammer. Ich will nur sagen, dass es keine Erklärung für seine Taten geben wird, und das wurmt mich.«

»Weil für dich alles eine Bedeutung haben muss.« Brody streute Hände voll zerkrümelter Tortillachips in die Eier. Er hatte schöne Unterarme, muskulös, behaart genug, um männlich zu wirken, ohne wie ein Gorilla auszusehen. »Ich verstehe es ja. Du bist ein Kontrollfreak.«

»Haha. Ich denke einfach nach. Einer von uns muss es ja tun.«

»Das tut mir auch weh.«

»Ich bin doch nicht verrückt, oder? Alles wird immer seltsamer. Surrealer. Jugendliche wandern mit automatischen Waffen in Schulen. Irgendein kostümiertes Arschloch ballert in einem Kino um sich. Dann dieser Typ in Michigan, der Uber-Fahrer, der zwischen seinen Morden Fahrgäste aufgenommen hat.« Claire stützte einen Ellbogen auf und legte das Kinn in die Hand. »Ich sehne mich nach Ted Kaczynski zurück.«

Er lachte. »Dem Unabomber?«

»Es muss so toll gewesen sein, ihn zur Strecke zu bringen. IQ weit über Durchschnitt, mit sechzehn Student in Harvard, durch Bewusstseinskontrollexperimente der CIA völlig verkorkst. Zieht in den Wald und verschickt Briefbomben an Ingenieure, um eine anti-industrielle Revolution anzuzetteln. Durchgeknallt. Aber wenigstens hatte er ein Ziel. Während unser Täter wahrscheinlich so einer ist wie der Uber-Fahrer. Ohne richtigen Grund. Ohne überhaupt irgendeinen Grund.«

Während er die Pfanne in den Ofen schob, sagte Brody: »Weiße Blutkörperchen. Das sage ich mir, wenn mir alles einfach zu verrückt vorkommt. Wir sind weiße Blutkörperchen. Etwas Schädliches dringt in den Körper ein und wir entfernen es wieder. Dazu braucht es keinen Grund.«

»Wäre es nicht besser, die Krankheit an sich zu heilen?«

»Klar.« Er wischte sich die Hände ab und lehnte sich mit dem Gesäß gegen den Herd. »Und wie?«

Ein paar Minuten später holte Brody die Pfanne aus dem Ofen und hatte irgendwie aus zusammengewürfelten Zutaten eine luftig lockere Köstlichkeit gezaubert. Er spritzte

Zitronensaft darüber und stellte scharfe Soße auf den Tisch. Und sie standen in der Küche und aßen das Omelette stückweise wie Pizza, bis nichts mehr übrig war als Fettflecken.

»Das war unglaublich lecker«, sagte sie.

»Wenn das alles vorbei ist, gehe ich mit dir richtig essen. Ich kenne da ein Steakhouse unten am Fluss. Wir investieren ein Wochengehalt in trocken gereiftes Rindfleisch und Pinot Noir.«

»Abgemacht.« Claire stellte die Teller ins Spülbecken. Und fing mit der Hand ein Gähnen auf. Sie überlegte, das Thema anzuschneiden, dem sie bisher im stillen Einvernehmen aus dem Weg gegangen waren. Entschied sich dagegen.

Und war überrascht, sich selbst sagen zu hören: »Wenn das alles vorbei ist, müssen wir reden.«

Es folgte eine Pause. »Ja?«

Sie blickte ihn an. »Nun, ich finde … wir können nicht so weitermachen. Da ist meine Karriere – meine und deine –, ich meine ja nur, wenn das mit uns funktionieren soll, müssen wir überlegen, wie.«

Brody nickte. Es war kein Einverständnis. Nur ein Zeichen, dass er sie gehört hatte. Eine Bestätigung, dass er die Nachricht empfangen hatte. Er verschränkte die Arme.

»Das soll kein Heiratsantrag sein«, sagte sie und merkte, wie ihr heiß wurde. »Ich verlange ja gar nichts. Ich weiß, das mit uns geht noch nicht lange. Ich meine ja nur, wir müssen drüber reden.«

»Hör mal, Claire.« Er wandte den Blick ab. »Du weißt, dass ich dich sehr mag.«

Es war wie eine eiskalte Dusche. Claire stand da, einen schmutzigen Teller in einer Hand, die Spülbürste in der anderen, und starrte ihn an. Er traf ihren Blick, seine Miene ungerührt.

Dann begann er zu lachen.

Es juckte sie in den Fingern. »Ich bring dich um.«

»Du hättest dein Gesicht sehen sollen.« Noch immer schmunzelnd, nahm er ihr den Teller aus der Hand und stellte ihn ab. »Wir müssen nicht warten, bis es vorbei ist. Machst du Witze? Ich weiß, es geht noch nicht lang zwischen uns. Ich weiß, es gibt noch so viel an Claire McCoy zu entdecken, das ich nicht kenne. Ich habe das Gefühl, als hätte ich darauf gewartet, dir zu begegnen. Ich weiß, es ist albern, aber das ist mir egal. Ich *habe* auf dich gewartet.« Er zuckte mit den Schultern. »Wir finden eine Lösung. Wenn's sein muss, kündige ich beim FBI und schreibe nur noch Strafzettel, damit ich mit dir zusammen sein kann.«

Sie merkte, dass ihr Mund offen stand, und schloss ihn. Sie fühlte ein Flattern in der Brust und das Lächeln tat ihr weh. Sie atmete tief ein und sah auf die Uhr: 1.29. »Ach, Scheiße.«

»Was?«

Claire öffnete den Gürtel und ließ den Morgenmantel von ihren Schultern gleiten. »Ich hatte mich wirklich darauf gefreut, heute Nacht ein wenig Schlaf zu bekommen.«

Fünf

Simon Tucks bestand aus zwei Personen.

Die meiste Zeit seines Lebens war er ein armseliger, nutzloser kleiner Mann gewesen. Tage des Sturms. Lang, trostlos, schwarz.

Doch etwas Furchterregendes war in ihm gewachsen. War gediehen wie ein Krebsgeschwür. Sein Wahres Ich. Mit jedem Menschenopfer kam er ihm näher. Wie ein fünf Kilo zu schweres Baby, das sich seinen Weg freigräbt, seine Mutter in Stücke reißt in seiner Hast, das Licht der Welt zu erblicken.

Die Wehen hatten vor einem Monat begonnen.

An dem Morgen war er aus einem Traum erwacht, an den er sich nicht erinnern konnte, und doch war er traurig gewesen, ihn zu verlassen. Sonnenlicht brannte durch seine Jalousie. Er hatte überlegt aufzustehen, doch hatte es nicht getan. Warum? Wozu?

Alle anderen schienen es zu wissen. Als hätte es ein Treffen gegeben, zu dem er nicht eingeladen war und bei dem ein Geheimnis offenbart wurde. Die, die das Geheimnis kannten, fragten sich nicht, warum sie aufstehen sollten.

Er hatte hier gelegen, das Sonnenlicht gehasst und an das Kochmesser im Block gedacht. An die Art, wie die Schneide schimmerte. Hatte an ein warmes Bad gedacht und einen schnellen, tiefen Längsschnitt in beide Unterarme.

Es war ein Spiel, das Simon sein ganzes Leben lang gespielt hatte. Wenn er durch die Stadt lief, stellte er sich vor, wie er auf das Dach eines Wolkenkratzers stieg, sich an den Rand stellte, die Muskeln anspannte, dann der Sprung und ein heulender Sturz ins Nichts. Im Baumarkt nahm er Seile in die Hand, dachte an Halsschlingen.

Zwei Handvoll Pillen, mit kaltem Wodka runtergespült.

Ein Sprung in den See und Richtung Osten schwimmen, bis ihn die Kraft verließ.

Der Toyota in der Garage, Motor im Leerlauf, Fenster runtergelassen.

Es war nur ein Spiel. Etwas, womit er die Zeit totschlug, wenn er in seiner Büronische saß, wenn er mit dem Zug nach Hause fuhr, wenn er zum Abendessen Frühstücksflocken aß. Doch an diesem Morgen wurde ihm klar, er brauchte eine Waffe.

Sofort.

Eine Stunde später fuhr er unter einem Schild hindurch, das ihn in Indiana begrüßte, dem »Knotenpunkt Amerikas«. Er fuhr ohne Plan und Ziel drauflos und doch steuerte er geradewegs auf ein Dreckskaff namens Kokomo zu, wo in einem niedrigen grauen Gebäude auf einem flachen braunen Feld eine Waffenbörse stattfand.

Eigentlich hatte Simon vorgehabt, eine Pistole zu kaufen. Eine schwere, gefräste Waffe, die nach Metall schmeckte, wenn man sich damit gegen die Zähne klopfte. Doch aus irgendeinem Grund ließ er sich von einem langhaarigen Mann mit grauen Bartstoppeln ein Sturmgewehr aufschwatzen. Eine Smith & Wesson M&P15 OR. Dann ließ er sich von einer hübschen Blondine dazu überreden, ein beleuchtetes Burris-MTAC-Zielfernrohr zu kaufen. Sie montierte es sogar für ihn, und er starrte auf ihre schnellen, geschickten Finger, die milchweiße Haut ihres Nackens und den Schatten zwischen ihren Brüsten, den ihr Trägerhemdchen sehen ließ …

Erst als Simon nach Hause kam und das Gewehr aufs Bett legte, fragte er sich, warum er es überhaupt gekauft hatte. Vielleicht sollte er es mit dem Schaft auf den Boden stellen, sich den Lauf in den Mund schieben und abdrücken? Das würde sicher funktionieren.

Doch wozu das Zielfernrohr? Ein Gewehr mit Zielfernrohr brauchte man für die Jagd, doch er war kein Jäger.

In dem Moment hatte ihm eine Stimme zugeraunt. Eine klare, feste Stimme, und es war nicht seine eigene. Sie war in seinem Kopf und sagte nur: *Noch nicht.*

Mit diesen Worten setzte seine Geburt ein.

Und er ließ es bereitwillig zu. Von Tag zu Tag hörte er die Stimme immer öfter. Und lauter. Jeden Tag verbrachte er mehr Zeit als der Mann, der er sein wollte. Die Stimme formte ihn zu etwas Neuem, stark und souverän. Die Stimme war sein Freund, sein Partner, sein Herr. Wie Pferd und Jockey. Beide existierten als Einheit, waren voneinander abhängig. Ohne Pferd konnte der Jockey nicht reiten. Ohne Jockey würde das Pferd nicht im Rennen mitlaufen.

Und sein Wahres Ich wollte ein Rennen.

Doch seine Verwandlung war noch nicht abgeschlossen. Es gab Augenblicke, in denen er allein war. Nur das Pferd. Dunkle Augenblicke wie diesen, in denen er an die Decke starrte, während die Stadt schlief. Augenblicke, in denen er mit dem Gedanken spielte, das Gewehr mit dem Schaft auf den Boden zu stellen. Und er fragte sich, ob er den Schuss hören würde.

Wie viele von ihnen hatten ihn gehört? Vielleicht die Frau heute. Er war eine halbe Stunde lang in Stellung gewesen. Der Lauf hatte auf dem Rand des Containers geruht, nur zwei Zentimeter herausgeragt. Umgeben von süßlichem

Fäulnisgeruch. Pferd und Jockey zusammen, vereint. Ruhig und mächtig.

Es auskosten.

Ein älteres Ehepaar lief mit der Vertrautheit von Jahrzehnten vorbei. Sie bei ihm eingehakt, liefen sie eilig, was komisch wirkte. Er nahm ihr Herz ins Fadenkreuz und stellte sich vor, wie er sie ihrem Mann wegnehmen würde. Wie der Alte dastehen und auf die aufgerissene Brust seines Lebens hinunterstarren würde.

Wenige Augenblicke später folgte er mit dem Lauf einem hüpfenden Mädchen. Sie hatte einen Pferdeschwanz und umklammerte mit einer Hand einen abgewetzten Hasen. Ihre Mutter zerrte sie hinter sich her und die Kleine bemühte sich mitzuhalten. Einmal abdrücken und die Mutter würde nur noch einen Klumpen Fleisch hinter sich herziehen. Den Rest ihres Lebens würde die Frau sich erinnern, dass sie die letzten Sekunden des Lebens ihrer Tochter genervt und ungeduldig gewesen war.

Das Gefühl erregte ihn. Füllte ihn aus. Einmal hatte er im Zug einen Mann sagen hören, dass er sich nach dem Sex mit irgendeinem Mädchen wie ein Gott gefühlt habe. Genau so war es, nur besser. Wenn der Jockey in ihm war, seine Hand führte, ihn sicher zielen ließ, fühlte er sich nicht wie ein Gott – er war Gott. Das Schicksal all dieser Menschen in seinen Händen. Sie beteten sogar zu ihm. Ihre hin- und herhuschenden Blicke, die schnellen Schritte, nervös zum Horizont schauend, all das waren flüchtige Gesten der Hingabe an ihn. Beschwörungen Gottes: nicht jetzt, noch nicht, nicht ich.

Das waren auch die Gedanken der Frau gewesen. Laut Nachrichten hieß sie Emily Watkins, doch als er sie durch das Zielfernrohr betrachtet hatte, hatte er nur eine Bittstellerin gesehen, machtlos betend, aber er hatte ihr Flehen nicht erhört und mit einer Bewegung des Fingers sein göttliches Recht ausgeübt.

Sie hatte getaumelt, als die Kugel sie getroffen hatte. Ihr Ehering hatte gefunkelt. Die Taschen waren ihr von der Schulter gerutscht, der Inhalt war herausgefallen, ein Eisbehälter auf dem Pflaster zerborsten.

Dieser Augenblick hatte ihm einen Kick versetzt, so elektrisch wie ein Orgasmus. Er war noch dortgeblieben, hatte beobachtet, wie die Polizei eintraf und der Rettungswagen. Er hatte beschlossen, sich ein zweites Opfer zu holen, und fast wäre es ihm gelungen. Wenn nur der Detective den Sanitäter nicht weggestoßen hätte, dann hätte er …

Was hätte er getan?

Jetzt war er nicht der Jockey. Er war nur sein armseliges, nutzloses Ich und die Erinnerung erfüllte ihn mit Entsetzen. Als wenn es nicht er selbst gewesen wäre, der in den Container gestiegen, das Gewehr angesetzt, durch das Fernrohr geschaut hatte …

Was machst du nur?

Simon sprang aus dem Bett. Seine Füße verhedderten sich in der Decke und er fiel hart auf den Boden. Seine Handflächen brannten und Schmerzen schossen durch seine Knie. Schnell kroch er in die Ecke. In der Dunkelheit war das Gewehr perfekt wie ein Insekt. Der Lauf schmeckte nach Öl. Simon tastete nach dem Abzug.

Tu's, tu's jetzt, jetzt, wo du klar sehen kannst, wo der Jockey dich nicht sieht, tu's, tu es …

Emily war nach hinten gefallen, auf dem Boden zusammengesackt. Durch das Zielfernrohr hatte er weit unter ihren Rock schauen können. Straffe Schenkel und dazwischen ein weißer Baumwollslip. Ein kleines Büschel brauner Haare lugte an einer Seite heraus.

Als er daran dachte, fühlte er ein Kribbeln in der Leistengegend. Und dann erklang die Stimme des Jockeys, die Ruhe und Sicherheit mit sich brachte.

Emily Watkins war nur ein Opfer. Er war ein Gott.

Simon nahm die Gewehrmündung aus dem Mund. Stand auf, wischte sorgfältig den Lauf ab und stellte die Waffe wieder in die Ecke. Er hatte noch Metallgeschmack auf der Zunge. Deshalb ging er ins Badezimmer und holte seine Zahnbürste aus dem Spiegelschränkchen.

Als er es schloss, sah er seine Reflexion. Nicht sein altes Ich, schlaff und klein. Nein, sein Wahres Ich. Das aus seinen Träumen. Der Jockey, der das Pferd ritt.

Im Spiegel war er er selbst, jedoch größer, breiter, stärker. Seine Wangenknochen waren gemeißelte Diagonalen. Seine Augen voller Feuer.

Im Spiegel stand er nicht in seinem schmuddeligen Badezimmer. Er saß auf einem Thron neben einem riesigen Scheiterhaufen, dessen Flammen sechs Meter hoch in den Nachthimmel zuckten. Flackerndes Licht malte sein Gesicht in Orangetönen und Schatten. Rund um das Feuer tanzten Männer und Frauen, wanden sich, fassten sich an. Schwitzende Dämonen, ekstatisch in ihrer ausschweifenden Huldigung. Simon thronte über ihnen, ungerührt und ausdruckslos, während eine Frau ihn mit dem Mund bediente, ihre blanken Brüste glänzten, ihr Haar um seine Hand gewickelt, um sie tiefer zu drücken, tiefer, und sie dort festzuhalten …

Er fuhr mit den Fingern an seiner Brust herunter und nahm sich selbst in die Hand.

Nur ein Augenblick der Schwäche. Widerstand seines alten Ichs, das er im Begriff war herauszuschneiden. Wie konnte er nur daran denken, es zu beenden?

Morgen war ein ganz besonderer Tag.

Sechs

Durch das offene Fenster hörte Claire den brummenden Verkehr und das Piepsignal eines zurücksetzenden Lasters. Sie schwebte Richtung Bewusstsein, wälzte sich in ihrem warmen Bett und genoss träge das Nachglühen der letzten Nacht. Obwohl frisch rasiert, hatte Brody ihr Kinn und Lippen wund gekratzt und andere Stellen ebenso – denn so wie sie es getrieben hatten, hätte sie schon aus Stiefelleder sein müssen, um es unbeschadet zu überstehen –, doch der Schmerz war süß.

Irgendwann hatte es keinen Sinn mehr, so zu tun, als würde sie noch schlafen, und gähnend öffnete sie die Augen. Die in der Oktoberbrise flatternden Vorhänge teilten sich, um ihre noch blanken Wände in Sonnenlicht zu tauchen. *Irgendwann muss ich hier mal ein paar Bilder aufhängen.*

Sie war im Juli von Washington DC nach Chicago gezogen, hatte ein Wochenende damit zugebracht, Möbel zusammenzubauen und Handtücher zu kaufen, und sich dann in ihre neue Arbeit gestürzt. Als Frau, die in einer noch immer von Männern beherrschten Organisation eine steile Karriere gemacht hatte, hatte sie festgestellt, dass Effizienz, Kompetenz und Intelligenz nur ein Teil der Gleichung waren. Eine makellose Erscheinung war ebenso wichtig. Es hatte nicht unbedingt etwas mit

Sexismus zu tun, sondern mit Biologie. All ihrem Bekunden zum Trotz waren beide Geschlechter so programmiert, dass sie von Männern Stärke und von Frauen Unterstützung erwarteten. Was natürlich Unsinn war, aber darüber zu streiten oder es überzukompensieren war sinnlos. Verhalten, das bei einem Mann als hart galt, brachte einer Frau oft den Ruf ein, schrill und herrisch zu sein.

Die beste Lösung war, sich einfach auf die Arbeit zu konzentrieren und von anderen das Gleiche zu verlangen. Und dazu musste man es den anderen vorleben. Was besonders für eine Frau galt, die eingeflogen und den anderen vor die Nase gesetzt worden war. Laut Organisationsplan war sie zwar nur die Nummer zwei in der Abteilung, doch ihr Vorgesetzter, der Special Agent in Charge, war nur noch wenige Monate von der Pensionierung entfernt. Sie hingegen war der aufsteigende Stern, einer der Favoriten des Direktors.

Was noch dazu beitrug, dass sie sich besonders abschuften musste. Aber halb so schlimm. Sie hatte sowieso nie richtig gelernt, abzuschalten. Dad zog sie oft damit auf, dass auf ihrem Grabstein stehen würde: HAT IMMER HART GEARBEITET. Juli und August waren einfach vorbeigerauscht. Und dann, gerade als sie sich eingewöhnte, war das mit Brody passiert.

Gott, was er da letzte Nacht gesagt hatte. Während der vergangenen Wochen hatten sie sich ihr Leben erzählt, doch nicht so, wie sie es gewohnt war, wo beide sich so darstellten, wie sie von dem anderen gesehen werden wollten, eine Art Lebenslauf für die Beziehung. Mit Brody war es eher so, als würde man eine faszinierende neue Stadt erkunden und begeistert über Hauptstraßen und durch gewundene kleine Gassen flanieren und versuchen, alles in sich aufzunehmen. Sie hatten im Dunkeln gelegen, seine Stimme leise und körperlos, und er hatte ein Bild von einer Kindheit im Vorort gemalt, von Rasensprengern und sommerlichem Krawall, von Baumhäusern und einem silberblauen BMX Mongoose. Von jugendlicher Entfremdung, Zugfahrten in die Stadt, um Bands zu sehen, von denen sie noch nie gehört hatte. Vom Knistern des Herbstlaubs, wenn er über den Universitätscampus lief. Hatte erzählt, wo er am elften September gewesen war – in einem Coffeeshop, verkatert – und wie entsetzt er gewesen war über die Hilflosigkeit der eingeschlossenen Menschen und wie ihn das dazu getrieben hatte, sich gleich am nächsten Tag bei der Armee zu melden.

Claire verstand nun, dass es ihm ein aufrichtiges Bedürfnis war, zu helfen, zu beschützen, selbst etwas zu tun. Und natürlich hatte sie seine Akte gelesen und wusste, dass er ein außergewöhnlicher Agent war. Zwar nicht für die höheren Ränge bestimmt – seine Devise »erst handeln, dann denken« passte einfach nicht und außerdem war er nicht fähig, einen Anschiss mit einem Lächeln hinzunehmen –, doch wenn er wollte, hatte er eine lange Laufbahn beim FBI vor sich.

Er hatte gesagt, er würde seinen Job an den Nagel hängen, wenn es sein müsste … In ihrem Leben hatte es viele Männer gegeben, doch die meisten waren ihr wie kleine Jungen vorgekommen. Sogar die in den Tausend-Dollar-Anzügen. Nur ein richtiger Mann wäre bereit, die Ambitionen seiner Partnerin über seine eigenen zu stellen.

Nein, das war's nicht – er machte sie zu seiner Ambition. Bei dem Gedanken wurde ihr flau im Magen und sie bekam Flattern in der Brust. Sie war nie eine Prinzessin gewesen, hatte sich nie im Geist ihre Hochzeit ausgemalt, doch plötzlich benahm sie sich wie ein verknalltes Schulmädchen. Und es störte sie nicht einmal.

»Warum grinst du denn so?«

Sie schaute ihn an und sah, dass er sie beobachtete, sein Kopf direkt neben ihrem auf dem Kissen. Aus Gewohnheit hätte sie fast eine flapsige Antwort gegeben. Stattdessen drehte sie sich zu ihm und sagte: »Unseretwegen.«

»Unseretwegen, hm?« Er lächelte und wieder fühlte sie eine Vertrautheit, die nicht von ihrer kurzen Zeit zusammen herzurühren schien. Als würden sie sich schon seit Jahrzehnten heimlich anlächeln und nicht erst seit wenigen Wochen.

»Unseretwegen«, sagte sie noch einmal, blickte ihm in die Augen und dachte, dass die Leute sich selten richtig anschauten. Dass selbst wenn zwei Menschen sich tief in die Augen schauten, einer oder beide darüber nachdachten und sich zwingen mussten, nicht wegzuschauen.

Doch nicht hier. Nicht jetzt.

Ihr Handy klingelte.

Claire stöhnte.

Brody lachte schnaubend. »Als Boss hat man's nicht leicht.«

Sie drehte sich weg und setzte sich auf. Nahm das Handy von der Ladeschnur und erkannte die Nummer, die Telefonzentrale der Dienststelle Chicago. Ein neues Opfer? Sie räusperte sich und setzte ihre professionelle Stimme auf. »Claire McCoy.«

»Guten Morgen, Ma'am. Ich hoffe, es ist nicht zu früh …«

»Natürlich nicht. Was gibt's?«

»Gelbe Flaggen.«

Sobald klar war, dass es sich bei den Morden nicht um Einzelfälle handelte, hatte Claire ein Hinweistelefon eingerichtet. Die Nummer wurde regelmäßig in den Medien bekanntgegeben und die Zahl der Anrufe stieg täglich. Laut dem Mitarbeiter an der Strippe über achttausend allein in den letzten vierundzwanzig Stunden.

Das war das Problem mit Terrorismus: Er brachte vernünftige Leute dazu, sich unvernünftig zu verhalten. In gewisser Weise richtete die Angst mehr an als die Anschläge selbst. Angst hatte die Stadt zum Stillstand gebracht. Angst hatte dazu geführt, dass Schulen geschlossen wurden und die Wirtschaft stagnierte. Und Angst brachte normale Leute dazu, in bester Absicht ihren schrulligen Nachbarn oder fiesen Schwager zu beschuldigen und ungewöhnliches Verhalten oder mitgehörte Unterhaltungsfetzen zu melden. Jeder Anruf wurde registriert, aufgezeichnet, mit anderen abgeglichen und nach Dringlichkeit eingestuft. Rot geflaggten gingen sie sofort nach, doch die waren selten. Analysten erstellten täglich eine Liste gelber Flaggen, keine heißen Spuren, aber solche, denen man nachgehen musste.

Achttausend Anrufe. Das Hinweistelefon war eine Quelle ständiger Enttäuschung und zugleich ein wichtiges Instrument.

Claire sagte: »Legen Sie los.«

Brody wälzte sich aus dem Bett, ließ seinen Hals knacken, trottete nackt davon und kratzte sich am Bauch.

Als sie aufhängte, hatte er bereits geduscht und rieb sich die Haare trocken, als hätten sie ihm etwas getan. Dampfschwaden erfüllten das Badezimmer. Claire putzte sich die Zähne, stieg unter die Dusche und drehte sie von der hautschmelzenden Temperatur, die er bevorzugte, auf brühend heiß hinunter. Sie seufzte genüsslich, als das Wasser ihren Rücken hinunterrann.

»Gelbe Flaggen?« Brody war hinter der beschlagenen Glastür nur ein geisterhafter Schemen.

»Ja. Gestern sind achttausend Anrufe reingekommen.«

Er pfiff. »Irgendwas Brauchbares?«

»Ein Irak-Veteran, der vermisst wird. Seine Schwester hat angerufen und gesagt, er antwortet nicht auf ihre SMS. Und sein Traumatherapeut hat angegeben, dass er die letzten drei Sitzungen verpasst hat.«

»Hört sich nicht gut an.«

»Nein.« Aufgrund des Geschicks, mit dem der Attentäter vorging, ließ sein psychologisches Profil darauf schließen, dass es sich um einen ehemaligen Armeeangehörigen handelte. Sie hatten wochenlang Listen entlassener Soldaten durchforstet. »Er war allerdings nur Hubschraubermechaniker, nicht bei einer Spezialeinheit.«

»Mechaniker lernen bei der Armee auch schießen.«

»Was sonst noch … Zwei Meldungen über Nachbarn, die Sturmgewehre besitzen. Dann ein paar Anrufe wegen einer Sekte, die sich Schwert Gottes nennt und Gewalt predigt, um die Wiederkunft Christi herbeizuführen. Und ein paar mitgehörte Gespräche. Leute, die den Attentäter bewundern.«

Brody stöhnte.

»Ich weiß.« Ihr Shampoo erfüllte das Bad mit dem Duft von Pfefferminztee. »Dann drei Anrufe wegen einer verlassenen Kirche, wo Leute rein- und rausgegangen sind. Einer soll eine Waffe dabeigehabt haben. Und zwei Bekenneranrufe, aber beide unglaubwürdig.«

»Das sind aber sehr hellgelbe Flaggen. Beinah beige.«

»Ja.« Claire neigte den Kopf zur Seite und ließ das Wasser aus ihrem Haar rinnen. In einer Stunde hatten sie ihre morgendliche Lagebesprechung und im Kopf erstellte sie schon einen Plan und verteilte Aufgaben. Später musste sie den Direktor anrufen, anschließend das Chicago Police Department, und dann die heutige Pressekonferenz vorbereiten. Gott, war sie müde. »Du hast dich doch um die West Side gekümmert, oder?«

»Ja«, sagte Brody. »Die Kartelle benutzen die Gangs von der West Side für die Verteilung. Soll ich die Kirche übernehmen?«

»Würdest du? Hol dir Verstärkung beim Police Department.«

»Ja, Ma'am«, sagte er.

»Moment.« Sie schob die Tür auf. »Komm her.«

Der Kuss begann ganz sanft, wurde aber sofort leidenschaftlicher. Sie legte die Hände um seinen Nacken und schmiegte sich an ihn. Er löste sich von ihr und sagte: »He, du machst mich ja nass.«

»Du trocknest schon wieder.«

»Baby, wenn ich könnte, würde ich zu dir unter die Dusche kommen. Aber mein Boss lässt nicht mit sich spaßen.«

Sie lachte. »Okay. Also viel Glück bei der Jagd nach bösen Buben.«

Sieben

Jemand wird heute sterben.

Dieses Mantra wirkte, als würde er sich kaltes Wasser ins Gesicht spritzen. Es war für Brody zu einem Ritual geworden, das ihn daran erinnerte, dass sein Leben sich in zwei verschiedenen Welten abspielte.

Die eine war Claires Wohnung, wo sie sich abschotteten. Wo sie es trieben, bis sie wund waren, und dann die halbe Nacht redeten. Wo sie nebeneinander aufwachten, um sich staunend wie Kinder in die Augen zu blicken.

Die andere Welt war diese. Die Welt, in der jemand sterben würde. Heute. Wenn er es nicht verhinderte.

Die West Side von Chicago bestand aus endlosen Reihen baufälliger Bungalows und mit Bandengraffitis übersäten Wohnblöcken. Die Kirche passte da gut hinein. Die Türen waren mit dicken Ketten gesichert, das Unkraut davor wuchs fast einen Meter hoch. Irgendwann musste es gebrannt haben, denn die Fenster waren zerschmettert und die Mauern geschwärzt. Das Sperrholz, mit dem die Fensterlöcher vernagelt waren, schien das ganze Gebäude zusammenzuhalten. Auf den Stufen eines Hauses in der Nähe lungerten männliche Jugendliche in bauschigen Thermojacken herum und beobachteten sie.

»Hier sollen wir ihn finden?« Sergeant Morgan schüttelte den Kopf. »Ich hoffe nicht. Ich hatte ja sowieso schon eine geringe Meinung von dem Attentäter, aber das hier ist das Letzte.« Morgan hatte die Figur eines Gewichthebers und fühlte sich in seiner schusssicheren Weste so wohl wie ein Golfer in einem Polohemd. Brody mochte Einsatzbeamte, denn sie waren nicht nur knallharte Kämpfer, sondern verfügten meist auch über ein sonniges Gemüt.

»Wahrscheinlich falscher Alarm.« Brody nahm seine eigene Weste vom Rücksitz und legte sie an. »Sind Ihre Leute bereit?«

Morgan nickte und gab über sein Funksprechgerät Befehle an das restliche Einsatzteam durch, fünf Beamte, die einen Block weiter nördlich zusammengedrängt in einem SUV saßen. Brody steckte sich eine Hörmuschel ins Ohr. »Operator, Geräte überprüfen.«

»Schon erledigt, Agent Brody«, sagte eine männliche Stimme. »Das Signal ist gut, und wir beobachten Sie über eine Überwachungskamera.«

»Wir?«

»Agent McCoy ist bei mir.«

Brody konnte sich ein Lächeln nicht verkneifen. »Guten Morgen, Ma'am.«

»Agent Brody«, sagte Claires Stimme in kühlem, professionellem Ton. »Wie ist die Lage?«

»Die Kirche sieht verlassen aus. Ich habe Unterstützung von Sergeant Ryan Morgan und seiner fröhlichen Bande von Türeintretern. Wir sind bereit zuzuschlagen.«

»Verstanden. Viel Glück.«

»Danke.« Brody schüttelte seine Hände aus. Atmete tief durch die Nase ein und durch den Mund wieder aus. Dann startete er den Wagen und trat aufs Gas.

Morgan gab über Funk den Einsatzbefehl.

Sie kamen mit quietschenden Reifen zum Stehen und stürmten aus dem Wagen, die Waffen nach unten gerichtet. Es fühlte sich gut an, wieder in Aktion zu sein. Brodys Ausbildung übernahm die Führung und er bewegte sich flink und vorsichtig, während sein Blick hin- und herschnellte. Die jugendlichen Drogendealer stoben auseinander wie aufgeschreckte Hühner. Auf einer Feuertreppe in fünfzig Metern Entfernung stand ein Mann, rauchte und schaute ihnen zu. In der Kirche selbst schien sich nichts zu rühren.

Die Vordertür war hoch und schwer und mit einer durch die Griffe beider Flügel gezogenen Kette verschlossen. Brody bezog auf einer Seite Position. Morgan hatte einen Bolzenschneider in der Hand, doch als er an einem Glied ansetzte, lockerte die Kette sich von selbst.

Brody sagte leise: »Operator, die Kette an der Vordertür ist bereits durchtrennt.«

»Verstanden. Brauchen Sie Verstärkung?«

»Negativ. Wahrscheinlich nur Hausbesetzer.«

Trotzdem fühlte er Hoffnung in sich aufsteigen. Er stellte sich vor, wie er im Innern der Kirche den Attentäter finden würde, auf einer Koje schlafend, neben sich auf dem Boden ein Gewehr vom Kaliber .223. Vielleicht musste heute ja doch niemand sterben.

Der eiserne Türgriff war kalt. Brody riss die Tür auf und sprang zur Seite, die Waffe im Anschlag.

Im Vorraum lag überall Müll verstreut. *Den Vorraum einer Kirche nennt man auch Narthex,* erinnerte er sich; ein albernes Spiel, das sein Gehirn sich in Stresssituationen erlaubte. Brody bewegte sich schnell, gefolgt von Morgan, der die Tür feststellte, um Licht hereinzulassen. Die Wände waren mit Marker bekritzelt, Bandengraffitis und Geschlechtsteile. Die Tür, die zum Schiff führte, war aus den Angeln gerissen, doch drinnen war es schummrig. Brody schaltete seine Taschenlampe ein und hielt sie in der linken Hand, mit der er zugleich seine Glock stützte. Morgan tat es ihm nach und beide schwenkten ihre Lampen hin und her. Sie betraten den Raum gleichzeitig und teilten sich auf, um links und rechts die Ecken abzusuchen. Das lautstarke Hämmern einer Ramme, die eine Tür aufbrach, hallte durch den Raum und der Rest des Teams drängte von hinten herein.

Die Kapelle roch nach Asche und Ammoniak. Zwischen Stofffetzen, vergilbten Zeitungen und zerbrochenen Spritzen glitzerten Glasscherben. Alles war mit weißen Klecksen von Vogelkot bedeckt. An einem Fenster war das Sperrholz abgefallen und ein Parallelogramm staubigen Sonnenlichts glühte hindurch. Ein rauchfleckiger Jesus starrte mit leidgeprüfter Miene auf sie herab, sein Oberkörper halb verbrannt.

Offensichtlich war niemand da.

Sie brauchten eine Minute, um sich zu vergewissern, leuchteten unter Bänke und rammten die Türen der Nebenräume ein – Toiletten, ein kleines Klassenzimmer, Büro, Abstellkammer. Das Team war gut. Die Leute koordinierten ihre Bewegungen und wenn sie einen Raum gesichert hatten, riefen sie laut.

Zwei Bänke waren gegeneinandergestellt, um als Bett zu dienen. Die Decken strömten einen unverfälschten Geruch von Obdachlosigkeit aus.

Ach Scheiße. Brody steckte seine Waffe weg. »Operator, hier ist niemand. Sieht aus, als hätte jemand hier übernachtet, aber ich glaube nicht, dass es unsere Zielperson war.«

»Verstanden«, sagte Claire. »Einer der Anrufer hat eine Waffe erwähnt. Versucht, sie zu finden.«

»In Ordnung.«

Die Polizisten schlenderten paarweise Richtung Ausgang. Sie hatten die Kirche fachmännisch gestürmt, doch jetzt waren sie entspannt. Einer von ihnen holte eine Packung Zigaretten hervor und zündete sich eine an. »Was dagegen? Wollte schon immer mal in der Kirche rauchen.«

Brody zuckte mit den Schultern. Seine Augen hatten sich mittlerweile eingewöhnt und er konnte im einfallenden Sonnenlicht genug erkennen. Überall lag Müll herum, alte Zeitungen, Imbissverpackungen. Jemand hatte sich die Mühe gemacht, einen fast meterhohen Glashaufen aufzutürmen, bunte Scherben, die wahrscheinlich von den Kirchenfenstern stammten. Sergeant Morgan zertrat eine leere Bierdose. »Was wollen Sie jetzt tun?«

»Jemand hat die Kette durchgetrennt. Durchsuchen wir alles. Wenn wir was finden, groovy. Wenn nicht, bezahle ich das Mittagessen.«

»He«, sagte der Cop mit der Zigarette. »Ich habe was.« Er richtete seine Taschenlampe auf eine Bank. Mitten im Lichtstrahl lag ein gebrauchtes Kondom wie eine gestrandete Qualle. »Wollt ihr eine DNA-Probe nehmen?«

Ungewollt schnaubte Brody ein Lachen.

»Kurtz, du Arschloch«, sagte Morgan. »Also, ihr habt den Mann gehört. An die Arbeit. Rastersuche, von der Mitte nach außen.«

Das Team verteilte sich. Brody ließ sie machen und wanderte zu dem Streifen Sonnenlicht hinüber, wobei er den herumliegenden Müll in Augenschein nahm. Über die Masse und Vielfältigkeit des Abfalls in verlassenen, ehemals besetzten Häusern hätte man eine wunderbare Fotoausstellung machen können. Zerbrochene Flaschen und Spritzen waren immer vorhanden, aber er hatte auch schon Puppenköpfe, Schachfiguren, Schneekugeln, Stethoskope, Briefbeschwerer, Fahrradreifen und Unterwäsche gefunden. Er stieß mit dem Fuß an ein Taschenbuch ohne Umschlag, wasserfleckig und verblasst. Er hob es auf, las die erste Zeile – *Der Mann in Schwarz floh durch die Wüste, und der Revolvermann folgte ihm* –, lächelte und warf das Buch in die Ecke.

Hinter dem zerbrochenen Sperrholz war der Himmel blassblau. Der Raucher stand immer noch auf der Feuertreppe.

Schütteres Haar und hängende Schultern, ein Gesicht wie aus schmelzendem Wachs, das Handy in der Hand, um zu fotografieren. Die Leute und ihre Sensationslust.

Hinter sich hörte er ein Klingeln. Brody drehte sich verärgert um. Die Leute vom Einsatzteam sollten es wirklich besser wissen. Der Klingelton kam von Kurtz, dem Komiker mit der Zigarette. Brody wollte ihm gerade den Arsch aufreißen, als er seinen Gesichtsausdruck bemerkte. Es war nicht: *»Ups, ich habe vergessen, mein Handy auszuschalten«*, sondern: *»Was zum Teufel war das?«*

Verständlich, denn das Klingeln kam aus dem Scherbenhaufen.

Oh. Oh nein.

»Runter, runter!« Brody stürmte auf Kurtz zu und rammte ihn um, während das Handy noch einmal klingelte.

Die Kirche erfüllte sich mit buntem Licht, als wäre in der Mitte des Raums eine regenbogenfarbige Sonne aufgegangen. Einen Sekundenbruchteil lang blickte Brody auf den Scherbenhaufen, aus dem ein wildes Leuchtfeuer hervorstieß, dann schossen die Scherben hoch in die Luft, die Druckwelle traf ihn, alles geriet in Bewegung und er flog hoch und wurde von einem gewaltigen Hitzestoß mitgerissen, und überall glitzernde Rasierklingen, und wäre er nicht mittendrin gewesen, hätte er es wunderschön gefunden, und dann …

Acht

Muster aus wirbelndem Staub. Zwirbelnder Staub, wirbelnder Ruß.

Zwirbeln war ein komisches Wort.

Etwas stimmte nicht.

Nicht, bricht, Gesicht, wirbelndes Licht …

War das überhaupt ein Wort? Zwirbeln? Er wusste es nicht.

Er zwinkerte, hustete. Wo …

Brody setzte sich auf, und während er es tat, wurde ihm bewusst, dass er auf dem Boden gelegen hatte.

Seine Brust fühlte sich schwer an. Er fingerte an den Riemen seiner schusssicheren Weste und riss den Klettverschluss auf.

Er legte sie ab und stand taumelnd auf. Die Welt war nur glitzernder Staub. Im Stehen war es noch schlimmer und seine Sicht verringerte sich auf wenige Zentimeter. Als er Luft holte, fühlte es sich an, als würde er Nadeln einatmen.

Klaustrophobie erfasste ihn, animalische Panik. Den Mund fest geschlossen, ging er in die Hocke und kroch hektisch drauflos. Der Boden war über und über mit Regenbogen bedeckt. Er stieß mit dem Bein an etwas, doch hatte zu viel Schwung, um zu bremsen. Sein Knie explodierte in einem Feuerwerk von gellendem Schmerz.

Ein Dolch aus Glas steckte darin. Zwei böse Zentimeter breit und tief hineingerammt. Das aus der Wunde blubbernde Blut färbte sein Hosenbein rot.

Der Schmerz rüttelte ihn wach. Der Nebel in seinem Hirn lüftete sich und er begriff, dass die Regenbogen auf dem Boden bunte Glasscherben waren. Die, unter denen die Bombe gesteckt hatte. Der Staub glitzerte, weil er aus pulverisiertem Glas bestand. Das erklärte, warum er beim Atmen Schmerzen verspürte.

Wieder stieg Panik in ihm auf, doch er unterdrückte sie. Wenn er die Kontrolle verlor, bestand die Gefahr, dass er ohnmächtig wurde. Er hielt noch immer die Luft an, nahm die Glasscherbe zwischen Daumen und Zeigefinger. Zog sie Zentimeter um scheußlichen Zentimeter heraus. Der zackige Rand war blutverschmiert. Er warf die Scherbe weg und sie zerbarst am Boden.

Brody streckte sein Bein aus, stand auf, stützte sich auf eine Bank und humpelte zur nächsten.

Seine Lungen brannten, als er den Ausgang der zerstörten Kirche erreichte und zwischen dem Unkraut, das aus dem rissigen Beton sprießte, zusammenbrach. Sein erster verzweifelter Atemzug brannte in Hunderten winziger Schnitte in Mund und Kehle. Der Schmerz pochte in seinem Knie und sein Hosenbein war blutgetränkt.

Er biss die Zähne zusammen und zwang sich, sein Bein zu biegen. Es gehorchte. Der Glasdolch hatte keine Sehnen durchschnitten.

Er tastete sich nach weiteren Verletzungen ab, doch fand keine. Unglaubliches Glück. Er hatte sich in unmittelbarer Nähe der Bombe aufgehalten, als sie hochging. Aber er hatte den Polizisten umgeworfen und war weit unten, so waren die Scherben vielleicht über ihn hinweggeflogen …

Wo waren die anderen?

Brody blickte umher und sah sein Auto, wo er es geparkt hatte. Doch keine Spur vom Einsatzteam. Ihm fiel wieder seine Hörmuschel ein. Er sagte: »Operator.« Drehte an der Lautstärke. »Claire?«

Noch nicht einmal Rauschen. Wahrscheinlich durch die Explosion beschädigt. Er holte sein Handy heraus. Es reagierte nicht und das Display war gesprungen.

Er schaute sich erneut um. Eine nichtssagende Straße in einer miesen Gegend, Holzhäuser, die unter dem Gewicht des grauen Himmels einsackten. Kahle Bäume, verrostete Hydranten. Da waren Leute auf der Straße. Drei, die auf ihn zurannten. Sie mussten die Explosion gehört haben.

Der Attentäter ist in der Nähe.

Adrenalin schoss durch seine Adern, betäubte den Schmerz in seinem Knie und ließ seine Schläfen pochen. Er zwang sich aufzustehen. »Runter!«

Die guten Samariter rannten weiter auf ihn zu. Brody winkte mit ausgestreckten Armen. »Halt! Halt, der …«

Etwas an ihnen war seltsam.

Manche Leute gingen in Deckung, wenn sich irgendwo ein Unglück ereignete, während andere herbeieilten, um zu helfen. Doch auch die hilfsbereiten waren vorsichtig und blickten sich um. Diese drei nicht. Sie rannten einfach auf ihn zu.

Mein Gott, sind die schnell. Wie sind sie …

Die Frau trug Jeans, Sweatshirt und türkise Joggingschuhe und hatte ein Bowiemesser bei sich. Sie wurde langsamer und zog das Messer aus der Scheide. Fünfundzwanzig Zentimeter geschärfter Stahl mit Sägerücken. Auch die Männer waren bewaffnet. Ein kräftiger Typ in einer teuren Lederjacke hatte einen Baseballschläger aus Aluminium in der Hand und der andere, eine blasse Vogelscheuche, zerschnitt die Luft mit einer Machete.

Das waren keine guten Samariter.

Brody zog die Glock und zielte mit beiden Händen. »FBI. Lassen Sie die Waffen fallen.«

Die Frau stapfte weiter auf ihn zu. Sie war vielleicht zwanzig. Ihr Ausdruck hatte etwas Animalisches, ein wildes Grinsen in einem schmutzigen Gesicht.

Die Profiler hatten sich geirrt. Es handelte sich nicht um einen einzelnen Attentäter. Es war eine Gruppe, irgendeine Sekte, und die drei gehörten dazu. »Waffen fallen lassen. Sofort!«

Sie kamen näher.

In Ordnung. Brody zielte auf den Oberschenkel des Mädchens und drückte ab.

Der Hahn klickte. Ladehemmung. Das kam bei einer Glock so gut wie nie vor. Er lud durch und drückte erneut ab.

Wieder nur ein Klicken.

Die Waffe funktionierte nicht. Sie waren drei gegen einen, und irgendwo da draußen lauerte der Heckenschütze, zielte vielleicht sogar in diesem Moment auf ihn.

Brody beschloss wegzurennen.

Doch beim ersten Schritt merkte er, dass er Probleme hatte. Als er sein verletztes Bein belastete, knickte es ihm beinah weg. Solange er nur stand, konnte er sein Gewicht auf das andere verlagern. Doch auf einem Bein konnte er unmöglich davonlaufen.

Aber kämpfen kannst du so auch nicht. Reiß dich zusammen, Marine. Mit geballten Fäusten stolperte er vorwärts. Das Adrenalin unterdrückte den Schmerz so weit, dass er sich humpelnd fortbewegen konnte. Aber nicht besonders schnell und nicht sehr lange. Doch das war auch nicht nötig. Verstärkung war unterwegs.

Die Mitglieder des Einsatzteams waren bei der Explosion wahrscheinlich verletzt worden, doch er war ja über Funk mit der FBI-Einsatzzentrale verbunden. Dort hatte man den Einsatz mittels Überwachungskameras verfolgt. Der starke Arm des Gesetzes eilte bereits herbei. Streifenwagen, Hubschrauber, ein Spezialeinsatzkommando. Er musste nur versuchen zu überleben, bis sie eintrafen.

Die Straße war leer, in beide Richtungen verkehrsfrei. Brody rutschte über einen geparkten Jeep. Und rannte über den Bürgersteig. Jeder Schritt eine Explosion. Wahrscheinlich steckte noch Glas in seinem Kniegelenk. Gott, was für eine schreckliche Vorstellung.

Als er zurückblickte, sah er, dass die drei ihn verfolgten, ihre Gesichter zu wütenden Grimassen verzerrt. Sie waren keine zehn Meter mehr entfernt. Er konnte ihre Schritte hören, meinte, sie riechen zu können, eine Wolke von Schweißdunst. Jedes Mal, wenn er mit dem rechten Fuß aufkam, löschte der Schmerz alles andere aus. Falls das Glas tiefer ins Knie drang, würde das Bein nachgeben. Er würde zusammenbrechen und nie wieder aufstehen.

An der Ecke war ein Schnapsladen, die Leuchtschrift durchgebrannt, Schutzgitter vor allen Fenstern. Er lief darauf zu, kämpfte sich durch jedes Aufblitzen des Schmerzes. Hinter ihm heulte die Frau wie ein Wolf, die anderen lachten. Brody dachte wieder daran, wie schnell sie waren. Sie konnten ihn im Nu einholen.

Sie spielten mit ihm. Sie waren Hunde und er ihr Kauspielzeug.

Der Gedanke machte ihn ebenso wütend, wie er ihn ängstigte.

Er stolperte zum Laden und riss die Tür des Schutzgitters auf. Ein offenes Vorhängeschloss hing in der Öse. Er zog es ab, schob sich durch die Tür, knallte sie zu und begann, mit dem Schloss zu hantieren. Seine Hände waren feucht und die Löcher des Schlosses rostig, sodass der Bügel hängen blieb. Seine Verfolger holten auf und der Baseballspieler stand schon fast vor ihm, doch dann glitt der Bügel ins Loch und das Schloss schnappte zu. Brody sprang zurück, als der Aluminiumschläger mit einem Krachen so laut wie eine Autokarambolage die dicken Metallstäbe traf. Er hatte es geschafft.

Die anderen beiden standen nun auch vor dem Laden und alle drei starrten durch das dicke Gitter. Die Vogelscheuche mit der Machete grinste und entblößte ihr abscheuliches Junkiegebiss. Sie hatten irgendetwas an sich. Vielleicht waren es die Angsthormone oder es lag am Licht, aber sie schienen hyperreal, schärfer umrissen als der Rest der Welt. Er konnte die süße Fäulnis ihres Atems riechen, und während er keuchte und von Schmerzschweiß überströmt war, schienen sie überhaupt nicht außer Atem zu sein.

»Du fühlst dich wohl sicher.« Der Baseballspieler rüttelte mit beiden Händen am Gitter.

»An die tausend Cops sind unterwegs«, sagte Brody.

»Ach ja?« Der Junkie ließ ein hohes, irres Lachen hören. Er schlug dem Baseballspieler auf den Rücken. »Hast du das gehört?«

»Da kriege ich aber Angst.« Die Männer schauten sich an, dann legten sie ihre Waffen auf den Boden. Träge, als hätten sie alle Zeit der Welt, packten sie die Gitterstäbe und begannen zu ziehen.

Brody hätte beinah gelacht. Wenn die Ladenbesitzer in einer miesen Gegend wie dieser in etwas investierten, dann war es Sicherheit. Die Gitterstäbe hatten zweieinhalb Zentimeter Durchmesser. Es hätte die Winde eines Abschleppwagens gebraucht, um sie zu bewegen.

An den Armen der Männer standen die Adern hervor. Sie hatten die Zähne fest zusammengebissen. Die Füße gegen den Rahmen des Gitters gestemmt.

Und mit einem lang gezogenen Knirschen bogen sich die Gitterstäbe.

Brody wurde von einer solchen Panik erfasst, wie er sie noch nie erlebt hatte. Es hatte viele Situationen in seinem Leben gegeben, in denen er dem Tod ins Gesicht geschaut hatte, und jede hatte ihn bis ins Innerste erschüttert. Aber das …

»Siehst du, mein Hase?« Das Mädchen lächelte. »Niemand kann dich retten.«

Er drehte sich um, stieß die Tür zum Laden auf und stürzte hinein. Es war niemand da, die Leuchtstoffröhren waren erloschen, die Luft im gefilterten Tageslicht dunstig. Er humpelte zur Theke, die von zwei Zentimeter dickem Plexiglas umschlossen war. Dahinter auch niemand. Die Tür zum Büro abgeschlossen. Über dem schrillen Knirschen des nachgebenden Metalls ertönte das kristallklare Lachen der Frau.

Eine Waffe. Er brauchte eine Waffe.

Die Glock könnte er wahrscheinlich reparieren, doch dazu blieb keine Zeit. Er hatte Handschellen dabei, aber kein Pfefferspray und keine Ersatzwaffe, zusätzliches Gewicht, das die meisten Agenten vermieden.

Die Schnapsflaschen befanden sich alle hinter dem Plexiglas. Es gab einen Ständer mit Schokoriegeln und einen mit Chips.

»Noch ein bisschen. Nur noch ein bisschen!«

Im Fenster hing Leuchtreklame. Darunter ein Zeitschriftenständer.

Die Frau schob den Kopf zwischen die Stäbe, wand ihre Hüften und schob sich ganz hindurch.

Ein Feuerlöscher an der Wand.

Brody riss ihn los. Er wog etwa sieben Kilo, und Brody hielt ihn mit beiden Händen, eine oben, eine unten. Die Frau wurde langsamer, als sie den Feuerlöscher sah, und ein amüsierter Ausdruck blitzte durch ihr Gesicht. Ihr Blick schnellte zu seinem verletzten Knie und der blutgetränkten Hose. »Ach, Süßer.«

Sie holte so schnell aus, dass ihre Bewegung vor seinen Augen verwischte. Wie ein vorbeirasender Zug. Er konnte den Feuerlöscher kaum rechtzeitig hochstemmen. Der Stahl fing den Hieb mit einem *Klong* ab. Die Wucht des Stoßes fuhr ihm durch den Arm und betäubte seine Finger, sodass er beinah den Feuerlöscher hätte fallen lassen. Aus irgendeinem Grund hatte dieses schmale Mädchen einen Schlag wie George Foreman. Brody taumelte nach hinten, kam auf dem falschen Fuß auf und der scharfe Schmerz in seinem Knie hätte ihn fast gefällt. Das Mädchen sprang vor und schlug wieder zu, zu schnell, um es zu sehen. Er versuchte nicht einmal abzublocken, warf sich einfach nach hinten, als würde er rückwärts in ein Schwimmbecken springen.

Im Sprung zerteilte die Messerspitze sein Hemd und schnitt eine brennende Linie in seinen Bauch, und dann stürzte er in den Ständer hinter ihm, und grellbunt verpackte Schokoriegel flogen in alle Richtungen, während er vergeblich versuchte, seinen Fall abzufangen. Er kam mit dem Rücken so hart auf dem Boden auf, dass es ihm den Atem verschlug und er den Feuerlöscher losließ. Immer wieder verschwamm alles vor seinen Augen.

Brody sagte sich, dass er sich bewegen musste. Aufstehen. Doch er konnte sich nur auf die Seite drehen und verzweifelt nach Luft schnappen. Alles tat weh. Punkte tanzten vor seinen Augen.

Ein paar türkise Joggingschuhe tauchten vor seinem Gesicht auf.

Beweg dich. Beweg dich oder du musst dran glauben. Hier. Auf dem Boden eines Schnapsladens. Von einer Studentin mit einem Bowiemesser ausgeweidet.

»Keine Sorge, mein Hase«, sagte die Stimme über ihm. »Es geht ganz schnell.«

Luft, er brauchte Luft, doch seine Lungen wollten nicht, und bei jedem versuchten Atemzug brannte sein Bauch, und sein Knie war jetzt ernsthaft lädiert.

»Mach ihn kalt, Raquel«, knurrte eine weit entfernte Männerstimme. »Nimm ihn dir.«

Brody starrte auf ihre Schuhe, die Knöchel und Waden. Sah ihr Muskelspiel, als sie ihr Gewicht verlagerte. Sie würde sich hinunterbeugen und mit dem Messer ausholen, an dessen Schneide bereits dickes Blut klebte, doch er starrte nur auf ihre Schuhe.

Als die Sohlen sich vom Boden abhoben, packte er mit einer Hand den Hebel des Feuerlöschers und mit der anderen die Düse, hielt sie hoch und spritzte eine Ladung Kaliumcarbonat in die Richtung, wo er ihr Gesicht vermutete.

Sie kreischte und fiel auf ihren Hintern. Die Beine weit gespreizt, trat sie um sich und ihre Gummisohlen quietschten auf dem Linoleumboden. Sie ließ das Messer fallen und fasste sich an die Augen, ihr Gesicht mit weißem Pulver bedeckt. Brody zwang sich, sich aufzusetzen. Er nahm den Feuerlöscher in beide Hände und spannte seine Rumpfmuskeln an. Er ignorierte den Schmerz von der Schnittwunde im Bauch, während er den Feuerlöscher mit voller Kraft seitlich gegen ihren Kopf donnerte.

Er fühlte, wie ihr Schädel knackte. Die Hände fielen von ihrem Gesicht. Ihr Blick wurde glasig.

Und plötzlich fand Brody sich draußen wieder.

Neun

Er befand sich in einem Vorortgarten. Obwohl er ihn noch nie gesehen hatte, wusste er, er war hier zu Hause. Der Duft von Flieder hing schwer in der Luft. Daddy hatte seinen Arm um Mom gelegt. Auf dem schmiedeeisernen Gartentisch stand ein Kuchen, auf dem in rosa Zuckerguss geschrieben stand: ALLES GUTE ZUM 5. GEBURTSTAG, RAQUEL!!! Daneben ein eingewickelter Geschenkkarton, groß genug für eine American-Girl-Puppe …

Bevor er den Karton berühren konnte, war er plötzlich in Karas Haus. In der sechsten Klasse waren sie unzertrennlich gewesen, beste Freundinnen für immer, und Karas Zimmer mit seiner schrägen Decke, die mit Bildern von Fall Out Boy, My Chemical Romance und einem David Beckham mit nacktem Oberkörper übersät war, war ein zweites Zuhause, seit Dad abgehauen war. Sie hatten schon Make-up-Spiele gespielt und schauten sich jetzt ein Video von einer bekifften Katze an. Sie lachten so heftig, dass sie keine Luft mehr bekamen, so richtig, dass es voll wehtat …

Die Welt bestand aus Chlorgeruch und dem Johlen der Menge. Arme wirbelten im Schmetterlingsstil herum, das Wasser von der Kraft der Bewegung zu Schaum geschlagen.

Kopf an Kopf mit dem Miststück von der Lahser Highschool, der eingebildeten Kuh, die immer gewann. Er wuchtete durchs Becken, die Brille zu stramm, die Haare unter die Badehaube gesteckt, zog sich durchs Wasser, fast synchron mit der anderen, das Ende der Bahn in Sicht, beide legten noch einmal zu, griffen nach der Wand, und er war schneller, das wusste er, doch der Schiedsrichter erklärte die andere zur Siegerin, verweigerte ihm den Triumph, der eigentlich …

Die Decke des Wohnheimzimmers war weniger als einen Meter vom oberen Etagenbett entfernt, und zwischen der Decke und ihm befand sich Aaron Rutgers, der Junge mit dem Pony und den Grübchen. Aaron hatte eine Hand auf Brodys Brüsten und mit der anderen fummelte er da unten herum, versuchte ihn hineinzuschieben, dann stieß er zu, und etwas riss in Brodys Vagina und es tat weh, sehr sogar, doch irgendwo jenseits des Schmerzes gab es noch etwas anderes, etwas beinah Angenehmes …

Sonnenuntergang über dem Hof, der Himmel goldene Glut, die Bäume voller Knospen. Beim Lauf über das Unigelände schon der innere Abschied von diesem Ort. Eine ganze Welt da draußen. Die Chance auf eine Karriere, heiraten, wunderschöne Kinder bekommen. Oder immer wieder entlassen werden, mit einem Versager nach dem anderen anbändeln, Abtreibungen. Wie es auch aussehen sollte, das Leben würde bald …

Schmierig und schlaff, die Muskeln nicht richtig … Hämmernde Kopfschmerzen zu gewaltig, um in seinem Schädel Platz zu haben. Gesicht auf schmutzigem Beton und eine Blutlache, die größer wurde, sein Blut. Über ihm Stimmen. Jemand sagte: *Scheiße. Warum hast du so fest zugeschlagen?*, und jemand antwortete: *Schnapp dir ihre Handtasche, komm schon.* Jemand zerrte am Riemen und er riss. Schritte, die sich eilig entfernten. Schwarze Punkte, die größer wurden. Es war nicht fair, es war einfach nicht fair, er hatte so lange darauf gewartet und dann wurde ihm alles genommen, wegen dreizehn Dollar und einem Handy …

Brody rang nach Luft und zuckte, als wäre er in der Badewanne eingeschlafen. Rückwärts taumelnd raffte er sich auf, stand fest auf seinen Füßen und wollte nur weg von der Frau mit dem eingeschlagenen Schädel. Das war sie gewesen. Raquel.

Er war sie gewesen. Unmöglich. Doch er wusste es genau, konnte es noch fühlen.

»Nein!« Metall schlug schrill gegen Metall. Die Vogelscheuche rüttelte so heftig an dem Gitter, dass der ganze Laden zu beben schien.

Brody handelte rein automatisch. Ließ den Feuerlöscher fallen, hob das Messer auf, hielt es nach oben und nahm die Dreieckstellung ein, wie er es in der Ausbildung gelernt hatte, seine Schildhand erhoben. Er wusste, es war sinnlos, doch war nicht bereit, kampflos aufzugeben.

Der Junkie hörte auf, an dem Gitter zu zerren. Seine Augen wurden schmaler, als würde er nachdenken. Der Baseballspieler neben ihm sog Luft durch die Zähne.

Worauf warten sie noch?

Der Junkie blickte auf die Frau am Boden, dann zu Brody. »Den erledigen wir.«

»Nee.«

»Aber er hat Raquel umgebracht.«

»Schau ihn dir an.« Der Baseballspieler schüttelte den Kopf. »Ich bin raus aus dem Ding.«

Der Dünne tapste von einem Fuß auf den andern, als müsste er pinkeln. Er fletschte die Zähne. Schließlich schulterte er die Machete. »Bis demnächst, vielleicht.«

Die beiden drehten sich um und machten sich davon.

Brody ließ das Messer sinken. Er atmete tief durch. Es roch

nach Staub und Urin. Raquels Blase hatte sich geleert, als sie starb.

Er blickte auf sie hinab. Es schien alles unmöglich. Wie die Männer die Gitterstäbe verbogen hatten. Die Kraft und Geschwindigkeit, mit der Raquel ihn angegriffen hatte. Doch vor allem, was gerade passiert war. Es gab zwei Dinge, deren er ganz sicher war. Beide waren absolut wahr. Und widersprachen sich völlig.

Er hatte diese Frau noch nie zuvor gesehen, doch er hatte ihr Erwachsenwerden durchlebt. Sie war ihm völlig fremd und doch kannte er ihre intimsten Gedanken. Er war Will Brody. Doch gerade eben war er Raquel Adams gewesen.

Was zum Teufel ging hier vor?

Er war Raquel Adams gewesen.

Absurd, aber wahr.

Er *war sie* gewesen. Er hatte den Flieder gerochen, hatte Hände auf seinen Brüsten gespürt, hatte die Blutlache gesehen. Es waren *ihr* Geburtstag, *ihre* Jungfräulichkeit und *ihr* Tod gewesen. Doch wie konnte es ihr Tod gewesen sein? Sie war eben noch mit einem Messer in der Hand durch die Straßen Chicagos gerannt …

Schock. Er stand unter Schock, halluzinierte. Also okay. Hilfe war unterwegs. In der Zwischenzeit sollte er sich hinsetzen und tief durchatmen. Sein Bein mit irgendetwas verbinden, um den Blutverlust einzudämmen.

Vorsichtig setzte er sich auf den Boden und legte das Messer weg. Er biss die Zähne zusammen und schob sein Hosenbein über …

Über sein unversehrtes Knie.

Zehn

Claire stand ganz gerade und still da. Das Einzige, was sich an ihr bewegte, waren der langsame Rhythmus ihres Atems und das leichte Nachgeben der Haut, wo sie sich den Daumennagel in die Handfläche bohrte. Der Schmerz fühlte sich an, als gehörte er jemand anderem. Sie drückte weiter zu.

Der Tisch vor ihr war aus makellosem Metall, kalt und hell beleuchtet. Starke Strahler warfen aus verschiedenen Winkeln ihr grelles Licht darauf, löschten alle Schatten aus und zeichneten alles in surrealer Klarheit. Der chemische Geruch des Formaldehyds war beißend, fast stark genug, um den Gestank von verbranntem Fleisch zu überdecken.

Die Leiche auf dem Tisch sah nicht wirklich aus wie Will. Sie hatte kaum noch Ähnlichkeit mit einem menschlichen Körper.

Die Spurensicherung hatte die Analyse zwar noch nicht abgeschlossen, doch es stand fest, der Sprengkörper bestand aus einem mit rauchlosem Schießpulver gefüllten Stahlrohr mit einem Handy als Zünder. Eine klassische Rohrbombe, selbst für gewöhnliche Terroristen ziemlich primitiv, doch sehr effektiv. Vor allem unter einem Haufen von Glasscherben begraben. Nachdem das Pulver sich entzündet hatte, wurde der

Druck in dem Stahlrohr immer größer, bis es zerbarst, und die Druckwelle verwandelte die Scherben in einen Sturm aus wirbelnden Klingen.

Wie ein Püriergerät mit sechs Metern Durchmesser.

Claire hatte schon viele Leichen gesehen. Menschen, die von Flintenschüssen beinah auseinandergerissen worden waren, Opfer von Folter, verkohlte Überreste ermordeter Kinder. Man gewöhnte sich daran, so seltsam und schrecklich es sich anhörte. Man lernte einfach zu trennen. Das, was den Menschen ausmachte, war nicht mehr da. Man mochte es Seele nennen, Geist oder Bewusstsein, konnte Religion ins Spiel bringen oder es rein biologisch betrachten, das war gleichgültig. Den Toten fehlte etwas, das einem Menschen innewohnte und sich nicht beschreiben ließ. Wenn man ein paar Leichen gesehen hatte, wurden sie zu Gegenständen. Doch bei jemandem, den man kannte, war es etwas anderes. Bei jemandem, den man vielleicht geliebt hatte.

Geliebt. *Ge*-liebt. Vergangenheit. Will Brody gehörte nun der Vergangenheit an.

»Ma'am … oh Gott.« Agent Huang schlug sich den Handrücken vor den Mund und wandte sich ab. »Oh Gott.«

Claire stand ganz gerade und still da und bohrte sich den Daumennagel in die Handfläche.

Sie hatte zugesehen. Dass die Leiterin einer FBI-Spezialeinheit einen Routineeinsatz beobachtete, war eher ungewöhnlich, aber einer der Vorteile ihres Postens war, dass sie sich nicht erklären musste. Sie hatte sich keine Sorgen gemacht – okay, vielleicht ein wenig, ein Grund, warum Romanzen am Arbeitsplatz keine gute Idee waren –, aber sie war froh gewesen, als Brody über Funk Entwarnung gegeben hatte. Claire hatte ihren Ohrstöpsel herausgenommen, sich beim Team für den Einsatz bedankt und war Richtung Ausgang gelaufen.

Dann kam sein Schrei, und dieser Knall, keine Explosion wie im Kino, bei der die Sitze wackeln, sondern eher dumpf, und dann kamen Staubwolken durch die Tür.

Als sie zwanzig Minuten später bei der Kirche eintraf, sah alles völlig anders aus. Hunderte Polizisten hatten das Viertel abgeriegelt. Überall flimmerten Blaulichter über die Fassaden der schäbigen Holzhäuser. Eine Polizeikette hielt eine Menschenmenge zurück, die nach Katastrophenporno lüsterte, und die Hälfte der Leute filmte die Szene mit ihren Handys. Drei verletzte Einsatzbeamte waren auf dem Weg zum Krankenhaus und würden wahrscheinlich überleben. Keiner von ihnen war so nah dran gewesen wie Will. Ein Beamter namens Kurtz war noch näher gewesen als Will, doch der hatte ihn weggestoßen und die Scherben abbekommen, die sonst den anderen getroffen hätten.

Kurtz selbst hatte es ihr erzählt. Er hatte am Straßenrand gesessen, hatte benommen gewirkt, und Blut war über seine Wange geronnen. »Ich kannte den Mann nicht einmal.« Er hielt eine unangezündete Zigarette in der Hand. »Ich kannte ihn nicht einmal.«

In dem Moment hatte sie unbändigen Hass für Kurtz empfunden. Und dann sich selbst gehasst, weil sie wünschte, er wäre an Wills Stelle umgekommen.

Claire starrte auf die Überreste auf dem Obduktionstisch. Das war alles, was von dem Mann blieb, der sie, weil sie nichts zu essen zu Hause hatte, geneckt und trotzdem jeden Abend etwas Fantastisches für sie gekocht hatte. Diese zerfetzten Stümpfe waren die Hände gewesen, die über ihren Körper gefahren waren, diese schlaffen Glieder die Unterarme, die sie bewundert hatte. Dieses zerschundene Gesicht und dieser zertrümmerte Schädel …

»Ma'am?«

Sie hatten sich noch nicht lange gekannt, doch sie hatten sich gut gekannt, hatten sich irgendwo tief im Innern auf

Anhieb verstanden, und nun war er nicht mehr da. Ihre Brust schien zu schwach, um all ihre Wut und Trauer aufzunehmen. Ihre Gefühle bogen sich wie Sägeblätter. Doch sie zwang sich hinzusehen und ganz gerade und still dazustehen.

»Ma'am?«

Agent Huang war bereits vor einigen Sekunden gekommen. Ungefragt lieferte ihr Gedächtnis die relevanten Informationen aus seiner Personalakte: HUANG, EDWARD »EDDIE«, Juraabschluss aus Wharton, verheiratet, keine Kinder, gute Beurteilungen durch seine Vorgesetzten …

Ohne ihn anzuschauen, fragte sie: »Haben Sie das Handy gefunden?«

»Ja. Der nächste Mobilfunkmast zeigt in der Umgebung sieben Anrufe zu Handynummern innerhalb einer Spanne von zehn Sekunden an. Sechs konnten wir finden. Die siebte Nummer gehört zu einem Prepaid-Gerät und reagiert nicht auf elektronische Anfragen.«

»Der Zünder.«

»Da ist noch etwas.«

Etwas an seinem Ton ließ sie aufhorchen. Sie riss ihren Blick vom Obduktionstisch los und schaute ihn an.

»Der Anruf, der die Bombe gezündet hat, kam von einem Gerät, das beim selben Mast eingebucht war. Ebenfalls ein Prepaid-Handy. Und keines der beiden hatte GPS, also können wir es nicht genau lokalisieren. Doch heutzutage gibt es überall Sendemasten. Das bedeutet …«

»Er war da«.

Drei Wörter. Doch Claire hatte noch nie drei Wörter mit so viel Hass ausgesprochen. »Er hat zugeschaut.«

Huang nickte.

In gewisser Weise war es egal. Aus nächster Nähe zu töten war nicht anders als aus weiter Entfernung. Und doch … es war etwas anderes.

Es war nicht nur, dass der Attentäter sein achtzehntes Opfer gefordert hatte. Nicht nur, dass das Opfer Polizist war. Nicht nur, dass der Polizist ein Mann war, den sie geliebt haben mochte. Oder dass Brody auf ihre Anordnung hin dort gewesen war. Oder dass er tot war, weil er jemand anderen gerettet hatte.

Derjenige, der Will Brody ermordet hatte, wollte ihn sterben sehen.

Achtsam, ihre Wut nicht mitklingen zu lassen, fragte sie: »Informationen zum Kauf der Geräte?«

»Beide wurden vor neun Tagen in einem Minimarkt auf der Elston Avenue gekauft. Der Käufer hat bar bezahlt. Das Überwachungssystem des Ladens besteht aus mehreren Kameras, die an dieselbe Festplatte angeschlossen sind, und neue Dateien überschreiben die alten. Deshalb gehen die Aufnahmen nur drei Tage zurück.«

Genau wie die anderen Sachbeweise. Sie hatten Patronenhülsen, Fußabdrücke, sogar DNA von Haarfollikeln und Zigaretten, und nichts davon half ihnen weiter. Wieder hatte sie das Gefühl, dass er nicht allein arbeitete. Der Heckenschütze wurde beschützt, in irgendeiner Weise angeleitet.

»Ma'am, wir können nicht sicher sein, dass der Heckenschütze etwas damit zu hat. Bei allen anderen Attentaten wurde ein Gewehr benutzt. Es könnte ein Trittbrettfahrer sein, jemand …«

»Das war er.« Claire wusste es mit absoluter Sicherheit.

»Die Verhaltensforscher sagen vielleicht, vielleicht auch nicht. Sie suchen noch DNA-Spuren …«

»Und wenn sie sie gefunden haben, wird sich herausstellen, dass sie übereinstimmen. Das war er.«

»Okay«, sagte Huang. »Nun, falls Sie recht haben, unterstützt es die Theorie, dass es sich um einen Veteranen handelt. Das Bauen von Sprengsätzen gehört zu den Fertigkeiten, die ein Soldat im Kriegseinsatz beherrschen muss.«

»Nur dass es sich hier offensichtlich um eine tödliche Falle handelte, die für Polizisten gedacht war. Und wenn er ein verbitterter Veteran wäre, der es auf Autoritätspersonen abgesehen hat, hätte er doch von Anfang an Polizisten …« Claire verstummte. Da war irgendetwas. Eine Verbindung, die ihr entgangen war.

Sie brauchte nur eine Sekunde. »Moment. Das war eine Falle.«

Huang sagte: »Ja, aber der Punkt ist …«

»Nein, Sie verstehen nicht. Es war eine Falle.«

»Und?«

»Für eine Falle braucht man einen *Köder.*«

Huang schien zu versuchen, ihren Gedanken zu folgen. Dann riss er die Augen auf. »Oh.«

Claire wirbelte herum und rannte los.

Elf

Brody saß lange da und starrte auf sein Knie. Er erinnerte sich an den Dolch aus Glas, den er herausgezogen hatte, die glibbrigen, Übelkeit erregenden Schmerzen. Es war kein Hirngespinst – seine Hose war mit angetrocknetem Blut getränkt. Und doch war die Haut unversehrt und er konnte sein Bein ohne Einschränkungen und völlig schmerzfrei bewegen.

Und dann sein Bauch. Er hatte quer über der Vorderseite seines Hemds einen Schlitz, doch obwohl Raquels Messer seinen Bauch wie ein Skalpell aufgeschnitten hatte, war auf seiner Haut nichts zu sehen.

Außerdem fiel ihm auf, dass ihm das Atmen leichtfiel und er die haarfeinen Schnitte in Lippen und Zunge gar nicht mehr spürte. Im Grunde fühlte er sich körperlich … geradezu großartig. Wie nach zehn Stunden traumlosem Schlaf, gefolgt von Eiern Benedict und einem Blowjob. Sein Körper war geschmeidig, seine Muskeln stark und einsatzbereit. Er wollte sich bewegen, sich strecken, joggen gehen.

Zuerst einmal stand er auf.

Raquel lag noch an der Stelle, wo sie zusammengebrochen war, ihr Körper seltsam verrenkt. Eine ganze Weile stand Brody da und blickte auf sie hinunter. Er hatte schon früher getötet, da war er ziemlich sicher, doch das war im Krieg gewesen. Chaos, Rauchwolken, Aufständische, die aus engen Gassen und von Moscheedächern hinab spähten, das ohrenbetäubende Krachen seines M4-Karabiners. Das war etwas anderes. Er wollte ein paar Worte sagen, doch ihm fiel nichts ein.

Stattdessen lief er zum Schutzgitter. Die Art, wie die dicken Metallstäbe in der Mitte auseinandergebogen waren, erinnerte ihn an einen Zeichentrickfilm. Brody schob Kopf und Schultern hindurch und schlängelte sich dann ganz hinaus.

Das Viertel war ruhig. Es war nicht nur keine Polizei da. Es war überhaupt niemand da. Keine Gaffer, keine Jugendlichen, die an Straßenecken herumstanden, keine schwatzenden alten Leute. Kein Verkehr. Kein entferntes Hupen. Kein ratternder Zug. Keine summende Stromleitung. Keine aus Häusern plärrenden Hip-Hop-Hymnen, keine Fernsehstimmen aus offenen Fenstern.

Ein Zittern durchfuhr ihn. Es kam von nirgendwo und ließ ihn am ganzen Körper zucken. Er holte tief Luft und dann noch einmal.

Schwere Wolken hingen tief am Himmel. Wind zerzauste die kahlen Bäume und wirbelte den Müll auf der Straße auf. Fenster waren wie schwarze Augen, die ihn anstarrten. Eine Schaukel wackelte in der Brise und ihre Kette knarrte.

An einem Stoppschild stand ein Honda Civic, und eine Sekunde lang hoffte Brody, doch es saß niemand drin. Der Wagen stand auf der rechten Spur und die Stoßstange ragte leicht über die Linie hinaus. Als wenn der Fahrer mitten auf der Straße geparkt hätte. Brody schirmte die Augen mit den Händen ab und spähte durchs Fenster. Der Schlüssel steckte in der Zündung. Der Sicherheitsgurt war über einen leeren Sitz gespannt.

Einen Block weiter nördlich stand ein bejahrter Ford F-150, ebenso verwaist. Richtung Süden konnte er drei Autos hintereinander sehen, alle in der richtigen Spur und alle wie festgewachsen. Die Bodegas, die Fischbratereien und Friseurläden waren leer, dunkel und verlassen. Die Welt stand still und alle Menschen waren verschwunden.

Er hatte schon Träume gehabt, die sehr real gewirkt hatten. Träume, in denen er die Nähte seiner Jeans und die Haare auf seinem Handrücken gesehen hatte. In denen er Empfindungen hatte und Gedanken formen konnte. Jeder hatte hin und wieder solche Träume.

Doch er konnte sich an keinen Traum erinnern, in dem er echten Schmerz verspürt hatte. Es war mehr wie die Vorstellung von Schmerz gewesen, eine gedankliche Nachahmung, die sein Hirn als echt behandelte. Eine sieben Zentimeter lange Glasscherbe in sein Knie gerammt, das hatte verdammt wehgetan. Außerdem hatte er noch nie einen Traum, in dem er sich gefragt hatte, ob er träumte, um dann herumzustehen und die Frage mit sich selbst zu erörtern.

Okay. Eigentlich weißt du, was los ist. Du willst es zwar nicht wahrhaben, aber es ist die einzige Erklärung.

Folgendes war geschehen: Er hatte neben der Bombe gestanden, als sie hochgegangen war, und dann war er völlig unverletzt zu sich gekommen.

Das bedeutete, dass er gar nicht zu sich gekommen war. Stattdessen war er schwer verletzt zum nächsten Krankenhaus gebracht worden. Er lief nicht in einer menschenleeren Version von Chicago herum, sondern lag gerade auf dem Operationstisch.

Dies waren von der Narkose ausgelöste Fantasien. Ein lebhafter Traum, den sein Gehirn selbst gesponnen hatte.

Irgendetwas mit einem arabischen Harem wäre ihm lieber gewesen, flatternde Seide und Mädchen, die ihn mit Trauben füttern. Oder noch besser, Claires Bett an einem Samstagmorgen und nichts zu tun zu haben, außer Liebe und Frühstück machen.

Doch sein Unterbewusstsein hatte das Steuer übernommen und bediente sich dessen, was es vorfand: eine verlassene, seltsam veränderte Stadt und Menschen, die einander ohne Grund umbringen. Albträume hatten ihren Ursprung meist in der Realität. Deshalb waren sie auch so beängstigend.

Trotzdem. Mitteilung an mein Unterbewusstsein: Fick dich doch.

* * *

Brody wusste nicht mehr, wie lange er gelaufen war, aber sicher mindestens eine Stunde. Vorbei an Tankstellen und Supermärkten, Bars und Restaurants, Büros und Hochbahnstationen. Als er sich der Innenstadt näherte, sah er weitere Autos mitten auf der Straße stehen. Verlassen warteten sie an Ampeln, die nicht leuchteten, unter einem grauen Himmel, an dem kein Flugzeug flog.

Er hatte kein Ziel. Er lief einfach drauflos, weil er nicht wusste, was er sonst tun sollte.

Die Skyline kam näher, Willis und Chase Tower, das Franklin Center und Dutzende weitere Wolkenkratzer wie dicht an dicht aufgestellte Bauklötze. Die Büros und Wohnungen von Millionen Menschen. Kein einziges erleuchtetes Fenster.

Nachdem er unter dem gespenstisch stillen Dan Ryan Expressway hergegangen war – gerammelt voll mit Fahrzeugen, die sich nicht bewegten, ein höllischer Verkehrsstau –, erreichte er den nach Süden fließenden Arm des Chicago River. Das Metallfachwerk der Cermak-Brücke war rostfarben gestrichen. *Wahrscheinlich, um den tatsächlichen Rost zu übertünchen,* dachte er. Das Geräusch seiner Schritte änderte sich, als er auf die Brücke trat. Reihen leerer Autos in beiden Richtungen. Er lief bis zur Mitte und lehnte sich an die Brüstung. Das trübe Wasser sah kalt aus und die Luft roch leicht faulig. Ein

Bündel Zweige mit vereinzelten, aufgeweichten Blättern trieb träge vorbei. Das musste er seinem Unterbewusstsein lassen: Seinen Mangel an Geschmack machte es durch Liebe zum Detail wett.

Brody mochte seine Theorie nicht, aber sie war besser als keine. Am liebsten wäre er ausgerastet und hätte angefangen zu schreien. Eine Theorie zu haben half ihm, diesen Impuls zu unterdrücken, auch wenn es nichts änderte. Das war bei vielen der vorherrschenden Theorien so. Die vom Urknall zum Beispiel:

Also, es gibt absolut nichts. Es gibt keinen leeren Raum, sondern Nicht-Raum, und dann puff!, *plötzlich gibt es eine Singularität unendlicher Dichte, einen unmessbar kleinen Punkt, der alles enthält, was es jemals geben wird, jedes Staubkorn und jede ausgedehnte Galaxie, jedes bisschen Materie, das im Innern eines Sterns brennen wird, sogar die Zeit selbst, und er explodiert in alle Richtungen und 13 800 000 000 Jahre später werden Sue und Glenn Brody Eltern eines Jungen, den sie William nennen.* Eine tolle Theorie, aber bei Entscheidungen des täglichen Lebens nicht sehr hilfreich.

Als er vom Fluss aufsah, erspähte er am anderen Ende der Brücke eine Gruppe von Gestalten. Erleichterung überkam ihn. Er war nicht allein.

Doch dann sah er, dass sie bewaffnet waren. Mit Messern, Baseballschlägern und Hämmern, das gleiche improvisierte Arsenal wie bei seinen Angreifern. Nur diesmal waren sie zu zehnt …

Nein. Mehr.

Auf dem Dach des niedrigen Ziegelbaus sah er einige bewaffnete Männer und Frauen, deren Umrisse sich vom grauen Himmel abhoben.

Weitere beobachteten ihn von Balkonen aus, die den Fluss überblickten.

Einer kletterte sogar auf den Brückenwärterturm, ein Jugendlicher mit langen Haaren und einem verblichenen

Baumwollmantel. Er hatte einen Bogen in der Hand und an der Schulter einen Köcher mit Pfeilen.

Brody drehte sich um und wusste, was ihn erwarten würde.

Eine weitere Gruppe stand am anderen Ende der Brücke.

Du Idiot. Er war in Gedanken gewesen und hatte zugelassen, dass sie ihn umzingelten. Der Augenblick hatte etwas von einer Filmszene. Wie ein Hinterhalt in einem alten Western, wo der Held durch eine staubige Schlucht reitet, an deren Rand sich stumm seine Feinde aufreihen.

Es sind bestimmt zwanzig. Vielleicht mehr.

Sie waren nicht wirklich. Er lag auf dem Operationstisch. Ärzte versuchten fieberhaft, sein Leben zu retten. Er war umgeben von Maschinen und Infusionsbeuteln und mit Narkosemitteln vollgepumpt. Er musste keine Angst haben. Diese Leute waren nicht gefährlicher als ein Tagtraum.

Es wäre natürlich ziemlich blöd, wenn du dich geirrt hättest, und einer von denen rammt dir einen Klauenhammer in den Schädel.

Brody drehte sich langsam um sich selbst und versuchte, trotz seines pochenden Herzens nachzudenken. Sie starrten ihn alle an. Ihre Kleidung und Gesichter waren schmutzig. Er hatte immer noch das Messer, der Griff in seiner Hand schweißnass, doch was nutzte ihm das schon? Er spähte über die Brüstung, schätzte ab, wie weit die Entfernung bis zum Fluss war.

Ein Mann am Ostende der Brücke hob eine Hand. Langsam, die Handfläche nach vorn, wie ein Schüler im Unterricht. Die anderen warteten.

Was auch immer hier vorging, die Regeln hatten sich gewaltig geändert. *Und wenn die Regeln sich ändern, änderst du dich mit ihnen. Sonst hast du verloren.* Brody winkte zurück.

Die Hände vor dem Mund zu einem Trichter geformt, rief der Mann: »Komm rüber und sag Hallo.«

»Komm du doch.« Brody zögerte. »Nur du.«

Das sorgte für Unruhe, Leute murmelten und schüttelten die Köpfe. Der Mann erwiderte: »Auf gar keinen Fall, nicht so, wie du strahlst. Wie wär's mit zweien von uns?«

Nicht so, wie ich strahle?

Brody dachte, wahrscheinlich war es einerlei, er würde es schon herausfinden. Er nickte.

Der Mann zeigte auf zwei Begleiter und die drei kamen auf ihn zu. Brody teilte seine Aufmerksamkeit zwischen ihnen und den anderen, vor allem dem Jungen mit dem Bogen. Er kannte sich mit Bogenschießen nicht aus und nahm an, dass es nicht leicht war, jemanden auf fünfzig Meter Entfernung zu treffen, doch unmöglich schien es nicht. Sobald der Junge einen Pfeil einspannte, würde er über die Brüstung springen.

Ihm wurde die Absurdität seiner Sorge bewusst, dass jemand auf einer Brücke mitten in Chicago mit Pfeil und Bogen auf ihn schießen würde, doch er schob den Gedanken beiseite.

Der Mann, mit dem er gesprochen hatte, war breitschultrig und sportlich. Locker hielt er ein Feuerwehrbeil in der Hand, dessen Kopf zwei Zentimeter über dem Boden baumelte. Neben ihm lief ein Mann mittleren Alters mit dem Schnäuzer und Knüppel eines Polizisten her. Hinter ihnen folgte eine Frau mit dem Gesicht einer Vorstadtmutti und dem Körper einer Yogalehrerin, die tatsächlich ein Samuraischwert bei sich trug.

Als sie ihn erreichten, blickte der erste Mann zum Fluss hinunter. »Das Wasser ist kalt, Mann.«

Brody sagte nichts.

»Ich heiße Kyle. Das sind Antoine und Lucy.«

»Will Brody.«

»Freut mich.« Kyle taxierte ihn von oben bis unten und sein Blick blieb an der Glock hängen. »Polizei?«

»FBI.«

»Wow, habe noch nie jemanden von dem Verein kennengelernt. Ihr vielleicht?«

Lucy schüttelte den Kopf. Antoine spuckte über die Brüstung.

»Soll ich dir mal einen Trick zeigen, Will Brody? Ich kann deine Gedanken lesen.« Kyle legte die freie Hand an die Schläfe und tat so, als müsste er sich konzentrieren. »Du denkst, das ist der seltsamste Traum, den du je hattest. Stimmt's?«

Brody sagte nichts.

»Kyle, warum machst du so einen Zirkus?« So wie Lucy ihr Schwert hielt, konnte sie wahrscheinlich damit umgehen, dachte Brody. »Schau ihn dir doch an. Er ist ein Fresser.«

»Er hat gefressen. Das ist nicht das Gleiche«, sagte Kyle. »Wir haben gespürt, dass jemand kommt.«

»Du meinst, ein Neuer hat ganz allein einen Fresser erledigt?«

»Ich weiß es noch nicht«, sagte Kyle. »Lassen wir den Mann selbst reden. Erzähl uns deine Geschichte, Will Brody.«

Brody fragte: »Was ist ein Fresser?«

»Nun, wir sind nicht die ersten neuen Bekanntschaften, die du heute gemacht hast, oder?«

Es war ein Test, das wurde ihm jetzt klar. Das alles. Eine Art Vernehmung. Er wusste nicht, worüber diese Leute redeten oder was sie darstellten, doch sie versuchten, ihn einzuschätzen. »Drei Fremde haben mich angegriffen. Zwei Männer und eine Frau. Sie hatten Waffen dabei, eine Machete, ein Messer. Und sie waren … sehr schnell. Und stark.« Er zögerte. Zuckte mit den Schultern. »Sie haben unmögliche Dinge vollbracht. »Eine habe ich erledigt. Die anderen haben sich davongemacht.«

»Du hast ihn erledigt und die anderen sind einfach abgehauen?«

»Sie«, sagte Brody. »Es war eine Frau. Ich habe ihr mit einem Feuerlöscher den Schädel eingeschlagen.« Er hielt Kyles Blick stand, die Schultern durchgedrückt.

Nach einer Sekunde nickte Kyle. Er blickte sich zu Lucy um. »Selbstverteidigung.«

»Falls die Geschichte stimmt. Vielleicht lügt er, um seine Haut zu retten.«

»Ein verzweifelter Fresser würde das vielleicht versuchen, einer ohne Treibstoff im Tank. Aber der Typ hier strahlt. Wenn er nicht kämpfen wollte, hätte er einfach wegrennen können. Wir hätten ihn nicht einholen können.«

Das stimmte Lucy nachdenklich. Kyle wandte sich wieder an Brody. »Tut mir alles sehr leid. Wenn du die Wahrheit sagst, dürftest du jetzt ziemlich verwirrt sein. Aber wir müssen auf Nummer sicher gehen. So weit draußen enden Neulinge meistens als Mahlzeit. Aber …«, er schwang das Beil ein wenig wie bei einem einhändigen Putt, »… aber du hast es mit dreien von ihnen aufgenommen.«

Das war die Untertreibung des Jahrhunderts, aber Brody war sich nur zu gewahr, wie Kyle sein Beil hin- und herschwenkte, wie gekonnt Lucy ihr Schwert hielt und wie Antoine ihn langsam umkreiste. Falls dies ein Test war, hatte er ihn noch nicht bestanden. »Ich konnte in den Schnapsladen fliehen und habe das Sicherheitsgitter verschlossen. Die zwei Männer, äh, Fresser haben die Gitterstäbe auseinandergebogen. Die Frau ist allein durchgeschlüpft. Im Nullkommanichts hatte sie mich umgehauen. Ich bin nur hier, weil sie übermütig wurde und ich Glück hatte. Nachdem ich sie getötet hatte, sind die anderen einfach abgezogen. Kann ich mal eine Frage stellen?

»Nur zu.«

»Ich bin FBI-Agent. Warum tut ihr alle so, als wäre ich ein Sicherheitsrisiko?«

Antoine lachte schnaubend. »Ich glaube, er ist okay.«

Kyle wandte sich an Lucy. »Und du?«

Die Frau biss sich auf die Lippe und studierte ihn genau. Dann nickte sie und senkte ihr Schwert. Brody atmete auf.

»Tut mir leid«, sagte Kyle und schwang das Beil auf seine Schulter. »Es ist nur so, dass Neuankömmlinge selten durchkommen, es sei denn, wir erreichen sie zuerst. Ich habe noch nie einen vollgepumpten Neuling gesehen.«

»Vollgepumpt?«

»Taufrisch. Strahlend. Mit vollem Tank.«

Brody starrte ihn verständnislos an.

»Okay, wie soll ich es erklären?« Kyle kratzte sich am Kinn. »Also, tu mir einen Gefallen und vergiss nicht, dass wir die Guten sind.«

Kyle holte aus und seine Linke flog in einem schnellen Jab nach vorn. Instinktiv hob Brody den Arm, um sie abzublocken.

Und alles veränderte sich.

Kyles Jab verwandelte sich von einem blitzschnellen Schlag in ein Schleichen und seine Faust bewegte sich wie unter Wasser. Brody senkte seine Schulter, bemerkte die Lockerheit, Geschmeidigkeit und Kraft seiner Muskeln, als er seinen Fuß zum Sprung aufsetzte, mit der Linken Kyles Handgelenk packte und ihm den Arm herumdrehte. Er sah, wie Kyles Gesichtsausdruck sich änderte, eine Muskelfaser nach der anderen, wie der Schmerz seinen Mund verhärtete und seine Augen weitete. Brody hielt Kyles Handgelenk fest im Griff, während er einen Schritt nach vorn machte und das Bowiemesser an seine Halsschlagader legte.

Die anderen hatten sich kaum bewegt.

»Scheiße!«, jaulte Kyle. »Vorsicht, Mann, du brichst mir ja den Arm!«

Lucy fluchte und Antoine hob den Schläger an. In der Ferne schrien die anderen und hielten ihre Waffen hoch. Die Zeit schien wieder normal zu verlaufen. Brody schob Kyle zwischen sich und den Jungen mit dem Bogen. »Was zum Teufel sollte das?«

»Ich dachte, es wäre einfacher, es dir zu demonstrieren … verdammt, Mann, vorsichtig mit meinem Arm. Du weißt nicht, wie stark du im Moment bist.«

Brody lockerte seinen Griff, ließ aber nicht los. »Rede schon. Was geht hier vor sich?«

»Du träumst nicht. Das weißt du doch, oder?«

Brody konnte Kyles warmen Atem fühlen, konnte den leicht säuerlichen Geruch der drei wahrnehmen. Konnte jede Einzelheit der Gebäude jenseits der Brücke sehen, das Murmeln des Flusses hören. Seine Füße waren müde vom Laufen und seine Hände waren verschwitzt. Er nickte.

»Okay, also du träumst nicht, aber alles hat sich verändert.« Eine Schweißperle rann an Kyles Schläfe hinunter. »Eigentlich weißt du schon, was los ist. Wahrscheinlich versuchst du, dir etwas anderes einzureden, hast dir Theorien und Erklärungen zurechtgelegt, aber im Grunde deines Herzens weißt du Bescheid.«

»Was meinst du?«

»Ach komm. Die ganze Stadt hat sich verdünnisiert und irgendwelche Leute wollten dich mit Macheten abschlachten. Was ist das Letzte, woran du dich erinnerst, bevor sich alles so seltsam verändert hat?«

In einer dunklen Kirche war eine regenbogenfarbige Sonne aufgegangen und eine Druckwelle, die einen Sturm aus glitzernden Rasierklingen erzeugte und dich in die Luft schleuderte …

»Ja, richtig«, sagte Kyle. »Ich sehe es an deinem Gesicht, Mann. Du hast kapiert.«

Das konnte nicht sein. Auf gar keinen Fall. Es war unmöglich, *un*möglich … Er lag auf dem Operationstisch und Claire saß im Wartezimmer, das hier war eine Halluzination …

»Brody, hör zu. Ich weiß, was du durchmachst. Wir haben es alle erlebt. Hör auf, dir was vorzumachen, und sag es.« In Kyles Stimme klang echtes Mitgefühl mit. »Du weißt es, es ist wahr. Sprich es aus.«

Die Luft roch nach fauligem Flusswasser und rostigem Metall. Zehntausend Fenster wurden von Wolkenschatten getrübt. Komisch, als er die Kirche betreten hatte, war der Himmel noch strahlend blau gewesen.

Brody ließ Kyles Handgelenk los. Senkte das Messer und trat zurück. »Ich bin …« Er wusste, welches Wort folgen würde, fühlte, dass es wahr war, doch er brachte es immer noch nicht heraus. Er holte Luft und versuchte es noch einmal. »Ich bin tot.«

»Du bist tot«, stimmte Kyle zu und rieb sich den Ellbogen. »Willkommen im Jenseits.«

Zwölf

So etwas wie Sonnenauf- und -untergänge gab es eigentlich kaum, doch es gab Tag und Nacht, und nach ihrem Rhythmus verbrachte Edmund Monate, Jahre, Jahrzehnte und mehr.

Allein wanderte er durch dieses wundersame Land, das sich ewig weit hinzustrecken schien. Anfangs hielt er sich nah am Meer, doch während er anderen wie ihm begegnete und sich von ihrem Geist nährte, wie er sich vom Fleisch der anderen Seeleute ernährt hatte, nahm er ihr Wissen auf und wurde mutiger. Es hungerte ihn danach, die ganze Weite dieser neuen Welt zu erkunden, seines Königreichs.

Edmund sah so vieles.

Wälder so dicht, dass sie kein Mensch vor ihm betreten haben mochte. Bäume, die zehn Leute nicht umfassen konnten, ihre feuchte braune Rinde mit Moos bedeckt. Bergzüge mit brüchigen Felsentürmen wie Finger, die nach dem Himmel griffen. Kristallhöhlen, die sich in unergründliche Dunkelheit erstreckten. Sümpfe mit trügerischem Schlamm, die sich über den Horizont hinweg ausbreiteten. In Nächten, in denen er die Seele eines anderen verzehrt hatte, brach manchmal die Wolkendecke so weit auf, dass er winzige Sterne sehen konnte, die am Firmament ihre Kreise zogen.

Die Welt um ihn herum veränderte sich. Die Hütten der Wilden wichen Häusern aus gesägtem Holz und Kirchen aus Stein. Handelsposten wuchsen zu Ortschaften und weiter zu Großstädten. Vieles, was er dort sah, begriff er nicht, und doch fand er in diesen Städten meist andere, doch keiner von ihnen so schnell und stark, wie er es jetzt war, und so begann er, Pendel- und Taschenuhren, Sextanten aus Messing und Klaviere aus Holz zu verstehen.

Er fraß, wann immer er wollte, aus Hunger oder Lust. Gab sich Vergnügungen hin. Gab sich Grausamkeiten hin.

Durch einen grimmigen Nigger, gepeitscht, bis seine Haut in Fetzen hing, das Blut an seinen Beinen herunterströmte und sein Herz explodierte, sah Edmund ein anderes Land und dort eine goldene Katze, so groß wie ein Kalb. Ein Raubtier, das furchtlos fraß und zwischen seinen Mahlzeiten träge dahinlebte. Und das Bild gefiel ihm.

Edmund beobachtete Schlachtfelder nach dem Gemetzel, Männer, die aufstanden und sahen, wie auch ihre Feinde sich erhoben, und wenn die blutige Schlacht von Neuem begann, lachte er, denn er gehörte nicht mehr der Menschheit an.

Auf der schlammigen Ebene eines schlammigen Flusses, in einer Stadt namens Nouvelle-Orléans, nahm er ein Mädchen mit Haut wie poliertes Mahagoni, und es rief Namen von Göttern aus, von denen er nie gehört hatte, bis er ihr Leben kostete und von Legba, Agwé und Samedi erfuhr, die gar keine Götter waren, sondern mächtige Geister, launisch und wild, die ihre Gläubigen ritten wie Pferde.

Nicht mehr dünn oder schwach, blieb er doch rastlos im Geiste, und die Idee, die ihm kam, war so einleuchtend, er konnte kaum glauben, dass er nicht früher darauf gekommen war.

Vollgepumpt mit der Energie des Mädchens, schlich er auf der Suche nach lebenden Geistern durch die Stadt. Fahle

Menschen, die so wenig Halt in ihrer Welt hatten, dass sie sich schon fast in seiner befanden. Über die Jahrhunderte hatte er sie immer wieder gesehen, matte, flatternde Geister, doch noch immer auf der anderen Seite. Jenseits der Kluft, die er nicht überwinden konnte, ganz gleich, wie viele Seelen er verzehrte. Sie lebten und deshalb konnte er sich nicht von ihnen nähren.

Doch vielleicht konnte er sie reiten.

Er fand eine Frau, vor Armut zerlumpt, die um ihren verstorbenen Mann trauerte. Sie trieb wie ein Schatten durchs Leben, wühlte in Abfällen und bettelte auf der Straße, ihr kleiner Sohn an ihrer Seite schreiend, mit einer Krone aus Fliegen. Nachts hockte Edmund neben ihren Lumpen und flüsterte, nährte die schwärzesten Teile in ihr, hegte ihre Verzweiflung wie einen Garten, und am dritten Morgen nahm sie den Säugling mit zu dem schlammigen Fluss und hielt ihn unter Wasser, bis er aufhörte zu zappeln.

Edmund hob den Neugeborenen auf und nahm ihn in seine Arme, schaute auf das heulende Tier hinunter und wusste, dass er eine größere Wahrheit gefunden hatte als jeder Büßer und jeder Priester.

Als Gott die Flut schickte, war es nicht zur Reinigung, sondern zur Förderung des Wachstums.

Es geschah in diesen stürzenden Wassermassen, dass er gottgleich wurde. In dem Massaker, das sie anrichteten, nährte er sich. Nicht aus Hunger oder zum Vergnügen, sondern der Macht wegen erntete er die winzigen Energiemengen von Millionen Seelen.

Menschen, die wie Kerzenflammen glühten. Jeder einzelne klein und schwach, doch in ausreichenden Mengen heller als die Sonne.

Dreizehn

– Vielen Dank für Ihren Anruf beim Hinweistelefon des FBI. Alle Gespräche werden aufgezeichnet. Möchten Sie eine Meldung machen?

– Ähm, ja, hallo. Ich wohne in West Chicago, und da ist so eine Kirche. Sie ist geschlossen, aber ich sehe immer wieder einen Mann hineingehen. Er wirkt sehr verdächtig.

Claire sprang zum nächsten Anruf vor.

– Vielen Dank für Ihren Anruf beim Hinweistelefon des FBI. Alle Gespräche werden aufgezeichnet. Möchten Sie eine Meldung machen?

– Ja, ich glaube schon. Ich sehe immer diesen Mann in einem Hoodie, der in die Kirche an der Kedzie Avenue geht …

Und dann zum letzten Anruf.

– Vielen Dank für Ihren Anruf beim Hinweistelefon des FBI. Alle Gespräche werden aufgezeichnet.

– Ja, also, ich habe gerade einen Mann gesehen, der in diese verlassene Kirche gegangen ist. Die ist schon eine Weile geschlossen. Es sah aus, als hätte er eine Waffe bei sich.

– Eine Waffe? Was denn für …?

Claire ließ sich gegen die Küchentheke sacken und rieb sich die Augen.

Dass es sich um eine Falle handelte, war sofort klar gewesen. Ein verlassenes Gebäude war als Ziel unsinnig, wenn man Leute umbringen wollte. Doch in der allgemeinen Hektik der Ermittlungen – die halbe Stadt war zu der Kirche geeilt, die Umgebung musste gesichert, die Nachbarn befragt, die Verletzten verarztet und die Medien informiert werden – hatten sie einige Stunden gebraucht, um zu erkennen, wie alles zusammenpasste.

Wenn der Attentäter es mit seiner Bombe auf Polizisten abgesehen hatte, musste er sie irgendwie anlocken. Und das Einfachste war, beim Hinweistelefon anzurufen und sich selbst anzuzeigen. Sie lauschte der Stimme des Manns, der Will Brody auf dem Gewissen hatte – und siebzehn weitere Menschen.

So betrachtet war es schludrig, dass dies der Zentrale entgangen war. Aber sie hatten es täglich mit Tausenden Anrufen zu tun. Jeder einzelne musste niedergeschrieben, mit anderen abgeglichen und analysiert werden. Und die Spur war ziemlich mager. Ohne den Hinweis auf die Waffe wäre sie nicht einmal gelb geflaggt worden.

Claire hatte die Gespräche schon hundertmal gehört, aber trotzdem stellte sie ihr Telefon auf Endlosschleife und ließ die Wörter in ihrer Küche widerhallen. 1.22 Uhr, und der letzte Ort, wo sie sein wollte, war ihre Wohnung. Doch sie konnte im Moment einfach nichts anderes tun.

Die Stimme des Heckenschützen war ruhig und monoton. Wahrscheinlich weiß und aus dem Mittleren Westen. Das Team hatte sich den ganzen Nachmittag mit den Anrufen beschäftigt. Alle kamen von verschiedenen Wegwerfhandys. Alle wurden an öffentlichen Orten getätigt, an denen es keine Überwachungskameras gab. Stimmanalytiker sannen über jedes einzelne Wort nach, suchten nach Nuancen in Wortwahl und Aussprache, ethnografischen Hinweisen oder einem Akzent.

Toningenieure hatten die Hintergrundgeräusche verstärkt und den Ton auf fünfzig verschiedene Arten gefiltert.

Vielleicht sollte es sie ein wenig trösten, dass sie mit der Agent Huang gegenüber geäußerten Vermutung, es handele sich um die Stimme des Heckenschützen, recht behalten hatte. Anhand der Daten des Mobilfunkmastes hatten sie ein paar mögliche Beobachtungsposten ausgemacht. An einem davon, der Feuertreppe eines nahen Gebäudes, hatten sie Zigarettenstummel gefunden. Camel Blues, die bevorzugte Marke des Heckenschützen. Die offiziellen DNA-Analysen würde sie erst morgen erhalten, aber sie hatte schon eine vorläufige Bestätigung der Kriminaltechnik.

Doch genau wie die anderen Sachbeweise brachte auch dieser sie nicht weiter. Sie hatten bereits die DNA des Attentäters, doch keine Übereinstimmung in ihrer Datenbank.

Vor einigen Stunden hatte Claire den Direktor angerufen und um Erlaubnis gebeten, die Aufnahmen für die Medien freizugeben. Doch er hatte es abgelehnt. Die Stimme war nicht markant genug. Es würde nur noch größere Panik verursachen und sie würden noch mehr nutzlose Hinweise bekommen, die sie durchackern mussten.

Er hatte natürlich recht, aber es machte sie verrückt, so völlig in der Defensive festzustecken. Und keine einzige brauchbare Spur zu haben. Achtzehn Morde, und der Täter hatte nicht ein einziges Beweisstück zurückgelassen, das sie zu ihm führen könnte …

Hör auf, dachte sie. *Hör auf, so zu tun, als wäre es ein ganz normaler Fall.*

Du stehst kurz vor einem Zusammenbruch.

Sie richtete sich auf und begann, an der Küchentheke auf- und abzulaufen. Ging zum Fenster und zog die Vorhänge zu, bekam einen Klaustrophobieanfall und zog sie wieder auf. Die Teller von gestern standen noch im Spülbecken und Reste von

Ei schwammen auf einer flachen Wasserpfütze. Claire knipste die Erinnerung an letzte Nacht an, als Brody sie geneckt und so getan hatte, als würden seine Gefühle abflauen, um dann das Romantischste zu sagen, was sie je gehört hatte. Sie dachte an Brodys Hand in ihrem Haar, als sie ihren Morgenmantel geöffnet hatte. Eigentlich hatte sie nur als Vorbereitung für ihren Scherz auf die Uhr geschaut, doch sie hatte die Zeit trotzdem registriert, 1.29 Uhr, und nun war es 1.23 Uhr. Das bedeutete, dass seitdem weniger als vierundzwanzig Stunden vergangen waren.

Erstaunlich. Unmöglich.

Vor vierundzwanzig Stunden hatten Will und sie die Tür abgeschlossen und das Universum ganz für sich. Die meisten würden es töricht finden, aufgrund einer erst wenige Wochen andauernden heimlichen Romanze über eine gemeinsame Zukunft zu reden. Doch das kümmerte sie beide nicht. Was hatte er gesagt? *Ich weiß, es gibt noch so viel an Claire McCoy zu entdecken, das ich nicht kenne. Ich habe das Gefühl, als hätte ich darauf gewartet, dir zu begegnen. Ich weiß, es ist albern, aber das ist mir egal. Ich* habe *auf dich gewartet.*

Sie hatte das Gleiche empfunden. Und hatte sich ihre gemeinsame Zukunft vorgestellt. Doch in Wirklichkeit war der Moment, in dem alles endete, nur wenige Stunden entfernt gewesen.

Vielleicht lag es ja an der modernen Zeit, an digitaler Musik und Bildern in der Cloud, Festplatten und externer Datensicherung, doch sie konnte einfach nicht glauben, dass sie diesen Augenblick nicht noch einmal erleben konnte. Allein die Intensität ihrer Sehnsucht hätte es ermöglichen müssen. Doch man konnte nichts ungeschehen machen, in dem man STRG+Z drückte oder eine frühere Version lud. Sie wusste, dass die Zeit nur in eine Richtung floss, doch es zu wissen, war eine Sache, auf verschiedenen Seiten des Grabens zu stehen, der mit jeder Sekunde breiter wurde, war etwas ganz anderes. Morgen um

1.29 Uhr würden es schon achtundvierzig Stunden sein. Und irgendwann zehn Jahre.

– Ähm, ja, hallo. Ich wohne in West Chicago, und da ist so eine Kirche. Sie ist geschlossen, aber ich sehe immer wieder einen Mann hineingehen. Er wirkt sehr verdächtig.

Claire ging ins Badezimmer und spritzte sich kaltes Wasser ins Gesicht. Als sie sich abtrocknete, sah sie Wills schäbigen alten Kulturbeutel. Nun seines Zwecks beraubt. Niemand würde seinen Rasierer benutzen, sich sein Gel in die Haare streichen. Heute Morgen, durch das Glas der Dusche betrachtet, hatten die Dampfschwaden Brody in einen Geist verwandelt, schon ganz weit weg. Und tatsächlich hatten ihn nur wenige Stunden von seinem Tod getrennt. Wie war es möglich, dass sie nichts davon geahnt, nichts gespürt hatte?

– Ich sehe immer diesen Mann in einem Hoodie, der in die Kirche an der Kedzie Avenue geht …

Zwischen ihren Kleidern im Schlafzimmerschrank hingen zwei seiner Anzüge, außerdem ein paar Hemden in Plastikhüllen von der Reinigung. Sie hatte ihn schon in der ersten Woche diesen Claim abstecken lassen, und es hatte sich seltsam angefühlt, nicht weil es ihr Angst gemacht hätte, sondern weil es ihr keine machte. Platz für ihn zu schaffen war vollkommen selbstverständlich und unkompliziert gewesen.

– Ich habe gerade einen Mann gesehen, der in diese verlassene Kirche gegangen ist. Die ist schon eine Weile geschlossen. Es sah aus, als hätte er eine Waffe bei sich.

Langsam drehte sie sich um und betrachtete das Bett.

Sagte sich: *Tu's nicht.* Dann krabbelte sie hinein, ließ sich auf seiner Seite mit dem Gesicht in die Kissen fallen, vergrub ihre Nase darin und atmete tief ein, und sie wurde von einem Schütteln gepackt, so plötzlich wie ein Erdbeben, ihre Hände zitterten und sie war den Tränen so nah, doch Gott, wenn sie anfing zu weinen …

Der Wecker auf dem Nachttisch wechselte auf 1.28 Uhr.

Claire sprang auf und rannte in den Flur. Sie schnappte sich Mantel, Handtasche und Handy, eilte hinaus und ließ die Tür hinter sich zuschlagen.

Vierzehn

»Okay, hör zu«, sagte Kyle. »Ich weiß, wie du dich fühlst. Ich habe das Gleiche durchgemacht, wir alle. Ich weiß auch, du hast eine Million Fragen. Aber wir wollen nach Hause, bevor es dunkel wird. Das ist sicherer. Also …« Er legte eine Hand auf Brodys Schulter. »Alles in Ordnung mit dir?«

»Ob alles *in Ordnung* ist?«

»Ich meine, ob du fit genug bist. Wir müssen ein paar Kilometer laufen.«

Brody holte tief Luft. »Ja.«

»Wunderbar.« Kyle wandte sich ab, formte mit den Händen einen Trichter vor dem Mund und rief: »Hört mal, Leute. Das hier ist Will Brody. Er kommt mit uns. Wir können uns später zu Hause miteinander bekannt machen, okay? Also los, und immer zügig.«

Sie liefen in einem losen Verband über die Cermak Road nach Osten Richtung State Street, an nichtssagenden Gebäuden und nicht definierbaren Bäumen vorbei. Die Autos standen still auf der Straße. Die Schaufenster waren dunkel. Das Einzige, was sich bewegte, waren die Wolken und ihre Gruppe von dreißig Leuten.

Er erntete ein paar neugierige Blicke, doch die meiste Zeit konzentrierten sich die anderen auf die Umgebung. Sie strahlten wachsame Bereitschaft aus wie Soldaten, die durch potenziell feindliches Gebiet marschierten. Brody war überrascht, wie froh er war, andere Menschen zu sehen. Er sog einzelne Eindrücke auf, etwa wie der Hispano in der Carhartt-Jacke sein linkes Bein nachzog, als hätte er eine alte Verletzung, oder das flüchtige Lächeln der älteren Frau, deren langes Haar die Farbe von Zigarettenrauch hatte, oder das leise Witzeln des pummeligen Jungen mit dem abgebrochenen Billardqueue, oder das Mädchen mit der Ebenholzhaut, das eine Stahlstange bei sich trug. Es war ein tröstendes Gefühl, in ihrer Nähe zu sein.

Wie schnell ihn die Furcht gepackt hatte, er müsste die Ewigkeit allein durchwandern.

Kyle hatte recht gehabt, Brody hatte es die ganze Zeit gewusst. Hatte sich innerlich dagegen gewehrt – wehrte sich immer noch –, doch tief im Innern hatte er es gewusst. Ein metaphysisches Sensorlicht hatte aufgeblinkt. Er war tot.

Dies war das Jenseits.

Er hatte so viele Fragen, die alle aufeinanderzuprallen schienen, um sich in einem Wirrwarr aus »Wie?«, »Warum?« und »Was jetzt?« zu verheddern. Er öffnete den Mund, ohne genau zu wissen, was er sagen wollte. »Also«, begann er, »das hier ist nicht der Himmel.«

»Ich hoffe nicht«, antwortete Kyle.

»Ist es das Fegefeuer?«

»Nein, natürlich nicht. Es ist Chicago.«

»Oder sind wir hier, um für unsere Sünden zu büßen?«

»Ich glaube nicht, aber möglich ist es.« Kyle seufzte. »Hör mal, ich versuche nicht, schwierig zu sein, ehrlich nicht. Aber wir sind hier alle auf die gleiche Weise gelandet wie du. Wir sind gestorben und dann aufgewacht. Falls Gott was damit zu tun hat, hat er sich jedenfalls noch nicht gemeldet. Wir haben keine Gebrauchsanweisung für das Echo bekommen.«

»Das Echo?«

»So nennen wir es. Wenn wir das Leben als einen Schall verstehen, dann ist das hier sein Echo. Es ist die Welt, die wir kannten, nur verblasst. Also wir laufen gerade über die State Street, die richtige State Street. Darum stehen überall an den Ampeln Autos, und die Schlüssel stecken. Es gibt hier alles, was es in der richtigen Welt auch gibt, außer Menschen. Siehst du den Mülleimer da?« Kyle zeigte auf einen Abfallbehälter, aus dem Zeitungen, Imbissverpackungen und Kaffeebecher quollen. »Er ist voll, weil der in der richtigen Welt auch voll ist. Wenn du morgen wieder hier vorbeikommen würdest, wäre er leer, weil in der Zwischenzeit die Müllabfuhr da war.«

»Und warum können wir keine Menschen sehen?«

»Weil sie dort sind und wir hier. Sie erzeugen den Schall und wir leben im Echo. In den Autos sitzen Fahrer, in den Geschäften arbeiten Verkäufer und feine Damen gehen mit ihren Hunden spazieren. Überall gehen lebendige Menschen ihren Geschäften nach. Doch sie haben keine Ahnung, dass gleichzeitig wir Toten in einem Echo ihrer Welt wandeln.«

Brody versuchte, sich vorzustellen, wie die reale und die unsichtbare Welt sich überlappten. Falls Kyle recht hatte, war er sein ganzes Leben lang überall von Toten umgeben gewesen. Wenn er morgens zu Starbucks gegangen war, um seinen Kaffee zu trinken, hatten sich ermordete Männer und Frauen gegen das Glas gedrückt. Wenn er über die Straße gejoggt war, war er durch Menschen hindurchgerannt, die er nicht sehen konnte. Und letzte Nacht, als Claire und er sich geliebt hatten, hatte vielleicht ein totes Kind auf ihrer Couch gesessen.

Der Gedanke ließ ihn erschauern. Er fand den Gedanken abstoßend, erschreckend, dass verschiedene Welten sich auf diese Weise überlagerten. Dass die Toten in einer Welt im rechten Winkel zur Wirklichkeit existierten. Was gab ihnen das Recht?

Doch dann fiel ihm wieder ein, dass er selbst nun einer dieser Toten war, und erschauerte wieder. Er würde nie mehr diese

Dinge tun können. Nie mehr eine heiße Tasse Kaffee genießen, nie mehr morgens joggen gehen.

Oder Claire sehen.

Der Gedanke traf ihn wie ein Schlag in die Magengrube. Zu gewaltig, um ihn zu begreifen. Er würde sie nie wiedersehen. Nie wieder berühren, nie wieder mit ihr sprechen, sich an dem Feuerwerk ihres Verstands erfreuen. Und nicht nur sie. Seine Eltern, seine Schwester, seine Freunde, seine …

Mit Mühe verdrängte er diese Gedanken. Es gab Fragen, auf die er Antworten brauchte. Er musste verstehen. »Und warum bewegen sich die Autos nicht? Ich kapiere, dass wir die Leute nicht sehen – ich akzeptiere es –, aber wenn das hier ein Echo ist …«

»Wie gesagt, wir haben keine Gebrauchsanweisung. Aber vermutlich liegt es daran, dass wir nicht ganz tot sind. Oder eher, noch nicht ganz *fortgegangen.* Wir sind zwar tot, aber hier sind wir. Wir können laufen und sprechen. Es gibt noch etwas, auf das wir reagieren.« Kyle blickte zu Brody hinüber und sah die Verwirrung in seinem Gesicht. »Also, okay, diese Autos stehen genau an der Stelle fest, wo sie waren, als wir uns genähert haben. Wenn wir uns entfernen, wird das Echo wieder die Welt der Lebenden reflektieren.«

»Also wenn wir einmal um den Block laufen würden …«

»Würden hier andere Autos an anderen Stellen stehen. Aber wenn wir heute Nacht hier kampieren würden, würde alles so bleiben, wie es jetzt ist. Irgendetwas an uns lässt diese Welt stillstehen. Aber wenn wir weggehen, aktualisiert sie sich wie ein Internet-Browser.«

Sie erreichten den Südrand der Innenstadt, im Osten die mit rostigen Zäunen umgebenen Parkplätze und nichtssagenden Gebäude des Columbia College und vor ihnen die prachtvolle Harold-Washington-Bibliothek mit ihren Wasserspeiern. Das unbeleuchtete Schild einer leeren Bar bot Corona eimerweise an. Sie liefen mitten auf der Straße zwischen den Autos hindurch. Die Stille war erschreckend. Brody war sich nie bewusst gewesen, wie laut die Stadt war, bis all der Lärm von Klimaanlagen, Hochbahnen und surrenden Neonröhren verschwunden war.

Ihm wurde ganz schwindlig bei dem Versuch, alles um ihn herum zu beobachten, einzuschätzen und zu verstehen, zu analysieren und einzuordnen. Alles wirkte völlig real und hatte sich doch erdrutschartig verändert. Es erinnerte ihn an seinen ersten Einsatz. In Afghanistan war ihm klar geworden, dass Regeln, die er für grundlegend hielt, nur amerikanische Gepflogenheiten waren. Die Erkenntnis hatte ihn erschüttert, doch ein harter Schlag ins Gesicht hatte auch etwas Positives. Er rüttelte einen wach. Und machte einem klar, dass jeder in seiner Wirklichkeit lebte und die eigene nur eine von vielen war.

Dann wende nun an, was du dort gelernt hast. Akzeptiere, dass die neuen Regeln die einzigen sind, und lerne sie. Schnell.

»Meine Bewegungen, als du versucht hast, mich zu schlagen … Das war's, was du meintest, als du gesagt hast, ich sei vollgepumpt und würde strahlen.«

»Ja.«

»Und ich habe diese Fähigkeiten, weil ich gerade gestorben bin?«

»Nein, weil du gerade getötet hast.«

»Hä?«

»Wie hast du dich dabei gefühlt?«

Die Frage versetzte ihn zurück in den Moment, zum kühlen, lackierten Metall des Feuerlöschers und dem blutig nachgebenden Schädel der Frau. »Was hat das denn damit zu tun?«

»Ich beantworte nur deine Frage. Wie hast du dich dabei gefühlt?«

»Sie und ihre Freunde haben mich angegriffen. Sie hätten mich von oben bis unten aufgeschlitzt, wenn ich nicht …«

»Ach, verdammt, Brody, ich meine nicht: ›Buhuh, du hast jemanden umgebracht; wie fühlst du dich dabei, du Monster?‹, sondern: Wie … hast du … dich … gefühlt?«

»Wie ich mich …?« Er begriff jetzt, worauf Kyle hinauswollte. »Gut. Ich habe mich gut gefühlt.«

»Du hast dich fantastisch gefühlt«, sagte Kyle. »Es war wie ein Lottogewinn. Wie ein Wochenende mit ein paar bisexuellen Dessousmodels in Cabo San Lucas. Richtig?«

Richtig. Natürlich waren auch seine Wunden verheilt, aber da war noch etwas anderes. Eine geschmeidige Kraft und dieses Gefühl, dass alles intensiver geworden war. Wie unter Drogen, aber klarer. Kein Rausch, keine verschwommene Sicht. Er spürte es immer noch, als könnte er tagelang rennen.

Oder Eisenstäbe verbiegen. Oder sich so schnell bewegen, dass es aussah, als würden alle anderen stillstehen.

»Wenn du hier jemanden umbringst, wirst du stärker«, fuhr Kyle fort. »Ich weiß auch nicht, warum. Aber jedenfalls bist du anschließend zu unglaublichen Dingen fähig.«

»Und das kannst du mir ansehen?«

»Ja, du leuchtest sozusagen.«

Brody hielt seine Hände hoch und verengte die Augen, um sie zu betrachten. Er konnte kein Leuchten wahrnehmen. Doch er erinnerte sich daran, wie er hinter dem Sicherheitsgitter des Schnapsladens gekauert und das Gefühl gehabt hatte, seine drei Angreifer seien schärfer umrissen als der Rest der Welt. »Also jagen die Fresser ihre Opfer für den Kick. Waren sie vielleicht Serienmörder, als sie noch lebten?«

»Nein«, sagte Kyle. »Die meisten waren ganz normale Leute. Das weißt du doch. Du hast ihr Leben durchlebt.«

Brody fühlte Scham in sich aufsteigen, als wäre er erwischt worden, wie er in der Unterwäscheschublade des Mädchens gewühlt hatte. Sicher, diese Verletzung ihrer Privatsphäre war ohne sein Zutun geschehen, eine Verletzung war es dennoch.

Und zwar eine wesentlich persönlichere als das Betrachten von Spitzendessous. Er hatte Raquel in ihren intimsten Momenten beobachtet, ihre geheimsten Gedanken erfahren. Sie war kein schlechter Mensch gewesen. Klar, sie hatte Seelenballast mit sich herumgetragen, der sie jedoch nicht übermäßig belastet hatte.

»Was ist mit ihr passiert?«

»Wie ich höre, hast du ihr mit einem Feuerlöscher den Schädel eingeschlagen.«

»Nein, ich meine …« Brody zögerte kurz. »Wir sind doch schon tot, oder? Also was passiert, wenn man hier stirbt?«

»Man stirbt«, sagte Kyle. »Vielleicht hat dieses Echo auch ein Echo. Doch es ist noch niemand zurückgekehrt, um davon zu berichten. Also komm nicht auf die Idee, von einem Hochhaus zu springen in der Hoffnung, du würdest aufwachen.«

»Aber … wo ist der Sinn? Es muss doch *irgendeine* Bedeutung haben. Warum sind wir hier?«

Kyle zögerte. Er grub in seiner Tasche nach einer Dose Kautabak und steckte sich einen dicken Priem hinter die Lippe. »Hattest du eine Antwort auf diese Frage, als du noch gelebt hast?«

»Ich …« Brody atmete laut aus. »Nein.«

»Eben.« Ohne langsamer zu werden, drehte Kyle sich im Laufen um, um die ganze Gruppe zu überblicken. Seine Lippen bewegten sich, während er durchzählte. Zufrieden drehte er sich wieder nach vorn. »Warum muss es hier komplizierter sein?«

Das war ein interessanter Gedanke. Brody hatte nicht viel Zeit darauf verwendet, dem Kosmos eine Erklärung abzuringen. Er hatte einfach gelebt. Versucht, ein guter Freund zu sein, ein guter Mensch. Und den Augenblick zu genießen. Doch wurde nicht alles anders dadurch, dass er diese Wahrheit kannte? Es musste einfach einen Sinn geben, eine Bedeutung.

Kyle blickte ihn an und klopfte ihm auf die Schulter. »Hör mal, Mann, es ist eine Menge zu verdauen. Versuch nicht, alles auf einmal zu verstehen, okay?«

»Nimm den Tod, wie er kommt.«

»Du hast es kapiert.«

Die Downtown von Chicago. Hochhäuser, die an den Bäuchen wirbelnder grauer Wolken kratzten. Die düsteren Treppen zur roten Hochbahnlinie, blinde Ampeln, die im Wind schaukelten. Baugerüste ohne Arbeiter. Schaufensterpuppen in den Auslagen von American Apparel und Forever 21, kokette Hüter der Kleiderregale, die im Dunkeln verschwanden. *Und du dachtest schon vorher, dass die Stadt sich seltsam verändert hätte.*

Als sie am Kaufhaus Macy's vorbeikamen, bemerkte Brody eine huschende Bewegung. Das Gesicht eines Manns in einem Fenster des zweiten Stocks. In einer Hand hielt er eine Armbrust. Neben ihm stand ein Junge mit einem Klauenhammer.

»Gehören die zu uns?« Brody deutete mit dem Kopf zum zweiten Stock.

Kyle blickte hoch. »Nein.« Er steckte Daumen und Zeigefinger in den Mund und ließ ein Pfeifen hören, auf das ein Drill Sergeant stolz gewesen wäre. »Vamps über uns!« Hände flogen zu den Waffen, Körper strafften sich. Der Bogenschütze spannte einen Pfeil ein. Die beiden Fremden starrten durch das Fenster, die Gesichter verzerrt wie hungrige Raubtiere, die eine Beute beäugten, von der sie wussten, dass sie sie nicht schlagen konnten.

»Also, wenn wir kämpfen …«, begann Brody.

»Wir kämpfen nicht.« Ohne den Blick von den Gestalten abzuwenden, beschrieb Kyle mit erhobenem Arm einen Kreis und brüllte: »Bleibt in Bewegung und immer dicht zusammen. Ich weiß, wir sind bald zu Hause, aber wir sind noch nicht in Sicherheit. Und wie kommt's, dass der Neue sie zuerst entdeckt hat?«

Die Truppe lief weiter Richtung Norden und ließ die Fresser zurück. Das Letzte, was Brody sah, war, wie der Junge seine Augen beschattete und sein Gesicht an die Scheibe drückte.

»Du verfolgst sie nicht?«

»Nein.«

»Aber wir sind dreißig Leute, die nur zu zweit.«

»Ja.«

»Warum nicht?«

»Weil ich nur töte, wenn ich muss.« Kyles Stimme klang hart. »Und du?«

»Wie bist du gestorben?«

Kyle blickte ihn an. »Warum?«

»Ich will mich nur unterhalten. Und versuche durchzublicken.«

Kyle spuckte einen Strahl schwarzen Saft auf den Boden. »Ich war Feuerwehrmann. Wir wurden zu einem Lagerhaus gerufen. Aus den Fenstern trat Rauch, aber keine Flammen. In so einem Fall muss man den Herd des Feuers finden, also begannen wir, Türen einzuschlagen.« Er zuckte mit den Schultern. »Ich habe ein Loch im Boden übersehen. Bin im Keller aufgewacht. Ich bin vier Stockwerke runtergeflogen, mit fünfundzwanzig Kilo Ausrüstung. Aber nicht ein Kratzer. Ein Wunder war geschehen! Alles schien in Ordnung, bis ich gemerkt habe, dass der Rest der Menschheit sich verabschiedet hatte.«

Sein Ton war bitter. Brody dachte wieder an Claire. Und an seine Familie. All das, was er verloren hatte. Er ließ das Thema fallen. Schweigend liefen sie die State Street entlang Richtung Wacker Drive, die Hauptverkehrsstraße, die auf mehreren Ebenen am Fluss entlang verlief.

»Unser Zuhause.« Kyle deutete ins Ungefähre.

Brody folgte seinem Blick zu einem schwarzen Turm, die Moderne eines Mies van der Rohe zu fünfzig Geschossen hochgezogen. Grau melierte Wolken spiegelten sich im Raster seiner Fenster. »Das Langham Hotel. Das ist euer Zuhause?«

»Für die Lebenden teuer, für uns Tote völlig gratis. Ich mag die Suiten. Man muss zwar ein paar Treppen hochlaufen, aber wenn ich mich ins Bett lege, stell ich mir vor, dass neben mir eine heiße Society-Braut genagelt wird.«

Trotz der Umstände musste Brody lächeln. »Du bist krank, Mann.«

Als sie zum Fluss kamen, hörten sie vom anderen Ufer her ein Pfeifen, nicht mit zwei Fingern wie Kyles, sondern von einer herkömmlichen Trillerpfeife herrührend, wie sie Schiedsrichter und Polizisten benutzten. Die Tonfolge wurde von anderen wiederholt, die weiter weg waren, und düstere Hochhäuser warfen die schrillen Noten misstönend zurück. Die Leute wirkten sichtlich erleichtert, nahmen die Hände von den Waffen, gingen paarweise davon oder eilten über die Brücke.

Das Hotel lag in einer Flussbiegung mit wenigen Zugangsmöglichkeiten. Jeder, der durch den Fluss schwamm oder über die Brücke kam, war ein leichtes Ziel für die Wachposten, die aus zerbrochenen Fenstern spähten. Und die nach Norden führenden Straßen waren breit und gut einsehbar und boten kaum Deckung. Die Wahl des Orts ergab plötzlich Sinn. Eine gut zu verteidigende Stellung.

An der Ostseite des Hotels befand sich eine geschwungene Auffahrt mit einem Gehweg daneben, die anscheinend als Gemeinschaftsbereich diente. Brody hörte eine Gitarre und Gelächter. Leute saßen auf Stühlen und teuren Sofas, schärften ihre Waffen und reichten Flaschen herum. Ihre Kleidung war eher zweckmäßig als modisch, eine legere Uniform aus Levi's-Jeans oder Dickies-Hosen, Sweatshirts unter Arbeitsjacken und soliden Stiefeln. Die Gesichter der Männer variierten von stoppelig bis bärtig, die Frauen trugen kurze Haare oder Pferdeschwänze.

»Mein Gott, wie viele Leute sind hier?«

»Etwa zweihundert Anhänger der Lehre der Ray.«

»Der was?«

»Komm mit.«

Alle kannten Kyle und er nickte ihnen zu, lächelte und rief: »Hi!«. Wenn sie Brody sahen, veränderte sich ihr Gesichtsausdruck, bei manchen zu Neugier, während andere kühler reagierten. Es war keine Feindseligkeit, eher erhöhte Wachsamkeit. So wie man vielleicht einen großen Hund beäugt, der ohne Leine herumläuft. Brody setzte ein leichtes Lächeln auf und bemühte sich, locker zu wirken.

Das Krachen von zerschmetterndem Glas, gefolgt von hoch klingendem Lachen ließ ihn aufschrecken. Er drehte sich um und sah eine Bande von Kindern, die auf einem geparkten Taxi herumstampften. Ein Junge schwang einen Baseballschläger und schlug die Windschutzscheibe ein, während die anderen Kinder tanzten und jubelten.

Kyle folgte Brodys Blick und zuckte mit den Schultern.

Brody fragte: »Sind sie …?«

»Tot? Klar. Dylan dort rannte seinem Ball hinterher auf die Straße«, sagte Kyle und zeigte auf den Jungen mit dem Schläger. »Er wurde von einem Lieferwagen überfahren. Hat ihn noch dreißig Meter mitgeschleift. Aber …«, Kyle lächelte böse, »er hat seinen Ball zurückgekriegt.«

Bevor Brody etwas sagen konnte, trat eine Frau aus dem Hotel und ließ die Tür hinter sich zufallen. Mittelgroß, braune Haare, hübsches, fast elfenhaftes Gesicht. Er erkannte sie sofort. Selbst nach allem, was er bereits gesehen hatte, und trotz seiner existenziellen Gewissheit und widerwilligen Akzeptanz, war dies erst der Moment, in dem er es wusste.

Ein Eisbehälter, dessen Inhalt auf dem Pflaster dahinschmilzt.

Emily Watkins. Das siebzehnte Opfer. Er hatte erst gestern vor ihrer Leiche gestanden. Hatte ihre Handtasche durchsucht und war zu ihr nach Hause gefahren. In seiner Erinnerung sah er, wie er ihrem Mann gegenübersaß und nicht wusste, was er sagen sollte. Sah, wie er all die Details ihres Lebens registriert hatte, Fotos, Bücher, Rechnungen, Möbel, und gedacht hatte, dass Emily sie nie wiedersehen würde. Es sich nie wieder auf ihrem Lieblingssessel gemütlich machen, Essen zubereiten oder nach einem Albtraum die Hand nach ihrem Mann ausstrecken würde.

Und doch sah er sie vor sich, wie sie zum Fluss lief. Die Schultern zusammengezogen, ein ruheloser Blick in den Augen, aber sie lief.

Oh Gott. Oh mein Gott.

Es war so überwältigend und schrecklich, dass es fast komisch war. Alles, was er damals über Emily gedacht hatte, traf nun auch auf ihn zu.

Erst heute Morgen war er neben Claire aufgewacht. Sie hatte die Augen geöffnet und gestrahlt. Auf seine Frage, warum sie lächelte, hatte sie geantwortet: »Unseretwegen«, und sich zu ihm gedreht. Und sie hatten dagelegen, sich angeschaut und gegrinst wie Kinder. Und sich schweigend vorgestellt, wie sie die nächsten vierzig oder fünfzig Jahre so aufwachen würden.

Stattdessen hatte er wenige Stunden später alles für immer verloren.

»Brody? Alles in Ordnung?«

Er fühlte ein wenig Mageninhalt in seiner Kehle hochsteigen und zwang sich zu schlucken. »Ja klar.«

»Ich möchte dir ein paar Freunde vorstellen.«

Fünfzehn

Kyle suchte sich einen Pfad zwischen den kleinen Gruppen, zwischen Sesseln und Sofas. Die Stimmung war heiter, die Leute lachten und flirteten und tranken aus Plastikbechern. Brody kam sich vor wie auf einem Nachbarschaftsfest mit schwer bewaffneten Gästen.

In der Nähe des Flusses fand Kyle den, nach dem er gesucht hatte, einen gut aussehenden Jugendlichen, der auf einer Akustikgitarre spielte. Er kam Brody irgendwie bekannt vor, aber Brody wusste nicht so genau, woher. Er war ziemlich gut und spielte etwas, das sich wie die akustische Version eines Lil-Wayne-Songs anhörte. Kinder, nicht älter als sechs, tanzten dazu mit zuckender Unbefangenheit.

Kyle wartete, bis das Lied zu Ende war, und sagte: »He, DeAndre, ich möchte dir jemanden vorstellen. Das ist Will Brody, ein Neuer.«

Der Junge hielt seine Gitarre am Hals fest, streckte seine rechte Hand aus, blickte Brody an und stutzte plötzlich. »Wow. Du hast einen Fresser erledigt?«

Brody würde eine Weile brauchen, um sich daran zu gewöhnen, dass die anderen an seinem Äußeren ablesen konnten, was vor ein paar Stunden geschehen war. »Ja.«

»Meine Fresse. Bist erst kurz dabei und hast es schon mit einem Vamp aufgenommen. Ganz schön beachtlich.«

»Mit dreien«, sagte Kyle. »Mein Freund hier ist von drei Fressern angefallen worden und hat die Oberhand gewonnen.«

»Scheiße.« DeAndre zog das Wort in die Länge. »Ganz schön beachtlich«, sagte er noch einmal.

»Es war Glück«, sagte Brody. »Die meiste Zeit habe ich den Arsch vollgekriegt.« Während er sprach, sah er, wie der Blick des Jungen auf die Glock an seiner Hüfte fiel.

DeAndres Haltung war steifer geworden. In kühlerem Ton fragte er: »Du bist ein Cop?«

»FBI.«

»Er ist einer von den Guten«, sagte Kyle. »Aber er hatte einen langen Tag. Wir müssen ihm noch einiges erklären. Lucy holt Sonny. Kannst du mir einen Gefallen tun und den Professor suchen? Schick ihn hoch zur Lounge.«

»In Ordnung.«

»Danke, Mann.« Kyle und DeAndre stießen ihre Fäuste zusammen. Dann bedeutete Kyle Brody, ihm zu folgen. Als sie außer Hörweite waren, sagte er: »Tut mir leid. Er ist nicht gut auf die Polizei zu sprechen.«

»Warum nicht?«

»Ein Polizist hat ihn getötet.«

»Hä?«

»Chi-rak, richtig? DeAndre sagt, so nennen die Leute die Stadt heutzutage.«

»War er in einer Gang?«

»Nein. Nur schwarz, zur falschen Zeit.«

Plötzlich fiel Brody ein, warum der Junge ihm so bekannt vorkam. Im Juni hatten Polizisten auf DeAndre Williams geschossen und einer hatte ihn tödlich getroffen. Die Behauptung der Beamten, er habe zuerst geschossen, hielt der Untersuchung nicht stand. Er war ein Student mit hervorragenden Noten und hatte keine Vorstrafen wegen Gewaltvergehen. Man fand keine Waffe und die Bodycams der Polizisten hatten mysteriöserweise nicht funktioniert. Brody seufzte und rieb sich die Augen. »Scheiße.«

»Ja. Und da wir gerade davon reden … Die kannst du getrost wegwerfen, es sei denn, du willst sie als Erinnerungsstück behalten.« Kyle deutete auf die Glock.

»Schusswaffen funktionieren hier nicht?«

»Das meiste funktioniert hier nicht. Komm.«

Sie waren durch die Lobby und eine Treppe hoch zur Lounge gelaufen. Brody nahm an, dass dies normalerweise ein sehr angenehmer Ort war: gedämpftes Licht, Kerzenschein, eine riesige Glasfront mit Blick auf den Fluss und die funkelnden Lichter der Stadt. Doch jetzt war der Raum alles andere als attraktiv. In trübes Tageslicht getaucht, der Fluss draußen sah kalt aus und die Stadt dahinter war dunkel. Kyle ließ sich auf eine Couch fallen. »Magst du Bourbon?«

»Klar.«

»Im anderen Raum hinter der Bar, oberstes Regal, da steht eine Flasche Pappy. Holst du die?«

Brody nickte und lief in die Richtung, in die Kyle gezeigt hatte. Die Böden waren aus hellem, poliertem Hartholz und die Lampen, deren Birnen nicht leuchteten, bestanden aus abgefahrenen Bronzescheiben. Als er um die Ecke lief, sah er ein riesiges Weinlager, Hunderte Flaschen, präsentiert wie heilige Artefakte. Oben auf dem stufigen Barregal fand er eine drei viertel volle Flasche Pappy Van Winkle 23. Er hatte das Zeug noch nie probiert – viel zu teuer für ihn – und konnte nicht anders, als den Verschluss herauszuziehen, um die satte, karamellartige Hitze zu inhalieren.

Mit der Flasche in einer Hand und zwei Whiskybechern in der anderen lief er zurück und stellte sie auf den Tisch. Bevor er sich setzen konnte, sagte Kyle: »Danke, Mann. Aber es kommen noch Freunde. Kannst du noch ein paar Gläser holen?«

Er wurde ärgerlich. Wieso war er nach seinem Tod plötzlich zum Laufburschen geworden? Er knurrte und sagte: »Klar.«

Als er fünf Schritte entfernt war, fügte Kyle hinzu: »Ach, und bring doch auch gleich die Flasche Pappy mit, ja?«

Er hielt inne. Drehte sich auf dem Absatz um. Schaute Kyle an, der sich auf einer Couch fläzte und sich von der Flasche Bourbon bediente. Er zwinkerte Brody zu, ein breites Lächeln im Gesicht.

Brody drehte sich wieder um und lief zur Bar. Betrachtete das Weinlager. Das Stufenregal. Und genau an der Stelle, wo er gerade eine weggenommen hatte, stand wieder eine Flasche Pappy Van Winkle 23. Sie schien identisch mit der anderen. Genau so ausgerichtet und mit der gleichen Menge Whisky darin.

Nein. Nicht einfach identisch.

Es ist dieselbe.

Er nahm die Flasche und noch ein paar Gläser und lief zurück. »Das sollte also eine Lektion sein?«

Kyle lächelte. »Anschauungsunterricht ist doch besser, oder?«

»Und was sagt dein Ellbogen dazu?«

Der Feuerwehrmann, der gerade einen Schluck Bourbon genommen hatte, lachte prustend und spuckte die bernsteinfarbene Flüssigkeit über die teuren Sitzmöbel. »He, deinetwegen verschwende ich das gute Zeug. Die Leute sind verrückt danach und legen locker zwei Mille pro Flasche hin.«

»Eine Frage: Was passiert, wenn ich zurückgehe und das ganze Weinlager zertrümmere?«

»Das wäre eine schöne Sauerei.«

»Aber nur hier.«

Kyle nickte. »Das Echo geht nur in eine Richtung. Wahrscheinlich ist es in deinem Leben öfter vorgekommen, dass direkt neben dir ein Toter einen Tobsuchtsanfall hatte und alles zertrümmert und sich die Augen ausgeweint hat, und du hast nichts davon gemerkt.«

»Oder vielleicht hast du etwas gespürt«, sagte ein Mann, »aber nichts gesehen.«

Brody drehte sich um und sah einen kleinen Mann mit dickem Bauch am Eingang der Lounge stehen. Er wirkte irgendwie grau, als wäre er im richtigen Licht transparent. »Vielleicht üben wir ständig Einfluss auf die Welt der Lebenden aus. Hast du schon mal erlebt, dass du plötzlich völlig grundlos melancholisch oder wütend wurdest? Und es hatte nichts mit dir zu tun? Die Stimmung lag einfach in der Luft wie das Wetter …«

»Sicher.«

»Nun, vielleicht war da gerade ein Toter in der Nähe, der einen Wutanfall hatte. Und du hast seinen Schmerz und seine Trauer gespürt. Vielleicht ist die Grenze zwischen Leben und Tod ja durchlässiger, als wir glauben.«

»Brody – ich nehme an, alle nennen dich Brody, ich werde es jedenfalls tun –, das ist Arthur Johnson. Wir nennen ihn Professor.«

»Zumindest nennt Kyle mich so.«

»Aber du *warst* doch Professor.«

»Ich habe an der Highschool Naturwissenschaften unterrichtet. Ich war Babysitter.« Arthur kam auf Brody zu und streckte seine Hand aus. »Schön, dich kennenzulernen. Du hast einen Fresser getötet?«

Brody seufzte. »Ja. Mit knapper Not.«

Kyle grinste. »Mein Freund Brody hier hat es mit fünf Fressern aufgenommen …«

»Es waren drei.«

»Und hat sie besiegt.«

»Und hatte Glück.«

»Ich nehme an, du warst bei der Polizei?« Arthur deutete auf Brodys Waffe.

»Ich bin – war – beim FBI.«

Arthurs Gesicht hellte auf. »Wunderbar! Einfach wunderbar.«

»Ja?«

Kyle nickte. »Du wirst hier sehr beliebt sein, Brody.«

»Er will nur sagen, dass geschulte Kämpfer bei uns immer willkommen sind«, sagte Arthur und nahm das Glas, dass Kyle ihm reichte. »Du wirst uns helfen, diesen Ort sicherer zu machen.«

»Ich …« Brody hob die Arme und senkte sie dann wieder. Es freute ihn, dass er willkommen war, doch er war nicht in der Verfassung, Verantwortung für andere zu übernehmen. »Kann ich auch einen haben?«

Kyle schob ein Glas über den Tisch und der Inhalt schwappte über den Rand. Brody fing es auf, kurz bevor es herunterfallen konnte. Er hob es an, genoss einen Moment lang das Schimmern und den Duft und nahm einen Schluck. Herbstsonne rann seine Kehle hinunter und erfüllte seinen ganzen Körper.

»Gut?«

»Ja.«

»Genieße ihn. Er wird nicht immer so gut schmecken.«

»Hä? Warum nicht?«

»Ihr Jungs habt also ohne uns angefangen.« Abgesehen von dem Samuraischwert, das an ihrer Hüfte baumelte, sah Lucy aus wie eine typische Vorstadtmutter, aber die sexy moderne Version, die CrossFit praktizierte und Yogahosen trug. Sie war durchschnittlich groß, doch neben dem Kerl an ihrer Seite wirkte sie wie eine Zwergin. Brody schätzte ihn auf einen Meter neunzig und weit über hundert Kilo. Seine Zottelhaare und lederne Bikermontur gaben ihm das Aussehen eines Wikingers. Irgendetwas war seltsam an ihm. Zuerst dachte Brody, er hätte die Lichter angeschaltet. Doch es gab immer noch genauso wenig Licht in der Lounge wie vorher, nur schien es sich auf ihn zu konzentrieren.

Wie Raquel und ihre Freunde.

Und wie du.

Brody stellte das Glas ab und stand auf. Der Biker trug Messer am Gürtel und hatte Aufnäher auf seiner Ledermontur, die ihn als Outlaw identifizierten, Mitglied einer kriminellen Motorradgang, die in großen Mengen Crystal schmuggelte. Für eine Sekunde erstarrten alle.

»Sonny«, sagte der Biker.

»Brody.«

»Du hast getötet. Erst kürzlich.«

»Du auch.«

»War Notwehr.«

»Bei mir auch.«

Sonny zögerte, nickte, dann lief er um die Sessel herum und pflanzte sich auf ein kleines Sofa. Lucy schnallte ihr Schwert ab, lehnte es an den Tisch und setzte sich neben ihn. Brody bemerkte, dass sich ihre Schenkel berührten.

»Du kapierst doch, dass wir tot sind, oder?« Sonnys Stimme klang überraschend weich.

»Ja.«

»Also was einmal war, zählt für uns hier nicht mehr.«

Etwas in Brody wollte widersprechen. Entscheidungen, die man im Leben getroffen hatte, konnte man nicht einfach so abtun, auch im Tod nicht, sonst hatte doch alles keinen Sinn. Doch er erinnerte sich daran, dass dies eine neue Welt mit neuen Regeln war. Er würde hier wohl kaum seinen Dienstausweis zücken. Er zuckte nichtssagend mit den Schultern und bedachte Sonny mit einem festen Blick.

Derweil hatte Kyle zwei weitere Gläser gefüllt und reichte sie Lucy und Sonny. Er warf die leere Flasche gegen eine

Spiegelwand, wo sie zerbarst. Mit einem Grinsen hob er sein Glas. »Auf unseren Neuankömmling.«

Brody zögerte, doch dann lehnte er sich vor und alle fünf stießen an.

»Mr Brody …«, begann Arthur.

»Nur Brody.«

»Okay, Brody. Du hast sicher Fragen.«

Vor knapp einer Stunde hatte er die Untertreibung des Jahrhunderts von sich gegeben. *Wer hätte gedacht, dass er das noch toppen kann?* Er hatte so viele Fragen, dass er nicht wusste, womit er anfangen sollte. Er zögerte, versuchte, seine Gedanken zu ordnen, und kam dann mit dem erstbesten heraus. »Es geht rechnerisch nicht auf.«

Die anderen schauten sich an. Arthur fragte: »Was meinst du damit?«

»Kyle hat gesagt, dies ist der Ort, an den wir kommen, wenn wir sterben. Doch wenn das stimmen würde, wäre es hier eng wie in einer Sardinenbüchse. Fünfzig Leute wären reingekommen, um was zu trinken.«

»Nicht alle kommen hierher«, sagte Lucy. »Nur Leute, die zu früh gestorben sind.«

»Nein, das würde auf Schicksal hindeuten«, warf Arthur ein. »Wir wissen nicht, ob Vorbestimmung eine Rolle spielt. Zutreffender wäre, nur Leute, die *plötzlich* gestorben sind. Vor allem solche, die stark und vital waren. Opfer von Morden, Unfällen, Tragödien.«

»Warum?«

»Bist du religiös?«

Brody machte eine vage Geste.

»Religion wurzelt in dem Wunsch zu erklären, was nach dem Tod mit uns geschieht. Wenn man sein Leben nach gewissen Glaubensregeln lebt, schwebt man anschließend auf Wolken und spielt Harfe oder man liegt im Paradies mit Jungfrauen zusammen oder wird eins mit dem Geist Gottes. Vielleicht stimmt es ja auch, aber auf uns trifft es nicht zu. Und was wir über diese Welt wissen, beschränkt sich leider auf das, was wir selbst herausgefunden haben.«

»Im Grunde wie im richtigen Leben«, sagte Kyle.

Arthur fuhr unbeirrt fort. »Ich wurde erstochen, als ich einen Straßenräuber abwehren wollte. Dumm von mir. Kyle ist im Einsatz in ein Loch gefallen. Sonny wurde von den Kartellen hingerichtet. Lucy … nun, sie wird es dir selbst erzählen, falls sie möchte. Bandenmorde, Autounfälle, Wohnungsbrände, häusliche Gewalt … So beginnt die Geschichte eines jeden hier. Wie bist du gestorben?«

»In einer Explosion«, sagte Brody. »Ich habe einen Terroristen gejagt. Er hat in den letzten zwei Wochen siebzehn Menschen ermordet.«

»Wissen wir«, sagte Lucy. »Was glaubst du, wo die jetzt sind?«

Brody sah Emily Watkins vor sich, wie sie auf den Fluss blickte. Heilige Scheiße. Wenn die Opfer hier waren, konnte er mit ihnen sprechen, herausfinden, woran sie sich erinnerten. Vielleicht hatten sie etwas gesehen, was ihm weiterhalf, etwas, das …

Was? Dir helfen würde, den Mann zu verhaften, der dich umgebracht hat?

Brody fragte: »Warum nur Menschen, die auf solche Weise zu Tode kommen?«

»Bist du mit dem Begriff ›potenzielle Energie‹ vertraut?«

»Mehr oder weniger.«

»Schau zu.« Arthur nahm eine unangezündete Votivkerze in einem Glashalter in die Hand und hielt sie über den Tisch. »Masse, Höhe und Schwerkraft verleihen dieser Kerze eine potenzielle Energie, die in Joule gemessen wird. Die Kerze selbst hat sich nicht verändert. Doch …« Er öffnete seine Hand, Kerze und Halter fielen polternd auf die Holztischplatte, sprangen in verschiedene Richtungen und rollten aus. »Einfache Physik. Nun ein Gedankenexperiment. Stell dir vor, zwei Menschen sterben. Ein alter Mann, vom Krebs zerfressen, und ein kleines Mädchen, das von einem Auto überfahren wird.«

Brody zuckte mit den Schultern. »Das eine ist nicht ungewöhnlich, das andere eine Tragödie.«

»Ja, aber stell dir die potenzielle Energie des Kindes vor. Wie viele Jahrzehnte hätte es noch leben können? Wie viele Kinder, Enkel und Urenkel sind mit ihm gestorben? Stell dir das Gewicht dieser Zukunft vor, die Energie, die *Masse,* die dieses eine Kind in sich birgt.«

»Du redest von Schicksal«, sagte Brody. »Aber ich glaube nicht an Schicksal.«

»Nein, ich rede von einer noch unentdeckten Wissenschaft. Vor tausend Jahren glaubten die Menschen noch, die Erde sei flach. Vor fünfhundert Jahren glaubten Ärzte, Krankheiten rührten von einem Missverhältnis der Körpersäfte her. Vor hundert Jahren galten Reisen zum Mond noch als Fantasterei. Es gibt immer neue Dinge zu entdecken. Und was wir heute für Aberglaube halten, bewahrheitet sich morgen.« Arthur lehnte sich vor. Das Licht spielte seltsam auf seiner Haut und einen Moment lang glaubte Brody fast, durch ihn hindurch zum Fenster blicken zu können. Arthur fuhr fort: »Ist es wirklich so schwer, sich vorzustellen, dass das Leben eine Kraft in sich birgt, die wir noch nicht messen können? Eine wesentliche Verbindung zwischen uns und dem Universum, die man unter dem Mikroskop nicht sehen kann?«

»Also ist dies eine verborgene Dimension.« Brody betrachtete die Bernsteinreflexe auf seiner Hand. »Ein Stauraum für Menschen, die durch das Raster des Lebens fallen.«

»Für Menschen mit zu viel potenzieller Energie, um weiter dorthin zu gehen, was als Nächstes kommt. Ja.«

»Wie lange?«

»Was meinst du?«

»Wie lange bleibe ich hier?«

Die vier schauten sich an. Schließlich sagte Arthur: »Ich bin seit zwanzig Jahren hier.«

Brody lachte auf und sein Lachen hing peinlich im Raum. Die anderen blickten ihn nur an. Nach einer Weile stand er auf und lief zum Fenster. Der Geist seines Spiegelbilds überlagerte die Stadt. Auch ohne Lichter und bei hereinbrechender Dunkelheit war der Anblick beeindruckend, die Skyline wie Klippen aus Grafit. Auf dem Bürgersteig unten sah er Gestalten, die sich auf Sofas fläzten. Gelächter und DeAndres Gitarrenklänge drangen herauf. Brody nahm einen Schluck Bourbon. Dabei fiel ihm etwas ein. »Was meintest du vorhin, Kyle? Als du gesagt hast, der Whisky würde nicht immer so gut schmecken.«

»Erinnerst du dich, dass ich gesagt habe, du sollst dir das hier als ein Echo vorstellen? Ich meinte nicht nur die Stadt da draußen, sondern auch uns.«

»Und?«

»Und was geschieht mit einem Echo?«

Plötzlich klickte es bei ihm. Brody spürte fast körperlich, wie er verstand. Es war wie ein Intuitionssprung und er wusste, dass es stimmte. Alles, was er gesehen hatte, beruhte auf einer klaren, gnadenlosen Logik. Er lief zurück zur Couch und ließ sich auf das weiche Leder fallen. Er hatte plötzlich das Bedürfnis, sich hinzulegen, den Kopf auf seinen Unterarm zu betten, die Beine von sich zu strecken und die Augen zu schließen. »Ein Echo verhallt. Es vergeht.«

»Genau.«

»Deshalb gibt es kein elektrisches Licht und kein Feuer. Und deshalb funktioniert meine Waffe nicht.«

»Diese Dinge benötigen oder erzeugen Energie.«

»Und deshalb tun die Fresser, was sie tun. Weil sie auch nur Echos sind, die verhallen. Sie werden niemals stärker. Und die einzige Energie hier ist die …«, er zögerte, »die wir mitbringen.«

Arthur nickte. »Und auch wir vergehen.«

»Aber man kann sich die Energie anderer aneignen«, sagte Sonny. »Wenn man hier jemanden tötet, strahlt der Himmel und das Essen schmeckt besser. Wenn du es oft genug tust, lebst du vielleicht ewig.«

»Ganz zu schweigen von der Fähigkeit, mit der Faust ein Loch in eine Wand zu schlagen«, fügte Kyle hinzu.

»Mein Gott.« Brody legte die Hände auf den Tisch und holte tief Luft. Es war, als hätte er harmlose Baupläne betrachtet und plötzlich festgestellt, dass sie für ein Konzentrationslager waren. Menschen, die in ihrer Blüte aus dem Leben gerissen und in eine trostlose Zwischenwelt geworfen wurden, jagten sich gegenseitig, um Reste von Lebensenergie zu erhaschen. »Mein Gott.«

»Es hat schon immer Menschen gegeben, die bereit waren, andere für ihren eigenen Vorteil zu vernichten.« Arthur zuckte mit den Schultern. »Nur hier geschieht es im wörtlichen Sinne.«

Brody hörte, wie draußen Glas zerschmettert wurde. Das Glühen des Bourbons hatte sich in beißendes Sodbrennen verwandelt und er hätte sich am liebsten über den teuren Tisch erbrochen. Heute Morgen erst war er mit der Frau, die er liebte, in einem warmen Bett aufgewacht. »Nein«, sagte Brody. »Das kann doch nicht sein. Das kann doch nicht alles sein.«

»So ist es aber«, sagte Sonny ruhig.

»Nein.« Brody sprang auf. Die Bewegung fühlte sich richtig an. Lebendig. Er blickte die anderen an. Vier bewaffnete Fremde in der dunkler werdenden Lounge eines Luxushotels in einer verlassenen Stadt in einer toten Welt.

»Brody …«, begann Kyle.

Doch er stürmte bereits zur Tür.

Sechzehn

Aus dem Laufen wurde ein Traben, dann ein Rennen und schließlich ein Spurt.

Er rauschte die Treppe hinunter und durch die Lobby, vorbei an zwei Leuten, die gerade hereinkamen und erschrocken aufschrien, und hinaus auf die geschwungene Auffahrt. Die Nacht brach herein und die auf den Sofas herumsitzenden Leute waren nur noch unheimliche Schatten und funkelnde Augen. Sie riefen ihm zu, manche heiter, andere besorgt, doch Brody ignorierte sie alle, bog einfach wahllos nach links ab und sprintete los. Seine Muskeln genossen die starken, geschmeidigen Bewegungen. Er beugte den Oberkörper vor und federte von den Zehen hoch, jeder Schritt größer als der vorige. Er rannte, wie er noch nie gerannt war, rannte schneller, als es möglich war, und der Wind peitschte sein Gesicht und die Welt verschwamm beinah vor seinen Augen. Er gab alles, wollte seine Lungen zum Brennen, sein Herz zum Rasen, seine Eingeweide zum Beben bringen. Die körperlichen Empfindungen würden alles andere überdecken, wenn auch nicht lange, doch für eine kurze Zeit würde die Welt auf schreiende Muskeln und Atemlosigkeit zusammenschrumpfen.

Er fragte sich, ob er sich so allein hier draußen der Gefahr aussetzte, den Fressern zum Opfer zu fallen, und spürte, wie ihn bei dem Gedanken eine wilde Freude überkam. Sollten sie nur kommen.

Er ließ einen Block nach dem anderen hinter sich. Aus einem Kilometer wurden zwei. Dann fünf. Sechs. Und alles in einem unmöglichen, unmenschlichen Tempo.

Doch der Schmerz stellte sich nicht ein.

Als ihm schließlich klar wurde, dass er die Welt nicht verschwinden lassen konnte, indem er sich bestrafte, wurde er langsamer. Und kam schließlich zum Stehen, während seine Schritte noch von den Mauern der leeren Gebäude widerhallten. Er atmete so mühelos, als hätte er stillgesessen.

Beim Rennen hatte er die Richtung aus dem Auge verloren, war wahllos mal hier, mal da abgebogen und hatte sich nur darauf konzentriert, den Schmerz zu finden. Nun, da er aufschaute und sah, wohin sein Unterbewusstsein ihn geführt hatte, wusste er, es war ihm gelungen.

Er hatte den Schmerz gefunden.

* * *

»Lunch. Einfach zum Kennenlernen.« Die neue Chefin trug ein eng anliegendes, schwarzes Kostüm mit weißer Bluse, die zwei obersten Knöpfe geöffnet, sodass ein zierlicher Silberanhänger zu sehen war. Sie trug ihr Haar offen und hatte einen frischen Zitrusduft aufgetragen. Es hieß, der Direktor habe sie selbst ausgewählt. Schwierig zu sagen, was das bedeutete, doch niemand war besonders glücklich darüber gewesen, dass jemand aus Washington den Posten des Assistant Special Agent in Charge bekommen hatte. »Suchen Sie ein Restaurant aus.«

Dass er diesen Laden ausgewählt hatte, war keine passive Aggression. Ja, okay, er hatte sich selbst um die Stelle beworben und sich gute Chancen ausgerechnet. Aber deshalb würde er sie doch nicht in eine unangenehme Situation bringen. Nun gut, vielleicht hatte sie ja einen etwas förmlicheren Rahmen im Sinn gehabt. Ein Restaurant mit Besteck zum Beispiel.

Sie parkte vor einem Kurzzeitkredit-Laden und beide stiegen aus, hinaus in die brütende Hitze des Nachmittags, die sandige Luft erfüllt von Lkw-Gerumpel. Die Gegend war brutal hässlich, Teppichgroßhandlungen, Geschäftsfilialen und rissiges Pflaster, aus dem das Unkraut spross. Er deutete auf einen Tacoladen, der in einem Farbton gestrichen war, der an Kermit den Frosch erinnerte. »Hoffentlich stört es Sie nicht, mit den Fingern zu essen.«

Sie hatte gelächelt, als ob sie genau gewusst hätte, was er tat. Okay, vielleicht war es ja doch eine passive Aggressionshandlung. »L'Patron Tacos, hm? Riecht gut.«

Sie warteten in der Schlange und plauderten. In der winzigen Küche surrten Ventilatoren und verloren den Kampf gegen das rauchende Fett. Aus dem Radio plärrte Neunzigerjahre-Powerpop. Als sie schließlich zur Theke kamen, ließ er ihr mit einer Geste den Vortritt. Doch sie zögerte, blickte ihm in die Augen und sagte: »Ich würde mich gern auf *Sie* verlassen.«

Es lag etwas in dieser Aussage, etwas Herausforderndes, das ihm gefiel. Brody wandte sich an den Kassierer und sagte: »Vier Tacos mit Carne Asada und zwei mit Tilapia bitte. Maiskolben … Ach, und eingelegtes Gemüse.«

* * *

Unter wirbelnden grauen Wolken stand Brody gegenüber dem verdunkelten Restaurant in einer toten Stadt. Die Hände in den Taschen, dann herausgezogen. Und die Arme gekreuzt.

Es war dasselbe und auch wieder nicht. Dieselben Katzenjammerfarben, derselbe rissige Gehweg, derselbe

Kurzzeitkredit-Laden. Doch keine Menschen, kein Geruch von gegrilltem Fleisch und keine rumpelnden Laster.

Nur eine Stille, wie er sie noch nie gehört hatte.

* * *

»Oh Gott im Himmel«, sagte Agent McCoy mit vollem Mund. Sie hielt den Taco mit beiden Händen, als hätte sie Angst, jemand würde ihn ihr wegnehmen. »Das würde ich am liebsten jeden Mittag essen.«

»Ja, oder?« Er hatte seinen ersten Fleisch-Taco schon halb verputzt, hatte gar nicht vorgehabt, so schnell zu essen, doch verdammt, diese Leute verstanden ihr Handwerk. Das Steak scharf angeröstet, doch innen noch rosa und in hausgemachte Maistortillas gewickelt.

»Gute Wahl, Mann.« Sie sog Fleischsaft von ihren Fingern. »Alle anderen wählen immer diese langweiligen Läden aus. Eddie Huang hat uns in ein Hotelrestaurant geschleppt.«

»Durchgefallen.«

»Ja«, sagte sie. »Mit Pauken und Trompeten.«

Er senkte wieder die Zähne in seinen Taco, biss ab und kaute langsam. Er dachte nach. »Es ist ein Test, nicht wahr? ›Kennenlernen‹ hat mehr als eine Bedeutung.«

Ein Lächeln huschte über ihr Gesicht, nur ganz kurz, doch es war aus Mondlicht.

»Ha«, sagte er und fragte sich, ob es vielleicht einen guten Grund gab, warum sie und nicht er die Stelle bekommen hatte.

* * *

Brody starrte ins Leere. Die Erinnerungen nagten an ihm wie wütende Ratten, die sich in seine Gedärme verbissen. Er zwang sich, tief Luft zu holen. Dann noch einmal. Ein Teil von ihm fragte sich, was er da atmete. Er war tot. Brauchte er überhaupt Luft? War dies wirklich Luft oder nur ein schwacher Abglanz?

Die brutale Logik des Echos schwirrte ihm durch den Kopf. Mit dem Feuerlöscher hatte er offenbar einfach Glück gehabt. Es war eine simple Mechanik gewesen, einfach unter Druck stehendes Gas. Hätte das Gerät eine elektronische oder chemische Komponente gehabt, wäre er jetzt tot.

Tot. Ha.

Er konnte nicht aufhören, für sich die Dinge aufzuzählen, die es hier nicht gab. Eine tote Welt ohne eigene Energie. Kein Feuer, keine Wärme, keine Computer oder Handys. Keine heißen Duschen oder warme Mahlzeiten.

Doch das Einzige, was ihm wirklich fehlte, war Claire.

* * *

»Danach habe ich Gangs infiltriert und mich als Finanzmann des Sinaloa-Kartells ausgegeben.« Er wischte sich den Mund mit seiner vierten Serviette ab. »Komisch, ich dachte, verdeckt zu arbeiten, das ist so wie bei *Serpico,* wissen Sie? Haare wachsen lassen, nicht duschen. Aber stattdessen bekam ich ein Budget, um Ermenegildo-Zegna-Anzüge und Barker-Alderney-Schuhe zu kaufen.«

Sie lachte. »Mir gefiel es besser, als die Bösewichter noch in Diskoklamotten rumliefen. Schlangenlederschuhe und so.«

»Also ich nicht. Ich hatte *richtig* schöne Anzüge.« Er schwenkte das Eis in seinem Becher. »Und Sie?«

»Was meinen Sie?«

»Auch schon mal verdeckt gearbeitet?«

»Sie wollen wissen, ob ich eine Erbsenzählerin oder ein richtiger Cop bin?«

»So meinte ich das nicht.« Er zögerte. Zuckte mit den Schultern. »Okay, ja, doch.«

»Von beidem etwas«, sagte sie. »Ich habe in Georgetown Jura studiert. Fünftbester Abschluss meines Jahrgangs. Und 97 Prozent Trefferquote beim quartalsmäßigen Schießtraining. Und Sie?«

»Ähm. Weniger.«

Sie achtete kaum auf das, was er sagte, und lehnte sich vor, fleischgewordenes Feuer. »Schiele ich auf den Posten des Direktors? Ja. Hat er mir den Job gegeben? Klar. Hat er's getan, weil ich mir seinen Respekt verdient habe? Was glauben Sie?«

Er warf seine Serviette hin, lehnte sich zurück und hob die Hände. »Moment. Ich wollte nicht …«

»Doch, wollten Sie.«

Brody öffnete den Mund, zögerte, dann sagte er. »Sie haben recht. Tut mir leid.«

Sie wollte noch etwas anderes sagen, das sah er daran, wie sie mit ihrem Taco auf ihn zeigte. Sie war drauf und dran, zögerte. Doch als er nichts weiter sagte, lehnte sie sich ein wenig zurück. »Ha.«

»Was?«

»Einfach nicht das, was … ach nichts.«

* * *

Als Brody an der Tür zog, öffnete sie sich. Das Quietschen war ihm vertraut, ein Detail, das sein Gehirn registriert und gespeichert hatte. Doch keine rauchige Luft, kein Duft von gegrilltem Fleisch schlug ihm entgegen, es roch nur leicht staubig. Das Innere war düster und die winzige Küche hinter der Theke lag in tiefem Schatten.

Trotz des wenigen Lichts konnte er die Liste der Tagesgerichte auf der Tafel erkennen. Serviettenspender standen neben Spritzflaschen mit Salsa. Der Abfalleimer war mit zusammengeknülltem Wachspapier und Aluminiumfolie gefüllt. Die

Stühle waren unter den Tischen hervorgezogen und standen in verschiedenen Winkeln zu ihnen. Es war, als hätten sich die Gäste kurz vor seiner Ankunft versteckt, um ihm einen Streich zu spielen.

Dann ging ihm die Wahrheit auf. Auf den Stühlen saßen Leute. Es war die Zeit des hektischen Abendbetriebs. Er war umgeben von Menschen. Die Stühle waren herausgezogen, weil auf ihnen Leute saßen. Wahrscheinlich war der Laden gerammelt voll und die Leute standen vor der Tür an. An dem Zweiertisch saßen vielleicht zwei Studenten bei einem Date. Vielleicht hielt eine Mutter gerade ihrem kleinen Sohn einen Löffel Mais hin, um ihn probieren zu lassen, weil man ja nicht wusste, ob man etwas mochte, wenn man es nicht probierte. Verdammt. Vielleicht war sogar Claire dort.

Wenn hier jemand versteckt ist, dann bist du es.

Brody wollte einen Stuhl packen und das Fenster einwerfen. Den Mülleimer umkippen, Salsaflaschen durch die Gegend schleudern und wütend schreien, dass er hier war, genau hier, verdammt noch mal, er existierte, er war unter ihnen.

Hört irgendjemand, wenn ein Toter schreit?

* * *

»Mein Dad«, sagte Claire.

»Polizist?«

»Hmm? Nein. Er war im Beleuchtungsgeschäft. Spezialanfertigungen, Restaurants, Autos. Aber meine Mom war irgendwie …« Sie zuckte mit den Schultern. »Ich weiß nicht, irgendwie uninteressiert. Als Mutter war sie okay, aber irgendwie nicht ganz da, verstehen Sie? Ich glaube, sie hatte sich ihr Leben anders vorgestellt.«

»Und wie?«

»Ehrlich gesagt, ich weiß es nicht. Prinzessin von Monaco?«

»Netter Job, wenn man drankommt.«

»Aber mein Dad und ich haben uns immer gut verstanden.«

»Erzählen Sie mal.«

»Okay.« Sie blickte ihn an, war aber ganz weit weg. »Er hat aus einer Laune heraus dieses alte Segelboot gekauft. Ein Bénéteau, Baujahr 1978, das hinter einer Tankstelle vor sich hingammelte. Es war ein Wrack. Wir haben das Fiberglas geflickt, den Motor neu aufgebaut und das Teakholz ersetzt. Hat ungefähr ein Jahr gedauert. Jedes Wochenende waren wir da draußen.«

»Wie alt waren Sie da?«

»Zehn? Nein, elf.«

»Also haben Sie ihm nur Werkzeug gereicht und so?«

Sie schüttelte den Kopf. »Manche Väter, die Töchter haben, wünschen sich Söhne und versuchen, sie zu Jungs zu erziehen. Aber mein Vater fand, dass Jungs und Mädchen ruhig das Gleiche lernen konnten. Er hatte nichts dagegen, dass ich mir Ohrlöcher stechen ließ und Röcke trug, andererseits hat er mich schon mit sieben an die Kreissäge gelassen. Die meisten Arbeiten am Motor habe ich übernommen, weil ich mich da hinten besser bewegen konnte. Ich denke manchmal daran zurück, wie es war, so eingezwängt zu sein. Schweiß in den Augen, den Geruch von Diesel und Motoröl in der Nase, irgendetwas bohrt sich in meinen Rücken.«

»Hat er Ihnen auch Segeln beigebracht?«

»Das war überhaupt das Beste.« Sie hatte ein wunderbares Lachen, ungeniert und aus vollem Hals. »Erst am Tag, als wir das Boot zu Wasser gelassen haben, bin ich auf die Idee gekommen zu fragen. Wir sind im Jachthafen, der Kran lässt es hinunter, wir haben beide eine Heidenangst, es könnte sinken. Doch es schwimmt, tanzt wunderhübsch auf den Wellen. Wir haben gejubelt, uns umarmt, die Hände zusammengeklatscht. Und dann habe ich ihn gefragt, ob wir eine Runde segeln können. Er hat mich so komisch angeschaut und gesagt: ›Ich kann es noch nicht, Äffchen.‹«

»Sie machen Witze.«

»Ich schwöre.«

»Warum hat er dann ein Segelboot gekauft?«

»Wie gesagt: ›noch nicht‹.«

* * *

Brody lief in dem leeren Restaurant auf und ab. Versuchte, ruhig zu atmen. Und fuhr mit den Händen über Stuhllehnen. Die Gebäude draußen waren nur dunkle Schatten vor dunklen Wolken. Seine Silhouette kroch geisterhaft über die Fensterscheiben.

Hier hatten sie gesessen. Auf den beiden Sitzen am Fenstertresen. Das Holz fleckig und vernarbt, die Sitze unbequem.

Brody zog seinen Hocker zurück und setzte sich.

* * *

Claire schaute auf ihre Uhr. Er verstand den Wink. »Zeit aufzubrechen?«

»Ja.«

Er stapelte ihre Körbchen auf dem Tablett und war schon halb aufgestanden, als er merkte, dass sie keine Anstalten machte zu gehen. Brody blickte sie fragend an. Sie begegnete seinem Blick.

Sie hatten einander schon die ganze Zeit angeschaut, aber dieser Blick war anders. Es war, als hingen sie plötzlich aneinander fest. Sie schlug die Lider nicht nieder, er auch nicht. Sie blickten sich einfach an.

Offen. Ehrlich. Zu lang.

Er spürte, wie sich etwas in ihm regte. Wie in den ersten schwerfälligen Sekunden, wenn ein Flugzeug abhob und das Fahrwerk den Boden noch fast berührte. Und er konnte sehen, dass sie es auch spürte. Ein schwindelerregender Augenblick, ein elektrisierender Schauer des Erkennens.

Oh, dachte er. *Oh hallo.*

* * *

Brody legte eine Hand auf ihren Hocker. Das PVC war kalt und abgewetzt. Er drehte den Sitz in seine Richtung, so wie sie darauf gesessen hatte. Es war erst ein paar Wochen her. Ein ganzes Leben.

Ein Schluchzen durchfuhr ihn wie ein greifbares Etwas, das sich losriss. Er ballte die Fäuste, bis sie zitterten.

Er saß allein in einem leeren Restaurant in einer verlassenen Welt und versuchte, die Erinnerung zu verdrängen.

Siebzehn

Als die Sonne sich über den See erhob, war der unbedeckte Himmel bereits hellblau. Ohne Wolken, auf denen das Licht tanzen konnte, wirkte der Sonnenaufgang explosiv, wie geschmolzenes Metall, das sich über die Wellen ergoss. Das Wasser plätscherte sanft und vom Hafen kam das stete, metallische *Ping* einer gegen einen Mast schlagenden Leine.

Claire dachte: *Der erste Sonnenaufgang in einer Welt ohne ihn,* und dann riss etwas in ihr wie ein Papiertaschentuch.

Nachdem sie fluchtartig ihre Wohnung verlassen hatte, war sie ziellos durch die Straßen dieser Stadt gefahren, die plötzlich so verändert war. Gegen vier merkte sie, dass sie gefährlich müde war und anhalten musste. Der Parkplatz des Hafens von Montrose schien so gut geeignet wie jeder andere Ort. Sie lag zwei Stunden lang über die Vordersitze ihres Autos ausgestreckt, erschöpft, unruhig und schlaflos, dann gab sie auf und stieg aus, um den Beginn des neuen Tags zu bewundern.

Es ist Zeit, zur Arbeit zu fahren. Schieb es beiseite und mach deinen Job.

Sie betrachtete die Wellen und dachte an Wills zerstörten Körper. Erinnerte sich an sein Lächeln, das ihr das Gefühl gegeben hatte, sie seien schon immer zusammen gewesen und füreinander bestimmt. War es erst gestern Morgen gewesen, dass sie sich dieser albernen, aber wohligen Fantasie hingegeben hatte?

Weine jetzt nicht. Wage bloß nicht zu weinen.

Claire kramte ihr Handy hervor und überlegte, Dad anzurufen. Sie wollte den freudigen Ton hören, der immer in seiner Stimme lag, wenn sie anrief. Und der sie daran erinnerte, wie sicher sie sich als Vierjährige in seinen starken Armen gefühlt hatte. Sie konnte sein Aftershave riechen und stellte sich die kratzenden Stoppeln an seinem Kinn vor.

Doch es war noch zu früh. Er würde rangehen, aber sich Sorgen machen. Er würde fragen, was los war, und sie würde es ihm vielleicht erzählen. Und dann würde sie anfangen zu weinen, und sie wusste nicht, ob sie aufhören könnte.

Claire zwang sich aufzustehen. Sie war steif und ihre Gelenke knackten. Sie blickte ein letztes Mal aufs Wasser und hatte das verzweifelte Verlangen hinauszufahren, über die zinnfarbenen Wellen zu gleiten und alles hinter sich zu lassen.

Doch stattdessen lief sie über das verdorrte Gras zurück zu ihrem Auto. Die Uhr am Armaturenbrett zeigte 6.57 Uhr an. Ihre Wohnung war von hier aus in zehn Minuten zu erreichen und lag auf dem Weg zum Büro. Sie hatte auch noch Zeit, zu duschen.

Dann fiel ihr das schmutzige Geschirr in der Spüle ein.

Sie stieg wieder aus, hinaus in die kühle Morgenluft, und öffnete den Kofferraum. Lange Arbeitszeiten gehörten zu ihrem Job und sie hatte sich angewöhnt, überall Kleidung zu deponieren. Sie zog sich direkt dort auf dem Parkplatz um, zu müde, um sich darum zu sorgen, ob ein morgendlicher Jogger ein wenig Haut zu sehen bekam.

Als sie wieder im Auto saß, drehte sie die Heizung hoch und klappte die Sonnenblende herunter. Sie richtete ihr Haar, so gut es ging. Unterwegs würde sie an einem Drugstore anhalten, um eine Zahnbürste zu kaufen.

»Okay«, sagte sie und blickte ihrem Spiegelbild in die Augen. »Reiß dich zusammen. Alle zählen auf dich.«

Sie würde ihre Trauer für sich behalten müssen, hinter einer Mauer. Ein Mörder lief frei herum. Und eine Millionenstadt lebte in Schrecken. Sie konnte sich keine Ablenkung leisten. Falls sie sich ablenken ließ, würde es weitere Opfer geben.

Es war nicht dein Liebhaber, den du gestern verloren hast. Es war ein Agent, der deinem Befehl unterstand. Hast du kapiert?

* * *

Der Raum war ruhig, kein Witzeln oder Austausch von Theorien wie sonst. Um den Tisch saßen Agenten, deren Mienen von völlig geschockt bis wütend variierten. Alle sahen erschöpft aus und manche, als hätten sie geweint. Aus irgendeinem Grund hatte sie ihre Trauer nicht bedacht. Doch ihre Reaktion war nur natürlich, denn sie hatten Brody länger gekannt als sie selbst.

Claire setzte sich und atmete tief durch. Alle schauten sie an.

Sie legte die Hände auf den Tisch. Hob ihren Stift auf, zog die Kappe ab, steckte sie wieder drauf und plötzlich fiel ihr ein, dass es Brodys Stift war. Vorgestern wollte sie ein paar Routinedokumente unterzeichnen, sie wusste nicht mehr, was, Überstundenzettel vielleicht. Ihr Stift hatte nur Kratzer auf dem Papier hinterlassen und er hatte seinen über den Tisch geschoben. Es war nichts Besonderes, nur ein Tintenroller aus dem Drugstore, aber es war seiner und sie hatte vergessen, ihn zurückzugeben.

Plötzlich merkte Claire, dass sie stumm dagesessen und auf den Stift gestarrt hatte, und sie wusste nicht, wie lange. Sie blickte auf. »Sie alle wissen, was gestern passiert ist.«

Die Agenten, die am Tisch saßen und entlang der Wände standen, schauten sie nur an. Sie wollten, dass sie ihnen gab, was sie brauchten. Kraft, Inspiration, Entschlossenheit. Einen Grund, der ihrer Arbeit Sinn gab.

»Will Brody war einer von uns. Er war …«

Warm. Impulsiv. Unmöglich. Wunderschön. Mein Schatz.

»… ein außergewöhnlicher Agent. Ein außergewöhnlicher Mensch. Er hat buchstäblich sein Leben gegeben, um jemand anderen zu beschützen.«

Und warum? Verdammt, Will, warum hast du nicht einfach geschrien und dich auf den Boden geworfen wie ein normaler Mensch? Warum musstest du dich auf einen Fremden stürzen und an seiner Stelle sterben?«

»Wir alle trauern um ihn. Ich bin nicht religiös, aber heute glaube ich, dass es einen Himmel gibt.«

Keiner von euch wusste über uns Bescheid. Über das, was wir hätten werden können.

»Denn Will Brody hat verdient, in den Himmel zu kommen. Und ich weiß, dass er dort ist.«

Claire verstummte. In ihr entstand ein Schrei und sie wollte ihn nicht herauslassen. Sie atmete tief durch und faltete die Hände um den Stift. Sie wartete, bis sie sprechen konnte, ohne zu zittern. »Ich habe nicht vor, große Reden zu schwingen. Ich weiß, Sie tun jetzt schon alles, was Sie können.« Sie hielt kurz inne.

»Aber eins möchte ich noch sagen: Offiziell werden alle Morde gleich behandelt. Doch wir hier in diesem Raum wissen, wie es wirklich ist. Will Brody war einer von uns. Die Sache ist persönlich.« Dann ließ sie den Blick durch den Raum schweifen und schaute jedem einzelnen Agenten in die Augen. »Und wir machen das Arschloch fertig, das ihn umgebracht hat.«

Sie erntete grimmiges Nicken und böses Lächeln, und in ihrer Brust heulte ein Wind über eine eiskalte, unfruchtbare Ebene.

»Und nun zum Status.«

* * *

Morgendliche Einsatzbesprechung.

Überarbeitung des psychologischen Profils.

Gelbe Flaggen.

Koordination mit dem Chicago Police Department.

Anruf beim Direktor, um ihn auf den neusten Stand zu bringen.

Bestätigung der DNA-Übereinstimmung bei den Zigarettenstummeln.

Budgetzuweisung für Überstunden.

Durchsicht des vorläufigen Berichts der Spurensicherung.

Medienmanagement in Vorbereitung der Pressekonferenz.

Pressekonferenz.

Anruf beim Direktor, um ihn auf den neusten Stand zu bringen.

Koordination mit Bürgerinitiativen.

Telefonkonferenz mit dem Bürgermeister.

Fünfzehn Stunden.

238 E-Mails.

54 Telefonate.

Elf Tassen Kaffee.

Drei Momente, in denen sie beinah die Kontrolle verloren hätte.

Ein Thunfischsandwich am Schreibtisch runtergewürgt und dann im Damenklo wieder ausgekotzt.

Keine neuen Opfer.

Achtzehn

Gestern Abend war Brody zum Hotel zurückgekehrt – wohin hätte er sonst gehen sollen? –, aber die anderen hatten seinen Gesichtsausdruck gelesen und Abstand gehalten. Kyle durchbrach die unerwähnte Mauer gerade lang genug, um Brody »einzuchecken«. Die Zimmer verfügten über elektronische Schlösser, deshalb war dazu eine Brechstange nötig. Das Zimmer war stylish und elegant, die dominierende Farbe war Schatten. Brody fragte sich, ob in diesem Moment jemand im Bett lag, in Unterwäsche durch die Fernsehsender zappte oder ein Buch las. Ob derjenige spüren würde, wie er zu ihm ins Bett schlüpfte?

»Geh nicht raus, sonst musst du die Tür noch einmal aufbrechen.« Kyle hatte eine Flasche lauwarmes Wasser und ein abgespanntes Lächeln für ihn. »Versuch zu schlafen. Morgen reden wir weiter.«

Zu seiner Überraschung war Brody fast sofort eingeschlafen. Er hatte von einer Frau mit weißen Haaren geträumt, und von einem Jungen, allein auf einem Schiff, doch er konnte sich nicht an Einzelheiten erinnern und vermutete, dass es besser so war.

Nach dem Aufstehen hatte er die Toilette benutzt, die nicht spülte, sich die Zähne mit dem Finger geputzt und war nach unten gelaufen. Auf dem Weg durch die Lobby hatte er viele neugierige Blicke geerntet und versucht, sie zu ignorieren. Lucy und Sonny hatten zusammengesessen und etwas, was der Biker gesagt hatte, ließ sie lachend ihren Kopf in den Nacken werfen. Draußen war der Morgen bewölkt und kühl. Die Leute saßen zusammen, schwatzten und aßen ein kaltes Frühstück. Arthur saß umringt von Kindern im Schneidersitz auf der Straße. Der Lehrer wirkte im Tageslicht noch transparenter, in der grauen Hand ein Biologiebuch, doch seine Stimme war lebhaft und die Kinder hörten aufmerksam zu. Auf der Brücke spielten die Wachen Poker und ließen nur gelegentlich den Blick über die Straße schweifen.

Brody schlenderte davon und fand eine Bank am Fluss. Er setzte sich und starrte aufs Wasser, ohne es wirklich zu sehen. Seine Aufmerksamkeit war nach innen gerichtet. Er zählte innerlich alles auf, was er verloren hatte. Und schätzte die Schwere der Wunde ein und ob sie zu überleben war.

Erst einmal war da Claire. Apropos potenzielle Energie. Es war so grausam, dass er sie gerade erst kennengelernt hatte. Er hatte auch schon vorher so etwas wie Verliebtheit erlebt, doch nichts derart Elektrisierendes.

Aber natürlich war da noch viel mehr. Er würde nie mehr mit Dad Zigarren rauchen und Schach spielen, nie mehr seine Hand schütteln, seinen speziellen Geruch wahrnehmen oder seine rippenquetschende Umarmung spüren. Nie wieder mit Mom zu Mittag essen, sich in der Miene sonnen, die sie aufsetzte, wenn sie ihn anblickte; nie wieder über irgendwelche Bücher reden, die sie gelesen hatten, nie wieder ihre lachenden Proteste hören, wenn er absichtlich etwas sagte, was sie schockierte.

Er verschluckte sich an seinem Atem.

Und da war seine Schwester Samantha, drei Jahre jünger, doch in letzter Zeit seltsam konservativ, vor allem verglichen mit dem Mädchen, das sie früher einmal war und das im Keller zu Popmusik getanzt hatte. Und ihre vierjährigen Zwillinge, Ashley und Amy; er und die beiden ein Verein gegenseitiger Anbetung, in dem sich alles um Balgen, Kitzeln und Lieder über Fürze drehte.

Und dann waren da alle Freunde, die er je gehabt hatte. Jungs von der Highschool, mit denen er Bier geklaut hatte, Marines, mit denen er in den Krieg gezogen war. Die Agenten von der Dienststelle, clever und sarkastisch in ihren Beamtenanzügen.

Er würde keinen von ihnen je wiedersehen. Außer wenn sie starben. Eines gewaltsamen Todes. Plötzlich. Auf schreckliche Art. Der Widerspruch zwischen seinem Verlangen, die Menschen, die er liebte, wiederzusehen, und dem Preis, den sie dafür zahlen müssten …

Zu viel. Zu hoch.

Verstehen war unmöglich. Es war einfach zu gewaltig, um es in seinem ganzen Ausmaß zu begreifen.

Er versuchte es eine Nummer kleiner. Dachte an seine Lehrerin aus der vierten Klasse. Den Kassierer im Supermarkt. Den UPS-Fahrer, der das ganze Jahr über Weihnachtslieder pfiff. Die Nachbarn, mit denen er Restauranttipps ausgetauscht hatte. Die Frau, die er manchmal im Schwimmbad sah, die mit der Tätowierung auf der Hüfte.

Nein. Nichts. Er hatte sie nicht richtig gekannt und irgendwie glaubte er nicht wirklich, dass sie eine eigene Existenz außerhalb seines Bewusstseins hatten. Wir sind alle Komparsen im Film eines anderen.

Vielleicht boten Menschen gar nicht den richtigen Zugang, um es zu begreifen. Entweder waren sie zu wichtig, um ihren Verlust zu ertragen, oder sie hatten in seinem Leben keine tragende Rolle gespielt. Er würde es mit Dingen, Orten und Gegebenheiten versuchen, die ihm nun vorenthalten waren.

Keine Restaurants mit flackerndem Kerzenlicht und sexy Musik mehr, keine Kellner, die Gerichte so kunstvoll wie Schmuckstücke darboten.

Keine Technik. Kein Handy. Die Antworten auf alle möglichen Fragen, von der sexuellen Orientierung eines Schauspielers bis zum Bauplan einer Atombombe, konnte er nun nicht mehr aus der Hosentasche ziehen.

Kein morgendliches Joggen zum Fitnessstudio mehr, die Luft so kalt, dass sie in den Lungen kratzte. Keine anderthalb Kilometer langweiliger Bahnen im Schwimmbecken mit anschließendem Einweichen im heißen Whirlpool, um die Muskeln zu entspannen.

Keine Filme. Er würde nie wieder sehen, wie die Leinwand aufleuchtete, um sich in einer Geschichte und dem Dröhnen der Lautsprecher zu verlieren.

Scheiße. Aus irgendeinem Grund traf ihn das besonders hart. Keine Filme mehr. Nie wieder.

»Tu's nicht, Brody! Das Unleben ist doch so schön!«

Ohne sich umzudrehen, erwiderte Brody: »Kyle, du bist so ein Arschloch. Das weißt du doch, oder?«

»He, du bist auch nicht gerade ein Schenkelspreizer.« Kyle ließ sich neben ihn auf die Bank fallen. »Willst du was essen? In der Küche gibt es genug. Eins hat das Echo für sich: Egal, wie oft wir über den Kühlschrank herfallen, es gibt immer noch mehr.«

»Ich habe keinen Hunger.«

Kyle holte eine Dose Kautabak hervor, hielt sie Brody hin und zuckte angesichts seines angewiderten Blicks nur mit den Schultern. »Ja, ich weiß. Nicht so gut wie Zigaretten, aber wenigstens muss ich mir hier keine Sorgen wegen Krebs machen. Einer der Vorteile im Echo, keine Krankheiten.« Er stopfte einen Priem hinter seine Lippe und steckte die Dose weg. Eine plötzliche Windbö kräuselte die Wasseroberfläche.

Brody fragte: »Hast du Familie?«

»Jeder hat Familie.«

»Wie kommst du …«

»Gar nicht. Ich versuche, nicht dran zu denken.« Kyle starrte auf die Skyline. »Du kennst doch die Phasen der Trauer? Nicht-wahrhaben-Wollen, Wut und so weiter.«

»Sicher.«

»Wenn man lebt und jemanden verliert, das ist einfach Scheiße. Plötzlich fehlt etwas in deiner Welt. Aber wir hier haben nicht nur *einen* Menschen verloren. Wir haben *alle* verloren. Alles. Dafür gibt's keine Trauerphasen. Du musst es einfach verdrängen. Dir vorstellen, es wäre einem anderen passiert. Dem, der du einmal warst. Einfach … verdrängen.«

»Verdrängen? Das ist dein Ratschlag?« Brody schüttelte den Kopf. »Damit ich hierbleiben kann? Nie mehr duschen, keine warmen Mahlzeiten mehr? Und die Menschen, die ich liebe, nie wiedersehen?«

»Ja. Denn das hier ist alles, was du hast.« Kyle strich seine Hosenbeine glatt und stand auf. »Komm, wir gehen spazieren.«

»Wohin?«

»Lass uns ein bisschen Spaß haben.«

* * *

Den drei Wachleuten gefiel es nicht.

Ihr Tisch war übersät mit Spielkarten und Pokerchips. Brody nahm an, dass sie den Tisch, der aussah, als würde er ein halbes Monatsgehalt kosten, aus dem Hotel gekarrt hatten. Der Wachmann mit den Cowboyfalten legte seine Karten hin. »Wie meinst du das, allein?«

»Allein, sagte Kyle. »Nur wir beide. *Solamente a dos.*«

»Du weißt, dass das keine gute Idee ist.«

»Mein Freund hier soll sein neues Reich sehen.«

»Kyle …«

»Uns passiert schon nichts. Hast du es nicht gehört? Gestern hat Brody es ganz allein mit sieben Fressern aufgenommen.«

Brody dachte, *was soll's?,* und begann auch zu argumentieren. »Ich bin vollgepumpt.«

»So vollgepumpt, wie er ist, traut sich kein Vamp in unsere Nähe.« Kyle schlug dem Wachmann auf die Schulter. »Nehmt euch vor Laquan hier in Acht. Er könnte tatsächlich eine Bauchschussstraße haben, wie er vorgibt.«

»Ach, jetzt hör aber auf«, sagte ein anderer Mann, und dann liefen Kyle und Brody über die Brücke.

Brody tastete nach dem Messer an seinem Gürtel, und den Griff zu spüren, beruhigte ihn. »Wir brauchen eine Erlaubnis, um wegzugehen?«

»Eine Erlaubnis? Nein. Hier hat niemand etwas zu bestimmen. Bei uns sind alle gleich. Eigentlich haben wir nur zwei Regeln.«

Brody lief drei Schritte, vier, fünf. Schließlich sagte er: »Okay, ich beiße an. Was für Regeln?«

»Die erste: Leiste deinen Beitrag. Die zweite«, sagte Kyle und blickte ihn lächelnd an, »friss keine anderen Menschen.«

»Scheint mir recht einfach zu sein.«

»Ist es meistens auch.« Kyle bog nach links ab und Brody folgte ihm. Auf der Straße standen Autos, im gleichen Geisterballett wie gestern eingefroren. Doch es waren weniger, denn es war noch früh am Morgen. Die Leute standen gerade erst auf. Duschten und dachten an die Arbeit. Das Wunder ihrer Existenz nahmen sie als selbstverständlich hin.

»Dein Spanisch ist miserabel«, sagte Brody, »›*Solamente a dos*‹ bedeutet ›*nur an zwei*‹.«

»Also wie …«

»*Solamente nosotros dos.*«

»*Muchas gracias.*«

»Worum spielen sie?«

»Hä?«

»Die Pokerspieler. Die waren so angespannt. Da ging's doch nicht nur um Chips.«

»Ach so. Lästige Pflichten«, sagte Kyle. »Patrouillen, Kinder beaufsichtigen, Nachtwache. Die ist sooo langweilig.«

Sie bogen auf die Michigan Avenue ab und schlenderten mitten über die Fahrbahn. Im Osten wiesen die Wolken einen helleren Fleck auf, aber einen Sonnenaufgang konnte man es nicht nennen. Über ihnen hing immer noch ein schweres Sargtuch aus wirbelnden Wolken.

»Also es sieht so aus …« Kyle stieg auf die Motorhaube eines schnittigen Jaguar XJ, lief längs darüber und sprang auf der anderen Seite wieder herunter. »Du kannst dich natürlich in deiner Trauer über all das, was du verloren hast, verrennen und dich vom nächsten Hochhaus stürzen. Aber du weißt nicht, was dann kommt. Schließlich wusstest du auch nichts vom Echo. Ein großes Wagnis.«

»Ich höre ein ›Oder‹ heraus.«

»*Oder* betrachte es als etwas Neues, Aufregendes. Dies ist unsere Stadt. Unser Reich. Und du kannst tun, was du willst.«

Der Millennium Park war menschenleer. Brody konnte sich nicht erinnern, ihn je völlig verlassen gesehen zu haben. Selbst mitten in der Nacht sah man hier normalerweise Polizisten, Betrunkene, die sich auf den Bänken fläzten, und händchenhaltende Paare auf dem Heimweg. Kyle lief schnell die Stufen hinauf zu der riesigen Skulptur. Eigentlich hieß sie Cloud Gate, doch alle nannten sie nur »die Bohne«. Ein gekrümmtes, zwanzig Meter langes Objekt, das die Form, na ja, einer Bohne und eine spiegelnde Chromoberfläche hatte. Als er die Skulptur zum ersten Mal gesehen hatte, hatte er sie als glänzenden Touristenschrott abgetan. Doch sie hatte etwas Hypnotisches. Beim ersten Besuch hatte man seinen Spaß an dem Zerrspiegeleffekt. Beim zweiten merkte man, wie das Gebilde die gesamte Skyline aufnahm – und den kompletten Himmel –, als würde sie sich alles einverleiben, anstatt es nur zu reflektieren. Und nach einer Weile erwartete man fast, dass einem eine frühere Version seiner selbst daraus entgegenstarren würde.

Er hatte diesen Ort noch nie völlig menschenleer vorgefunden. Er nahm an, es war ein wenig so wie bei Machu Picchu oder der Cheops-Pyramide. Man vergaß leicht, dass man diese Sehenswürdigkeiten nie für sich haben würde. Man stellte sich vor, wie man sie allein besuchte und in stillem Nachsinnen über die Vergangenheit die Stufen erklomm. Die T-Shirt- und Kebabstände, die Reisebusse voller sonnenverbrannter Amerikaner, die samtenen Absperrbänder und Wächter kamen einem überhaupt nicht in den Sinn.

Doch nun waren nur Kyle und Brody hier. Die Oberfläche der Skulptur war so makellos und glänzend, dass man die Wolken kaum von ihren Reflexionen unterscheiden konnte. Kyle begab sich unter die Krümmung in der Mitte und ließ sich auf den Boden fallen. Brody tat es ihm nach. Verzerrte Versionen ihrer selbst starrten auf sie herunter.

»Gib's zu«, sagte Kyle. »Das ist cool.«

»Ich komme mir vor wie ein Tourist.«

»Trotzdem cool.«

Brody nickte. Einen Moment lang ließ er seinen Blick einfach über die spiegelnde Oberfläche, ihre verzerrten Abbilder, die Andeutungen eines verwirbelten Himmels und einer starrenden Stadt gleiten. »Also, wenn ich es verdränge, was tu ich dann hier?«

»Alles, was du willst. Du bist jetzt frei. Freier, als du im Leben jemals warst.« Kyle zeigte auf die Chromfläche über ihnen und sein reflektierter Finger zeigte auf sie hinunter. »Du stehst auf jemanden und deine Gefühle werden erwidert? Dann könnt ihr es treiben wie die Karnickel. Du betrügst niemanden. Du brauchst nicht einmal ein Kondom. Hier wird niemand schwanger. Krankheiten gibt's auch nicht. Du siehst etwas, was dir gefällt, du dir aber nie leisten konntest? Nimm es dir einfach. Du bist wegen irgendwas angepisst? Dann geh ins Kunstinstitut und schlitze einen van Gogh auf. Du musst nicht einmal ein schlechtes Gewissen haben, denn sobald du gehst, flickt sich die Leinwand selbst wieder zusammen.«

»Wenn man hier so frei ist, warum verschanzen sich alle im Hotel?«

»Na ja, weil da draußen überall Fresser rumlaufen. Doch solange du deinen Beitrag leistest und nur in Notwehr tötest, wird es dir bei uns gut gehen. Und solange du bei uns bist, brauchst du dir wegen denen keine Sorgen zu machen. Sie sind wie Schakale. Schakale sind bösartige Viecher. Wenn einer dich allein zu fassen kriegt, geht es dir schlecht. Aber gegen eine Gruppe haben sie schlechte Karten.«

Brody dachte an die verbogenen Gitterstangen und ihre unglaubliche Geschwindigkeit zurück. »Für mich sah's so aus, als hätten sie ziemlich gute Karten.«

»Ein einzelner Fresser kann eine einzelne Person ziemlich übel zurichten, sogar mehrere. Aber wenn wir zu zwanzig Leuten sind, versuchen sie's erst gar nicht.«

»Es sei denn, sie sind auch zwanzig.«

Kyle schüttelte den Kopf. »Kommt nie vor. Die größte Gruppe, die ich je gesehen habe, bestand aus fünf Fressern. Und das auch nur ein einziges Mal. Sie können sich nämlich gegenseitig nicht trauen. Wir reden von Leuten, die nicht töten, weil sie müssen, sondern weil es ihnen Spaß macht. Neben so jemandem würdest du auch nicht ruhig schlafen.«

»Was ist, wenn ich wegwill? Raus aus der Stadt?«

»Kannst du ruhig. Also, ich habe schon lebendig nie die Vorstadt besucht und jetzt fange ich auch nicht damit an. Aber wenn du dich nach weißen Gartenzäunen sehnst, dann nur zu. Hört sich aber ziemlich einsam an.« Kyle schlug mit der Hand auf den Boden und stand dann auf. »Komm. Ich habe Hunger.«

Er führte ihn zwei Blocks weiter die Michigan Avenue entlang und lief dann direkt vor einem Bus auf die Straße. Brody erschrak und wollte ihn zurückzuhalten, damit er nicht überfahren wurde. Aber natürlich stand der Bus genauso still wie der restliche Verkehr. Brody fragte sich, wie viele Leute darin saßen. Stellte sich vor, wie er selbst einstieg. Ob das Gefährt voller Handtaschen und Einkaufstüten steckte?

Kyle blieb vor einem breiten Fenster stehen. »Magst du Sushi?«

»Da könnte ich mich reinsetzen.«

Kyle machte sein Beil los. Er schwang es mit der Leichtigkeit eines Manns, der sich mit seinen Werkzeugen auskannte, und rammte das spitze Ende in das Fenster. Das Glas splitterte wie Eis, doch brach nicht auseinander. Ein zweiter Schlag und es regnete Scherben. Kyle kratzte unten am Rahmen entlang, um die letzten Stücke herauszubrechen, und stieg hinein.

Brody folgte ihm. Das Restaurant war dunkel, die Stühle ruhten auf den Tischen. Kyle bahnte sich seinen Weg zur Theke, drehte sich um, stemmte sich hoch und rutschte darüber. Er bückte sich zu den Kühlschränken hinunter und holte ein in Plastikfolie eingewickeltes Stück Thunfischfilet heraus. Er legte es auf ein Brett und begann, es aufzuschneiden.

Brody hatte eigentlich keinen Hunger verspürt, doch der Fisch war frisch, kühl und geruchlos bis auf einen leichten Hauch von Meer. Das Fleisch zerging auf der Zunge. Er bekam Lust auf Sake und wollte einen Kellner herbeirufen. Doch dann fiel ihm wieder ein, wo er war, und er nahm sich hinter der Bar eine Flasche Akita Homare. Sie aßen mit großem Appetit und wuschen jeden Bissen von dem köstlichen Fisch mit dem hellen, blumigen Reiswein hinunter.

»Im Grunde haben wir Glück gehabt«, sagte Kyle. »Wenigstens sind wir in Chicago gestorben. Stelle dir das Echo in Mosul oder Mogadischu vor.«

»Mein Gott.« Brody dachte nach. »Stell dir vor, du stirbst in einem Kriegsgebiet. Du wachst auf …«

»Und deine Gegner warten bereits auf dich. Keiner von euch weiß, was passiert ist. Wahrscheinlich würdet ihr euch sofort wieder gegenseitig abschlachten.« Kyle spießte mit seinem Messer ein Stück Thunfisch auf. »Und wo wir gerade dabei sind, stell dir das Echo am elften September in New York vor.«

Plötzlich war Brody der Appetit vergangen.

Der nächste Stopp auf ihrem Ausflug war eine kleine Gasse hinter dem Hilton. Kyle lief zu einer unauffälligen Tür und zog eine Kreditkarte aus der Tasche. »Diese Dinger sind immer noch zu was nütze.«

Zwei Minuten später stiegen sie eine hundert Meter hohe Metallleiter hoch. Die Sprossen der Feuerleiter waren schmal und kalt, nicht für Komfort gebaut. Während sie immer höher und höher stiegen, bekam Brody ein mulmiges Gefühl im Magen, das ihn irgendwie amüsierte. Wovor hatte er Angst? Vor dem Tod?

Neunundzwanzig Stockwerke höher stolzierte Kyle über den schmalen Dachsims des Hilton. Er lief zur Ecke und setzte sich. Brody folgte und kämpfte gegen das Schwindelgefühl an, während seine Arme und Beine vor Anstrengung zitterten. Er legte eine Hand auf Kyles Schulter und setzte sich vorsichtig hin. Ihre Beine baumelten über den Rand und ihre Fersen klopften gegen die Fenster darunter. Die verwaisten Fahrzeuge weit unten wirkten wie Spielzeugautos. Blickwinkel und Schatten ließen die Architektur fremdartig erscheinen. Die Wolken schienen tief genug, um sie zu berühren.

»Ich sollte nicht hier sein«, sagte Brody.

»Es gibt keine Polizei, die es dir verbieten kann.«

»Nein. Ich meine, ich sollte nicht *hier* sein.« Er blickte den Feuerwehrmann an. »Ich habe mich mein ganzes Leben für andere eingesetzt. Ich bin umgekommen, weil ich jemanden gerettet habe.«

»Hast du erwartet, dass dich der Heilige Petrus mit einem Brandy und einer Blondine an der Himmelspforte empfängt?«

»Nein. Vielleicht. Wer weiß schon, wie's im Himmel aussieht? Aber ich war einer von den Guten. Ich habe versucht, das Richtige zu tun. Menschlich zu sein …«

»Du meinst, du hast alten Damen über die Straße geholfen und so?«

»… und dann lande ich am selben Ort wie ein drogendealender Biker?«

»Vorsicht.« Kyles Stimme wurde plötzlich hart. »Sonny ist mein Freund.«

»Er ist sicher ein ganz toller Typ. Es macht Spaß, mit ihm abzuhängen. Er kommt gut bei Frauen an. Aber wie viele Leute hat er abgestochen? Wie viele Süchtige, die er mit Crystal versorgt hat, haben sich ihr Gesicht wund gekratzt?«

»Aber das ist doch Vergangenheit. Genau wie dein Leben als FBI-Agent. Wir fangen hier alle ganz neu an.«

»Na, dann ist ja alles wunderbar«, sagte Brody. »Die Entscheidungen, die wir im Leben getroffen haben, zählen nicht. Ob man ein guter Mensch ist, zählt auch nicht. Vergewaltigung, Raub, Mord … Wen kümmert's? Schließlich enden alle so wie der Feuerwehrmann, der im Einsatz umgekommen ist. Schön für Sonny.«

Kyle verzog sein Gesicht, dann rieb er sich über die Haarstoppel auf seinem Kopf. »Was willst du eigentlich? Ich habe diese Welt nicht geschaffen. Wenn du jammern willst, wie unfair alles ist, in Ordnung. Aber du hast eine zweite Chance bekommen. Vielleicht ist nicht alles so, wie du es dir vorgestellt hast, und sicher, du hast sehr viel verloren, aber vielleicht solltest du dich selbst nicht so wichtig nehmen. Dann kannst du hier ein neues Leben beginnen. Es ist auch nicht sinnlos. Die Leute hier können deine Hilfe gebrauchen.«

»Was soll ich denn tun?«

»Einfach Mensch sein.« Kyle seufzte. »Gestern habe ich dir erklärt, dass wir nach der Lehre der Ray leben. Im Grunde ist es natürlich keine richtige Lehre, aber irgendwie doch. Ray hieß eigentlich Raylene. Ich bin ihr nie begegnet. Sie war schon weg, als ich hergekommen bin.«

»Wo ist sie jetzt?«

»Sie ist nach und nach verschwunden.«

Brody wollte etwas sagen, doch zögerte. Er dachte daran, dass Arthur fast durchscheinend gewirkt hatte. »Wie der Professor?«

»Ja, wie der Professor. Arthur will nicht töten, nicht einmal aus Notwehr. Und Raylene auch nicht. Wenn man lange genug hier bleibt, ohne sich die Energie eines anderen einzuverleiben, vergeht man langsam. Eines Tages werden wir aufwachen und Arthur ist verschwunden.«

»Wohin?«

»Woher soll ich das wissen? Auf zu neuen Abenteuern. Vielleicht gibt es nach diesem Echo noch ein weiteres. Wir sind auch in unserem früheren Leben langsam vergangen, nur da nannten wir es Altern. Wenigstens geraten wir hier nicht aus den Fugen.«

»Wir altern nicht?«

»Nein. Das heißt, die Kinder haben die Arschkarte gezogen, aber wir dafür das große Los.«

Brody kratzte sich die Wange und die Bartstoppeln kratzten zurück. »Wenn wir nicht altern, wieso haben wir dann Bartwuchs?«

»Keine Ahnung.«

»Wenn man sich verletzt, heilt es?«

»Ja.«

»Aber das ergibt keinen Sinn. Wenn unsere Haare wachsen und unsere Wunden verheilen, dann müssten wir …«

»Brody«, unterbrach ihn Kyle, »versuche nicht, mit dem Jenseits zu verhandeln wie ein Anwalt. Es gibt kein juristisches Schlupfloch, das dir erlaubt, wieder ins Leben zurückzukehren. Es ist so, wie es ist. Darf ich meine Geschichte weitererzählen?«

»Entschuldigung.«

»Also jedenfalls, Ray hat die Leute organisiert. Bevor sie kam, gab es keine Schutzzonen. Keinen Ort, an dem wir sicher waren. Arthur – du weißt, er ist seit zwanzig Jahren hier –, also er hat mir erzählt, dass er sich das ganze erste Jahr in einer Abstellkammer versteckt hat. Denn es ging um Töten oder Getötetwerden, eine andere Wahl hatte man nicht. Dann kam Ray und hat die Leute zusammengebracht. Sie hat uns klargemacht, dass es keinen Grund gab, so zu leben. Solange wir einander vertrauten, waren wir sicher. Denn Fresser können keinem vertrauen.«

Brody dachte darüber nach. Die drei, die es auf ihn abgesehen hatten, waren ein Team, und die Vogelscheuche mit der Machete war wegen Raquel außer sich gewesen. Doch dann waren sie einfach abgezogen, obwohl er ihre vermeintliche Freundin umgebracht hatte.

»Die Frage ist also: Wer willst du sein in dieser Welt mit neuen Regeln?« Kyle blickte ihn an. »Du glaubst, deine Entscheidungen zählen nicht. Und ich sage, sie zählen doch. Entweder du bist einer von ihnen oder einer von uns. Schakal oder Mensch.«

Die Wolken spiegelten sich in tausend Fenstern wider. Es war so ruhig, dass Brody sich selbst atmen hörte. Er schloss die Augen. Dachte an Claire in ihrer Küche zurück, wie sie redete, während er kochte. Ihr schräges, wissendes Lächeln. Die geschwungene Linie ihres Halses. Der Geruch von in Butter angeschwitzten Zwiebeln. Er holte Luft und versuchte, sie loszulassen. »Okay.«

»Okay?«

»Okay.«

Sie blieben noch eine Weile. Redeten manchmal und manchmal nicht. Schließlich standen sie auf, streckten sich, liefen zur Leiter zurück und machten sich auf den Heimweg.

Sie waren fast angekommen, als das Schreien begann.

* * *

Es klang hoch und wild. Brody hielt es für eine Frauenstimme, doch sicher war er sich nicht. Es zerriss die Stille und hallte von den Gebäuden wider.

Sie blickten sich an und rannten los.

Sie hatten kaum ein Dutzend Schritte zurückgelegt, als Brody wieder einfiel, wie viel stärker er war als Kyle.

Kyle gab alles und war ziemlich schnell. Doch Brody war dreimal so schnell.

Ich bin vollgepumpt, dachte er und verstand erst jetzt richtig, was es bedeutete. Dann schob er alle Gedanken beiseite und legte noch an Tempo zu.

Er hängte Kyle ab und die Welt um ihn begann zu verschwimmen. Er fühlte sich wie ein Halbgott. Oder ein Racheengel. Die Frau schrie wieder. Brody stürmte von der Michigan Avenue um die Ecke auf die Randolph Street, sprang auf ein Taxi, wo seine knirschenden Schritte Dellen im Stahl hinterließen – Kofferraum, Dach, Motorhaube –, und von dort auf einen Geländewagen davor. Die Höhe gab ihm eine bessere Sicht auf die vor ihm liegende Kreuzung. Zwei Gestalten. Eine am Boden, eine stehend. Ein Fleischerbeil in der rechten Hand.

Die Person am Boden war Emily Watkins.

Du bist schon einmal zu spät gekommen, um sie zu retten. Diesmal nicht. Brody sprang vom Auto auf die Straße hinunter.

Der Mann richtete sich gerade auf und drehte sich um. Er war drahtig, seine Kleidung schmutzig und zerlumpt. Es war seltsam, wie er das Licht einfing und doch ermattet wirkte. Als hätte er einige Zeit schon nicht gefressen. Brody legte hundert Meter in rasenden Herzschlägen zurück, stürzte sich auf den Kerl und hob dabei einen Arm an, um seinen Beilhieb von oben abzuwehren. Der kraftvolle Schlag traf Brodys Arm und hätte ihn gebrochen, wenn Brody nicht so voller Energie gesteckt hätte. Noch immer im vollen Schwung, riss er den Mann von den Füßen und rammte ihn gegen einen Stahlträger der Hochbahn. Er landete mit dem Rücken genau zwischen den beiden Querleisten des Trägers, sein Beil flog wirbelnd durch die Luft und zerschmetterte das Schaufenster eines Frozen-Yogurt-Ladens.

Brody war dem Mann so nah, dass er die an seinem Hals sprießenden Haare sehen und seinen süßsauren Körpergeruch wahrnehmen konnte. Er winkelte seinen Arm an und schlug mit dem Ellbogen zu, sodass der Kopf des Manns zur Seite flog. Er taumelte, sackte nach vorn und glitt dann am Stahlträger entlang zu Boden. Brody hob einen Fuß an …

»Nein!«

Er erstarrte mit dem Fuß in der Luft, bereit, auf die Schläfe des Fressers zu trampeln und ihn in den Boden zu stampfen. Er riskierte einen Blick über die Schulter.

Einen Block entfernt kam Kyle um die Ecke gerannt. »Brody! Tu's nicht!«

Warum nicht? Es war doch kein Mensch. Es war ein Fresser, der versucht hat, eine Frau zu töten. Außerdem hatten der Sprint, der Schlag, den er abbekommen, und die Schläge, die er ausgeteilt hatte, einen Teil seiner Kraft aufgezehrt. Es war nur recht, dass er sich wieder auflud. Der Fresser war schwach und verzweifelt. Er verfügte noch über Energie, zwar kein Festmahl, aber Nahrung …

Brody stand noch immer mit dem Fuß über dem Kopf des Manns da. Was hätte er da beinah getan?

Friss, sagte eine Stimme in seinem Innern, sowohl eine Antwort als auch eine Aufforderung. *Friss.*

Er taumelte rückwärts, verlor den Halt und landete hart. Die Wucht des Aufpralls fuhr durch sein Rückgrat und seine Zähne schlugen zusammen.

Kyle verlangsamte seinen Schritt, als er näherkam. Er betrachtete die Szene: Emily blutend am Boden liegend; Brody auf seinem Hintern. »Gut, Mann. Das hast du gut gemacht.« Er machte sein Beil los. »Aber du solltest nicht zweimal so kurz hintereinander töten.«

Brody wollte fragen, warum, doch er kannte die Antwort. Spürte sie in seinem Mark, in dem Verlangen, den Fresser totzutrampeln. »Emily?«

Sie hustete und drehte sich auf die Seite. Ihr Hemd war von tiefem Rot durchnässt. Brody stand auf und eilte zu ihr. Ihre Augen waren vor Panik und Schmerz weit aufgerissen und die Wunde sah zwar böse aus, war aber nur oberflächlich. Sie stammte von einem schwungvollen Schlag, den ihre Rippen aufgefangen hatten.

Er überlegte, ob er sie aufheben sollte, doch dann reichte er ihr nur die Hand. »Ist schon gut. Ich helfe dir.«

Nach einigen Sekunden nahm sie seine Hand und er zog sie hoch. Sie stöhnte und legte einen Arm um seine Schulter. Zusammen humpelten sie zu Kyle hinüber.

Der Fresser stemmte sich hoch. Sein Atem pfiff durch ausgebrochene Zähne. »Du Miststück. Oh, du Miststück.«

Einen Moment lang starrten sie ihn nur an.

Dann nahm Brody Raquels Messer von seinem Gürtel. Er packte es an der Klinge und hielt es Emily hin. Eine Sekunde lang dachte er, sie würde es nicht nehmen. Dann blickte sie auf das Messer und streckte die Hand aus.

Als sie sich über den Fresser beugte, konnte Brody sehen, wie etwas mit ihr geschah. Noch bevor sie zustieß, bevor der Fresser zusammensackte, bevor sich die Wunde an ihrem Brustkorb von selbst wieder schloss.

Es war etwas wie Inbesitznahme. Oder eine Geburt.

Etwas, das den Schakalen und den Wilden sagte, dass sie auf der Hut sein mussten.

Emily wollte kein Opfer mehr sein.

Neunzehn

Claire stürmte in die Kirche, ihre Waffe in einer Hand, die Taschenlampe in der anderen. Ihr Strahl ließ eine Welt erstehen, in ihrem weißen Lichtkreis entstanden Graffitis und Müll, ein Bild städtischen Untergangs. Die Bänke von weißem Vogelkot gesprenkelt. Ein fast meterhoher Scherbenhaufen.

Doch niemand lauerte auf sie.

Während die anderen Beamten alles durchsuchten, lief sie ziellos umher. Sie bückte sich, um ein Taschenbuch aufzuheben, und las die erste Zeile: *Der Mann in Schwarz floh durch die Wüste, und der Revolvermann folgte ihm.*

Durch eine zerbrochene Sperrholzplatte konnte sie den Himmel und ein Stück von einem Gebäude sehen. Auf einer Feuertreppe stand ein Mann, rauchte und war mit seinem Handy zugange.

Claire wusste, was als Nächstes geschehen war. Sie drehte sich um und rannte zu dem Polizisten in ihrer Nähe, warf ihn um, während unter dem Glashaufen die Sonne aufging und sie inmitten von tausend Regenbogenklingen den Boden unter den Füßen verlor …

Ruckartig wurde sie wach und ruderte mit den Armen. Mit einer Hand traf sie einen Gegenstand, den sie dort nicht erwartet hatte und der sich bewegte. Sie war gerade wach genug, um zu registrieren, dass es sich um eine Lampe handelte. Sie fiel um, der Schirm prallte vom Nachttisch ab und die Birne zerbarst mit einem Knall.

Ein Traum. Es war nur ein Traum gewesen. Zitternd holte sie Luft durch ihre zum Trichter geformten Hände.

Wo kam diese Lampe her?

Sie setzte sich auf. Ein fremdes Zimmer. Ein Hotel. Sie hatte in ein Hotel eingecheckt. Hatte den Gedanken nicht ertragen, nach Hause zu gehen.

Claire saß im Bett, versuchte ihre Atmung zu beruhigen und sich zu fangen. Sie dachte an Wills zerstörten Körper. Die tonlose Stimme seines Mörders. Das schmutzige Geschirr, noch immer in ihrer Spüle.

Durch die Lücke zwischen den Vorhängen sah sie, wie der Himmel aufhellte. Sie trat die Decken weg und taumelte zum Badezimmer. Pinkelte und putzte sich die Zähne. Im Licht der Leuchtstoffröhren sah sie halb tot aus.

Dieser Traum. Unglaublich detailreich: die Kleckse von Vogelkot, die Beschaffenheit des Lichts, der Griff der Glock in ihrer Hand. Nichts Verschwommenes oder Symbolisches daran. Ihr Unterbewusstsein hatte wirklich alle Register gezogen.

Das Seltsamste war der Mann auf der Feuertreppe gewesen. Normalerweise lauerten Albtraumungeheuer im Verborgenen, waren immer direkt hinter einem. Aber er war so … real. Zigarette in einer Hand, Handy in der anderen. Fahle Haut und schlaffe Gesichtszüge. Das Ganze hatte nicht wie ein Fantasiegebilde gewirkt, sondern als hätte sie Wills letzte Minuten erlebt.

Dusche, Kaffee, Bagel. Dann in die Zentrale, um zu sehen, ob sie über Nacht Fortschritte gemacht hatten.

Als sie unter dem Wasserstrahl stand, dachte sie wieder über den Traum nach. Jeder glaubte gern, Herr über seine Gedanken zu sein, doch so war es nicht. Wenn der Geist eine Fabrik war, dann waren die Maschinen, die die eigentliche Arbeit übernahmen, ein geschlossenes System, und beim Endprodukt konnte man meist das Rohmaterial nicht mehr erkennen. Wir bilden unsere Gedanken genauso wenig, wie der Chef von Ford eigenhändig Autos baut.

Natürlich hatte sie Wills letzte Minuten nicht erlebt. Und der Mann auf der Feuertreppe war nur ein Produkt ihrer Fantasie, ein Stellvertreter. Sein Gesicht gehörte vielleicht einem vergessenen Lehrer oder der Bedienung aus einem Coffeeshop. Doch der Traum war so intensiv gewesen, dass sie sich fragte, ob ihr Unterbewusstsein, das in der dunklen Fabrik ihres Seins vor sich hinschuftete, vielleicht etwas entdeckt hatte. Manchmal wurden Kleinigkeiten, die dem Bewusstsein entgingen, von der Maschinerie darunter entdeckt.

Sie trat aus der Dusche und schaute auf ihre Uhr. Es war noch Zeit.

Die Kirche lag in einer trostlosen Gegend mit einsackenden Holzhäusern, Discount-Handy-Läden und Fischbratereien. Es war noch keine sieben Uhr morgens und sie fuhr quer durch die Stadt, ohne in das übliche Staugewirr zu geraten. Auch jetzt schon standen Jugendliche an den Straßenecken, und sie spürte, wie die Blicke ihr folgten und ihr Behördennummernschild registrierten.

Die Kirche war versiegelt und gelbes Absperrband flatterte um das Grundstück herum. Ein Stück weiter die Straße hinunter sah sie einen Schnapsladen, das Einzige, was zu dieser Stunde geöffnet war. Auf der Straße parkte ein Streifenwagen, der Katastrophentouristen abschrecken sollte. Sie hielt neben dem Fahrzeug und beide ließen ihre Fenster herunter. Der Polizist hatte schwarze Haare und den typisch kernigen Chicagoer Körperbau. »Kann ich Ihnen helfen?«

»Ja.« Sie zeigte ihm ihren Ausweis. »Haben Sie einen Schlüssel?«

Sie liefen gemeinsam den Weg entlang. Aus dem Bürgersteig spross das Unkraut. Der Beamte schloss die Tür auf. »Brauchen Sie eine Taschenlampe?«

»Ja, danke.«

Die Strahlen durchschnitten die Dunkelheit wie ein schauriges Déjà-vu. Doch dieser Eindruck verging sofort, denn das Innere der Kirche war ganz anders als in ihrem Traum. Sie hatte es so gesehen, wie Brody es vor der Explosion und ihren Ermittlungen vorgefunden haben musste. Nun gab es überall Fußspuren und gelbe Flaggen. Alles war von einer dünnen, glitzernden Staubschicht überzogen. Und eine Rollbahre hatte schmale Radspuren hinterlassen.

Sie blieb kurz in der Mitte des Raums stehen und drehte sich langsam um sich selbst. Sie studierte sowohl den Tatort als auch ihre Gefühle.

Ein heller Lichtstrahl fiel durch das zerschmetterte einzige Fenster. Als Claire darauf zuschritt, spiegelten ihre Bewegungen die aus ihrem Traum. Durch das Fenster konnte sie den Wohnblock und die Feuertreppe sehen, wo sie die Zigarettenstummel gefunden hatten. Der Beobachtungsposten des Heckenschützen. Dort hatte er gestanden und Will Brody ermordet. Die Feuertreppe aus ihrem Traum, in exakt dem gleichen Blickwinkel.

Nur stand dort kein traurig wirkender Mann mit Handy und Zigarette. Natürlich nicht.

Plötzlich kam sie sich albern vor. Dies war nicht der richtige Zeitpunkt, um abstrusen Gedanken nachzuhängen. Hunderte Polizisten und Kriminaltechniker hatten das Gebiet durchkämmt. Wenn es Hinweise gäbe, hätten sie sie bereits gefunden. Sie war einfach müde, traurig und wütend und das beeinträchtigte ihr Urteilsvermögen.

Nicht weiter schlimm, aber es brachte nichts, noch mehr Zeit zu verschwenden.

Als Claire sich umdrehte, um zu gehen, wanderte der Schein ihrer Taschenlampe über einen Müllberg, in dem etwas Weißes steckte. Ihr erster Gedanke war *Knochen,* doch das war es nicht. Es war Papier. Schmutzig und vergilbt, regennass und voller Fettflecken. Ein Buch. Wahrscheinlich von einem Hausbesetzer zurücklassen. Es hatte sicher nichts mit dem Heckenschützen zu tun.

Der Umschlag fehlte. Sie öffnete das Buch. Während ihr Gehirn die erste Zeile verarbeitete, fuhr ein Beben von ihrer Brust bis in ihre Finger. Das Buch glitt aus ihren zitternden Händen. Doch nicht bevor ihr bewusst wurde, was sie las.

Der Mann in Schwarz floh durch die Wüste, und der Revolvermann folgte ihm.

Zwanzig

Ich drehe durch.

Das war die einzige Erklärung.

Zu viel Stress und zu wenig Schlaf.

Sie leitete eine FBI-Spezialeinheit, die vergeblich versuchte, einen Terroristen dingfest zu machen. Der Mann, den sie liebte – *gib es ruhig zu* –, war ermordet worden. Und sie hatte keine Spuren, keine einzige. Jemand würde heute sterben. Und nun suchte sie in ihren Träumen nach Anhaltspunkten. Claire McCoy, die hellseherische Detektivin.

Es war schon komisch, aber nicht zum Lachen.

War es an der Zeit, den Direktor anzurufen und die Leitung der Ermittlungen abzugeben? Sie musste ja nicht erwähnen, dass sie emotional in den Fall verstrickt war. Ihre Fahrt auf der Überholspur würde dadurch abrupt gebremst, aber es würde nicht das Ende ihrer Karriere bedeuten.

Das Problem war nur, sie glaubte nicht, dass jemand anderes es besser machen könnte. Es war nicht so, dass sie versagten. Sondern sie wurden besiegt. Irgendwie.

Es klopfte an ihrer Bürotür, sie schreckte auf und stieß ihren Becher um. Lauwarmer Kaffee ergoss sich über ihren Schreibtisch.

»Scheiße.« Sie riss eine Schublade auf, suchte nach Servietten und fauchte: »Was ist?«

»Ähm. Möchten Sie was essen?«, fragte ihre Assistentin durch die verschlossene Tür.

»Nein«, antwortete sie in scharfem Ton und ohne »danke« hinzuzufügen.

Ja, es war schon seltsam, dass sie von dem Buch geträumt hatte. Aber vielleicht hatte sie es schon gestern gesehen, als sie am Tatort gewesen war …

Der Umschlag war abgerissen. Selbst wenn du es schon vorher bemerkt haben solltest, hättest du nicht gewusst, um welches Buch es sich handelt. Laut Google stammte der Satz aus Schwarz *von Stephen King. Das Buch hast du noch nie gelesen. Woher kanntest du diese Zeile also?*

Also gut, in Ordnung …

Und wieso hast du in deinem Traum die Kirche so wahrgenommen wie Will, wenn du sie erst nach *der Explosion zum ersten Mal gesehen hast?*

Na ja, dir Tathergänge vorzustellen ist ein wichtiger Bestandteil deiner Arbeit, und es ist nicht so …

Und wieso kannst du dich so genau an das Gesicht des Manns erinnern? Normalerweise vergisst du deine Träume, noch bevor du aufgestanden bist.

Sie würde gleich aufstehen, ihr Büro verlassen und sich einer der tausend Aufgaben widmen, die auf sie warteten. Ja. Genau das würde sie tun.

Claire loggte sich in ihren Laptop ein und anschließend in die FBI-Datenbank. Sie navigierte zu den Personendaten und dann zur Gesichtserkennung. Öffnete eine leere Suchmaske und klickte auf Personenbeschreibung. Sie hielt kurz inne und rief sich ihren Traum in Erinnerung.

Sie sah sein Gesicht so klar vor sich, dass sie fast glaubte, es berühren zu können.

Claire zwirbelte eine Haarlocke und nahm sie in den Mund. Dann gab sie die Beschreibung ein: Geschlecht, ethnische Zugehörigkeit, Altersgruppe, geschätztes Gewicht, ungefähre Größe und Haarfarbe.

Sie erhielt 72 904 Suchergebnisse.

Sie vermutete, dass er keiner Gang angehörte und amerikanischer Staatsbürger war. Laut Stimmanalyse war er höchstwahrscheinlich im Mittleren Westen geboren und lebte seit mindestens fünf Jahren in Chicago.

11 062 Ergebnisse.

Claire klickte auf die lineare Diskriminanzanalyse, durchsuchte die verschiedenen Gesichtsstrukturen und wählte die vier ähnlichsten.

962 Ergebnisse.

Sie ordnete die Bilder kachelartig an, vier Fotos pro Reihe, acht Reihen pro Seite. Zweiunddreißig Fotos erschienen. Doch er war nicht darunter.

Claire klickte die nächste Seite an.

Und die nächste.

Und die nächste.

Wie eine Spielsüchtige spätnachts am Geldspielautomaten. Wie die Schafe, die vor sich hinstarrten und Geld einwarfen und starrten und wieder Geld einwarfen und jedes Mal glaubten, jetzt würden sie den großen Treffer landen.

Und die nächste.

Und die nächste.

Das ist doch albern. Hör auf.

Und die nächste.

Und die nächste.

Ernsthaft, hör auf. Du verlierst den Durchblick. Vielleicht solltest du den Direktor anrufen …

Dann starrte der Mann aus ihrem Traum ihr vom Bildschirm entgegen.

Claire schloss die Augen, rieb sie und schaute noch mal hin.

Der Mann aus ihrem Traum starrte sie vom Bildschirm an.

Fahle Haut, schlaffe Gesichtszüge, traurige Ausstrahlung. Ein wenig jünger, aber er war's. Sie öffnete seine Akte.

Simon Tucks, derzeit 41 Jahre alt, vor fünf Jahren wegen Ansprechens einer Prostituierten festgenommen. Bewährung und Geldstrafe. Letzte bekannte Adresse: 1739 North Orleans Street. Keine weiteren Festnahmen. Kein Gefängnisaufenthalt. Kein Militärdienst.

Er war weiß und männlich, doch davon abgesehen stimmte er überhaupt nicht mit ihrem Täterprofil überein. Nichts wies darauf hin, dass er der Mann sein könnte, der achtzehn Menschen getötet hatte.

Außer ihrem Traum.

Das war doch albern. Der Heckenschütze war in der Lage, seine Opfer mit einem einzigen Schuss aus mehreren Hundert Metern Entfernung zu töten. Er hatte eine Bombe gebaut, das FBI in eine Falle gelockt und sich bisher trotz ihres massiven Einsatzes der Festnahme entzogen.

Simon Tucks hingegen war erwischt worden, als er sich von einer Nutte einen runterholen lassen wollte.

Claire hatte um ein Uhr eine Pressekonferenz. Außerdem musste sie den Direktor anrufen. Anschließend eine Besprechung, an der Bürgermeister und Gouverneur teilnehmen würden. Seit Wochen schlief sie im Schnitt nur vier Stunden pro Nacht. Der Mann, den sie liebte, war brutal ermordet worden, und sie hatte nicht einmal geweint, und niemand wusste überhaupt, was sie einander bedeutet hatten. Sie war erschöpft. Dies war offensichtlich ihr Versuch, einer Situation Herr zu werden, die ihr immer weiter entglitt.

Aber woher kanntest du die erste Zeile dieses Buchs?

Claire prägte sich noch einmal die Adresse ein, stand auf und lief hinaus.

Einundzwanzig

Brodys Schlaf war unruhig. Traumfragmente wie Teile unterschiedlicher Puzzles. Eine Regenbogensonne in einer dunklen Kirche. Emilys Gesicht, wie sie sich mit dem Messer hinunterbeugt. Durch ein Erkerfenster der Blick auf einen traurig wirkenden Mann, irgendwie vertraut, der in einem dunklen Wohnzimmer auf- und abläuft. Claire in ihrem Auto in einer von Bäumen gesäumten Straße, wie sie durch die Windschutzscheibe starrt, eine Waffe in ihrem Schoß. Eine Frau mit unmöglich weißem Haar und uralten Augen, die ruhig zu ihm spricht, ihm Geheimnisse verrät. Ein Junge allein auf einem Schiffswrack, der Rauchfleisch kaut.

Brody wachte schwitzend und in Decken verheddert auf, noch völlig bekleidet. Graues Tageslicht drang durch die Fenster. Er taumelte zum Badezimmer und goss sich eine halbe Flasche Wasser über den Kopf. Den Rest spritzte er sich ins Gesicht. Gott, diese Träume. Sie waren so klar, so simpel, deshalb ließen sie sich so schlecht abschütteln.

Claire in ihrem Auto in einer von Bäumen gesäumten Straße in Old Town, eine Waffe in ihrem Schoß. Er legte die Fäuste auf den Waschtisch, beugte sich vor, schloss die Augen und versuchte, sich zu erinnern.

Er kannte die Straße. Sie war in Old Town, einem Viertel, in dem er ständig joggen ging. Hübsch und kaum Verkehr. Die Straße – Willow Street? Orleans Street? Menomonee Street? – lag im Zentrum des Bezirks, einem Wirrwarr von Einbahnstraßen und Sackgassen in der Nähe der Saint-Michael-Kirche.

Doch seltsam war, dass er in seinem Traum nicht gewusst hatte, dass Claire in Old Town war, oder in welcher Straße. Erst im Nachhinein konnte er es sich zusammenreimen. Sein Bewusstsein analysierte die Traumbilder.

Also mach weiter.

Je stärker er sich konzentrierte, desto mehr Einzelheiten fielen ihm ein. Das Bild war wie ein Standfoto aus einem Film. Claire mit schwarz umrandeten Augen und zerzaustem Haar, die Finger auf dem Griff der Glock, während sie durch die Windschutzscheibe starrte. Es hatte etwas von einer Selbstmordszene, doch er konnte sich nicht vorstellen, dass sie sich den Lauf in den Mund steckte.

Also warum die gezogene Waffe? Claire konnte besser schießen als er. Sie war nicht der Typ, der mit seiner Dienstwaffe spielte. Sie musste einen Grund haben.

Vielleicht hatte sie ja nicht nur vor sich hingestarrt, sondern etwas beobachtet.

Zu seiner Überraschung konnte er sich erinnern, was es war, als hätte er es durch ihre Augen gesehen. Ein Stadthaus aus Backstein, von Efeu überwuchert, mit einem großen Erkerfenster.

Ein Erkerfenster, wie das in seinem Traum, hinter dem ein traurig aussehender Mann auf- und abgelaufen war.

Nein. Ein Fenster, hinter dem der *Heckenschütze* auf- und abgelaufen war.

Der Mann war Brody bekannt vorgekommen, weil er derjenige war, der mit dem Handy auf der Feuertreppe gestanden und die Bombe gezündet hatte, die ihn an diesen bleichen Ort befördert hatte. Das bedeutete, dass er von Claire geträumt hatte, wie sie vor dem Haus des Terroristen im Auto saß. Ohne Verstärkung. Kein Sondereinsatzkommando. Sie ging da ganz allein ran.

Nur ein Traum, es bedeutet nicht …

Brody sprang zur Tür. Nahm zwei Stufen auf einmal und brauste in die Lobby. Dort saßen einige Leute herum, schmutzig, in Lederkleidung und Jogginghosen, die dem eleganten Dekor spotteten. Sie wurden nervös, als sie ihn sahen, ihre Hände fuhren zu den Waffen.

»Kyle?«, fragte er in den Raum. Niemand sagte etwas. »Kyle, wo ist er?«

Eine Frau, die er nicht kannte, wies nach draußen.

Ein trüber Tag, doch hell im Vergleich zur Hotellobby. Eine Schar Kinder kämpfte mit Besenstielen. Lucy schritt um sie herum, schulte und korrigierte sie. Finn, der junge Bogenschütze, hatte ein Zweitausend-Dollar-Ledersofa hinaus auf die Straße gezerrt und feuerte nun einen Pfeil nach dem anderen darauf ab, *twäng-tak, twäng-tak.* Auf der Brücke standen zwei Männer. Der eine suchte mit einem Fernglas die Stadt ab, der andere lehnte auf einem furchteinflößenden Speer. Eine postapokalyptische Welt ohne Apokalypse.

»Brody.« Kyle saß auf einem Briefkasten, aß Kartoffelchips und schlürfte Cola. »Was ist los, Mann? Wie geht's …«

»Ich brauche deine Hilfe.«

Zweiundzwanzig

Während ihrer Fahrt hierher war sie leicht benommen gewesen, die Stadt draußen fremdartig, still und in Angst gehüllt. Die mit Planen abgedeckten Tankstellen, an jeder Ecke das Blauweiß des Chicago Police Department, leer gefegte Straßen und verlassene Geschäfte, als würde die ganze Stadt die Luft anhalten. Claire hätte nicht geglaubt, dass die Angst in der Stadt noch zunehmen könnte, doch in den Nachrichten ging es fast nur noch um die Bombe und verschiedene Kommentatoren spekulierten, ob der Täter nun von Einzelopfern zu größer angelegten Anschlägen übergehen und Giftgas in Belüftungssysteme leiten oder in der U-Bahn Sprengsätze legen würde. Vielleicht kannte Angst keine Grenzen. Vielleicht war es das, was Angst ausmachte.

Ihr Handy hatte während ihrer zwanzigminütigen Fahrt ein Dutzend Mal vibriert und sie hatte es immer ignoriert. Was hätte sie sagen sollen? Dass sie von einem Mann und einem Buch geträumt hatte?

Es war eins der schöneren Viertel Chicagos, voller roter Ziegelhäuser und Geld. Den grauen Turm der Saint-Michael-Kirche rahmte ein strahlend blauer Himmel. Sie hatte irgendwo gehört, dass die Grenzen von Old Town danach gezogen worden waren, ob man die Kirchturmglocken noch hören konnte.

Orleans Street war eine nach Süden führende Einbahnstraße, beschattet von ausladenden Bäumen mit Laub in Feuerfarben. Nummer 1739 war ein einstöckiges Stadthaus aus Backstein. Die Fenster umgab ein weicher Efeuteppich und ein verblichener Holzzaun versperrte die Sicht auf den kleinen Garten an der Seite des Hauses.

Claire fuhr vorbei, dann einmal um den Block und parkte ein Stück weiter in einer Abschleppzone. Sie stellte den Motor ab und hörte zu, wie er tickte. Keine Kirchenglocken heute, nur das leise *Bingbong* der braunen Linie in Sedgwick. Langsam holte sie die Glock aus dem Halfter und legte sie in ihren Schoß.

Vielleicht war dies einfach eine falsche Fährte. Vielleicht hatte sie sich hoffnungslos verirrt. Aber sie hatte es satt, Theorien über alles aufzustellen. Der beste Weg heraus aus dieser seltsamen Rekursion war immer geradeaus. Sie würde an der Tür klopfen, sich vorstellen und behaupten, es handele sich um eine Routinebefragung. Die meisten Leute halfen dem FBI gern. Sie kamen sich dabei vor wie in einem Film. Simon Tucks würde genauso aussehen wie der Mann in ihrem Traum – natürlich, denn darum hatte sie ihn ja aufgespürt –, aber er würde ein Niemand sein. Ein Komparse, den ihr Hirn in einer Hauptrolle besetzt hatte. Er würde ihr Kaffee anbieten und sie würde annehmen. Dann würde sie fünf Minuten lang Mist erzählen, behaupten, sie würde Hinweisen zu jemandem in der Nachbarschaft nachgehen, seine Antworten mit Nicken quittieren und sich hoffentlich daran erinnern, dass sie sein Gesicht nur aus einem Traum kannte. Damit hätte sie diesen Unsinn abgehakt und könnte sich anschließend wieder auf ihre Arbeit konzentrieren.

Claire löste mit einem Daumendruck den Magazinhalter ihrer Pistole, um die Ladung zu überprüfen – sie wusste, dass sie voll war, doch es war immer besser, auf Nummer sicher zu gehen –, dann schob sie den Halter wieder zurück, lud durch und steckte die Glock in das Halfter an ihrer Hüfte. Sie trat hinaus in die Herbstluft, eine kühle Brise mit einem Prickeln von Holzrauch, zog ihre Jacke an und zupfte sie zurecht, um die Waffe zu verbergen.

Auf der gegenüberliegenden Straßenseite befand sich eine Grundschule, ein einstöckiger Bau mit einem schmiedeeisernen Gitter davor. Der Spielplatz war leer und alle Fenster waren mit buntem Bastelpapier zugeklebt. Sie stellte sich die Kinder in den Klassen vor, und die Lehrer, wie sie bei jedem lauten Geräusch zusammenzuckten. Sie fragte sich, wie viele Kinder heute wohl nicht in die Schule durften, wie viele Familien zu Hause hinter geschlossenen Vorhängen zusammenhockten. Seltsam, wie schnell die Illusion von Sicherheit und Zivilisation zerplatzte. Dinge, die wir als gegeben ansehen, sind es nicht. Sie müssen jeden Tag aufs Neue erdacht, verwirklicht, erhalten und geschützt werden, denn sie sind labil.

Unter dem blauen Himmel wehte der Wind Herbstblätter über Claire hinweg, als sie zu Simon Tucks' Tür lief und klingelte.

Dreiundzwanzig

»Ich sage dir, es ist wirklich passiert. Es war Claire, und es war gerade eben. Oder jetzt gleich, jeden Augenblick.« Brodys Haut spannte so sehr, als würde sie gleich platzen, und er konnte nicht aufhören, hin- und herzulaufen und mit den Händen zu reden. »Es war wirklich.«

»Nichts für ungut, Mann«, sagte Kyle, »aber du hast ein paar harte Tage hinter dir. Du nimmst diesen Traum vielleicht etwas zu ernst.«

»Es war kein Traum. Es war etwas anderes. Eine Vision. Oder eine Botschaft.«

»Also du kannst jetzt in die Zukunft blicken?«

»Nein. Ich …« Brody rieb sich die Stirn mit den Fingerspitzen. Er machte Kyle wegen seiner Skepsis keinen Vorwurf. Er selbst wäre vor zwei Tagen noch genauso skeptisch gewesen. »Ich weiß es nicht, okay? Das ist alles neu für mich.«

»Ja«, sagte Kyle. »Das meine ich ja. Außerdem bist du vollgepumpt.«

»Was hat das denn damit …«

»Ich habe auch schon gefressen. Wir töten zwar nur in Notwehr, doch es kommt vor. Und anschließend habe ich immer wochenlang dieses Flimmern. Es hält an, bis die Kraft nachlässt. Sie nimmt ab, weißt du? Nach deinem Kampf kürzlich musst du doch fühlen, wie du langsam schwächer wirst.«

»Ja, aber das ist mir im Moment egal …«

»Jedenfalls, dieses Flimmern … Ich sitze zum Beispiel in der Bar und auf einmal ist der ganze Raum voller Leute. Richtige, lebendige Menschen. Ich höre Stimmengewirr, weil so viele gleichzeitig sprechen. Kann das Parfüm der Frau auf dem Hocker neben mir riechen. Und das Katzenhaar auf dem Rücken der Jacke des Barkeepers sehen. Und eine Sekunde später sind sie weg, aber es war wirklich. Ich habe die Welt der Lebenden gesehen.«

»Okay! Also dann …«

»Aber es macht keinen Unterschied«, unterbrach ihn Kyle.

»Es macht keinen Unterschied?« Brody wandte sich ihm zu. »Was soll das heißen, es macht keinen Unterschied? Sie ist ganz allein und …«

»Wer?« Lucy musste gesehen haben, dass sich zwischen ihm und Kyle ein Streit anbahnte. Sie war in der Nähe herumgeschlendert und stand nun mit angewinkelter Hüfte vor ihnen, während der Griff ihres Schwerts hinter ihrer Taille hervorragte. Hinter ihr tauchte Sonny auf, sein Gesicht wie aus Stein gemeißelt.

»Claire«, sagte Brody. »Meine … Die Frau, die ich liebe.« Die Worte kamen ihm so selbstverständlich über die Lippen, er hätte fast nicht gemerkt, dass er es noch nie zuvor ausgesprochen hatte.

Der Biker fragte: »Ist sie auch tot?«

»Nein«, bellte Brody. »Das ist es ja. Sie lebt, aber sie ist in Gefahr.«

»Woher weißt du das?«

»Er hat es geträumt«, sagte Kyle.

»Ich habe … ja, okay, es ist passiert, während ich geschlafen habe, aber es war kein Traum.« Das hörte sich einfach lächerlich an und es war ihm auch ein wenig peinlich, vor allem weil Sonny dabei war. »Sie wird jeden Moment dem Mann entgegentreten, der mich umgebracht hat.«

Kyle fragte zaghaft: »Na und?«

Brody kämpfte gegen den Impuls an, ihn mit der Faust von seinem Briefkasten zu holen. »Also helfen wir ihr.«

»Ich sage nicht, dass mir dein Mädchen egal ist. Aber du bist tot und sie nicht.« Kyle zuckte mit den Schultern. »Tut mir leid, aber so sieht's aus. Sie könnte direkt neben dir stehen, und jemand hält ihr eine Knarre an den Kopf. Du würdest nichts davon mitkriegen, bis er abdrückt.«

»Kyle ist ein Arschloch«, sagte Lucy, »aber er hat recht. Sieh dich um.« Sie machte eine ausladende Geste zur Straße und zur Stadt hin. Sie befanden sich im Herzen des Touristenviertels. Einen halben Block von der Magnificent Mile entfernt. Und sie standen mitten auf der Straße zwischen verlassenen Autos. Und trugen Waffen.

Er wollte schreien.

Als Raquel und ihre Freunde ihn gejagt hatten, hatte er sich mehr gefürchtet als je zuvor in seinem bewegten, von Gefahr geprägten Leben. Als Arthur und die anderen ihn über das Echo aufgeklärt hatten und er mit seiner ganzen elenden Trostlosigkeit konfrontiert worden war, packte ihn eine Existenzangst, die schrecklicher war als alles, was er kannte.

Und Hilflosigkeit war noch schlimmer.

Claire war in Gefahr, dessen war er sich sicher. Und sie sagten, dass er nichts dagegen tun konnte.

Nein. Er würde es nicht akzeptieren. Brody atmete tief durch und überlegte.

Er hatte nur ein paar Monate lang verdeckt gearbeitet, doch einiges dabei gelernt. Wenn man sich auf ein Spiel mit den mexikanischen Kartellen einließ, gehörte es nicht nur zum Job, Menschen richtig einzuschätzen und auf sie einzugehen. Es konnte entscheidend für das eigene Überleben sein. Vielleicht half es hier ja auch.

Kyle ist bei einem Einsatz als Feuerwehrmann umgekommen.

Sonny hat seine Auftraggeber abgezockt und sie haben ihn umgebracht.

Lucys Geschichte kennst du nicht. Aber das Schwert, die Großtuerei, ein Biker als Freund … Sie ist stolz darauf, ziemlich tough zu sein.

Da kannst du ansetzen.

Er blickte Lucy in die Augen und sagte: »Claire ist keine Jungfrau in Nöten. Sie ist der fähigste Mensch, der mir je begegnet ist.« Dann blickte er Sonny an. »Doch sie weiß nicht, was sie dort erwartet. Sonst wäre sie niemals allein hingefahren.« Und schließlich richtete er sich an Kyle: »Sie braucht Hilfe.«

Er ließ die Worte einen Moment in der Luft hängen, dann sagte er langsam: »Ich verstehe, was ihr sagt. Aber die Frau, die ich liebe, ist in Gefahr. Vielleicht kann ich ja nichts tun – aber ich werde es verdammt noch mal versuchen. Und ich könnte eure Hilfe dabei gebrauchen.«

Vierundzwanzig

Sssssssss.

Claire nahm den Finger von der Klingel. Die Tür hatte in Kopfhöhe ein Sichtfenster, in dem sie ihr geisterhaftes Spiegelbild erblickte. Sie sah furchtbar aus.

Und es war ihr egal.

Bring es hinter dich. Was immer es mit diesem Blödsinn auf sich hat, tu's einfach, um es aus der Welt zu schaffen. Dann kannst du weiter Leben retten.

Sie wartete. Über ihr raschelte das Laub der Bäume im Wind. Der Himmel hatte die perfekte Oktoberfarbe, ein Kindertraum von Blau.

Nachdem sie die üblichen zwanzig Minuten hatte verstreichen lassen, klingelte sie erneut.

Sssssssss.

Vielleicht war er nicht zu Hause. Das würde ihren Plan durcheinanderbringen. Sie schaute auf ihre Uhr: 9.21. Oh, daran hatte sie gar nicht gedacht. Um 9.21 Uhr waren die meisten Leute schon auf der Arbeit. Dort sollte sie auch sein, anstatt sich verbissen auf Irrwege zu begeben …

Schritte.

Komisch, wie sie von außen das Innere des Hauses spüren

konnte. Darin steckte eine Metapher, doch sie wusste nicht so recht wofür. Es hatte irgendetwas damit zu tun, auf welche Weise wir einander kennen oder auch nicht.

Als ein Gesicht in dem Fenster erschien, hätte sie fast vor Schreck einen Satz gemacht. Es war das aus ihrem Traum.

Natürlich, du Schwachkopf, dachte sie. *Deshalb bist du doch hier.*

Als der eiskalte Schock vorüber war, fiel ihr auf, wie normal er aussah. Leicht fliehendes Kinn, recht kurze Haare, schmächtiger Körperbau. Ein absoluter Allerweltstyp.

Gut. Das brauchte sie, um in die Wirklichkeit zurückzufinden.

Die Tür begann sich zu öffnen, doch blieb nach ein paar Zentimetern abrupt stehen. Eine Kette.

»Hi«, sagte sie mit einem unschuldig strahlenden Lächeln, das sie für genau solche Momente vor dem Spiegel geübt hatte. Es war lieblich und warm, arglos und bar jeder Intelligenz. »Ich bin Agent Claire McCoy.« Lässig hielt sie ihren Dienstausweis hoch. »Ich bin vom FBI. Sind Sie Simon Tucks?«

Er schaute auf ihren Ausweis, nur ganz kurz, ohne ihn wirklich zu inspizieren. Dann nickte er.

»Haben Sie vielleicht einen Moment Zeit für mich? Wahrscheinlich ist es ja gar nichts, aber wir haben mehrere Anrufe wegen eines ihrer Nachbarn erhalten. Es geht natürlich um den Heckenschützen.«

»Oh«, machte er. »Welcher Nachbar?«

Zwei Wörter. Drei, wenn man »Oh« zählte. Und nicht einmal besondere Wörter.

Doch sie änderten alles. Die Welt rutschte ihr unter den Füßen weg.

Die Stimme.

Sie musste sie an die tausend Mal gehört haben.

Sie hatte sie endlos abgespielt, während die Techniker

jede Silbe und jedes kleinste Hintergrundgeräusch analysiert hatten.

Endlos abgespielt, während sie in ihrer Wohnung herumgelaufen war und die Dinge berührt hatte, die Will gehört hatten und nun nichts mehr waren.

Endlos abgespielt, während sie um drei Uhr morgens ziellos durch die Dunkelheit gefahren war.

Das war der Mann, der …

»James McIntosh«, sagte sie. »Er wohnt auf der Menomonee Street.«

»Tut mir leid, den kenne ich nicht.«

»Nun, wie gesagt, wahrscheinlich ist es gar nichts, aber trotzdem, es würde uns weiterhelfen, wenn sie …«

»Klar«, sagte er. Und schloss die Tür.

Eine Sekunde. Zwei …

Scheiße.

Sie hatte versucht, sich nicht anmerken zu lassen, dass sie seine Stimme erkannt hatte. Aber ein Mann, der so viele Menschen ermordet hatte, glaubte sicher nicht an Zufallsbesuche des FBI.

Claire trat einen Schritt zurück, setzte ihren linken Fuß auf und trat mit dem rechten hart gegen den Türgriff. Der Rahmen gab nach, die Tür flog auf, wurde von der Kette aufgehalten und prallte wieder zurück.

Claire zog die Glock und feuerte auf die Kette.

Mit einer Funkenexplosion riss sie entzwei.

Die Tür öffnete sich langsam und gab den Blick auf ein spartanisches Wohnzimmer frei. Nichtssagende Couch, langweiliger Tisch, Fernseher. Keine Bilder, kein Dekor. Niemand da.

Claire hielt die Waffe in der ausgestreckten rechten Hand, packte mit der linken ihr Funkgerät, identifizierte sich und setzte einen Notruf an alle Einheiten ab, in dem sie mitteilte, dass sie im Begriff war, das Haus des Heckenschützen,

1739 North Orleans Street, zu betreten. Sie hatte noch nicht zu Ende gesprochen, als sie schon die Sirenen hörte.

Hab ich dich.

Dann ein Geräusch weiter hinten im Haus. Ein Knirschen und Rutschen.

Er rannte weg.

Sie machte sich gar nicht die Mühe, ihr Funkgerät wieder anzuklippen, ließ es einfach fallen, packte ihre Waffe mit beiden Händen und stürmte hinein. An einer Seite führte eine Treppe hoch, doch instinktiv wusste sie, dass er nicht oben war. Seine Schritte hätten anders geklungen, wenn er panisch die Stufen hochgerannt wäre. Außerdem kam man vom ersten Stock aus nicht mehr so leicht weg. Ein Bogendurchgang führte zur Küche, keiner da, in der Spüle eine Schüssel mit einem Löffel darin, auf der Anrichte ein Karton mit Frühstücksflocken, am Boden entlanglaufende Lautsprecherkabel, am anderen Ende der Küche ein weiterer Durchgang. Claires Ausbildung übernahm die Führung und sie sicherte die Räume, wie sie es in der FBI-Akademie Millionen Mal geübt hatte. Ein Flur, links eine Tür, offen, ein leeres Zimmer, doch die Geräusche kamen aus einem Raum vor ihr. Sie schlich weiter, achtete darauf, nicht über die Kabel zu stolpern, und wirbelte um den Türrahmen in eine Höhle, das Fenster halb geöffnet, und der Mann, Simon Tucks, mit den Händen am Fensterrahmen.

»Keine Bewegung!«

Sein ganzer Körper versteifte sich. Irgendetwas steckte hinten in seinem Hosenbund, eine Waffe.

»Legen Sie die Hände auf den Kopf und drehen Sie sich um! Sofort! Auf der Stelle!«, rief sie in ihrer Befehlsstimme.

Simon Tucks zögerte einen Moment. Dann legte er die Hände auf den Kopf und drehte sich langsam um.

Die Sirenen waren lauter, viel lauter, schon ganz in der Nähe. Die ganze Stadt war in höchster Alarmbereitschaft.

»Behalten Sie die Hände auf dem Kopf, gehen Sie hinunter auf die Knie und legen Sie die Füße über Kreuz.«

Simon starrte sie mit trauriger Miene an, so gar nichts Bedrohliches darin. Wenn man ihn so sah, konnte man kaum glauben, dass dieser Mann achtzehn Menschen ermordet hatte, darunter ein zwölfjähriges Mädchen.

Und Will Brody.

Claire stellte sich mit dem Rücken zur Wand, die Waffe immer auf ihn gerichtet. Simon ließ sich langsam auf die Knie nieder. Er schaute sie aus wässrigen Augen an. Mit ängstlichem Blick. Die Sirenen wurden lauter.

Sie hatte ihn. Das war's. Er war's. Der Mann, der eine ganze Stadt in die Knie gezwungen hatte.

Aber wie um Himmels willen willst du es erklären?

Claire hatte keine Zweifel, nicht den geringsten, dass seine DNA den Spuren auf den Zigaretten entsprechen würde, die sie gefunden hatten. Und dass sie bei der Hausdurchsuchung das Sturmgewehr finden würden, das er benutzt hatte. Und Bombenmaterial. Baupläne. Notizen über zukünftige Ziele.

Doch das Gesetz, dem sie diente, war ein eigenartiger Meister. Genau genommen hatte sie keinen Grund, hier zu sein. Keinen Grund gehabt, die Tür einzutreten.

Unter diesen Umständen würde es wahrscheinlich keine Rolle spielen. Achtzehn Tote, darunter ein Kind und ein FBI-Agent.

Vielleicht aber doch.

Natürlich konnte sie nicht sagen, dass er ihr im Traum erschienen war. Aber sie konnte … na ja, sie konnte sich irgendetwas ausdenken. Er war ein Massenmörder. Eine Lüge darüber, wie sie ihn gefunden hatte, war nun wirklich keine Sünde.

Nein. Aber kein Fall wird so viel Furore machen wie dieser. Du hast zwanzig Sekunden Zeit, um dir eine Geschichte auszudenken, bei der du für immer bleiben musst. Man wird dich immer wieder befragen. Wenn du dich verplapperst, nur einmal, wenn die geringsten Zweifel aufkommen …

Jeder wusste, dass O. J. Simpson schuldig war. Doch er war vor allem deshalb freigekommen, weil die Polizei die Sache vergeigt hatte.

Dieser Mann hat Mütter und Väter umgebracht. Er hat ein Kind ermordet.

Er hat Will Brody ermordet.

Es spielt keine Rolle, wie du ihn aufgespürt hast.

Er muss sterben.

Die Sirenen kreischten regelrecht, nicht eine oder zwei, Dutzende, aus allen Richtungen. Sie würden in wenigen Sekunden hier sein.

Konnte sie ihn einfach hinrichten? Kein Richter, keine Geschworenen, keine Beweise, nur ihre Gewissheit?

Ja. Sie glaubte, das konnte sie.

Vielleicht hatte er etwas in ihren Augen gesehen. Denn mit überraschender Geschwindigkeit nahm er die Hände vom Kopf, griff hinter seinen Rücken und nahm ihr die Entscheidung ab.

In einem Sekundenbruchteil feuerte Claire ihm drei Kugeln in die Brust.

Er zitterte. Wurde steif. Das, was ihn zum Menschen machte, verflüchtigte sich. Er sackte zusammen. Seine Hände fielen herunter.

Und kurz bevor er auf dem Boden auftraf, sah sie den Gegenstand, nach dem er gegriffen hatte.

Es war keine Schusswaffe. Es war eine kleine Dose, vielleicht sieben mal zwei mal zwei Zentimeter. Aluminium. Ganz schlicht. Auf einer Seite ein Knopf, so groß wie eine Computertaste.

Und als ihm die Dose aus der Hand glitt, fielen Claire wieder die Lautsprecherkabel ein. In der Küche. Im Wohnzimmer. Im Flur. Und hier.

Das sind keine Lautsprecherkabel.

Dann traf der Zünder auf dem Boden auf und alles verschwand in einem weißen Blitz und einer Explosion, die …

Fünfundzwanzig

Der Himmel war grau.

Und wirbelte.

Warum schaute sie zum Himmel auf? Und warum war er grau und nicht mehr strahlend blau?

Claire hustete.

Der Heckenschütze, dachte sie. *Du hast auf ihn geschossen und …*

Okay. Sie versuchte, sich aufzusetzen, und war überrascht, dass es ihr gelang. Sie fühlte sich benommen, schwindelig. Durcheinander. Sie klopfte sich am ganzen Körper ab und erwartete höllische Schmerzen. Doch anscheinend war sie völlig unversehrt.

Wie zum Teufel war das möglich?

Sie stand langsam auf. Vor ihr stand das Stadthaus, oder was davon übrig war. Eine Ruine aus zerbrochenen Ziegeln und Rauch. Eine nichtssagende Couch lag vor ihr, mit den Sitzen nach unten, der Bezug halb abgerissen.

Claire wankte und fing sich wieder. Der Staub in der Luft ließ sie blinzeln.

Es war nicht so, als würde plötzlich alles wiederkommen, sondern es war nie weg gewesen. Die Wirklichkeit hatte nur einen kurzen Aussetzer gehabt. Vor einer Sekunde hatte sie den Zünder zu Boden fallen sehen, den Aufprall, dann eine Druckwelle gespürt, die sie von innen nach außen gekehrt hatte.

Ihr fiel etwas ins Auge, ein paar Meter entfernt. Ihre Glock. Die Waffe aufzuheben half. Das glatte, gefräste Gewicht in ihrer Hand gab ihr das Gefühl, geerdet zu sein. Und die Gewissheit, dass das Gesetz der Schwerkraft noch galt, obwohl sie nie daran gezweifelt hatte.

Claire atmete tief durch, dann noch einmal. Und schaute sich um.

Irgendwie war sie aus der Gefahrenzone der Explosion geschleudert worden. Sie war ungefähr zehn Meter Luftlinie von der Stelle gelandet, an der sie gestanden hatte. Und erstaunlicherweise war sie völlig unverletzt. Nicht einmal ein verstauchter Knöchel.

Dumm von ihr, nicht zu begreifen, was es mit den Kabeln auf sich hatte. Sie hatte einfach überstürzt gehandelt. Simon Tucks musste damit gerechnet haben, dass sie ihn früher oder später finden würden, und wollte sich mit einem großen Knall verabschieden.

Sie sah sich um und musste zugeben, es war ihm gelungen.

Das ehemals zweigeschossige Stadthaus war nur noch ein ebenerdiger Trümmerhaufen. Ziegel, Glasscherben und Bruchstücke von Möbeln. Die Häuser zu beiden Seiten schief und eingesackt. Die Schule auf der anderen Straßenseite stand noch, doch viele Fenster waren zerschmettert und das Bastelpapier hing in Fetzen.

Selbst am Ende noch musste er andere Menschen verletzen.

Sie verstand nicht, wie, doch irgendwie hatte sie überlebt. Ohne einen Kratzer.

Es war vorbei. Der Einzeltäter, der eine Millionenstadt in ein Gefängnis verwandelt hatte, war tot. Brody war gerächt. Sie lebte. Es war vorbei.

Claire lief hinaus auf die Straße. Am Ende sah sie einen Streifenwagen, der um die Ecke kam. Sie lehnte sich an einen abgebrochenen Baumstumpf und holte ihren Dienstausweis heraus. Ein Wunder, dass sie überlebt hatte. Aber es war vorbei. Die anderen würden jeden Moment hier …

Der Streifenwagen bewegte sich nicht.

Sie hörte keine Sirenen.

Nirgendwo Schaulustige. Auch keine Lehrer, die aus der Schule gerannt kamen. Keine schreienden, blutenden Nachbarn.

Nur sie … und etwas, das sich im Haus bewegte.

Etwas, das aus einem Trümmerhaufen wuchs. Staub und Steine glitten von ihm ab, als hätte es sich aus der Erde hochgegraben. Sie stellte sich ein Ungeheuer vor, ein fahles, tentakelbewehrtes Wesen.

Doch es war ein Mann. Knapp eins achtzig, stark und geschmeidig. Er hustete. Schaute sich um.

Nein, nein, nein, das ist unmöglich, ich kann es nicht …

Simon Tucks. Der Heckenschütze.

Er war es und er war es doch nicht. Sie erkannte in ihm den Mann von dem Polizeifoto, den, der ihr die Tür geöffnet hatte und dem sie drei Kugeln in die Brust gefeuert hatte.

Und doch sah er anders aus. Er war schlanker. Größer. Seine Wangenknochen zeichneten sich scharf ab und er hatte einen feurigen Blick. Der Rest der Welt schien hinter ihm zu verschwimmen.

Er bemerkte Claire. »Du?«

Panik zerriss sie. Die destillierte Angst einer Vierjährigen vor dem Ungeheuer im Schrank, unter dem Bett, die Gewissheit, dass die Welt sich, sobald ihre Eltern nicht mehr da waren, in einen finsteren Ort voller Gefahren verwandeln würde. An dem etwas auf sie lauerte, das sie kannte und sich an ihrer Angst ergötzte.

Sie riss die Glock hoch und drückte ab.

Klick.

Ladehemmung. Sie lud durch und drückte erneut ab.

Das Wesen, das wie Simon Tucks aussah, sprang hoch.

Aus zwölf Metern Entfernung sprang es in einem gewaltigen Bogen von vielleicht sechs Metern Höhe auf sie zu, landete direkt vor ihr und lächelte.

Er holte so schnell aus, dass ihr Blick nicht folgen konnte, und schlug ihr mit dem Handrücken so hart ins Gesicht, dass sie nun das Fliegen lernte.

Die Welt verschwamm vor ihren Augen, alles zu schnell, zu viel, zu laut. Der Boden kam auf sie zu, viel zu hart, und als sie aufschlug, schürfte sie sich die Handflächen und eine Wange auf. Die Pistole war weg, irgendwo verloren. Sie stemmte sich auf die Knie hoch, und ein brennender Schmerz packte ihren Schädel, jeder Zentimeter wie Feuer, und die Welt verrutschte, da wurde ihr klar, dass er sie an den Haaren hochzerrte, Gott, wie weh das tat, und sie trat und schlug um sich, schrie und bekam seinen Arm zu packen, zog sich daran so weit hoch, dass der Schmerz ein wenig nachließ, und merkte, dass sie einen halben Meter über dem Boden baumelte, und dieser neue Simon, der sie mit einem Arm hochheben konnte, starrte sie mit Augen an, in denen tausend Tode lagen und die schon seit Jahrhunderten lebten, und aus seinem Mund, grausam und schön, erklangen die Worte: »Ich habe keine Angst.« In seiner Stimme lag so etwas wie Staunen. »Ich habe keine Angst mehr.«

Der Schlag traf sie wie ein mechanischer Kolben im Bauch, mit solch übermenschlicher Kraft, dass ihr die Luft wegblieb und sie fast das Bewusstsein verlor. Ihr Griff löste sich und sie hing wieder an den Haaren herunter, und das Wesen schüttelte sie, wie eine Katze es mit einem Spielzeug tut, und sie spürte das Reißen der Kopfhaut, und dann schleuderte es sie bei ihren Haaren davon, und wieder verwischte die Welt, und diesmal begrüßte sie es, Hauptsache, es würde aufhören, und der Boden raste auf sie zu, um sie zu umarmen, und als sie aufkam, verschwamm alles zu nichts.

Steh auf, sagte sie sich, *steh auf und renn renn renn jetzt sofort.*

Dieses Wesen, der neue Simon, stapfte auf sie zu. »Ich werde nie wieder Angst haben. Es tut nicht mehr weh.« Er beugte sich hinunter, um mit der gleichen Leichtigkeit, mit der sie eine heruntergefallene Gabel aufheben würde, einen Brocken Mauerwerk hochzuheben.

Claire hatte noch nie zuvor richtig gebetet. Sie hatte sich Dinge gewünscht. Dinge begehrt. Hatte gelegentlich eine vage und namenlose Macht um diese Dinge gebeten. Doch nie wirklich gebetet. Nie all ihre Gedanken, Sehnsüchte und Hoffnungen in einen einzigen verzweifelten Appell an etwas gelegt, das größer war als sie. *Bitte. Bitte, ich brauche Hilfe.*

Der Heckenschütze blieb stehen. Fünf Meter entfernt, triumphierend. Er starrte auf etwas.

Sie musste wissen, was es war. Es gelang ihr, den Kopf in die Richtung zu drehen, in die er blickte. Und sie erwartete, Jesus oder ein Engel oder die fleischgewordene Liebe käme, um sie zu retten. Etwas, das tausend Meter groß war und strahlend leuchtete.

Doch sie konnte nur vier Gestalten ausmachen. Nur schemenhaft, ob es an ihrem Sehvermögen oder am Staub lag, sie wusste es nicht. Eine Frau, die ein Schwert anhob. Ein Mann mit einem Feuerwehrbeil. Ein Biker mit einem Messer in jeder Hand. Und …

Will Brody.

Dunkelheit stürzte über Claire herein und sie begrüßte sie.

Sechsundzwanzig

Edmund gedieh.

Jahrhundertelang hatte er sich von den Seelen der Toten ernährt. Er hatte sein neues Land von einem Ende zum anderen erwandert. Hatte Städte entstehen sehen, doch nicht diejenigen, die sie bauten. Hatte aus Hunger gejagt und aus Machtgier. Er hatte geglaubt, die Grenze seiner Kräfte erreicht zu haben, und war es zufrieden gewesen, so zu leben. Wie die Löwen, die er in den Erinnerungen eines toten Sklaven gesehen hatte.

Doch nun, da er die Lebenden ritt, sie in den Wahnsinn und zum Mord trieb, stellte er fest, dass er erst die Schwelle erreicht hatte. Seine Nahrungsaufnahme hing nicht mehr von zufälligen Begegnungen ab. Nun konnte er die Lebenden dazu bringen, sich ihm selbst darzubieten.

Ruhelos im Geiste, begann er zu experimentieren. Mit Sterblichen zu spielen wie ein Kind, das Puppen auseinanderreißt. Er streifte durch die Stadt, suchte die Verzweifelten und die Verlorenen, die Einsamen, die Gebrochenen. Flüsterte ihnen zu. Spann Netze aus Dunkelheit. Hegte das Elend, wie ein Bauer seine Felder bestellte.

Auf sein Drängen stürzten sich die mit gebrochenem Herzen von Klippen, die Verlassenen schnitten sich in warmem

Wasser die Venen auf, die Hoffnungslosen standen mit dem Hammer in der Hand vor ihren schlafenden Familien.

Die Macht strömte wie Regen, und er begriff, dass Macht alles war. Das komplizierte Gefüge des menschlichen Zusammenlebens – aus Individualität, Freundschaft, Liebe, Gesetz und Ordnung – diente nur dazu, diese Tatsache zu verschleiern.

Leben war Macht und man konnte es sammeln. Er häufte Schätze an wie ein Sultan, bis seine Schatzkammer überfloss von glitzerndem Reichtum.

Bald stellte er fest, dass es Welten jenseits des Lebens und seines blassen Echos gab. Unzählige Welten, eine dunkler als die andere. Wie ein Seil, das man zu lang im Wasser gelassen hatte; an einem Ende noch straff, wurde es zum anderen hin weicher, löste sich auf und begann zu faulen.

Wie er einst durch Amerika gewandert war, wanderte er nun zwischen diesen Welten hin und her, von einem Ende zum andern. Vom strahlenden Rand des Lebens, hell und laut, zu den bleichen Feldern, wo Schatten ziellos weilten und immer schwächer wurden. Und auf das Nichts warteten. Er konnte sie zerreißen wie mürbes Papier, und ihr Wesen zerbröckelte in seinen Händen.

Zu seinem Vergnügen wählte er eine lebendige Frau aus und ritt sie durch die Welten, hetzte sie wie die Furien. Auf sein Drängen zündete sie ihr Haus mit ihren Kindern darin an. Als sie vom Galgen fiel, wartete er auf der anderen Seite, und nachdem er sich an ihr gütlich getan hatte, verfolgte er sie in die nächste Welt und in die danach. Er aß ihre Seele in kleinen Bissen und achtete darauf, gerade genug übrig zu lassen, dass sie weiterbestehen konnte. Als er sie fast völlig ausgehöhlt hatte und sie am Rand des gnädigen Abgrunds stand, ließ er ein wenig von seiner Macht in sie fließen, ließ die Farbe in ihre Welt zurückkehren und die Kraft in ihren Körper, nur um sie mit dem Wissen um alles, was sie getan hatte und was ihr angetan worden war, sich selbst zu überlassen. Ihre Schreie hatten etwas Vollkommenes gehabt.

Edmund gedieh. Und als seine Macht größer geworden war, als er es jemals für möglich gehalten hatte, sah er die anderen.

Zuerst nur aus der Ferne. Erscheinungsformen von Energie, die er kaum begreifen konnte, wie Wirbelstürme am Horizont. Jahrhundertelang hatte er sich für einzigartig gehalten, für den mächtigsten Räuber in einer vor Beute wimmelnden Savanne.

Nun verstand er, dass er nie allein gewesen war. Und auch nicht der Stärkste.

Es waren nur wenige, und sie waren furchterregend, älter als er. Axayacatl hatte in dunstigen Dschungeln breitbeinig auf Tempeln gestanden und Säuglingen die Kehlen durchgeschnitten. Der tätowierte Seefahrer Magnus segelte seit tausend Jahren durch die Wasser der Macht. Der Komantsche war ein Kriegsherr gewesen, wild auf seinem Hengst, grausam in seiner Vergeltung. Auf der anderen Seite des Schleiers hatte er Gefangene lebendig gehäutet und Kinder vor den Augen ihrer Eltern geschändet. Als sie sich auf einer windgepeitschten Ebene nahe dem Ende der Welten begegnet waren, hatten die Augen des Manns rot geglüht wie Kohlen, und zum ersten Mal seit Jahrhunderten hatte Edmund sich wieder daran erinnert, was Angst war.

Sie bewegten sich wie er, durchquerten die Welten und ließen die Ranken ihrer Macht von der Quelle des Lebens bis an den Rand des Nichts wuchern. In der Welt der Lebenden säten und hegten sie Schrecken und ernteten die Früchte im Jenseits. Sie hatten den gleichen Weg beschritten und auf gleiche Weise Macht angehäuft wie er, und er witterte ihren Hunger. Sie spürten seine Macht, wussten, dass sie ihm überlegen waren, und leckten ihre Lippen.

Es war Isabella, durch die er verstand, warum sie nicht über ihn herfielen und ihm raubten, was er über Jahrhunderte aufgebaut hatte. Ihre Erscheinung war die einer Frau mittleren Alters, attraktiv und mit weißem Haar. Doch das bedeutete nichts, ebenso wie sein jugendlicher Körper nichts über ihn aussagte. Sie knisterte elektrisch wie ein Sommersturm. Er, der sich einst an der Spitze der Macht gewähnt hatte, fühlte sich nun wieder wie ein blasser Junge, dünn und schwach. Sie wäre in der Lage gewesen, ihn aus allen Welten zu wischen.

Doch wie ihm klar wurde, nicht ohne Gefahr für sich selbst. Wie bei Tieren, die um die Vorherrschaft kämpften, konnte ein Sieg sehr teuer werden. Jede Wunde, die er ihr beibrachte – und er würde nicht kampflos untergehen –, würde sie schwächen. Und sie zur Beute der anderen machen.

Also existierten die Götter in einem Zustand ständiger Achtsamkeit. Kein Risiko. Keine unbedachte Bewegung. Immer bereit, ihresgleichen zu fressen. Vertrauen war Schwäche. Zeit bedeutungslos. Nur die Macht zählte. Doch Isabella hatte Ideen.

Während ihr Kleid von ihrer milchweißen Schulter glitt, sagte sie, sie habe ihn beobachtet. Er sei jung und brachte eine frische Perspektive mit. Sein ruheloser Geist glänzte gegenüber der Selbstzufriedenheit der anderen. Vielleicht könnten sie einander ergänzen, sagte sie, während sie rittlings auf ihm saß und ihn in ihre sengende Hitze hüllte. Zu etwas zusammenwachsen, was all die anderen überragte.

Es waren nicht ihre Körper, die sich paarten, nicht wirklich. Es ging über das Physische hinaus. Sie verkörperten ihre eigene Wirklichkeit. Ihr Wille wurde ihre Welt. Sie waren Götter, und ihr Sex war wie ein Blitz in einem trüben Himmel, das Grollen erwachender Vulkane.

Zusammen tanzten sie durch Katastrophen. Sie säten Wahnsinn und Zerstörung. Pflanzten blutige Ideen in Köpfe, die sie zu blutiger Wirklichkeit werden ließen. Zogen Ungeheuer auf und nährten sich von ihren Opfergaben, und wenn die Ungeheuer fielen, fraßen sie sie auch.

Und Edmund gedieh.

Siebenundzwanzig

Sie hörte jemanden leise stöhnen.

Es dauerte einen Moment, bis Claire sich bewusst wurde, dass sie es selbst war.

Sie war nicht wach, doch schlief auch nicht. Etwas Weiches, Feuchtes wischte über ihr Gesicht. Sanft, doch beharrlich und in methodischen Bewegungen. Sie versuchte, die Augen zu öffnen. Sie waren wie zugeklebt, nur ein dünner Streifen diesiggraues Licht drang durch.

»Schhhh«, machte eine Stimme. Sie kannte sie. Vertraute ihr.

Müde, so müde …

Sie hatte fast das Gefühl, zu fallen.

* * *

Brody wrang den Waschlappen aus. Das Wasser in der Stahlschüssel war hellrosa. Er goss noch ein wenig aus der Flasche auf den Lappen und machte weiter, wischte so sanft wie möglich an dem verkrusteten Blut rund um ihr Auge. Die Verletzung war nur oberflächlich, doch es musste höllisch wehgetan haben. Ihre Knie sahen aus, als wäre sie vom Motorrad gefallen. Ganze Haarbüschel samt Kopfhaut waren ausgerissen, ihr offengelegter Schädel blutig. Brody musste ihr Mullbinden in die Nase stopfen, um die Blutung zu stillen.

Er ging sehr sorgfältig vor, reinigte die Wunde, wischte Schmutz und Blut weg, und die Berührung des Waschlappens ließ ihren bewusstlosen Körper zucken. Auf dem Heimweg hatten sie eine Apotheke geplündert. Lucy hatte Wache gehalten, während Kyle sich Verbände und Wasserflaschen geschnappt hatte und Sonny über die Verkaufstheke geklettert war, um Schmerztabletten zu holen. Brody hatte in dem düsteren Geschäft gestanden und Claire gehalten wie ein Kind, ihr Gewicht ein Nichts für die neue Kraft seiner Muskeln, und die Gedanken hatten in seinem Kopf geschwirrt.

Claire war hier.

Claire war tot.

* * *

Als sie wieder versuchte, die Augen zu öffnen, klappte es besser. Doch das Licht war immer noch grau und dunstig und ein Auge fühlte sich geschwollen an.

Ihr Gehirn steckte in einem Kompressionsgerät, das von allen Seiten gleichzeitig drückte. Als hätte sie eine Druckmanschette im Kopf. Und ihr Mund war klebrig.

Claire blinzelte. Verschwommen, dann klarer sah sie eine Fläche, zweieinhalb Meter über ihr. Eine Zimmerdecke. Sie lag auf dem Rücken. Auf einer weichen Unterlage, einem Bett, Decken bis zum Kinn hochgezogen.

Sie versuchte, sich umzudrehen, und bereute es sofort. Ihr Hals tat so weh, dass er fast völlig versteift war, und die Bewegung ergoss Höllenqualen in ihren Kopf, als wäre der Schmerz ein übervolles Glas.

»Langsam.«

Es war unmöglich. Doch sie kannte diese Stimme. »Will?«

Plötzlich erschien er in ihrem Sichtfeld, über sie gebeugt, Sorge in sein Gesicht gemeißelt. Er musste neben ihr auf einem Stuhl gesessen haben. Jeans und Sweatshirt, Stoppeln im Gesicht und kräftiger Körpergeruch, als hätte er Sport gemacht. »Ich bin hier.«

»Was …? Wo …?«

»Langsam, okay? Bleib ganz ruhig. Ich verspreche, ich erklär's dir.« Er lachte freudlos. »Oder ich versuche es zumindest. Aber zuerst möchte ich mich vergewissern, dass es dir gut geht. Folge meinem Finger mit den Augen.«

Er führte ein paar einfache Tests durch, untersuchte sie auf Gehirnerschütterung und drückte ihr auf Arme, Beine und Rippen, um zu sehen, ob etwas wehtat.

Sie dachte: *Dein toter Geliebter tastet dich ab, um herauszufinden, ob irgendetwas gebrochen ist.*

Er drückte ihr ein paar Tabletten in die Hand.

»Nimm die.«

Claire hatte Mühe, sich aufzusetzen. Brody stützte sie mit einer Hand und hielt ihr eine Wasserflasche an die Lippen. Die Pillen klebten an ihrer Zunge, aber das Wasser, Himmel, was für eine Wohltat. Sie schluckte die Tabletten und trank immer weiter, in großen Schlucken, und kleine Bäche rannen an ihrem Kinn hinunter. Als sie fertig war, hustete sie, dann wischte sie sich den Mund mit ihren schmerzenden Fingern ab.

Schließlich fragte sie: »Bist du real?«

»Ja.«

»Ich träume nicht.«

»Nein«, sagte er. Er hatte dunkle Ränder unter den Augen und wirkte traurig. »Es tut mir leid. Ich habe versagt.«

»Hä?«

»Du solltest nicht hier landen. Ich habe versucht …« Er verstummte und machte eine hilflose Geste.

Sie legte die Hände auf die Matratze und drückte sich am Kopfteil des Betts hoch. Schmerz überflutete sie wie kochend heißes Wasser. Sie schloss die Augen und wartete ab, dass er verebbte. Dann blinzelte sie und betrachtete das Zimmer. Stilvoll, unpersönlich. Ein Hotel. »Ich weiß nicht, wovon du redest. Kannst du bitte … Was ist eigentlich los?«

»Ich wusste, dass du dort sein würdest, und wollte helfen. Aber sie haben gesagt, es ist unmöglich. Dass ich dich nicht erreichen kann, aber ich musste es versuchen. Ich habe euch beide hier ankommen gespürt und irgendwie war er schon zum Fresser geworden. Im Grunde war er es ja sowieso schon. Achtzehn Morde, all der Schmerz, die Panik. Es war gut, dass wir da waren. Er hat uns gesehen, und vielleicht lag's daran, dass wir zu viert waren oder dass Sonny und ich gefressen hatten, jedenfalls hat er Reißaus genommen.«

Sie blinzelte fragend. »Was?«

Brody rieb sich die Schläfen und lachte bitter. »Das war wahrscheinlich nicht sehr verständlich. Okay.« Er holte tief Luft. »Ich erklär dir alles. Aber es wird nicht einfach zu verdauen sein.«

Er tat es.

Und er hatte recht.

Während der letzten beiden Tage hatte es unter all ihrer Wut und Frustration und der Angst, einen weiteren Mord nicht verhindern zu können, und dem rasenden Schmerz, den sie sich nicht eingestehen wollte, noch etwas anderes gegeben. Das Gefühl, das sie bekam, wenn sie einem Zauberkünstler oder einem Kartentrickser zuschaute. Der Eindruck – nein, die Gewissheit –, dass sie manipuliert wurde.

Es war, als wäre ihr Leben Teil eines Spektakels geworden, einer gemeinen Streiche-Show, bei der sie reingelegt werden sollte. Sie stellte sich vor, wie der Showmaster sagen würde: *Ah-ha, haben wir Sie erwischt! Claire McCoy, Sie als FBI-Agentin,*

Juristin und rationaler Mensch hören also neuerdings auf Stimmen aus dem Jenseits!

Alles, angefangen mit dem Traum, der gar kein Traum war, bis zu dem Augenblick, wo sie Tucks in der Datenbank gefunden hatte, war ihr wie die Vorbereitung eines Schwindels vorgekommen. Wie ein Trick. So kam es ihr noch immer vor.

Doch sie hatte Simon Tucks getötet, nur um mitanzusehen, wie er wiedergeboren wurde. Wie er zwölf Meter sprang und sie mit einem Arm hochhob. Und so müde und dreckig Will jetzt auch sein mochte, er sah wesentlich besser aus als das letzte Mal, als sie ihn gesehen hatte, auf dem Tisch in der Leichenhalle.

Konnte man noch von einem Trick sprechen, wenn sich die Magie als echt erwies?

* * *

»Ich glaube, ich hab's kapiert«, sagte sie. »Es hat eine gewisse Logik. Entropie nimmt immer zu, aber es ist nicht einfach, als würde man auf einen Knopf drücken. Und wir reden hier vom *Leben* an sich. Wir verstehen das Leben überhaupt nicht. Was es bedeutet, was es ist, nicht einmal seinen Beginn. Ähm, also, es gab Aminosäuren und vielleicht … Blitze? Die Physik lehrt uns, dass alle Materie zerfällt, doch beim Leben ist das Gegenteil der Fall. Leben wächst, breitet sich aus, verändert sich. Es ist wie umgekehrte Entropie. Also, wenn das Leben Alpha ist und das Nichts ist Omega, warum sollte es keine Zwischenstadien geben? Ich wette, dass es noch mehr Stadien als dieses gibt. Weitere, immer schwächer werdende Echos.«

Brody staunte.

Er war in die Luft geflogen, war gejagt worden, hatte Kraftakte mitangesehen, die unmöglich schienen, eine Frau getötet, um dann ihr Leben an sich vorüberziehen zu sehen, war durch eine verlassene Stadt gewandert, hatte sich einer Gruppe von postapokalyptischen Menschenfreunden angeschlossen, die in einem Luxushotel wohnten, hatte wahre Begebenheiten im Traum gesehen und war dazugekommen, als der Mann, der ihn ermordet hatte, die Frau angriff, die er liebte. Er dachte, nichts könnte ihn mehr überraschen.

Und trotz alledem … Claires Gesicht war von blauen Flecken übersät, ihr Haar blutverklebt, Mull steckte in ihren Nasenlöchern. Er hatte ihr gerade erst offenbart, dass sie tot war. Und anstatt zusammenzubrechen, anstatt zu zweifeln und zu argumentieren, hatte sie einfach ihr Weltbild den neuen Gegebenheiten angepasst.

Was für eine Frau.

Und plötzlich wurde ihm bewusst, dass er hier neben ihr saß, und die ganze Bedeutungsschwere, die darin lag. Er hatte gerade erst begonnen, um sie zu trauern. Und so schwer die letzten Tage auch gewesen waren, sie waren nur ein Vorgeschmack auf den wahren Schmerz gewesen. Er stand noch immer unter Schock. Vor sich hatte er nur unermessliches Leid gesehen. Wie unfair es war, wie lächerlich, und so schrecklich sinnlos, dass sein Leben nur siebenunddreißig Jahre gedauert und er Claire erst am Ende gefunden hatte. Dass er sich gerade erst verliebt und sie schon wieder verloren hatte.

Doch nun sah es ganz so aus, als hätte er sie gar nicht verloren. Diese Erkenntnis löste gemischte Gefühle in ihm aus. Ein Teil von ihm, ein großer Teil, war einfach nur glücklich, sie zu sehen und nicht dem Schmerz ausgesetzt zu sein, sie für immer verloren zu haben. Doch was für eine kindische, selbstsüchtige Art, die Dinge zu sehen. Er hatte sie nur deshalb nicht verloren, weil sie *alles* verloren hatte.

Im Hotel wohnte eine Familie, ein Vater mit zwei Töchtern. Kyle hatte Brody erzählt, dass sie bei einem Autounfall ums Leben gekommen waren. Die Mutter hatte auch im Wagen gesessen, doch sie hatte wohl überlebt, denn nur die drei waren in dem zerstörten Fahrzeug aufgewacht. Brody fragte sich, wie sie sich fühlten. Sicher wäre dem Mann lieber gewesen, wenn seine Kinder überlebt hätten. Doch war ein Teil von ihm vielleicht doch glücklich, dass wenigstens sie zusammen waren? Wünschte er sich heimlich den Tod seiner Frau, damit sie alle wieder vereint würden? Und hasste er sich dafür?

»Claire …«

Sie hatte am Kopfende des Betts gelehnt und war, während sie sprach, gedankenverloren mit den Fingern über die Prellung in ihrem Gesicht gefahren. Und hatte die Stadt draußen betrachtet, doch offensichtlich, ohne sie zu wahrzunehmen. Dann wurde ihr Blick konzentrierter und sie starrten einander an. In der gleichen unverwandten Art wie an dem Morgen, als ihre Köpfe auf dem Kissen ruhten und ihre Zukunft vor ihnen Gestalt annahm. Was immer er gerade sagen wollte, es war ihm entfallen. Worte wären verglichen mit der Verständigung, die in ihrem Blick lag, doch viel zu schwerfällig gewesen.

Langsam streckte er eine Hand aus. Legte sie auf die Wange, die sich durch den Bluterguss ganz heiß anfühlte.

* * *

»Verzeih mir.«

»Wofür?«

»Dass ich nicht helfen konnte.«

»Wie denn auch?«

»Ich weiß nicht, aber es tut mir leid.«

»Ich war lebendig und du tot. Natürlich konntest du mir nicht helfen.«

»Ich weiß.«

»Es war unmöglich.«

»Ich weiß.«

»Manchmal kann man einfach nichts machen, Brody. Man kann nicht immer jeden retten. Es ist nicht deine Schuld. So ist die Welt nun einmal.«

* * *

Sie lagen in Löffelposition beieinander, ihre Körper perfekt ineinandergreifend wie ein Klettverschluss. Als wenn man sie nur mit Kraftaufwand auseinanderreißen könnte.

Der Himmel draußen war ein Kessel voller wirbelndem Grau.

Das Licht, das durchs Fenster einfiel, war dünn und fahl.

»Ich dachte, ich hätte dich verloren.«

»Schhh.«

* * *

Es gab Tränen. Und Berührungen. Kein Sex, Berührungen. Der Trost, den man dem anderen nach einem besonders bösen Albtraum spendete. Berührungen bedeuteten Beruhigung und Besitzergreifen. Sagten wortlos, dass man dort war, wo man hingehörte, und dass der Alb nichts weiter als ein Traum gewesen war.

Doch stimmte das?

Oder war dies erst der Anfang?

* * *

Am späten Nachmittag lief Brody hinunter, ignorierte die fragenden Blicke und die wissend grinsenden Mienen und fand die Küche. Die Industriekühlschränke waren vollgepackt mit schön marmorierten Ribeyesteaks, waberndem Schweinebauch und prallen Stubenküken, doch es gab kein Feuer zum Kochen.

Deshalb lud er Obst, Nüsse, Brot und Käse auf ein Tablett. Mineralwasser. Eine Zweihundert-Dollar-Flasche Pinot noir und zwei Gläser.

Sie breiteten den Schmaus auf einem Kaffeetisch in ihrem Zimmer aus und aßen gierig. Draußen vor dem Fenster, fünf Stockwerke tiefer, schlenderten die Leute vor dem Hotel hin und her. Sie übten mit ihren Waffen. Hielten Wache. Redeten, tranken und flirteten. Eine Schar Kinder spielte Fangen, rannte über Autos und durch Gebäude. Ihr Lachen kam mit Verzögerung und durch die Scheiben gedämpft oben an.

»Ich habe Hunger«, sagte Claire und strich Dreifachrahmkäse auf knuspriges Brot.

»Ich auch.«

»Komisch, dass wir hier Hunger haben.«

»Arthur meint, das sei so ein Überbleibsel aus dem Leben. Eigentlich brauchen wir gar keine Nahrung, aber unser Gehirn versteht das nicht. Er sagt, nach einer Weile, wenn wir eingewöhnt sind, essen wir nur noch, wenn wir Lust haben. Da er schon seit zwanzig Jahren hier ist, weiß er sicher, wie das läuft.«

»Ist er hier der Boss?«

»Nein, so was gibt's hier nicht. Da war mal eine Frau, vor vielen Jahren. Sie hieß Ray. So, wie sie über sie sprechen, könnte man annehmen, dass sie irgendwo einen Schrein eingerichtet haben, mit Kerzen und Opfergaben. Aber natürlich würde der sofort verschwinden, wenn sie sich entfernten. Jedenfalls, diese Ray, sie hat die Leute zusammengebracht und für eine sichere Zuflucht gesorgt.«

»Weil alle anderen … sich gegenseitig gefressen haben«, sagte sie in kritischem Ton, nicht unbedingt zweifelnd, eher einen Schwachpunkt auslotend, um zu sehen, ob die Geschichte stand hielt.

»Nicht im wörtlichen Sinn, aber so ähnlich.« Er dachte nach. »Erinnerst du dich noch an Emily Watkins?«

»Das siebzehnte Opfer. Das letzte vor dir.«

»Hab ich dir eigentlich erzählt, dass ich ihren Mann besucht habe? Das Police Department wollte ihn informieren, aber ich habe es freiwillig übernommen.« Er hatte ein perfektes Bild von ihrem Loft vor Augen: der verstaubte Hometrainer, die schläfrige Katze und das gerahmte Foto der beiden, wie sie am Tag ihrer Hochzeit herumalberten und er auf dem Brückengeländer balancierte. »Ich habe mir eingeredet, dass ich es tat, weil wir Nachbarn waren, doch es war mehr als das. Wir wollen jeden retten, wenigstens die Guten, und manchmal gelingt es uns einfach nicht. Das habe ich immer an meinem Beruf gehasst. Doch der Grund, warum ich es erwähne: Emily ist hier.«

»*Hier*? Im Echo?«

Er nickte. »Gestern wurde sie von einem Fresser angegriffen. Ich weiß nicht, warum sie allein draußen rumgewandert ist. Egal, jedenfalls habe ich es diesmal geschafft.«

Ein sanftes Lächeln erblühte in Claires Gesicht. »Du hast sie gerettet.«

»Beim zweiten Mal. Besser als gar nicht, könnte man sagen.«

Sie nahm seine Hand und sagte: »Ich bin stolz auf dich.«

»Dazu gibt's keinen Grund. Ich hätte den Fresser fast getötet. Ich hatte ihn schon am Boden. Er war hilflos, stellte keine Gefahr mehr dar. Doch ich wollte ihn trotzdem umbringen. Ich meine, ich *wollte* es. Es war nicht nur Wut. Es war …« Er verstummte und schaute sie an. Dann sagte er beschämt: »Ich war auf den Geschmack gekommen.«

Claire begegnete seinem Blick. Er konnte ihre Gedanken sehen, doch es lag keine Verurteilung darin. »Aber du hast es nicht getan.«

»Nein. Emily hat es getan. Sie war verletzt. Seine Energie aufzusaugen hat sie geheilt. In mehrerer Hinsicht.

»›Aufsaugen‹, das hört sich nach Vampiren an.«

Er lachte. »So nennen sie die Leute hier auch. Vamps. Ich frage mich, ob der Vampirmythos ursprünglich von hier stammt. Vielleicht von einem Lebenden, der das Echo gesehen hat.«

»Ich dachte, die Lebenden und die Toten …«

»Ja, ich weiß. Aber vielleicht bestimmte Leute … Künstler, Propheten oder Verrückte.« Er zuckte mit den Schultern. »Nur so ein Gedanke.«

»Vielleicht ist es ja der Blick über diese Grenze, der sie zu Künstlern, Propheten und Verrückten macht«, sagte Claire.

»Verdammt.«

»Was?«

»Na, wenn ich gewusst hätte, dass die Verrückten, die an den Straßenecken rumstehen, tatsächlich Tote sehen, die sich gegenseitig mit Macheten jagen …« Brody machte eine dramatische Pause. »Dann hätte ich doch öfter mal einen Dollar springen lassen.«

Claire hatte gerade einen Schluck Wein genommen und versuchte, ein Lachhusten mit der Hand aufzuhalten, doch es gelang ihr nicht ganz, und es tropfte ihr rot von den Fingern. Da konnte er sich auch nicht mehr halten und begann zu kichern. Als sie ihr Glas nahm und den Rest Wein hineinspuckte, lachte er heulend auf, und sie zögerte, doch stimmte dann mit ein, und ihr Lachen wurde immer hysterischer, bis sie nicht mehr aufhören konnten, weil einer den anderen ansteckte. Schließlich holte Claire Luft und wischte sich die Augen. »Du bist wirklich schlimm.«

Er lächelte. »Es ist so schön, dich lachen zu hören.«

»Und dich. Auch wenn du schuld bist, dass ich tot bin.« Unter dem Tisch trat sie leicht gegen sein Bein.

»Haha. Was ist überhaupt passiert? Wie hast du ihn gefunden?«

»Durch den Traum, den du mir geschickt hast.«

»Hä?«

Claire legt den Kopf schräg. »Der Traum von dir in der Kirche. Wie du das Buch von Stephen King gefunden und durch das Fenster den Heckenschützen gesehen hast.«

Brody kam sich vor wie bei einem Telefongespräch mit gestörter Leitung. Als wenn er das meiste, was sie sagte, verstehen würde, aber einige wichtige Wörter fehlten. »Das hast du geträumt?«

»Ja, das wolltest du doch …« Sie verstummte. Dann sagte sie: »Heißt das, du hast mir den Traum nicht geschickt?«

»Wie denn?«

»Keine Ahnung. Ich dachte, vielleicht geht das hier.«

»Nicht dass ich wüsste. Ja, das Buch habe ich wirklich gefunden. *Schwarz* … Und ich habe ihn auch gesehen. Er hat auf seinem Handy eine Nummer gewählt, und als aus dem Scherbenhaufen ein Klingeln kam, habe ich begriffen. Zu spät.«

»Nicht ganz. Du hast dem Cop, den du umgeworfen hast, das Leben gerettet.« Sie biss sich auf den Daumen und ließ den Blick ihrer grauen Augen zum Fenster wandern. »Ich war deswegen wütend auf dich. Ist das schlimm von mir?«

»Ja.«

Sie lachte schnaubend und trat ihn wieder, härter diesmal. »Jedenfalls, nach dem Traum bin ich zu der Kirche gefahren und habe das Buch gefunden. Ich konnte es nicht glauben. Aber ich erinnerte mich so deutlich an sein Gesicht, dass ich in der Datenbank danach gesucht habe. Ich dachte, ich drehe durch, doch da war er. Simon Tucks.«

»Simon Tucks? So heißt der Kerl, den wir gejagt haben? Der, der die ganze Stadt terrorisiert hat? Simon Tucks?«

»So sieht's aus.« Claire erzählte ihm den Rest der Geschichte: Wie sie nach Old Town gefahren war, an der Tür geklopft und die Stimme erkannt hatte. Sie erzählte, wie sie ihn durchs Haus verfolgt und ihm drei Kugeln in die Brust gefeuert und dass sie die Kabel überall im Haus ignoriert hatte. Als sie fertig war, sah sie seinen Gesichtsausdruck. »Was ist?«

»Bevor du hineingegangen bist, hast du da mit der Waffe auf dem Schoß im Auto gesessen?«

Sie nickte. »Ich habe hin- und herüberlegt. Warum?«

»Weil ich es geträumt habe.« Brody starrte sie an. »Daher wusste ich, dass du in Gefahr warst.«

»Also hatten wir beide Träume …«

»… die gar keine Träume waren. Ja.«

Sie saßen eine Minute schweigend da und versuchten, diese Erkenntnis zu verarbeiten. Brody war sich sicher, dass es etwas zu bedeuten hatte. Er wusste nur nicht, was.

Auf der Brücke unten hatte sich eine Bande von Kindern auf einer Seite eines Jeeps aufgestellt und schaukelte ihn auf und ab. Sie stimmten ihre Bewegungen aufeinander ab, sprangen gleichzeitig in die Höhe und ließen den Wagen höher und immer höher hüpfen, bis die Räder auf ihrer Seite den Boden verließen. Sie johlten, strengten sich an und schaukelten den Wagen immer höher, bis er einige Sekunden schräg auf zwei Rädern stand und schließlich seitwärts auf die Brüstung fiel. Die Kinder nahmen Anlauf und stemmten sich dagegen. Der Jeep taumelte, kippte über die Brüstung und stürzte hinab in den Fluss. Wasser spritzte hoch wie ein Geysir. Schrilles Lachen und Jubelrufe drangen hoch. Brody musste lächeln.

»Er ist noch immer da draußen, nicht wahr?«

»Tucks?« Er überlegte einen Moment und nickte. »Fresser scheinen sich nicht gern miteinander anzulegen. Leichte Beute ist ihnen lieber.«

»Das heißt, er macht weiter.«

Brody erstarrte. Er hatte sich völlig auf Claire konzentriert – darauf, sie zu retten, zu pflegen und ihr alles zu erklären. Er hatte einfach keine Zeit gehabt, darüber nachzudenken, dass der Mann, der sie beide umgebracht hatte, jetzt ihr Nachbar war. »Ja.«

»Nur jetzt wird er sich die armen, verwirrten Leute vornehmen, die gerade erst hier angekommen sind. Menschen, die bereits alles verloren haben. Völlig verängstigte, hilflose Menschen.«

»Stimmt«, sagte Brody nachdenklich.

Sie schaute ihn über den Tisch hinweg an. Ihr Gesicht geschwollen und violett angelaufen. Stellenweise Haarbüschel mitsamt der Kopfhaut ausgerissen. Doch ihre Körperhaltung war perfekt und ihre Stimme souverän. Brody fiel plötzlich wieder ein, dass sie nicht nur seine Geliebte, sondern auch seine Vorgesetzte gewesen war. »Und das wollen wir zulassen?«

Achtundzwanzig

»Brody! Komm und stell uns deine bessere Hälfte vor.« Kyle saß auf einer Couch und winkte, eine Flasche Bourbon in der Hand. Es war früher Abend und der Himmel so hell, dass die Gebäude sich scharf davor abzeichneten. Etwa hundert Leute hielten sich hier draußen auf, saßen mit gekreuzten Beinen auf Motorhauben oder fläzten sich auf Sofas. Auf einem eleganten Ledersessel kniete Lucy rittlings über Sonny, die Arme um seinen Hals gelegt, und rieb sich an ihm, während sie in einem intensiven Zungenkuss vereint waren. Finn, der junge Bogenschütze, unterhielt sich mit einer älteren Frau, die einen Schal strickte. DeAndre und Antoine würfelten mit ein paar anderen Männern. Der Hispano in der Carhartt-Jacke lag auf der Motorhaube eines Hunderttausend-Dollar-Mercedes und las einen Punisher-Comic. Irgendwie hatten sie es geschafft, den Flügel aus der Lobby zu karren, und Arthur spielte eine fröhliche Version von *Lucy In The Sky With Diamonds*. Alle hatten ihre Waffen in Reichweite, doch Brody war zu dem Schluss gekommen, dass es weniger mit der Angst vor einem Angriff zu tun hatte, als vielmehr damit, sie nicht zu verlegen.

O schöne neue Leute, die eine solche Welt in sich haben.

Die Antwort auf die Frage, die Claire oben im Zimmer gestellt hatte, war offensichtlich. Nein, das würden sie auf keinen Fall zulassen. Simon Tucks musste noch einmal sterben.

»Die Frage ist nur, wie?«, hatte er gesagt. »Ganz abgesehen davon, dass wir ihn erst einmal finden müssen, funktionieren unsere Schusswaffen hier nicht, und es ist ja nicht so, als könnten wir mal eben ein Einsatzkommando rufen. Und du hast gesehen, wozu Tucks in der Lage ist.«

»Ja.« Claire hatte die Blutergüsse in ihrem Gesicht betastet. »Okay. Also brauchen wir Hilfe. Vielleicht dein Kumpel – wie heißt er noch? Kyle. Und was ist mit dem Biker, den du erwähnt hast?«

»Da ist auch noch eine Frau, die anscheinend ganz gut mit einem Schwert umgehen kann.« Dann hatte Brody überlegt. »Ich frage mich nur … Wir wussten doch nichts von dieser Welt, dem Echo. Was ist, wenn es danach noch eine gibt? Dann würden wir das Problem ja nur weiterreichen.«

»Dann müssen eben Leute wie wir ihn dort wieder umbringen«, sagte Claire. »Wir können nichts dran ändern.«

Er nickte. »Aber die Leute hier, die Ray-Jünger, sie haben Regeln. Sie töten nur aus Notwehr.«

»Eine gute Regel«, hatte Claire gesagt. »Gefällt mir. Ich lebe selbst danach. Aber wir haben es hier mit einem Terroristen zu tun. Niemandem kann daran gelegen sein, dass der Kerl frei herumläuft.«

»Ich weiß nicht. Du bist gerade erst angekommen. Hier laufen die Dinge anders.«

»So anders wohl nicht«, hatte sie entgegnet. Er hatte ihren Ton bemerkt und lieber nicht weiter argumentiert.

Darauf hatten sie sich angezogen und waren hinuntergegangen, um sich den anderen anzuschließen.

Brody war nicht introvertiert, aber für Menschenansammlungen hatte er noch nie etwas übriggehabt. Er mochte enge Beziehungen und echte Gespräche. Solche Zusammenkünfte, bei denen man im großen Rahmen Small Talk hielt, wo Leute von einer Gruppe zur anderen wanderten und man sich unzählige Namen merken musste, die ermüdeten ihn einfach.

Claire hingegen blühte auf.

Er wusste, dass sie viel kontaktfreudiger war als er, die perfekte Politikerin. Sie hatte ihm schon früh gestanden, dass sie die erste weibliche FBI-Direktorin werden wollte. In einem Ton, der ihn warnen sollte, bloß nicht zu lachen. Er tat es auch nicht. Ganz unabhängig von ihren Gefühlen füreinander hielt er sie für die mit Abstand beste Vorgesetzte, die er je gehabt hatte. Bei der Arbeit unermüdlich, rigoros in ihrem Denken und souverän im Umgang mit anderen. Trotz der blauen Flecke und Verbände waren alle von ihr angetan. Sie merkte sich sofort jeden Namen. Stellte persönliche Fragen und lauschte den Antworten, ihr Blick ruhig und gelassen. Als Kyle ihr den Bourbon reichte, zögerte sie nicht, hob einfach die Flasche an, um einen großen Schluck zu nehmen, und dann noch einen.

Brody war in ihrem Kielwasser gefolgt, einfach glücklich, dort zu sein. Neben ihr zu stehen und zuzuschauen, wie sie ihr Ding machte. Er wusste, es war egoistisch von ihm. Doch es war ihm egal.

Er war froh, dass sie hier war.

Arthur hatte sich durch *Love Me Do*, *Yellow Submarine*, *Paperback Writer* und weitere Lieder gearbeitet, die Brody nicht kannte, und war jetzt bei *Hey Jude* angelangt. Es war die Stunde, zu der man an der Feuerstelle Feuer entfacht hätte, wenn es hier möglich gewesen wäre. Brody und Claire hatten sich zu ein paar Leuten auf einem Sofa in der Nähe des Klaviers gesellt. Er hatte den Arm um ihre Schultern gelegt, spürte ihre Körperwärme, ihren Geruch in seiner Nase, und hatte fast vergessen, dass dies alles Teil eines Plans war, als Claire fragte: »Soll ich euch mal eine Geschichte erzählen?«

Sie berichtete ihnen von einem Morgen im September, an dem innerhalb von zwei Stunden vier Menschen erschossen wurden. Von dem kleinen Mädchen, das vor den Augen seines Vaters ermordet wurde. Von der Frau, die auf dem Parkplatz eines Supermarkts abgeknallt wurde – Brody schaute sich um und war froh, dass Emily nicht in der Nähe war –, und von dem FBI-Agenten, der bei einer Explosion ums Leben gekommen war. Sie erzählte ihnen von zwei Träumen und einer zweiten Explosion. Alle hörten gebannt zu. Kein Fernsehen, kein Internet – Brody nahm an, dass Geschichtenerzähler hier besonders gefragt waren.

»War das der Kerl, den wir gesehen haben?« Lucy spielte mit ihrem Schwert, zog die Klinge zwei Zentimeter aus der Scheide und schob sie wieder zurück, wobei das Metall leise säuselte. »Derjenige, der … ähm …«

»Mich fertiggemacht hat?« Claire nickte. »Genau der.«

»Etwas ist seltsam daran«, sagte Kyle. »Er war doch gerade erst hier angekommen, oder?«

»Vielleicht zwei Sekunden vor mir.«

»Aber er war total aufgepumpt. Wir haben nur das Ende der Show mitgekriegt, aber wie er dich mit einer Hand hochgehalten hat …« Kyle schüttelte den Kopf. »Nur Fresser haben so viel Kraft.«

»Er hat innerhalb der letzten zwei Wochen achtzehn Menschen umgebracht«, sagte Brody.

»Ja, aber lebendige. Und er lebte auch noch. Wir gehen nicht davon aus, dass das hier einen Einfluss hat.«

Claire zuckte mit den Schultern und machte eine ratlose Geste. »Vielleicht ist er ja ein besonderer Fall. Er ist jedenfalls besonders verrückt.«

Das Klavier verstummte abrupt. Die plötzliche Stille wirkte so laut wie der Hammerschlag eines Richters. Arthur sagte: »Ihr wollt den Kerl jagen.«

»Aber es hat nichts mit Vergeltung zu tun. Er ist ein Ungeheuer. Und er wird nicht aufhören zu morden.«

»Nein«, sagte Arthur. »Er wird wahrscheinlich noch blutrünstiger werden.«

»Ich bin froh, dass du das begreifst«, erwiderte sie. »Denn wir könnten wirklich Hilfe gebrauchen.«

Blicke sprangen hin und her wie Flummis. Die Stimmungsänderung war deutlich spürbar. Kyle sagte: »Claire, du bist neu hier. Aber wir haben zwei Regeln, nur zwei. Die eine lautet: Leiste deinen Beitrag. Und die andere …«

»Töte nur in Notwehr. Das verstehe ich doch. Ich bin FBI-Agentin«, sagte Claire. »Und das hier ist mein Beitrag. Glaubt mir, dieser Kerl ist anders als alles, was ihr kennt. Ich leite eine der größten behördenübergreifenden Spezialeinheiten im …« Sie unterbrach sich. »Ich habe geleitet, wollte ich sagen. Und dieser Kerl …«

Arthur fragte: »Wie ist die Bezahlung?«

»Wie bitte?«

»Beim FBI. Du arbeitest doch für Geld, oder?«

»Ich bekomme Gehalt, ja. Aber ich würde nicht sagen, dass ich deswegen dort arbeite.«

»Und Urlaub. Rentenanlage. Immobilienkredit. Vielleicht ein Haustier. Möbel von Ikea. Mitgliedschaft im Fitnessstudio.«

»Worauf willst du hinaus?«

Arthur begann wieder zu klimpern. Brody kam die Melodie sofort bekannt vor, aber es dauerte einen Moment, bis er darauf kam, was es war: *Yesterday.* Ohne sein Spiel zu unterbrechen, schaute Arthur auf. »Nichts davon gibt es noch. Keinen Kredit, keine Rente, keine Katze. Alle fangen hier neu an. Sonny düst nicht mehr mit den Outlaws durch die Gegend. Kyle bekämpft kein Feuer mehr. Und du bist keine FBI-Agentin mehr.«

»Das ändert aber nichts daran, dass Tucks ein Ungeheuer ist.«

»Nein. Aber es ist nicht deine Aufgabe, ihn zu jagen.«

Brody warf ein: »Hört mal, wir verstehen ja den Grund für die Regeln. Aber wir haben es hier nicht mit einem gewöhnlichen Fresser zu tun. Dieser Mensch ist …«

»Wahnsinnig«, sagte Kyle. »Das haben wir kapiert. Aber was unterscheidet ihn von der Frau, die du vor ein paar Tagen getötet hast?«

»Raquel war eine ganz normale Frau, die einfach …« Brody verstummte. Die einfach was? Die gestorben war und ihre Wut an der erstbesten Person ausgelassen hatte, die ihr über den Weg lief? Eine Frau, die wahrscheinlich seitdem viele Male getötet hatte. Ihr gelassen-höhnischer Ton, als sie vor ihm stand, ließ nicht auf ein schlechtes Gewissen schließen.

Arthur nutzte die Pause, um zu einem neuen Lied überzuleiten, und seine Finger wechselten von sanftem Klimpern zu stärkeren Akkorden. Nach einer Minute erkannte Brody es: *Live and Let Die.* Er musste schnaubend lachen.

»Die Hälfte der Menschen im Echo sind Serienmörder«, sagte Lucy. »Vielleicht waren sie's früher nicht, aber jetzt. So ist es hier nun mal.«

Claire reagierte nicht sofort. Er konnte sehen, wie sie nachdachte, wie ihr hyperaktiver Verstand die Sackgasse erkannte und den Kurs wechselte. »Wie viele Kinder enden hier?«

Wieder tauschten sie Blicke aus. Und Kyle sagte: »Jede Menge.«

»Eins am Tag?«

»Kann sein.«

»Also was meint ihr, wie viele Kinder bringt Tucks um, während du hier rumsitzt und auf dem verdammten Klavier rumklimperst?«

Arthur seufzte und nahm die Finger von den Tasten. »Als du noch gelebt hast, gab es doch sicher auch Menschen, von denen du genau wusstest, dass sie böse waren. Aber du hast sie nicht einfach umgebracht. Warum nicht?«

»Ich würde sagen, Gesetze und Rechtsprechung haben wir hinter uns gelassen, oder wie siehst du das? Es geht hier nicht um abstrakte Moralvorstellungen. Es geht darum, uns zu beschützen. Die Kinder zu beschützen.«

»Wegen der Regeln«, entgegnete Arthur. »Deshalb hast du nicht einfach Leute hingerichtet. Und hier haben wir auch Regeln. Wir töten nicht, außer wenn wir dazu gezwungen sind. Und du hast recht, es geht dabei nicht um abstrakte Moral, sondern um praktische Erwägungen. Die Regeln machen unser Zusammenleben erst möglich. Sie machen diese Gemeinschaft erst möglich.«

Lucy lehnte sich vor und legte Claire eine Hand aufs Knie. »Ich weiß, du meinst es gut. Und allem Anschein nach verdient dieser Kerl zu sterben. Aber es geht nicht um ihn und seine Opfer. Es geht um uns. Und darum, dass wir nachts sorglos schlafen können und keine Angst haben müssen, dass unsere Freunde über uns herfallen.«

»Es geht um mehr als das«, sagte Sonny leise. Er hatte die ganze Zeit kein Wort gesagt, nur mit steinernem Gesicht dagesessen, die Hände auf den Knäufen seiner Messer ruhend. »Es ist unrecht.«

Brody musste unwillkürlich lachen. »Ach, wirklich? Der Crystal-Dealer will uns über Recht und Unrecht von Gewalt belehren?«

»Ich habe so einiges verbrochen, als ich noch lebte«, sagte Sonny. »Damals hat es mir nichts ausgemacht. Habe mich oft unnötig mit Leuten angelegt. Habe einige angestochen, um ihnen Angst einzujagen. Habe auch einige von ihnen umgebracht. Oft war ich dabei high, aber eigentlich hat es mir nichts ausgemacht.«

Brody warf Kyle einen kurzen Blick zu. *Ich habe doch gesagt, dass der Typ anders drauf ist als du.*

»Als ich herkam, dachte ich, Scheiße, Gott ist ein Outlaw. Das hier ist der Himmel. Keine Cops, keine Kartelle. Ich kann tun, was ich will, und mir nehmen, was ich will. Das habe ich zumindest gedacht, bis mir der erste Fresser über den Weg gelaufen ist. Ich habe mein ganzes Leben lang mit extrem starken und schnellen Scheißkerlen gekämpft. Ich weiß, wie's geht. Ich habe ihm mit einer Klinge die Achillessehne durchgeschnitten und mit der anderen die Kehle. Und dann habe ich sein Leben gelebt.«

Brody erinnerte sich, wie er zu Raquel geworden war. Ihre Geburtstagsparty im Garten. Make-up-Spiele mit ihrer Freundin. Ihr Schwimmwettkampf, ihre Entjungferung, ihr Mord. Er hatte es nicht einfach gesehen, er war sie gewesen. Hatte ihre Gefühle gefühlt, ihre Gedanken gedacht. Es war mehr als Empathie. Ein Teil von ihm liebte sie beinah.

»Schon komisch«, sagte Sonny. »Erst seit ich tot bin, verstehe ich, was es bedeutet zu töten.« Er zuckte mit den Schultern und wandte sich an Claire. »Ja, wir haben Regeln, und sie sind gut. Aber es geht nicht wirklich um die Regeln. Sondern darum, dass Töten unrecht ist. Um das Wissen, dass Töten unrecht ist. Das Echo macht es nur deutlicher.«

Brody fehlten die Worte.

»Ich habe Freunde durch Fresser verloren«, fuhr Sonny fort, »und ich habe Freunde verloren, weil sie selbst zu Fressern geworden sind. Ich sehe sie manchmal. Leute, die wir alle kennen. Ich meine nicht in meiner Erinnerung. Ich meine, da draußen.« Er deutete auf die dunkle Stadt. »Doch sie mussten gehen, denn wir konnten ihnen nicht vertrauen. Sie waren auf den Geschmack gekommen.«

Sonnys Worte glichen dem, was Brody nur wenige Stunden zuvor Claire gestanden hatte, und er fand es ziemlich zermürbend. Er blickte sie an und merkte, dass sie ihn ebenfalls anschaute.

Er stellte sich einen Moment vor, wie es sein würde, wenn sie es ganz allein in Angriff nehmen würden. Die leere Stadt.

Der pfeifende Wind. Die einsamen Schatten einer abwesenden Welt. Und das Heulen der Menschen, die Jagd auf sie machten.

Würden sie überleben? Wahrscheinlich. Sie waren beide sehr fähige Leute. Doch sie müssten auf der Hut sein. Vielleicht die Stadt verlassen, sich irgendwo an einem ruhigen Ort eine Hütte suchen. Sie hätten nur sich gegenseitig als Gesellschaft und Gesprächspartner. Niemals Zeit für sich allein, denn es war zu riskant, sich zu trennen.

Und eines Tages würde ein Fresser sie angreifen. Und wenn sie den Kampf verlieren würden, wäre einer von ihnen tot oder vielleicht beide. Und wenn sie gewinnen würden, käme bald der nächste. Und dann wieder einer. Und jedes Mal würde es einfacher werden. Jedes Mal würde es weniger bedeuten.

Und eines Tages würde sie beschließen anzugreifen, anstatt sich nur zu verteidigen.

Claire blickte ihn an. Falls sie ihn fragen sollte, würde er mitkommen. Sich auf ihre Seite schlagen und die anderen zurücklassen.

Falls sie ihn fragte. Er erwiderte ihren Blick und versuchte ihr zu verstehen zu geben, dass sie bitte nicht fragen sollte.

Arthur stand auf. »Dein altes Leben ist vorüber. Du kannst diese Tatsache einfach ignorieren oder dich uns anschließen. Es ist eine schwierige Entscheidung, die du nicht nur einmal treffen musst, sondern immer und immer wieder. Die Entscheidung, Mensch zu sein. Und vielleicht …«, sagte er achselzuckend, »vielleicht lernst du sogar, auf dem verdammten Klavier zu spielen.«

Neunundzwanzig

Sie lagen in der Morgendämmerung, ihre Beine ineinander verschlungen, Laken wie Eischnee, die Köpfe auf den Kissen, ihre Blicke aneinandergeheftet. Zu viel zu sagen, um es auch nur zu versuchen. Claire hatte beide Hände unter ihre Wange geschoben wie ein Engel. Brody fuhr mit den Fingerspitzen an der Prellung in ihrem Gesicht entlang. Er konnte ihren Atem riechen, ihre beiden Körper, deren Gerüche sich mischten, ein wenig säuerlich, doch heimelig.

Bum-bum-bum.

Jemand hämmerte gegen die Tür und rief: »He, ihr Schlafmützen, raus aus dem Bett.«

Brody seufzte und setzte sich auf. Er zog einen Hotelbademantel über, bevor er die Tür öffnete. »Und Eier und Speck? Das wäre nett.«

»Schön wär's«, sagte Kyle. »Aber ich habe einen zerdrückten Müsliriegel, wenn du magst. Ist deine bessere Hälfte schon auf?«

»Claire ist wach.«

»Gut. Sie hat unsere Welt noch nicht gesehen. Zeit, dass sie erfährt, wie's da draußen aussieht. Wir treffen uns im Ballsaal.« Und schon machte sich Kyle davon und während er durch den Flur lief, pfiff er etwas, das klang wie die Titelmelodie von *Looney Tunes.*

»Was ist los?«

Kyle sagte über die Schulter: »Patrouille.«

* * *

Sie fanden den Ballsaal, indem sie den plätschernden Stimmen folgten, der Kakophonie Hunderter Gespräche. Es war ein großer Raum, steril, aber schön, hohe Decken, Kronleuchter, die kein Licht spendeten, und zurückgezogene weiße Vorhänge, die die Stadt offenbarten. Brody gewöhnte sich langsam daran, die Skyline immer als dunkle Silhouette vor niedrig hängenden Wolken zu sehen.

Der Saal hätte ein Vielfaches der circa hundert Leute fassen können, die in der Mitte herumliefen. Brody registrierte die Waffen: jede Menge Messer und ebenso viele Baseballschläger. Ein paar Bögen und Armbrüste. Billardqueues. Rohre, Ketten, Pfefferspray.

Ein ohrenbetäubendes Pfeifen durchbrach den Lärm. Alle drehten sich zu Kyle um. »Okay, Leute. Zuerst einmal, wir haben ein paar Neuzugänge. Falls ihr noch nicht ihre Bekanntschaft gemacht habt: Das ist Will Brody und das ist Claire McCoy. Die beiden Glücklichen spielen gerade *Romeo und Julia, Teil zwei.*

Hundert Leute schauten sie an, murmelten »Hallo« und lächelten. Brody warf einen beiläufigen Gruß in die Menge.

»Sie gehen heute Morgen mit mir raus.« Er deutete auf einen auf das Fenster gehefteten Stadtplan von Chicago. Grellrote Linien unterteilten die Stadt grob in vier Quadranten, die sich im Norden bis zur Devon Avenue und im Süden bis zur 87th Street erstreckten. »Für den Anfang werden wir es ihnen leichtmachen und den Norden nehmen. Rhondas Team übernimmt den Südwesten. Sonny und Lucy, ihr kümmert euch um die Brennpunkte, den Süden und den Südwesten. Und wie immer, wenn ihr einen Neuankömmling findet, macht schnell, aber geht kein unnötiges Risiko ein.«

Das Ganze unterschied sich kaum von den Einsatzbesprechungen beim FBI oder den Marines, und Brody verfiel in alte Gewohnheiten, hörte zu, während er sich umschaute. Alle schienen ruhig.

»… und macht keine Dummheiten, okay? Seid bis zum Spätnachmittag zurück. Es wird dieser Tage früh dunkel und Tageslicht ist hier ja sowieso knapp. Irgendwelche Fragen?«

Zwanzig Minuten später zählte Kyle seine Leute ab und sie zogen Richtung Norden los. Sie hielten sich in der Mitte der Straße und bildeten kleine Gruppen, Paare und Trios, die sich unterhielten, doch alle waren wachsam und hatten die Hände an den Waffen. Kyle bedeutete Claire und Brody, zu ihm nach vorn zu kommen. »Entschuldigung, dass ich euch so grob geweckt habe«, sagte er zu Claire. »Hast du noch Schmerzen?«

»Mir geht's gut.«

»Also, wir haben uns verstanden. Wenn uns dein Junge über den Weg läuft, lässt du ihn in Ruhe.«

»Und wenn mein ›Junge‹ andere Vorstellungen hat?«

»Wenn er dich angreift, hast du das Recht, dich zu verteidigen«, sagte Kyle, »und wir alle helfen dir. Aber komm nicht auf die Idee, ihn zu provozieren. Halte dich an die Regeln, so wie sie gemeint sind. Doch du musst erfahren, wie's hier draußen aussieht. Unser Leben besteht nicht nur darin, im Hotel abzuhängen. Das ist nur die Belohnung. Wir patrouillieren jeden Tag.«

Brody fragte: »Um die Fresser auf Abstand zu halten?«

»Nein.« Kyle schob sich einen Priem hinter die Lippe. »Unsere Aufgabe besteht darin, Neuankömmlinge einzusammeln, bevor sie zu Appetithäppchen werden. Wir klappern wahrscheinliche Fundorte ab, gefährliche Kreuzungen, Krankenhäuser … Viele Kandidaten in den Krankenhäusern. Die Teams im Süden durchforsten die Bandenreviere. Und alle behalten die Schnellstraßen im Auge. Aber meistens laufen wir einfach herum und halten uns bereit.«

»So groß wie Chicago ist, ist die Chance, jemanden zu finden, sicher ziemlich gering«, sagte Claire.

»Könnte man glauben, aber so ist es nicht. Denn man spürt, wenn jemand Neues ankommt. Ein Ziehen im Bauch. Der Professor meint, es hat was damit zu tun, wie wenig Leben es hier gibt. Wir sind die einzige Energiequelle hier und wir sind nicht viele. Also, wenn jemand hier landet, verändert sich etwas.«

»Als würde man ein Glas Wasser in eine Schüssel schütten, im Gegensatz zu einem See«, sagte sie in ihrer Grübelstimme. »Wie oft findet ihr Neuankömmlinge?«

»Es kommen fast täglich Neue, aber die Fresser finden sie meistens zuerst. Sie haben ein größeres Netz.«

»Wir könnten uns aufteilen«, schlug sie vor. »Kleine Gruppen könnten ein größeres Gebiet absuchen.«

Kyle lächelte. »Lady, wenn du einmal gesehen hast, wie ein Vamp mit der Faust ein Loch in eine Ziegelmauer schlägt, wirst du anders denken.«

Sie liefen ein paar Blocks Richtung Norden und bogen dann nach Osten ab. Es war in jedem Detail das wahrhafte, echte Chicago, doch alles, was die Stadt lebendig machte, fehlte. Sie kamen an einem düsteren Starbucks vorbei und Brody spürte das dringende Bedürfnis nach Kaffee. Ein großer, extrastarker Americano mit einem Schuss Sahne, um den Geschmack abzurunden.

»Ein italienisches Rindfleischsandwich«, sagte Finn laut. Der Junge – Brody schätzte ihn auf siebzehn – trug eine Sonnenbrille mit roten Gläsern und einen albernen langen Ledermantel, seinen Compoundbogen über eine Schulter geschlungen. »Mit Bratensoße und Peperoni.«

Ohne zu zögern, sagte der Latino in der Carhartt-Jacke: »Kino. Einen Eimer Popcorn mit extra viel Butter.« Er wandte sich an Brody. »Ich liebe Filme mit Superhelden. Ich musste natürlich eine Woche, bevor der neue *Captain America* rauskam, ins Gras beißen. Hast du den gesehen?«

»Ja«, sagte Brody. »Massenweise Explosionen.«

»Scheiße«, sagte der Mann betrübt. »Den hätte ich so gern gesehen.«

Eine Frau mit einem Baseballschläger sagte: »Facebook.« Die Hälfte der Gruppe stöhnte. »Was denn? Ich mochte die Bilder. Und die Leute, die sich immer über alles beschweren. Weiß auch nicht, warum, aber das gefiel mir.«

»Die Feuerstelle in meinem Garten.«

»Videospiele.«

»Mädchen in Bikinis.«

»Heißes Fleisch vom Grill und kaltes Bier.«

»Großer Gott, Finn«, sagte Kyle, »musst du das jedes Mal tun?«

Der Junge schaute gekränkt. »Was denn?«

»Es ist immer das Gleiche. Essen, Sonne … Dann sagt jemand ›eine heiße Dusche‹ und wir sind alle traurig.«

»Eine heiße Dusche«, sagte ein pummeliges Mädchen.

»Fuck.«

Sie bogen in die Michigan Avenue ein, die Magnificent Mile. Brody fand die Bezeichnung völlig verfehlt. Es war nichts anderes als eine Einkaufszeile. Doch es war schon seltsam, über den Bürgersteig zu laufen, ohne Touristen ausweichen zu müssen oder mit Straßenkünstlern zusammenzustoßen. Keine Polizisten, keine Jugendlichen, die Selfies machten. Autos, die wie angewurzelt vor toten Ampeln standen. Er schaute zu Claire hinüber, sah ihre hochgezogenen Schultern, die hin- und herschnellenden Blicke. »Alles in Ordnung?«

Sie nickte. »Schon komisch. Ich hatte eine Szene aus einem postnuklearen Science-Fiction-Film erwartet. Zerfallene Gebäude, überall Schlingpflanzen. Aber es ist, als würden wir durch ein Foto von Chicago laufen. Als hätte jemand die Batterien aus der Welt genommen.«

»Andersrum wird ein Schuh draus.« Kyle hob eine Getränkedose auf, zerdrückte sie und warf sie beiläufig gegen ein Schaufenster. »Die Welt läuft wunderbar weiter. Wir sind es, denen der Saft ausgegangen ist.«

Claire fragte: »Soll mich das etwa aufmuntern?«

»Warum nicht? Vieles im Leben war Mist. Hier gibt es wirkliche Freiheit. Du musst keine Arbeit mehr machen, die du hasst. Nicht für schlechte Zeiten sparen. Musst den Rasen nicht mähen, dir die Haare nicht schneiden lassen und keine Steuern bezahlen. Und kein Facebook«, fügte er laut hinzu, und die Frau zeigte ihm den Mittelfinger.

Sie liefen an prächtigen Geschäften mit verdunkelten Fenstern und Doppeldeckerbussen ohne Fahrgäste vorbei. Weiter Richtung Norden, vorbei am unheilvoll schwarz in den Himmel ragenden John Hancock Center, bis sie den Lake Shore Drive erreichten. Dahinter rollten die Wellen des Lake Michigan ans Ufer, Wasser und Himmel von der gleichen kalten Farbe.

Die Division Street sah lebendig oder tot ziemlich gleich aus, eine verquere Mischung aus Parkplätzen und schlecht besuchten Geschäften. In der Hochbahnstation Sedgwick stand ein bewegungsloser Zug. Für Wartungszwecke angehalten? Oder durch ihre Anwesenheit eingefroren, hängen geblieben in einem Ausschnitt des Universums, in dem alles wieder seinen gewohnten Gang gehen würde, wenn sie vorübergezogen waren, genauso wie zerschmetterte Fensterscheiben und zerbrochene Türrahmen von selbst wieder heilten?

Ein paar Blocks weiter nördlich hielten sie an einem mehrstöckigen Gebäude mit Glasfront an, in dem sich ein riesiges Outdoor- und Sportgeschäft befand. Brody fragte: »Gehen wir zelten?«

»Einkaufen. Eure Kluft passt nicht zu unserem Firmenimage.« Kyle deutete auf Brodys Slacks und Claires elegante Pumps. »Bei uns sind Jeans und Sweatshirt angesagt. Und ein weiterer Vorteil im Jenseits …« Er grinste verschmitzt. »Geldbeutel unnötig.«

* * *

Die Hälfte der Gruppe blieb draußen, um Wache zu halten. Die anderen marschierten in den Laden, und nachdem sie sich vergewissert hatten, dass sie allein waren, bedienten sie sich von den Kleiderständern. Das Geschäft erstreckte sich über zwei Geschosse mit einem nach oben offenen Bereich in der Mitte und zur Straße hin einer durchgehenden Glasfront, wodurch genug Licht einfiel, um auch den Weg durch die hinteren Reihen zu finden. Auf dem Boden waren Zelte aufgebaut und von der Decke hingen Kajaks wie fremdartige Fische. Das Ganze hatte etwas köstlich Verbotenes an sich, so als würde man sich abends heimlich in die Bücherei schleichen.

Claire war beim Shoppen erstaunlich zielgerichtet. Kein Herumstöbern, kein Geplauder, sie war vollkommen auf die Suche konzentriert. Sie entschieden sich für schwere Jeans, Thermoshirts, schnell trocknende Hoodies, Anoraks und für jeden einen kleinen Rucksack. Unterwäsche – »nicht gerade Victoria's Secret, aber Hauptsache sauber. Spitze muss nicht sein, oder?« – und Wollsocken. Lederne Wanderstiefel, die vierhundert Dollar kosteten. Die anderen wussten anscheinend schon vorher, was sie wollten, und zogen das meiste sofort an. Sie warfen einfach die alten Kleidungsstücke auf den Boden und schlüpften in die neuen, wobei blasses Fleisch aufblitzte, das in der Kälte zu Gänsehaut wurde. Brody nahm an, dass Schamgefühl hier ziemlich deplatziert wäre, doch es überraschte ihn trotzdem, und als Claire es den anderen nachtat, starrte er sie offen an. Als sie seinen Blick bemerkte, fasste sie unter ihre Brüste, drückte sie zusammen und lachte ihn aus.

Die neue Kleidung war warm und weich und die Stiefel fühlten sich an wie Kissen. Kyle nickte anerkennend. »Das ist schon besser. Also was für eine Waffe passt zu Claire McCoy?«

»Eine Glock 23 mit TALON Grips und Trijicon-Iridiumvisier.«

»Und deine zweite Wahl wäre? Die meisten von uns haben Messer, aber vielleicht willst du etwas mit ein bisschen mehr Schlagkraft.« Er nahm das Feuerwehrbeil in die Hand, das auf seinem Rücken hing. »Wie Bessie hier.«

»Bessie? Ernsthaft?«

»He, man macht sich nicht über die Waffe eines Manns lustig.«

Sie entschieden sich für teure Benchmade-Messer und befestigten die Scheiden an ihren Gürteln. Claire nahm ein Wurfbeil in die Hand und schwang es zur Übung ein paar Mal. »Ich komme mir albern vor.«

Nach einer halben Stunde zogen sie wieder ab. Hinterließen Kleiderhaufen auf dem Boden. Eingeschlagene Vitrinen. Und nahmen Ausrüstung im Wert von 25 000 Dollar mit.

Brody musste zugeben, dass es ihn irgendwie anmachte.

Auf einem Zickzackkurs, der von ihren Launen und verschiedenen Interessen bestimmt wurde, liefen sie weiter Richtung Norden. Hector, der Filmfan, wollte unbedingt an einem Kino vorbeilaufen, um sich die Plakate anzuschauen. Er lief vor der Plakatwand hin und her und blieb ab und zu stehen, um eines ehrfurchtsvoll zu betrachten. Eine Frau namens Adina wollte ihre alte Kirche besuchen. Nachdem sie das Gebäude gesichert hatten, ließen sie sie allein, und sie kniete in der dritten Reihe nieder. An der Tür blieb Brody stehen, um die Frau, die Bänke und die Figur an der Wand zu betrachten. Er dachte an die Kette mit dem Kreuz um seinen Hals, die seine Mutter ihm vor seinem ersten Kriegseinsatz geschenkt hatte.

Claire berührte ihn am Arm. »Möchtest du dich zu ihr gesellen?«

»Nein«, antwortete Brody schärfer als beabsichtigt. Er deutete auf die Welt um sie herum. »Bei all dem …? Käme mir irgendwie albern vor. Welchen Sinn hätte es noch?«

»Welchen Sinn hatte es denn vorher?« Claire zuckte mit den Achseln. »Okay, du bist tot und es ist nicht so, wie du erwartet hast. Deswegen bist du aber noch lange nicht allwissend.«

»Nein, aber zu wem soll ich beten, dem Erschaffer des Echos?«

»Das bedeutet Glaube doch, oder? Man glaubt an Dinge, die man nicht versteht. Und man glaubt, dass es ein Wesen gibt, das sie versteht. Vielleicht ist ja jetzt genau der richtige Zeitpunkt, um zu beten.«

Darauf konnte Brody nichts erwidern.

Gegen Mittag fielen sie in einen Biosupermarkt ein und deckten sich an der Feinkosttheke mit toskanischer Hähnchenbrust, Couscoussalat und gegrillten Lachsfilets ein. Finn füllte einen Korb mit Weinflaschen und Pappbechern. Auf einem Spielplatz zwei Blocks weiter verteilten sie sich auf Bänken und Klettergerüsten und aßen. Die Wolkendecke schien heute dünner und die Sonne war kurz davor durchzubrechen. Die Schaukeln schwangen sanft hin und her, was seltsam war, denn kein Windhauch rührte an den Zweigen der Bäume.

Als er wieder zu den Schaukeln blickte, saßen Kinder darauf.

Zwei kleine Mädchen, ihrer Ähnlichkeit nach Geschwister, in Pullover verpackt, die lachend immer höher schaukelten, während ihre Haare wie Flaggen wehten. Hinter ihnen starrte ein zerknitterter Mann über vierzig auf sein Handy, während er die beiden abwechselnd anschubste.

Auf dem Rasen kickten zwei Jungen einen Fußball.

In der Nähe des Trinkbrunnens beugte sich eine junge Mutter über einen Kinderwagen und zupfte die Decke zurecht.

Auf der anderen Straßenseite lief ein Hipster in engen Jeans mit einer Bulldogge vorbei.

Ein Auto kam an die Ecke gefahren und die Heckklappe schwang …

Dann waren sie verschwunden. Das Echo war wieder genau wie vorher. Nur seine Leute, über die Spielgeräte verteilt, die Hähnchenbrust aßen und Wein aus Pappbechern tranken.

»Alles in Ordnung?«

»Was?« Er blinzelte, rieb sich die Augen und schaute Claire an. »Ja. Ich habe nur … Ich habe ganz kurz Leute gesehen. Lebendige Menschen.«

»Im Park?«

»Im Park, auf dem Bürgersteig, in Autos. Überall.«

»Ein Tagtraum?«

Er schüttelte den Kopf. »Kyle hat gesagt, dass so was passieren würde. Es hat was damit zu tun, dass ich gefressen habe. Blitzartige Einblicke in die Welt der Lebenden.«

»Ich frage mich, ob sie dich auch sehen konnten.«

»Ich weiß nicht. Aber vielleicht ist das ja die Erklärung dafür, dass Menschen Gespenster sehen.«

»Du bist kein Gespenst«, bemerkte sie trocken, »du bist tot.«

Er lachte und wollte gerade etwas erwidern, als ihn plötzlich ein schummriges Gefühl durchfuhr. Ein leichter, doch deutlicher Impuls, den sein Innenohr registrierte. Wie das Schwanken eines kleinen Boots, wenn jemand ausstieg.

Zuerst nahm er an, dass es etwas mit dem zu tun hatte, was er gesehen hatte, doch dann bemerkte er, dass die anderen es auch gespürt hatten. Einige griffen nach ihren Waffen und erhoben sich. Kyle ließ die Hand mit dem Sandwich sinken. Claire holte ihr Wurfbeil aus dem Rucksack.

Einen Moment lang waren alle still. Dann sagte Finn: »Das war ein Mächtiger.«

Kyle nickte und aß weiter.

Brody blickte hin und her. »Warum bleiben wir … War das kein Neuankömmling?«

»Nein«, sagte Finn. »Wenn ein Neuer kommt, fühlt sich die Welt, ich weiß nicht, voller an. Und man spürt, wo er ist. So haben wir dich auch gefunden.«

»Und was war …?«

»Das war ein Abgang«, sagte Kyle. »Kein Neuling. Ein Fresser, der ins Gras gebissen hat. Ein sehr mächtiger.«

»Was bedeutet das?« Claire hielt noch immer das Beil in der Hand.

»Nichts.« Kyle warf sein Sandwich weg. »Ein Risiko ihres Lebensstils.«

»Ich dachte, sie legen sich nicht miteinander an.«

»Meistens nicht. Aber es gibt zu viele von ihnen. Und nur, weil Löwen meistens Zebras reißen, heißt es noch lange nicht, dass sie nicht gern mal ein Raubkatzensteak verputzen.« Er stand auf und rieb sich den Staub von den Händen. »Kommt, gehen wir weiter. Ich möchte gern zum Wrigley-Field-Stadion, um zu sehen, ob sie die Siegerflagge der Chicago Cubs gehisst haben.«

Die Gruppe machte sich auf und ließ den Abfall liegen, wo er war. Irgendwie schockierte es Brody. Wenn man sein Leben lang seinen Müll immer brav entsorgt hatte, wirkte es fast obszön, ihn einfach auf den Boden zu werfen, auch wenn man wusste, dass er verschwinden würde. Wenn sie in zehn Minuten wieder herkämen, würde nichts darauf hinweisen, dass sie schon einmal hier gewesen waren.

Kyle übernahm die Führung und die anderen folgten ihm. Keiner redete viel, aber Brody und Claire blickten sich an, und er konnte sie quasi sprechen hören.

Ein mächtiger Fresser? Wie Simon Tucks?

Dreissig

Ein Tag verging, dann noch einer und ein weiterer. Die Patrouillen wurden zur Routine, hatten fast etwas Angenehmes. Bei jedem Ausflug sahen sie Fresser, doch immer nur aus der Entfernung. Männer und Frauen, die sie angierten, sich jedoch aus Angst zurückhielten. Am zweiten Tag brachte eines der anderen Teams eine Neue mit, und als Brody sich ihr vorstellte, erinnerte ihr forschender Blick ihn daran, wie junge Soldaten zu Beginn ihres ersten Einsatzes die Veteranen anschauten.

Brody und Claire liebten sich, vorsichtig, wegen ihrer Prellungen, und sie lachten darüber und scherzten, sie sei eine alte Frau. Auf der Patrouille nahm er beim Laufen ihre Hand und sie zuckte überrascht zusammen und ihnen beiden wurde bewusst, dass sie früher nie in der Öffentlichkeit Händchen halten konnten. Auf der Arbeit hatten sie ihre Beziehung geheim halten müssen und nicht genug Zeit gehabt …

Sie hatten nicht genug Zeit gehabt.

Sie lernten die meisten Leute näher kennen und erfuhren ihre Geschichten. Hector, der eine Woche, bevor sein heiß ersehnter Superheldenfilm herauskam, auf einer Baustelle von der Leiter gefallen war. Antoine, ein Vollzugsbeamter, der bei einem Routinetransport zum Gericht von einem jugendlichen

Bandenmitglied mit einer angespitzten Zahnbürste abgestochen worden war. Madeleine, die wunderschöne Schals strickte und absichtlich überall herumliegen ließ – teils Gebet, teils Kunstprojekt. Finn, der das Bogenschießen bei der Hirschjagd mit seinem Stiefvater gelernt hatte und gestorben war, als der ihren Pick-up volltrunken gegen einen Brückenpfeiler gefahren hatte.

»Wenn er besoffen war, warum bist du nicht gefahren?«

»Ich war noch besoffener.«

Eines Abends steuerte Emily Watkins zielstrebig auf die Couch zu, auf der Brody und Claire saßen. Als er sie anfangs gesehen hatte, hatte sie etwas Geisterhaftes an sich gehabt, eine Aura von Traurigkeit, die sie trug wie einen Umhang. Nun wirkte sie lebhaft, ihre Wangen rosig von der kühlen Luft und ihre Haut schimmernd, schärfer konturiert als ihre Umgebung, als würden unsichtbare Scheinwerfer nur sie anstrahlen. »Ich möchte dir danken.«

Ein wenig verlegen sagte er. »Keine Ursache.«

Emily wandte sich an Claire. »Er hat mich gerettet. Und nicht nur vor dem Fresser.« Dann sagte sie zu Brody: »Ich hätte beinah einen schrecklichen Fehler begangen.«

Da verstand er, warum sie allein da draußen jenseits der Brücken gewesen war. »Ich bin froh, dass du es nicht getan hast.«

»Ich auch.«

Brody überlegte, ihr auch alles andere zu erzählen. Wie er auf dem Parkplatz vor ihrer Leiche gestanden und später ihren Mann über ihren Tod informiert hatte. Doch warum sollte er sie an das erinnern, was sie verloren hatte, wo sie doch gerade erst zu begreifen schien, was sie gewonnen hatte?

Innerhalb von drei Tagen hatten sie noch fünfmal das seltsam wabernde Gefühl. Fünf weitere Fresser tot und einer von ihnen so mächtig, dass Brody taumelte und sich an einer Wand abstützen musste, um sein Gleichgewicht wiederzufinden. Obwohl es alle nervös machte, schien niemand zu wissen, was los war, oder auch nur das Bedürfnis zu haben, der Sache auf den Grund zu gehen.

Von Tag zu Tag sprach Claire seltener darüber, Simon Tucks zu jagen, doch Will spürte, dass es ihr nicht leichtfiel zu akzeptieren, dass es nicht mehr in ihrer Verantwortung lag, dass diese Claire McCoy gestorben war. Er verstand es und fühlte genauso.

Es gab Augenblicke, da wurde er von Schmerz übermannt. Augenblicke, in denen Verlust und Bedauern ihn wie Dolche trafen, ihn fast umwarfen, in denen er die Augen schließen und tief durchatmen musste. Zum Teil trauerte er um die Menschen, die er verloren hatte, und zum Teil, weil er wusste, wie sehr der Verlust sie schmerzte.

Und doch, sich jenseits der Katastrophe wiederzufinden, änderte alles. Natürlich tat es weh zu wissen, dass die Menschen, die man liebte, litten, doch es war tröstend zu wissen, dass sie am Leben waren. Dass ihr Schmerz nur einen Teil ihres Lebens ausmachte. Zu wissen, dass man jemanden nie wiedersehen würde, war offensichtlich etwas anderes als zu wissen, dass derjenige tot war.

Besonders, wenn man selbst derjenige war, der sich in der schönen neuen Welt befand.

Und er musste zugeben, dass man hier manchmal auch Spaß und Abenteuer erleben konnte. Gestern bei einer Erkundungstour durchs Hotel hatten er und Claire den Swimmingpool entdeckt. Er befand sich in einem wunderschönen Raum aus hellem poliertem Stein mit Liegestühlen und hauchdünnen Vorhängen, die in den Farben der Dämmerung glühten. Der Chlorgeruch war streng, aber anregend. Claire hatte gejubelt und ohne zu zögern ihr Sweatshirt ausgezogen, ihren BH auf den Boden geworfen und sich auf einem Bein hüpfend die Stiefel ausgezogen. Eine Minute später schwammen sie im Pool.

Es fühlte sich wunderbar an, mit gepflegtem Kraulen das Wasser zu durchpflügen, wie er es in seinem alten Leben fast jeden Morgen getan hatte. Bei seiner zehnten Bahn stieß er mit Claire zusammen, die auf dem Rücken trieb, und sie beide schluckten Wasser. Dann tauchten sie lachend und hustend auf, sie schlang ihre Arme um seinen Hals und drückte sich an ihn, kühles Wasser und warme Haut, ihre Chlorlippen wie eine Erinnerung an Sommer. Sie schafften es bis an den Rand, ohne sich voneinander zu lösen. Er stemmte sie hoch und setzte sie auf der Kante ab und dann küsste er sich seinen Weg ihre zitternden Schenkel hoch bis zur Wärme dazwischen. Er liebkoste sie mit Lippen und Zunge, ihr lautes Stöhnen hallte von den Steinplatten wider und ihre Füße wirbelten das Wasser auf.

Als sie den Pool verlassen hatten, hatten im Flur fünf Leute mit Handtüchern über den Schultern und breitem Grinsen im Gesicht gewartet. Sie waren in Applaus ausgebrochen und Claire war so rot geworden, dass sie aussah wie ein gekochter Hummer.

Nun saß Brody auf der Betonmauer auf dem Dach des Parkhauses neben dem Hotel und schaute einem spontanen Fußballspiel zu. Er lächelte, als er sich an früher erinnerte, an die Pfiffe und gutmütigen Hänseleien. Er öffnete die Schnürsenkel seiner Stiefel, trat sie von sich und rieb seine straßenwunden Füße.

Die heutige Patrouille war problemlos verlaufen. Er hatte sich mittlerweile an den Zehn-Kilo-Vorschlaghammer gewöhnt, den er auf dem Rücken trug – als er Kyle gesagt hatte, dass er einen Baseballschläger wollte, hatte der geantwortet: »Junge, im Moment könntest du ein Auto anheben, du musst größer denken« –, und als sie einen Block entfernt zwei Fresser erspäht hatten, hatte ein Teil von ihm gehofft, sie würden angreifen.

Niemand konnte ihm genau sagen, wie lang seine neuen Kräfte vorhalten würden. Es hing von der Macht des Fressers ab. Kyle meinte, er könnte mit ein paar Wochen rechnen. Je mehr er seine Kraft nutzte, desto schneller würde sie vergehen. Und obwohl er noch immer Raquels Macht in sich spürte, flüsterte ihm eine Stimme in seinem Innern zu, dass es da draußen noch mehr zu holen gab.

Deshalb war es vielleicht besser, dass die beiden Fresser, die sie mit hohlen Augen anstarrten, den Rückzug angetreten hatten.

Das Team hatte mehrere Geschäfte geplündert und Fenster und die halbe Außenmauer des Restaurants Katsu demoliert, damit sie genug Licht hatten, um Hände voll Sashimi und Reis zu essen. Sie hatten an einem Sportgeschäft Halt gemacht, um eine neue Schwimmbrille für Brody zu besorgen, und in einem Juwelierladen hatte Claire mit einem freudigen Ausdruck, der beinah etwas Fetischistisches hatte, eine Vitrine eingeschlagen und eine Zwanzigtausend-Dollar-Rolex herausgefischt.

Das Fußballspiel war eher zwanglos, die Tore durch abgelegte Jacken markiert, die Mannschaften waren zu groß und ihre Zusammensetzung änderte sich ständig. Es waren vor allem Jugendliche und Kinder, das jüngste eine niedliche Vierjährige, ihr Haar zu albernen Kordelzöpfen gedreht und hochgesteckt. Sie balgten sich um den Ball, johlten und lachten und keinem schien es darum zu gehen, Tore zu schießen. Das oberste Parkdeck hatte eine Mauer rundherum und war nach oben offen, ein sicherer Spielplatz in einer gefährlichen Umgebung. Das Spiel hatte auf alle eine spürbar befreiende Wirkung. Ja, alle paar Minuten rollte der Ball die Rampe hinunter, doch selbst das hatten die Kinder ins Spiel integriert und alle rannten hinterher, um ihn als Erster einzufangen. Auch Erwachsene machten mit, Kyle und Hector und ein paar andere, und Antoine fungierte als Schiedsrichter. Rund ums Spielfeld standen Dutzende Leute, die die Spieler anfeuerten oder sich in kleinen Gruppen unterhielten, Bier tranken und Chips aßen.

Die Tür zum Treppenschacht stand offen und Brody sah Claire hochkommen, die nur leicht keuchte. Einer der Vorteile des Echos war das regelmäßige Kardio-Training. Sie beschirmte ihre Augen mit der Hand, um das Parkdeck abzusuchen, und er winkte. Sie kam näher, bedachte ihn mit einem theatralischen Blick und drehte ihren Unterarm, um auf die Uhr zu schauen. »Es ist jetzt 17.22 Uhr.«

»Es hat dich verrückt gemacht, die Uhrzeit nicht zu wissen, oder?«

»Total.«

»Und die Batterie funktioniert?«

»Batterie?« Sie schnaubte verächtlich. »Das ist eine vollmechanische Automatikuhr, die durch meine Bewegungen ständig aufgezogen wird und bis dreihundert Meter wasserdicht ist.«

»Gott sei Dank. Ich habe mich schon gefragt, wie wir auf dem Meeresboden die Uhrzeit herausfinden. Wie hast du sie gestellt?«

Er reichte ihr eine Hand, doch sie winkte ab, griff an den Mauerrand und zog sich hoch. Das Beil an ihrem Gürtel stieß klappernd gegen den Beton. Sie hatte Werfen geübt, jeden Tag eine Stunde lang das Beil in das kostbare Holz der Empfangstheke geschleudert, genauso wie sie früher all die Zeit am Schießstand verbracht hatte. »Ich bin zum Macy's auf der State Street gelaufen, dem mit der großen Uhr an der Fassade.«

»Allein?«

»Lucy ist mitgekommen, Madeleine, Rosario, Patricia.«

»Gab es Frauengespräche?«

»Natürlich.«

»Muss ich mir Sorgen machen?«

»Warum denken Männer immer, dass es sich um sie dreht, wenn Frauen sich unterhalten?«, fragte Claire, zwirbelte eine Haarsträhne und steckte sie in den Mund.

»Wir gehen einfach davon aus, dass sich alles um uns dreht.«

Vom Parkdeck kam ein Kreischen. Das kleine Mädchen raste über das Spielfeld, kickte den Ball mit größter Entschlossenheit, wenn auch nicht sehr zielgerecht, und wurde von Jugendlichen verfolgt, die sie mit Leichtigkeit hätten einholen können. Kyle stand im Tor, die Knie angewinkelt und die Arme ausgestreckt. Sie rannte direkt auf ihn zu, stieß den Ball mehr vor sich hin, als ihn zu kontrollieren, und trat noch einmal so kräftig zu, dass sie fast hingefallen wäre. Der Ball flog durch die Luft und irgendwie gelang es Kyle, ihn nicht zu halten. Ihre Mitspieler brachen in Jubel aus, riefen »Tor!« und hoben sie auf ihre Schultern.

»Es ist gar nicht so übel hier«, bemerkte Claire.

Er blickte sie an. Die Blutergüsse in ihrem Gesicht waren von violett zu gelbgrün übergegangen und auf ihrer Kopfhaut hatte sich eine Kruste gebildet. Doch die Veränderungen gingen tiefer. Sie strahlte eine gewisse Ruhe aus. Ähnlich wie Leute, die sich im Urlaub erholten und es plötzlich normal fanden, Fremden zuzuwinken und jeden mit einem Guten-Morgen-Lächeln zu begrüßen. »Stimmt«, sagte er.

»Ich denke die ganze Zeit, ich müsste mich dagegen wehren. Dagegen ankämpfen. Aber gegen wen soll ich kämpfen? Bei wem soll ich mich beschweren? Wir sind jetzt hier. So ist es eben. Meinen Traum, die erste Frau in einer Spitzenposition beim FBI zu werden, kann ich wohl vergessen.«

»Du musst es so sehen«, sagte er. »Du bist die höchstrangige FBI-Agentin weit und breit.«

Sie blieben auf der Mauer sitzen, um dem Spiel zuzusehen, und ihre Beine berührten sich. Sie fingerte an ihrer Uhr herum. »Es ist alles eine Frage der Perspektive, nicht wahr? Denn aus einer gewissen Perspektive betrachtet, hat uns das Schicksal übel mitgespielt. Simon Tucks hat uns alles genommen. Alles, was wir uns aufgebaut haben. Alle Menschen, die wir lieben. Es ist einfach unglaublich schrecklich. Man könnte sagen, dass wir verdammtes Pech gehabt haben. Oder …« Sie zuckte mit den Schultern. »Oder man könnte sagen, nachdem wir beide unvorsichtigerweise unser Leben verloren haben, haben wir herausgefunden, dass danach noch etwas kommt. Ein seltsamer Ort, ja, aber einer, an dem es menschliche Wärme und ein Gemeinschaftsgefühl gibt und wo die Leute füreinander da sind. Und außerdem haben wir uns. Viele Leute hier machen miteinander rum und einige haben Beziehungen. Aber nicht wie wir.« Sie überlegte. »Also sind wir die größten Pechvögel aller Zeiten? Oder sind wir die glücklichsten Menschen, die es je gab?«

»Ja«, sagte Brody. Er lächelte sie an und nach einem kurzen Moment erwiderte sie sein Lächeln. Sie küssten sich sanft und langsam, doch leidenschaftlich, und in aller Öffentlichkeit.

Zwei lang gezogene Pfeiftöne erklangen. Alle Wächter auf den Brücken und den Gebäuden ringsum trugen Pfeifen bei sich und hatten ein bestimmtes Signalsystem. Ein langer Ton bedeutete, dass die Patrouille aus Sektor eins zurückkam, zwei Töne für Sektor zwei, drei für drei. Ein lang anhaltender Ton bedeutete Gefahr. Brody hatte deshalb Arthur gegenüber eine scherzhafte Anspielung auf *Game of Thrones* gemacht, aber nur einen verständnislosen Blick geerntet. Nach zwanzig Jahren im Echo fehlten einem einfach gewisse kulturelle Referenzpunkte.

»Sie sind spät dran«, sagte Claire, während sie auf ihr neues Spielzeug schaute. Bevor er antworten konnte, ertönte wieder ein Pfeifen.

Ein lautes Schrillen, das nicht enden wollte.

Einunddreissig

»Bist du dir sicher?«

DeAndre ließ einen Zahnstocher von einem Mundwinkel zum anderen gleiten. Claire schätzte ihn auf etwa siebzehn, groß und gut aussehend, sein Kopf kahl geschoren, aber ein kunstvoll rasierter Kinnbart umrahmte sein Gesicht. Er hatte etwas von dem großtuerischen Gehabe der Chicagoer South Side, aber ohne das tote Starren, das die Kids auf der Straße schon früh lernten. Er war erschossen worden, noch bevor sie nach Chicago gezogen war, aber sie hatte seine Geschichte mit dem gleichen angewiderten Entsetzen verfolgt wie die Fälle von Freddie Gray und Eric Garner. DeAndre sagte: »Ich habe es mit eigenen Augen gesehen. Sie haben sich zusammen für die Nacht fertig gemacht.«

Brody sagte: »Vielleicht haben Sie Wachposten aufgestellt.«

»Vielleicht«, sagte Kyle. »Aber normalerweise nicht. Allerdings ist dieses Verhalten auch völlig untypisch.«

»Wir könnten warten, bis es hell wird.« Claire konnte sich immer noch nicht daran gewöhnen, wie dunkel die Stadt nachts so ganz ohne Lichter war, wie kalt und wie still. Sie erinnerte sich an Kyles Beschreibung des Echos als eine tote Welt, und sie schien zutreffender denn je. Ein durchs All wirbelnder, toter

Steinbrocken mit den Überresten einer zurückgelassenen Welt darauf, und ein paar versprengte Seelen, die sich daran festklammerten. Bei diesem Bild musste sie gegen ein Schaudern ankämpfen.

»Nein«, sagte Sonny. Die Stimme des Bikers war überraschend wohlklingend, kein raues Knurren, wie sie erwartet hatte. Als wäre er nicht Drogendealer, sondern Synchronsprecher gewesen. »Sobald es hell wird, werden sie angreifen.«

»Woher willst du das wissen?

»Weil sie normalerweise keine Treffen abhalten. Falls der Junge recht hat …«

»Nenn mich nicht ›Junge‹.«

»… wollen sie angreifen.«

In dem Moment, als das Panikpfeifen in den Himmel trillerte, waren alle auf dem Parkhausdach erstarrt und hatten sich angeblickt. Die gute Laune war dahin und keiner wusste, was er tun sollte. Claire hatte so etwas schon früher erlebt. Die typische Reaktion, wenn etwas Unvorhergesehenes passierte. Eine blitzartige Veränderung in der Landschaft. Das war der Grund, warum Simon Tucks so viel Angst verbreitete. In einem Kriegsgebiet waren Schüsse nichts Ungewöhnliches. Doch ein einzelner Schuss an einem sonnigen Tag in Chicago ließ das Fundament der Wirklichkeit einbrechen. Niemand wusste, was in einem solchen Augenblick zu tun war, und alle starrten einander ratlos und verzweifelt an. Rudelverhalten: *Kann mir jemand bitte sagen, was ich jetzt tun soll?*

Kyle war zur Treppe gerast, und sie und Brody hinterher.

Dutzende hatten sich ihnen angeschlossen, und als sie die Straße erreichten, zückten sie die Waffen und blickten wild um sich.

Die Leute, die gerade von der Patrouille zurückgekehrt waren, wirkten blass und keuchten, viele von ihnen waren vor dem Hotel erschöpft zu Boden gesunken. Sie hatten ausgesehen, als wären sie kilometerweit gerannt, von Wölfen gehetzt. Was mehr oder weniger der Wahrheit entsprach.

Eine Frau namens Rhonda hatte das Team geleitet, eine ehemalige Polizistin aus Atlanta, die vor drei Jahren auf einem vereisten Hochbahnsteig ausgerutscht war, genau in dem Moment, als der Zug einfuhr. *Das Teil muss mich total zerstückelt haben,* hatte sie gestern zu Claire gesagt. *Ihr habt schon ein blödes Klima hier.* Sie hatte so heftig gekeucht, dass sie nicht sprechen konnte, und stattdessen auf DeAndre gezeigt.

Also erzählte der Junge, was er gesehen hatte. Er hatte sich von der Gruppe getrennt, um auf Erkundungstour zu gehen, und war die Treppe eines mittelhohen Universitätsgebäudes hochgelaufen, das einen guten Blick versprach. »Dort drüben gibt's nicht viele Hochhäuser«, hatte er gesagt. »Aber ich kenne sie alle. Und Treppen zu steigen macht mir nichts aus. Oft kann ich so sehen, wo es Ärger gibt.«

Auf DeAndres Bericht war eine Stunde von Zweifeln und Diskussionen gefolgt. Zweihundert Leute hatten gleichzeitig geredet. Es hatte panische Appelle gegeben, die Kinder ins Hotel zu schaffen und die Wachposten auf den Brücken zu verdreifachen. Überall war das Zerschmettern von Glas zu hören, während Autos zu Blockaden zusammengeschoben und im Hotel Fenster herausgeschlagen wurden, um Beobachtungsposten zu schaffen.

Sie hatte vorgeschlagen, kleine Gruppen zu bilden und der Sache auf den Grund zu gehen. Brody hatte ihr zugestimmt und Kyle und einige der aggressiveren Mitstreiter hatten sich schnell auf ihre Seite geschlagen. Arthur war dagegen gewesen, doch obwohl die anderen ihn respektierten, hatte er offensichtlich nicht das Sagen hier. Und so hatte sich kurz nach Einbruch der Dunkelheit eine Gruppe aus sechs Leuten – Claire, Brody, DeAndre, Kyle, Sonny und Lucy – nach Südwesten aufgemacht. Sie waren vorsichtig vorgestoßen und rasch von Gasse zu Gasse geflitzt. Die leere Stadt lag ausgebreitet vor ihnen, der Fluss ein glattes schwarzes Band, die angesagten Restaurants der Randolph Street still und verlassen. An der Spaghettikreuzung des Circle Interchange, wo drei Schnellstraßen aufeinandertrafen, hatten sie die Fahrbahn verlassen und waren durch das Gras unter den gewölbten Auffahrten gelaufen. Es hatte nach Fäulnis und feuchtem Gras gerochen. Sie hielten die Waffen in den Händen und sprachen nicht. Überall um sie herum Gebäude, die sie in stummer Anklage anstarrten. Sie hatten fast drei Stunden gebraucht, um sechseinhalb Kilometer zurückzulegen.

Nun standen sie mitten auf dem von Bäumen gesäumten Campus der University of Illinois und sie konnte das Gebäude sehen, das DeAndre beschrieben hatte. Ein schmaler, hässlicher Betonturm, der sich fahl vor den dunklen Wolken erhob, die Fenster wie Augenschlitze. Es glich eher einer Festung als einem Wissenschaftszentrum. Wahrscheinlich stammte es aus den Sechzigerjahren, der Zeit der Studentenproteste. Aus dem Süden konnte sie ein schwaches Summen und Knacken hören, unmöglich zu identifizieren, doch der Wind war es nicht. Brody stand neben ihr und ließ einen riesigen Vorschlaghammer mit einer Leichtigkeit hin- und herbaumeln, als wäre es nur ein dünner Zweig.

»Okay«, sagte Kyle »Wir sind hier. Und jetzt?«

Es dauerte einen Moment, bis Claire merkte, dass er sie anschaute. Die anderen auch. Zum Teil wohl, weil es ihre Idee gewesen war, aber sicher vor allem, weil sie und Will FBI-Agenten gewesen waren. Schon seltsam, diese Leute waren in der Lage, hier zu überleben, waren tagtäglich mehr Gefahren ausgesetzt als viele Agenten während ihrer gesamten Karriere, und doch funktionierten bei ihnen immer noch die angestammten Autoritätsmuster.

»Von wo hast du das Gebäude betreten, DeAndre?«

Er wies auf den Nordeingang.

»Okay. Hoffen wir, dass es abends lange geöffnet bleibt.« Sie überlegte. »Also, wir halten uns so, dass das Gebäude sich zwischen uns und dem Sportplatz befindet. Nehmt die Waffen in die Hand. Es wird nicht geredet, und bleibt dicht zusammen. Wenn wir entdeckt werden, rennen wir weg.« Claire sah kurz Simon Tucks vor sich, wie er sie mit einer Hand in die Luft hob, und bei der Erinnerung schmerzte ihre Kopfhaut. *Und beten, dass sie uns nicht verfolgen.*

Sie überquerten die Straße. Ein schmiedeeiserner Zaun umgab das Gelände und ein verbogener Fahrradrahmen war immer noch mit einem Bügelschloss daran befestigt. Sonny machte zwei schnelle Schritte und setzte zum Sprung an. Er sprang einen halben Meter über den eins achtzig hohen Zaun hinweg, landete weich wie eine Katze, drehte sich zu ihnen um und grinste breit. Brody, schon eine Hand auf dem Gitterzaun, zögerte ein wenig, trat dann zurück und tat es Sonny nach.

Als Claire sah, wie der Mann, den sie liebte, drei Meter in die Höhe sprang, als wäre nichts dabei, fühlte sie plötzlich einen Stich. Welch eine Kraft der Verstoß gegen die Regeln mit sich brachte. Sie konnten stundenlang sprinten, einen Vorschlaghammer mit einer Hand schwingen, bewegten sich wie Superhelden. Brody hatte ihr erzählt, dass er in bestimmten Momenten fast die Sonne sehen konnte, während für sie der Himmel nur eine unbarmherzige Decke aus wirbelndem Grau war. In dieser toten Welt wurde Lebenskraft zu purer Macht. Was für ein süchtig machendes Gefühl das sein musste. Was für eine Gier es erzeugen musste.

Kein Wunder, dass sie alle nach der Lehre der Ray leben. Wenn man einmal von diesem Weg abkommt, würde man nie wieder zurückfinden.

Claire und die anderen überwanden den Zaun auf althergebrachte Art und machten dabei mehr Lärm, als ihr lieb war. Mit Brody an der Spitze und Sonny als Nachhut schlichen die sechs über den Campus, vorbei an Fahrradständern und Aufenthaltsbereichen mit Plakaten für Bands und Theateraufführungen, alles Teil einer Welt, der sie nicht mehr angehörten. Claire stellte sich vor, dass gerade betrunkene Mitglieder einer Studentenverbindung über den Innenhof liefen und verliebte Jugendliche, die Händchen hielten, aber durch eine dünne, jedoch undurchlässige Membran von ihnen getrennt waren.

Schon durchlässig. Doch nur in eine Richtung.

Als sie sich dem Hochhaus näherten, wurden die Geräusche, die sie hörten, lauter. Der hässliche Bau verbarg ihren Ursprung und verzerrte sie, doch Claire meinte, durcheinander redende Stimmen zu hören. Nach der Stille der letzten Stunden schien es leichtsinnig, geradezu herausfordernd.

Der Nordeingang bestand aus einer Metalldoppeltür mit kleinen Fenstern, die Rahmen ebenfalls aus Metall. Claire rüttelte daran, doch sie war verschlossen.

»Ich kann sie öffnen«, sagte Sonny.

»Willst du die Tür aus den Angeln reißen?« Sie schüttelte den Kopf. »Zu laut.«

»Seht mal.« Lucy deutete nach oben.

Zwei Stockwerke über ihnen war ein Fenster leicht geöffnet. Es war ein schmales Querformat und ging nach außen auf, die Art Fenster, die nie eine Brise hineinließ. Es schien groß genug, um sich hindurchzuzwängen, doch dazu müssten sie kehrtmachen und irgendwo einen Wurfanker und ein Seil …

Irgendetwas schoss an ihr vorbei und auf die Wand zu.

Vor ein paar Monaten, bevor sie nach Chicago gezogen war und Brody kennengelernt hatte, war sie zu einer Tagung nach Los Angeles geflogen. Ermüdet von dem Flug und einer Reihe langweiliger Gespräche, hatte sie den Abend in ihrem Hotelzimmer verbracht und durch die Fernsehsender gezappt. Dabei war sie auf eine Spielshow namens *American Ninja Warrior* mit einem extrem schwierigen Hindernisparcours gestoßen. Die Sendung hatte sie völlig in ihren Bann geschlagen, ebenso wie die wunderbar straffen Körper und die geschmeidige Eleganz der Kandidaten. Die letzte Aufgabe bestand darin, eine vier Meter hohe, steile Rampe hochzurennen. Es schien absurd. Einfach unmöglich.

Doch nun sah sie, wie Brody einen Fuß an der Wand aufsetzte und sich hochkatapultierte, den Fenstersims im ersten Stock zu packen bekam und einen raschen Klimmzug machte, mit dem er sich ein ganzes Stockwerk weiter hochschleuderte. Er packte den Rahmen des offenen Fensters – zehn Meter über dem Boden, ein Kinderspiel – und schlängelte sich durch. Alles in vielleicht zwei Sekunden.

Kurz darauf schwang die Tür auf. Auf der anderen Seite stand Brody und grinste breit. Die anderen lächelten und klatschten lautlos.

Claire fragte: »Amüsierst du dich gut?«

»Hä?«

»Das Leben als Superheld scheint ja ganz toll zu sein.«

»Claire …«

»Ich meine ja nur, Heroin zu nehmen ist sicher auch ganz toll. Bis es einem ausgeht.«

Einen Moment lang sah er so aus, als wollte er sie anblaffen, und sie fragte sich, ob sie ihren ersten Streit haben würden, hier, vor vier Leuten, die sie kaum kannten, und wer wusste, was sich hinter diesem abstoßend hässlichen Unihochhaus verbarg? Doch er schluckte es runter, seufzte leise und nickte. »Ja. Ich habe verstanden.«

Seine schlichte Besonnenheit überraschte sie aufs Neue. Wie viele Männer hätten aus Prinzip sauer reagiert, weil sie sich von einer Frau nichts sagen lassen wollten? Sie trat auf ihn zu, legte ihm eine Hand in den Nacken, die andere um die Taille, und sagte: »Ich liebe dich.«

»Ich liebe dich auch.« Er legte den Kopf schräg. »Ha.«

»Was ist?«

»Das erste Mal, dass wir das zueinander gesagt haben.« Er trug das gleiche Lächeln zur Schau wie an dem Morgen, als sie in ihrem Bett gelegen und sich in die Augen geschaut hatten, wenige Stunden vor dem Ereignis, das alles ändern sollte. Sie beugte sich vor und sie küssten sich leidenschaftlich, rieben ihre Zungen aneinander.

»Großer Gott, ihr zwei«, sagte Kyle. »Könnt ihr nicht ein bisschen Rücksicht auf einen armen Single nehmen?« Er schob sich an ihnen vorbei und blinzelte in die Dunkelheit. »He, D-Money. Wo ist die Treppe?«

Die Stadt war schon dunkel gewesen, aber der fensterlose Betontreppenschacht noch etwas schwärzer. Als wäre sie plötzlich erblindet. Sie konnte buchstäblich die Hand vor Augen nicht sehen. Es roch nach kaltem Zigarettenrauch, und jeder angestoßene Fuß, jeder scharf eingezogene Atem erzeugte ein Echo. DeAndre lief voraus und die anderen folgten. Nur die Stufen unter ihren Füßen und das kalte Metall des Geländers verbanden sie mit der Welt. Innerhalb von Sekunden hatte sie jeden anderen Bezugspunkt verloren. Sie stiegen höher und immer höher. Claire geriet immer mehr außer Atem, und ihre Beine begannen zu kribbeln. Schließlich, nach einer scheinbaren Ewigkeit, kam von vorn DeAndres körperloses Flüstern. »Vorsicht. Letzte Stufe.«

Sie traten durch eine Tür in einen Flur. Nach dem tiefen Schwarz des Treppenschachts schien das wenige Licht, das hier eindrang, hell genug, um zu lesen. Anschlagbretter, Vitrinen, Bänke und abgetretener Teppichboden. DeAndre legte einen Finger auf die Lippen und führte sie durch den Flur zu einer geschlossenen Tür. Er drückte auf den Griff und sie öffnete sich. Die Geräusche waren nun lauter, definitiv Stimmen. Laute Stimmen, die durcheinander redeten. Und noch etwas anderes. Ein Knacken.

Sie trat durch die Tür in einen kleinen Aufenthaltsraum und sog scharf die Luft ein.

»Heilige Scheiße.«

Zweiunddreissig

Die Fenster waren schmal und hoch, und allein in diesem Raum gab es zehn davon, wodurch die Wände wirkten wie Gitterstäbe. Sie konnten jetzt gut sehen, denn flimmernde und tanzende Lichtreflexe drangen durch die Scheiben.

Zehn Stockwerke unter ihnen prasselte ein riesiges Feuer. Tische, Stühle und Stapel von Büchern, aufeinandergetürmt und angezündet. Ein chaotischer Scheiterhaufen von etwa sechs Metern Durchmesser, Knacken und Tosen und Flammen, die in die Höhe sprangen.

Claire konnte die Hitze durch das Fenster spüren. Eine rußige Rauchsäule stieg schlängelnd in den noch schwärzeren Himmel auf.

Rund um das Feuer standen Leute. Einige starrten hypnotisiert auf die flirrenden Wellen, die über der Glut tanzten, und wiegten sich in ihrem Rhythmus. Am Rand des Feuers tanzte eine Frau mit freiem Oberkörper, ihre Brüste glänzend, der Bauch schweißnass. Ein stylisher Schwarzer mit Baseballschläger und eine dünne weiße Vogelscheuche ließen eine Flasche hin- und hergehen und schauten zu. Jugendliche rannten um das Feuer herum, sprangen am Rand durch die Flammen und heulten wie Indianerdarsteller.

Weiter abseits standen andere und redeten intensiv. Sie hatten eine steife Körperhaltung, die Schultern angezogen, die Beine sprungbreit, doch die Pose hatte etwas Gewohnheitsmäßiges an sich. Keiner von ihnen hatte die Hand an der Waffe, keiner nahm Angriffshaltung ein. Sie wirkten eher wie Raubtiere, die den Umgang mit anderen ihrer Art nicht gewohnt waren, weil sie sonst nur Beutetieren begegneten.

Die Bewegungen der Gestalten unten zu verfolgen war gar nicht so einfach. Sie schienen schärfer konturiert als ihre Umgebung und zu leuchten wie das Feuer. Die Flammen spiegelten sich in ihren Augen und schnitten ihnen monströse Schattenmünder.

Fresser.

Dutzende, Hunderte. Alle versammelt.

»Mein Gott«, flüsterte Kyle, seine Stimme von Staunen und Schrecken erfüllt. »Feuer.«

Im leuchtenden Zentrum des Infernos krachte etwas, ein Tischbein oder der Arm einer Holzpuppe, das der Zerstörung anheimfiel und eine Explosion aus Funken in den Himmel schickte. Claire schaute die anderen an, Lucy, Sonny und DeAndre. Jeder von ihnen stand an einem anderen Fenster, Hände und Stirn ans Glas gedrückt. Ihre Mienen waren wie von Lust verzerrt. Jugendliche, die sich in einer Peepshow an die Scheibe drückten.

Verstehe, dachte sie. *Hier gibt es sonst kein Feuer.* Sie war erst seit einigen Tagen hier und hatte bisher Dinge wie Wärme noch gar nicht richtig vermisst. Die magische, welterobernde Macht des Feuers. Kein Wunder, dass die Fresser sich alle hier versammelt hatten.

»Claire.« In Brodys Stimme schwang tödliche Spannung wie ein straffer Draht auf Halshöhe. Sie wandte sich zu ihm, sah seinen ausgestreckten Zeigefinger und folgte seinem Blick.

Neben dem Feuer stand ein großer Tisch aus poliertem Holz. Darunter lag ein formloses Bündel. Auf dem Tisch stand ein Stuhl. Der Mann, der darauf saß, war groß und schlank, seine Wangenknochen wie Rasierklingen. Alle Fresser waren schärfer umrissen als ihre Umgebung, doch dieser Mann bog das Licht wie ein schwarzes Loch. Ihn anzuschauen tat ihren Augen weh.

Sie kannte ihn. Sie hatte ihn getötet – kurz bevor er sie getötet hatte.

Simon Tucks war nicht mehr der Loser mit den schlaffen Gesichtszügen. Obwohl einige wesentliche Merkmale seines Äußeren unverändert waren, war er nun größer, schlanker und härter. Er ließ seinen Blick über die versammelten Ungeheuer schweifen – allesamt Mörder, Seelenfresser –, als wären sie seine Untertanen. In einer Welt, in der nichts brannte, auf einem Stuhl neben einem Feuer sitzend, wirkte er wie ein finsterer Fürst oder ein gefallener Engel.

Kein Stuhl, korrigierte sie sich. *Sondern ein Thron.*

»Wi-wi-wi…« DeAndre holte Luft. »Wir sollten verschwinden. Sofort.«

Keiner rührte sich. Keiner sagte etwas. Sie konnte ihre feuchten Atemgeräusche hören. Unten tanzte die barbusige Frau im Rhythmus des Feuers, ihre Haut glänzend, als würde Lava darüberrinnen. Die Fresser, die um das Feuer standen, zeichneten mit ihrer Lederkleidung, den Bärten und Waffen grässliche Silhouetten, wie einem Albtraumbild von Hieronymus Bosch entsprungen. Angst brodelte in ihrem Bauch wie heiße Säure. Nicht weil sie fürchtete, sie würden entdeckt. Es war die Szene selbst. Etwas daran war so falsch, so abgrundtief böse. Als würde man zufällig Zeuge einer Gruppenvergewaltigung, die schon seit längerer Zeit im Gang war.

DeAndre hat recht, dachte sie. *Wir sollten verschwinden. Wenn sie uns entdecken, sind wir erledigt.*

Doch bevor sie den Gedanken äußern konnte, fiel Schweigen über die Menge und breitete sich in raschen Wellen aus. Gespräche verstummten, Flaschen blieben auf halbem Weg zum Mund hängen. Die tanzende Frau erstarrte.

Simon Tucks hatte sich erhoben. Er stand auf dem Tisch und strahlte hochmütige Unbekümmertheit aus, und aller Augen richteten sich auf ihn.

Eine ganze Weile sagte er gar nichts. Starrte nur vor sich hin. Als er schließlich sprach, waren seine Worte sogar hier, zehn Stockwerke hoch und hundert Meter entfernt, deutlich zu verstehen.

»Ich bin zu euch gekommen.«

Claire hatte sich die Nachrichten, die Simon als Köder für seine Falle hinterlassen hatte, Tausende Male angehört. Seine Stimme war unauffällig gewesen, leicht näselnd, mit Mittelwestakzent. Nun donnerte sie wie die von James Earl Jones.

»Ich bin der Gladiator eines furchterregenden Gottes und ich bin zu euch gekommen.« Simon breitete die Arme aus. Er ließ seine Worte nachklingen, bevor er fortfuhr. »Einige von euch haben meinen Meister gespürt. Er ist durch eure Träume gewandelt. Hat sich offenbart, wenn ihr ein Leben genommen habt. Ihr habt die Wahrheit gespürt. Es gibt jenseits dieser noch andere Welten, von Göttern bewohnt. Durch mich kommt nun mein Meister zu euch und ihr werdet ihm gehorchen.«

Die Fresser traten nervös von einem Fuß auf den anderen und tauschten Blicke aus. So wie die Leute hier über sie redeten, vergaß man leicht, dass sie keine hirnlosen Zombies waren. Sie waren Menschen. Verdorben vielleicht, aber immer noch Menschen. Simon Tucks verängstigte sie wie kleine Kinder.

»Einige haben versucht, sich mir zu widersetzen. Und ich habe mich an ihren Geschichten gelabt.«

Claire warf Brody einen Blick zu und sah, dass er den gleichen Gedanken hatte. All die »Abgänge« der letzten Tage waren kein Zufall gewesen. Es war Simon, der die Fresser getötet hatte.

»Auf der anderen Seite des Schleiers habe ich für meinen Meister achtzehn Seelen geerntet. Achtzehn Unschuldige. Weil ihm danach war. Männer, Frauen und Kinder mit seiner Hilfe aus dem Leben gerissen. Er hat mich das Töten gelehrt und mir bei meiner Arbeit die Hand geführt. Er war es, der das Gewehr angelegt, der die Bomben gebaut hat. Er hat mir von den Fallen berichtet, die man mir gestellt hatte, und mich um sie herumgesteuert. In seinem Namen habe ich eine Millionenstadt in Angst und Schrecken versetzt. Nun, da ich ins Jenseits übergewechselt bin, bin ich zu meinem wahren Ich geworden. Mein Meister hat mich verändert, mich geformt. Mich mit seiner Essenz erfüllt. Ich habe euch seine Macht bewiesen.« Er deutete auf das Feuer, sein Gesicht manisch im fiebrigen Licht. Ein Kettenanhänger an seinem Hals fiel ihr ins Auge, doch konnte sie ihn auf die Entfernung nicht genau erkennen. »Ich bin in diese flammenlose Welt gekommen, um Feuer zu entfachen. Ich habe euch etwas gezeigt, das ihr nicht für möglich gehalten habt. Und nun werde ich euch noch etwas anderes zeigen.«

Simon sprang vom Tisch und ging beim Landen in die Knie. Die Fresser in seiner Nähe wichen zurück. Er lachte, dann griff er unter den Tisch und zerrte das in ein Laken gewickelte Bündel hervor. Es war groß und unhandlich und sah schwer aus, doch er hob es mühelos hoch.

Dann begann das Bündel, sich zu winden, und Claire wurde klar, um was es sich handelte.

»Oh Gott«, sagte Lucy. »Das ist …«

Mit einer schwungvollen Bewegung riss Simon das Laken herunter.

Eine blasse Frau mittleren Alters kam zum Vorschein. Ihr Gesicht blutverkrustet. Sie war mit etlichen Metern Isolierband gefesselt, die Arme an den Seiten festgebunden, und wirkte wie ein zusammengerollter Teppich. Auch ihr Mund war zugeklebt. Sie gab gedämpfte Würgelaute von sich, warf sich nach vorn, zuckte und zappelte. Doch Simon hielt ihren Arm mit eisernem Griff.

»Ihr schlagt euch um Krumen«, sagte Simon. »Nie gibt es genug, um wirklich mächtiger zu werden. Bis jetzt.«

Während er mit der linken Hand weiterhin den Oberarm der Frau festhielt, zog er mit der rechten das Klebeband von ihrem Mund ab.

»OhGottbitte, bitte, was ist los ich mache alles bitte es muss ein Traum sein ich träume oh Gott bitte Gott, *bitte.*«

»Schh«, machte Simon und strich ihr über die Wange. »Schh.«

Sie starrte ihn zugleich voller Furcht und Hoffnung an, ihr Gesicht blass, ihr Zittern selbst vom zehnten Stock aus erkennbar. Simon lächelte sie an, dann wandte er sich an die Fresser.

»Wir werden uns diese tote Stadt untertan machen. Wir werden alle niedermetzeln, die nicht zu uns gehören. Wir werden alle Neuankömmlinge ernten. Und dadurch werden wir stark genug, um durch den Schleier sehen zu können. Wir werden unter den Lebenden andere finden und sie reiten, wie mein Gott mich geritten hat. Wir werden Angst und Zerstörung unter den Menschen säen und uns davon nähren. Und mehr noch – wir werden sie *teilen.*«

Simon drehte die Frau mit dem Gesicht zum Feuer. Oranges Licht tanzte über den Kokon aus Isolierband. Sie begann zu schreien und ihre Worte flossen ineinander. »OhGottnein ohbittenicht nein ichhabeKinder IchhabesolcheAngst bitteGott *bitte* Gott!«

»Ja«, sagte Simon. »Es ist an der Zeit, Gott zu erfreuen.«

Mit einer Leichtigkeit, als würde er ein Papierknäuel in

einen Abfalleimer werfen, hob er die Frau hoch und schleuderte sie in die Mitte des Feuers.

»Nein!« Brody stürzte Richtung Tür. Claire hatte damit gerechnet, warf sich ihm in den Weg, schlang die Arme um ihn und hielt ihn fest. Doch sie hatte vergessen, wie stark er jetzt war. Seine Arme mit hydraulischer Kraft bewegend, zog er sie von sich und stieß sie so hart weg, dass sie stolperte und hinfiel. Sie jaulte auf, ein hilfloser Laut der Überraschung, aber er machte die anderen auf sie aufmerksam. Kyle reagierte als Erster, stürzte sich von hinten auf Brody und umklammerte ihn. Der schleuderte den anderen Mann mit einer ruckartigen Seitwärtsbewegung seiner Arme von sich.

Von unten waren die Schreie der Frau zu hören. Schreckliche, schrille Laute wie von einem durchdrehenden Motor. Es war der Klang des Wahnsinns, der Klang unvorstellbarer Schmerzen.

Brodys Gesicht verzerrte sich.

Er lief zur Tür.

Als er schon fast im Türrahmen war, traf ihn etwas mit rasender Geschwindigkeit und rammte ihn brutal zur Seite. Die Gipswand bröckelte und Staubwolken erfüllten die Luft und tanzten im orangen Licht. Der Krach wurde von den wahnsinnigen Schmerzensschreien der Frau noch übertönt. Sonny hatte sich auf Brody geworfen, ihn in Taillenhöhe gepackt und sie beide zu Fall gebracht, dann die Arme fest um ihn geschlungen und zugedrückt.

»Du kannst da nicht runtergehen.«

»Aber sie verbrennt …«

»Die Alte wird so oder so gebrutzelt«, sagte Sonny. »Du kannst nichts dagegen tun.«

Claire kam herübergehumpelt. »Will, er hat recht, du kannst sie nicht retten. Es sind zu viele.«

»Ich kann …«

»Nein.« Sie kniete sich neben Brody und legte die Hände auf seine Wangen. »Sie ist schon tot. Und wenn du runtergehst, sind wir es auch.«

Brody starrte sie von unten an, sein Blick manisch, doch er wehrte sich nicht mehr gegen Sonny. Der Biker hielt Brodys Arme fest und Claire seinen Blick und gemeinsam hielten sie ihn davon ab, das zu tun, was ihm das Heiligste war.

Und draußen schrie die Frau.

Sie schrie lange, sehr lange.

Dreiunddreissig

Edmund bewegte sich und die Wirklichkeit krümmte sich.

Er hatte nur wenige Jahre unter den Lebenden geweilt, und in den darauffolgenden Jahrhunderten hatte er die ersten Echos durchwandert, die an die Sterblichkeit grenzten. Hatte gefressen, war gewachsen und hatte gelernt, bis er diese Reiche verlassen und die Welten dahinter erkunden konnte. Das endlose Spektrum des immer weiter verfallenden Daseins, in dem die emporgestiegenen Götter jagten. Wie Isabella. Wie er selbst.

Gemeinsam waren sie über sich selbst hinausgewachsen. Waren aufgestiegen.

Ihre Macht wuchs an wie ein Strudel. Jede saugende Strömung wurde durch die nächste, die sie in sich aufnahm, verstärkt. Jede geringfügige Vernichtung machte sie noch wilder. Und jahrzehntelang tanzten sie so.

Sie schufen neue Wirklichkeiten, Reiche, die unmöglich existieren konnten. Reiche, in denen ihr Wille die Welt war. Universen im Taschenformat, vollständig aus sich selbst heraus erschaffen. Von dort aus reckten sie sich nach der Welt der Sterblichen, dem Ursprung aller anderen. Sie spukten, manipulierten und wisperten und pflanzten faulige Saat, die sie in der Dunkelheit sprießen ließen.

Und wenn es an der Zeit war, ernteten sie.

Edmund fand es amüsant, auf echtem Boden zu stehen, in einem Echo der Welt. Durch Straßen und an Wolkenkratzern vorbeizulaufen, die lebende Menschen gebaut hatten. Es war nicht notwendig. Sie hätten sich von ihrer eigenen Welt ernähren können. Doch es gefiel ihm, weil es so primitiv war.

Isabella strahlte weiß neben ihm, ihre Haut makellos und hell, doch ihr Wahres Ich glühte gierig hindurch, eine Bestie mit tausend Mäulern. Ihr Hunger ein sich windendes Etwas, ein schlängelnder Wurm grenzenloser Lust, niemals gesättigt, niemals abnehmend. Sie griff nach ihm, nahm seine Hand, grub ihre Finger in den wunden Stumpf, wo er einen Teil von sich abgehackt hatte, und ihre Nägel drangen tief ein und zupften die Saiten des Schmerzes. Sie hatten so viel voneinander gelernt.

Als ihre Marionette eintraf, war sie von Panik und Schmerz erfüllt. Sie fasste sich an die Brust, suchte nach Wunden, die verschwunden waren. So klein, diese Menschen. Bleich wie Tagträume.

Wie so viele andere war auch dieser Mann verloren gewesen, als sie ihn fanden. Er wanderte ziellos und verzweifelt umher. Sie hatten seine dunkelsten Stunden mit Gift erfüllt, seine Furcht zu Schrecken anwachsen lassen, seine Einsamkeit in Hass und seine Scham in Wut verwandelt. Und dann hatten sie ihn losgehetzt und sich an dem Schmerz gelabt, den er verursachte. An den Leben, die er genommen, und an denen, die er zerstört hatte. Und dieses Muster wiederholten sie immer wieder.

Doch Edmund blieb ruhelos im Geiste. Sie hatten etwas ganz Neues ausprobiert, eine Idee, die in der stetig wechselnden Welt der Sterblichen wurzelte. Ein einzigartiger Einfall, den sie mit Erfolg verwirklicht hatten.

Der Mann starrte sie an, brabbelte, sprach. Edmund sah, dass er in ihnen die Meister seines Schicksals erkannte. Und er sah auch, dass dieses Wesen Lohn erwartete, oder Erlösung.

Als der Mann noch lebte, hatte er Schreckliches getan. Er hatte sich in ein Gespenst verwandelt, das die Welt heimsuchte. Noch mächtiger als der Tod, den er gesät hatte, war die Angst. Doch hatten ihm seine Taten in den letzten Augenblicken seines Lebens selbst Angst gemacht und er hatte sich gefragt, ob er sich hatte täuschen lassen. Alle Marionetten träumten davon, selbst die Fäden zu ziehen.

Isabella lächelte. Glückselig. Strahlend. Ein Engel.

Hoffnung blühte im Gesicht des Tiers auf. Seine Angst schmolz dahin. Es wusste, es war gerettet. Heilig. Ein Werkzeug der Götter, von ihnen geliebt.

Dann riss Isabella ihm mit ihren blutigen Fingernägeln die Haut an der Brust auf, schlüpfrige Finger drangen zwischen seinen Rippen hindurch. Das Tier schrie, wand sich in der Ekstase des Schmerzes. Ein Zentimeter tiefer hinein hätte den Tod bedeutet, doch sie hielt sich zurück, umklammerte seine Rippen und streichelte das geheime Innere des Tiers. Sie beugte sich vor, um mit den Zähnen seine Lippen zu packen, und Blut rann an ihrem blassen Kinn hinunter.

Und anstatt die Kreatur zu töten, hielt sie inne und schenkte sie Edmund.

Edmund war verwirrt. Sie teilten nie. Dieser gehörte ihr. Aus welchem Grund überließ sie ihm, was ihr gehörte?

Aus Dankbarkeit, erklärte sie. Einst war sie seine Lehrerin gewesen. Doch nun war er ihr ebenbürtig.

Edmund zögerte nur eine Sekunde. Dann riss er das Herz aus diesem Ding, zermalmte es zwischen seinen Fingern und ritt berauscht auf der Welle der Energie.

Doch es war nicht das Tier vor ihm, an dem er sich labte. Es war eine Vorstellung.

Dankbarkeit?

War es möglich, dass sie, die schon Jahrhunderte länger lebte als er, die so viel Macht hatte wie all die älteren Götter, die durch die Schatten der Welt wandelten, dass sie die Regeln vergessen hatte? Ihre ureigene Natur?

Interessant.

Sie wandten sich von dem schlaffen Ding ab und verließen dieses kleine Echo, schwebten hinaus in dunklere Reiche. Ihre Finger suchten nach seiner Hand und der Wunde dort, gruben sich hinein, die Grausamkeit ihre Verbindung. Ihre Nägel in seinem Fleisch machten ihm den Finger bewusst, den er selbst abgetrennt hatte und der jetzt an einem Halsband an seiner Brust hing. Noch eine neue Idee.

Doch diese konnte warten. Vielleicht ergab sich eine bessere Gelegenheit.

Ein Ungeheuer, das die Natur von Ungeheuern vergessen hatte.

Das Leben war so schön. So viele Möglichkeiten, sich daran zu laben.

Vierunddreissig

Brody fühlte sich schmutzig.

Er wusste, sie hatten recht. Selbst wenn er an Simon und den hundert anderen Fressern vorbeigekommen wäre und die Frau aus den Flammen geholt hätte, und selbst wenn sie auf wundersame Weise davongekommen wären, was dann? Die Frau hatte mitten in dem Höllenfeuer gesteckt. Es gab hier keine Verbrennungsstation. Keine Hautverpflanzungen. Sie hätte nur noch mehr leiden müssen. Mehr, als ihren Schmerzen ein Ende zu machen, hätte er nicht für sie tun können. Doch das hätte den Tod der anderen bedeutet, einschließlich Claire. Ein zu hoher Preis.

Trotzdem. Er hatte sich bewusst dagegen entschieden, einem unschuldigen Menschen in einer verzweifelten Situation zu helfen. Sicher, Sonny hatte ihn festgehalten. Doch auch wenn sie beide mit der gleichen Kraft vollgepumpt waren, Brody war Marine und FBI-Agent gewesen. Er hätte sich befreien können.

Er hatte sich entschieden, es nicht zu tun.

Damit musst du leben.

Als die Schreie schließlich verstummt waren, war die Party unten erst richtig losgegangen. Durch das Verbrennen bei lebendigem Leib hatte der Heckenschütze das Opfer anscheinend mit all seinen Anhängern geteilt. Und alle Fresser waren stärker geworden. Sie waren berauscht von ihrer Macht und dem Feuer und davon, dass sie neue Tiefen der Verderbtheit ausgelotet hatten, und so konnte der Abend in jeder Hinsicht nur in einer Orgie enden. Trommeln gaben einen kräftigen, urwüchsigen Takt vor, und viele hatten die Kleidung abgeworfen und gleich neben dem Feuer getanzt und gefickt.

Der Heckenschütze hatte auf seinem Thron gesessen und gelacht, während die Flammen immer höher schossen. Die Tänzerin vom Anfang hatte sich vor ihm hingekniet, und er hatte ihren Mund benutzt, anscheinend, ohne es wirklich wahrzunehmen, seine Aufmerksamkeit ganz woanders und in seinem Gesicht der Anflug eines grausamen Lächelns.

Brody wollte sofort verschwinden. Sie alle wollten das. Doch es wäre zu riskant gewesen. Sie hatten schon Glück gehabt, unentdeckt in das Gebäude eindringen zu können. Die Fresser waren zwar abgelenkt, doch sie waren auch vollgepumpt und ihre Sinne geschärft. Es war besser zu warten, bis Alkohol und Blutgier ihren Tribut forderten.

Also saßen sie da und vermieden, einander in die Augen zu schauen, während draußen die Fresser das Ende der Welten feierten.

Es war nach vier Uhr morgens, als sie es schließlich riskierten. Das Feuer war auf eine tanzende Glut heruntergebrannt, und die Gäste der wahnsinnigen Feier lagen überall verstreut, umgeben von abgeworfener Kleidung und den Scherben zerschmetterter Flaschen. Simon Tucks lief umher, als würde er Wache oder Gericht halten.

Schweigend ertasteten die sechs sich ihren dunklen Weg die Treppe hinunter und durch die Tür auf der Nordseite hinaus ins Freie. Es war gerade hell genug, dass sie die Rauchsäule vor dem ewigen Wolkenschleier aufsteigen sehen konnten. Sie sahen sich kurz um, ob sich vielleicht etwas bewegte, und brachen dann auf.

Bei jedem Schritt verspürten sie den Drang loszurennen. Die Szene hatte sich ihnen allen in die Netzhaut gebrannt und wurde mit jedem Lidschlag lebhafter. Nacht, Feuer und Gestalten, die im Rhythmus der Schreie tanzten. Brody war zwar katholisch erzogen worden, doch hatte er nie an die Hölle geglaubt. Er hatte Geschichte studiert und verstand, welche Bedeutung die Kirche seit zweitausend Jahren als politische und wirtschaftliche Macht hatte. Ein Großteil dieser Macht beruhte auf der versprochenen Erlösung von ewigem Leiden. Und so war eine Metapher zum Dogma geworden und hatte alles vom lukrativen Ablassschwindel bis zu den fiebrigen Bildern der Renaissance hervorgebracht. Die Vorstellung einer realen Hölle, einer Welt aus Feuer, Dämonen und Folter war ihm immer albern vorgekommen. Vor allem in Hinblick auf die Lehren, die man Jesus zuschrieb.

Nun fand er sie überhaupt nicht mehr albern. Nicht nach ihrem heimlichen Blick darauf.

Die Wahrheit war vielleicht, dass die Hölle kein physischer Ort war, sondern eine Idee, die zum Leben erweckt werden konnte. Die Hölle war schon unzählige Male erschaffen worden, vom Massaker, das die Kreuzfahrer in Jerusalem angerichtet hatten, bis zu Stalins Vernichtung von sieben Millionen Ukrainern durch Hunger; von den stinkenden, mit Krankheiten verseuchten Sklavenschiffen mit Kurs auf New Orleans bis zum durchorganisierten Grauen von Auschwitz; von Lieutenant Calleys Gräueltaten in Vietnam bis zu den Roten Khmer. Es war im Grunde auf eine einfache Gleichung zurückzuleiten. Die Hölle entstand, wenn einige Menschen entschieden, dass andere keine waren.

Und wenn sie keine Menschen waren, konnte man mit ihnen tun, was man wollte. Sie vergewaltigen, foltern, ermorden. Sie fressen.

»Es tut mir leid«, sagte Claire. Sie sah so erschöpft aus, wie er sich fühlte, ihre Haut fahl, dunkle Ringe unter den Augen.

»Ich weiß.«

»Es ging nicht anders.«

»Ich weiß.«

»Alles in Ordnung mit dir?«

»Nein.«

Sie nickte, ihre Lippen ein dünner Strich. »Glaubst du, was Tucks gesagt hat? Über seinen Gott?«

»Ich glaube, dass er es glaubt.«

»Es würde einiges erklären.«

Er legte den Kopf schräg. »Ja?«

»Ich habe mich immer gefragt, ob der Heckenschütze Unterstützung von einem Angehörigen der Polizei hatte. Er schien immer zu wissen, wo gerade niemand hinschaute, konnte schießen, als wäre er ausgebildet worden, und ist jedes Mal spurlos verschwunden. Als hätte ihn jemand informiert. Oder ihn gelenkt.«

»Du findest es plausibel, dass Simon Tucks von einem Gott besessen war, der Menschenopfer von ihm forderte?«

»Nun, ja.« Sie zuckte mit den Schultern. »Irgendwie schon.«

Brody seufzte. Noch ein paar Blocks, dann wären sie zu Hause. Oder was sie dieser Tage ihr Zuhause nannten. »Weißt du was? Ich habe genug von diesem ganzen bizarren Kram. Ich kann akzeptieren, dass dieser Ort aufgrund unentdeckter Naturgesetze existiert. Ein Echo, das von Lebensenergie erzeugt wird. Eine andere Dimension. Wenn man an Stringtheorie oder das Multiversum glaubt, ist es nicht einmal so weit hergeholt. Aber das mit den Göttern geht mir zu weit.« Er schüttelte den Kopf. »Tucks ist einfach ein Psycho. Jemand, der sich daran aufgeilt, Macht über andere zu haben. Es gibt keinen Gott, der alles kontrolliert. Und schon gar nicht mehrere.«

»Also wie hat er dann Feuer gemacht?«

Verdammt. Das war eine der Eigenschaften, die er so an ihr liebte, die gnadenlose Präzision, mit der ihr Verstand arbeitete.

Sie fand sofort den Schwachpunkt in einem Gedankengefüge und nahm ihn aufs Korn, auch wenn dadurch die ganze Theorie zusammenbrach. Er hatte es immer genossen, sie bei Besprechungen zu beobachten: Claire, wie sie an einem Tisch mit Männern saß, die sich alle um den Posten beworben hatten, den sie sich unter den Nagel gerissen hatte, und fehlerhafte Gedankengänge mit einer solchen Leichtigkeit auseinandernahm, dass ihr Platz am Kopfende dieses Tischs selbstverständlich erschien.

Und stört es dich, wenn sie deine eigenen Gedankenfehler torpediert? Nein. Aber das hieß nicht, dass er gern die Trümmer auflas. »Ich weiß nicht.«

»Ja, es hört sich verrückt an, aber was, wenn es stimmt? Wenn es tatsächlich solche … Wesen gibt? Vielleicht nicht Götter im eigentlichen Sinn. Ich will nicht sagen, dass da draußen Zeus rumläuft. Aber irgendwelche Wesen, die Zugang zu unserer Welt haben. Und vielleicht mit Menschen kommunizieren, die sowieso schon ein bisschen gestört sind.« Sie biss sich auf die Lippen, ein Zeichen dafür, dass sie nachdachte. »Es würde einiges erklären. Tucks entsprach nicht dem typischen Täterprofil. Keine Militärvergangenheit, keine einschlägige Ausbildung, und doch hat er Bomben gebaut und seine Opfer mit Kopfschüssen niedergestreckt. Vielleicht hatte er ja Mordgelüste, aber die Kenntnisse hatte er nicht. Denk an all die Mythen über Pakte mit dem Teufel oder Besessenheit. Denk an all die Serienmörder, die nette Menschen gewesen sein sollen.«

Schließlich verstand er. »Du tust es immer noch.«

»Was?«

»Du suchst immer noch nach Gründen. Kannst du dich noch an dein Gezeter über den Unabomber erinnern? Du wolltest unbedingt glauben, dass der Heckenschütze ein Motiv hatte. Dass er nicht einfach ein kaputter Typ war, der von seinem Onkel missbraucht wurde oder so was. Du hast einen logischen Grund für den Wahnsinn gesucht. Es gibt mehr Dinge zwischen Himmel und Erde …«

Claire zuckte mit den Schultern. »Schau dich um, Horatio.«

Trotz allem, trotz seines Versagens und trotz seiner Angst musste Brody lachen. Nur ganz kurz. Aber trotzdem. Einen Menschen, der einen zum Lachen brachte, während die Welt unterging, musste man einfach lieben.

Als sie von der Clark Street auf den Wacker Drive abbogen, erspähten die Wachen sie, wie sie zwischen Hochhäusern, die sich in Wolken verloren, mitten auf der Straße liefen. Metallenes Pfeifen zerriss die Morgenluft und hallte von Stein- und Glasfassaden wider. Brody und Claire waren während ihres Gesprächs hinter den anderen zurückgefallen, und schlossen sich ihnen eilig wieder an.

Es war früh, noch keine fünf Uhr, doch es liefen schon Dutzende Leute herum, frühstückten, schärften ihre Waffen oder starrten nach Südwesten, wo noch immer eine Säule schwelender Asche in den Himmel stieg.

»Was zum Teufel ist da los?«, rief Finn von der Spitze des Brückenturms, den Bogen über die Schulter geschlungen, die Hände vor dem Mund zu einem Trichter geformt. »Ist das … Rauch?«

»Weck sie auf«, brüllte Kyle zurück.

»Wen?«

»Alle.«

Fünfunddreissig

Zweihundertneun. So viele Menschen wohnten im *Langham Hotel* und lebten nach der Lehre der Ray. Brody und Claire inbegriffen. Zweihundertneun Männer, Frauen und Kinder.

Sie saßen im Park am Vietnam Veterans Memorial, direkt am gegenüberliegenden Flussufer. Am Hügel waren breite, stufenförmige Steinbänke angelegt, und auf einer lang gestreckten, schwarzen Granitplatte hinter einem Reflexionsbecken waren die Namen mehrerer Tausend gefallener Amerikaner eingraviert. Brody war noch nie hier unten gewesen – der Riverwalk war eher etwas für Touristen, und die Leute kamen häufiger her, um ihre Tacos zu verputzen, als um der Toten zu gedenken –, aber der Park bildete ein perfektes Amphitheater. Sie hatten sich an einem Ende der dritten Bank niedergelassen. Es tat gut, sich hinzusetzen, viel zu gut, deshalb hatte Brody als Konzentrationsübung begonnen zu zählen.

Die Leute wirkten zugleich erschöpft und aufgekratzt. Eine gefährliche Mischung. Jeder fragte jeden, was vor sich ging. Da niemand es wusste, bestanden die Gespräche nur aus ängstlichen Spekulationen. Alle redeten durcheinander, fielen sich ins Wort und klangen nervös. Glücklicherweise war in der Stunde, die es gedauert hatte, alle zusammenzutrommeln, die Rauchsäule zu einem schmutzigen Strich geschrumpft und schließlich ganz verschwunden.

Arthur war einer der Letzten, die eintrafen, und scheuchte eine Horde Kinder vor sich her, manche nicht älter als vier oder fünf. Er war sicher ein guter Lehrer gewesen, denn er war ein Naturtalent im Umgang mit ihnen, redete den einen gut zu, beruhigte die anderen und hielt sie alle zusammen. Arthur ließ sich mit der Kinderschar in der Nähe nieder, und die Jüngeren begannen, Dinge in den Fluss zu werfen, die Älteren kletterten an den Statuen hoch oder flirteten schüchtern miteinander.

Brody schaute ihnen beim Spielen zu und musste an die in Klebeband eingewickelte Frau denken.

Ein schrilles Fingerpfeifen zerriss den Morgen und ließ die Gespräche versiegen, als hätte jemand einen Hahn zugedreht. Kyle stand auf der Mauer eines Springbrunnens, sein Beil über die Schulter geschlungen. Als es ganz still war, sagte er: »Wahrscheinlich kann man so was besser machen, aber ich habe nun mal keine Rednerausbildung. Also sage ich es einfach geradeheraus: Die Fresser arbeiten zusammen.«

Brody beobachtete die Reaktion der Leute. Ein sportlicher Mann, der sich auf einen Speer stützte, schien plötzlich zu taumeln. Madeleines Stricknadeln hörten auf zu klicken. Antoine sog scharf Luft durch die Zähne. Sie sahen überrascht aus, verwirrt, aber nicht beängstigt. *Sie kapieren es nicht.*

»Sie haben einen Anführer. Der Kerl, der Brody umgebracht hat und den Claire jagen wollte, als sie gerade neu hier war.« Kyle nickte. Es lag kein Bedauern darin, aber doch das Eingeständnis, dass sie vielleicht nicht ganz unrecht gehabt hatte. »Es ist der Heckenschütze, der in den letzten Wochen etliche Leute umgelegt hat. Aus irgendeinem Grund ist er mächtiger als ein normaler Vamp. Anscheinend auf einer höheren Stufe. Er hat sogar Feuer gemacht.«

Die Geräusche aus der Menge drückten eine Mischung aus Schock und Sehnsucht aus. Sie mussten gewusst haben, was kommen würde. Die Rauchsäule war jetzt zwar verschwunden, doch vorher war sie weithin sichtbar gewesen. Und trotz dieses Beweises hielten sie es für unmöglich. *Was für eine Macht das Feuer doch hatte.* Man machte Witze über die Erfindung des Rads, doch eigentlich war das Feuer für den Anfang der menschlichen Zivilisation verantwortlich. Feuer hatte alles verändert. Jede Kultur hatte ihre Feuermythen, Legenden von Gaunern und Helden, die den Göttern das Feuer gestohlen und zur Erde gebracht hatten. *Und nun ist Simon Tucks einer von ihnen. Ein Serienmörder als neuer Prometheus.*

»Das ist unmöglich«, sagte Arthur. »Ich bin seit zwanzig Jahren hier und habe noch nie Feuer gesehen.«

»Durch den Heckenschützen hat sich alles geändert«, sagte Kyle. »Letzte Nacht haben wir uns in das Gebäude geschlichen, von dem aus DeAndre sie erspäht hatte. Es waren mehr, als er letztes Mal gesehen hatte, viel mehr. Wahrscheinlich sind später weitere dazugekommen. Vielleicht hat das Feuer sie ja angelockt. Uns auf jeden Fall. Es hat den halben Innenhof der Uni eingenommen, ein riesiges Flammenmeer. Und die Hitze, die es ausgestrahlt hat …« Kyle war fast ins Schwärmen gekommen. Er fasste sich wieder. »Jedenfalls ist es echt. Wir haben es alle gesehen.«

Finn fragte: »Aber wie ist das möglich?«

»Simon sagt, er ist ein Engel.«

»Ein Gladiator«, sagte Sonny mit voller, runder Stimme. »Der Gladiator eines dunklen Gotts.«

»Richtig. Gladiator. Dunkler Gott. Jedenfalls hat er vor, uns alle umzubringen und das Echo zu übernehmen. Und dann jeden Neuankömmling zu fressen. Er ist in der Lage, die Macht mit anderen zu teilen. Um es zu beweisen, hat er …« Der lockere, furchtlose Ton schwand aus Kyles Stimme und er holte tief Luft. »Er hatte eine Frau bei sich. Eine Neue. Er … Er hat sie ins Feuer geworfen. Und sie ist verbrannt.«

Hundert Münder öffneten sich gleichzeitig, sogen scharf die Luft ein, setzten zu Fragen an, stießen unterdrückte Schreie aus.

»Sie war ein Opfer«, sagte Lucy. »Ein Menschenopfer. Sie haben sie bei lebendigem Leib verbrannt. Und nicht nur einer wurde gestärkt, sondern alle gleichzeitig. Versteht ihr? Es ist kein Nullsummenspiel mehr. Die Fresser sind in der Lage zusammenzuarbeiten. Sie sind jetzt eine Armee.«

Schließlich verstanden sie es. Es war kein Witz, kein dummer Streich. Es gab keine gute Nachricht, die die schlechte aufwiegen würde. Die relative Sicherheit, die sie genossen hatte, hatte sich verflüchtigt wie der Rauch der letzten Nacht.

Leute standen auf, schrien und brüllten Fragen: »Wie viele?«, »Wo?«, »Was sollen wir tun?« Madeleine schluchzte so heftig, dass ihr Oberkörper bebte. Hector starrte auf seine zitternden Hände. Antoine, der ehemalige Vollzugsbeamte, versteifte seinen Körper auf eine Weise, die den Häftlingen Albträume bereitet haben musste.

»Und ihr habt es alle gesehen?« Arthur lehnte sich an die Gedenkwand.

»Ja«, sagte Kyle, und die anderen nickten.

»Haben sie gesagt, dass sie uns angreifen wollen? Uns speziell?«

»Nein«, sagte Lucy. »Er hat gesagt, er will die Stadt erobern und alle umbringen, die nicht zu ihnen gehören. Wir wissen, dass da draußen ein paar Einzelgänger allein überleben, und wahrscheinlich werden nicht alle Fresser mitmachen. Aber im Grunde heißt es: Sie gegen uns.«

»Oh Gott«, jammerte eine Frau. »Oh Gott.«

»Was sollen wir gegen hundert Fresser ausrichten?«

»Sie haben *Feuer?*«

»Was wird aus den Kindern? Sie tun den Kindern doch nichts, oder?«

»Wir könnten Mauern bauen«, sagte Hector. »Im Hotel.«

»Die verschwinden doch sofort, sobald keiner von uns mehr in der Nähe ist.«

»Dann bleibt eben immer jemand da«, sagte Hector. »Wir bewachen sie rund um die Uhr. Wir verschanzen uns einfach im Hotel.«

»Ja!«, rief eine Frau in einem knallroten Hoodie. »Ja! Wir können in die oberen Stockwerke ziehen. Die Treppen verbarrikadieren. Fallen und Waffen bauen.«

»Als Schutz gegen Fresser?« Ein Typ, der aussah wie ein Buchhalter, schüttelte den Kopf. »Die sind doch viel zu stark und zu schnell.«

»Das spielt keine Rolle, wenn wir's richtig anstellen«, sagte Antoine. »Wir können sie lenken. So haben wir's in Stateville auch gemacht. Wenn die Häftlinge im Hof ausgerastet sind, hatten wir immer eine Rückzugsmöglichkeit. Enge Korridore, wo wir im Vorteil …«

»Und wenn wir ganz oben im Hotel sind, woher bekommen wir was zu essen?« Das Gesicht des Buchhalters lief rot an. »Woher bekommen wir Wasser?«

Madeleine sagte: »Wir müssen hier weg. Wir alle. Wenn wir erst mal aus der Stadt raus sind, sind wir sicher. Wir packen unsere Sachen und …«

Brody versuchte, die Brüllerei zu ignorieren, und schaute Claire an. Ihre Lippen waren nur ein dünner Strich, und er konnte sehen, wie angestrengt ihr Hirn arbeitete und die offensichtlichen Fehler in diesen lächerlichen Plänen registrierte. Und in diesem Moment wurde ihm bewusst, dass dies zwar gute Menschen waren, die mehr Gefahren ausgesetzt gewesen waren als viele Soldaten, aber sie waren keine Krieger. Sie waren ganz normale Leute, denen ihr Leben geraubt worden war. Doch er musste zugestehen, dass sie sich gut an die neue Situation angepasst hatten und versuchten, das Beste daraus zu machen.

Genau das hattest du auch gerade vor. Kurz hatte es so ausgesehen, als hätten er und Claire eine zweite Chance bekommen. Eine Chance, die schreckliche Ungerechtigkeit wettzumachen, dass sie so kurz nach ihrer Begegnung sterben mussten. Hier konnten sie zusammen sein. Offen. Konnten so etwas wie ein Leben aufbauen. Nicht das Leben, das sie sich gewünscht hatten. Aber wie sie gesagt hatte, gar nicht so übel.

Es war ein schöner Traum gewesen, und er bedauerte, ihn loslassen zu müssen.

Claire fragte: »Du oder ich?«

»Warum nicht wir beide?«

Sie lächelte und beugte sich zu ihm vor. Der Kuss war kurz, aber schmeckte süß.

Um sie herum redete alles durcheinander. Die Leute redeten immer mehr Unsinn. Sie waren hysterisch und brüllten sich gegenseitig nieder. Brody fing Kyles Blick ein und gab ihm ein Zeichen, er solle pfeifen. Der Feuerwehrmann legte den Kopf schief. Brody fixierte ihn, bis er schließlich mit den Schultern zuckte, die Finger an die Lippen legte und ein ohrenbetäubendes Schrillen ertönen ließ. Alle erstarrten.

»Ihr versteht alle nicht, worum es geht.« Brody erhob sich. Er stand ruhig da, schaute von einem zum anderen und suchte Blickkontakt. »Das Echo hat sich verändert. Unser Feind hat sich verändert. Wir haben es nicht mehr mit Grüppchen von zwei, drei Fressern zu tun. Da draußen sind über hundert. Und sie arbeiten zusammen.«

Claire stand neben ihm. »Wir sind ihre Nahrung. Wenn wir weglaufen, holen sie uns ein. Wenn wir uns verstecken, brennen sie unser Versteck nieder und müssen nicht mal kämpfen. Das Echo hat sich verändert.«

»Also was sollen wir tun?«, fragte Hector.

»Wir brechen die Regeln«, sagte Brody. »Wir gehen auf die Jagd. Wir greifen sie an.«

Seine Worte wirkten, als hätte er einen Felsbrocken in einen Teich geworfen. Die Reaktionen liefen wie Wellen durch die Menge. Die meisten schreckten sichtlich zusammen, fluchten, schüttelten den Kopf. Einige wenige, wie Finn und ein paar von den jüngeren Männern, schienen darüber nachzudenken.

»Diese Regeln sorgen seit zwei Jahrzehnten für unsere Sicherheit«, sagte Arthur. »Sie sind der einzige Grund, warum wir einander trauen können.«

»Nein. Sie sind *nicht* der einzige Grund«, sagte Brody. »Bis gestern ergab die Lehre der Ray noch absolut Sinn. Sie war einfach und klar und funktionierte. Doch jetzt nicht mehr. Wenn wir unsere Strategie nie ändern, unterliegen wir, sobald unser Feind seine ändert. Und genau das ist geschehen.«

»Ich hätte ja nichts dagegen, zu kämpfen«, sagte Sonny. »Aber wie? Wir haben doch keine Chance.«

»Er hat recht«, sagte Kyle. »Deshalb gehen wir nur in größeren Gruppen raus. Zehn von uns gegen einen von denen, kein Problem. Wir umzingeln sie, greifen sie von allen Seiten an und besiegen sie. Aber in einer offenen Schlacht würden sie uns fertigmachen.«

»Einen fairen Kampf können wir sicher nicht gewinnen«, stimmte Brody zu. »Aber wir müssen ja nicht fair kämpfen.«

»Wir töten Simon Tucks«, sagte Claire.

»Du führst weiter deinen Kreuzzug gegen Tucks.« Arthur schüttelte den Kopf. »Und denkst immer noch wie eine FBI-Agentin.«

»Ich versuche nur zu überleben«, sagte sie. »Die Fresser sind keine große Familie. Sie folgen Tucks nur, weil er stärker ist und ihnen etwas beschaffen kann, was sie wollen. Wenn er stirbt, ist es damit vorbei.«

Die Worte schwebten durch die Luft und in die Köpfe der zweihundertsieben Menschen, die sich im Park versammelt hatten. Brody konnte sehen, wie sie bei ihnen ankamen.

»Das hört sich so einfach an«, sagte Kyle. »Aber der Kerl hat etliche Vamps plattgemacht. Ziemliche mächtige sogar.«

»Stimmt«, sagte Brody.

»Und all ihre Macht ist auf ihn übergegangen. Dabei war er vorher schon sehr mächtig.«

»Ich weiß.«

»Und er kann Feuer machen, wo sonst nichts brennt.«

»Ja.«

»Also wie …?«

»Wir haben keine Wahl«, sagte Claire. »Sie haben vor, uns anzugreifen.«

»Es stimmt schon, dass die Fresser stärker und schneller sind als wir.« Brody nahm Claires Faden auf. Es war ein ähnlicher Rhythmus wie bei einem Verhör. Sie konnten die Gedanken des anderen lesen und spielten einander den Ball zu, um einen Treffer zu landen. »Aber wir haben ihnen gegenüber einen Vorteil. Wir vertrauen einander. Die Regeln an sich sind zweitrangig. Was zählt, ist, dass wir sie befolgen *wollen*. Wir wollen uns menschlich verhalten. Für uns ist die Gemeinschaft wichtiger als persönliche Macht. Das bedeutet, wir stehen zusammen und kämpfen füreinander. Und wenn es sein muss, können wir füreinander Opfer bringen. Sie können das nicht. Sie werden es niemals tun. Ich will ganz ehrlich sein. Wenn wir kämpfen, werden wir Leute verlieren. Doch wenn wir nicht kämpfen, sind wir alle verloren.« Er verstummte, stellte sich schräg zu seinen Zuhörern, nickte, zog alle Register, außer auf die Kinder zu deuten. Die größeren waren näher gerückt, um zu lauschen. Die kleinen ließen Matchboxautos den Hügel hinuntersausen. »Wir alle.«

Ein billiger Trick aus dem Psychologielehrbuch, doch er funktionierte. Bis zu diesem Moment hatten die Leute nur an sich selbst gedacht. Nun fühlten sie die Verantwortung für andere auf sich lasten.

So modern Zynismus auch sein mochte, die meisten Menschen stellten sich ihren Verantwortungen. So gut wie immer. So oft wie die Hölle auch neu erschaffen wurde, die Geschichte war der unanfechtbare Beweis, dass die Menschen an sich gut waren. Sie bauten mehr, als sie niederbrannten, erschufen mehr, als sie zerstörten, nicht nur ein wenig, sondern viel, viel mehr. Um es zu verstehen, musste man sich nur ins Gedächtnis rufen, dass wir am Anfang nichts anderes als Schimpansen waren – und sich dann umschauen.

»Ich bin dabei.«

Überrascht drehte Brody sich um. Zwei Reihen höher und ein wenig seitlich von ihm saß Emily Watkins. Sie stand auf und der kalte Wind vom Fluss fuhr ihr durchs Haar. »Ich will nicht darauf warten, dass sie herkommen. Und außerdem hat er mich schon einmal umgebracht. Jetzt bin *ich* an der Reihe.« Darauf lachten einige leise und Emily lächelte. »Ich mache mit. Wer noch?«

»Stimmen wir ab«, rief Kyle, der noch immer auf der Brunnenmauer saß. »Wer ist dafür?« Er hob seine Hand. Emily tat es ihm gleich, dann Sonny, Lucy, Finn, DeAndre und ein paar andere. Einen Moment lang sah es so aus, als würden es immer mehr. Doch es blieb bei etwa zwanzig hochgestreckten Armen. Die Leute wägten ab, diskutierten miteinander.

Schauten Arthur an. Denjenigen, der am längsten hier war und Ray persönlich gekannt hatte. Er fing ihre Blicke auf, stand auf und räusperte sich. »Ihr alle wisst, wie ich darüber denke. Wenn wir anfangen zu töten, werden wir so wie sie. Auch wenn wir die besten Absichten haben.«

Scheiße. Arthur hatte zwar nicht grundsätzlich das Sagen hier, doch seine Meinung hatte viel Gewicht. Der Professor rieb sich die Hände und verschränkte immer wieder seine weißen Finger.

»Unsere Regeln sind einfach. Leiste deinen Beitrag. Und töte nur in Notwehr. Wegen dieser beiden Regeln haben wir überlebt. Sie haben uns geholfen, zahllose Neuankömmlinge zu retten. Nicht nur das, sie haben uns zu Freunden werden lassen. Zu Partnern. Einer Familie. Haben uns im Tod ein neues Leben geschenkt. Ich war immer der Meinung, dass diese beiden Regeln uns ausmachen.«

Mit Brodys Plan ging es bergab, und zwar schnell. Er spürte, wie die Leute sich abwandten. Er wollte etwas sagen, doch er ließ es. Nichts, was er sagen würde, konnte etwas ändern.

»Aber vielleicht gibt es eine grundsätzlichere Regel. Nämlich die, dass wir zusammen kämpfen oder zusammen untergehen.« Arthur holte tief Luft. Seufzte. Und hob die Hand.

In Sekundenschnelle war es vorüber. Es ging zwar nicht einstimmig aus, aber so gut wie. Brody fühlte, wie ihn ein Siegesrausch überkam. Doch er war nicht von Dauer, denn ihm wurde bewusst, dass zweihundert Menschen ihr Leben in seine Hand gelegt hatten.

Also gut …

Seine Achseln wurden feucht und sein Mund trocken. Er brauchte einen Moment, um die richtigen Worte zu finden. »Die Fresser sind Räuber. Das heißt, sie warten immer auf die richtige Gelegenheit. Also …«, er machte eine Pause und schaute um sich, »geben wir ihnen die Gelegenheit.«

Sechsunddreissig

Auf dem Parkplatz des Baumarkts hatten sie fünf große Rollwagen mit wackeligen Rädern gefunden und zusammengekettet. Hatten sie mit Kanthölzern vollgeladen und Planen darübergeworfen. Die Wagen ratterten bei jeder Unebenheit der Straße und der Lärm hallte von den Mauern der Betonschlucht wider.

Brody und Sonny schoben den vorderen Wagen. Das Gesamtgewicht der fünf Wagen plus Ladung musste an die zwei Tonnen betragen, doch aufgepumpt wie sie waren, hatten sie kein Problem damit. Claire steuerte von vorn und versuchte, die größten Schlaglöcher zu vermeiden. *Selbst im Jenseits gibt es in Chicago noch Schlaglöcher,* dachte Brody und unterdrückte ein Lachen.

Er war ziemlich erschöpft. Gestern eine Fußpatrouille von fünfzig Kilometern, gefolgt von dem Vorstoß in das Unigebäude und einer schlaflosen, von Schreien zerrissenen Nacht. Dann sein Appell heute Morgen und alles, was danach noch kam: planen, debattieren, streiten. Er hatte gehofft, zwischendurch eine halbe Stunde Schlaf zu ergattern, doch nun war er hier und zerrte eine ganze Kette von Rollwagen durch die Stadt.

Er fragte sich, wie lange die Macht, die er von Raquel Adams geerbt hatte, wohl anhalten würde. Er hatte das Gefühl, bereits Kraft eingebüßt zu haben, wusste aber nicht, wie viel. Er konnte immer noch Unmögliches vollbringen … nur nicht so oft. Als würde er die überschüssige Kraft nach und nach verbrauchen. Sie schien dahinzuschwinden wie der Lebensbalken in einem Videospiel.

Großer Gott. Meinst du wirklich, es ist alles nur ein Spiel? Call of Duty *vielleicht?*

Auch die von Raquel ererbte Kraft konnte nicht verhindern, dass er vor Erschöpfung ganz benommen war.

Das Vorderrad des Wagens fuhr in einen Asphaltriss und der ganze Zug wackelte, ratterte und schepperte. In der Stille des Echos würde der Lärm über einen Kilometer weit zu hören sein. Brody warf Claire einen Blick zu. Sie nickte, ihre Augen waren so müde wie seine.

Die ganze Planung und der Einsatz in dieser Stresssituation versetzten ihn zurück in seine Militärzeit. Er hatte die Offiziersanwärterschulen der Army und der Marines besucht, und eine der wichtigsten Lektionen, die er gelernt hatte, war, dass ein Kampfeinsatz selten kam, wenn man gut ausgeruht und darauf vorbereitet war. Während der schriftlichen Prüfungen ließen die Ausbilder plärrende Heavy-Metal-Musik laufen und warfen ihnen Tennisbälle an den Kopf. Mitten in der Nacht wurden unangekündigt Combatschießübungen abgehalten. Alles war angelegt auf Mobilität, Angriff und Vermeidung von Kampflinien oder Konfrontationen mit gleich starken Gegnern. »Das Spielbrett umdrehen« war wahrscheinlich die wichtigste Devise der Marines. Die Lage von der Perspektive des Feindes aus betrachten und dann ihre Schwachstellen ausnutzen. Geschwindigkeit war eine Waffe. Ein Überfall konnte zu einem entscheidenden Vorteil führen.

Deshalb hatte er trotz allem auf schnelles Handeln gedrängt. Sicher, ein bisschen Schlaf hätte nicht geschadet, und es war unwahrscheinlich, dass die Fresser heute angreifen würden. Sie waren sicher noch von letzter Nacht ausgepowert. Das hoffte Brody zumindest. Es würde ihnen helfen, vor allem da …

»Oh-oh«, machte Claire, die mit einer Hand ihre Augen abschirmte und in die Ferne spähte.

Ein Kribbeln lief durch Brodys Beine. Er richtete sich gerade auf.

Fast einen Kilometer hinter ihnen standen ein paar Gestalten in der Mitte der Straße. Auf die Entfernung war schwer auszumachen, wie viele es waren, aber mindestens fünf, vielleicht mehr. Sonny hatte aufgehört zu schieben und tastete nach den Messern, die an seinen Hüften hingen, sein Gesicht angespannt, als hätte sich seine Haut zusammengezogen. Brody schaute sich um. Sie befanden sich auf der Harrison Street, nicht weit vom Fluss. Im Norden lag die alte Hauptpost samt Nebengebäude. Sie war schon geschlossen, seit er denken konnte, die Fensterreihen blind und schwarz. Die Gebäude waren durch einen Maschendrahtzaun abgeschirmt, der mit Plastikplanen verkleidet und mit Sandsäcken beschwert war. Die Straße war hier sehr breit, vierspurig so weit das Auge reichte. Und keine Fluchtmöglichkeit.

»Sie kommen«, sagte Sonny.

»Wie viele?« Claires Stimme wie ein zu straff gezogener Draht. »Ich kann es nicht sehen.«

Die Gestalten bewegten sich auf sie zu, und durch ihre Geschwindigkeit und den flimmernden Asphalt waren sie nicht deutlich auszumachen. »Sechs?«

»Seht mal da oben«, sagte Sonny.

Außer den sechs auf der Straße liefen noch mindestens vier über die Dächer der Gebäude. Während er hochschaute, erreichte einer der Fresser das Ende eines mittelhohen Hauses, machte einen Satz und landete auf einem parkenden Bus. Dann sprang er auf den Boden und rannte schon, noch bevor sie ihn aufkommen hörten. Es war schwierig, sie anzuschauen, denn sie waren so unnatürlich schnell, dass es den Augen wehtat.

»Zehn.« Sonny schaute zu Brody hinüber. »Zehn habe ich nicht erwartet.«

Mit einem Achselzucken nahm Brody seinen Vorschlaghammer in die Hand. Er atmete tief ein und wieder aus. Sein Herz schlug gegen seinen Brustkorb. Einer der Fresser trug eine teure schwarze Lederjacke und hielt einen Baseballschläger. Brody erinnerte sich an das Geräusch der sich biegenden Stahlstangen, ein schrilles Knirschen, das an seinen Eingeweiden gezerrt hatte. Er rollte mit den Schultern. »Denkt an die Frau letzte Nacht und an das, was sie mit ihr gemacht haben.«

»Will«, sagte Claire. Als er sich umdrehte, sah er, dass sie das Wurfbeil in der Hand hatte. Sie war blass, zitterte … und lächelte. »Ich liebe dich.«

Es war gerade noch genug Zeit, zu ihr zu gehen, eine Hand hinter ihren Kopf zu legen und seine Lippen auf ihre zu drücken, und wenn er in der letzten Woche eines gelernt hatte, dann, dass man sich nie darauf verlassen durfte, mehr Zeit zu haben. Wenn sich einem etwas Gutes bot, musste man sofort zugreifen. Und eine, zwei Sekunden lang gab es nichts außer ihrem Duft und ihrem weichen Haar und dem Geschmack ihrer Zunge.

Dann hämmernde Schritte auf dem Asphalt und der Geruch von Rauch und ungewaschener Haut. Brody drehte sich um.

Es waren nicht zehn. Es waren zwölf.

Sie wurden langsamer. Sie bewegten sich im Schritttempo, doch nicht aus Vorsicht. Es war das Stolzieren des Schulhoftyrannen mit seiner Bande, die Effekthascherei des Vergewaltigers, der sein Hemd aufknöpfte. Sie wirbelten mit ihren Waffen und grinsten.

»Ach, wen haben wir denn da?«, sagte der Baseballschläger. »Hallo, Sonny.«

»Franklin.«

Brody starrte Sonny an. »Du kennst ihn?«

»Er hat früher zu uns gehört.«

»Wir waren Kumpel«, sagte der Schläger – Franklin. »Und Sonny hat mich aus dem feinen Luxushotel geschmissen.«

»Nicht ich. Wir haben gemeinsam entschieden. Du hattest dich dreimal in einem Monat auf Notwehr berufen.«

»Komisch. Für mich sieht's so aus, als hättest du dir selbst eine Mahlzeit gegönnt.«

»Notwehr«, entgegnete Sonny.

»He, du.« Der Mann, der hinter Franklin hervortrat, war dürr wie eine Vogelscheuche und hatte die eingefallenen Wangen eines Junkies. Er deutete mit seiner Machete auf Brody. »Hase, du bist doch der, der Raquel umgebracht hat.«

»Ja, stimmt.«

»Sie und ich, wir haben öfter rumgemacht. Natürlich bin ich nicht der Einzige, der schon mal in ihr war. Du auch, oder?«

Unwillkürlich blitzte in Brodys Kopf die Erinnerung daran auf, wie er Raquel in ihrem Schlafzimmer gewesen war und der Junge in ihn eindrang. Die Vogelscheuche grinste, als könnte sie seine Gedanken lesen. »Und jetzt stell dir die gleiche Szene mit mir vor.« Er wandte sich an Franklin. »Letztes Mal haben wir ihn laufen lassen. Diesmal ja wohl nicht, oder?«

»Bei zwölf gegen drei?« Franklin lächelte. »Nein.«

»Willst du noch was sagen, Hase? Vielleicht um dein Leben betteln?« Die Vogelscheuche schaute Claire an. »Oder mir deine Freundin vorstellen?«

Brody sagte nichts, umklammerte nur den Hammer fester, dessen Griff schon schweißnass war.

»Okay, dann lasst uns mal loslegen.« Franklin zögerte. »He, Sonny, willst du nicht rüberkommen und dich uns anschließen?

Vergessen wir, was passiert ist. Aus dem Kerl machen wir ein Hauptgericht und sie wird unser Nachtisch.«

Der Biker blickte die Fresser an, dann Claire und Brody. Der Augenblick war wie ein in Glas geritztes Bild, jede Kontur überscharf. Brody stieg der Rauchgeruch der Fresser in die Nase, das Harzaroma der Holzlatten, sein eigener Schweiß. Sonny schüttelte den Kopf. »Ich bin jetzt auf der richtigen Seite.«

»Bevor ihr sterbt, möchte ich noch sagen, dass es mir leid tut wegen Raquel«, sagte Brody. »Aber sie hat mir keine Wahl gelassen.«

»Bevor wir sterben?« Der Junkie bleckte seine ruinierten Zähne. »Du willst uns alle zwölf erledigen?«

»Ich?« Brody senkte den Hammer. »Nein.«

Claire schrie: »Los!«

Auf allen Rollwagen flogen die Planen hoch. Zehn Leute sprangen zwischen den Holzstapeln hervor und legten Bögen und Speere an. Gleichzeitig fiel mit großem Krach der Maschendrahtzaun vor der alten Hauptpost um, dahinter zweihundert Männer und Frauen, die vorwärts stürmten, angeführt von Emily, Kyle und Lucy.

»Was zum …?«

Ein *Zing* ertönte und Franklins Kehle riss auf. Sechzig Zentimeter eines Carbonfaserpfeils ragten heraus, als wäre der Pfeil aus seinem Hals gewachsen. Ein Blutfaden hing an der Breitkopfspitze. Noch bevor der Mann auf die Knie sackte, hatte Finn bereits einen neuen Pfeil eingelegt.

Dann Chaos.

Emily glühte vor Energie und stürzte mit einem Stahlrohr in der Hand heulend auf sie zu. Mit ihr stürmten zweihundert weitere Leute herbei, jauchzten und grölten, eine dreckige Horde, die um ihr Überleben kämpfte. Claire sprang auf den Wagen und schleuderte ihr Beil, und die Schneide schimmerte, während es senkrecht durch die Luft rotierte und den Schädel der Vogelscheuche spaltete.

Fluche und Schreie, das Klingen von Metall auf Metall und das dumpfe Geräusch von Schlägen auf Fleisch.

Die Fresser waren überrascht, doch sie waren auch stark und schnell. Einer hatte so schnell ein Bowiemesser gezogen und geworfen, dass Brodys Blick nicht folgen konnte, und es wirbelte durch die Luft und drang in die Brust eines Mädchens ein, das er nicht kannte. Ein älterer Mann mit Blumenkohlohren und vielfach gebrochener Nase ging in Kampfposition, warf einen Angreifer über seine Schulter und schleuderte einen anderen mit solcher Wucht gegen einen geparkten Lieferwagen, dass eine Delle entstand. Kyle rangelte mit einer kleinen Frau, die eine Kette schwang, die ihn hart im Gesicht traf, sodass sein Kopf zur Seite geschleudert wurde und das Blut in hohem Bogen aus seiner Wange spritzte. Er steckte den Schlag weg, stürzte sich auf sie und rammte ihr den Griff seines Beils in den Bauch, und dann verlor Brody die beiden in der Menge.

Sie kämpften mit waghalsigem Tempo und einer Brutalität, die von ihrer Angst herrührte. Brody beobachtete, wie Antoine, Madeleine und DeAndre gemeinsam eine Frau mit einem Messer in der Hand und einem erschrockenen Gesichtsausdruck fertigmachten. DeAndre drängte sie mit weiten Schwungbewegungen seines Messers zurück und Antoine schlug mit seinem Polizeiknüppel auf sie ein, brach ihr den Kiefer, dann die Schulter, dann den Schädel.

Brody spürte jeden Tod.

Nicht im bildlichen Sinn, sondern im Bauch. Das gleiche Zerren an den Eingeweiden wie vorher, ein mulmiges Gefühl im Bauch, als würde man die letzte Stufe einer Treppe verfehlen. Das Echo wurde erschüttert und passte sich an die verschobenen Kraftverhältnisse an. Sollte denn nicht jeder Tod die Welt bewegen? Sollten wir nicht alle jeden Mord spüren?

Lucy lieferte sich einen Zweikampf mit einem Mann, der ein Eisenrohr schwang. Funken sprühten, wenn ihre Waffen aufeinandertrafen. Sie war besser als er, doch er war viel stärker und der Ausgang des Kampfs war unklar, bis Hector dazusprang und dem Fresser mit einem Brecheisen die Kniescheibe zerschmetterte. Der heulte vor Schmerz auf. Lucy wirbelte herum und mit einem blitzschnellen Schwung ihres Schwerts schnitt sie den Schrei und den Kopf des Manns ab.

Die Schlacht war hässlich, grausam und kurz. Nur wenige Sekunden nach Claires Schlachtruf waren elf Fresser erledigt. Die Letzte stand bewegungslos mit aufgerissenen Augen da. Dann drehte sie sich um und rannte so schnell, dass Brody ihre Beine nur noch verschwommen sehen konnte.

Er sagte: »Finn.«

Während der Junge ihren Bewegungen folgte, wogte sein langer Ledermantel ein wenig und seine rote Sonnenbrille reflektierte eine blutige Welt. Er spannte einen weiteren Breitkopfpfeil ein. Die Spitze ein hohles Dreieck aus gemeinen Rasierklingen.

»Komm schon, komm schon, komm schon …«

Ihre Geschwindigkeit war unheimlich, unmöglich. Gerade war sie hier, eine Sekunde später fünfzig Meter entfernt. Falls sie entkam, würde sie die anderen warnen. Simon Tucks würde vorsichtiger vorgehen. Ihr ganzer Plan wäre dahin.

»Finn …«

Zing.

Der Pfeil traf sie mitten im Rücken. Einen Moment lang sah es so aus, als würde sie weiterrennen.

Dann war es vorbei.

Siebenunddreissig

»Okay, Leute, stehen wir nicht rum und kratzen uns an den Geschlechtsteilen.« Kyles Gesicht war völlig blutverklebt, doch eine Wunde war nicht zu sehen. Brody hatte beobachtet, wie die Frau ihm mit der Kette die Wange aufgerissen hatte, wobei er leicht ein Auge hätte verlieren können. Doch die Haut in seinem Gesicht war glatt und unversehrt. Und Kyles Umgebung wirkte leicht unscharf.

Neue Welt, neue Regeln.

»Ihr könnt später feiern«, fuhr Kyle fort, »und trauern. Alle, die so schwer verletzt sind, dass sie nicht weiterkämpfen können, ab nach Hause. Alle, die einen Fresser getötet haben, auf die Rollwagen. Alle anderen, sorgt dafür, dass eure Waffen einsatzbereit sind, und auf geht's.« Er lief auf und ab wie ein Armeeausbilder, sein Beil in der Hand. »Sofort, Leute!«

Claire starrte auf die Leiche des Junkies hinunter. Die Klinge ihres Wurfbeils war senkrecht auf seinen Schädel getroffen und der schwarze Stahl steckte fünf Zentimeter tief darin. Es war nur wenig Blut zu sehen.

»Alles in Ordnung?«

Sie blickte ihn mit blanker Miene an. »Er hieß Lawrence.«

Brody atmete hörbar aus. »Okay …«

»Seine Mutter litt an einer bipolaren Störung. Er hat seinen Vater angebetet, der wunderbar war – bis er die Familie verlassen hat. Er ist nach Albuquerque gezogen und hat Lawrence Geschenke geschickt, die er nie geöffnet hat.«

»Ja …«

»Das erste Mal, dass er mit einem Mädchen rumgemacht hat, war mit seiner Cousine. Sie waren zwölf.« Ein Lächeln flog über ihre Lippen. »Sie hat den Anfang gemacht und ihm einen runtergeholt, und als er gekommen ist, haben sie gedacht, sie hätte ihn verletzt. Sie haben Angst bekommen und aufgehört. Alkohol. Gras. Moms Pillen. Die Schule geschmissen. Er hat ein Mädchen kennengelernt, Niala, und eine Weile ging es ganz gut. Aber er konnte die Finger nicht von Drogen lassen und sie ist abgehauen. Er hat er eine Überdosis abbekommen, als er in einem verlassenen Reihenhaus Crystal aus einer Glühbirne geraucht hat.« Sie seufzte. »Ich habe immer noch den Geschmack im Mund. Nach … Chlor. Chlor und Nebelschleier.«

»Ich weiß, was du empfindest.« Brody dachte an Raquel Adams, eine Frau, die ihn gejagt hatte, eine Frau, die er intim kannte, eine Frau, der er nie begegnet war. »Es ist unmöglich, jemanden auf diese Weise kennenzulernen, ohne ihn ein wenig zu lieben. Obwohl er gesagt hat, er würde dich vergewaltigen, nachdem er mich umgebracht hat.«

»Und weißt du, was das Schlimmste ist?«

»Ja«, sagte Brody. »Das Schlimmste ist, dass du dich großartig fühlst.«

Sie riss die Augen auf und nickte langsam. »Das stimmt.«

»Wir mussten es tun.«

»Ich weiß.«

»Es ging nicht nur darum, zwölf Fresser zu töten. Sondern auch darum, dass sie ihre Macht auf unsere Leute übertragen. Deshalb habe ich mich auch aus dem Kampf herausgehalten.«

»Ich weiß, Will.« Sie setzte einen Fuß auf Lawrence' Brust, packte das Beil mit beiden Händen und zog es mit einem Ruck aus seinem Schädel. »Mir geht's gut.«

Alles klar. Du hast einen Moment lang vergessen, mit wem du's hier zu tun hast.

Kyle schaute auf seine Hände, während er sie zu Fäusten ballte und wieder öffnete, ein leichtes Lächeln im Gesicht. Er blickte auf, als Brody näherkam. »Meinst du, wir haben ihre Aufmerksamkeit erregt?«

»Sie werden bald hier sein. Halte die Karren zusammen. Versteck die Leute, die gefressen haben, unter den Planen. Es gibt keinen Grund, warum der gleiche Trick nicht noch einmal funktionieren sollte.

»M-hm.«

»Bewegt euch nicht zu schnell. Sie sollen euch einholen. Wenn du es so hinkriegen könntest, dass es auf einer Brücke oder in einer schmalen Straße passiert, hättet ihr bessere Chancen.«

»Ich weiß.«

»Das gerade war nicht die eigentliche Schlacht. Es war nur ein Köder. Diesmal werden sie mit voller Wucht kommen …«

Der Feuerwehrmann grinste. »Du hast gesagt: ›Mit voller Wucht kommen.‹«

»Kyle …«

»Entspann dich, Brody. Wir haben kapiert.« Kyle legte ihm eine Hand auf die Schulter. »Okay?«

»Okay.« Brody blickte in die Richtung, aus der die Fresser gekommen waren. »Ist DeAndre so schnell, wie er behauptet?«

»Der Junge ist eine Rakete. Und er hat hier einen Fresser getötet, wie du wolltest. Lucy und Claire auch. Aber ich habe überlegt, was ist, wenn Tucks die Horde anführt?«

Brody schüttelte den Kopf. »Du weißt, er ist ein Heckenschütze. Er ist nicht die Art Anführer, der sich an die Spitze stellt. Ich wette, er hat noch nie richtig gekämpft.«

»Mag sein, aber jetzt ist er der große Boss.«

»Aber nicht, weil er sie inspiriert, sondern weil er sie dominiert. Hat mit Loyalität nichts zu tun. Alles wie im Lehrbuch.«

»Hm, Lehrbuch«, sagte Kyle. »Nur um das klarzustellen: Du setzt alles darauf, dass das psychologische Profil des FBI stimmt. Bei dem Gladiator eines dunklen Gotts. Im Jenseits.«

»Ja, genau.«

»Okay.« Kyles heiteres Gesicht verdüsterte sich. »Hoffentlich hast du recht, Brody. Wir werden Zeit für dich rausschinden. Aber jede Sekunde wird einige unserer Freunde das Leben kosten. Deshalb hoffe ich, dass du recht hast.«

Und da war sie, die elementare Wahrheit, der er aus dem Weg zu gehen versuchte. Es war eine unumstößliche Regel des Kriegführens, dass ein Sieg niemals ohne Verluste errungen wurde. Man musste sich nur ein Schachspiel vor Augen halten. Selbst der eleganteste Sieg erforderte Opfer.

»Ich weiß«, sagte Brody und klopfte Kyle auf den Arm. »Also los.«

Er ließ Kyle seine Befehle brüllen und den Wagenzug ins Rollen bringen. Auf jeder Seite würden ein Dutzend Männer und Frauen schieben. Die Planen waren wieder an ihrem Platz, die frisch Gefütterten darunter versteckt, einschließlich Finn. Den Bogenschützen bei Kyle zurückzulassen war eine schwierige Entscheidung gewesen. Unter Umständen hätte er Simon Tucks mit einem gut gezielten Pfeil ausschalten können. Doch er war die größte Hoffnung der anderen. Er konnte den Ausgang der Schlacht entscheidend beeinflussen, indem er die angreifenden Fresser einen nach dem anderen umlegte.

Außerdem hat er gerade mindestens zwei, vielleicht sogar drei Leute getötet. Ihn in dem Zustand mit Simon zusammenzubringen, ist vielleicht keine so gute Idee.

Brody schaute der Gruppe nach, die Richtung Osten abzog. Sie waren ziemlich laut mit ihren ratternden Rollwagen, rumpelnden Holzlatten und stampfenden Stiefeln. Alle warfen noch einmal einen Blick zurück. Sie waren siegestrunken, doch unter der Oberfläche saß die Angst. Er konnte sie riechen.

Also tu deinen Teil, damit sie ihr Leben nicht umsonst aufs Spiel setzen.

Lucy hatte ihr Schwert weggesteckt und stand dicht vor Sonny, die Hände auf seiner Brust, ihr Gesicht nur wenige Zentimeter von seinem entfernt, und sie sprachen leise. Brody musste wieder über sie staunen. Nur an diesem Ort konnten diese beiden zusammenfinden, eine Vorstadtmutti mit Samuraischwert und ein mit Drogen dealender Biker, dessen Herz, wie sich herausstellte, am rechten Fleck saß.

DeAndre wirkte besorgt und vollgepumpt mit Energie. Er klopfte in so schnellem Takt mit dem Fuß auf den Boden, dass sein Bein vor Brodys Augen verschwamm. Buchstäblich verschwamm. Er glühte geradezu vor geraubter Kraft. Das gehörte zum Plan, doch Brody fragte sich, ob es wirklich klug war. Als wenn der Junge nicht schon genug durchgemacht hätte.

Zu spät.

Claire sprach mit ihm und versuchte zweifellos, ihn zu beruhigen. Es schien zu funktionieren. Als Brody dazukam, lächelte der Junge ihn mit errötetem Kopf an.

»Okay«, sagte Brody. »Wir haben keine Zeit für lange Reden. Du weißt, was du zu tun hast. Alles hängt von uns fünf ab. Wir müssen siegen, sonst sterben wir alle.« Er konnte sehen, dass seine Worte ihre Wirkung nicht verfehlten. Nach einer kurzen Pause zwang er sich zu einem breiten Lächeln und sagte: »Also lass uns gewinnen, hm?«

Achtunddreissig

Sie kamen.

Wie ein Tsunami, der durch ein Flussbett raste und mit wütender Gewalt alles vor sich herschob.

Hundert Fresser, vielleicht mehr. Schneller als Autos. Sie sprangen über Hindernisse, ohne langsamer zu werden. Legten sich in den Sprint, spannten die Waden und pumpten mit den Fäusten. Lange Haare wehten im Wind. Waffen in den Händen oder über die Schulter geschlungen, schmutziger Stahl, der Lichtfunken sprühte. Sie rasten, rempelten, stachelten einander an. Einige lachten. Einige heulten wie Wölfe. Es musste etwas im Blut des Menschen liegen, eine ursprüngliche Freude an der Jagd, die sich in diesem Laut äußerte.

Manche waren schneller als die anderen, doch alle waren schneller, als es Menschen möglich sein sollte, und ihre Kolonne zerfiel zu einer zerfransten Linie, keine Ordnung, keine Disziplin. Ein Rennen in Erwartung einer Fressorgie. Brody schauderte bei dem Gedanken an die Leute, die sie mit den Wagen vorgeschickt hatten. Sie würden abgeschlachtet werden. Eine kleine Gruppe zu überraschen, sie in einen Hinterhalt zu locken, wenn man dem Feind zahlenmäßig zehnfach überlegen war, war einer Sache. Aber das hier? Selbst wenn die anderen einen günstigen Kampfplatz fanden, selbst mit …

Hör auf damit. Du kannst dir nicht leisten, dir Sorgen um sie zu machen.

Es dauerte nur Sekunden, bis die Horde vorbeigezogen war, doch es kam ihm viel länger vor.

»Er war nicht dabei«, flüsterte Claire.

Brody nickte. Damit hatten sie natürlich gerechnet. Als er noch lebte, war Simon Tucks ein Heckenschütze gewesen, jemand, der aus der Distanz tötete. Der Tod hatte ihm Macht verliehen, doch nach seiner Ansprache der letzten Nacht zu urteilen, konnte er immer noch nicht mit Menschen umgehen. Sie hatten ihn zwar nicht an der Spitze der Kolonne erwartet, doch waren davon ausgegangen, dass er an der Jagd teilnehmen würde. Und wenn sie sich geirrt hatten? Wenn er nur seine Kämpfer entsendet hatte und auf seinem Thron sitzen geblieben war?

Sie könnten sich auf den Weg zu ihm machen. Doch das würde fünf bis zehn Minuten dauern. Und in zehn Minuten könnten viele ihrer Freunde sterben.

»Da.« Claire machte eine Bewegung mit dem Kinn.

Weit hinter der Armee von Wilden kam Simon angeschlendert. Sein Gesicht strahlte eine ausgelassene Energie aus, als würde er jeden Moment in Lachen ausbrechen. Neben ihm trotteten sechs Fresser entlang. Brody erkannte die Tänzerin und mehrere andere von letzter Nacht. Sie liefen im gleichen Tempo wie er, doch tauschten Blicke aus und starrten sehnsüchtig voraus. Sie waren ungeduldig wie Hunde an der Leine.

»Glaubst du, dass DeAndre es schaffen kann?«

Claire nickte. »Ich habe mit ihm gesprochen.«

»Habe ich gesehen. Wieso ist er rot geworden?«

»Ich habe ihm erzählt, ich hätte Patricia sagen hören, wie mutig er ist.«

»Wer ist Patricia?«

»Du weißt schon.« Sie griff sich an die Brüste.

Brody lächelte. »Wann hast du das gehört?«

»Habe ich gar nicht.«

»Na, toll.« Er holte tief Luft. »Findest du das in Ordnung?«

»Es ging nicht anders.«

Aus der Ferne war plötzlich ein gellender Schrei zu hören. Dann noch einer. Dann Klirren von Stahl auf Stahl, Johlen und Brüllen.

Es hat begonnen. Brodys Magen zog sich zusammen. Es bedeutete, dass Menschen starben. Freunde wie Feinde. Ob er sich je daran gewöhnen würde, dass er spüren konnte, wenn jemand diese Welt verließ?

Die Ehrengarde unten auf der Straße wurde unruhig, offensichtlich begierig, an dem Spaß teilzuhaben.

»Er geht nicht hin.«

»Wird er schon.«

Brody biss die Zähne zusammen. Der Griff des Hammers klebte in seiner Hand. Sie hatten damit gerechnet, dass Simon nicht allein auftauchen würde. Alles andere wäre unrealistisch gewesen. Doch damit ihr Plan funktionierte, musste DeAndre sein Ding machen. Brody fragte sich, ob sie es mit ihm nicht zu weit trieben. Ein Jugendlicher, der von Polizisten ermordet worden war und jetzt einen Plan ausführen sollte, den andere Polizisten ausgeheckt hatten.

Wenn er seinen Teil nicht erfüllt, musst du trotzdem angreifen.

Keine angenehme Vorstellung. Sie wären zahlenmäßig unterlegen und außerdem hatte Tucks die Leute in seiner Ehrengarde wahrscheinlich wegen ihrer Stärke ausgewählt. Von Simon selbst ganz abgesehen. *Trotzdem. Wir haben keine Wahl.*

Er wollte gerade aufstehen, als Claire sagte: »Sieh mal.«

Unten auf der Straße stieg DeAndre in aller Ruhe aus einem Lieferwagen und tat schrecklich froh, dass er gerade noch einmal davongekommen war. Er blickte den Fressern hinterher, die soeben vorbeigelaufen waren, und wischte sich die Hände an der Hose ab. Selbst von hier oben konnte Brody sehen, dass er grinste wie die Katze, die den Kanarienvogel gefressen hatte.

Dann schaute DeAndre nach Westen, wo Tucks mit seinen Begleitern ankam. DeAndre mimte Erschrecken und sein Mund formte ein »oh Scheiße«. Er rannte weg, so schnell er konnte. Gerade noch hatte er still dagestanden, jetzt war er nur noch ein verwischter Streifen. Wie der Hase auf einer Hunderennbahn.

Und mit dem gleichen Effekt. Die Fresser, die Tucks begleiteten, mögen seine Ehrengarde gewesen sein, aber Soldaten waren sie nicht. Der Anblick fliehender Beute war eine unwiderstehliche Versuchung. Drei von ihnen rannten sofort hinterher. Die anderen drei zögerten, hin- und hergerissen zwischen der Furcht vor ihrem neuen Propheten und ihrer Gier.

Mit einem wohlwollenden Lächeln und einem Wink entließ Tucks sie. Sie rasten davon und ließen ihn lachend zurück.

Gott segne dich, D. Mögen du und Patricia viele heiße Nächte miteinander verbringen.

Brody blickte Claire an und sah, dass sie ihr Beil in der Hand hielt. Es war erst ein paar Minuten her, dass sie die Vogelscheuche umgebracht hatte, und der offensichtliche Schwall von Kraft ließ alles an ihr schärfer konturiert erscheinen. Er konnte die hellen Sommersprossen in ihrer Halsmulde sehen, den Flaum in ihrem Nacken, die zarten Fältchen in ihren Augenwinkeln. Sie war nicht die klassische Sexbombe mit Schmollmund und großem Busen, die am besten auf Fotos rüberkam. Um Claire richtig würdigen zu können, musste man sie in Aktion sehen. Ihre gerade Körperhaltung, die Schultern durchgedrückt, ihre selbstbewusste Ausstrahlung. Und wie sie sich ihre Angst eingestand, aber unter Verschluss hielt.

Er fragte sich, wie es gewesen wäre, wenn sie ein ganz normales Leben miteinander geführt hätten. Mit Arbeit und einem Zuhause und gemeinsamem Abendessen. Zusammen den Urlaub planen, Wecker stellen, über Bücher reden und sich über unwichtige Dinge streiten. Ob sie gern Mutter geworden wäre? Wenn ja, hätte es ihm gefallen. Nicht sofort, aber in ein paar Jahren.

»Was ist?« Sie hatte seinen intensiven Gesichtsausdruck bemerkt und angenommen, es hätte mit ihrem Plan zu tun. »Was hast du denn?«

Alles. Ich habe alles. »Ach … ich liebe dich einfach.«

Sie lächelte ihn an. »Süß von dir. Aber jetzt los.«

Unten lief Tucks langsam weiter und lachte in einem hohen Kicherton. *Der Tod hat seinen Wahnsinn offenbar nicht heilen können.*

Brody stand auf, trat zurück und rannte auf den Rand des Dachs zu.

Dann ein Augenblick reiner Panik, hartnäckig, instinktiv. Noch während er den Fuß aufsetzte und sich in die Luft katapultierte, fragte er sich, was zum Teufel das sollte, von einem vierstöckigen Gebäude zu springen.

Dann erfasste ihn die Schwerkraft, er strampelte mit den Beinen, ruderte mit den Armen, die Luft rauschte vorbei und der Boden raste auf ihn zu.

Er kam hart auf dem Boden auf, ging in die Knie und ließ sich ausrollen, den Hammer mit einer Hand fest an die Brust gedrückt und die andere über den Asphalt schrammend, während er versuchte, sich zu fangen. Dann sprang er vor dem Mann auf, der ihn getötet hatte.

Simon Tucks wirkte härter und schlanker als der Mann, den er vor einer Ewigkeit auf der Feuertreppe hatte stehen sehen. Die schlaffen Gesichtszüge waren gemeißelten Wangenknochen gewichen und sein Blick war feurig. Er trug dieselben Kleider wie letzte Nacht. Um den Hals trug er ein Lederband, an dem etwas baumelte, das aussah wie Knochen.

Brody hörte neben sich einen Aufprall. Claire legte eine bessere Landung hin als er, ihre Kraft noch so frisch, dass sie sich nur mit den Knien abfedern musste, ohne abzurollen. Dann fielen hinter Tucks zwei weitere Kämpfer vom Himmel. Lucy zog mit lautem Schaben ihr Schwert aus der Scheide. Sonny riss beide Messer hoch.

Falls Tucks Angst hatte, zeigte er es nicht. Sein Blick war kalt und herablassend. Er sah einen nach dem andern abschätzig an. »Ein Trick?«

»Eine Falle«, antwortete Brody. »Und du bist direkt hineingetappt.«

Simon lächelte. »Wisst ihr überhaupt, wer ich bin? Wer ich wirklich bin?« Er fingerte an seinem Halsband herum. »Ich bin der Gladiator eines …«

Mit einem schmatzenden Geräusch stieß eine gebogene Metallzunge in seinen Bauch. Fünfzig Zentimeter Stahl in Blut gebadet. Die Schneide des Schwerts schimmerte.

»'tschuldigung«, sagte Lucy, »aber die Rede kenne ich schon.«

Simon lächelte unbeirrt weiter.

Er packte das Schwert mit beiden Händen und zerbrach es wie ein Streichholz. Dann holte er mit einer Drehbewegung aus und schlug Lucy mit dem Handrücken quer übers Gesicht, sodass sie gegen den Lieferwagen flog, in dem DeAndre sich zuvor versteckt hatte. Der Aufprall ließ Stahl bröseln und Glas zerschmettern. Lucys Kopf brach den Außenspiegel ab und sie sackte langsam auf die Straße.

Sonnys Augen blitzten auf. Er stürzte sich mit schwingenden Messern auf Tucks und wob einen Teppich aus Klingen. Der andere tänzelte und wich immer wieder aus. Der Stoß von Lucys Schwert schien ihm nichts anzuhaben. Er bewegte sich so schnell, dass Brody den Eindruck hatte, einen schlecht animierten Trickfilm zu sehen.

Brody wollte eingreifen und versuchte, Tucks von hinten anzugreifen, doch der blieb ständig in Bewegung, drehte sich um oder wich zurück, sodass er sie beide immer vor sich hatte. Claire beobachtete die Szene unbeirrt und wartete mit dem Wurfbeil in der Hand auf ihre Gelegenheit.

Sonny war sehr geschickt. Er hielt beide Messer nach unten und machte kontrollierte Schwinger, Stöße und Täuschungsmanöver, nichts, das ihn aus dem Gleichgewicht bringen konnte, und drängte Simon immer weiter zurück. Der hielt seine Hände unten, was seltsam war, warum tat er …?

»Pass auf!«

Brody wusste bereits, dass es zu spät war, als er sah, wie der Biker sich auf Tucks stürzte und ihm mit einem bösen Hieb Kleidung, Haut und Muskeln aufschnitt und das blanke Weiß seiner Rippen freilegte. Im selben Augenblick wirbelte Simon die abgebrochene Schneide von Lucys Schwert hoch, die er flach an seinen Unterarm gepresst hatte, packte sie mit blutenden Händen, stieß Sonny die Spitze unters Kinn und trieb sie so schnell und fest hoch, dass sie oben wieder aus seinem Schädel trat.

Sonny zuckte, zitterte und sackte zusammen. Noch bevor er auf dem Boden aufschlug, spürte Brody den Schwindel und das schmerzhafte Zerren in seinem Bauch, die einen Abgang begleiteten.

Furcht und Frustration überwältigten Brody. Wie stellte Tucks das nur an? Er hatte einen Stich in den Bauch erhalten, seine Brust war aufgeschlitzt, seine Hände von der rasiermesserscharfen Schneide des Schwerts zerschnitten.

Und nichts davon kann ihn bremsen. Du tust ihm nicht einmal weh.

Streng dich mehr an.

Wenn er Tucks zu Boden werfen könnte, wäre der Kampf vorbei. Er könnte das Tempo bestimmen, Hammerschläge auf ihn niederprasseln lassen und ihn für Claire weichklopfen. Brody stürmte mit gesenktem Kopf auf ihn zu und rammte ihn.

Es war, als wäre er mit voller Wucht gegen einen Baum gelaufen. Der Schmerz war scharf und explosiv und beinah hätte er sich die Schulter ausgekugelt. Brody sog scharf die Luft ein und wirbelte den Hammer in einem mörderischen Bogen, zehn Kilo kalt geschmiedeter Stahl, angetrieben von Muskeln, die Unmögliches vollbringen konnten, ein Schlag, der einen Zylinderblock zu Bruch …

Und dann fing Simon den Hammer mit der bloßen Hand mitten in der Luft auf. Obwohl seine Hände blutverschmiert waren, waren sie unverletzt, und auch die Wunden an Brust und Bauch waren verschwunden. *Natürlich. Er hat Sonny umgebracht.* Er war so nah, dass Brody ihn riechen konnte, den Gestank von Rauch und noch etwas anderes, fleischig wie ein roher Hamburger. Ohne den Hammer loszulassen, beugte Simon sich zu ihm vor und sagte: »Du kannst Gott nicht bekämpfen.«

Simons Kopf schoss vor und seine Stirn traf Brodys Nase. Ein Übelkeit erregendes Knacken und eine Explosion aus weißem Licht, und die Welt begann zu flackern und Brody taumelte. Irgendwo hinter ihm Claire, die schrie: »Runter!«

Verstanden.

Brody ließ sich plump fallen und kam hart auf, in einem Kampf eine unerwartete Bewegung, die Simon aus dem Konzept brachte. Noch im Fallen hörte er Claires Wurfbeil surren und konnte sich vorstellen, wie es durch die Luft wirbelte. Er schaute in dem Moment hoch, als es sich direkt über dem Schlüsselbein tief in Simons Hals grub.

Ein unglaublicher Wurf, mit übermenschlicher Kraft vollbracht. Er müsste Trapez- und Treppenmuskeln zerfetzt und die Halsvene durchtrennt haben. Tot in Sekunden.

Simon Tucks hielt inne. Mit verwirrter Miene griff er sich an den Hals und zog das Beil heraus. Drehte es herum und packte es beim Stiel.

Er holte weit aus und warf es mit so viel Kraft, dass es Claires Schädel zertrümmerte.

Brody schrie.

Er sprang hoch, während er spürte, wie die Welt sich veränderte, schaukelte wie ein Ruderboot, aus dem jemand ausstieg. Doch das Ruderboot war alles, was vom Leben noch übrig war, und diejenige, die ausstieg, war Claire, und das konnte einfach nicht sein, das konnte verfickt noch mal nicht sein.

Simon Tucks packte Brodys Hals mit beiden Händen, hob ihn hoch und drückte ihm gleichzeitig die Luft ab. Brody trat und schlug wild auf Tucks ein. Mit solcher Wucht, dass er Metall verbeult hätte.

Unbeeindruckt von seiner tödlichen Halswunde und trotz der Anstrengung, einen um sich schlagenden Hundert-Kilo-Mann hochzuhalten, lächelte Tucks. »Ich habe doch gesagt, du kannst Gott nicht bekämpfen.«

Brody traf ihn mit einem gezielten Tritt am Kopf, der ihn zur Seite schleuderte, doch das Grinsen verging ihm nicht.

»Bevor du noch einmal stirbst, solltest du etwas wissen.« Der Druck war hydraulisch, unaufhaltbar wie das Pressschild eines Müllwagens. »Deine Frau ist jetzt in mir. Ich habe mir ihre Geschichte angeeignet. Ich verstehe sie in einer Weise, wie es dir nie möglich wäre.« Das wahnsinnige Lächeln tanzte in der Luft. »Wie fühlst du dich bei diesem Gedanken?«

Brody schob seine Arme von unten zwischen die von Simon und versuchte, sie auseinanderzustemmen, doch er hatte einfach nicht genug Kraft. In seinem Kopf pochte der Schmerz in wütenden Wellen und die Welt flackerte und schwand dahin. Claire war tot, umgebracht von dem Mann, der sie beide schon einmal getötet hatte, und Brody war kurz davor, ihr zu folgen. Kurz fragte er sich, ob es noch etwas gab, eine nächste Stufe, ein neues Tal, und falls ja, schwor er sich, sie dort zu finden, er würde ihr durch das ganze Spektrum des Seins nachjagen, wenn es sein musste. Er trat Simon vors Kinn, schlug ihm mit voller Wucht die hohlen Hände auf die Ohren, um seine Trommelfelle zum Platzen zu bringen, was höllisch wehtat und ihn verwirren würde, doch er stand bloß da und ließ es über sich ergehen, ertrug den Schmerz und die Verletzung, als würde es einem anderen zustoßen, und Brody wurde immer schwächer, war nicht mehr Herr seiner Sinne, konnte nichts sehen, nicht denken, seine Hände ertasteten Simons Gesicht und er kratzte, krallte, grub darin, überall Flecken und Funken, und er dachte, wenn er an seine Augen käme, wäre vielleicht noch Hoffnung, und er drückte weiter, doch Simon schüttelte ihn einfach wie einen alten Lumpen, und Brody griff panisch um sich, packte ihn an Haaren, Haut und Kleidung und blieb an etwas hängen, das riss, als er daran zerrte …

Simon ließ ihn fallen. Lockerte einfach seinen Griff und ließ ihn fallen.

Brody sackte auf den Boden, rang nach Luft und rieb sich den Hals. Die eingeatmete Luft und die plötzliche Zufuhr von Blut schmerzten noch mehr als ihr Mangel. Und was schlimmer war, er wusste, was als Nächstes kam. Simon spielte nur mit ihm. Bald würde das Isolierband kommen, dann das lange, ängstliche Warten und dann das Feuer. Wenigstens würde das Claire erspart bleiben.

Er musste all seine Kraft zusammennehmen, um sich aufzusetzen. Er würde wegrennen, die anderen suchen …

Irgendetwas geschah mit Simon Tucks.

Brody betrachtete ihn blinzelnd, wusste nicht so recht, was er da sah, traute seinen Augen nicht. Simon war dabei … zu schmelzen.

Anders konnte man es nicht ausdrücken. Das Fleisch seines Gesichts rann herunter wie heißes Wachs. Die scharfen Wangenknochen rutschten herunter und formten Hängebacken. Ein zweites Kinn entstand unter dem ersten. Die feurigen Augen erloschen. Auch sein Körper veränderte sich, schrumpfte und schwoll gleichzeitig an, wurde kleiner und dafür dicker. Aus der Wunde an seinem Hals spritzte das Blut. Nicht mehr das sanfte Tröpfeln von vorhin. Ein Schwall von Blut. Ein Geysir.

Da erst fiel Brody wieder ein, dass etwas in seiner Hand zerrissen war. Er hielt es immer noch, etwas Leichtes, Kantiges an einem weichen Strang. Langsam öffnete er die Hand.

Darin lag Simons Halsband. Drei dreckige Fingerknochen, mit Kupferdraht zusammengehalten, an einem Lederband.

Brody betrachtete es, dann Simon, auf den Knien, zitternd und schluchzend schmolz er dahin. Er war nicht länger der Gladiator eines dunklen Gotts. Er war nun ein blasser Mann mit schlaffen Gesichtszügen und fliehendem Kinn. Seine Hand war auf die pulsierende Wunde an seinem Hals gepresst und Blut spritzte zwischen seinen Fingern hervor.

Was auch passiert war, welchen Schutz das Halsband bieten mochte, Brody hatte keine Zeit, darüber nachzudenken. Er stopfte die Knochen einfach in seine Tasche und raffte sich hoch. Der Hammer lag ein paar Schritte entfernt. Er humpelte hin und hob ihn auf.

Claire schaute er nicht an. Nicht jetzt.

Simon lag am Boden und jammerte. »Es tut mir leid. Es tut mir leid. Es tut mir leid. Das war nicht ich, das weißt du doch.«

»Ja«, sagte Brody. »Irgendwie schon.«

Dann hob er den Hammer in die Luft und schlug mit aller Kraft zu.

Neununddreissig

Und lag plötzlich auf dem verschossenen Teppich mit den Crackerkrümeln, Limonadeflecken und Hundehaaren. Im Fernsehen lief *GI Joe,* danach kam *Voltron,* dann *Scooby-Doo* und dann *Jem* – die Serie fand er zwar blöd, aber er kriegte dabei immer so komische Gefühle – und später die Spielshows. Mom war in der Küche, rauchte und telefonierte, und wenn die Shows vorbei waren, würde sie sich blutroten Lippenstift auf die Lippen schmieren und sagen, dass im Gefrierfach Fertiggerichte seien, und während sie rausging, würde sie noch bemerken, er solle nicht stundenlang in die Glotze schauen …

Er hatte Mauern aus Steinen und Baumrinde gebaut und die Guten aufgestellt, um sie zu verteidigen – Luke, Batman, Buck Rogers und Snake Eyes, der eigentlich ein Böser sein sollte, aber in seinem Ninja-Outfit sah er einfach zu cool aus. Doch die Feinde hatten sie umzingelt, eine Truppe Soldaten, die er auf einem Sandhügel aufgestellt hatte, und ein paar Steine, die Decepticons darstellen sollten, und Monster-Barbie, eine Puppe, die er in einer Gasse gefunden hatte, nackt und von irgendeinem Tier angekaut. Die Schlacht sollte gerade beginnen, als er Gelächter hörte. Er blickte auf und sah Tommy, Eric und Paul, die an ihm vorbeischauten und »Baby«, »Loser« und

»Schwuchtel« sagten. Er zog die Schultern ein und hörte nicht hin, hörte nicht hin, denn wenn man sie nicht hört, dann ist man vielleicht gar nicht da …

Eigentlich darf er nicht in Moms Badezimmer, aber sie war nicht da, und Brody saß mit gekreuzten Beinen nackt auf dem Boden. Er hielt eine ihrer Strumpfhosen in der Hand, hatte sich weitere Strumpfhosen um den Körper gewickelt und stierte auf die Unterwäschemodelle in ihren Modezeitschriften, ohne zu wissen, was er eigentlich wollte, doch er wollte es so sehr, das Verlangen in seiner Brust so stark, er kann nicht glauben, dass sie es nicht hören, dass die Frauen nicht aus der Zeitschrift kriechen, ihre Arme um ihn legen und ihm sagen …

Er klebte mit der Etikettierpistole Preisschilder auf Dosen, *ka-tank, ka-tank, ka-tank,* während die Leuchtstoffröhren des Supermarkts nur fast flackerten, Kopfschmerzen direkt hinter seinen Augen. Im nächsten Gang sprachen zwei Jugendliche aus der Schule über die Uni, darüber, was für große Partys sie feiern, wo sie wohnen und wie viele Mädchen sie vögeln würden, und er versuchte sich vorzustellen, wie er all dies tat, zur Uni gehen, sein Leben, vorwärtskommen. Stellte sich vor, er wäre wie die Leute im Fernsehen, in einem schicken Büro oder in einem weißen Arztkittel, und *ka-tank, ka-tank, ka-tank …*

Die Geräusche des Hauses, die zusammensackenden Möbel und das Flüstern der Spiegel. Er trug immer noch den Anzug, den er gestern gekauft hatte, steif und die Hose zu kurz, als er sich auf die Couch setzte, die nun ihm gehörte, in dem Haus, das nun ihm gehörte, und dachte daran, dass alle gesagt hatten, wie friedlich Mom doch ausgesehen hatte. Doch das stimmte nicht. Sie hatte ausgesehen wie eine Schaufensterpuppe, und er fand immer, dass Schaufensterpuppen aussahen, als versuchten sie zu schreien, und er stellte sie sich in ihrer Kiste unter all der Erde vor, wie sie versuchte zu schreien …

Auf Google hatte er gelernt, eine Galgenschlinge zu knoten. Nur zum Spaß, um sich die Zeit zu vertreiben, nicht ernst gemeint. Das weiche, doppelt geflochtene Seil fühlte sich gut in seiner Hand an, als er es zu einer Schlinge formte und es immer wieder um sich selbst wand. Irgendwie beruhigend, genau wie sein alter Plüsch-Garfield, dessen orange-schwarzes Fell zu einem einheitlich schlammigen Braun verwaschen war und dem ein Auge gefehlt hatte. Er hatte ihn einfach geliebt, ihn jede Nacht mit ins Bett genommen, bis er plötzlich verschwand, als er zehn war. Mom sagte, wahrscheinlich hätten Einbrecher ihn mitgenommen, doch er wusste, dass sie ihn ihm weggenommen hatte, weil sie ihn für zu alt hielt. Also hatte er nachts dagelegen und die Leere in seiner Armbeuge gespürt, wo sonst Garfield gelegen hatte, und nicht geweint. Nun schlief er mit dem weichen Galgenstrick an derselben Stelle und träumte von einem Engel. Ein strahlender Engel mit dem Gesicht eines Jungen, der neben ihm auf dem Bett saß und ihm zuflüsterte. Ihm Geschichten erzählte. Ihm sagte, es gebe einen Plan. Ihm sagte, er sei wichtig. Bedeutend. Und zusammen würden sie wundervolle Dinge vollbringen und er würde nie wieder allein sein …

Die rundliche Frau im blauen Krankenhauskittel starrt auf ihr Handy und ahnt nicht, dass ein rotes Fadenkreuz auf ihren Rücken gerichtet ist. Der Engel, der ihn ritt, führte ihn, sagte ihm, wie er das Gewehr ansetzen, wie er atmen und wie er abdrücken musste. Der Knall ist so laut, dass er zusammenzuckt, und die Krankenschwester zuckt auch, bevor sie umfällt …

Die FBI-Agentin an seiner Tür ist hübsch, doch sie wirkt müde, und er möchte sie halten und ihr durchs Haar streichen und ihr sagen, dass alles in Ordnung kommen wird. Und ihr vielleicht alles erzählen. Er will sie bitten, ihm zu helfen, ihn zu stoppen. Er dachte, sie würde liebenswürdig sein. Sie fragte nach den Nachbarn, doch als er antwortete, war alle Freundlichkeit wie weggeblasen. Brody knallte die Tür zu und rannte von Angst gepeitscht an den Drähten vorbei, die er mithilfe des Engels verlegt hatte, und versuchte, durch die Hintertür zu entkommen. Doch sie ist schnell, und die Waffe in ihrer Hand ist auf ihn gerichtet, während sie ihn auffordert, auf die Knie hinunterzugehen, und ihm ist klar, dass sie ihm wehtun will. Und dann ist sein Engel da und flüstert, es sei an der Zeit, dass er selbst ein Engel würde, und er griff nach dem Zünder …

Er stand auf dem Gehsteig, in einer halbwegs belebten Gegend der South Loop. In beide Richtungen brummten Autos vorbei. Ein Student mit lächerlichem Bart beäugte ihn. Eine hübsche Geschäftsfrau mit hohen Absätzen machte einen großen Bogen um ihn. Aus dem Coffeeshop kommt ein köstlicher Duft, voll und aromatisch. Die Straße ist laut, Surren von Heizungen und Stromleitungen, das entfernte Rattern der Hochbahn, das lärmende Treiben der Stadt. Er taumelt, unsicher auf den Beinen.

»He.« Der Mann blieb vorsichtshalber auf Distanz, doch sein Blick war freundlich. »Alles in Ordnung?«

Brody wartete, dass Simon reagierte, dass der Augenblick sich entwickelte.

»He. Können Sie mich hören?«

Eine kurze Weile passierte nichts.

»Brauchen Sie Hilfe?«

Aus Gewohnheit versuchte Brody, seinen Kopf zu schütteln.

Es gelang ihm.

Hä?

»Alles in Ordnung?«

Die Frage war auf circa fünf verschiedene Arten zugleich schrecklich und irrsinnig komisch, aber das spielte jetzt keine Rolle. Brody versuchte, die Hand zu heben. Sie gehorchte widerwillig. Er schaute runter und stellte fest, dass er noch immer den Vorschlaghammer hielt. Er war schwer. Komisch, vorher war er nicht so schwer gewesen. Er öffnete die Hand und ließ den Hammer fallen. Er schlug ein Stück aus dem Beton.

Der freundliche Mann wich nervös zurück. Er sah gespenstisch normal aus: Blazer und offener Hemdkragen, Bifokalbrille mit Holzbügeln, frisch rasiert.

»Sie …« Brodys Stimme klang rau. Er hustete. »Sie können mich hören?«

»Sie bluten.« Der Mann holte sein Handy heraus. »Brauchen Sie Hilfe?«

Brody blickte an sich herunter. Sein Sweatshirt war mit karmesinrotem Nass vollgespritzt. Er erinnerte sich wieder, wie es aus Simons Hals gespritzt war, als er sich veränderte, und wie er den Aufprall, als der Hammer den Schädel traf, in seinem ganzen Arm gespürt hatte. Simon hatte gesagt, es sei nicht seine Schuld gewesen, und vielleicht hatte er sogar recht. Wer war dieser Engelsknabe und wie stark war sein Einfluss gewesen? Waren es nur geflüsterte Versprechen oder hatte er Simon tatsächlich kontrolliert? Wenn das zutraf, war auch Simon ein Opfer. »Das ist nicht mein Blut.«

Ein Taxifahrer drückte kräftig auf die Hupe. In der Ferne hörte er das *Bingbong* der Hochbahn und die aufgezeichnete Stimme, die sagte: *Die Türen werden geschlossen. Nächste Haltestelle 35th. Die Türen öffnen sich auf der …*

»Okay«, sagte der freundliche Mann. Er machte mehrere Schritte rückwärts, dann drehte er sich um und eilte davon. Brody ignorierte ihn.

Er hatte Simons ursprünglichen Tod erlebt. Hatte Claire zu ihm nach Hause kommen sehen, war von ihr gejagt worden, hatte die Bombe gezündet und ihr Leben beendet – unmittelbar nachdem sie seins beendet hatte. Also warum befand er sich immer noch in Simons Erinnerung? Es war wie ein verbuggtes Videospiel und er war auf dem Ladebildschirm gefangen. Der nächste Level sollte starten, doch nichts geschah.

Vielleicht ist es gar kein Spiel.

Während er die Geschichte des Heckenschützen gelebt hatte, hatte er keinen Einfluss, keine Kontrolle gehabt. Er *war* Simon Tucks, so wie er vorher Raquel Adams gewesen war. Er hatte nur Simons Erlebnisse durchlebt, wie er im Kartenspiel des Schicksals sein mieses Blatt ausgespielt hatte und vom traurigen Jungen zum traurigen Mann geworden war.

Doch nun konnte er sich bewegen. Er konnte sprechen und denken. Er konnte sich herumdrehen und sah den Coffeeshop, die Leute darin, die beleuchtete Auslage, das Lächeln der Barista, als sie die dampfende Tasse über die Theke reichte. Das Gebäude gegenüber war leer und dunkel gewesen, als Claire und er auf seinem Dach auf der Lauer gelegen hatten. Nun waren alle Fenster hell erleuchtet. Leute in legerer Bürokleidung liefen über den Flur, saßen vor ihren Computern und tippten oder blickten hinaus in den Himmel.

Der Himmel. Ein klarer blauer Himmel.

Heilige Scheiße.

Brody starrte in die Sonne, bis seine Augen tränten und seine Pupillen brannten. Als er sich abwandte, überlagerte das Nachbild eines perfekten Kreises alles, was er sah.

Geräusche. Automotoren, surrende Stromleitungen, entfernte Sirenen, Handys, ein aufsteigendes Flugzeug, eine plätschernde Unterhaltung, ein Fetzen Musik aus einem vorbeifahrenden Honda.

Der Geruch von Auspuffgasen, Zigaretten und Frittierfett.

Dies war nicht das Echo, und auch nicht Simons Erinnerung. Auch kein Flimmern, wie er es im Park erlebt hatte.

Er lebte.

Brody vergrub das Gesicht in den Händen und lachte, ein fremdartiger, wahnsinniger Laut. Er war ausgelaugt, sein Nervenkostüm dünn wie Zigarettenpapier. Er fühlte sich zerbrechlich und fast zerbrochen. War es erst heute Morgen gewesen, dass er zu Claire gesagt hatte, er habe genug von all dem bizarren Kram? Welch einen Unterschied ein paar Stunden machten …

Claire.

Die Erinnerung durchfuhr ihn wie ein Blitz. Ihre weit aufgerissenen Augen, als das Beil mit der Kraft einer Kugel auf sie zukam. Das nasse Krachen, als es ihren Schädel zertrümmerte. Das Wabern der Welt, als sie …

Starb.

Claire war tot. Er hatte sie noch einmal verloren.

Brody sank auf die Knie. Ein Teil von ihm schien über ihm zu schweben, angebunden wie ein Ballon an einer Schnur. Er sah sich selbst zu, wie er zu Boden ging, hörte sein Klagen mehr, als er es fühlte. Sie war nicht mehr da.

Es kam ihm vor wie ein unglaublich grausamer Scherz. Zuerst war er tot gewesen und sie am Leben. Und jetzt war es umgekehrt. Ihre gemeinsame Zeit war nur eine Illusion gewesen. Wie Himmelskörper, die umeinander kreisten und sich nur kurz näher kamen, bevor sie in verschiedene Sphären der Finsternis geschleudert wurden.

Wenn er nicht mit ihr zusammen sein konnte, was spielte es dann für eine Rolle, ob er lebte?

Der metallische Geruch von Blut stieg ihm in die Nase. Schotter stach ihm in die Knie. Leute liefen vorbei. Bemerkten ihn, doch zogen es vor, ihn nicht zu sehen. Alle eilten irgendwohin, irgendwoher. Dachten an Besprechungen und Auseinandersetzungen, an Dinge, die sie hätten sagen sollen, und Dinge, die sie hätten tun sollen. Und wussten nichts von der unsichtbaren Welt, die auf dieser lag. Ahnten nicht, dass sie über ein Schlachtfeld schritten.

Er sackte auf dem Bürgersteig zusammen. In eine lebendige Welt zurückgekehrt, auf die er nicht mehr gehofft hatte. Von der Frau, die er liebte, trennten ihn drei Meter und die Unendlichkeit.

Und er wusste, wenn er den Kopf heben und dort hinschauen würde, wo Claire McCoys Leiche lag, würde er nur einen leeren Flecken auf dem Bürgersteig vorfinden.

Vierzig

Brody wusste nicht, wie lange er hier schon mit der Wange auf dem dreckigen Pflaster lag und die Füße der Lebenden um ihn herumschritten. *Nur so ein Verrückter,* dachte er bei sich, *wie all die, an denen du vorbeigelaufen bist.*

Zuerst bemerkte er das pulsierende blaue Licht. Eine vertraute Farbe, die der Asphalt reflektierte.

Der Polizeiwagen war ein Chevrolet Tahoe und der Lichtbalken auf dem Dach blinkte. Beide Türen öffneten sich gleichzeitig und zwei Uniformierte stiegen aus. Sicher hatte jemand wegen des Betrunkenen angerufen, der mitten auf dem Bürgersteig lag.

»Sir«, sagte der größere der beiden, »alles in Ordnung?«

Bevor Brody antworten konnte, bemerkte der Beamte etwas neben ihm auf dem Boden. Der Vorschlaghammer. Der Kopf blutverschmiert.

Oh-oh.

Die Polizisten schauten sich an, zogen ihre Waffen und rückten auseinander, um zwei klare Schusslinien zu haben. Der größere sagte: »Sir, legen Sie die Hände auf den Kopf. Sofort.«

»Officers.« Er machte Anstalten aufzustehen.

»Keine Bewegung! Hände auf den Kopf. Sofort!«

Brody hätte beinah gelacht. Er stellte sich vor, wie er aufstehen, sie angreifen und sich von ihnen abknallen lassen würde.

Das bringt dich auch nicht zu ihr. Du würdest nur wieder im Echo landen.

Er tat wie verlangt. Verschränkte seine Hände auf dem Kopf und wandte seinen Blick ab, während die Cops sich näherten, um ihn festzunehmen. Einer stellte sich neben ihn, die Waffe auf ihn gerichtet, und der andere zerrte ihm die Arme hinter den Rücken und ließ die kalten Handschellen um seine Handgelenke schnappen.

Der kleinere Cop sagte: »Schau dir mal sein Hemd an.«

»Großer Gott. Okay, auf die Beine. Gehen wir.«

Er wehrte sich nicht, als sie ihn zum Streifenwagen führten und hineinschoben. Er probierte nicht einmal den inneren Türgriff aus. Draußen sprach einer der Beamten in sein Funkgerät, während der andere in die Hocke ging, um den Hammer zu inspizieren.

Zehn Minuten später waren drei weitere Wagen eingetroffen. Polizisten sperrten die Straße ab. Kriminaltechniker steckten den Hammer in einen Beutel. Suchten nach einer Blutspur. Notierten die Positionen von Überwachungskameras.

Alles, was er selbst früher auch getan hatte.

Die Polizisten stiegen wortlos ein. Brody starrte aus dem Fenster, während draußen die Stadt vorbeizog. Überall Menschen, die zur Arbeit eilten, fotografierten, Taxis anhielten, Kinderwagen vor sich herschoben. Seine Stadt, gar nicht mehr so seltsam, außer für ihn. Eine Fahrradkurierin mit einer Kette um die Taille balancierte auf ihren Pedalen. Unter dem Vordach des Chicago Theater mit seinen tausend Glühbirnen schüttelte ein Obdachloser einen Pappbecher.

Keiner von ihnen hatte die geringste Ahnung.

* * *

Sie brachten ihn zum achtzehnten Revier. Tasteten ihn ab, nahmen seine Personalien auf, nahmen Fingerabdrücke und Proben von dem Blut an seinen Händen und steckten sein Sweatshirt in einen Beutel. Dann führten sie ihn zum Verhörraum, drückten ihn auf einen Stuhl, schlossen seine Handschellen an die Stange an der Wand und steckten sein Sweatshirt in einen Beutel. Beiläufig, ohne dass es ihn wirklich interessierte, stellte Brody fest, dass sie ihm weder sein persönliches Eigentum noch seine Kleidung wegnahmen, als wollten sie erst einmal auf freundlich machen.

Er saß unter summenden Leuchtstoffröhren. Seine Gefühle waren so überwältigend, dass er sie nicht in Worte fassen konnte. Das Wort Trauer war unzulänglich. Ebenso Frustration oder Wut. Betäubt klang angenehm, doch unerreichbar.

Sie war tot.

Bei seiner Ankunft im Echo war alles, was er wollte, eine zweite Chance. Er hatte sie bekommen. Und wieder verloren.

Er hatte das, was sie erlebten, für eine Liebesgeschichte gehalten. Doch sie hatte sich als Tragödie entpuppt.

Eine Tragödie mit einer Prise schwarzem Humor. Wie war es möglich, dass er wieder lebte? Claire hatte ihm erzählt, wie sie vor seiner Leiche gestanden hatte. Sie hatte gesagt, die Bombe habe ihn zerrissen, ihn zum Fall für einen geschlossenen Sarg gemacht. Und doch saß er hier ohne einen einzigen Kratzer.

Im Echo hatte es ihn nie sonderlich verwundert, dass er unversehrt war. Schließlich war es das Jenseits, und er erwartete nicht, dass dort alles so war wie im Leben. Doch wie funktionierte es, nachdem er ins Leben zurückgekehrt war? Hatte sein ursprünglicher Körper sich auf wundersame Weise selbst wiederhergestellt und an die Straßenecke teleportiert? Vielleicht war er ein Duplikat. Er stellte sich vor, wie er sich selbst exhumierte und auf sein zerstörtes Ich herabblickte.

In Anbetracht all dessen, was er jetzt wusste, fragte er sich, was das Wort »Ich« überhaupt bedeutete. Es war wie das alte

Rätsel: Wenn man bei einer Axt zuerst den Griff ersetzte und später den Kopf, war es dann am Ende eine neue Axt oder immer noch die alte?

Quietschend öffnete sich die Tür. Der Mann dahinter trug einen nicht billigen Anzug und eine perfekt gebundene Krawatte. Bedächtig betrat er den Raum, schloss die Tür und lief um den Tisch. Schaute bewusst nicht auf, sondern starrte auf den Ordner in seiner Hand. Brody fragte sich, wie viele dieser Tricks sich Polizisten bei Fernsehkrimis abschauten, eine seltsame Rekursion von Kunst, die das Leben imitierte, das die Kunst imitierte, die das Leben imitierte …

Nach einer Weile legte er den Ordner auf den Tisch, zog seinen Stuhl hervor und setzte sich. »Ich bin Detective Kelly Gardner. Wer sind Sie?«

»Das habe ich den Beamten von gerade schon erzählt.«

»Und jetzt frage ich.«

»Ich heiße Will Brody und bin Special Agent beim FBI.«

»Können Sie sich ausweisen?«

»Nein.«

»Sehen Sie, damit habe ich ein Problem«, sagte Gardner. »Nicht, weil Sie sich für einen FBI-Agenten ausgeben, obwohl das ein Verstoß gegen Bundesgesetze ist. Nein, ich habe ein Problem damit, dass Sie sich für einen *toten* FBI-Agenten ausgeben. Ein Held, der im Einsatz umgekommen ist, als er einem Polizisten das Leben gerettet hat.«

Brody zuckte mit den Schultern.

Gardners Blick wurde härter. »Sie, mein Freund, sitzen bis zum Hals in der Scheiße. Ihr Sweatshirt war mit Blut und Gehirnmasse beschmiert und wies Knochenfragmente auf. An dem Vorschlaghammer, der neben Ihnen lag, klebten auch Blut, Gehirnmasse und Knochenstücke. Wenn wir sie testen, werden sie unter Garantie übereinstimmen. Außerdem hatten Sie Blut an den Händen. Demnach haben Sie keine Handschuhe getragen.

Das heißt, wir werden auf dem Hammer Fingerabdrücke finden. Können Sie mir folgen?«

»Es ist nicht sehr kompliziert.«

»Nein«, sagte Gardner, »überhaupt nicht. Sie sind geliefert. Sie sind so was von geliefert, ich gebe mich erst gar nicht mit der Guter-Bulle-böser-Bulle-Masche ab. Ich hole Ihnen auch keinen Kaffee und lasse Sie hier fünf Stunden sitzen, bis Ihnen die Blase platzt. Jeder Staatsanwalt – und ich meine, jeder pickelige, milchbärtige Assistenzstaatsanwalt – bringt sie damit todsicher hinter Gitter. Verstehen Sie mich?«

Brody verstand. Aber es war ihm gleichgültig. »Sicher.«

»Gut. Also machen Sie es sich doch leichter. Wo ist die Leiche?«

»Welche Leiche? Meine? Claires? Die von dem Kerl, den ich mit dem Hammer erschlagen habe?«

Der Detective zögerte. Er lehnte sich zurück und kreuzte die Beine. Dann sagte er: »Fangen wir mit dem Kerl an, den Sie mit dem Hammer erschlagen haben. Wo ist seine Leiche?«

Brody atmete laut aus. »Schwer zu sagen.« Er dachte nach. »Mal sehen … Lucy war noch am Leben. Also das würde ihn dort halten. Aber sobald sie sich entfernt, setzt sich das Echo wieder zurück und seine Leiche verschwindet.«

»Verstehe.« Gardner lächelte. »Sie sollten wissen, dass es statistisch gesehen nichts bringt, auf Unzurechnungsfähigkeit zu plädieren. Damit kommt fast niemand durch.«

»Etwa ein Viertel Prozent«, sagte Brody. »Wie gesagt, ich bin FBI-Agent.«

»Hören Sie«, sagte Gardner. »Ich versuche doch nur, Ihnen zu helfen.«

Brody musste unwillkürlich lachen. In gewisser Weise konnte er mit dem Detective mitfühlen. Ohne Zweifel ein anständiger Mensch, der es, wie es aussah, mit einem brutalen Mord und einem psychopathischen Tatverdächtigen zu tun hatte. Aber er konnte einfach nicht anders und er stieß stakkatoartige Laute aus, mehr Schluckauf als Amüsement. Als er sich schließlich gefangen hatte, sagte er: »Tut mir leid. Es ist nur …« Er rieb sich die Augen und schluckte das Lachen herunter. »Die Frau, die ich liebe, ist ums Leben gekommen. Schon wieder. Das zweite Mal in einer Woche. Und ich bin auf einmal wieder lebendig und es bedeutet mir überhaupt nichts. Und ich bin wegen Mordes verhaftet worden und ehrlich gesagt, ist mir das vollkommen schnurz. Letzte Nacht musste ich mit anhören, wie eine Frau bei lebendigem Leib verbrannte. Wie genau wollen Sie mir helfen, Detective?«

Gardner zögerte. Die Maske seiner Autorität verrutschte ein wenig und dahinter kamen Verzweiflung und Wut zum Vorschein. Der Detective sah Brody einen Moment lang forschend an. Dann sammelte er sich und lehnte sich vor, Ellbogen auf dem Tisch, Hände aneinandergelegt. Er spielte den Aufrichtigen. Klassisch. Brody hatte die Masche selbst unzählige Male angewendet. »Okay, Agent Brody …«

»Oh, Sie sprechen mich mit Namen an. Geschickt.«

»… Sie haben offensichtlich eine Menge durchgemacht. Tut mir leid, wenn es Missverständnisse zwischen uns gegeben hat. Ich versuche nur zu verstehen, was passiert ist. Können Sie mir dabei helfen?«

»Sie wollen verstehen …«

»Ich will nur die Wahrheit herausfinden.«

»Die *Wahrheit?«* Irgendetwas zerbrach in Brody und der nebelhafte Filter des Surrealen wich der Wut, die in ihm brodelte. »Sie wollen die Wahrheit? Also gut. Überall um Sie herum sind Tote. Wenn Sie morgens frühstücken oder Ihren Sohn in die Arme nehmen, stehen wir neben Ihnen, in einem Echo des wahren Lebens, und kämpfen in einem unsichtbaren Krieg. Die Straßenecke, wo die Polizisten mich aufgelesen haben, war der Schauplatz eines Kampfs, bei dem ich den Gladiator eines dunklen Gotts getötet habe, der gesandt worden war, um die Fresser zu vereinen, damit sie jeden im Echo aussaugen.« Brody verstummte und lächelte. Dann sagte er: »Besser so? Und was fangen Sie jetzt mit der Wahrheit an?«

Gardner lehnte sich zurück. Den Hauch eines Lächelns auf den Lippen. »Okay, du willst dich als Arschloch aufführen? Nur zu. Ich bin höflich geblieben, weil ich dachte, du willst dir selbst helfen. Aber ich erzähl dir jetzt mal, wie's weitergeht. Ein paar Cops kommen rein und ziehen dich aus. Sie zwingen dich, dich zu bücken und zu husten, und kein Gesetz schreibt vor, dass der Handschuh mit Gleitgel eingeschmiert werden muss. Anschließend ziehst du die Kleidung an, die du den Rest deines Lebens tragen wirst, und dann sperre ich dich in einen Käfig. Du, mein Freund, bist verdammt und verloren.«

»Ach, ehrlich?«, sagte Brody. »Da bin ich aber nicht der Einzige. Warten Sie mal, bis Sie die Fingerabdrücke zurückkriegen. Mal sehen, ob Sie dann noch schlafen können.«

Bevor Gardner etwas erwidern konnte, klopfte es an der Tür. Nicht das zaghafte Pochen eines Detectives, der seinen Kollegen nicht unterbrechen will, sondern ein bewusst lautes Hämmern.

Der Mann, der hereinkam, trug eine blaue Uniform mit den Rangstreifen eines Captains. Sein Gesichtsausdruck war zugleich ängstlich und wütend, so wie jemand schauen würde, der sieht, wie sein Hund getreten wird. »Gardner.«

Der Detective war aufgestanden. »Ja, Sir.«

»Schaffen Sie ihn hier raus.«

»Das wollte ich gerade. Ich wollte ihn in die Übergangszelle …«

»Er wird nicht unter Anklage gestellt.«

»Was?«

»Keine Anklage. Lassen Sie ihn gehen«, sagte der Captain, »und dann lassen Sie seine Akte verschwinden.«

Brodys Kinn klappte herunter. Was zum Teufel ging hier vor? Gardner schien ebenso verwirrt. »Sir, da muss ein Irrtum vorliegen. Dieser Kerl behauptet …«

»Es liegt kein Irrtum vor, Detective. Außerdem war das keine Bitte.«

»Aber Sir …«

»Sofort.«

Gardner starrte den Captain nur an. Dann drehte er sich langsam um. Es war das zweite Mal, dass der Detective Brody fast leidtat. Es war nicht nur, dass er seinen leicht errungenen Sieg einbüßte, sondern auch, dass der Fall so eindeutig war. Todsicher. Und doch war der Captain heruntergekommen – kein Sergeant oder Lieutenant, sondern der Captain selbst, der Chef des ganzen Polizeireviers – und hatte Gardner befohlen, einen Mordverdächtigen freizulassen und alles, was auf sein Hiersein hinwies, verschwinden zu lassen.

Gardner holte seine Schlüssel aus der Tasche und schloss die Handschellen auf. Er strahlte fühlbar Ärger aus. Brody blickte hin und her. Rieb sich abwesend das Handgelenk. Dann stand er mit einem Achselzucken auf und lief zur Tür. »Ich kann einfach … gehen?«

»Ja«, sagte der Captain durch zusammengebissene Zähne. »Bitte entschuldigen Sie die Unannehmlichkeiten.«

Zwei Minuten später lief Brody durch die Drehtür des achtzehnten Reviers hinaus in einen atemberaubenden Herbstnachmittag. Ein paar Streifenpolizisten standen rauchend zusammen und schauten einer Frau in einem kurzen Kleid nach, die von ihrem Labrador die Straße entlanggezerrt wurde. Ein Corso von Touristen fuhr auf blauen Leihfahrrädern vorbei. Am Straßenrand parkte ein schwarzes Lincoln Town Car. Zwei bullige Männer mit dunklen Sonnenbrillen standen daneben.

Ahh.

Der Wagen sah nach privatem Sicherheitsdienst aus, ihre Anzüge wie aus einer Modezeitschrift. Einer von ihnen öffnete die Tür. »Bitte steigen Sie ein, Mr Brody.«

Wer auch immer die Limousine geschickt hatte, hatte ihn rausgeholt. Jemand mit jeder Menge Einfluss und guten Verbindungen. Er war keine zwei Stunden auf dem Polizeirevier gewesen. Dass jemand in so kurzer Zeit von seiner Verhaftung erfahren und herausgefunden hatte, wo er festgehalten wurde, um ihn dann mittels seiner Beziehungen freizubekommen – vor allem bei der Beweislage –, zeugte von ungeheurer Macht.

Doch das war Brody egal. »Nein, danke.«

Die beiden Leibwächter schauten sich überrascht an. Dann öffnete einer von ihnen sein Jackett, um das Schulterhalfter darunter zu zeigen. Ziemlich gewagt, direkt vor einer Polizeiwache. »Also, Mr Brody, steigen Sie jetzt ein.«

»Fick dich.« Brody drehte sich um und machte Anstalten, davonzumarschieren. Die Hochbahnstation war nur sechs Blocks entfernt. Er hatte zwar kein Geld, aber er könnte …

»Es ist noch nicht zu spät für Claire.«

Einundvierzig

Die Limousine roch nach Leder und die Sitze waren weich. Man hatte eine Flasche Wasser bereitgestellt und in der Sitztasche befanden sich ordentlich gefaltete Ausgaben von *Chicago Tribune, New York Times* und *Wall Street Journal.* Durch die getönten Scheiben sah Brody die Stadt vorbeiziehen. Die Trennscheibe zwischen Vorder- und Rücksitzen war heruntergefahren.

»Also, für wen arbeitet ihr?«, fragte Brody.

Keiner von beiden antwortete.

»Was sollte das heißen: ›Es ist noch nicht zu spät für Claire?‹«

Wieder nichts.

»Ihr seid offensichtlich private Sicherheitsleute, aber ich vermute, ehemalige Soldaten. Wart ihr dem Job nicht gewachsen?«

Der Fahrer drückte auf einen Knopf und Brody hörte ein leises *Klank.* Er suchte erst gar nicht nach Schlössern in Reichweite. Die würde er sowieso nicht finden, außerdem hatte er gar nicht vor auszusteigen, bevor er Antworten auf seine Fragen bekommen hatte.

Offensichtlich brachten die beiden, Ding eins und Ding zwei, ihn zu jemandem. Und zwar zu jemandem, der ziemlich mächtig war und so viel Einfluss hatte, dass er einen Verdächtigen freibekommen konnte, der bei seiner Verhaftung mit Blut besudelt war. Brody hatte nicht die geringste Vorstellung, was für eine Macht das sein konnte.

Aber viel wichtiger war, dass sie über Claire Bescheid wussten. Was unmöglich war. Niemand hatte von seiner Beziehung mit Claire gewusst. Und die einzigen Menschen, die wussten, dass sie ein zweites Mal gestorben war, waren alle selbst tot.

Die Fahrt dauerte fünfzehn Minuten und Brody grübelte die ganze Zeit über diese Fragen nach, doch als der Wagen schließlich anhielt, war er einer Antwort immer noch nicht nähergekommen. Ding zwei stieg aus und öffnete die Tür für Brody. Sie standen vor einem eleganten, silbrigen Hochhaus mit abgerundeten Ecken wie aufgeblähte Segel, dessen Spitze sich in den Himmel bohrte. Sonnenlicht tanzte in tausend Spiegeln.

»Hier entlang, Mr Brody.«

»Wie du meinst, Sonnenschein.«

Das Foyer war ein Ausbund moderner Eleganz, überall glänzende Oberflächen. Die Leibwächter nahmen ihn zwischen sich, einer vorn, einer hinten, und führten ihn zu den Aufzügen. Türen aus gebürstetem Nickel öffneten sich lautlos. Einer der Männer zog eine Schlüsselkarte durch den Leser und der Aufzug setzte sich in Bewegung. Es dauerte eine ganze Weile, bis sie ankamen. Eine weiche Stimme mit britischem Akzent sagte: »Penthouse, einundsiebzigste Etage.«

Der Aufzug öffnete sich direkt in die Diele. Der erste Eindruck sollte dem Besucher den Atem verschlagen, was auch gelang. Zwischen dem hellen Holzfußboden und der hohen Decke eine helle, cleane Glasfront, die einen fantastischen Ausblick bot. Die Möbel waren schnörkelig barock. Sie sahen aus, als stammten sie aus dem siebzehnten Jahrhundert. Wortlos führten die Männer ihn durch die Lounge und eine professionell ausgestattete Küche – Geräte von Sub-Zero und Wolf, an der Wand schimmernde Kupfertöpfe, ein Block mit Shun-Messern – und dann zu einem Wohnzimmer im Himmel. Großzügig und lichtdurchflutet. Hinter der Fensterfront lag Chicago in all seiner dunstigen Pracht, fast vulgär in seiner Übertriebenheit.

Ding zwei machte eine Geste ins Zimmer, und dann gingen die beiden ohne ein Wort davon. Brody lief zum Fenster und blickte hinaus. Müßig fragte er sich, wie viel so ein Penthouse wohl kostete. Fünfzehn Millionen? Zwanzig? Von dieser Höhe aus wirkte alles unwirklich. Die Welt war auf eine Spielzeuglandschaft reduziert.

»Willkommen zurück, Mr Brody.«

Er drehte sich um. Eine Frau saß auf einem schweren Stuhl aus poliertem Holz mit Löwenfüßen und Polstern aus Zebrafell. Sie hatte feine Gesichtszüge, ihr Haar war weiß, nicht das Nikotingelb des Alters, sondern leuchtend wie Schnee. Irgendetwas an ihrem Blick war ihm nicht geheuer.

»Zurück?«

»Im Leben«, sagte sie. »Alle sterben. Nur wenige kommen zurück.«

»Ja, ich finde es auch ganz toll. Und wer sind Sie?«

»Nennen Sie mich Isabella.«

»Nun, Isabella, das ist ohne Zweifel der hässlichste Stuhl, den ich je gesehen habe.«

Ihre Miene zeigte weder Erheiterung noch Ärger. Sie blickte ihn nur weiter auf diese seltsame Art an. Wie ein Metzger, der ein Rind betrachtet, und Filet, Hochrippe und Bauchlappen sieht. »Sind Sie immer so unhöflich?«

»Nur wenn man mit mir spielt.«

»Sie erinnern sich also nicht an mich?«

Brody seufzte. »Lady, der Grund, warum ich hier bin, der einzige Grund, ist, dass Ihre Leute hier …«

»Ich habe Sie im Schlaf aufgesucht.«

Plötzlich erinnerte er sich. Im Echo hatte er eine Reihe verrückter Träume gehabt, die in der Prophezeiung über Claire gipfelten. Doch es kam auch eine Frau mit weißen Haaren und uralten Augen darin vor, die ihm Wahrheiten offenbart hatte, die zu überwältigend waren, um sie zu glauben.

»Sie haben mir den Traum geschickt. Und mir gesagt, wo ich sie finden kann.« Nach und nach passte alles zusammen. Sie hatten sich gefragt, was es zu bedeuten hatte, dass sie beide so lebhafte und genau passende Träume gehabt hatten. »Und ihr haben Sie auch einen geschickt, nicht wahr? Sie haben ihr den Heckenschützen gezeigt.«

Sie nickte kurz, wie eine Lehrerin, die bestätigte, dass ihr Schüler die richtige Antwort gefunden hatte, aber enttäuscht war, dass er so lange gebraucht hatte.

»Wie haben Sie das gemacht? Und warum?«

»Das Wie tut nichts zur Sache«, sagte sie. »Und was das Warum angeht: Es war in meinem Interesse.«

»Was soll das heißen? Wer *sind* Sie?«

»Haben Sie es?«

Brody zögerte. *Was soll ich haben?* Dann wurde es langsam klarer. Noch nicht das ganze Bild, nur die Ränder, wie bei einem Puzzle.

Er fasste in seine Tasche und holte Simons Halsband heraus. Die Knochen wirkten alt, trocken und zerbrechlich, drei Fingerglieder mit glänzendem Kupferdraht zusammengebunden. Der Größe nach zu urteilen, war es der Zeigefinger einer Frau oder eines männlichen Jugendlichen. Die ganze Zeit war ihm vage bewusst gewesen, dass er sie hatte. Hatte gespürt, dass da etwas war, als hätte er die Hosentasche voller Kleingeld gehabt, obwohl das Halsband fast nichts wog. Er ließ es von seiner Hand baumeln.

Isabella streckte ihre Hand aus. »Darf ich?«

Brody schritt auf sie zu. Sie knisterte elektrisch wie eine violett blitzende Plasmalampe. Er zwang sich weiterzulächeln. »Nein.«

Zorn brandete über ihr Gesicht wie eine verirrte Welle in einem ansonsten ruhigen Meer; Ruhe, wilde Wut und wieder Ruhe, als wäre die Wut nie da gewesen. Brody verzog keine Miene. »Erzählen Sie mir von Claire. Was meinten Sie damit: Es ist noch nicht zu spät?«

»Sie müssten doch am besten wissen, dass Tod ein relativer Begriff ist.«

Ein winziger Funken Hoffnung entzündete sich in ihm. War es möglich? Konnte sie noch gerettet werden? »Wer sind Sie?«

Sie lehnte sich auf ihrem Stuhl zurück. »Ich bin Isabella Maria Ravaschieri. Die Weiße Frau. Die Hungernde. Die Geißel aller Seelen.«

»Wow, toller Spitzname. Ich wette, Sie müssen im Restaurant nie lange auf einen Tisch warten.« Es war wahrscheinlich keine gute Idee, sie so zu provozieren, aber scheiß drauf. Er hatte sowieso nichts mehr zu verlieren, warum also nicht in die Vollen gehen? »Können Sie Claire zurückbringen?«

»Ja.«

»Und wie?«

»Wenn ich es Ihnen sage, geben Sie mir dann das Totem?«

»Vielleicht.«

Isabella erhob sich. Er war fünfzehn Zentimeter größer und wog mindestens dreißig Kilo mehr als sie und doch wich er zurück. Unwillkürlich, es geschah einfach. »Wie viel verstehen Sie von dem, was Sie gesehen haben, Mr Brody?«

»Als ich den Mann getötet habe, der das hier trug, habe ich etwas gesehen.« Er feuchtete sich die Lippen an. »Einen Jungen. Er dachte, es sei ein Engel.«

Sie schien amüsiert.

»Das war Edmund. Er ist vieles, doch ganz bestimmt kein Engel. Wir waren einmal ein Liebespaar.«

»Bisschen jung für Sie, finden Sie nicht?«

Ihr Blick veränderte sich sprunghaft, fast hörbar. In diesem Moment glaubte er, zwei Wesen vor sich zu sehen. Eine attraktive ältere Frau mit weißem Haar. Und eine unersättliche Bestie, ein gewaltiges, geiferndes Ungeheuer, nicht aus Fleisch und Blut, sondern aus Macht, Willenskraft und Hass bestehend. Beide Visionen überlagerten einander. Er musste sich mit aller Kraft zwingen, nicht weiter zurückzuweichen.

»Es wäre ratsam, etwas mehr Respekt zu zeigen, Mr Brody. Sie sprechen mit einer Göttin.«

Er lachte schnaubend. »Ja klar. Und Jesus ist ein guter Freund von mir.«

Falls sie sich über seine Witzelei ärgerte, zeigte sie es nicht. Stattdessen wirkte sie nachdenklich. »Jesus, ja … Ich wurde von Nonnen erzogen. Vor langer Zeit, als ich noch ein Mädchen und ein Mensch war. Ich habe die Bibel studiert, Psalmen gelernt. Die Lehren Jesu Christi kannte ich auswendig. Als ich ins Jenseits übergewechselt bin, habe ich damit gerechnet, ihm dort zu begegnen.« Sie blickte aus dem Fenster. »Doch in all den Jahrhunderten, in denen ich andere Welten durchwandert habe, habe ich ihn nicht gefunden.«

Jahrhunderte? Was Größenwahnsinn anging, war sie in einer Klasse für sich.

Es sei denn, sie sagt die Wahrheit.

Wenn man im Echo jemanden tötete, gewann man Macht. Wunden heilten und man wurde von neuer Lebenskraft erfüllt. Arthur hatte sogar gemutmaßt, dass man dadurch ewiges Leben erlangen könnte. Brody hatte das eher metaphorisch aufgefasst, doch nun dachte er darüber nach. Der Alterungsprozess war im Grunde nur Verfall. Der Körper verlor nach und nach die Fähigkeit, sich zu reparieren und zu regenerieren. Im Echo äußerte sich das darin, dass man langsam dahinschwand, so wie Arthur. Doch jemanden zu töten, konnte das verhindern.

Und das bedeutete, dass man einfach nur immer und immer wieder töten musste. Dann wurde die Uhr jedes Mal zurückgestellt.

Sie ist eine Fresserin. Falls das eine zureichende Beschreibung für sie war. *Eine Fresserin, die seit Jahrhunderten von den Seelen anderer Menschen zehrte.* Wieder fühlte er den Drang zurückzuweichen, sich von ihr zu entfernen. Es war instinktive, physische Panik, wie wenn einem unter Wasser die Luft ausging.

Doch er zwang sich, still zu stehen. Falls sie die Wahrheit sagte, wusste sie mehr darüber, wie Leben und Tod funktionierten, mehr als jeder andere. Und er musste es auch wissen. »Erzählen Sie mir von Edmund.«

»Das habe ich bereits. Als Sie schliefen.«

Normalerweise lösten sich seine Träume in nichts auf, sobald er die Augen öffnete. Doch jetzt, da er konzentriert zurückdachte, wusste er genau, was sie meinte. »Ich habe einen Jungen auf einem Schiffswrack gesehen. Er aß und betrachtete den Sonnenuntergang.«

»Die *Persephone.* 1548, auf der Rückfahrt aus Amerika, geriet das Schiff in einen Hurrikan. Die Masten knickten ab, der Rumpf zerbrach, Proviant und Ladung wurden weggespült. Als der Sturm schließlich vorbei war, war von dem Schiff kaum mehr als ein Floß übrig. Es schien keinen Ausweg zu geben. Edmund und seine Gefährten konnten nur dahintreiben und verhungern. Doch er war ein ruheloser Geist. Er fand eine Möglichkeit zu überleben. Eine Zeit lang.«

Brody wollte fragen, wie, doch er wusste es bereits. Er unterdrückte ein Schaudern. Isabella lächelte. »Ja. Edmund hat Menschenfleisch verzehrt, bevor er starb.«

1548. Vor einer Woche noch hätte er über die ganze Geschichte gelacht und sie als aberwitzig abgetan. Nun stellte er mit Überraschung fest, dass er kaum überrascht war.

»Jahrhundertelang wanderte er umher und fraß«, fuhr Isabella fort. »Er wurde recht stark. Und wie wir alle stellte er fest, dass man noch weitergehen konnte.«

»Wir alle?«

»Die Ältesten. Die Überlebenden. Wir, die seit Jahrhunderten leben. Irgendwann kommen wir alle zur gleichen Erkenntnis. Es reicht nicht, die Toten zu jagen. Ihre Kraft hat Grenzen. Aber Leben? Das Leben ist die Quelle aller Dinge. Also hat Edmund so wie wir anderen begonnen, Nahrungsmittel zu kultivieren.«

»*Nahrungsmittel?* Sie meinen Menschen.«

»Ach, ich bitte Sie.« Ihre Stimme klang, als würde sie mit einer Gabel über einen Teller kratzen. »Langweilen Sie mich nicht mit Ihren Moralvorstellungen. Oder machen Sie sich etwa Gedanken, ob Ihr Steak eine unsterbliche Seele hat?« Sie zeigte ihre Zähne. »Alles ist Energie. Das Universum hatte seinen Ursprung in einer Explosion. Jedes Element entsteht im Zentrum eines Sterns. Es gibt nichts anderes als Energie. Wenn man genug Energie besitzt, kann man durch das Dasein pflügen wie ein Segelboot durchs Meer. 1336 wurde ich als zweite Tochter in eine Familie des niederen spanischen Adels geboren. Ich lernte höfliche Umgangsformen, Handarbeiten und nicht viel mehr. Doch ich habe alle Grenzen überwunden. Habe alle Winkel des Daseins erkundet. Ich habe mit jedem Schritt auf den Abgrund zu die Welt verbleichen sehen. Ich habe auf der Schattenebene gestanden, inmitten zahlloser Horden, die auf das Nichts zukrochen. Ich habe die Geschichten großer Männer ebenso verschlungen wie die von Narren und von beiden gelernt. Als ich Edmund begegnete, verfügte ich bereits über große Macht. Doch er hatte ganz neue Ideen.«

Brody konnte nun den Verlauf der Geschichte sehen. Das Puzzle nahm Formen an. Alle Teile waren schon da gewesen. Er musste sich nur von seiner Vorstellung dessen befreien, was möglich war und was nicht.

Im Echo kämpften und töteten die Fresser, um Macht zu erlangen. Mit jedem Opfer wurden sie stärker. Sie konnten sich schneller bewegen und härter zuschlagen. Doch es war mehr als das. Alles schmeckte besser. Der Himmel wurde klarer. Er hatte diesen Reiz selbst verspürt, die Versuchung. Doch er war ihr nie lange genug ausgesetzt gewesen. Keine Wochen. Oder Jahre.

Jahrzehnte. Jahrhunderte.

Claire hatte es mit Heroin verglichen. Doch der Vergleich hinkte. Der erste Schuss Heroin war der beste. Jeder folgende war der Versuch, einen verlorenen Moment zurückzuholen. Es war eine Abwärtsspirale.

Geld war die bessere Analogie.

Jeder Dollar, den man besaß, machte es einfacher, einen weiteren zu verdienen. Jeder Dollar schuf neue Möglichkeiten. Der Aufstieg von der Unter- zur Mittelschicht war sehr viel schwieriger als der von dort zur Oberschicht. Und die, die süchtig nach Geld um seiner selbst willen waren, konnten niemals genug bekommen. Und irgendwann waren sie wie Donald Trump oder die Koch-Brüder, Menschen, die für den eigenen Vorteil alles taten und jeden vernichteten.

»Anstatt einfach zu töten«, sagte Brody langsam, »schlug er vor, lebende Menschen dazu zu bringen, es für euch zu tun.« Er erinnerte sich an den Engelsjungen, der Simon zugeflüstert und ihm Größe versprochen hatte, gesagt hatte, er sei wichtig, Teil eines Plans. »Traurige, gebrochene Menschen. Ihr habt sie zu Mördern gemacht, um euch an ihren Opfern gütlich zu tun.«

»Oh ja.« Ihr Lachen kratzte über seine Wirbelsäule. »Aber das war nicht neu. Das treiben wir schon seit Tausenden von

Jahren. Eure Geschichten von Hexen und Dämonen, eure Psychopathen und Serienmörder, dafür waren schon immer wir verantwortlich. Wir reiten die Schwachen und ernähren uns von ihren Opfern. Doch Edmund hat ein größeres Potenzial gesehen. Er kam zu dem Schluss, dass in der modernen Welt die Angst der Menschen mehr Macht in sich birgt als ihre Seelen.«

»Ich ... Ich verstehe nicht.«

»Jeder Augenblick echter Angst ist wie ein winziger Tod. Immer wenn ein Mensch sich der Angst ergibt, geht ihm etwas unwiederbringlich verloren. Ein Quäntchen Energie wird ins Universum entlassen. Wenn wir diese Angst verursacht haben, ernten wir die so entstandene Energie. Doch früher spielte das keine Rolle für uns, denn die Energiemengen waren unbedeutend. Doch dann hatte Edmund eine Offenbarung. Auch nach fünfhundert Jahren war er immer noch fasziniert von der Welt der Lebenden. Er studierte sie. Und er begriff, dass in einem Zeitalter, in dem die ganze Welt miteinander verbunden ist, die Auswirkung jeder Handlung vervielfacht wurde. Die Angst eines Einzelnen setzt nur eine winzige Menge Energie frei. Der Blauwal, das größte lebende Tier, ernährt sich von Krill. Er frisst nicht ein oder zwei Krebschen, sondern Millionen auf einmal.«

»Mein Gott.« Brody fürchtete, seine Beine würden nachgeben, und stützte sich mit einer Hand an der Fensterscheibe ab. Er hatte noch nie eine so heftige körperliche Abscheu empfunden. Er hatte eine Gänsehaut, seine Haare richteten sich auf, jeder Muskel, jede Faser seines Seins wand und krümmte sich, um vor Isabella zurückzuweichen. »Es ging also gar nicht um die Opfer.«

»Wenn man einen Mörder reitet, kann man vielleicht ein Dutzend Seelen ernten. Doch wenn man ein Ungeheuer erschafft, das eine ganze Stadt oder sogar ein ganzes Land in Angst und Schrecken versetzt, ist das Potenzial einfach gewaltig.«

Claire hatte recht gehabt.

All die unerklärliche, wahllose Gewalt. Die Amokläufer in Schulen und die durchgedrehten Taxifahrer. Mütter, die ihre Kinder ertränkten. Die Wahnsinnigen, die eine Salve nach der anderen in überfüllte Nachtclubs feuerten und nur innehielten, um nachzuladen. Die Gräueltaten, für die es keine Erklärung, keinen Grund gab. Die keinen Sinn ergaben.

Wie viele trugen die Handschrift dieser selbst ernannten Götter? Diese Ungeheuer, die nichts anderes waren als Menschen, die sich an blindwütiger Zerstörung berauschten. Die als Fresser begonnen hatten und erfolgreicher waren als andere. Die beim Aufbau ihrer Macht buchstäblich über Leichen gegangen waren, die Berge von Toten unter sich angehäuft hatten, bis sie so weit oben standen, dass sie sich für göttlich hielten.

Einst hatte er sich gewünscht, es würde einen Grund für all die Schrecken dieser Welt geben. Keinen Plan oder ein Ziel, einfach eine logische Ursache. Einen Sinn, den niemand begreifen konnte.

Doch nun begriff er.

Plötzlich wünschte Brody sich, Simon Tucks' Bombe hätte ihn richtig getötet. Kein Echo, keine zweite Chance, keine Kämpfe im Jenseits. Denn alles – nicht nur dies alles, sondern seine ganze verdammte Existenz – war sinnlos.

Er wollte das Leben aus ihr herausquetschen. Seine Hände um ihren dünnen Hals legen und zudrücken, fühlen, wie ihre Luftröhre nachgab und die Muskeln rissen. Und wusste doch, dass es unmöglich war. Die alte Hexe strahlte eine solche Macht aus. Er war kaum in der Lage, ihre Nähe zu ertragen, geschweige denn, sie zu berühren.

»Warum erzählen Sie mir das alles? Um zu prahlen?«

Der Gedanke schien sie zu amüsieren. »Das wäre, als würde ich vor einer Kuh prahlen. Nein, ich will Ihnen ein Angebot machen. Ich bringe Ihre Freundin zurück, doch das hat seinen Preis.«

»Das Amulett. Das … Wie nannten Sie es noch? Das Totem.«

»Ja.«

»Was hat es damit auf sich?«

»Das geht Sie nichts an.«

»Da irren Sie aber«, sagte er. »Es geht mich wohl etwas an. Es geht mich sogar eine ganze Menge an.«

»Ich könnte es Ihnen einfach wegnehmen«, sagte sie.

Er schüttelte den Kopf. »Das glaube ich nicht. Wenn Sie es könnten, hätten Sie es schon längst getan. Sie nehmen sich immer, was Sie wollen. Also sind Sie aus irgendeinem Grund nicht dazu in der Lage.«

Sie zog die Augenbrauen zusammen und fletschte die Zähne. Die Luft um sie herum schien dicker und heißer zu werden und waberte wie bei einer Luftspiegelung. »Mag sein. Aber ich kann Sie völlig aus dem Dasein löschen. Als hätte es Sie niemals gegeben.«

Brody zuckte mit den Schultern.

Isabella gab einen Laut wie ein Zischen von sich, nur tiefer. Ein grollendes Raunen, frustriert und drohend. Eine Sekunde lang sah sie aus, als wollte sie sich auf ihn stürzen. Nicht die zierliche Frau, die vor ihm saß, sondern die gefräßige Kreatur der Finsternis, die darunter lag, hinter ihr lauerte, sie umgab.

Er blieb standfest. Nun, da er die Wahrheit kannte, fiel es ihm leichter.

Sie wirbelte herum und lief mit drei energischen Schritten zur Glasfront, blieb davor stehen und spähte auf die Welt unten. Nach einer Weile sagte sie: »Ich habe Ihnen gesagt, alles ist Energie. Wir, die wir zu Göttern wurden, hüten unsere Macht. Wir sind einander keine Freunde.«

Er lachte. »Genau wie die anderen Fresser. Kein Vertrauen, keine Treue.«

»Vertrauen ist Schwäche«, sagte sie. »Vertrauen bedeutet, dass man jemandem den Rücken zuwendet, der einen vernichten könnte. Wir ernähren uns von Ihresgleichen, doch wenn sich die Gelegenheit bietet, verschlingen wir uns gegenseitig.« Sie seufzte. »Können Sie sich überhaupt vorstellen, wie schwierig es ist, ständig jedem zu misstrauen? Jede Sekunde? Und das jahrhundertelang?«

»Das muss ich gar nicht.«

»Edmund und ich, wir haben einander ergänzt. Und solange unsere Beziehung für uns beide von Vorteil war, fühlten wir uns sicher. Im Laufe der Jahrzehnte entstand wohl auch so etwas wie Zuneigung.« Kurz wurde ihre Stimme wärmer. Jedoch nur kurz. »Das war ein Irrtum. Ich habe mit der Zeit vergessen, dass Edmund nicht mein Freund war.«

»Und er hat Sie verraten.«

»Ich bin entkommen. Doch ich habe teuer dafür bezahlt. Ich musste aus den anderen Reichen fliehen. Aus den Tälern jenseits der Welt. Der einzige Ort, an dem ich sicher war, war der, an dem seine Macht am geringsten ist. Ich musste zurück …« Sie verzog ihr Gesicht, als hätte sie einen ekelhaften Geschmack im Mund. »Ins Leben.«

Brody lachte.

»Sie finden es amüsant?«

»Ja«, sagte er. »Geradezu schreiend komisch. Sie haben das zurückbekommen, was sich jeder wünschen würde, außer Ihnen. Denn was hat das Leben schon zu bieten, wenn man ein seelenfressender Dämon sein kann.«

»Wie schon gesagt, Edmund war ein ruheloser Geist«, fuhr sie fort, als hätte sie ihn gar nicht gehört. »Ihr Heckenschütze, das war seine neuste Idee. Er hat den Mann benutzt, um in dieser Welt Angst und Schmerz zu verbreiten. Doch anstatt sich seiner zu entledigen, beschloss Edmund, ihn auch im Echo einzusetzen. Ihn zum Anführer der Fresser zu machen, der sie unter sich vereint. Können Sie sich die Macht vorstellen? Mit jedem Beuteschlag würde Edmund gefüttert.«

»Ja, das habe ich schon verstanden«, sagte Brody. »Aber was hat es mit dem Totem auf sich?«

Sie seufzte. »Damit Edmunds Plan funktionierte, musste Simon Tucks mit einer ungeheuren Macht im Echo ankommen. So viel Macht, wie man sonst höchstens in fünfzig Jahren anhäuft.«

Brody holte das Halsband aus der Tasche und hielt es sich vor die Augen. Die trockenen Knochen baumelten sachte an dem Lederband. »Also ist dies ein magisches Amulett? Wer es trägt, hat Superkräfte?«

»Es birgt gewaltige Macht in sich, ja. Doch was wichtiger ist, es ist *Edmunds* Macht. Das Armband ist mit ihm verbunden. Es ist im wahrsten Sinne ein Teil von ihm. So profitiert er von jeder Tat.«

»Und Sie wollen es, um sich zu rächen.«

»Ich will es, damit ich nach Hause kann«, sagte sie so leise, dass er es kaum hören konnte. »Doch Sie haben recht, ich kann es nicht einfach an mich nehmen. Edmund wusste, wie riskant es war, ein Totem mit so viel Macht zu belegen. Wir würden alle versuchen, es an uns zu reißen. Also hat er seinen Willen in einer Weise hineingearbeitet, dass keiner von uns – weder der Azteke noch der Komantsche oder ich, es uns einfach nehmen können. Jemand muss es uns geben.«

»Mir hat es keiner gegeben.«

Sie lachte spöttisch. »Sie? Ein Sterblicher? Edmund jagt Ihresgleichen seit fünfhundert Jahren. Der Gedanke, es könnte in die Hände eines Sterblichen fallen, ist ihm nie gekommen. Schon gar nicht, dass einer es seinem Gladiator abringen würde. Darum habe ich …«

Sie verstummte, doch er konnte den Satz für sich selbst beenden. *Darum hat sie dir und Claire diese Träume geschickt. Sie hat euch auf Simon Tucks angesetzt, weil sie gehofft hat, dass so etwas passieren würde.*

»Ich kann das Totem nicht einsetzen. Edmund hat dafür gesorgt, dass seine Macht Gift für uns ist. Doch wenn es in meinem Besitz ist, kann er nichts gegen mich ausrichten, ohne sich selbst zu schaden. Ich könnte diesen grässlichen, traurigen Ort hinter mir lassen. Und dorthin zurückkehren, wo ich hingehöre.« Sie drehte sich zu ihm um. »Und als Gegenleistung rette ich Ihre Freundin.«

Brody dachte darüber nach. Wäre sie dazu in der Lage? Nach allem, was er erfahren hatte, wahrscheinlich schon. Das Echo, das er kannte, war nur für Menschen, die plötzlich gestorben waren und über ein großes Maß an – wie Arthur es nannte – potenzieller Energie verfügten. Doch laut Isabella gab es noch andere Welten, weitere Echos. Was er gesehen hatte, war offenbar nur ein Tal innerhalb einer Kette von Tälern. Wenn das stimmte, schien es plausibel, dass Claire sich in dieser Kette weiterbewegt hatte. »Verstehe.«

»Gut.« Sie streckte die offene Hand aus. »Geben Sie mir das Totem. Ihre Freundin hat nicht viel Zeit.«

»Nein.«

»Nein?« Unglaube und Hass bekriegten sich in ihrem Gesicht. *»Nein?«*

»Ich würde Ihnen nicht mal helfen, wenn Sie brennen würden.« Er steckte das Armband wieder in die Tasche. »Ich würde Sie mit Benzin übergießen.«

»Ihre Freundin wandert über die Schattenebene. Das absolute Ende des Daseins, verstehen Sie? Der Abgrund, von dem es kein Zurück mehr gibt. Ohne meine Hilfe wird sie endgültig sterben. Und zwar bald.«

Brody zuckte mit den Schultern. »Ich verstehe nicht so richtig, was das heißt. Aber ich kenne Claire. Sie würde lieber sterben, als Ihnen zu helfen. Und ich auch.«

»Mr Brody.« In ihrer Stimme klang Verzweiflung mit. »Da ist noch mehr. Viel mehr. Ich kann Ihre Freundin schöner machen. Hingebungsvoller. Lüsterner. Ich kann Sie reich machen. Ihnen eine Machtposition verschaffen. Ein langes Leben.« Mit einer ausladenden Geste wies sie auf ihren Spielplatz im Himmel. »Sagen Sie mir Ihren Preis und ich werde ihn bezahlen.«

Er schüttelte den Kopf. »Sie wollen es einfach nicht begreifen. Da Sie schon seit Jahrhunderten eine mordlustige Hexe sind, haben Sie wahrscheinlich völlig den Bezug zur Menschheit verloren.« Brody schritt auf sie zu. »Ich will Ihre Hilfe nicht. Ich will auch nicht ändern, wer ich bin, oder die Frau, die ich liebe. Ich will nur eins von Ihnen und das werde ich auch bekommen. Im Grunde haben Sie es mir bereits gegeben, als Sie sich wieder zurück ins Leben befördert haben.«

»Ich verstehe nicht.«

»Ich will, dass Sie sterben.« Brody lächelte, dann lief er zur Tür. Er schaute zurück und sagte: »Und übrigens heißt sie Claire.«

Zweiundvierzig

Er eilte durch die Bogenöffnung, die Wohnzimmer und Küche miteinander verband. Die Küchengeräte glänzten, und nirgendwo ein Rußfleck, der darauf hingedeutet hätte, dass sie jemals benutzt wurden. Der Messerblock bestand aus lackiertem Holz. Die Leiste an der Wand hing voller schwerer Kupfertöpfe. Aus einer Kristallvase quollen Hortensien. Ohne langsamer zu werden, schnappte er sich die Vase und eine Dreißig-Zentimeter-Pfanne und verließ die Küche.

Ding eins und Ding zwei befanden sich in der Lounge, genau wo er sie erwartet hatte. Der Aufzug war hinter ihnen.

Ding zwei hatte ein Handy am Ohr und bekam wahrscheinlich gerade den Befehl, Brody aufzuhalten. Ding eins stand am Durchgang zur Diele, seine Jacke aufgeknöpft und eine Hand bereits darin.

Brody warf die Vase von unten in einem Bogen hoch, das Kristall funkelte im Sonnenlicht und die Blumen fielen heraus. Der Leibwächter reagierte gut, schritt einfach zur Seite, anstatt die Vase abzublocken. Sie traf die Wand und zerschellte in einer Explosion aus Wassertropfen und glitzernden Scherben. Noch bevor die ersten Bruchstücke den Boden erreichten, hatte Brody bereits die drei Meter zurückgelegt, die ihn von dem Mann trennten, und schwang die Pfanne quer durch die Luft. Der Leibwächter riss einen Arm hoch, um sie abzublocken. Ein Knirschen von Metall auf Knochen war zu hören. Er taumelte und versuchte immer noch, mit der rechten Hand seine Pistole rauszuholen, während Brody herumwirbelte und von der anderen Seite mit der Pfanne zuschlug. Er verfügte nicht über die gleichen übermenschlichen Kräfte wie im Echo, doch die gute alte Schwungkraft wirkte ebenso gut. Die Pfanne traf seinen Schädel mit einem zitternden *Bong*. Der Blick des Manns waberte und er sackte zusammen.

Brody packte ihn, als wollte er mit ihm tanzen, wobei seine Hand in seine Jacke glitt. Einen Sekundenbruchteil tastete er herum, seine Finger blieben im Futter hängen, und dann fand er die Pistole im Schulterhalfter. Er riss sie heraus und ließ sich auf den Boden fallen.

Währenddessen krachten hinter ihm zwei Schüsse, im geschlossenen Raum schmerzhaft laut. Leuchtend rote Flecke explodierten aus dem Oberkörper von Ding eins. Brody rollte sich auf die Seite, riss die Waffe hoch und entsicherte sie mit dem Daumen. Er zielte auf Ding zwei, mitten auf die Brust, und drückte dreimal schnell hintereinander ab. Ein gleichmäßiges Dreieck von Einschüssen erblühte auf der Brust des Manns. Er ließ seine Waffe fallen, dann fiel er selbst.

Nun ja. Eigentlich hatte er nicht vorgehabt, sie zu töten, doch er konnte damit leben. Hoffentlich würde es ihnen im Echo gefallen.

Die Waffe war ein Colt 1911, schwerer als seine alte Glock, doch die Mannstoppwirkung der Kaliber-.45-Kugeln war nicht abzustreiten. Kurz überlegte er, sich zurückzuschleichen. Doch er konnte sich nicht vorstellen, dass Isabella sich einfach mit einer Kugel töten ließ. Außerdem wusste er nicht, ob sie noch weitere Sicherheitsleute hatte. Diesmal hatten ihn Schnelligkeit und aggressives Vorgehen gerettet – *Urah, Marines, für immer treu!* –, doch er wollte sich nicht noch einmal auf sein Glück verlassen.

Er wollte gerade zum Aufzug laufen, da fiel ihm die Schlüsselkarte ein. Mit dem Fuß drehte er Ding eins auf den Rücken und holte seine Brieftasche heraus, braunes Leder, von den Karten darin geprägt.

Zwanzig Sekunden später fuhr er im Aufzug nach unten, die Pistole hinten in den Hosenbund geschoben. Er konnte die Hitze des Laufs durch seine Unterwäsche spüren. Als sich die Tür öffnete, schlenderte er langsam durch das Foyer und hielt den Kopf gesenkt, um für die Überwachungskameras nicht so leicht erkennbar zu sein. Alles war ruhig. Das war wohl der Nachteil, wenn man im einundsiebzigsten Stock wohnte: kaum Nachbarn, die Schüsse melden würden.

Außerhalb des klimatisierten Foyers präsentierte sich ein prächtiger Herbsttag, der Himmel intensives Blau. Leute liefen vorbei, als wäre es nichts Besonderes, am Leben zu sein. Brody tauchte in die Menschenmenge ein und lief Richtung Michigan Avenue.

In der Brieftasche fand er einen Führerschein, Kreditkarten, einen Security-Ausweis und zweihundertsiebenunddreißig Dollar in bar. Er steckte das Geld ein und warf die Brieftasche in eine Mülltonne.

Ein Geruch stieg ihm in die Nase, ein volles, dunkles, anheimelndes Aroma. Ein Mann mit einem Papptablett in der Hand schob sich durch eine Glastür und mit ihm drangen Gitarrenakkorde und weiblicher Gesang heraus. Brody fing den Türgriff auf und lief zur Theke. Ein paar Leute waren vor ihm dran: Eine gehobene Angestellte, die auf ihr Handy starrte, zwei schwatzende Studenten, eine Mutter, die ein fest schlafendes Kind in den Armen hielt. Sie alle standen so ruhig da, so gelassen. Angstfrei.

»Hi, willkommen bei Starbucks. Was kann ich für Sie tun?«

»Einen extrastarken Americano bitte.«

Er bezahlte und wartete am Ende der Theke. Als sein Kaffee ankam, griff er beinah ehrfürchtig danach. Die Hitze drang durch den Pappbecher und erwärmte seine Hände. Brody gab einen Schuss Sahne hinein, führte den Becher an seine Lippen und nippte vorsichtig.

Gott. Wie hatte er das vermisst.

Er suchte sich einen Platz am Fenster und blickte hinaus auf die Stadt. Das Leben strömte vorbei, während er seinen Kaffee trank, zuschaute und nachdachte.

Er war am Leben. Und die Frau, die er liebte, war tot. Der Mann, der dafür verantwortlich war, war fünfhundert Jahre alt. Brody wusste mehr darüber, wie das Universum funktionierte, als ihm lieb war. Er hatte nicht nur hinter den Vorhang gespäht, er hatte ihn aufgerissen, hatte sich dahinterbegeben und an den Knöpfen gedreht.

Und jetzt?

Dreiundvierzig

Die Schlüssel steckten hinter einem dicken Abflussrohr. Genau dort, wo er sie vor einem Jahr mit Isolierband festgeklebt hatte. Brody zog sie ab und lief die zwei Blocks auf der Morgan Street zurück. Der Trick beim Verstecken von Hausschlüsseln in der Stadt bestand darin, sie an einem fremden Gebäude zu deponieren. Eine Nadel im Nadelhaufen.

Vor ein paar Tagen, während einer Patrouille im Echo, hatte er gefragt, ob sie bei ihm zu Hause vorbeischauen könnten. Er hatte vorgehabt hineinzugehen, hatte sich vorgestellt, es könnte irgendwie tröstlich für ihn sein. Doch als ihre bewaffnete Gruppe durch das tote Viertel marschiert war und er ihre Spiegelbilder in den Fenstern stiller Restaurants und leerer Geschäfte gesehen hatte, war es ihm plötzlich falsch vorgekommen. Wollte er sich durch dunkle Flure tasten, um in seinem leblosen Loft zu sitzen? Wozu? Am Ende hatte er sich damit begnügt, auf dem Bürgersteig davor zu stehen und zu seinen Fenstern hochzuschauen.

Ein Bus piepte und zischte, während er sich hydraulisch zur Bordsteinkante hinuntersenkte. Die Luft war erfüllt von Auspuffgasen und dem Lärm nie endender Bauarbeiten. Eine Gruppe von Männern in T-Shirts und Baseballmützen lief vorbei, einer von ihnen rückwärts, während er den anderen eine Geschichte erzählte. Vor seiner Eingangstür zögerte Brody, jedoch nur kurz.

Das Gebäude war ein umgebauter Fleischverarbeitungsbetrieb und man hatte den industriellen Chic so weit wie möglich bewahrt. Die Betonstufen waren glatt gewetzt und in der Mitte eingedellt. Die Decken waren offen gehalten, um die Holzdielen der Räume darüber freizulegen. Er stieg die beiden Treppen hoch, lief durch den Flur und öffnete die Tür zu Nummer 307.

Er legte den Schalter um und das Licht ging an. Zauberei.

Das Loft war seine erste Eigentumswohnung und er war selbst ganz überrascht gewesen, wie sehr er sie liebte, wo es sich doch im Grunde nur um ein einziges, schlichtes Rechteck handelte. Der einzige separate Raum war das Badezimmer, das durch eine Gipswand abgetrennt war, die neben den alten Ziegeln unpassend wirkte. Er schloss die Tür und schaute sich um. Die Bücherregale, die er selbst gebaut hatte, das hinter einem Vorhang versteckte Schrankbett, die Stapel von Rechnungen auf der Ablage, alles war noch so wie vorher. Doch er nahm an, dass es sich bald ändern würde. Denn Veränderung war es, was die Welt ausmachte.

Home sweet home.

Brody legte die Waffe auf den Couchtisch, ging ins Bad und drehte die Dusche voll auf. Er stand im kochend heißen Wasserstrahl, lehnte an der Wand, bis seine Haut rosa und schrumpelig wurde, und dachte nach. Anschließend putzte er sich die Zähne und rasierte sich. Danach klebte eine Woche Bartwuchs am Waschbecken. Er zog seine Lieblingsjeans an und legte *In the Aeroplane Over the Sea* auf, machte ein Bier auf, ließ sich auf die Couch fallen und das heiß geliebte Album über sich hinschwappen.

Müßig hob er den Colt auf. Er fühlte sich vertraut an. Das Modell 1911 wurde noch häufig bei den Marines verwendet, und er hatte jahrelang eins bei sich getragen, bevor er zu einer Beretta M9 gewechselt hatte. Der Colt war aus Edelstahl und hatte einen geriffelten Griff mit Holzmuster.

Das Universum, das Isabella ihm geschildert hatte, war in jeder Beziehung erschreckend. Er war Realist und wusste, dass die Welt ein unbarmherziger Ort war. Er fand Naturdokumentationen viel beängstigender als Slasherfilme. Doch er hätte sich nie träumen lassen, dass ein solches Maß an Grausamkeit möglich war. Selbst ernannte Götter, die Gräueltaten inszenierten, um sich an der Angst der Lebenden zu laben? Nur ein extrem krankes Hirn konnte sich so etwas überhaupt vorstellen.

Doch das war es nicht, was ihn beschäftigte. Er konnte sich schon immer gut innerlich abschotten. Unter der Dusche hatte er alles, was ihn ablenken konnte, verdrängt, um sich auf die wichtigste Information zu konzentrieren.

Claire war noch immer irgendwo da draußen.

Sie war tot, ja. Hier und im Echo. Doch wie Isabella gesagt hatte, war Tod relativ. Claire hatte sich einfach in der Kette der Welten ein Glied weiterbewegt – und sie konnte zurückgeholt werden. Das war keine reine Spekulation. Der Beweis war, dass er in seinem Loft saß, noch warm von der Dusche, und Musik hörte. Simon zu töten und die Energie zu absorbieren, mit der Edmund ihn ausgestattet hatte, hatte ausgereicht, um Brody zurück ins Leben zu katapultieren. Isabella war es mit reiner Willenskraft gelungen, als Edmund sie verraten hatte. Die Grenze war nicht unüberwindlich. Es war nur eine Frage der Macht.

Macht, wie sie in dem unheimlichen Halsband in seiner Tasche steckte. Ein Stück von Edmunds Seele. Theoretisch könnte er sie damit ins Leben zurückholen. Er musste nur zurück ins Echo, in die Schattenebene überwechseln, Claire finden, bevor sie verschwand, und sie dann beide mithilfe der Seele eines fünfhundert Jahre alten Serienmörders zurück ins Leben bringen und gleichzeitig der Aufmerksamkeit der selbst ernannten Götter entkommen, die seit Jahrhunderten im Jenseits ihr Unwesen trieben. Ganz einfach.

Brody löste das Magazin aus der Pistole. Drei Kugeln hatte er abgefeuert, fünf waren noch übrig.

Aus den Lautsprechern erklang die Stimme von Jeff Mangum, der davon sang, wie sein Vater von all den verschiedenen Arten zu sterben geträumt hatte, jede einzelne ein wenig mehr, als er auszuprobieren wagte. Brody nahm einen Schluck kaltes Bier. Gott, es fühlte sich fantastisch an zu leben. Wie konnte er es jemals als selbstverständlich hinnehmen?

Dies war ein gestohlener Moment. Dessen war er sich bewusst. Ja, es war ihm gelungen, sich in die Welt der Lebenden zurückzuhangeln. Aber nicht in sein eigenes Leben. Für den Rest der Welt war er tot. Bald würde jemand kommen und sein Loft ausräumen, Reinigungsleute und Maler anheuern und es zum Verkauf anbieten. In wenigen Wochen würde jemand anderes es sein Zuhause nennen.

Im Allgemeinen hielt er es für eine gute Strategie, bei der Wahrheit zu bleiben, doch das funktionierte in diesem Fall einfach nicht. Er war tot, sein ursprünglicher Körper in einer Kühlschublade oder einem Sarg. Und er konnte nicht einfach erzählen, was passiert war. Es war grausam gewesen, dem Detective die Wahrheit zu sagen. Der Mann hatte nur seine Arbeit gemacht und Brody hatte ihm einige Albtraumnächte beschert.

Natürlich gab es Menschen, denen die Ursache egal sein würde, Hauptsache, er war zurück. Mom und Dad zum Beispiel. Er konnte sich gar nicht vorstellen, was sie durchmachten. Er könnte sich mit ihnen in Verbindung setzen und ihnen die Wahrheit erzählen. Sie würden sich furchtbar erschrecken, klar, doch sich auch schrecklich freuen. Den meisten Eltern wäre doch alles andere scheißegal, Hauptsache ihr Kind ist am Leben.

Er müsste sich ein neues Leben aufbauen. Kein Geld. Seine Konten waren sicher schon eingefroren und seine Kreditkarten storniert. Seine Zeit beim FBI war vorbei. Er konnte auch nicht zum Militär oder zur Polizei gehen, konnte nicht einmal als Rettungssanitäter arbeiten. Überall würde man seine Fingerabdrücke nehmen.

Trotzdem, er war findig und clever. Sich eine neue Identität aufzubauen dürfte ihm nicht allzu schwerfallen. Neuer Name, neue Papiere. Er könnte sich von der Außenwelt abkapseln, nicht ganz und gar, wie jemand, der sich auf die Apokalypse vorbereitet, sondern irgendetwas Undramatisches. Vielleicht auf eine Karibikinsel ziehen. In einem Tauchladen arbeiten, Ausrüstungen an Touristen verleihen. Abends Rum trinken. Im Meer schwimmen, die Sterne betrachten.

Keine Zeitung mehr lesen. Keine Berichte über Massaker und Schießereien mehr. Nicht mehr darüber nachdenken, was anschließend kommt.

Und versuchen, Claire zu vergessen.

Brody warf die Patrone aus, arretierte den Verschluss und spähte in die Kammer. Die leichte Abnutzung ließ auf eine häufige Benutzung schließen, während die Sauberkeit und ein schwacher Ölglanz auf regelmäßige Pflege hindeuteten.

Claire war da draußen in der Finsternis. Wenn er richtig verstand, war das Echo, das er kannte, nur eins in einer Kette. Aber diese Kette konnte sich doch nicht ewig fortsetzen. Alles hatte seinen Ursprung im Leben, in der Energie und Leidenschaft lebender Menschen. Jeder Schritt, der sich davon entfernte, war einer auf das Nichts zu. Claire stand am Abgrund, doch sie war noch nicht hineingestürzt.

Noch nicht. Isabella hatte gesagt, Claire habe nicht viel Zeit. Natürlich könnte es gelogen sein, doch das schien nicht ihre Art. Sie war zu überheblich, um sich mit Lügen abzugeben. Also wie viel Zeit blieb Claire noch? Ein paar Stunden? Minuten? Er wusste es nicht. Und hatte auch nicht die geringste Vorstellung davon, wie er sie retten sollte.

Das stimmt nicht ganz. Eine Vorstellung, wie du's anfangen sollst, hast du schon. Doch wie's dann weitergehen soll, ist das Problem.

Neutral Milk Hotel waren beim Titellied angekommen, das weniger kryptisch war als die anderen. Gott, wie hatte dieses Album ihn umgehauen, als er es in der elften Klasse entdeckt hatte. Er hatte es sich immer wieder angehört und gerätselt, was es mit den Textstellen über Köpfe in Formaldehyd und Anne Frank auf sich hatte. Hatte es geliebt, weil es ihn tief in seinem Innern berührte, ohne zu wissen, worum es eigentlich ging. Hatte versucht dahinterzukommen, als stammte die Musik von einer höheren Macht anstatt von Menschen.

Er hatte fast zwanzig Jahre gebraucht, um sie zu verstehen. Jeder Song wurzelte in dem verzweifelten Verlangen nach grenzenloser Liebe. Einer Liebe, der es nicht darum ging, mit jemandem zusammen zu sein, sondern darum, diese Person zu sein, mit ihr zu verschmelzen. Sich zu verlieren. Die Musik drückte diese Sehnsucht aus und gestand sich zugleich ein, wie kindisch dieser Wunsch war.

Er kannte die Texte auswendig und musste lachen, als er Jeff Mangum singen hörte: *What a beautiful dream that could flash on the screen in a blink of an eye and be gone from me.*

Brody ließ den Verschluss vorschnellen, nahm das Magazin und rammte es hinein. Er riss die Waffe hoch und schob sich den Lauf in den Mund.

Er wollte nicht mit Claire verschmelzen. Er wollte an ihrer Seite sein. Das hieß, alles, was ihn ausmachte, in einem Spiel zu riskieren, das er kaum verstand und das vielleicht ein falsches war.

Trotzdem. Besser als Will Brody zu sterben, denn als ein anderer zu leben.

Er drückte ab.

Vierundvierzig

Alles fegte davon wie ein vom Wind erfasster Hut.

Kein Schmerz, aber ein Stoß. Eine ungeheure Wucht. Als hätte er seinen Kopf vor einen herannahenden Güterzug gelegt. Eine Explosion von einer Intensität jenseits des Erträglichen.

Und dann war es vorbei, und die Musik, die Wärme, das Licht waren verschwunden.

Brody warf die Waffe weg. Sie schepperte in der Dunkelheit gegen irgendetwas. Er hatte einen unangenehmen Geschmack im Mund. Vorsichtig griff er sich an den Hinterkopf. Bevor die Finger ihn berührten, stellte er sich ein zerklüftetes, nasses Loch mit Knochensplittern vor und schauderte. Doch er konnte nur Haare fühlen.

Er wartete einen Moment, damit seine Augen sich eingewöhnen konnten. Es war nicht völlig dunkel. Schwaches graues Licht sickerte durch die Fenster. Brody stand auf und lief hin.

Die Vorhänge waren nur noch zerfallene Lumpen und das Fensterglas gesprungen. Ganze Scheiben fehlten und der Wind heulte hindurch. Die Aussicht war vertraut und auch wieder nicht. Die Gebäude standen an den richtigen Stellen. Die Schaufenster der Geschäfte waren schwarze Spiegel, die Neonschilder tot. Nichts bewegte sich, außer dem Müll, den der Wind vor sich herwehte. Am Himmel dichte Wolken aus Dunkelgrau und Grün, die wallten und wirbelten wie kochendes Wasser und so tief hingen, dass es möglich schien, sie vom Dach eines Gebäudes aus zu berühren. Dann zerriss etwas den Himmel, das einem Blitz ähnelte, nur dass es pechschwarz war und die Welt verdunkelte, anstatt sie zu erhellen. Das folgende Grollen klang, als würden schwere Gegenstände eine Treppe hinunterpoltern.

Er war zurück. So ungefähr.

Dies war nicht das Echo, das er kannte. Damit hatte Brody gerechnet, denn wie auch immer die Physik des Jenseits funktionierte, der Entschluss, sich selbst das Leben zu nehmen, hatte einen Einfluss auf das Ziel seiner Reise gehabt. Er stellte sich die Kette von Welten, die Isabella beschrieben hatte, wie eine Reihe immer engmaschiger werdender Siebe vor, durch die die Seelen gefiltert wurden. Je mehr potenzielle Energie sie besaßen, desto früher wurden sie aufgefangen. Und genau wie in Arthurs Beispiel von dem krebsverseuchten alten Mann und dem Mädchen, das von einem Auto überfahren wird, gab es auch einen Unterschied zwischen einem FBI-Agenten, der ermordet wird, und einem Liebhaber, der sich selbst die Kugel gibt.

Er brauchte fünf Minuten bis nach unten auf die Straße. Kein Licht, und die Stufen wirkten nicht sehr vertrauenswürdig. Er bewegte sich langsam und tastete sich an der Wand entlang, während das Geräusch seines Atems seltsam aus dem dunklen Flur widerhallte. Als er die Eingangstür erreichte, klemmte sie, und er musste sie mit der Schulter aufdrücken. Draußen war es eisigkalt und ein schneidender Wind wehte zwischen den Gebäuden.

Wieder brach ein Obsidianblitz durch die Wolken und vor seiner Schwärze zeichnete sich die Skyline ab. Die Gebäude waren verwüstet, Fenster zerschmettert, Wände eingefallen, ganze Trakte fehlten. Häuserskelette, die vor Schmerz schrien. Eine Welt voller Ruinen wie nach einem Bombenangriff. Der einzige Anflug von Farbe war das Tornadogrün des Himmels.

Ein Mädchen lief über die Straße auf ihn zu. Sie hielt ihren linken Arm im rechten und starrte darauf, strich mit den Fingern darüber, als könnte sie nicht recht glauben, was sie sah. Der Wind zerzauste ihr Haar. Sie war nackt und hatte Gänsehaut. Brody hob die Hände leicht an. »He.«

Sie blickte nicht auf, strich sich wieder über den Arm und lief einfach weiter, als würde sie einem vergessenen Instinkt gehorchen. Lief auf ein Ziel zu, das sie bereits erreicht hatte. Das unheimliche Licht ließ ihre Augen hohl erscheinen. Sie tapste auf blutenden Füßen weiter, und Brody drehte sich um, um ihr nachzuschauen. Das Letzte, was er von ihr sah, war ihre fahlweiße Flanke, als sie um eine Ecke bog.

Also, was nun?

Natürlich musste er sich eingestehen, dass er vorschnell gehandelt und nicht den geringsten Plan hatte. Er wusste nur, dass Claire Hilfe brauchte und die Zeit immer knapper wurde. Nun stieß die Angst sauer in seinem Magen hoch. Was hatte er getan? Er hatte sein Leben weggeworfen. Hatte eine zweite Leiche von sich zurückgelassen, wo man sie ganz bestimmt finden würde, wodurch er den Menschen, die er liebte, noch mehr Schmerz zufügte und sie in Verwirrung stürzte. Nur um an einem Ort zu landen, verglichen mit dem das Echo ein Paradies war.

Nun, da du den Sprung bereits gewagt hast, kannst du dich auch ruhig umschauen.

Das Dasein war eine Kette. An einem Ende das Leben, pulsierend und mächtig, am anderen Ende das Nichts. Das Echo, das er kannte, musste eine der ersten Welten sein, das Tal, das dem Leben am nächsten lag. Und eine Welt würde trostloser als die andere sein. Dass er hier gelandet war, war die Bestätigung dafür.

Also … ist es doch gut so.

Wenn man sich selbst belog, war es nicht ratsam, lange darüber nachzugrübeln, und deshalb ließ er es. Er war wegen Claire hier, und ihr blieb nicht viel Zeit. Darum hatte er sich die Kugel gegeben. Und darum hatte er keine Zeit damit verschwendet, sich einen unverfänglicheren Ort dafür zu suchen. Und darum hatte er sich auch nicht mit seinen Eltern in Verbindung gesetzt, um sie zu trösten. Was für ein Trost wäre das gewesen, wo er doch schon gewusst hatte, was er tun würde? Er war wegen Claire hier, und ihr blieb nicht viel Zeit.

Wenn das Dasein eine Kette war, dann war Claire am Ende angelangt. Die alte Hexe hatte es die Schattenebene genannt. Den ersten Schritt hatte Brody getan, als er sich das Leben genommen hatte. Es war an der Zeit, den nächsten zu tun.

Er holte das Halsband aus seiner Tasche. Wie zuvor war es so leicht, dass er es kaum spürte, und zugleich so gewichtig, dass er überrascht war, es anheben zu können. Er hielt das Lederband zwischen den Fingern und betrachtete die sich drehenden Knochen. Falls er mit seiner Vermutung recht hatte, war dies Edmunds Zeigefinger. Drei Knochen eines Seemanns, der vor fünfhundert Jahren gestorben war, nachdem er seine Schiffskameraden ermordet und gefressen hatte.

Wenn er das Ding nur anschaute, kräuselten sich seine Lippen und er bekam schweißnasse Hände. In der Welt der Lebenden waren es nur ein paar alte Knochen. Doch hier war es anders. Das Totem steckte voller Gefahrenpotenzial wie ein Feuerwerk, das noch nicht gezündet wurde. Der Gedanke, es anzulegen, war etwa so verlockend, wie sich noch warme Gedärme um den Hals zu wickeln.

Hast du eine bessere Idee?

Brody legte es um seinen Hals.

Es war, als hätte er beide Pole einer Autobatterie berührt. Ein Energiestrom, so stark und so schnell, dass er nicht genau wusste, ob es ein angenehmes oder schmerzhaftes Gefühl war.

Er dachte, er hätte verstanden, wie Kraft im Echo funktionierte. Er hatte Leute beobachtet, die sich so schnell bewegt hatten, dass das Auge nicht folgen konnte, hatte sie Eisenstangen verbiegen und unbeschadet von Häusern herunterspringen sehen. Einiges davon hatte er selbst getan.

Kinderkram. Kleine Fische. Mit der Kraft, die er jetzt besaß, konnte er den Mond zermalmen. Er fühlte sich wie von Licht getragen, völlig erneuert, mit strahlender Kraft aufgepumpt. Die Macht juckte und brannte und drängte ihn. Sie wollte benutzt werden, wollte verbraucht werden, wollte rücksichtslos über alles hinwegspülen wie Wasser aus einem gebrochenen Damm.

Warum nicht? Mach eine Probefahrt.

Brody drehte sich um. Gegenüber lag ein Kurzzeitkredit-Laden, tote Neonschilder und dickes Glas. Er hatte diesen Schuppen immer gehasst. Er war grell und hässlich, doch mehr als das hasste er, wofür er stand: Kleinliche Diener der Macht saßen hinter schusssicherem Glas, vor dem die vom Leben Benachteiligten Schlange standen, um sich ausbeuten zu lassen.

Er hob die Hand. Stellte sich vor, was geschehen sollte. Und schwang träge den Arm.

Eine wütende, tornadogleiche Kraft stürmte knisternd durch die Straße. Das Gebäude explodierte, Glas und Ziegelsteine spritzten in zehntausend verschiedenen Flugkurven auseinander, von denen jede auf seine Willenskraft zurückging, und die Kraft raste weiter, warf Pfosten um, riss Absperrseile herunter und schmetterte durch das Plexiglas wie der Strahl eines Feuerwehrschlauchs durch eine Papiertüte.

Brody schloss seine Hand. Die Zerstörungsszene gefror. Trümmerstücke hingen bewegungslos im Nichts. Er griff sich eine gezackte Glasscherbe aus der Luft. Betrachtete die scharfen Kanten, einen Fetzen von dem Aufkleber mit dem Firmenlogo. Er ließ sie fallen und sie zerschellte zusammen mit dem Rest. Seiner Energie beraubt, fiel alles einfach hinunter.

Weiter. Er wollte weitermachen. Aus reinem, wildem Vergnügen zerschlagen und verbrennen. Brody stellte sich vor, wie er durch die Stadt wütete, mit einer Geste Wolkenkratzer zum Einsturz einbrachte, die Straßen durchschüttelte wie Teppiche und Hochbahnzüge in den See schleuderte.

Sein Lachen fühlte sich besser an als ein Orgasmus. Und warum nicht? Was er gerade getan hatte, die Macht, die in ihm floss, das war meilenweit entfernt von allem, wozu die Fresser fähig waren. Er bestand aus Licht, aus knisternder, ionisierter Energie. An diesem düsteren Ort strahlte er wie die Sonne. Nichts in dieser fahlen Welt war von Bedeutung. Nichts war von Bedeutung.

Nichts ist von Bedeutung?

Was waren das für Gedanken? Er hatte sein ganzes Leben Menschen geholfen und für die Seite gekämpft, die aufbaute, nicht die, die nur zerstören wollte. Sicher, jeder verspürte irgendwann einmal den Drang, etwas Schönes kaputtzumachen, doch er hatte niemals ein Problem gehabt, sich zu kontrollieren.

Dann fiel es ihm ein. Das Halsband barg nicht nur Edmunds Macht in sich. Es war Edmund. Er trug ein Stück von dem Ungeheuer an seinem Hals.

Nicht von dem *Ungeheuer. Von* einem *Ungeheuer. Es gibt noch andere.*

Isabella hatte es erwähnt. Es gab nicht nur sie und Edmund, sondern noch weitere. Alte Mörder und Götter des Gemetzels. Ältere Räuber, die seit Jahrhunderten jagten. Frühere Menschen, die so stark geworden waren, dass die Seelen aus dem Echo allein sie nicht mehr ernähren konnten. Sie suchten die Welt der Lebenden heim, wo sie Schrecken und Gräueltaten inszenierten. Und es ging ihnen vor allem um Macht.

Macht, wie du sie gerade demonstriert hast.

Brody blickte auf und lernte wahre Angst kennen.

Was er sah, konnte nicht wirklich sein. Alles war noch da, die desolate Straße und die zerstörten Gebäude, der Müll, den der Wind vor sich herblies, die graugrünen Wolken. Doch da war noch etwas anderes. Etwas, das es eigentlich nicht geben konnte. Eine Erscheinung, die sein Verstand nicht fassen konnte, von wechselnder, unmöglicher Gestalt. Riesig wie ein wandelnder Berg. Mit Reihen ruinierter Zähne. Um sie herum waberte alles wie flimmernde Hitze und hinter ihr lag Zerstörung.

Etwas kam auf ihn zu und es war hungrig.

Brody war schweißgebadet und seine Gedärme rebellierten. Er hatte dem Tod schon früher ins Gesicht gesehen und glaubte, die Angst, die damit einherging, zu verstehen. Doch hier ging es nicht um Tod, es war etwas viel Bedeutsameres. Viel schlimmer. Tod, Entropie, Verfall, all das war natürlich.

Das Ungeheuer, das es auf ihn abgesehen hatte, war etwas anderes. Es versprach nicht das Ende, sondern einen Anfang. Qualen, die niemals enden würden, eine aufblühende rote Blume des Bösen und des Schmerzes, von Schreien begleitet. Es kannte nur Hunger und bot nur Höllenqualen. Es ließ sich nicht beschwichtigen und nicht bekämpfen.

Es verdeckte die Skyline und verschluckte die Wolken. Es war zugleich ein schwarzes Loch, das die Welt auseinanderreißen konnte, und ein Mann auf einem Pferd, seine Zähne gefletscht, sein Blick wild, der sein Tier peitschte, dem Schaum vor dem Maul stand und das wahnsinnig war vor Elend, das nie enden würde. Wellen seiner Macht rollten hinter ihm her, warfen Gebäude um und zerrten den Himmel herunter.

Brody sagte sich, er müsse kämpfen, doch wie kämpfte man mit einem Berg? Ihm blieb nichts übrig, als sich verschlingen zu lassen.

Und an etwas Schönes zu denken.

Brody ließ seine Hände sinken und schloss die Augen. Er dachte zurück an den Morgen in ihrer Wohnung, ihre Köpfe auf demselben Kissen und ihre Blicke aneinandergeheftet.

Claires Haar vom Schlafen platt, ihr Atem feucht, ihr Körper warm und ihre gemeinsame Zukunft noch vor ihnen.

Er wurde vom Wind gepeitscht und konnte die Hufe des Pferdes hören, seine Schreie, wahnsinnig vor Schmerz. Die Luft roch nach verbranntem Metall. Er spürte Hitze auf seiner Brust, ein plötzliches, heftiges Brennen, als würde er gebrandmarkt. Brody blieb bei Claire, den faltigen Kissenbezügen, dem Sonnenlicht, das durch den Schlitz zwischen den Vorhängen fiel, Sommersprossen auf ihrer Brust …

Die Welt wippte wie Treibgut im Kielwasser eines gewaltigen Schiffs. Der Verlust des Gleichgewichts riss ihn aus seiner Abschiedsträumerei, und seine Hand suchte Halt, der nicht da war, und er erwartete sein Ende, nur noch Zentimeter entfernt.

Das Ding war ausgeschert und vorbeigerauscht.

Das Mannding blickte zurück und schaute ihn aus Augen an, die rote Funken zu sprühen schienen, und in ihnen lagen Hass und ein Versprechen. Der Reiter peitschte sein Pferd noch härter, riss gemeine Striemen in seine Flanken, und dann sah es durch eine Täuschung des Lichts so aus, als würde er in den Wolken verschwinden.

Was zum Himmel?

Das Totem. Das sengende Gefühl auf seiner Brust kam von der Stelle, wo es seine Haut berührte. Eine Art Machtrückkopplung. Laut Isabella hatte Edmund es so manipuliert, dass die anderen Ungeheuer es nicht an sich reißen konnten. Edmunds Wille stand zwischen ihm und den anderen.

Doch das konnte Brody seine Angst kaum nehmen.

Er brach zusammen. Umklammerte seine Knie. Atmete ein paar Mal tief durch und füllte seine Lungen mit dem, was in dieser zerstörten Welt Luft darstellte. Als er seine Augen wieder öffnete, sah die Straße so aus wie vor dem Ansturm des Ungeheuers. Eine sterbende Welt in Katzenjammerfarben, von Wind geplagt.

Er könnte es sich anders überlegen. Isabella hatte sich durch reine Willenskraft ins Leben zurückgeschleudert. Die Knochen an seinem Hals gaben ihm eine ebensolche Kraft. Er könnte wiedergeboren werden.

Doch Claire war da draußen. Und sie hatte kein Halsband, das sie vor den Göttern beschützte.

Brody zwang sich aufzustehen. Er musste sie finden. Isabella hatte gesagt, Claire sei am Ende aller Welten, doch er wusste nicht, wie er dorthin gelangte. In der kurzen, beängstigenden Zeit, die er hier war, hatte er kein Schild mit der Aufschrift »SCHATTENEBENE 3 KM« GESEHEN.

Doch immerhin hatte er das Totem. Edmunds gestohlene Kraft. Den Rest musste er sich irgendwie zusammenreimen. Er hatte einige Hinweise. Isabella hatte gesagt, sie habe alle Winkel des Daseins erkundet. Und sie habe die Welt verbleichen sehen, als sie auf den Abgrund zuschritt.

Nun, dieser Ort ist ganz sicher verblichen.

Er stellte sich eine Serie von Welten wie Matrjoschka-Puppen vor. Eine kleiner als die vorige. Nein, nicht kleiner – weniger lebendig. Eine blasser als die andere, bis nichts mehr übrig war. Wenn er recht hatte, war Claire am äußersten Ende, in der fahlsten aller Welten.

Wenn dem allen ein Plan zugrunde liegen würde, gäbe es eine bestimmte Anzahl von Stadien. Doch so war es in dem Jenseits nicht, das er kannte. Es hatte keine bestimmte Ordnung. Es gab kein Gericht, und die Seelen wurden auch keinem bestimmten Schicksal zugeführt. Alles schien eher auf Physik als auf Philosophie zu beruhen.

Vielleicht wurden die Welten einfach immer schwächer, so wie Licht, das vergeht. Nicht in einer Abfolge festgelegter Schritte, sondern graduell. Dann könnte es eine unendliche Zahl von Schritten geben. Denn alles ließ sich noch einmal unterteilen.

Doch der Älteste, die Bestie, die es auf Brody abgesehen hatte … Nur Sekunden nachdem er seine neuen Muskeln hatte spielen lassen, mit der Kraft gespielt hatte, die dem Totem innewohnte, war sie mit offenem Maul auf ihn zugerast. Also spielte Entfernung keine Rolle. Es sei denn, die Bestie war zufällig in der Nähe gewesen.

Außerdem war Brody jedes Mal, wenn er gestorben und wiedergeboren worden war, am selben Ort gelandet. Die Welt hatte sich verändert, doch seine Position darin nicht. All die Bilder, derer er sich bedient hatte, um das Konzept zu verstehen – Echo, Kette, Täler –, ließen an Distanz oder verschiedene Orte denken. Doch das traf es nicht.

Die Welten sind nicht aneinandergereiht.

Sie überlagern einander.

Leben und Tod sind aufeinandergeschichtet.

Das hieß, wenn man sich zwischen den Welten hin- und herbewegen wollte, musste man die richtige Ebene finden. Eine Frage der Wahrnehmung, ein Problem, das gelöst werden musste. Er wünschte, Claire wäre hier. Er war noch nie jemandem begegnet, der Informationen so schnell einordnen und analysieren konnte, der noch im ärgsten Rauschen das Signal fand.

Wenn Claire hier wäre, müsstest du nicht nach dem Ende des Daseins suchen.

Brody atmete noch einmal tief durch. Er schloss die Augen. Konzentrierte sich. Und versuchte, sich verschiedene Realitäten vorzustellen, die übereinandergeschichtet waren wie ein Stapel Zeichentrickfolien. Jede fast identisch mit der vorherigen. Sie unterschieden sich nur in ihrer Lebenskraft. Er stellte sie sich nebeneinander ausgebreitet vor, sodass er nicht nur die erste sehen konnte, sondern auch die dahinter.

Brody öffnete die Augen.

Und plötzlich sah er alles viel klarer, als hätte er bei einer 3-D-Filmvorführung die Brille aufgesetzt.

Die Straße war immer noch da, genauso wie vorher. Doch zugleich war sie nur noch Teil eines Ganzen. Es gab noch weitere Straßen dahinter, andere davor. Verschiedene Realitäten existierten am selben Ort zur selben Zeit, keine wahrer als die andere.

Halte durch, Baby. Ich komme.

Er konzentrierte sich auf die Welt, die dem Nichts am nächsten war. Dieselbe Straße, nur noch dunkler, noch stärker zerstört. Erschüttert und zerschlagen. Eine Ansichtskarte von der Apokalypse.

Und er begab sich hinein.

* * *

Noch einmal.

Noch einmal.

Noch einmal.

Die Welt um ihn herum verschwamm.

Der Himmel senkte sich drohend.

Gebäude bebten und brachen zusammen.

Die Wirklichkeit floss wie Kerzenwachs dahin.

* * *

Brody bewegte sich, ohne Schritte zu machen. Jagte der Dunkelheit hinterher. Mit jedem Wechsel von einer Welt in die nächste brachen Dinge um ihn herum zusammen. Verfall im Zeitraffer. Maden fraßen sich durch den Kadaver der Wirklichkeit. Mauern schmolzen. Glas floss wie Wasser. Die Straße wurde unter Dreck begraben.

Menschen tauchten auf.

Zuerst nur wenige. Dann mehr. Mit jedem Wechsel, jedem Schritt auf das Nichts zu bevölkerten mehr Menschen die Straße.

Mehr Menschen und doch waren sie weniger präsent.

Undeutlicher. Schweigend. Augen stumpf wie die von Schaufensterpuppen. Farbe und Persönlichkeit ausgewaschen.

Sie wurden einander immer ähnlicher, so wie Entropie alles gleich machte.

An einem Punkt hielt er an. Physisch – falls das Wort überhaupt noch Bedeutung hatte – war er am selben Ort wie vorher, doch dieser war kaum wiederzuerkennen. Die Gebäude flackerten. Hunderte Menschen liefen ziellos umher. Sie schienen einander und die Welt um sie herum kaum wahrzunehmen. Im trüben Licht waren Gesichtszüge nur schwer auszumachen. Aus Neugier überquerte er die Straße. Die Menge der Toten teilte sich und ihre Blicke fixierten ihn, jedoch nicht drohend und ohne Gedanken.

Das Haus, in dem er gewohnt hatte, war noch da, gewissermaßen. Es war eine Ruine. Löcher in den Wänden. Stofffetzen wehten im Wind. Als er die Hand auf die Ziegelmauer legte, schien die ganze Fassade zu wanken. Er hatte den Eindruck, dass die wacklige Präsenz, die es noch besaß, nur für ihn existierte. Brody lief zur Eingangstür des Gebäudes und schritt hindurch. Der Flur, der sich dahinter hätte befinden müssen, war nicht mehr. Alles verlor sich im Nichts.

Als er sich umschaute, stellte er fest, dass das, was von vorn wie eine Mauer ausgesehen hatte, nur zweidimensional war. Wie eine Theaterkulisse. Eine bemalte Fläche, die von Kanthölzern aufrechtgehalten wurde. Eine Geisterstadt, in der nur noch die Geister zurückblieben.

Und so viele Geister. Die Gestalten waren kaum noch menschlich. Eher wie Schatten.

Dies ist der Weg, den die Toten beschreiten.

Nicht die, die das besaßen, was Arthur potenzielle Energie nannte. Die anderen. Die auf eher gewöhnliche Weise gestorben waren. Die dem Alter oder einer Krankheit erlegen waren.

Die über keine überschüssige Lebenskraft verfügten. Irgendwo auf diesem Gefälle würde auch Arthur ankommen, wenn er schließlich vollends dahinschwand.

Doch der Gedanke machte ihn nicht traurig. Füllte ihn nicht mit Melancholie. Denn er begriff, dass es den Toten selbst nichts ausmachte. Was immer sie waren, sie nahmen es nicht länger wahr. Sie waren keine richtigen Menschen mehr.

Sie warteten nur.

Brody kehrte zurück auf die Straße. Er berührte das Totem an seinem Hals. Es war die stoffliche Manifestation des Lebens, der Träume und der geheimen Ängste von Menschen, die einem uralten Ungeheuer zum Opfer gefallen waren. Jahrzehnte gehetzter Seelen.

Brody bewegte sich weiter. Die Dunkelheit nahm zu. Anfangs konnte er noch sehen.

Dann nicht mehr.

* * *

Als er die dunkelsten Welten erreicht und eine nach der anderen erkundet hatte, sich sicherer fühlte, schneller geworden war und gelernt hatte, zwischen den Daseinsschichten hin- und herzuwandern, drang er schließlich in die letzte, die schwächste Welt ein. Die Schattenebene.

Ebene, weil die Stadt nicht mehr da war. Die Gebäude, die Straßen, sogar der Himmel. Alles weg.

Schatten, weil es dort nichts anderes gab als glatte, strukturlose Dunkelheit.

Alles, was blieb, waren die Toten.

Tausende. Zehntausende. Schulter an Schulter, so weit er sehen konnte.

Mit jeder weiteren Welt hatten sie mehr an Persönlichkeit und Gestalt eingebüßt. Die Wesen, die ihn umgaben, besaßen die Körperformen von Männern und Frauen, Jungen und Mädchen, doch keine der Züge, die sie einzigartig machten. Sie sahen aus wie eine Ansammlung von Schatten – mit Umrissen, doch ohne Eigenschaften. Ein wenig größer, ein wenig kleiner, unbestimmt. Vielleicht unterschieden sich ihre Gesichter, doch es war zu dunkel, um sie zu sehen. Es gab keine Sonne über ihnen und keine drohenden Wolken.

Und doch konnte er sehen, denn mitten auf der Brust eines jeden Schattens saß ein Funke. Genau dort, wo das Herz sein sollte. Ein winziges Flackern wie die Flamme eines fallenden Feuerzeugs. Er konnte das Licht durch die Überreste ihrer Körper hindurch sehen. Ein endloses Feld winziger Funken. Eine Welt, die nur vom Hauch einer Andeutung von Leben aufgehellt wurde. Eine Tapisserie aus erlöschenden Glühwürmchen.

Sie bewegten sich ohne Ziel und ohne zu sprechen. So trieben sie langsam vorwärts.

Brody riss seinen Blick von der Menge los, um zu sehen, worauf sie zuliefen.

Nichts.

Es war das Nichts. Nicht Schwärze. Nicht Raum. Nichts.

Reines, vollkommenes Nichts. Ein schwarzes Loch. Ein Abgrund. Er konnte seine Anziehungskraft spüren, wie Schwerkraft, wie Magnetismus, wie die Sucht von Materie nach Antimaterie.

Das Ende aller Dinge.

Während die gesichtslosen Menschen wie in Trance darauf zutrotteten, wurden die, die dem Nichts am nächsten waren, von ihm verschlungen. Wie Schatten, die in einen dunklen Raum fielen, verschwanden sie einfach. Das Einzige, was von ihnen blieb, waren die kleinen, flackernden Lichter in der Brust, die frei schwebten, hochflogen wie Funken von einem Lagerfeuer, kurz aufglühten, zitterten, aufstiegen, und dann waren sie weg.

Die Schattenebene.

Sie war schön.

Außer, dass Claire hier war.

Sie war einer dieser Schatten, dieser fast leeren Hüllen, die langsam auf die endgültige Vernichtung zuschritten. Die Eigenschaften, die sie ausgemacht hatten, die sie unverwechselbar gemacht hatten, waren dahin. Es war die Nacktheit der Seele. Die kleinen Hoffnungen und Ängste, die beschämenden Geheimnisse, die Momente des Triumphs, all das hatte sie zurückgelassen.

Wie würde er sie finden? Die Welt hatte all ihre Merkmale verloren, hatte keine Gestalt mehr. Es gab unzählige Horden. Er konnte sie genauso wenig erkennen, wie er ihren Schatten hätte identifizieren können. Hier war sie nichts.

Nein.

Nein. Er würde es nicht zulassen. Ihren Tod hätte er überleben können. Doch er würde sie auf keinen Fall dem Nichts überlassen. Sie war Claire McCoy, verdammt noch mal. Sie war wie ein Wirbelsturm in sein Leben gebraust und nichts war seitdem wie vorher.

Claire, die mit Eleganz und Geschick einen Raum beherrschen konnte, die Glock an der Hüfte und ein Feuerwerk im Gehirn.

Claire, die so wild Liebe mit ihm gemacht hatte, dass die Bilder von den Wänden gefallen waren, die ihren Kopf zurückgeworfen und sich auf die Lippe gebissen hatte, während der Schweiß an ihrer Kehle schimmerte.

Claire, die ihn zusammengestaucht hatte, weil er den Heckenschützen verfolgt hatte … vor so vielen Leben.

Claire, die auf eine Mauer geklettert war, um toten Kindern beim Fußballspiel unter einem toten Himmel zuzuschauen.

Claire, die sich nach einem Unabomber gesehnt hatte und einer Welt, in der alles einen Sinn hatte, in der Gräueltaten einen Grund hatten, der, so gemein und schrecklich er auch sein mochte, einer Logik folgte.

Claire, die sich beim Lesen ihrer E-Mails die Zähne geputzt hatte.

Claire, die ihm erzählt hatte, wie sie ihrem Vater monatelang geholfen hatte, ein Segelboot zu reparieren, das er aus einer Laune heraus gekauft hatte, ein Boot, das er noch gar nicht steuern konnte. Ein elfjähriges Mädchen, mit einem Schraubenschlüssel in der Hand hinter einem Dieselmotor eingezwängt.

Claire, die im Morgenlicht Yogaübungen machte.

Claire, die, zerschunden und zerrissen, innerhalb von fünf Minuten darüber hinweg war und sich an die neue Realität des Echos angepasst hatte, während er kaum die Zeit gefunden hatte durchzuatmen.

Claire, mit ihren ständig kalten Füßen und dem morgendlichen Mundgeruch. Ihr Zeitfetisch. Ihr leerer Kühlschrank.

Claire, für die er sich eine Pistole in den Mund geschoben hatte …

Etwas ereignete sich.

Licht. Dann noch mehr Licht. Er blickte auf, doch es gab keine Sonne, keinen Mond und keine Sterne.

Und doch war da Licht wie ein hereinbrechender Morgen.

Es kam aus einiger Ferne, doch schwierig einzuschätzen in einer Welt ohne Merkmale. Warm, orange und zunehmend. Wie eine Sonne, die in der Dunkelheit einer Sternenwiege entstand. Energie und Strahlkraft, wo vorher nichts gewesen war.

Ein Funke war aufgeflammt. Ein einzelner Funke in der Brust eines anonymen Schattens. Das Licht, das er vorher kaum bemerkt hatte, wurde stärker, war nun wie ein Scheinwerfer, strahlend, atemberaubend. Und es kam von einem der Schatten.

Nicht von irgendeinem Schatten.

Sondern von dem, der sie gewesen war.

Brody rannte los und drängte sich zwischen den Gestalten hindurch. Sie ließen sich so leicht zur Seite fegen wie Luftschlangen, glitten weg und fielen um, während er sich auf das Licht zubewegte, die Frau, die er liebte.

Sie stand glühend auf der Schattenebene. Vollständig und perfekt, ihre Haut rosig, von Blut durchströmt, ihre Augen strahlend und feucht. Sie stand da, sah ihn kommen und breitete die Arme aus.

Er hob sie hoch. Kein Geist, eine lebendige Frau, schwer in seinen Armen, voller Leben und Möglichkeiten. Ihre Wangen waren benetzt und ihr Blick verwirrt und sie sagte: »Will?«

»Ja, ich bin's.«

»Ich bin gestorben.«

»Das tust du ständig.«

»Es war anders. Alles … verschwand. Es war dunkel und Teile von mir sind immer wieder abgefallen.« Sie zitterte.

»Es ist vorbei«, sagte er. »Du bist zurück. Wir sind zusammen.«

Zum ersten Mal schien sie ihre Umgebung wahrzunehmen. »Was ist das?«

»Die Endstation.« Schaudernd holte er Luft. Sie war dem Nichts so nah gewesen. Und beinah für immer verschwunden. Er war erleichtert, doch auch von Panik geschüttelt. Nur die Macht des Totems an seinem Hals, verbunden mit seinen Erinnerungen und seinem Verlangen nach ihr, hatten das Leben in ihr wieder entfachen können. Es angeblasen wie einen glühenden Holzscheit. »Weißt du noch, wie wir überlegt haben, ob es noch andere Echos gibt außer dem, das wir kannten?«

»Sie sind so schön.« Claire starrte auf die formlosen Menschen um sie herum. »Wie bist du hierhergekommen? Hat Simon dich auch umgebracht?«

»Nein. Ich habe *ihn* getötet. Und daraufhin wurde ich wieder lebendig.«

»Du … Was?«

»Ich habe wieder gelebt. In der richtigen Welt.«

»Wieder gelebt?« Sie riss ihren Blick vom dem Funkenmeer los. »Warum bist du dann hier?«

»Ich bin deinetwegen hergekommen.«

»Du meinst doch nicht … Will, was hast du getan?«

»Was ich tun musste.«

»Baby, bitte sag nicht, dass du …«

»Ich war lebendig«, sagte er. »Und es war wunderbar. Blauer Himmel, Menschen, Musik, eine heiße Dusche. All die kleinen Wunder, die wir unser ganzes Leben lang als selbstverständlich hingenommen haben. Doch mir ist eines klar geworden.«

Sie wartete.

»Das Leben ist wunderbar.« Er zögerte, lächelte. »Doch ich bin lieber tot und mit dir zusammen.«

Einen Moment lang starrte sie ihn nur mit offenem Mund und aufgerissenen Augen an.

Und dann waren sie in einer Umarmung vereinigt, so fest, dass ihnen der Atem wegblieb, die Gesichter in den Haaren des anderen vergraben, ihre warmen Körper aneinandergepresst, während überall um sie herum die Schatten der Toten auf den Abgrund zutrotteten und die letzten Funken ihres Lebens hochschossen wie Sternschnuppen, frei, hell, perfekt … und weg.

Fünfundvierzig

»Alles sieht jetzt anders aus.«

»Ach, wirklich?«

»Nicht nur dieser Laden hier. Einfach alles.«

»Ich habe dich schon verstanden.«

»Überleg doch mal, Will. Das war das Ende. Wir haben das ganze Spektrum gesehen, vom Anfang bis zum Ende. Vom Leben bis zum Nichts. Wir kennen jede Phase.« Sie dachte nach. »Und trotzdem wissen wir immer noch nichts.«

»Ich kann dir nicht folgen.«

»Wir wissen einfach nicht, was geschieht. Wir wissen über die Echos Bescheid und dass das Leben langsam abnimmt. Wir wissen, dass jeder, der stirbt, irgendwo in diesem Spektrum landet und sich auf die Schattenebene zubewegt. Und wir wissen, dass am Ende ein Abgrund steht, wo das letzte bisschen Leben erlischt. Doch was passiert dann? Vielleicht kommt man danach in einen Himmel, zu Gott. Dem richtigen, meine ich. Oder wir lösen uns einfach in nichts auf. Oder vielleicht werden wir wiedergeboren und der ganze Kreislauf beginnt wieder von vorn.«

»Vielleicht hatten wir diese Unterhaltung schon einmal«, sagte er. »Vielleicht haben wir uns schon einmal gefunden und für einander gekämpft, über tausend Leben hinweg.«

»Ahh. Ganz schön schmalzig. Aber süß.« Sie verstummte. Dann sagte sie: »Ich wünschte, wir wüssten es.«

»Es gibt wohl nur eine Art, es herauszufinden.«

»So dringend will ich es auch nicht wissen.«

»Weißt du, was ich will? Einen Taco.«

Sie saßen im *L'Patron*, dem Restaurant, in dem es zuerst zwischen ihnen gefunkt hatte. Ein gewöhnlicher Ort, der durch eine alltägliche Kommunion zum Heiligtum geworden war, und hierherzukommen war eine Art Wallfahrt. Der Laden sah fast genauso aus wie beim letzten Mal, als Brody um sie getrauert hatte. Hocker und Stühle herausgezogen, eine Tafel mit Tagesgerichten, Salsaflaschen auf dem Tisch. Sicher waren gerade Dutzende von Leuten hier und aßen gegrillte Steaks in heißen Tortillas.

Die Rückreise von der Schattenebene war seltsam schön gewesen. Als wären sie aus der Tiefe des Meeres heraufgestiegen. Sie hatte ihre Finger mit seinen verschränkt und sie hatten sich bei den Händen gehalten, während er sie durch die Welten zog und sie den Teppich erlöschender Glühwürmchen hinter sich ließen. Sie waren tatsächlich traurig gewesen, das Lichtermeer zurückzulassen. Doch jeder Wechsel hatte neues Licht gebracht, eine neue Wirklichkeit. Brody meisterte die Navigation zwischen den Welten mittlerweile recht gut und bewegte sich schnell, sprang von Stufe zu Stufe zu Stufe, und um sie herum baute sich die Welt wieder auf.

Pechschwarz wurde zu grauem Licht und schließlich zu Farbe. Die strukturlose Oberfläche unter ihren Füßen nahm Form und Farbe an und wurde gegenständlich. Ziegel wurden von unsichtbaren Händen wie Legosteine zusammengefügt und bildeten Mauern. Glasscherben flossen ineinander, glätteten sich und wurden zu ganzen Scheiben. Der Himmel begann als tief hängender Nebel, hob sich zu einem wirbelnden Giftkessel über ihren Köpfen, stieg dann weiter hoch, beruhigte sich, wurde weicher und wechselte zu Tönen von Silber und Chrom. Der Effekt war fast wie ein Sonnenaufgang, und es war wunderschön.

Und schließlich hatten keine weiteren Welten mehr zur Wahl gestanden. Brody spürte vor sich die Membran, die den Tod vom Leben trennte, und drückte dagegen. Das Totem auf seiner Brust wurde warm, als die Sonne sich durch die Wolken brannte. Er konnte die lebende Welt flackern sehen wie einen Film, der auf Rauch projiziert wurde: Pkw und Lieferwagen und ein Bus, die vorher stillgestanden hatten, waren jetzt in Bewegung. Der Kurzzeitkredit-Laden war hell erleuchtet, der echte natürlich, unbeschadet von Brodys Zerstörungswut. Vor ihnen, keine zwei Meter entfernt, sprach eine Frau in schnellem Spanisch in ihr Handy. Sie blickte in ihre Richtung und verstummte plötzlich. Legte ihren Kopf schräg und blinzelte.

Sie kann uns sehen. Wir sind fast da.

Die Fingerknochen auf seiner Brust waren immer heißer geworden, bis sie angefangen hatten zu glühen. Brody hatte die Zähne zusammengebissen und sich auf die Welt konzentriert, versucht, Einzelheiten zu erhaschen – Musik aus einem offenen Fenster, den Geruch von Auspuffgasen, die bunten Herbstblätter an dürren Bäumen –, um ein Seil daraus zu knüpfen, an dem sie sich zurück ins Leben ziehen konnten. Der Frau war die Kinnlade heruntergeklappt, das Handy aus ihren Fingern geglitten.

Es reichte nicht, das wurde Brody jetzt klar. Ihre Reise ging dem Ende zu. Sein Wille war nicht stark genug und sie hatten zu viel von der Macht des Totems verbraucht. Vielleicht, wenn er Claires Hand losließe.

Stattdessen hörte er auf zu drücken, und mit einem wabernden Schnappen verschwand alles, die Sonne, der Verkehr, die starrende Frau. Sie standen auf der verlassenen Straße vor seinem Loft und blinzelten benommen. Zurück im Echo.

Es spielte keine Rolle. Ins Leben zurückzukehren wäre nett gewesen, doch er meinte ernst, was er gesagt hatte. Zaghaft betastete er seine Brust. Sie fühlte sich wund an. Brody nahm das Halsband ab.

Der Unterschied war so abrupt und heftig wie ein Sprung in eiskaltes Wasser. Er rang nach Atem, taumelte und wäre fast umgefallen, wenn Claire ihn nicht aufgefangen hätte.

Gerade noch war er voller Elektrizität gewesen, eine Lichtgestalt, und jetzt war er nur noch Will Brody. Doch der Machtverlust war nicht das Einzige. Irgendetwas anderes fehlte plötzlich. Als hätte ihm die ganze Zeit jemand in den Nacken geatmet und war jetzt verschwunden.

Edmund. Nicht sein Bewusstsein, doch der Teil von ihm, der in diesem Totem steckte, was immer es war. So wie die Knochen einst zu Edmunds Hand gehört hatten, war er noch immer mit dem Halsband verbunden.

»Baby?« Claire blickte ihn mit weit aufgerissenen Augen an. »Alles in Ordnung?«

»Hoppla«, sagte er, »der letzte Schritt ist immer der Schwerste.«

Sie lachte und schob sich unter seinen Arm, um ihn zu stützen. »Komm, alter Mann. Die tote Tussi hilft dir.«

Zurück zum *Langham Hotel.* Warum nicht? Es war nicht sehr weit und zu seiner Überraschung fand er den Weg dorthin einfach wunderschön. Nachdem er Entropie in ihrer reinsten Form erlebt und mitangesehen hatte, wie alles verfiel, wirkte das Echo geradezu prachtvoll. Wie Touristen bestaunten sie die Hochhäuser und leeren Geschäfte.

»Ach du heilige Scheiße!« Kyle stand auf der Brücke, die Axt auf dem Rücken, ein 7-Eleven-Sandwich in der Hand. »Wo zum …? Ihr beiden seid doch *tot.*«

»Waren wir. Und lebendig. Und dann wieder tot, toter, am totesten.«

Kyle nickte langsam. Biss in sein Baguette und kaute sorgfältig. »Okay.«

An diesem Abend saßen sie alle auf den aus der Lobby herausgezerrten Sofas zusammen und ließen Flaschen von teurem Schnaps herumgehen. Die Gruppe war kleiner und der Ton trauriger.

Brodys Plan, um Simon Tucks zu töten, war einfach gewesen: ein Überfall aus dem Hinterhalt, um die Aufmerksamkeit der Fresser zu erregen, und dann eine Hinhalteaktion, um seinem Team genug Zeit zu geben, Tucks zu erledigen. Doch das hatte bedeutet, dass normale Leute Fressern entgegentreten mussten.

Dreiundvierzig von ihnen waren dabei umgekommen.

Madeleine, die Schals gestrickt hatte, die sie herumliegen ließ, damit andere sie sich nehmen konnten.

Antoine, der noch die Stellung gehalten hatte, als sie schon überrannt wurden.

Sonny, und Lucy auch, die wahrscheinlich Minuten später ihren Verletzungen erlegen war.

Emily Watkins, die eine Flucht vorgetäuscht und so ein Dutzend Fresser von der Hauptschlacht weggelockt hatte. Nicht mehr Opfer, sondern Märtyrerin.

Arthur. Der Professor. Am Ende hatte er gegen sein eigenes Tötungsverbot verstoßen. Als zwei Fresser ihre Verteidigungslinie durchbrochen hatten und auf das Hotel zusteuerten, wo die jüngsten Kinder versteckt waren, hatte Arthur sich mit einem Messer auf sie gestürzt. Es gelang ihm, einen durch den Überraschungseffekt zu töten und den anderen schwer zu verletzen, bevor er selbst ums Leben kam.

»Es war eine harte Schlacht«, sagte Kyle. »Es ist uns gelungen, sie in eine enge Straße im Bankenviertel zu schleusen. Ihr hättet Finn sehen sollen, wie er mit dem Bogen auf dem Rücken an einer Fassade hochgeklettert ist. Durch den Überraschungseffekt haben wir am Anfang einige erledigen können. Aber innerhalb einer Minute begannen sie, uns zu bedrängen. Haben Autos als Deckung vor sich hergeschoben, mit Kanaldeckeln geworfen. Ich glaube, Hector ist glücklich gestorben – als Star in einem richtigen Superheldenabenteuer. Die Schlacht war hässlich wie ein Schwanz im Fleischwolf und dann fing plötzlich die ganze Welt an zu wackeln. Du weißt doch, wie das bei einem Abgang ist, wenn alles schaukelt wie auf einem Boot? Also, als du Simon Tucks erledigt hast, fühlte es sich an, als wäre das Boot gekentert.«

Und sofort war es auch mit dem wackligen Nichtangriffspakt zwischen den Fressern vorbei. Einige stürzten sich aufeinander, gierig nach noch mehr Macht. Andere stürzten bei der Erschütterung und waren leichte Beute. Die meisten flohen.

»Es waren ein paar schwierige Tage seitdem«, sagte Kyle. »Auch viele Verletzte …«

»Tage?« Brody senkte die Bourbonflasche. »Das war doch erst heute Morgen.«

Die versammelten Leute tauschten Blicke aus. Kyle sagte: »Es war letzte Woche, *hombre.* Wo bist du gewesen?«

Ich bin zwischen den Ebenen des Daseins hin- und hergereist. So gesehen war es nicht verwunderlich, dass ihm das Zeitgefühl abhandengekommen war.

Brody berichtete ihnen von den Echos, die jenseits von diesem lagen und zur Schattenebene führten. Von dem neuen Göttergeschlecht, den Ältesten, die es mit dem Fresserethos bis zum Äußersten trieben. Er wusste nicht, ob er ihnen damit einen Gefallen tat, doch sie hatten ein Recht, es zu erfahren. Und während Isabella und ihresgleichen furchterregend waren, barg die Reise an sich keine besonderen Schrecken. Am Ende wartete keine Hölle. Nur das Verschwinden, das Vergessen und der Schluss. Ein erlöschendes Feuer hatte nichts Beängstigendes an sich.

Sie redeten stundenlang. Nach ihren kürzlichen Erlebnissen und der Offenbarung über das räuberische Verhalten der selbst ernannten Götter war es einfach wunderbar tröstlich, in einem Kreis von Menschlichkeit zu sitzen. Mit lebenden Personen, die atmeten und lachten und furzten. Die aufeinander aufpassten und gegen die Finsternis ankämpften. Nicht, um sie zu beenden – wie wäre das möglich? – nur, um sie nicht siegen zu lassen.

Schließlich verabschiedeten sich die Leute nach und nach. Als er und Claire gehen wollten, hielt Kyle sie zurück. »Ihr seid sicher müde. Aber wenn ihr Lust auf eine Kletterpartie habt, probiert mal den elften Stock aus.

»Was gibt's denn da?«

Kyle lächelte. »Man könnte es die Hochzeitssuite nennen.«

Sie hatten gelacht und waren losgelaufen. Brody hatte geschmunzelt. »Hochzeitssuite. Nach so einem Tag, klar …«

»Ich weiß nicht. Heute Nachmittag war ich nur noch eine Kerzenflamme im Herzen eines Geistes.« Sie zuckte mit den Schultern. »Aber jetzt habe ich wieder einen Körper. Wäre doch dumm, keinen Gebrauch davon zu machen.«

Ihre Blicke trafen sich. Der gleiche spürbare Funke wie beim ersten Mal.

Sie hatten die zwölf Treppen in neunzig Sekunden geschafft und anschließend immer noch ausreichend Energie gehabt.

Das war vor zwei Tagen gewesen. Seitdem hatten sie die Zeit damit zugebracht, den anderen zu helfen. Verletzte zu pflegen, Vorräte zu besorgen und auf die Kinder aufzupassen. Sie gingen immer noch auf Patrouille, doch in kleineren Gruppen. Viele Fresser hatten dran glauben müssen, etliche von Rays Jüngern hatten selbst gefressen. Und wie Brody gehofft hatte, war trotz des Risikos keiner von ihnen selbst zum Ungeheuer geworden. Ihr Vertrauen und Gemeinschaftsgefühl beruhte auf mehr als einfachen Regeln. Und dadurch war das Echo nun ruhiger und sicherer.

»Fürs Erste jedenfalls«, sagte Kyle. »Ich frage mich nur, ob wir diese Zeit sinnvoll nutzen können.«

Es war eine interessante Frage, die Brody und Claire schon auf dem Spaziergang zum *L'Patron* diskutiert hatten.

Es gab eine Möglichkeit, aus der Situation Kapital zu schlagen. Eine Gratwanderung, bei der sie versuchen würden, ihr Territorium zu erweitern und dabei Rays Grundsätze zu respektieren. Es war riskant – unmöglich, sich auf reine Notwehr zu beschränken –, doch es würde das Echo wesentlich sicherer machen.

»Das würde jede Menge Organisation erfordern«, sagte Claire. »Und jemanden, der das Ganze leitet. Wir müssten überall in der Stadt Außenposten einrichten. Uns vom Hotel aus nach außen vorarbeiten. Die Fresser vertreiben und die, die nicht verschwinden wollen, töten.«

»Das ist riskant.«

»Ja, das Suchtpotenzial.« Sie kaute auf einer Haarsträhne. »Vielleicht, wenn wir es ganz sorgfältig planen und darauf achten, dass keiner öfter als einmal tötet. Das wären trotzdem mindestens hundert Fresser weniger. Und viel mehr Neulinge würden überleben.«

»Scheint mir gar nicht so lange her zu sein, dass wir selbst Neulinge waren«, sagte er. »Trotzdem, bei manchen Leuten wäre es schon riskant, wenn sie nur einen Fresser erledigen. Wenn man einmal diese Macht gespürt hat, ist es verdammt hart, darauf zu verzichten.«

»Wir bräuchten gewisse Sicherheitsmaßnahmen. Ein Rechtssystem. Eine Möglichkeit zu entscheiden, wer zu weit gegangen ist.«

»Du meinst, im Jenseits eine neue Zivilisation aufbauen.«

»Ja. Das ist doch machbar. Und wir beide könnten dabei helfen.«

Brody nickte. Zog den Hocker heraus, seinen Hocker, und setzte sich. Claire nahm den anderen. Einen Moment lang schauten sie sich nur an.

»Du wolltest mir damit eins auswischen, als du mich damals hierhin gebracht hast.« Claire lächelte.

»Vielleicht ein bisschen.« Er zuckte mit den Schultern. »Schließlich hattest du mir meinen Job geklaut.«

»Deinen Job? Ha.«

»Außerdem wolltest du mich auch reinlegen. Dass du mich ein Restaurant hast aussuchen lassen, das war doch auch ein Test.«

Sie bestätigte es mit einem Blick. »Gott, die Tacos haben gut geschmeckt.«

»Und dieser Blick von dir, kurz bevor wir gegangen sind, der war auch gut. So was habe ich noch nicht oft erlebt.« Er zögerte. »In meinem ganzen Leben höchstens zehn Mal.«

»Zehn Mal? Bitte. Dich hat noch nie jemand so angeschaut.«

Er streckte die Hand aus und hakte seinen kleinen Finger bei ihrem ein. Er fühlte ihre Wärme, ihre Stabilität. Sie hatten einander so oft verloren und wiedergefunden. Er wollte glauben, dass es nie wieder passieren würde. Er wollte glauben, dass es wieder und wieder passieren würde. Er wollte glauben, dass sie sich schon in tausend früheren Leben geliebt hatten. Alles war still, das Restaurant, die Straße, die Stadt, die ganze Welt.

»Er wird es wieder versuchen, nicht wahr?«

»Edmund?« Brody nickte. »Aus seiner Sicht ist es einfach eine Wahnsinnsmasche. Es dauert vielleicht eine Weile, aber er wird einen neuen Simon Tucks finden. Jemanden, der in der Welt der Lebenden Terror verbreitet und ihm im Echo weiterhin zu Diensten ist. Wer es auch sein mag, immer wenn er tötet und immer wenn seine Anhänger töten, fließt Edmund weitere Macht zu. Er kann sich einfach zurücklehnen und füttern lassen.«

»Das Jenseits als Pyramidensystem.« Claire schüttelte den Kopf. »Wir haben alles versucht. Wir haben Simon Tucks durch Leben und Tod gejagt und doch haben wir nicht viel damit erreicht.«

»Das ist, als würdest du sagen, es hat nichts gebracht, Ted Bundy zu schnappen, weil es ja noch andere Serienmörder gab.«

»Als ich noch FBI-Agentin war, hätte ich es sicher auch anders gesehen«, sagte sie. »Aber wir wissen jetzt einfach mehr. Simon Tucks war ein armseliger kleiner Mann, aber er hätte es niemals von selbst getan. Er wäre nicht dazu in der Lage gewesen. Edmund hat ihn geritten wie einen Gaul. Und wenn man Isabella glauben kann, war es bei Bundy und Gacy das Gleiche.«

»Ich frage mich, ob es bei Hitler auch der Fall war«, sagte Brody.

»Großer Gott.«

Er wusste genau, was vor sich ging. Ihre Gespräche waren meist wie Eisberge; an der Oberfläche trieb nur ein Teil des Ganzen.

Einerseits war das, was sie nicht aussprachen, verrückt. Lächerlich. Vielleicht sogar unmöglich.

Doch andererseits, wie viele Gräueltaten hatte Edmund tatsächlich inszeniert? Mit wie viel Finsternis hatte dieser tote Mensch die Welt der Lebenden überzogen?

»Du hast mal gesagt, Polizisten sind wie weiße Blutkörperchen«, sagte sie. »Etwas Schädliches dringt in den Körper ein und unsere Aufgabe besteht darin, es zu beseitigen. Und ich habe geantwortet …«

»Du würdest lieber die Krankheit heilen. Das weiß ich noch.«

»Nun, Simon Tucks war ein Symptom. Edmund ist die Krankheit.«

»Ja, aber …« Brody sah vor sich das Ungeheuer aufblitzen, das nach seinem Selbstmord auf ihn zugestürmt war. Ein wandelnder Berg mit aufgerissenem Schlund. Ein gewaltiges Raubtier, das den Himmel verdunkelte. Unwillkürlich schauderte er. »Seit fünfhundert Jahren rafft er immer mehr Macht an sich. Praktisch seit dem Mittelalter. Ich glaube, er ist überhaupt kein Mensch mehr.«

»Na toll«, sagte sie. »Und wie sollen wir ihn töten?«

Er atmete laut aus. »Ja …«

Einen Moment lang saßen sie schweigend da. Brody musste an Isabella denken, in ihrer Festung im Himmel. Hunderte Jahre alt, von ihrem Kampf mit Edmund geschwächt, und doch strahlte sie immer noch eine solche Macht aus, dass er fürchtete, sich in ihrer Nähe zu versengen. Sie betrachtete Menschen nur als Nahrung. Früchte, die man erntete. Dass sie ihr eigenes Leben und Träume und Kinder hatten, zählte nicht. Sie kannte keine Bedenken. Menschen waren ihrer Rücksichtnahme nicht würdig.

»Er wird nicht damit rechnen, dass wir Jagd auf ihn machen.«

»Warum nicht?«

»Edmund und seinesgleichen sehen sich nicht als Menschen wie wir. Sie stehen seit Jahrhunderten an der Spitze der Nahrungskette. Und wer an der Spitze der Nahrungskette steht, ist kein Teil von ihr.«

»Das hast du von Louis C. K. geklaut, oder?«

»Ja«, gab er zu. »Aber er hat recht. Man sagt, Menschen seien an der Spitze der Nahrungskette, doch in Wirklichkeit stehen wir außerhalb. Und wir betrachten die anderen Kreaturen nicht als wirkliche Bedrohung.«

»Ich weiß nicht«, sagte sie. »Immer wenn ich im Meer schwimme, denke ich an Haie. Ich weiß, es ist albern, aber ich kann nichts dafür.«

»Weil du, wenn du im Meer herumplanschst, nicht mehr an der Spitze der Nahrungskette stehst. Aber wenn du zu Hause im Bett liegst, machst du dir dann Sorgen, dass ein Bär dich fressen könnte?«

»Nein, natürlich nicht.«

»Eben.«

»Okay. Aber vielleicht hat er deshalb keine Angst vor uns, weil wir wirklich keine Bedrohung für ihn darstellen.«

»Wir haben das Totem. Es ist ein Teil von ihm. Ich bin mir sicher, dass wir ihn damit finden können. Und vielleicht noch mehr.«

»Aber es ist nur ein kleiner Teil seiner Macht, richtig? Nach dem, was du von diesen Ältesten erzählt hast, haben sie Paranoia zu einer Kunst erhoben. Hätte er es mächtig genug gemacht, um ihn zu zerstören?«

Brody schüttelte den Kopf. »Bestimmt nicht.«

»Also wie gehen wir vor?«

»Ich weiß es nicht«, gestand er. Und dann: »Noch nicht.«

Sie lächelte. »Wie mein Dad mit seinem Segelboot.«

»Ja.« Er kratzte sich am Kinn. Sein Dreitagebart kratzte zurück. »Ich wünschte, ich hätte dich damals schon gekannt. Elf Jahre alt und hilft ihrem Dad, ein Boot zu reparieren, das er nicht steuern kann.«

»Wahrscheinlich hättest du mich gar nicht gemocht. Ich war dünn, hatte eine Zahnspange. Habe schwierige Wörter benutzt. Habe meine Hausaufgaben sofort nach der Schule erledigt. Ich hatte nicht viele Freunde.«

»Ich hätte dich gemocht.«

Sie drückte seinen kleinen Finger mit ihrem. Dann blickte sie auf die abgewetzte Theke hinunter. »Weißt du, was ich manchmal denke?«

»Was?«

»Ich denke, wäre doch jemand anderes in diese Kirche gegangen.« Sie schaute auf und verzog den Mund. »Ich weiß, dann wären noch mehr Unschuldige ums Leben gekommen. Aber …« Sie zuckte mit den Schultern. »Wir hatten uns doch gerade erst kennengelernt.«

Er stellte sie sich vor, diese alternative Entwicklung.

Wenn er nicht gestorben wäre, hätte sie nicht im Traum das Gesicht des Mörders gesehen und sie wäre auch nicht gestorben. Doch früher oder später wäre Simon Tucks geschnappt worden. Er hätte einen Fehler begangen oder wäre unter dem Stress zusammengebrochen und sie oder andere hätten ihn erwischt.

Und überraschend kurze Zeit später hätte die Stadt die Bedrohung schon wieder vergessen. Und das Leben hätte wieder seinen normalen Lauf genommen.

Um Dezember herum hätte er beim FBI aufgehört und einen Ring für sie gekauft.

Er konnte sie beide vor sich sehen, wie sie Hand in Hand durch Straßen mit Neuschnee und Weihnachtslichtern liefen. Sich wortlos verständigten. Und ihre Zukunft planten.

Musik aus der Anlage, während sie die neue Wohnung strichen. Ein Streifen blauer Farbe an ihrem Ellbogen.

Am Wochenende morgens faulenzen, ein Braten im Ofen, die Couch ihr Universum mit Konstellationen aus Romanen und der Sonntagsausgabe der *New York Times.*

Ihr Aufstieg beim FBI, sein neuer Job. Überstunden und wach bleiben, bis der andere nach Hause kommt. Leidenschaft im Wohnzimmer und mitternächtliche Festessen.

Wechselnde Jahreszeiten, Haarschnitte und Präsidenten. Diskussionen und Entscheidungen.

Liebe machen, um ein Kind zu zeugen, und die Intensität, die damit einherging, ihre Blicke aneinandergeheftet, staunend über das, was sie da taten.

Spielplätze und geflickte Knie. Nächtliche Fahrten zur Notaufnahme. Kindergeburtstage mit Trickfilm-Motto, Blechkuchen und Luftballons. Das schmerzliche Gefühl, an einem kleinen Bett zu stehen und ein schlafendes Kind zu betrachten in dem Bewusstsein, dass dieses Kind eines Tages sein eigenes Leben führen, sein Zuhause verlassen und nie mehr wirklich zurückkommen würde.

Dinnerpartys und Tränen im Alkoholrausch, Terroranschläge und Comedy-Marathons.

Einsame Schlaflosigkeit um drei Uhr morgens.

Der Tod der Eltern. Konfrontation mit dem gnadenlosen Rhythmus des Lebens, damit, dass es die Kinder, die ihre Großeltern einst beim Schlafen beobachtet hatten, nicht mehr gab. Und dass eines Tages ihr Kind das Gleiche über sie denken würde.

Grauer werdende Haare, fülliger werdende Hüften. Politik und Streitereien, Übernachtungen auf der Couch, Versöhnung. Abschluss der Highschool, Umzugskartons für den Studienbeginn. Früher schlafen gehen und Fragen nach dem Sinn. Thanksgiving- und Weihnachtsfeste und einander nachts festhalten, während draußen Stürme wüteten.

Vielleicht irgendwann zusammen ein Segelboot reparieren und auf eine Seereise gehen, die niemals endete.

Ein ganzes Leben als normale Menschen leben, die nicht ahnten, dass die Welt, die sie sahen, nur eine Schicht in einem größeren Ganzen war. Die hellste Schicht, die Grundlage für alles, was danach kam, und trotzdem nur ein Bruchstück. Das Dasein war kein Gemälde, keine klare Vision auf einer sauberen Leinwand. Es war ein Palimpsest, Sinn überlagerte Sinn und jeder einzelne veränderte für immer die Töne und Schattierungen der ursprünglichen Bestimmung.

»Wir müssen nicht«, sagte sie.

Brody blinzelte. »Was?«

»Hier wären wir sicher. Und wir könnten viel Gutes tun.«

»Willst du hierbleiben?«

Sie zwirbelte eine Haarsträhne und steckte sie in den Mund. »Und du?«

Ja, verdammt. Er hatte sich bereits entschieden. Lieber tot und mit ihr zusammen als lebendig und ohne sie. Wenn sie das tun würden, woran sie dachten, würden sie alles aufs Spiel setzen, was sie hatten retten können. Wenn es überhaupt möglich wäre.

Ehrlich? Du lässt dich davon abschrecken, dass du noch öfter sterben könntest? Sei du selbst.

Sie hatten die Chance, das Ungeheuer zu vernichten. Sie hatten das Totem und sie hatten einander. Diese Kombination war wahrscheinlich eine größere Bedrohung als alles, was Edmund in den letzten fünfhundert Jahren begegnet war.

Natürlich war er nur eines von vielen Ungeheuern. Doch er war ihr Ungeheuer. Sie konnten den Seelenraub nicht beenden, aber sie konnten einem der Räuber ein Ende bereiten. Es war wie Krebs. Man kann ihn nie völlig besiegen, aber man kann ihn zurückdrängen. Sie könnten einiges bewirken. Wer konnte sagen, wie viele Leben sie retten, welche Schrecken sie verhindern würden.

»Wenn du gewusst hättest, dass der Besuch bei Simon Tucks dich dein Leben kosten könnte, wärst du trotzdem hingegangen?«, fragte er langsam.

»Wenn ich es gewusst hätte, hätte ich ein Einsatzkommando mitgebracht.« Sie zuckte reumütig mit den Schultern. »Aber das meinst du nicht, oder? Und was ist mit dir? Hättest du die Kirche betreten, wenn du gewusst hättest, dass du vielleicht nicht lebend da rauskommst?«

»Ja.«

»Warum?«

»Weil ich die Chance hatte, andere Menschen zu retten.«

Sie nickte. »Genau.«

»Okay«, sagte er. »Lass uns einen Gott töten.«

Sechsundvierzig

Nur noch eine Nacht.

Sie hatten noch länger geredet, waren im Restaurant auf- und abgelaufen, hatten Ideen ausgetauscht. Doch natürlich war es Claire, die schließlich die Lösung gefunden hatte – oder zumindest die beste Lösung, die ihnen bisher eingefallen war. Irgendwann waren sie total aufgedreht und wollten am liebsten sofort losrennen, sich bei den Händen halten und sich von der Felskante stürzen. Doch sie einigten sich, dass es besser war, ausgeruht zu sein.

»Außerdem haben wir vorher noch etwas zu erledigen«, hatte Brody gesagt.

»Was denn?« Sie hatte ihn mit schräg gelegtem Kopf angeschaut. Und langsam war ein süßes Lächeln in ihrem Gesicht aufgeblüht. »Ach so.«

Stillschweigend waren sie übereingekommen, zum Hotel zurückzuschleudern. Sie hatten nicht viel geredet, sich nur umgeschaut. Es war ein kühler Nachmittag und Nebel war aufgestiegen, der die Welt geheimnisvoll verhüllte. Jeder Schritt offenbarte etwas, das sie kurz zuvor noch übersehen hätten. Die glatte Rundung einer Jaguar-Stoßstange. Ein namenloser Wolkenkratzer, der eine perfekte Gerade in die Wolken schnitt, die Marmorfassade vom Kondenswasser feucht. Das sanfte Baumeln einer Ampel ohne Funktion, die wie ein Halsband über der Michigan Avenue hing. Die Fraktalmuster in das Pflaster getretener, schwärzlicher Kaugummis. Die Kräuselwellen des windgepeitschten Flusses, die endlos ineinanderflossen.

So schön, dachte Brody. *Wieso habe ich nie bemerkt, wie wunderschön das alles ist?*

Nach so viel hingebungsvollem Schweigen kam es ihnen vor, als würden sie eine Party besuchen, als sie die Brücke zum Hotel überquerten. Leute schwatzten und lachten. Kinder saßen auf Motorhauben und warfen träge einen Tennisball hin und her. Finn schoss mit schwindelerregender Kraft und Geschwindigkeit einen Pfeil nach dem anderen in einen Ledersessel. DeAndre sprach mit einer hübschen jungen Blondine, die sich ständig durchs Haar strich und ihn am Arm berührte. Patricia, nahm Brody an und lächelte.

Kyle öffnete den Karton mit Bierflaschen zu seinen Füßen und warf jedem eine zu.

Die einfachste Sache auf der Welt und die wertvollste. Menschen, die zusammenkamen, um einander zu helfen. Fremde, die zu einer Familie wurden. Brody und Claire packten eine Couch aus der Lobby, jeder an einem Ende, und schleppten sie hinaus, um sich der Party anzuschließen.

Später, in der Suite im elften Stock, zogen sie die Vorhänge auf, um die Dunkelheit der Stadt hineinzulassen. Das Zimmer war prachtvoll, weißer Marmor und weiche Stoffe, silberne Vasen mit Arrangements von Herbstlaub. Brody dachte an die Lebenden, die heute in diesem Zimmer ein- und ausgegangen waren. Die Zimmermädchen, die die Kissen aufgeschüttelt und die Karaffen mit Scotch und Bourbon aufgefüllt hatten. Die reichen Gäste, Investmentbanker oder Rockstars, die für eine Nacht im Himmel Tausende Dollar hingelegt hatten. Er stellte sich vor, wie sie auf dem Flügel herumklimperten oder nackt in der dampfenden Badewanne saßen und Erdbeeren naschten. Waren sie glücklich? Oder ließen sie sich, wie so viele, das Leben von banalen Ärgernissen und Enttäuschungen vermiesen?

Den wahren Wert einer Sache erkannte man wohl erst, wenn man sie verloren hatte.

Brody füllte zwei Kristallgläser. Vorher waren sie in den Pool gestiegen – zwar kein heißes Bad, aber zumindest so ähnlich –, und er hatte das Chlor an seinen Händen gerochen, als er an seinem Glas nippte. Er fand Claire am Fenster, wo sie ihr feuchtes Haar bürstete und in die Nacht hinausschaute. Um sie herum breitete sich die Stadt in einer hypnotischen Geometrie aus Dunkelheit aus.

»Ich glaube nicht, dass sie recht haben«, sagte sie, als er ihr ein Glas reichte. »Was Isabella, Edmund und die anderen betrifft. Es kann nicht nur an der Energie liegen. Ich verstehe, dass sie ein Bestandteil ist. Ich habe es selbst gespürt. Doch als ich den Fresser getötet habe, diesen Lawrence, habe ich nicht nur seine Energie geerbt, sondern auch seine Geschichte.«

»Und?«

»Nun, wenn es sich nur um eine Energieübertragung handeln würde, um den Fluss der Macht von einem Gefäß in ein anderes, warum durchlebt man dann ihr Leben?«

»Vielleicht funktioniert es einfach so. Vielleicht ist es eine Begleiterscheinung.«

Claire schüttelte den Kopf. »Wir bestehen nicht nur aus Energie. Wir sind Menschen. Gute wie Böse. Wir alle haben etwas in uns, das perfekt und unzerstörbar ist und das sich nicht beschreiben lässt. Etwas, das uns zu dem macht, was wir sind. Und das auch nach unserem Tod noch weiterlebt. Lawrence ist tot, doch ich kann mich an sein Leben erinnern. Er lebt in mir weiter. So wie Raquel in dir.«

»Meinst du die Seele?«

»Ich weiß nicht«, antwortete sie schulterzuckend. »Vielleicht ist das einfach das beste Wort, das uns zur Verfügung steht, um etwas zu beschreiben, das wir nicht verstehen.«

»Vielleicht.« Er nahm einen Schluck Bourbon. Die karamellfarbene Flüssigkeit wärmte ihn durch und durch. Er konnte gerade noch die Figuren ausmachen, die sich unten auf Sofas fläzten und an Mauern lehnten. Schatten, noch nicht ganz von der Dunkelheit verschluckt. »Mir ist etwas durch den Kopf gegangen, was du gesagt hast. Zu Beginn, als du hier angekommen bist. Du hast gesagt, Entropie würde stets zunehmen, aber nicht so, als würde man einfach auf einen Knopf drücken.«

Claire nickte.

»Aber sie nimmt nicht immer zu«, sagte er. »Okay, am Ende stirbt jeder, alle Sterne verlöschen und alles treibt für immer umher.«

»Genau das bedeutet Entropie, Baby.«

»Ja, aber was ich sagen will: Auf Dauer siegt die Entropie vielleicht, doch sie nimmt nicht *immer* zu. Manchmal verliert sie. Manchmal siegen wir, die Menschen. Wenn wir Städte bauen und Liebe machen und Gedichte schreiben. Manchmal bedeutet leben siegen. Und das hat doch auch Wert. Auch wenn es nichts am Ende ändern kann.« Er leerte sein Glas mit einem Schluck. »Also scheiß auf die Entropie.«

Claire drehte sich um und stellte ihren Whiskybecher auf einem Tisch ab. In der Dunkelheit des Zimmers war sie nur eine Silhouette in einem weißen Bademantel, ihre Gesichtszüge kaum auszumachen. Langsam löste sie den Gürtel und ließ den Bademantel von ihren Schultern gleiten. Darunter trug sie nichts, ihr Körper eine Symphonie aus Kurven und Schatten. Sie sagte: »Ich habe eine bessere Idee.«

Sie liebten sich nicht so heftig, dass die Wände wackelten. Keine Bilder fielen herunter, kein Glas ging zu Bruch. Dies war die andere Art von Liebe. Sie nahmen sich Zeit. Kuschelten sich unter Bettdecken so dick wie Wolken. Zitterten ein wenig in der Kälte. Schmeckten nach Bourbon und Chlor. Sie nahm seine Lippe zwischen ihre und saugte sanft. Er fuhr mit der Hand an ihrem Arm entlang, genoss ihre weiche Haut, zeichnete die Muskeln darunter nach.

Sie machten einander zum Fest. Die Hitze im Bett stieg an. Ihre Vereinigung vertrieb die Kälte. Sie tasteten und nagten und packten fester zu. Ihr Atem heiß an seinem Ohr. Ihr Körper fest und sanft auf seinem, ihr Gewicht, das Auf und Ab ihres Atmens, das Schlagen ihres Herzens. Sie genossen und neckten und suhlten sich.

Selbst als sie schließlich ineinanderglitten, geschah es langsam, nur millimeterweise. Sie wollten jede Sekunde auskosten. Sie festhalten wie ein Feuer gegen die Dunkelheit. Ihre glühende Hitze. Ihr keuchender Atem. Ihre Finger in seinem Mund. Seine Hände umschlossen sie, waren erfüllt von ihr. Seine Zunge fing den Schweiß unter ihren Brüsten auf. Ihr Haar umhüllte sie beide wie ein Vorhang, der sie vom Universum abschirmte. So wie sie beide es schon immer am liebsten hatten, allein zu zweit und alles andere vergessen.

Es war Sex und es war Liebemachen und es war ein Chor und ein Gebet. Es war die einzige Kirche, die er jemals brauchen würde.

Als sie schließlich fertig waren, nachdem sie die Zehen ausgestreckt und ihre Beinmuskeln so sehr angespannt hatte, dass sie zitterte, und ihre Augen geschlossen und gestöhnt hatte, er solle nicht aufhören, nie mehr aufhören, nachdem er seine Hände um ihre Hüften gelegt und sich immer wieder in ihre Hitze gestoßen hatte, bis er nicht mehr wusste, wo er endete und sie anfing, und sich das Lied zwischen ihnen aufbaute und hin- und herhallte, ein Glissando von geschmeidiger Intensität, und nachdem sie durch geschlossene Zähne geschrien und er mit zurückgeworfenem Kopf gestöhnt hatte und sie sich erschöpft und schlüpfrig vom Schweiß in die Kissen geworfen hatten und sie einander schwer atmend mit zitternden Händen hielten, als sie schließlich fertig waren, da erst ließ Brody die Vorstellung zu, die er die ganze Zeit verdrängt hatte, nämlich dass sie beide dachten, dies könnte das letzte Mal sein.

Sie lagen in Löffelchenstellung und ihr Puls beruhigte sich langsam. Eng umschlungen, seine Nase in ihrem Haar. Bald wurde ihr Atem gleichmäßiger, ein sanfter Rhythmus wie Wellen am Strand. Sie war eingeschlafen.

Ganz sachte, um sie nicht zu wecken, legte er seine Lippen an ihr Ohr und sprach.

Er sagte, dass sie recht habe. Dass sie, soweit sie wussten, immer noch nichts wussten. Dass es, soweit sie wussten, immer noch weitere Welten nach dieser gab, Ewigkeiten jenseits des Abgrunds.

Und er sagte ihr, wenn sie morgen sterben würden, würde er ihr durch alle Welten folgen.

Würde ihr, wenn nötig, durch alle Ebenen des Daseins nachjagen.

Siebenundvierzig

Das Beil schmetterte in ihren Schädel. Sie spürte einen blitzartigen Schmerz, den Drang zu schreien, und dann wurde sie weggerissen. Die Welt zog sich in alle Richtungen gleichzeitig zurück, als wäre sie an eine Rakete geschnallt. Dann veränderte sich ihr Blickwinkel und sie flog nicht mehr, sondern stürzte in die Dunkelheit, und während sie fiel, rissen immer wieder Teile von ihr ab, und jedes Mal, wenn es passierte, fühlte sie sich ruhiger, friedvoller und alles wurde einfacher …

Claire riss ruckartig den Kopf vom Kissen hoch. Sie war immer noch von Dunkelheit umgeben, doch es war anders. Sie konnte ein wenig sehen, die Umrisse eines Tischs, Fenster und schwaches Licht. Ihr Herz pochte so heftig, dass ihr schwindelig wurde.

Ein Traum. Es war nur … nein, kein Traum. Eine Erinnerung. Ihr zweiter Tod.

Sie holte Luft, dann noch einmal, dann erinnerte sie sich daran, wie man es beim Yoga tat: einatmen durch die Nase, ausatmen durch den Mund. Der Rhythmus beruhigte sie, und sie fand die Kontrolle wieder.

Das Hotel. Sie waren im Hotel. Im Bett. Sie wandte sich zur Seite und sah Brody auf dem Rücken liegen, die Augen geschlossen, den Mund geöffnet. Er ließ ein leises, kehliges Schnarchen hören, wie er es manchmal tat, wenn sie zu lange aufgeblieben waren oder zu viel getrunken hatten. Früher einmal hatte sie sich vorgestellt, wie es in ein paar Jahrzehnten sein würde, dass sie vielleicht eines Nachts wach liegen und mit dem Gedanken spielen würde, ihn mit einem Kissen zu ersticken.

Der Himmel draußen vor dem Fenster wies noch kaum eine Spur von dem auf, was hier als Morgendämmerung galt. Es war vielleicht fünf Uhr. Claire schaute auf ihr Handgelenk, doch dann fiel ihr ein, dass die Rolex nicht mehr da war … verschwunden, wohin auch immer. So wie sie verschwunden war.

Sie überlegte, liegen zu bleiben, doch wusste, es hatte keinen Sinn. Sie seufzte und wälzte sich aus dem Bett. Stolperte ins Bad, pinkelte im Dunkeln und nahm dann einen großen Schluck aus einer Wasserflasche.

Teile reißen ab, all das, was dich ausmacht.

Unwillkürlich ergriff sie ein kurzes, heftiges Schaudern. Als wäre jemand über ihr Grab gelaufen, hätte man früher gesagt. Eine seltsame, unsinnige Redewendung, hatte sie früher immer gedacht, bis sie ins Echo kam und begriff, dass überall um die Lebenden herum die Toten wandelten. Dass sie jeden Augenblick ihres Lebens – ob sie auf der Hochzeit ihrer Schwester getanzt, ein Buch gelesen oder ein Bad genommen hatte – mit den Toten geteilt hatte. Sie dachte daran, wie Brody versucht hatte, sie zurück ins richtige Leben zu bringen. Die arme Frau an der Bushaltestelle. Gerade noch war alles völlig normal, ein Telefongespräch an einem sonnigen Herbsttag, und im nächsten Augenblick tauchten vor ihr zwei Menschen aus dem Nichts auf. Wie verwirrt und verängstigt sie gewesen sein musste. Würde es den Lauf ihres Lebens ändern? Oder würde sie es verdrängen, als lebhaften Tagtraum abtun? Seltsam, sich vorzustellen, dass Augenblicke wie dieser den Lauf der Welt beeinflusst haben könnten, Momente, in denen die Trennlinie zwischen Leben und Tod so durchlässig wurde, dass man einen kurzen Blick auf das erhaschte, was auf der anderen Seite lag.

Das Wohnzimmer war geräumig und die Einrichtung opulent, mattsilbernes Licht fiel auf kostbare Stoffe. Claire führte einige Sonnengrüße aus, dann eine Abfolge von Plank-Übungen – seitlich, herunter, andere Seite, wieder herunter – und hielt jede Stellung so lange, bis ihre Arme zitterten. Ihre Muskeln wurden wärmer und ihr Körper geschmeidiger, doch vor ihrem geistigen Auge sah sie sich immer wieder fallen.

Du kannst dir ruhig eingestehen, dass du Angst hast.

Eine absolute Scheißangst.

Es war nicht einfach, es zuzugeben, auch nicht vor sich selbst. Normalerweise konnte sie ihre Angst beiseiteschieben. Doch in diesem Fall ging sie zu tief, sie war zu roh und gewaltig, um sie in eine Schublade zu sperren.

Es war nicht das Sterben selbst. Das war erstaunlich einfach gewesen. Mit jedem Teil von sich, den sie verloren hatte, war sie ruhiger geworden, friedlicher, bis sie nur noch ein namenloser Schatten ohne eigenes Ich gewesen war, der auf den Abgrund zusteuerte.

Das war das Beängstigende. Alzheimer war viel schrecklicher als der Tod.

Draußen präsentierte der heller werdende Himmel die Welt, die Stadt, die sich in alle Richtungen ausbreitete. Vom Fluss stieg Dunst auf. Der Wachposten auf der Brücke joggte auf der Stelle. Claire sehnte sich so sehr nach Kaffee, dass sie sich einbildete, riechen zu können, wie er frisch aufgebrüht wurde.

Im Schlafzimmer hatte Brody sich auf die Seite gewälzt und einen Arm auf ihr Kissen fallen lassen. Sie betrachtete ihn im Schlaf. Er hatte etwas Kindliches an sich, die zerzausten Haare und von sich gestreckten Gliedmaßen.

Das Halsband lag auf dem Nachttisch.

Claire tapste leise durchs Zimmer. Sie hatte das Gefühl, sich selbst dabei zu beobachten. Sie beugte sich hinunter, um es zu untersuchen. Drei vergilbte Knochen, von angelaufenen Kupferdrähten zusammengehalten. Sie war keine Forensikexpertin, doch sie hatte genug Knochen begutachtet, um zu wissen, dass es sich um einen Zeigefinger handelte, wahrscheinlich von der rechten Hand. Ein Ende des größten Glieds war gesplittert, was darauf schließen ließ, dass es kein sauberer Schnitt gewesen war.

Er hat sich selbst den Finger abgehackt, um daraus eine Waffe für einen Serienmörder zu machen, der Menschen bei lebendigem Leib verbrannte.

Das ist die Art von Willenskraft und Grausamkeit, der du gegenüberstehst.

Zaghaft stupste sie das Amulett an. Die Knochen fühlten sich völlig normal an, glatt und kalt. Claire nahm es am Lederband hoch und hielt es sich vor die Augen. Das Totem drehte sich sanft. Irgendwie war es leicht und schwer zugleich.

Brody hatte sich für sie eine Pistole in den Mund geschoben und abgedrückt. Dann hatte er sich dieses böse Halsband umgelegt und seine Macht benutzt, um hinter ihr her in den Abgrund zu springen. Um, während sie fiel, ihre Hand zu packen und sie zurückzuholen zu sich selbst.

Es war so hässlich und primitiv. Wie das Amulett eines Schamanen aus vergessener Zeit, Blutmagie aus der Sagenwelt. Brody hatte Edmund gespürt, als er es getragen hatte. *Es war nicht so, als hätte er mit mir gesprochen*, hatte er gesagt. *Doch es war, als wäre ich nicht mehr allein in meinem Kopf. Es ist nicht wie ein Bankkonto, in dem er Macht hinterlegt hat. Er ist es selbst. Nur ein Stück von ihm, doch er selbst.*

Dieser Glaube – dass das Totem nicht ein schlichtes Schmuckstück, sondern Edmund selbst war – war für ihren Plan von ausschlaggebender Bedeutung.

Wenn man es überhaupt einen Plan nennen konnte.

Claire hatte plötzlich den Drang, die Treppe hinunterzurennen und das Halsband in den Fluss zu werfen. Wenn es verschwunden wäre, hätten sie gar nicht die Möglichkeit, es mit Edmund aufzunehmen. Sie hätten keine Wahl und müssten hierbleiben. Und den Rest ihrer Tage miteinander verbringen, anstatt in einer verzweifelten Aktion alles zu riskieren.

Wie würde er darauf reagieren? Vielleicht wäre er ja froh. Zuerst vielleicht nicht, aber mit der Zeit, tief im Innern.

Oder er würde sie nur mit Entsetzen anschauen. Eine solche Tat könnte eine Wunde reißen, die sich entzündete, brandig wurde und das Einzige auf der Welt vergiftete, das ihr etwas bedeutete.

»Hey.«

Claire zuckte zusammen und ließ fast das Halsband fallen. Will hatte sich nicht gerührt, doch er hatte die Augen geöffnet und schaute sie an. Sie hatte einen Anfall von schlechtem Gewissen, wie ein kleines Mädchen, das dabei erwischt wurde, wie es sich einen Schokoriegel in den Hosenbund schob. Er konnte spüren, was ihr durch den Kopf ging. Und er verurteilte sie dafür.

Dann lächelte er.

In dem Augenblick wurde ihr klar, dass er ihr so etwas niemals zutrauen würde. In seinen Augen stand sie über solchen Erwägungen.

* * *

Zu Brodys Überraschung war er in tiefen Schlaf getaucht wie in einen dunklen See. Ganz ohne Träume, ohne sich selbst wahrzunehmen, nur tiefe, alles verschlingende Bewusstlosigkeit. Früher einmal hatte er sich so den Tod vorgestellt.

Als er die Augen öffnete, sah er Claire neben dem Bett stehen, wie sie das Totem begutachtete. »Hey«, sagte er.

Sie zuckte zusammen und über ihr Gesicht flackerte ein Ausdruck, den er nicht deuten konnte. Doch dann lächelte sie. »Selber hey.«

Brody stand auf und reckte sich. Er putzte sich die Zähne, aß einen Müsliriegel und zog sich an. Sie hatten gestern auf dem Heimweg ein paarmal Halt gemacht, und nun kippte er den Inhalt seines Rucksacks aus. Scharfe Messer, ein Hammer, ein einem Tomahawk ähnliches Wurfbeil. Außen am Rucksack hing ein Baseballschläger aus Aluminium. Brody dachte an den wandelnden Berg, wütend und mit rasiermesserscharfen Zähnen bewehrt. Mit diesen Waffen gegen Edmund antreten zu wollen schien lächerlich.

Claire hob das Beil hoch und drehte es, sodass die Schneide das Licht auffing. »Sind wir eigentlich übergeschnappt?«

»Wahrscheinlich«, sagte er und grinste. Er schnallte sich das längste Messer an den Gürtel und schob ein weiteres in seinen Stiefel. »Edmund wird nicht damit rechnen. Es gab schon aussichtslosere Fälle, bei denen das Überraschungsmoment entscheidend war.«

»Und was erzählen wir den anderen?«

Er überlegte. »Am besten nichts.«

»Gar nichts?«

»Sie können uns doch nicht helfen. Warum sollten wir sie beunruhigen?«

»Wenn wir einfach verschwinden, werden sie erst recht beunruhigt sein.«

»Ja, aber …«

»Du hast nur Angst, sie könnten es dir ausreden.«

»Ja«, sagte er und schaute ihr in die Augen. Es war ein offener Blick, der seine Angst, das Grauen, das er verspürte, nicht zu verbergen suchte.

»Okay«, sagte sie. »Es ist auch nicht so wichtig. Wir sind sowieso bald zurück und dann erzählen wir ihnen alles.«

Sie sagte es so nüchtern, als gingen sie nur eben Besorgungen machen, anstatt sich auf einen verzweifelten Feldzug gegen einen Feind zu begeben, den sie kaum verstanden. Als hätte sie gar keine Angst. Als glaubte sie an die Version von ihm, die auch keine hatte.

Vielleicht ist das wahre Liebe. Immer an die beste Version des anderen zu glauben, damit der den Mut hat, es ebenfalls zu tun.

»Es ist ein guter Plan«, sagte er.

»Ich weiß. Er stammt von mir.«

Er lachte schnaubend. Anspannung und Angst verflüchtigten sich. Sie hatten eine Aufgabe vor sich und sie würden sie gemeinsam in Angriff nehmen. »Bist du bereit?«

Sie blickte sich um, als würde sie alles begutachten. Das Luxuszimmer, das sie sich nie hätten leisten können, das Bett, in dem sie sich geliebt hatten, die Fenster und den bewölkten Morgen. Dann nickte sie.

»Dann gib mir das Totem.«

»Nein.«

Seine ausgestreckte Hand erstarrte mitten in der Bewegung. »Was soll das heißen?«

»Ich trage es«, antwortete sie.

»Den Teufel tust du. Es ist viel zu gefährlich. Ich lasse dich auf gar keinen Fall …«

»Du lässt mich …?« Ihre Augen blitzten auf. »Machst du Witze?«

»Ich wollte nicht …«

»Halt den Mund.« Claire schritt auf ihn zu und baute sich vor ihm auf. »Als ich verloren war und du wiedergeboren wurdest, da hast du keine Sekunde gezögert. Obwohl du eher Squaredance tanzen als jemals Selbstmord begehen würdest, hast du dir eine Pistole in den Mund geschoben. Du hast mich zurückgeholt, als ich schon gar nicht mehr wusste, wer ich war. Also wenn du glaubst, dass ich mich hinter deinem Rücken verstecke wie eine Cheerleaderin in einem Horrorfilm, dann hast du dich geschnitten. Wir stehen das zusammen durch. Und diesmal übernehme ich das Risiko. Verstanden, Agent Brody?«

»Claire …«

»Hast du mich verstanden?«

»Ja, Ma'am.« Nur Zentimeter voneinander getrennt, starrten sie sich an. Dann lächelte er. »Ich sollte dir vielleicht etwas sagen. Bevor ich gekommen bin, um dich zu retten, habe ich ganz lange geduscht und ein kaltes Bier getrunken.«

»Ach ja?« Sie schürzte die Lippen. »Du bist mir ja ein Held.«

Er streckte die Arme hoch und dann zur Seite und schüttelte seine Muskeln aus. »Wahrscheinlich sowieso besser.«

»Wieso?«

»So wie das Universum funktioniert und mit deiner Besessenheit, Welten und alles andere zu sortieren und einzuordnen, bist du sowieso die Richtige für den Job.« Er zögerte und lächelte dann. »Weißt du, warum?«

»Weil ich ein Kontrollfreak bin?«

»Weil du ein Kontrollfreak bist.«

Achtundvierzig

»Du darfst es dir nicht als Fortbewegung vorstellen.«

Es war noch früh gewesen und nicht viele auf den Beinen. Eine Frau hatte herumgesessen und die *New York Times* gelesen. DeAndre und Patricia hatten auf einer Couch gelegen, sie schlafend auf ihm ausgebreitet wie eine Decke. DeAndre war wach gewesen und hatte ihr Haar gestreichelt, und auf Brodys Zwinkern hin hatte der Jugendliche ihn zugleich verlegen und triumphierend angeschaut. Die Wachposten waren in ihrem nie endenden Pokerspiel vertieft gewesen, und keiner hatte sie aufgehalten, als sie vorbeiliefen.

Nun standen sie auf der anderen Seite des Flusses, einen Block vom Hotel entfernt. Am Flussufer gegenüber ragten die Marina Towers in den Himmel, die jeder Maiskolbentürme nannte. Brody schoss eine Szene aus einem Film mit Steve McQueen durch den Kopf, eine Verfolgungsjagd, die darin gipfelte, dass der King of Cool den Pontiac des Bösewichts über die Kante der Parkebene im sechzehnten Stock schob, der daraufhin in den Fluss stürzte. Das Wasser sah im Morgenlicht kalt aus.

Claire fragte: »Was meinst du damit, ›es nicht als Bewegung verstehen‹?«

»Als wir gestorben sind, sind wir genau an der Stelle zu uns gekommen, an der wir vorher waren, richtig? Das liegt daran, dass alle Welten, angefangen mit dem Leben selbst, in Schichten aufgebaut sind. Und sobald du das Halsband anlegst, kannst du uns zwischen diesen Schichten hin- und herbewegen.«

»Also konzentrierte ich mich einfach auf eine bestimmte Welt?«

»Das Schwierigste war, es mir in dieser Form vorzustellen. Doch als es mir schließlich gelang, konnte ich mehrere Schichten gleichzeitig sehen. Wie ein Stapel Fotos.« Er überlegte. »Vielleicht sollte ich lieber …«

Claire bedachte ihn mit einem Blick, der durch Stahl schneiden konnte. Dann holte sie das Halsband aus der Tasche. »Wie fühlt es sich an?«

»Wie ein Stromschlag.«

»Schönen Dank auch.«

Er zuckte nur mit den Schultern.

Mit besorgter Miene legte sie das Lederband um.

Die Welt schaukelte wie ein Schiff. Brodys Hand suchte nach der Reling. Es war das gleiche magenumdrehende Gefühl wie bei einer Neuankunft, nur hundertmal stärker. Claire war ganz starr, ihre Arme ausgebreitet, der Kopf zurückgeworfen, die Zähne gefletscht. Jeder einzelne Muskel ihres Körpers schien sich gleichzeitig anzuspannen. Die Wachposten auf der anderen Seite der Brücke wirkten alarmiert. Sie griffen nach ihren Waffen und sprangen auf. Im Hotel wurden Vorhänge aufgerissen, dahinter erschreckte Gesichter.

Langsam, ganz langsam entspannte sie sich. »Oh mein Gott.«

»Alles in Ordnung?«

Sie nickte unsicher. Streckte eine Hand aus, er nahm sie und sie verschränkten ihre Finger. Ihr Griff war kräftig, ihre Haut rau.

»Okay«, sagte er. »Jetzt versuch mal …«

Er spürte eine Wellenbewegung und alles veränderte sich. Sie standen an derselben Stelle, doch die Welt um sie herum war völlig verwandelt. Tief hängende, schwarze Wolken. Schneidender Wind pfiff durch die Straße. Die Gebäude wirkten ramponiert und verwittert, als wenn sie zwanzig Jahren Regen ausgesetzt gewesen wären. Die meisten Fenster waren zerbrochen. Alle Menschen verschwunden.

»… das zu tun«, sagte er. »Großer Gott. Du hast uns bei deinem ersten Versuch weiter gezerrt, als ich gegen Ende gesprungen bin.«

»Das ist einfach unglaublich«, sagte sie. »So was habe ich mir mein ganzes Leben lang gewünscht.«

»Okay, das finde ich jetzt unheimlich.«

»Du weißt, was ich meine. Gedanken, die Wirklichkeit werden. Ich kann so viele Dinge sehen, die sich überlagern.« Sie schaute ihn an. »Du auch?«

»Nein.«

»Und wenn du das Totem berührst?«

Er versuchte es. Er fühlte ein Kribbeln wie eine statische Entladung, doch nichts im Vergleich zu der Energie und Euphorie, die ihn erfüllt hatten, als er das Halsband trug. »Nein. Ist wohl nur für einen gemacht.«

Claire schob ihren Unterkiefer hin und her und rieb sich über das Gelenk. Sie blickte sich um. »Niemand da. Keiner von den Ältesten hat sich auf uns gestürzt.«

»Die Reise allein macht es nicht. Der, der sich auf mich gestürzt hat, ist gekommen, weil ich ein Gebäude zerstört habe. Ich glaube, die Energie hat seine Aufmerksamkeit erregt. Wie wenn man in einem dunklen Raum ein Streichholz anzündet.« Brody lief ein paar Schritte und schaute sich um. Vor dem Flussufer lag ein mit Kies beladener Frachtkahn. »Du musst den Dreh rauskriegen. Versuch mal, den Kahn da umzukippen.«

Als er sich zu ihr umdrehte, waren ihre Augen geschlossen und sie hatte die Hände angehoben, die Handflächen nach oben gedreht. Ein greller Lichtfleck erblühte in jeder Hand, wirbelnde Energie, die man kaum anschauen konnte.

»Claire?«

Die Lichtkugeln in ihren Händen waren wie winzige Sonnen, die vor Hitze waberten. Er konnte nicht hinsehen, doch den Blick auch nicht abwenden.

»Claire?«

Mit einem Schrei öffnete sie die Augen und warf die Arme nach vorn. Weiße Blitze wischten über den Fluss, Geschosse, hell wie die Mittagssonne, die alles auf seltsame Weise hervorhoben. Die Lichtkugeln schossen mit dem Krachen von Artilleriefeuer in die beiden Maiskolbentürme.

Die Explosion begann unten, eine flammende Druckwelle, die Beton und Metall vor sich hertrieb. Dann noch eine und noch eine und wieder eine, alle kurz hintereinander, jede höher als die vorige, Ringe aus Feuer und Rauch, die einander die sechzig Stockwerke hochjagten. Die Türme bebten, neigten sich leicht zur Seite, und dann begannen die Balkone, nach innen einzubrechen. Dicke Rauchwolken quollen heraus. Ein lautes Tosen war zu hören, das Krachen von Metall, bis zum Brechen gebogen, und dann stürzten die Gebäude zusammen. Zuerst das eine, dann das andere, in einem hypnotisierenden Kollaps fielen sie nach innen ein und dann hinunter, ein Stockwerk stürzte auf das andere. Der Boden bäumte sich auf und der Fluss explodierte, als tonnenschwere Betonbrocken hineinstürzten. Eine Staubwolke wirbelte auf sie zu.

Brody riss seinen Blick los und blickte Claire an.

Sie lächelte. »Was ist denn?«

»Du solltest es langsam angehen lassen.«

»Wir wollten doch die Haie anlocken, oder nicht?«

Gestern im Restaurant hatte er die Kreatur beschrieben, die er gesehen hatte, den Ältesten. Wie riesig und mächtig er war.

Und dass es ihm vorkam, als würde er in einem Meer voller Haie schwimmen.

»Das ist es«, hatte sie gesagt. »So besiegen wir ihn.«

»Ich weiß nicht. Laut Isabella umkreisen sie sich die ganze Zeit und sind immer auf der Hut. Aber ich glaube nicht, dass sie oft miteinander kämpfen. Denn dabei riskieren sie, geschwächt zu werden und den anderen zum Opfer zu fallen.«

»Außerdem greifen Haie sich normalerweise nicht gegenseitig an … es sei denn, einer blutet. Dann zerfleischen ihn die anderen.«

Es traf ihn wie ein Schlag. »Wir müssen ihn gar nicht besiegen. Wir müssen nur die anderen anlocken …«

»Und Edmund bluten lassen.«

Der erste Schritt war relativ einfach. Über den zweiten mussten sie sich noch Gedanken machen. Mithilfe des Überraschungsmoments und Brodys eigenen Kräften wären sie hoffentlich in der Lage, ihn schwer genug zu verletzen. Und sein Blut ins Wasser des Daseins zu spritzen, damit die anderen Räuber die Arbeit für sie zu Ende brachten. Und Brody und Claire könnten während der Fressorgie entwischen.

Der Plan hatte sich gut angehört. Doch jetzt zitterten seine Hände und seine Achseln waren schweißnass.

Denn es hatte funktioniert. Sie kamen.

Einen von ihnen zu Gesicht zu bekommen, war schlimm genug gewesen. Ein Mensch, der sich in ein Ungeheuer verwandelt hatte, die Verkörperung roher räuberischer Kraft. Brody hatte Probleme gehabt, dieses Wesen überhaupt richtig wahrzunehmen, seinen Blick darauf zu fokussieren, denn gerade noch hatte es ausgesehen wie ein wandelnder Berg mit aufgerissenem Schlund und im nächsten Augenblick wie ein wilder Reiter, der sein Pferd bis über den Tod hinaus peitschte. Und während das Wesen vorgestürmt war, hatte es eine Spur der Verwüstung hinterlassen, eine zerstörte Welt und Rauch, der die Wolken verschluckte.

Jetzt, da Brody sich umschaute, sah er nicht ein Ungeheuer. Er sah ein Dutzend.

Sie kamen aus allen Richtungen. Ringartige Zahnreihen und blutendes Zahnfleisch, rasende Kugeln aus dunkler Kraft. Die ganze Stadt bebte, als sie hindurchstürmten, Gebäude kippten um und Straßen rissen auf. Es roch nach angeschmortem Metall und brennenden Chemikalien. Es klang wie ein Erdbeben, wie tektonische Platten, die sich aneinander rieben und wetzten.

Claire hatte einen Ausdruck reiner animalischer Freude. Sie schien auf Licht zu schweben, von ihrer Macht getragen. Sie schrie: »Es funktioniert!«, doch ihre Stimme war kaum zu hören.

Die Bestien kamen herbei. Rasten aus allen Richtungen zusammen. Und nahmen dabei dieses zerbrechliche Echo auseinander.

Plötzlich fiel ihm etwas ein. Ein offensichtlicher Fehler in ihrem Plan, den sie früher hätten bemerken müssen. »Wir müssen weg. Sofort!«

Sie blickte ihn verwirrt an. »Wozu die Eile? Du hast gesagt, das Totem habe dich beschützt. Sie könnten der Person, die es trägt, nichts anhaben …« Dann begriff sie. »Oh. Oh nein.«

Claire reichte ihm die Hand und er packte sie. Mit der anderen griff sie das Totem. Sie schloss die Augen.

Aus allen Richtungen tosten Schallwellen auf sie zu und schüttelten sie durch. Die ganze Welt erschauerte. Brody drückte ihre Hand und drehte sich um. Sie rasten heran, die Seelenverschlinger, die Weltenzerstörer. Der Fluss vibrierte wie eine Stimmgabel. Wolkenwirbel strudelten und überall entstanden Windhosen. Etwas Längliches, Schwarzes rammte die State-Street-Zugbrücke und brach sie durch wie einen Zweig. Der Kahn, den er vorher gesehen hatte, hob vom Wasser ab und wirbelte über ihren Köpfen in der Luft herum wie eine weggeschleuderte Spielkarte. Er konnte die Algen unter dem Rumpf sehen und den riesigen Anker, der peitschend Sprühwasser hinter sich herzog. Der Kahn flog in das Hochhaus hinter ihnen, das sich zur Seite neigte, und die oberen Stockwerke rissen in einem Steinregen herunter. Brody konnte nicht hören nicht atmen sich nicht rühren und der Tod kam aus allen Richtungen …

»Claire!«

Neunundvierzig

Sie war nur noch Licht und Feuer gewesen. Als die Marina Towers genau so zusammengestürzt waren, wie sie es sich vorgestellt hatte, ein kontrollierter Abriss mit Steinregen, hatte sie eine so intensive Freude verspürt, dass es fast wehtat.

Jetzt, da die anderen, älteren Bestien herbeistürmten, wurde sie sich bewusst, wie klein sie war. Welche Macht Edmund dem Totem auch verliehen haben mochte, es war nur ein Bruchteil seiner eigenen.

Und die, die jetzt kamen, waren ihm ebenbürtig.

Das Totem mochte sie selbst beschützen, doch Brody würden sie in Stücke reißen.

Sie packte seine schweißnasse Hand und schloss die Augen.

Die Welt um sie her war durchgerüttelt worden wie eine Ratte im Maul eines Tigers. Mit ihrer freien Hand umklammerte sie die Knochen, die sich glatt und warm anfühlten.

Als Brody sie gesucht hatte, war er bis in die letzte, dunkelste Welt vorgedrungen. Die Schattenebene. Doch dorthin zurückzukehren, würde sie auch nicht beschützen. Und darum ging es ihnen auch gar nicht.

Sie hatten Blut ins Wasser gespritzt und die Haie angelockt. Und nun mussten sie sie zu Edmund führen.

Dies ist kein Schmuckstück.

Es ist kein magisches Halsband.

Es ist Edmund. *Sein Finger, den er sich kraft seines eigenen Willens abgesägt hat. Seine Macht.*

Die Welt schaukelte und bebte. Sie hörte Brody ihren Namen rufen, wagte aber nicht, die Augen zu öffnen. Noch nicht.

Du darfst es dir nicht als Fortbewegung vorstellen.

Sie suchten nicht nach einem Ort.

Sie suchten einen Mann. Einen Mann, der zu einer Vorstellung geworden war, die die Welt um ihn herum krümmte. Claire konzentrierte sich auf das Totem. Spürte eine Präsenz in ihrem Hirn, als würde ihr jemand über die Schulter schauen. Erfasste sie, konzentrierte sich darauf und auf die Knochen in ihrer Hand. Das Tosen wurde lauter, ihre Ohren klangen und Staub peitschte kratzend über ihre Haut wie Sandpapier.

»Claire, jetzt!«

Sie konzentrierte ihren ganzen Willen auf das Totem. Überließ ihm das Steuer, während sie aufs Gas drückte.

Sie spürte etwas vor sich, einen Zyklon aus wütendem Licht und einer Million tollwütiger Mäuler, der auf sie zuraste, nur Meter entfernt, dann Zentimeter, und sie schrie und drückte …

Und alles war still.

Sie öffnete die Augen.

Die Stadt war verschwunden. Der Fluss. Die Gebäude. Die Trichterwolken und Ungeheuer.

Brody keuchte, rang nach Luft und hielt ihre Hand so fest, dass seine Gelenke schmerzten.

Sie waren … woanders.

Eine Art Raum, doch ohne Wände und Decke, ohne Begrenzungen. Eine Plattform, die im Nichts schwebte. Um sie herum nur Leere, in der strahlende Sterne hingen. Unendlich und funkelnd, jede Konstellation des Nachthimmels.

Es gab ein Bett, ein antikes Himmelbett mit barocken Schnitzereien, mit Seide drapiert. Darin lag eine attraktive ältere Frau mit Haar von reinstem Weiß. Ihre Augen waren geschlossen und ihre Brust hob und senkte sich. Neben ihr auf dem Bett kniete ein Heranwachsender mit langen Haaren. Seine Hände hingen über ihrem Hals, als wollte er sie erwürgen.

Brody fragte: »Alles in Ordnung?«

Sie blickte ihn an. »Und bei dir?«

Er nickte. Um sie herum nur Stille und funkelnde Sterne. »Das … ist nicht Chicago.« Dann betrachtete er die Frau. »Isabella.«

»Wer?« Dann fiel es ihr ein. Die Älteste, der Will begegnet war. Die Älteste, die für das Totem ihr Leben geben wollte. »Dann ist das …«

Brody nickte. »Edmund. Ich habe ihn in dem Traum gesehen, den Isabella mir geschickt hat, und dann noch einmal, als ich Simon Tucks getötet habe.«

»So einfach kann es doch nicht sein.«

»Einfach?«

»Nein, hör zu. Ich habe es genauso gemacht wie bei unserem vorigen Sprung. So wie du es auch gemacht hast. Doch anstatt nach einem Echo zu suchen, habe ich mich nur auf das Totem konzentriert. Ich habe mich von ihm leiten lassen. Also das ist …« Sie zuckte mit den Achseln.

Brody nickte langsam. »Das ist der Moment, kurz bevor er sie verraten hat. Sie waren Geliebte, Partner. Sehr lange Zeit. Jahrzehnte. Dann ist er ihr in den Rücken gefallen.«

Plötzlich ein lauten Krachen wie ein Blitzschlag. Claire wirbelte herum.

Hinter ihnen verdeckte eine Gestalt, die ihr Verstand nicht verarbeiten konnte, die Sterne. Sie bewegte sich. Stürmte auf sie zu.

Wieder ein Krachen und ein anderes Wesen, und noch eins.

»Es funktioniert«, sagte Brody. »Sie folgen uns. Doch wie bringen wir ihn zum Bluten? Soll ich einfach …« Er hob den Baseballschläger hoch.

»Nein«, sagte sie. »Das ist er nicht. Da ist noch mehr.«

»Mehr?«

Plötzlich kam Wind auf. Ein Wind, der von nirgendwo kam, von den Sternen. Kalt und böse. Claire sagte: »Wie bei der Suche nach mir. Da bist du auch immer weiter vorgedrungen, bis es keine weiteren Welten mehr gab. Da ist noch mehr.«

Er nickte und blickte sich um. »Dann sollten wir vielleicht …«

Doch sie war schon wieder voll konzentriert.

Die Sterne erloschen. Das Bett hing im Nichts. Zwei uralte Bestien schwebten im Raum. Wieder überließ sie dem Totem die Führung.

Sie waren zurück in der Welt. Draußen. Die Luft war schwer und vom Geruch wachsender Pflanzen erfüllt. Da war ein Fluss, doch nicht der Chicago River. Dieser war breit und braun. Sie befanden sich am Rand einer Stadt mit niedrigen, reich verzierten Häusern. Weiß getünchte Mauern, gusseiserne Geländer, massive Bäume, mit Lousianamoos behangen.

Eine geisterhafte Frau kniete im Wasser. Sie war blass und durchscheinend, die Welt durch sie hindurch zu sehen. Ihr Gesicht war schmutzig, ihre Wangen von Tränen befleckt, und sie hielt etwas unter der Wasseroberfläche.

Neben ihr stand Edmund. Er lächelte. Ein gut aussehender Jugendlicher, ein wenig hager, doch stark, und er lächelte, als hätte er das Geburtstagsgeschenk bekommen, von dem er immer geträumt hatte. In den Armen hielt er ein Baby.

»Es sieht aus wie New Orleans.« Brody drehte sich langsam um sich selbst, ohne ihre Hand loszulassen. »Mehr oder weniger.«

»Vor langer Zeit, glaube ich.« Claire starrte Edmund an. Er atmete, doch bewegte sich nicht. Wie eine Figur in einem lebenden Bild, ein versteinerter Schauspieler.

Brody lief zu ihnen hinüber und spähte ins Wasser. Einen Moment lang starrte er verwirrt darauf, dann schreckte er zurück und hielt sich eine Hand vor den Mund.

»Was ist es denn?«

»Sie … Die Frau … Sie ertränkt ein …« Er schaute Edmund an, das Baby in seinen Händen, sein Gesicht in einem stummen Schrei verzerrt. »Er muss sie geritten haben wie Simon und sie dazu gebracht haben, ihren Sohn zu ertränken.«

»Dies sind keine Echos«, sagte Claire. »Es sind Erinnerungen. Momente, die ihn zu dem gemacht haben, was er ist.«

Die Wasseroberfläche begann, sich zu kräuseln, der Fluss bebte. Brody sagte: »Sie kommen. Lass uns weiterziehen.«

Claire hatte den Dreh jetzt raus. Man musste sich zugleich entspannen und konzentrieren. Wie beim Yoga, ruhig bleiben, während man die Muskeln einsetzte. Sie gab den Impuls und das Totem bestimmte das Ziel.

Ohne sich zu bewegen, reisten sie von Ort zu Ort. Während sie immer tiefer in Edmunds Ich vordrangen, veränderte sich die Welt um sie herum. Jeder Ort eine Erinnerung, ein grundlegender Bestandteil seines Wesens.

Jeder ein Albtraum.

Ein Afroamerikaner, eins achtzig groß und muskulös. Sein Rücken eine blutige Masse, als wenn er zu Tode gepeitscht worden wäre. Edmund hielt ihn an seiner Gurgel in die Luft. Zu seinen Füßen lag träge, als hätte er gerade gefressen, ein riesiger Löwe mit dichter Mähne.

Als Nächstes standen sie auf einer Hochebene mit knorrigen Bäumen. Sie waren gedrungen und hässlich, alle in eine Richtung gebeugt wie von einem unablässigen Wind. Ein amerikanischer Ureinwohner in vollem Kriegsornat saß auf einem Pferd. Sein hartes, hageres Gesicht war mit fettigen Farbstreifen bemalt. Seine Augen sprühten rote Funken. Edmund wich mit erhobenen Händen vor ihm zurück. Er wirkte ängstlich.

Dann kamen sie in ein Dorf aus primitiven Strohhütten, Kuppeln unter wolkigem Himmel. Im Eingang einer Hütte lag ein toter Mann mit einem Messer in der Brust. Zehn Meter entfernt wurde eine Frau auf den Boden gedrückt, ihr Kopf im Schmerz nach hinten geworfen. Edmund lag auf ihr und drückte ihre Beine mit seinen auseinander.

Claire konnte ihren Blick nicht vom Gesicht der Frau abwenden.

Sie starrte zur Seite. Schaute den Toten an, wie Claire merkte. Ihr Ehemann? Falls ja, hatte Edmund ihn getötet und sie dann in Sichtweite der Leiche vergewaltigt.

Zu wissen, dass er ein Monster war, war eine Sache. Sie hatte Grund genug, Edmund zu hassen, allein schon wegen Simon Tucks. Wegen der Unschuldigen, denen ihr Leben gestohlen wurde, Krankenschwestern, Taxifahrer und Vertriebsleiter. Wegen des Mädchens, das er vor den Augen seines Vaters erschossen hatte. Und alles, was Tucks im Echo verbrochen hatte, die lebendig verbrannte Frau, die dreiundvierzig guten Menschen, die ihr Leben gelassen hatten, um Zeit herauszuschinden, damit sie Tucks töten konnten.

Doch es war nicht so, dass sie Edmund aufgrund dieser Reise durch seine Erinnerungen noch mehr hasste. Sie gewann dadurch einfach einen Einblick in das große Ganze. Konnte all das sehen, was er angerichtet hatte. All seine Gräueltaten und den Schrecken, den er jahrhundertelang verbreitet hatte.

Die Erde begann zu beben. Brody sagte: »Sie folgen uns immer noch.«

Sie riss ihren Blick los. Holte tief Luft. Atmete aus und wieder ein.

Doch diesmal war die Reise nicht so einfach. Der Vorgang war der gleiche, und sie konnte auch schon das Ziel vor sich spüren. Doch während sie darauf zudrängte, drückte von der anderen Seite irgendetwas dagegen. Vorher war es, als würde man durch Vorhänge schreiten. Diesmal war es wie eine Wand.

Es ist die letzte Hürde, wurde ihr jetzt klar. Dahinter war Edmund selbst. Der echte, keine Figur, die seine Erinnerungen verkörperte.

Das Totem in ihrer Hand wurde heiß. Ihr Instinkt schrie, sie solle es loslassen, doch stattdessen umschloss sie es fester und blickte auf die Frau am Boden. Geschändet neben dem Leichnam ihres Manns. Hatte sie um Hilfe gebetet? Hatte sie das Universum angerufen, gefleht, dass jemand, irgendjemand, dieses Ungeheuer umbringen möge?

Es tut mir leid, dass wir dich nicht mehr retten können. Doch wir können dich rächen.

Hörst du mich, Edmund? Wir kommen, um dich fertigzumachen.

Plötzlich gab etwas nach, und sie hatte das Gefühl zu fallen. Sie taumelte.

Hitze peitschte ihr entgegen. Claire blinzelte in grelles Licht. Kobaltblau und gleißendes Weiß.

Blauer Himmel und weiße Sonne.

Mein Gott. Die Sonne.

Claire blickte hoch und ließ das Licht ihr Gesicht wärmen. Sie hatte fast vergessen, wie Blau aussah. Der Himmel war perfekt, von Horizont zu Horizont makellos. Die Welt schaukelte.

Es war das Meer.

Sie standen an Deck eines alten Holzschiffs. Es war schwer beschädigt, die Masten nur noch Splitter, die Segel in Fetzen. Das Schiff hatte schwere Schlagseite. Obwohl es zum Großteil unter Wasser lag, schien es nicht zu sinken. Wellen plätscherten sanft murmelnd gegen die Seiten.

Um das Schiff herum nichts als Blau. Der fiebrige Himmel und das kalte Marineblau des tiefen Ozeans. Die Wellen rollten und glitten und ließen das Schiff reiten und wippen.

Sonnenlicht – Sonnenlicht! – funkelte wie Diamanten auf den Wellenkämmen.

In jeder vorherigen Wirklichkeit, die sie besucht hatten, waren sie in Edmunds Nähe angekommen. Zuschauer eines grotesken Schauspiels. Dies war der letzte Ort, das spürte sie.

Doch sie waren allein.

Verloren auf einem Schiffswrack mitten im Ozean unter sengender Sonne.

»Ich weiß, wo wir sind«, sagte Brody.

Fünfzig

Ein Schiffswrack im endlosen Ozean. Ein Junge, der geräuchertes Fleisch kaut.

»Edmund war Matrose auf einem Schiff namens *Persephone*«, sagte Brody. »Es geriet in einen Sturm. Als ihnen der Proviant ausging, fingen die Überlebenden an, die Toten zu essen. Als ihnen die Leichen ausgingen, begann Edmund zu morden.«

Brody ging in die Knie, um das Deck zu berühren. Die Planken waren glatt und eng zusammengefügt. Sein Schatten war scharf umrissen. Die Sonne ließ alles so wirklich erscheinen. Das Echo, eine Welt aus Wolken und Grau, wirkte im Vergleich irgendwie unvollständig. »Ich frage mich, ob ihn das in den Wahnsinn getrieben hat oder ob er schon so war, als er auf dem Schiff anheuerte.«

Claire fragte: »Wo ist er?«

Brody richtete sich auf und schaute sich um. Das Schiff lag tief im Wasser und das Achterdeck tauchte immer wieder unter. »Bist du sicher, dass das seine letzte Erinnerung ist?«

»Na ja, ich habe so was noch nie gemacht.« Claire zuckte mit den Schultern. »Aber ich bin mir sicher.«

Brody verstand, was sie meinte. Er hatte das Totem selbst eingesetzt, und es gab keine Gebrauchsanweisung dafür, genauso wenig wie für alles andere hier. Doch Claire hatte viel schneller gelernt, damit umzugehen, und war auch viel effektiver als er. Wenn sie sagte, dass sie das Ende erreicht hatten, dann war es auch so.

Doch Edmund war nirgendwo zu sehen, und ihr Plan, so unausgegoren er auch sein mochte, hing davon ab, ihn zu finden. Versteckte er sich? Vielleicht hatte er gespürt, dass sie kamen, und wollte einem Kampf aus dem Weg gehen.

Nein. Ängstliche Menschen verstecken sich. Fünfhundert Jahre alte Räuber, die an der Spitze der Nahrungskette stehen, ganz bestimmt nicht. Eigentlich müsste er hier auf uns warten …

Moment mal. »Vielleicht denken wir einfach falsch. Wir haben uns vorgestellt, Edmund irgendwo zu finden. Aber vielleicht ist er jenseits von ›irgendwo‹.«

»Was meinst du damit?«

»Überleg doch mal. Wo sind wir selbst? Eine Version von mir liegt in einem Sarg. Eine weitere sitzt auf der Couch in meiner Wohnung mit einem riesigen Loch im Kopf. Und doch stehen wir hier an Deck eines Schiffs.« Brody beobachtete eine Möwe, die sich von den Thermalwinden tragen ließ. »Das Wo scheint völlig an Bedeutung verloren zu haben.«

»Ich verstehe, was du sagen willst.« Claire sog die Unterlippe zwischen die Zähne. Die Sonne brannte unerbittlich. »Wir sind durch seine Erinnerungen gereist, eine Reihe prägender Erlebnisse, die lebendig geworden sind. Und hier befinden wir uns am Ende dieser Kette. Doch eigentlich ist es die erste Erinnerung. Die ursprüngliche. Man könnte sagen, Edmund ist auf diesem Schiff zur Welt gekommen. Die wenigen Jahre seines richtigen Lebens zählen nicht. Hier wurde er zu dem, was er ist.« Sie überlegte. »Ich glaube, wir sind gar nicht mehr im Echo. Wir sind in Edmund.«

Großer Gott. Es war eine abscheuliche Vorstellung, doch es klang schlüssig. Auf dem Weg hierher waren sie zu gehetzt gewesen, um richtig nachzudenken. Aber sie hatte recht. Als er sich in die Schattenebene begeben hatte, hatte er sich nicht vom Fleck gerührt. Die Welt um ihn herum war vergangen, doch er hatte sich nicht bewegt. Diesmal hatten sie sich bei jeder Etappe an einem anderen Ort wiedergefunden. Am Ufer des Mississippi, in der windgepeitschten Tundra, einem Mann mit rot glühenden Augen gegenüber. Sogar in einem verrückten Raum, der mitten im Himmel hing. »Das Totem *ist* Edmund oder wenigstens ein Teil von ihm. Also, als wir ihm gefolgt sind, hat es uns in … ja, wohin? In seine Psyche geführt?«

»Vielleicht«, sagte Claire. »Bei den Ältesten dreht sich doch alles um Macht und Willenskraft, nicht wahr? Vielleicht ist ihr Wille ihre Welt geworden, nachdem sie jahrhundertelang so gelebt haben. Sie leben darin.«

Brody dachte an die monströsen Gestalten, die sie verfolgt hatten, die wandelnden Berge und vielmäuligen Orkane. Reißende Bestien, die Welten durchquerten und zerstörte Häuser zurückließen. »Es war wahrscheinlich dumm zu erwarten, dass er hier mit hochgelegten Füßen rumsitzt und chillt. Okay. Wir haben Edmund gesucht und wir haben ihn gefunden. Dies ist sein Innerstes.« Er klopfte mit dem Baseballschläger aufs Deck. »Also müssen wir jetzt einfach nur …«

Claire grinste bösartig: »Alles hier kaputt machen.«

Einundfünfzig

Sie hatte noch nie mit Tellern um sich geworfen, nie einen Spiegel zerschlagen oder ein Glas gegen die Wand gepfeffert.

Claire konnte sich nicht erinnern, überhaupt jemals vor dem heutigen Tag etwas absichtlich zerstört zu haben. Es lag einfach nicht in ihrer Natur. Das Einzige, was dem halbwegs nahekam, war die heimliche Freude, die sie immer an verschneiten Wintertagen empfunden hatte, wenn sie einen Parkplatz oder Spielplatz entdeckte, der mit jungfräulichem Weiß bedeckt war. Mit Begeisterung war sie durch den Schnee gestapft und hatte das Gefühl genossen, wenn die Kruste unter ihrem Fuß aufbrach und der weggetretene Schnee aufstob. Es war die Möglichkeit gewesen, ohne schlechtes Gewissen etwas Schönes zu zerstören.

Aber die Marina Towers zu demolieren hatte auch Spaß gemacht.

Und es war genau so abgelaufen, wie sie es sich vorgestellt hatte. Vor ihrem geistigen Auge hatte sie Fernsehbilder eines kontrollierten Abrisses gesehen. Wie im ganzen Gebäude Sprengsätze angebracht worden waren, alles genau berechnet und getimt. Wie ein Stockwerk nach dem anderen in die Luft geflogen war und das Skelett des Gebäudes so genau zertrümmert wurde, dass es in sich zusammenfiel. Unzählige Tonnen Beton schienen ganz kurz in der Luft zu hängen, bevor sie der Schwerkraft erlagen. Der Lichtblitz, das gewaltige Tosen und die Rauchschwaden.

Sie hatte sich all dies ausgemalt, das Bild im Kopf festgehalten, dann reine Energie herbeigeschworen, in ihren Händen konzentriert und schließlich entfesselt. Es war ein Rausch gewesen, wie sie ihn noch nie erlebt hatte. Eine Wonne wie kurz vor einem Orgasmus.

Ja. Aber Will wäre dabei fast draufgegangen.

Er war ungeschützt gewesen. Das Totem, das sie beschützt hatte, hatte ihn sich selbst überlassen.

»Es ist schon in Ordnung«, sagte er, als hätte er ihre Gedanken gelesen. »Tu's einfach.«

Konnte sie es? Konnte sie diesen Mann opfern wie eine Schachfigur, nur um zu siegen? Natürlich nicht.

Doch auf diesen Gedanken folgte sofort ein anderer. Überall sonst war das Totem eine Erweiterung von Edmunds Macht gewesen. Es hatte sich aus der Energie genährt, die er angesammelt hatte und die sie aus der Entfernung anzapfen konnte.

Falls sie recht hatten, bestand hier keine Entfernung.

»Lass uns was versuchen«, sagte sie. »Fass noch mal das Totem an.«

»Das haben wir doch schon …«

»Das haben wir da draußen ausprobiert. Aber jetzt sind wir in Edmunds Innerstem. Hier liegt der Ursprung seiner Macht.«

Brody zuckte mit den Schultern. Er legte eine Hand auf ihre Brust, wo das Totem hing.

Sie beide sogen laut die Luft ein.

In Claires Erinnerung blitzte die letzte Nacht auf, als sie sich sanft und gelassen geliebt hatten. Sich geneckt und sich langsam miteinander und ineinander bewegt hatten, bis sie nicht mehr wussten, wo der eine endete und der andere begann. Jetzt war es auch so, doch nicht körperlich, sondern im Kopf. Im Geist, in der Seele, wie immer man es nennen wollte.

Sie waren es. Ihre Essenz. Nicht Claire, nicht Brody. Sie beide.

Auch als sie noch lebten, hatte sie oft das Gefühl gehabt, dass die Verbindung zwischen ihnen über gegenseitige Anziehung und gute Gespräche hinausging. Dass sie tiefer reichte als ähnliche Ansichten. Es war, als hätten sie sich schon Jahre gekannt. Über mehrere Leben hinweg.

Und vielleicht ist es auch so, dachte sie.

Sie blickten einander an, auf einem Schiffswrack in der Vorstellung einer Bestie dahintreibend. In einer Kommunikation – Kommunion – miteinander verbunden, von der sie niemals zu träumen gewagt hätte. Sie fühlte, wie seine Kraft in sie floss. Fühlte, wie er ihre Last mittrug. Gab es etwas, das sie gemeinsam nicht erreichen konnten?

»Tu es«, sagte er. »Mach es so wie bei den beiden Türmen. Brich ihm die Knochen und bring ihn zu Fall.«

Claire holte tief Luft und erinnerte sich. Dachte zurück an jedes Opfer des Scharfschützen – Krankenschwestern, Taxifahrer, Eltern. Lebendige Menschen, die zu Daten in ihren Akten reduziert worden waren. Sie sah ihre Obduktionsfotos vor sich, erinnerte sich an jedes Geburtsdatum. Erinnerte sich, wie sie auf den Metalltisch mit Will Brodys zerrissener Leiche herabgeblickt hatte. Erinnerte sich an die Frau, deren Namen sie nicht kannte, die in den Flammen geschrien hatte. Erinnerte sich an den Sklaven, vor dreihundert Jahren zu Tode gepeitscht, der wiedergeboren war, nur um noch einmal zu sterben. Erinnerte sich an die Frau, die auf den Boden gedrückt und vergewaltigt worden war, während ihr toter Mann nur wenige Meter entfernt lag.

Sie erinnerte sich an alles, jedes Gesicht, jede Gräueltat. Konzentrierte sich auf sie, spürte sie. Beschwor sie, stellte sich einen weißen Lichtstrahl vor, der den Himmel zerriss. Stellte sich vor, wie das Azurblau zerfetzte und herunterblätterte, wie das Meer kochte und die Welt in sich zusammenbrach. Umstürzte wie die Marina Towers.

Als das Bild fertig war und sie jedes Detail erkennen konnte, entfesselte sie es.

Es explodierte, perfekt und scharf umrissen, ein leuchtender Strahl, der hochschoss wie Scheinwerferlicht. Elektrisch knisternd, mit dem Geruch von Regen. Drei Meter breit und geboren aus rechtschaffenem Zorn. Wie ein Speer, der den Himmel durchstieß.

Wir kriegen dich, Edmund.

* * *

Es war das Intimste, was er je erlebt hatte.

Er drückte die Hand auf ihre Brust, auf das Knochenhalsband, doch auch auf die warme Haut darunter. Er spürte ihre Kraft, nahm ihren Zorn wahr. Er konnte ihren Plan so deutlich vor sich sehen, als würde er in seinem Kopf entstehen, und unterstützte sie mit seiner eigenen Wut. Er dachte an eine Packung mit schmelzendem Eis auf schmutzigem Pflaster. Eine Regenbogensonne, die in einer dunklen Kirche explodierte. Simon, wie er Claire bei den Haaren hochhob. Brody selbst, wie er in der Welt der Lebenden kniete, in dem Bewusstsein, dass nur wenige Meter entfernt unsichtbar ihr lebloser Körper lag. Der Geschmack der Pistole in seinem Mund. Alles, was niemals hätte passieren dürfen. Die Schrecken, für die es keine richtige Erklärung gab.

Als der Speer aus Licht emporschoss, machte die ganze Welt einen Satz. Ein gellender Schrei ertönte von überall und nirgendwo zugleich, richtungslos, ewig, brutal wie ein Mund voller Glasscherben. Brody war jeder winzige Sterbliche, der jemals mit staunendem Schrecken Dinge beobachtet hatte, die größer waren als er selbst. Ein urzeitlicher Jäger, der vor einem fauchenden Waldbrand floh. Ein Mann am Strand, der einen Tsunami herannahen sah. Ein Kind vor den Toren Hiroshimas, das einen Atompilz erblickte.

Denn der Himmel blickte sie an. Und er war wütend.

In einem Augenblick klaustrophobischen Terrors begann Brodys Haut zu spannen und jedes einzelne Haar nahm Habachtstellung an. Sie waren allein auf einem Schiffswrack in einem endlosen Ozean, der nur im Geist eines Ungeheuers existierte. Und sie hatten es geweckt.

Sturmwolken wuchsen aus dem Nichts. Dick und strudelnd überdeckten sie das Blau. Ein plötzlicher starker Wind zerrte an Brodys Kleidung und peitschte die Wellen auf, sanfte Wogen wurden grau und böse, mit weißen Schaumkronen.

Der Speer aus Licht durchstach den Himmel, traf Edmund, riss eine Wunde, ein Loch, das immer größer wurde und die Wolken wegschob. An den Rändern des Lochs waberte das Licht. Es breitete sich aus und verzehrte alles umher. Hinter dem Himmel war nichts.

Kein Schwarz. Nichts.

Es funktioniert.

Brody spürte Edmunds Schock, seine rasende Wut. Er schlug um sich wie ein wildes Tier in einem Schwimmbecken, und es zeigte sich in der Welt um sie herum. Das Schiff schaukelte mit den Wellen hin und her, und mit dem Wind spritzte ihnen Gischt entgegen.

Etwa vier Meter entfernt stieß am Rand des Schiffs etwas aus dem Meer empor.

Eine Hand, die an die Planken griff. Dann noch eine.

Irgendetwas zog sich aus der Tiefe hoch.

* * *

Claire war die letzte Anstrengung, das Heben des letzten einer Reihe schwerer Gewichte. Sie war die kurze Anspannung eines Beinahunfalls. Sie war Kraft und Potenzial. Je länger sie die Macht einsetzte, desto besser verstand sie sie. Sie war die gesammelte Verheißung Tausender Leben. Sie war reine Schöpfung, rohe Gewalt, die sie einsetzen konnte, wie sie wollte. Sie hätte damit Welten schaffen, Städte errichten können.

Doch sie setzte die Kraft ein, um deren Meister zu töten.

Wo der Strahl den Himmel traf, öffnete sich der Schlund in einem wachsenden Kreis. Zuerst hatte er den Durchmesser des Lichtspeers, doch schnell begann er, den Himmel zu verschlingen, nährte sich davon, breitete sich über das halbe Firmament aus.

Und zwischen dem Himmel und dem Nichts konnte sie Bewegungen ausmachen. Bebende Räuber, die die Zähne fletschten. Andere wie Edmund. Die Ältesten. Bestien, denen Liebe und Leben und ihresgleichen nichts bedeuteten.

Für sie zählte nur ihre Gier. Sie waren gekommen, um einen der ihren zu vertilgen.

Es funktionierte.

Bis Brody ihre Hand losließ.

* * *

Brody starrte auf die Hände am Rand des Decks. Spürte einen Schauder, als hätte er einen Felsbrocken hochgehoben und würde das sich windende und krabbelnde Leben darunter sehen, blinde Kreaturen, die kein Tageslicht kannten.

Ein toter Mann zog sich aus dem Meer hoch.

Seine Haut hing in Fetzen. Seetang klebte an seiner löchrigen, verfaulten Kopfhaut. Die Lumpen, die er trug, waren alt und ausgebleicht. Sein Gesicht war ein Schrecken aus von Fischen zerfressenem Fleisch.

Die Leiche hievte sich an Bord. Ihre leeren Augenhöhlen wandten sich Brody und Claire zu.

Dahinter kamen weitere Hände aus dem Wasser. Dutzende. Hunderte. Gestalten, die sich aus den Tiefen von Edmunds Psyche hochhangelten. Die Seelen, die er über Jahrhunderte hinweg geraubt hatte. Die Geschichten, die er verzehrt hatte. Einige von ihnen lebten nun in ihm weiter – und gehorchten ihm.

Brody blickte Claire an. Sie war völlig starr, jeder Muskel und Gedanke mit dem Angriff beschäftigt. Er konnte ihre erbarmungslose Konzentration spüren. Sie war auf all die Schrecken gerichtet, die sie gesehen hatten, all die Gräueltaten, für die Edmund verantwortlich war, und sie schleuderte all das auf ihn zurück. Ein Ausbruch rechtschaffener Raserei, wie ein Keil in den Himmel getrieben, um ihn zu spalten.

In dem Schlund über ihnen konnte er die anderen kreisen sehen. Sie zerrten an den Rändern des Lochs, und die Wolken kräuselten sich, als würden Klauen an einem Leintuch zerren. Die Ältesten waren fast drin. Wenn sie erst in Edmunds geheimes Herz geschlittert waren, würden sie ihn zerreißen.

Doch noch waren sie nicht eingedrungen. Und wenn diese toten Wesen Claire erreichten, wäre alles umsonst gewesen. Vielleicht konnten sie sie verletzen, vielleicht auch nicht, doch zumindest konnten sie ihre Aufmerksamkeit auf sich ziehen und ihre Konzentration schwächen.

Brody ließ das Totem los und hob den Baseballschläger an.

Vier schnelle Schritte über das schaukelnde Deck, und er stand vor dem toten Seemann. Er hatte keine Augen, trotzdem wandte er sich Brody zu, zischte und stürzte sich auf ihn.

Brody holte aus und traf das Ding mit zertrümmernder Wucht am Schädel. Sofort wirbelte er herum und schlug von der anderen Seite zu. Diesmal traf er die Brust des toten Etwas und spürte die Rippen brechen wie Reisig. Das Ding platschte ins Wasser.

Andere nahmen seinen Platz ein.

Brody schaltete alle anderen Sinneseindrücke aus. Das aufgewühlte Meer und das Loch im Himmel. Es gab nur noch den Kampf. Nur noch den Baseballschläger in seiner Hand und die Muskeln seines Körpers. Zuschlagen, ausweichen, zustoßen. Aus rasendem Aluminium gewobene Muster.

Eine Drehung, ein Hieb, ein Schwung. Ein krachender Knochen, spritzendes Blut und Seewasser. Eine Frau, der der halbe Kopf fehlte, griff ihn an. Ihre rissigen, verdreckten Fingernägel gruben sich in seine Wange. Er versetzte ihr einen Stoß mit dem Hinterkopf und schwang herum. Die Wucht seines Schlags hob sie in die Luft.

Keuchend blickte er sich um.

Auf allen Seiten tauchten Leichen auf. Überall umklammerten Knochenhände den Rand des Schiffs. Hunderte von Toten. Die Seelen, die Edmund über Jahrhunderte hinweg aufgesaugt hatte.

Und hinter ihnen noch so viele, dass das Meer brodelte und schäumte.

* * *

Claire wollte schreien, ihm zubrüllen, er solle zum Totem zurückkehren, wo er sicher war. Doch sie brauchte all ihre Energie für den fortwährenden Angriff auf Edmund. Ihr blieb nichts anderes übrig, als vom Randbereich ihres Bewusstseins aus zuzuschauen, wie Brody sich den Schreckgestalten stellte, die Edmund aus der Tiefe hervorgezerrt hatte.

Brody fällte die erste mit Leichtigkeit, dann die nächste. Ein böser Hieb ließ die dritte Gestalt auf die beiden fliegen, die hinter ihr hochstiegen.

Die Leichen waren langsam und schwach, fast zögerlich. Unwillig, als hätte Edmund sie sich nicht ganz untertan gemacht, ihre Geschichten nicht richtig verstanden. Obwohl es so viele waren, hatte Brody keine Probleme, sie zurückzuhalten.

Also warum schickte Edmund sie?

Die Antwort war offensichtlich. Sie fühlte sie kommen. Sie nahm einen Ozongeruch wahr, doch das war es nicht. Das spürte sie. Die Leichen waren nur ein Ablenkungsmanöver, um sie voneinander zu trennen und den eigentlichen Gegenangriff zu verschleiern. Es blieb keine Zeit nachzudenken, die Folgen abzuwägen.

Ein Blitz schoss hinunter und Claire warf sich auf Brody, um ihm Deckung zu geben.

Der für ihn bestimmte Tod peitschte stattdessen durch sie hindurch.

Eine Milliarde Volt. Ihr Körper schallte wie eine von einer Kugel getroffene Stahlplatte. Das Totem knackte auf ihrer Brust und glühte so heiß, dass ihre Haut darunter schwarz wurde und abfiel. Bewusste Gedanken flogen davon wie Zeitungen in einem Orkan. Es blieb nichts als Schmerz. Reines Weiß wischte die Welt hinweg. Sie schwebte im Zustand größter Qual wie eine Märtyrerin aus alten Zeiten. Ihre Hände verkrampften sich, ihre Gelenke sprühten Funken, ihre Lippen zuckten.

Doch der Schrei kam von anderswo.

Zweiundfünfzig

Ein grollender Donner warf Brody um. Er wurde von reinem Weiß umfangen. Lebte im hellen Strahl des Blitzes.

Ein Schrei. Brody spürte ihn mehr, als dass er ihn hörte. Sandpapier, das über einen bloßgelegten Nerv schabte.

Dann war alles weg, die Elektrizität, der Schrei, das grelle Weiß.

Die Toten und die kreisenden Ungeheuer.

Das Schiff, der Himmel und das Meer.

Brody befand sich in einem weißen Raum. Er blinzelte, um besser sehen zu können. Die Wände waren weiß, der Boden poliertes Holz.

»Will?«

Er drehte sich um. Claire stand auf der anderen Seite eines niedrigen Couchtischs. Hinter ihr befand sich ein bequem aussehendes Sofa, grauer Bezug und gelbe Kissen. Darüber ein offenes Fenster. Bäume wiegten sich im Wind, ihre Blätter wisperten.

»Was ist passiert?«

»Ich weiß nicht«, sagte Claire. »Er hat versucht, uns zu trennen. Dich vom Totem wegzulocken.«

»Der Blitz«, sagte Brody. »Ich habe gespürt, wie er dich getroffen hat. Uns beide.«

»Ich habe versucht, ihn abzublocken«, sagte sie. Sie blickte sich im Wohnzimmer um. »Wo sind wir?«

»Ich weiß nicht.« Der Raum war luftig und hell. Er kannte ihn nicht, doch er gefiel ihm. Es gab einen Kamin, von weiß getünchten Ziegeln eingefasst, und auf einem Beistelltisch aufgereihte Kerzen. Ein abstraktes Gemälde an der Wand, ein Feuerwerk von Farben. Durch das Fenster einfallende Sonnenstrahlen fingen tanzende Staubpartikel ein. »Vielleicht hat der Blitz uns umgebracht. Diesmal richtig.«

»Das glaube ich nicht«, antwortete Claire. »Vielleicht hat er uns irgendwo hingeschickt. Um uns aus dem Weg zu schaffen.«

Brody packte den Griff des Baseballschlägers etwas fester, war froh, ihn noch zu haben. Es hatte ein Gefühl, als wäre er kurz davor, aus einem Traum zu erwachen, als wäre er an zwei Orten gleichzeitig und würde beide für wirklich halten. »Lass uns sehen, ob wir ihn finden können.«

Claire nickte. Ihre Hand lag auf dem Totem und sie rieb es leicht. Brody ging voraus, den Schläger schlagbereit.

Eine offen stehende, gläserne Schiebetür führte in einen kleinen, aber hübschen Garten. Es gab dort eine Terrasse und einen Grill. Zwischen zwei Bäumen war eine Hängematte gespannt. Der Boden war mit roten und gelben Blättern bedeckt. Ein Nachbar musste Laub verbrannt haben, denn in der Luft hing ein Geruch von Lagerfeuer.

Die Küche war hell und sauber und in der Essecke tanzte das Sonnenlicht. Ein großes Schneidebrett deckte eine der Arbeitsflächen ab und der Gasherd verfügte über sechs Flammen. Die Vorratskammer war völlig überladen, ein heimeliges Chaos von Konservendosen und Backzutaten. Brody öffnete einen Schrank, in dem er Gläser vorfand. In einem anderen waren Töpfe und Pfannen gestapelt. Er zog eine gusseiserene Bratpfanne heraus. Sie hatte eine wunderbare Patina, der Boden glänzte und sie roch leicht nach Öl. »Es sieht aus, als wenn die Leute, die hier wohnen, gerade weggegangen wären.«

»Es sieht nicht nach Edmund aus.«

»Nein.«

Das Esszimmer war warm und einladend. Ein Landhaustisch glänzte vor Politur. Brody fuhr im Vorbeilaufen mit den Fingern darüber und spürte die kühle Struktur. Raumhohe Bücherregale nahmen eine ganze Wand ein, darin Tausende Taschenbücher und gebundene Ausgaben. Die Wand gegenüber war mit sauber angeordneten, gerahmten Fotos bedeckt. Brody betrachtete sie und stutzte. »Hey.«

Auf den Fotos waren sie beide zu sehen.

Claire in einem Café, wie sie über einem dampfenden Kaffeebecher lächelte.

Brody und sein Vater über ein Schachbrett gebeugt, eine Flasche Bourbon neben sich, Zigarren in den Händen.

Er und Claire an einem Strand irgendwo, die Aufnahme offensichtlich ein Selfie. Er hatte einen Zweitagebart und war braun gebrannt. Sie trug einen himmelblauen Bikini und ein sonnentrunkenes Lächeln zur Schau.

Claire bei irgendeiner Presseveranstaltung oder Preisverleihung, wie sie dem FBI-Direktor die Hand schüttelte.

Brody im Bett, in weiße Laken verwickelt, anscheinend schlafend, sein Haar zerwühlt, einfallende Sonnenstrahlen.

Fotos, die niemals aufgenommen worden waren, von Augenblicken, die sie nie erlebt hatten.

Claire lief ein Stück weiter an der Fotowand entlang und beugte sich vor, um die Bilder zu studieren. »Oh. Oh Gott.«

»Was ist denn?«

Erschauernd sog sie die Luft ein und blickte ihn an. Sie zeigte auf ein Foto. Er kam zu ihr, um es zu betrachten.

Es zeigte Claire, blass und erschöpft. Ihr Haar strähnig vor Schweiß. Sie lag in einem Krankenhausbett.

Ein Neugeborenes auf ihrer Brust.

Brody drückte den Baseballschläger so fest, dass seine Knochen schmerzten.

Auf dem nächsten Bild hielt er ein kleines Mädchen in einem violetten Strampelanzug. Er hielt sie mit ausgestreckten Armen, als hätte er sie gerade herumgewirbelt. Sein Lächeln auf dem Foto sah anders aus als im Spiegel. Es war breiter und klarer und von Gefühlen erhellt, die er nur erahnen konnte.

Dies war das Leben, das sie hätten haben können.

Ein Leben, von dem sie nur träumen konnten. Dies war ein Zuhause, wie sie es vielleicht zusammen eingerichtet hätten. Dies waren Bücher, die sie vielleicht im Bett gelesen hätten. Die Küche, in der er gekocht hätte.

Dies war das kleine Mädchen, das sie nie kennenlernen durften.

Das Angebot war eindeutig.

Und um dieses Leben zu verdienen, müssen wir nur all das vergessen, was er verbrochen hat. Wir müssen nur wegschauen und dem Bösen freien Lauf lassen.

Sie schauten sich an.

Ein Blick, der keine Worte brauchte.

Dann drehte Claire sich um und ging. Er folgte ihr. Im vorderen Flur gab es eine Treppe. Langsam lief sie hoch. Bewegte sich, als würde sie auf eine Klippe zusteuern. Die Holzstufen knarrten unter ihrem Gewicht. Ein vertrautes, anheimelndes Geräusch.

Oben hielt Claire inne. Schaute in beide Richtungen. Wappnete sich und entschied sich für die schwierigere.

Das Zimmer war von Sonnenlicht durchflutet. Die Wände mintgrün, bis auf eine, die mit Tafelfarbe gestrichen und mit Kritzeleien und Smileys übersät und mit dem Alphabet beschriftet war. Die hohe Decke lief spitz zu. Es gab eine weiße Kommode und eine Tonne mit Plüschtieren.

In der Mitte des Raums, in einem Lichtstrahl, stand ein Kinderbett.

Nichts Besonderes, kein Markenname, keine kunstvollen Schnitzereien. Nur ein Kinderbett aus hellem Holz. Ein Mobile mit Papiervögeln drehte sich darüber. Im Bett ein violettes Stück Stoff mit dem Kopf eines Flusspferds. Ein Schmusetuch.

Claire stieß einen einzelnen Schluchzer aus. Aus tiefster Brust.

»Ich glaube, wir sollten reden«, sagte eine Stimme hinter ihnen.

Dreiundfünfzig

Brody wirbelte herum und hob den Baseballschläger hoch.

Im Türrahmen stand ein Heranwachsender. Das wellige Haar fiel ihm bis auf die Schultern. Er hatte etwas leicht Androgynes, seine Wangen zart und bartlos. Wie ein Caravaggio-Engel, dem an der rechten Hand ein Finger fehlte.

»Du Scheißkerl«, sagte Brody. »Du gemeiner Scheißkerl.«

Edmund legte den Kopf schräg. »Warum? Ist dies nicht alles, wovon ihr je geträumt habt?«

»Du glaubst doch wohl nicht, dass wir es annehmen«, sagte Claire mit zusammengebissenen Zähnen.

»Das solltet ihr aber«, sagte Edmund. Er betrat gemächlich das Zimmer und setzte sich auf einen Schaukelstuhl in einer Ecke. »Es ist das Beste, worauf ihr hoffen könnt.«

»Nein«, sagte Brody. »Dich zu töten ist das Beste.«

Edmund lächelte. »Glaubst du etwa, ich mache euch dieses Angebot, weil ich Angst habe?«

»Dazu hättest du allen Grund«, sagte Claire. »Denn wir gewinnen.«

»Nein«, sagte der Junge mit einem leisen Lachen. »Nein, ihr gewinnt nicht. Eure Anstrengung verdient Anerkennung, doch eine Chance auf Erfolg habt ihr nicht.«

»Warum versuchst du dann, uns zu bestechen?«

»Solange ihr im Besitz meines Totems seid, kann ich euch nicht vernichten«, erwiderte Edmund. »Doch ich kann diese Schlacht so lange fortführen, wie es sein muss, während ihr mit geborgter Kraft kämpft. Irgendwann werde ich euch aufreiben. Doch es würde mich sehr viel Energie kosten. Energie, die ich über lange Zeit angesammelt habe. Es ist viel einfacher, euch zu geben, was ihr wollt. Eure Zeitgenossen würden es eine Kosten-Nutzen-Analyse nennen.«

Brody wollte sich mit ihm streiten. Wollte sich auf die Brust klopfen und wütend schreien.

Denn Edmund hatte recht.

Ihre Chance, ihn zu besiegen, war vom Überraschungseffekt abhängig gewesen. Sie verfügten hier über keinerlei Macht. Die einzige Waffe, die sie hatten, gehörte ihrem Feind. Als sie ihn zum ersten Mal angegriffen hatten, hatte es noch Hoffnung gegeben. Doch sobald Brody die Toten aus dem Meer heraufsteigen sah, hatte er gewusst, dass es vorbei war. Sie waren Aufständische in der Festung ihres Widersachers, und da das Überraschungsmoment ausgespielt war, waren sie hoffnungslos unterlegen.

Brody hatte weitergekämpft, weil er nicht wusste, was er sonst tun sollte. Nicht weil er an einen Sieg glaubte.

Als hätte er Brodys Gedanken gelesen, sagte Edmund: »Ihr habt zu wenig bewirkt, als dass die anderen das Risiko eingehen würden, sich mir entgegenzustellen. Dies ist meine Welt. Ich mache hier die Regeln. Ihr könnt euch nicht auf den Schutz meines Totems verlassen und zugleich seine Macht benutzen, um mich anzugreifen. Und ohne diesen Schutz werde ich euch vernichten.« Edmund lächelte selig. »Warum wollt ihr euch nicht retten?«

»Uns bestechen lassen, meinst du.« Claire schüttelte den Kopf. »Selbst wenn wir dazu bereit wären, wie sollten wir damit leben? Was du hier erschaffen hast, ist eine wunderbare Fantasiewelt. Doch der Preis, den wir dafür zahlen müssten, würde sie vergiften.«

»Ich kann die Erinnerung an eure Zeit im Echo auslöschen. Es würde euch alles wie ein Traum vorkommen. Als wäret ihr nie gestorben.«

War das möglich? Vermutlich. Isabella hatte Brody noch weit kühnere Angebote gemacht. Er stellte es sich vor. Nicht nur ins Leben zurückkehren, sondern auch alles vergessen, was sie erfahren hatten. Zurück zur glückseligen Unwissenheit der Lebenden. Sich Gedanken über Rechnungen und Sex machen und keine Angst mehr vor dunklen Göttern haben, die Gräueltaten initiierten. Das langsame Dahinschwinden auf dem Weg zur Schattenebene vergessen. Es erst wieder entdecken, wenn sie die Reise wirklich antraten.

»Lasst euch nicht von eurem Stolz leiten.« Edmund beugte sich vor. »Wenn ihr weiterkämpft, werde ich euch auslöschen. Euch selbst zu opfern, wäre völlig sinnlos.«

Brody stellte sich vor, wie er mit dem Schläger ausholte, dem selbstgefälligen Monster den Schädel einschlug und die Wand mit Rot bespritzte. Unmöglich, das war ihm klar. Edmund würde nie ein solches Risiko eingehen. Der Junge auf dem Schaukelstuhl war nicht wirklich er.

Edmund war die Welt. Das Meer, der Himmel und das Schiff. Die Armee der Toten. Dieses Haus, aus dem Nichts entstanden und perfekt auf sie zugeschnitten.

Wie sollten sie gegen eine solche Macht ankämpfen?

»Du weißt doch gar nicht, was es heißt, Opfer zu bringen«, sagte Claire.

»Ich kenne mich mit Opfern aus.« Edmund lächelte.

»Ja, andere zu Opfern machen«, sagte sie. »Du kannst nur nehmen. Aber Opfer zu bringen heißt geben. Wie ich, als ich den Blitz aufgefangen habe.«

Brody dachte an das blendendweiße Licht zurück. An die dröhnende Elektrizität. Unglaublich, was sie da getan hatte. Ohne zu zögern. Sie hatte sich einfach zwischen ihn und den Tod geworfen. Er erinnerte sich an den Schrei …

Moment. Dieser Schrei.

Das war nicht Claire gewesen. Er hatte ihn gefühlt, nicht gehört. Hatte ihn tief in seinen Eingeweiden gespürt. Es war die Welt, die da geschrien hatte. Es war Edmund gewesen.

Natürlich. Er hat den Blitz herbeigerufen, um dich zu töten. Er ist gar nicht auf die Idee gekommen, dass Claire sich dazwischenwerfen würde.

Wieder die typische Fressermentalität. Genau wie bei Isabella. Kein Vertrauen, keine Treue. Kein Glaube an irgendetwas. Keine Liebe, für die man sein Leben geben würde.

Keine Liebe, für die man sein Leben geben würde.

Die Vorstellung war Edmund völlig fremd. Fünfhundert Jahre lang hatte er nichts getan, als Beute zu schlagen. Die Idee, dass jemand sich bereitwillig opfern würde, kam ihm gar nicht. Dass es etwas Wertvolleres geben könnte als das eigene Überleben, würde er niemals verstehen. Und das war sein Schwachpunkt.

Ein Schwachpunkt, der sich ausnutzen ließ.

Was hatte er gesagt? *Ihr könnt euch nicht auf den Schutz meines Totems verlassen und zugleich seine Macht benutzen, um mich anzugreifen.*

Vielleicht gab es doch eine Möglichkeit zu siegen.

Brody spürte, wie sich ein Lächeln in sein Gesicht schlich. Er musste Claire seine Idee irgendwie vermitteln. Er blickte sie an, versuchte, mit seinen Augen zu sprechen, wollte schon die Worte mit den Lippen formen …

Und merkte, dass sie schon längst kapiert hatte. Sie war schneller draufgekommen als er. Natürlich. Deshalb hatte sie die Sache mit dem Blitz erwähnt. Sie wollte sichergehen, dass sie sich einig waren. Und jetzt, da er verstanden hatte, wartete sie auf ein Signal, dass er mitspielen würde. Sie wusste, was zu tun war, doch wollte nicht für ihn entscheiden. Entweder würden sie es zusammen tun oder gar nicht.

Ich liebe dich, Claire McCoy.

Brody sagte: »Okay.«

Edmund lächelte. »Hervorragend.« Er stand auf, schritt auf Brody zu und streckte die Hand aus.

Claire packte das Lederhalsband und zerrte, bis es riss. »Sehen wir uns im nächsten Leben?«

Brody nickte. »Nichts könnte mich aufhalten.«

Sie lächelte. Ohne den Blick von ihm zu wenden, warf sie das Totem quer durch das Zimmer.

Langsam flog es in einem Bogen durch die Luft, während sich das Lederband abwickelte.

Brody holte aus und schlug mit aller Kraft zu.

Eine glatte Bewegung.

Der Metallschläger traf alle drei Knochen mit voller Wucht.

Sie zerbrachen nicht.

Sie explodierten.

Und die Welt riss auf.

Das Haus flackerte und verschwand. Sie standen wieder auf der *Persephone,* die in einem aufgewühlten Meer schaukelte. Die Toten waren verschwunden. Doch sie waren nicht allein.

Edmund stand am Bug. Immer noch ein Jugendlicher, doch kein Caravaggio-Engel mehr. Seine Arme waren dünn. Seine zarten Lippen waren zu einem Schrei geöffnet, einem Heulen wie von tausend Orkanen, und er starrte hoch zum Himmel, den ein gezackter Riss von Horizont zu Horizont spaltete.

Albträume drängten sich hindurch. Wesen von reiner Kraft und Gier. Unvorstellbar gewaltig, unmöglich zu begreifen. So mächtig, dass Widerstand sinnlos war.

Es war, als würde man eine Lawine beobachten, die jegliches Gefühl für Maßstab hinwegfegte. Eine rasende Welle schwarzer Energie, die rollte, stürzte und wirbelte. Die alles vor sich herschob. Sich rasend schnell bewegte. Eine Wand, die immer näher kam, scharf abgegrenzt, dahinter nur Zerstörung.

Die Lawine erfasste Edmund. Warf ihn hoch und zerriss ihn. Hungrige Schattenmäuler mit scharfen Zähnen. Das Aufheulen war nicht Schall, weder Geschmack noch Gefühl. Sie war all das zugleich. Ein Schrei reiner Panik. Ungläubig und entsetzt.

Ein fünfhundert Jahre altes Raubtier wurde von seinesgleichen zerrissen.

Die Lawine wurde nicht einmal langsamer.

Brody ließ den Schläger fallen und wandte sich Claire zu. Sie fassten sich bei den Händen und blickten sich fest in die Augen. Zwei Liebende, auf die unausweichliche Zerstörung zukam. Bereitwillig stellten sie sich ihr. Zusammen bis zum letzten Augenblick. Was danach kommen würde, wussten sie nicht.

Doch sie würden sich ihm gemeinsam stellen.

Und kurz bevor alles verschwand, lächelten sie.

I have been here before,
But when or how I cannot tell:
I know the grass beyond the door,
The sweet keen smell,
The sighing sound, the lights around the shore.
You have been mine before, –
How long ago I may not know:
But just when at that swallow's soar
Your neck turn'd so,
Some veil did fall, – knew it all of yore.
Has this been thus before?
And shall not thus time's eddying flight
Still with our lives our love restore
In death's despite,
And day and night yield one delight once more?

Dante Gabriel Rossetti

Vierundfünfzig

Das Verkaufsschild war vorige Woche verschwunden.

Er hatte oben im Baum gesessen und am Baumhaus gearbeitet, als eine Frau in einem grauen Wagen angefahren kam. Sie hatte den Kofferraum geöffnet und dann an dem Schild gerüttelt, das im Rasen des Vorgartens steckte. Kurz darauf hatte sie es herausgezogen, in den Kofferraum gesteckt und war wieder weggefahren.

Dann hatte er sich wieder an die Arbeit gemacht. Das Baumhaus war bis jetzt sehr einfach, nur ein paar Holzlatten zwischen den stärksten Ästen. Doch er hatte sich lange Gedanken darüber gemacht und wusste genau, was er wollte. Zuerst würde er die Plattform fertigstellen, später ganz oben einen Aussichtsposten einrichten, wahrscheinlich nur ein Brett, das er in der Gabelung zweier Äste festnageln würde. Der große Baum wiegte sich in der Brise, und er stellte sich vor, was für ein Spaß es sein würde, auf dem Aussichtsposten zu sitzen, als würde er auf dem Wind surfen. Vielleicht sollte er auch Seile anbringen, dick wie Lianen, an denen er zwischen den Ästen hin- und herschwingen oder hinunterrutschen konnte.

Leider fehlte ihm alles, was er brauchte, um seine Pläne umzusetzen. Er hatte bereits sämtliche Holzreste aus der Garage verbraucht. Dad hatte gesagt, er würde mit ihm zum Baumarkt fahren, wenn er genug Geld zusammenhatte, aber bei seinem Taschengeld konnte das lange dauern.

Also konnte er fürs Erste nichts anderes tun, als auf den Holzlatten rumzusitzen, so wie jetzt. Er las einen Fantasyroman, als er ein Rumpeln hörte. Ein großer, gelber Lastwagen kam um die Ecke und hielt vor dem Haus gegenüber. Männer stiegen aus, öffneten die Seitentüren und zogen hinten eine Rampe heraus. Kurz darauf fuhr ein Pkw in die Auffahrt und eine Familie stieg aus.

Er schaute ein paar Minuten zu. Dann schob er das Buch in den Bund seiner Levi's und kletterte hinunter.

Als er ins Haus kam, fand er Mom in der Küche. Im Hintergrund lief National Public Radio. »Hallo Junge. Willst du ein Sandwich?«

»Nein, danke.« Er kletterte auf einen Hocker. »Die neuen Nachbarn sind da.«

»Ach ja?« Sie knetete Thunfisch und Mayonnaise zusammen. »Haben sie Kinder?«

»Mädchen.«

»In deinem Alter?«

Er zuckte mit den Schultern. »Eins vielleicht.«

Mom lächelte. Im Radio ging es jetzt um den Heckenschützen. Normalerweise fand er die Nachrichten ziemlich langweilig, aber diese Geschichte interessierte ihn. Die Vorfälle waren genau zehn Jahre her, deswegen wurde gerade viel darüber geredet.

Die Sache war unheimlich, aber interessant. Zum Teil wegen der Geschichte von Mom und Dad. Mom hatte sie ihm schon eine Million Mal erzählt: Wie die meisten Tankstellen mit Planen abgedeckt waren, doch weil ihr Tank leer war, hatte sie an einer gehalten, die geöffnet hatte. Und wie Dad rübergekommen war und angeboten hatte, ihn für sie aufzufüllen.

Sie hatte im Türrahmen gesessen, während sie sich unterhielten, und sofort gewusst, dass sie sich verlieben und heiraten würden.

Es war spannend, sich die Stadt so vorzustellen. Manchmal, wenn er zu Seans Haus rüberlief, stellte er sich vor, der Heckenschütze würde sich noch da draußen rumtreiben. Und auf ihn zielen. Der Gedanke ließ ihn erschauern wie die Horrorfilme, die Seans Mom sie anschauen ließ.

»Mom, kann ich bitte ein bisschen Geld haben?«

Sie lachte. »Wofür?«

»Ich muss Holz für mein Baumhaus kaufen.«

»Spar dein Taschengeld dafür.«

»Das dauert doch ewig.«

»Geduld ist gut für die Seele«, sagte sie. »Wirkt charakterbildend.«

»Aber ich habe *Langeweile.«*

»Ahh, mir kommen die Tränen«, sagte sie. »Warum gehst du nicht rüber und stellst dich vor?«

»Ich habe doch gesagt, es sind Mädchen.«

»Na und? Die beißen doch nicht.«

»Aber mit denen kann man nicht richtig spielen.«

Mom schaute von ihrem Sandwich auf. »Kind, du nervst. Geh rüber und stell dich vor. Das ist ein Befehl.«

»Na gut«, sagte er und hüpfte vom Hocker.

Der Mann war dabei, den Lastwagen zu entladen. Er war bis obenhin vollgepackt. Irgendwie seltsam, all das Zeug, das normalerweise in einem Haus steht, in einem Laster aufgestapelt zu sehen. Er schaute den Männern bei der Arbeit zu.

»Hallo«, sagte eine Stimme hinter ihm und er erschrak. Es war das ältere Mädchen. Sie war mager, ihre dünnen Arme ragten aus einem T-Shirt mit einem riesigen, comicartigen Mund mit ausgestreckter Zunge darauf.

»Hi«, grüßte er.

»Wohnst du hier?«

»Da.« Er zeigte über seine Schulter. Er hatte das Gefühl, noch etwas sagen zu müssen, wusste aber nicht, was. »Cooles T-Shirt.«

»Magst du die Stones?«

»Was?«

»Viele sagen, *Sticky Fingers* ist ihr bestes Album, aber ich finde *Let It Bleed* besser.« Sie trug eine Zahnspange und verdeckte beim Sprechen ihren Mund, wie Mädchen mit Zahnspange es taten. Er hatte keine Ahnung, wovon sie redete. »Warst du vorhin da oben auf dem Baum?«

»Ja«, antwortete er. »Ich baue ein Baumhaus.«

»Cool.«

»Ich bin aber noch nicht weit. Willst du es mal sehen?« Er lief voraus über die Straße. Als sie unter dem Baum standen, wies er nach oben. »Bis jetzt ist es nur ein Rahmen.«

»Können wir hochklettern?«

Er schaute sie an, dann wieder den Rahmen in fünf Meter Höhe. »Na ja, ich habe noch keine Leiter …«

Schon hing sie am niedrigsten Ast und schwang die Beine. Sie brauchte zwei Versuche, dann bekam sie einen Fuß über den Ast und zog sich hoch. Ihre Beine zitterten, während sie sich langsam am Stamm hochzog, um sich aufzurichten, und dann den nächsten Ast packte.

Ha.

Er folgte ihr, die Rinde an seinen Handflächen rau. Als er schließlich den Rahmen erreichte, saß sie bereits auf einem Brett und ließ die Beine baumeln. »Das ist wirklich cool.«

»Wenn es fertig ist. Es wird eine ziemlich große Plattform. Ich will ein Dach draufbauen, damit ich auch bei Regen herkommen kann. Aber ich brauche mehr Holz.«

Sie legte den Kopf schräg, als würde sie nachdenken. »Ich bin mir ziemlich sicher, dass wir welches haben.«

»Ehrlich?«

»In unserem alten Haus auf jeden Fall. Ich könnte meinen Dad fragen, ob wir es haben können.«

Er bemerkte das »wir« und wusste nicht recht, was er davon halten sollte. Er hatte vorgehabt, das Baumhaus selbst zu bauen. *Aber sie ist ganz allein hochgeklettert. Und es könnte sofort losgehen.* »Super.«

Eine Windbö kam auf. Der Baum begann, sich zu wiegen, und sie beide hielten sich an den Planken fest. Er liebte dieses Gefühl, das sanfte Schaukeln, das Wispern der Blätter, das Kitzeln des Winds auf der Haut. Es brachte ihn immer zum Lächeln. Als er sie anschaute, sah er zu seiner Verwunderung, dass sie auch lächelte. Sie schien gar keine Angst zu haben.

»Liebling?« Es war die Mom von gegenüber. Sie stand auf der Veranda und formte mit den Händen einen Trichter vor dem Mund. »Wo bist du?«

»Ups«, sagte das Mädchen. »Ich muss nach Hause.« Sie hangelte sich zum nächsten Ast herunter, hängte sich daran und ließ sich die letzten anderthalb oder zwei Meter fallen. »Ich komme!«

Als sie loslief, rief er: »Hey, warte.«

Sie drehte sich um.

»Wie heißt du?«

Das Mädchen lächelte und zeigte seine Zahnspange. »Claire. Und du?«

Danksagungen

Das war ein ziemlich schwerer Brocken.

Auf die eine oder andere Weise habe ich mich zehn Jahre lang mit *Afterlife* beschäftigt, sei es in meinen Träumen oder mit Kritzeleien auf Servietten. Das Projekt hat tausendmal die Form verändert, sich monatelang vor mir versteckt, nur um an meinem Hemdzipfel zu zupfen, wenn ich mich von ihm abwenden wollte. Ohne die massive Hilfe talentierter Leute würde es dieses Buch nicht geben, und ich bin allen, die mich unterstützt haben, zu tiefstem Dank verpflichtet.

Die wenigsten Agenten steigen mit in den Ring und helfen, eine Idee in den Griff zu bekommen, doch genau das hat Shane Salerno getan, angefangen damit, dass er den Titel gefunden hat, noch bevor ich nur eine Zeile geschrieben hatte. Danke, Bruder, für deine Begeisterung, deine Unterstützung und deinen ständig wachen Verstand. Ich möchte mich auch bei Jon Cassir und Matt Snyder von CAA bedanken. Ein tougheres Triumvirat wird man kaum finden.

Meine Lektorin Alison Dasho ist auch eine gute Freundin und beides freut mich gleichermaßen. Sie hat mich nun schon durch acht Bücher begleitet und gelenkt, und hoffentlich auch durch alle zukünftigen. Ich habe dich lieb.

Das ganze Team von Thomas and Mercer ist schlicht außergewöhnlich und es ist eine Freude, bei diesem Verlag veröffentlichen zu dürfen. Mein besonderer Dank gilt Jeff Belle, Mikyla Bruder, Gracie Doyle, Jacque Ben-Zekry, Laura Costantino, Oisin O'Malley, Chrissy Wiley, Laura Barrett, Gabrielle Guarnero und Sarah Shaw.

Während kurzfristig angekündigter Wochenendbesuche, bei stundenlangen Telefongesprächen, dekadenten Dinners und geldbeutelsprengenden Barbesuchen haben meine Freunde Sean Chercover und Blake Crouch mir unentwegt den Rücken gestärkt. Vielleicht schreibt ja einer von den beiden irgendwann etwas, das sich zu lesen lohnt.

Ich bedanke mich auch bei Michael Cook für die hervorragenden Anmerkungen und die dringend benötigte Ablenkung und vor allem dafür, dass er Onkel Michael ist.

Bibliothekare, Buchhändler und Lehrer überall, ihr seid die kaum besungenen Helden in dem einzigen Krieg, der zählt. Kämpft weiter.

Ich danke auch meiner Mutter, meinem Vater und meinem Bruder für ihre bedingungslose Liebe und weil sie mir beigebracht haben, dass sowohl Menschen als auch Geschichten wichtig sind.

Meine Frau G.G. ist meine Seele, meine Partnerin, mein Glück und meine Liebe. Für dich, Baby. Zwanzig Jahre sind nur der Anfang von Immer und Ewig.

Jossie, meine Tochter und Mitträumerin, wenn du alt genug bist, um dieses Buch zu lesen, wirst du dich hoffentlich nicht fragen, was mit deinem alten Mann nicht stimmte. Doch du kannst dir immer sicher sein, dass ich dich mehr liebe als das Universum.

Und schließlich, wie schon am Anfang des Buchs erwähnt, gilt mein spezieller Dank euch Lesern, ohne die ich meinen Traumberuf nicht ausüben könnte.

Druck:
Canon Deutschland Business Services GmbH
im Auftrag der KNV-Gruppe
Ferdinand-Jühlke-Str. 7
99095 Erfurt

DER SCHLÜSSEL ZUR THEOSOPHIE

Eine Darstellung der ethischen, wissenschaftlichen und philosophischen Lehren der Theosophie, für deren Studium die Theosophische Gesellschaft gegründet wurde

von

HELENA PETROVNA BLAVATSKY

ADYAR

THEOSOPHISCHE VERLAGSGESELLSCHAFT

ADYAR STUDIENAUSGABE
herausgegeben von
HANK TROEMEL

3., erweiterte und überarbeitete Auflage 1995
© Adyar GmbH, 74589 Satteldorf

Satz und Druck: Gulde-Druck GmbH, Tübingen

ISBN 3-927837-51-2

Inhalt

VII

VIII

IX

X

XI

XII

XIII

XIV

Zu dieser Ausgabe

Wassily Kandinsky, der Anfang des Jahrhunderts die gegenstandslose Malerei ins Leben rief, erwähnt in seinem grundlegenden Werk *Über das Geistige in der Kunst* (1912) den *Schlüssel zur Theosophie* als ein Werk, das "dem Schüler auf seine Fragen konkrete Antworten gibt". Für den Komponisten Alexander Skrjabin, dem der große Pianist Wladimir Horowitz "einen meisterhaften Sinn für Form, für eine Logik des musischen Denkens auf großer Ebene" nachsagte, der den berühmten "mystischen" oder "Prometheus-Akkord" erfand und als "mystischer Avantgardist" in seinen Etüden ein "esoterisches Vokabular" entwickelte – für diesen wegweisenden Komponisten war *Der Schlüssel zur Theosophie* "ein bemerkenswertes Buch", das sein "Denken genau ausdrückt". Mahatma Gandhi schrieb: "Madame Blavatskys *Schlüssel zur Theosophie* ... entfachte den Wunsch in mir, Bücher über den Hinduismus zu lesen und befreite mich von der durch Missionare genährten Vorstellung, der Hinduismus sei voller Aberglaube". Boris de Zirkoff nannte den *Schlüssel zur Theosophie* "ein zugleich tiefes und großartiges Vermächtnis an die gesamte Menschheit".

Worin lag der Wert dieses Buches für den Maler, den Komponisten, den Staatsmann – für geniale Menschen also, die das Erscheinungsbild unseres Jahrhunderts mitgeprägt haben? Worin liegt seine Bedeutung für unzählige andere Menschen, denen es zum lebenslangen Begleiter geworden ist? Zusammen mit der *Stimme der Stille* krönt *Der Schlüssel zur Theosophie* nicht nur "HPBs gesamtes Werk durch Gedanken und Ideale von zeitloser Spiritualität" (B. de Zirkoff), sondern er enthält das gesamte Spektrum ihrer Lehre in einer allgemeinverständlichen Zusammenfassung in Form von Gesprächen zwischen einem westlich-christlichen "Fragesteller" und dem antwortenden "Theosophen" – oder, besser, der Theosophin, nämlich HPB selbst. Anders als die *Stimme*, die "für die Wenigen" ist, ist der *Schlüssel* ausdrücklich "allen ihren Schülern gewidmet, auf daß sie lernen und selbst lehren mögen". Die Betonung der praktischen Aspekte der theosophischen Lehre macht das Werk zum veritablen Anwenderhandbuch, denn es enthält u.a. folgende Themen: Ethik, Selbstverwirklichung, Gebet, Karma, nachtodliches Leben, Reinkarnation, Geist, politische und soziale Fragen, Barmherzigkeit, Asketentum und Ehe, Erziehung, die Mahatmas, etc. Die besondere Qualität des Buches liegt also für alle ernsthaft um theoretisches Wissen und praktische Orientierung bemühten Leser in der Anwendbarkeit der dargestellten Lehren im täglichen Leben ebenso wie in der Vermittlung einer theosophischen Weltsicht.

Ihre Erläuterungen zur Ethik und zur Philosophie der modernen Theosophie im *Schlüssel* beleuchten Blavatskys unermüdliche, oft mit kämpferischem Elan geführten Auseinandersetzungen mit den irdischen Mächten der Trennung, der Diffamierung des Fremden und Anderen, mit dogmatischer Engstirnigkeit und mit der Grausamkeit des Menschen gegenüber seinen Mitgeschöpfen und seiner Umwelt.

Ihrem idealistischen Monismus entsprechend, war Madame Blavatsky zutiefst überzeugt von einer geistbestimmten Lebensführung als einzig wahrem Daseinszweck der Menschen, dieser "Götter im Exil", in dieser Welt. Heute, wenige Jahre vor dem Ende unseres Jahrtausends, in einer von Kriegswirren und religiös motivierten Antagonismen heimgesuchten Welt, ist Blavatskys Lehre von hoher Aktualität. Vor 120 Jahren schrieb sie: "Die Unterschiede in den religiösen Dogmen wurden nicht von Heiligen, sondern von sündhaften Sterblichen geschaffen. Sie trennen die Menschheit in feindliche Nationen und Rassen. Gäbe es keine Dogmen, dann gäbe es auch keine Protestanten, Katholiken, Buddhisten, Brahmanen, etc. Alle würden an den Einen Gott glauben, ... alle würden sich als Brüder sehen, ... man würde sich vor seinen Brüdern schämen, zu töten und einander in Kriegen abzuschlachten, andere bestialisch zu foltern und sich gegenseitig die Hölle auf Erden zu bereiten."

Die Theosophische Gesellschaft wurde vor 120 Jahren mit dem erklärten Ziel gegründet, der Hölle auf Erden entgegenzutreten, eine Vorhut zu bilden bei dem Versuch, Brüderlichkeit in der modernen Welt zum bestimmenden gesellschaftlichen Faktor zu machen. Bisher ist ihr das nicht gelungen. Umso mehr ist zu beherzigen, wozu Madame Blavatsky ihre Schüler ermahnte: "Unverwandt das Ideal menschlichen Fortschritts und menschlicher Vervollkommnung im Blick zu haben, wie es die heiligen Lehren vorschreiben".

Blavatskys Lebenswerk war die Weitergabe dieser heiligen Lehren. Der *Schlüssel* soll, so die Autorin in ihrem Vorwort "die Tore zum tieferen Studium (der Theosophie) öffnen". Obwohl die Dialoge des Buches insgesamt "die einfachste, umfassendste, grundlegendste, klarste und am besten gegliederte Präsentation der Theosophie, die HPB je geschrieben hat" (J. Algeo) enthalten, obwohl *Der Schlüssel zur Theosophie* eine Einführung ist, die wenig theosophische Vorbildung voraussetzt, verlangt er doch vom Leser ein gehöriges Maß an Konzentration und gedanklicher Mitarbeit. Denn, so HPB, "für geistig träge und stumpfsinnige Menschen wird die Theosophie immer ein Rätsel bleiben. In der Welt der Gedanken und der Spiritualität macht man Fortschritte nur durch eigene Anstrengungen. Die Autorin kann dem Leser nicht das Denken abnehmen, und er hätte auch nichts davon, selbst wenn ein solches stellvertretendes Denken möglich wäre".

Herausgeber und Verlag hoffen, mit dieser Neuausgabe den von Madame Blavatsky betonten Zweck des Werkes zu unterstützen, zumal damit einem von deutschsprachigen Schülern der Theosophie vielseitig geäußerten Wunsch nach einer ungekürzten, mit einem Register als Orientierungshilfe versehenen Ausgabe entsprochen wird. Das Register folgt zum Teil dem Index der 1972 im Verlag Theosophical University Press, Pasadena erschienenen Reprint-Ausgabe des *Schlüssels*. Für die freundliche Genehmigung zur Nutzung danken wir TUP. Ansonsten entspricht unsere Ausgabe der 1889 erschienenen ersten Auflage der Originalausgabe. Eva Maas, Anneliese Stephan und Hansjörg Meyer gilt unser besonderer Dank für die freundschaftliche und selbstlose Mitarbeit.

Hank Troemel

Dedicated

by

"H. P. B."

To all her Pupils,

that

They may Learn and Teach

in their turn.

H.P.B.

widmet dieses Buch

allen ihren Schülern,

auf daß sie

lernen und

selbst lehren

mögen.

Vorwort

Der Zweck dieses Buches ist in seinem Titel genau ausgedrückt und bedarf nur weniger Worte der Erläuterung. Es handelt sich um kein vollständiges oder erschöpfendes Lehrbuch der Theosophie, sondern nur um einen Schlüssel, der die Tür zu tieferen Studien öffnen soll. Das Buch präsentiert die Weisheitsreligion in einem umfassenden Überblick und erläutert ihre grundlegenden Prinzipien. Es begegnet gleichzeitig den verschiedenen Einwänden, die der durchschnittliche westliche Studierende erhebt, und versucht, fremdartige Gedanken in möglichst einfacher Form und klarer Sprache darzulegen. Daß es darin erfolgreich sein könnte, dem Leser Theosophie ohne intellektuelle Anstrengung verständlich machen zu können, wäre zu viel erwartet. Aber die Verfasserin hofft, daß das, was an Dunkel verbleibt, an den Gedanken liegt und nicht an der Ausdrucksweise, an der Tiefe des Gegenstandes und nicht an einer verworrenen Darstellung. Für geistig träge und stumpfsinnige Menschen wird die Theosophie immer ein Rätsel bleiben. In der Welt der Gedanken und der Spiritualität macht man Fortschritte nur durch eigene Anstrengungen. Die Autorin kann dem Leser nicht das Denken abnehmen, und er hätte auch nichts davon, selbst wenn ein solches stellvertretendes Denken möglich wäre. Die Notwendigkeit für eine Darlegung wie diese wurde seit langem von den an der Theosophischen Gesellschaft und ihrer Arbeit Interessierten empfunden. Es bleibt zu hoffen, daß diese Darlegung vielen, deren Aufmerksamkeit dafür erwacht ist, die aber noch etwas verwirrt und noch nicht überzeugt sind, von technischen Einzelheiten möglichst freie Informationen geben kann.

Besondere Mühe wurde auf die Entwirrung des Falschen vom Richtigen in den spiritistischen Lehren über das Leben nach dem Tode verwendet und darauf, die wahre Natur der spiritistischen Phänomene aufzuzeigen. Frühere Erklärungen ähnlicher Art haben viel Zorn auf das bescheidene Haupt der Verfasserin gezogen. Die Spiritisten ziehen es wie so viele andere vor, das was angenehm ist zu glauben, anstatt das, was wahr ist, und sie werden sehr böse auf jeden, der eine angenehme Täuschung zerstört. Seit einem Jahr ist die Theosophie Zielscheibe giftiger Pfeile von seiten des Spiritismus; so wie die Besitzer einer Halbwahrheit den Besitzern der ganzen Wahrheit feindseliger gegenüberstehen, als solche, die nichts Rühmenswertes besitzen.

Herzlichen Dank schuldet die Verfasserin den vielen Theosophen, die Anregungen gegeben und Fragen gesandt oder in anderer Weise während der Arbeit an diesem Buch Hilfe geleistet haben. Durch ihre Unterstützung ist es noch brauchbarer geworden, und dies wird ihr schönster Lohn sein.

H.P.B.

I

Die Theosophie und die Theosophische Gesellschaft

Die Bedeutung des Namens

Die Theosophie und ihre Lehren werden oft als eine neumodische Religion bezeichnet. Ist die Theosophe eine Religion?

Nein. Theosophie ist "göttliches Wissen, göttliche Wissenschaft".

Was ist die eigentliche Bedeutung dieses Begriffes?

"Göttliche Weisheit" (Theosophia) oder Weisheit der Götter, so wie das Wort "Theogonia" die Genealogie der Götter bedeutet. Das Wort "Theos" bezeichnet im Griechischen einen Gott, eine der göttlichen Wesenheiten, gewiß nicht Gott in dem Sinne, der diesem Wort heute gegeben wird. Theosophie bedeutet daher nicht Gottesweisheit, wie es von manchen übersetzt wird, sondern göttliche Weisheit, eine Weisheit gleich jener, welche die Götter besitzen. Diese Bezeichnung ist viele tausend Jahre alt.

Welchen Ursprung hat der Begriff?

Er stammt von den alexandrinischen Philosophen, die als Freunde der Wahrheit, "Philaletheier", von phil "lieben" und aletheia “Wahrheit”, bezeichnet werden. Der Name Theosophie stammt aus dem 3. Jahrhundert unserer Zeitrechnung, von Ammonius Sakkas und seinen Schülern[1], durch die das eklektische theosophische System begründet wurde.

Was war das Ziel dieses Systems?

pVor allem, seinen Schülern und allen jenen, die “Freunde der Wahrheit” waren, bestimmte moralische Wahrheiten einzuprägen. Daher auch der Leitspruch, der von der Theosophischen Gesellschaft gewählt wurde: “Keine Religion ist höher als die Wahrheit”[2]. Das Hauptziel der Gründer der

---

1 Auch Analogetiker genannt. Wie Prof. A. Wilder in *New Platonism and Alchemy* erklärt: Die Schüler des Ammonius Sakkas wurden so genannt, weil es bei ihnen gebräuchlich war, alle heiligen Legenden, Mythen und Mysterien nach Regeln und Prinzipien der Analogie und Entsprechung auszulegen, so daß Ereignisse, die sich scheinbar äußerlich ereignet haben, von ihnen als Ausdruck von Handlungen und Erfahrungen der menschlichen Seele betrachtet wurden. Ein anderer Name, der ihnen gegeben wurde, war “Neuplatoniker”.Die Theosophie bzw. das eklektische theosophische System wird im allgemeinen dem 3. Jahrhundert zugeschrieben. Wenn jedoch Diogenes Laertius zu glauben ist, liegt ihr Ursprung allerdings früher, denn er führt dieses System auf einen ägyptischen Priester Pot–Amun zurück, der zu Beginn der ptolemäischen Dynastie lebte. Der gleiche Autor berichtet, daß der Name koptisch ist und jemanden bezeichnet, der Amun, dem Gott der Weisheit, geweiht ist. Theosophie ist das Äquivalent von Brahma–Vidya, göttliches Wissen.

2 Die eklektische Philosophie war in drei Abschnitte geteilt; 1.Glaube an eine absolute, unbegreifliche höchste Gottheit, an ein unendliches Sein, welches die Wurzel der ganzen Natur ist, von allem was existiert, dem Sichtbaren und dem Unsichtbaren. 2. Glaube an die ewige, unsterbliche Natur des Menschen, die als Ausstrahlung der Universalseele gleichen Wesens mit dieser ist. 3.Theurgie, *"göttliches Werk"*, das *Schaffen eines Werkes von Göttern;* von theoi “Götter” und ergein “arbeiten”. Der Begriff ist sehr alt, da er aber zur Mysteriensprа-

che gehörte, war er nicht allgemein gebräuchlich. Es war ein mystischer, von eingeweihten Priestern und Adepten praktisch erprobter Glaube, daß der Mensch die Götter veranlassen könnte, ihm göttliche Mysterien mitzuteilen, wenn er sich so rein machte wie die körperlosen Wesen, d.h., wenn er zu der ursprünglichen Reinheit seiner eigenen Natur zurückkehrte, ja, daß er die Götter sogar veranlassen könnte, gelegentlich sichtbar zu werden, sei es subjektiv oder objektiv. Es war der transzendentale Aspekt dessen, was man heute Spiritismus nennt, aber da er vom gemeinen Volk mißbraucht und mißverstanden wurde, betrachteten ihn später manche als Nekromantie, und er wurde allgemein verboten. In verzerrter Form existiert die Theurgie des Jamblichus noch in der zeremoniellen Magie einiger moderner Kabbalisten. Die moderne Theosophie vermeidet diese Arten von Magie und "Nekromantie" und lehnt sie ab, weil sie sehr gefährlich sind. Wahre göttliche Theurgie erfordert eine fast übermenschliche Reinheit und Heiligkeit des Lebens, sonst degeneriert sie zur Medialität und schwarzen Magie. Die unmittelbaren Schüler des Ammonius Sakkas, die Theodidaktos, die "Gott-Gelehrte" genannt wurden, wie Plotin und Porphyrius, lehnten die Theurgie zuerst ab, wurden aber schließlich durch Jamblichus mit ihr versöhnt, der diesbezüglich das Werk *De Mysteriis* schrieb, und zwar unter dem Namen seines eigenen Meisters, des berühmten ägyptischen Priesters Abammon. Ammonius Sakkas war der Sohn christlicher Eltern, er fühlte sich aber von dem dogmatischen spiritualistischen Christentum schon als Kind abgestoßen und wurde Neuplatoniker. Gleich Jakob Böhme und anderen großen Sehern wird von ihm erzählt, daß ihm in Träumen und Visionen göttliche Weisheit offenbart wurde; daher wurde er "Theodidaktus", ("der von Göttern Belehrte"), genannt. Er unternahm es, alle Religionssysteme miteinander zu versöhnen und durch den Nachweis ihres gemeinsamen Ursprungs einen auf Ethik gegründeten universalen Glauben zu schaffen. Sein Leben war so untadelig und rein, seine Gelehrtheit so tiefgründig und umfangreich, daß verschiedene Kirchenväter im geheimen seine Schüler wurden. Clemens von Alexandrien spricht mit größter Hochachtung von ihm. Plotin, der "Johannes" des Ammonius, war auch ein allseits geachteter Mann von tiefer Gelehrsamkeit und persönlicher Integrität. Im Alter von 39 Jahren begleitete er den römischen Kaiser Gordian und dessen Armee in den Osten, um sich von den Weisen Baktriens und Indiens unterrichten zu lassen. Er führte dann eine Philosophenschule in Rom. Sein Schüler Porphyrius, dessen wirklicher Name Malek war (er war ein hellenisier-

Eklektischen Theosophischen Schule war eines der drei Ziele ihrer Nachfolgerin in der heutigen Zeit, der Theosophischen Gesellschaft, nämlich, alle Religionen, Sekten und Nationen in einem gemeinsamen ethischen System, das sich auf ewige Wahrheiten gründet, zu versöhnen.

Wie können Sie zeigen, daß dies nicht nur ein unmöglicher Traum ist, und daß alle Weltreligionen wirklich auf ein und derselben Wahrheit gegründet sind?

Durch ihr vergleichendes Studium und durch Analyse. Die Weisheitsreligion war eine Einheit im Altertum, und die Gleichheit der ursprünglichen religiösen Philosophie wird uns durch die übereinstimmenden Lehren bewiesen, die den Eingeweihten in den MYSTERIEN gelehrt werden, eine einst allgemein verbreitete Einrichtung. "Alle alten Kulte zeugen vom Bestehen einer einzigen ihnen vorausgehenden Theosophie. Der Schlüssel, der einen öffnen kann, muß alle öffnen, sonst kann es nicht der richtige Schlüssel sein" (Wilder).

---

ter Jude), sammelte alle Schriften seines Lehrers. Er war selbst ein großer Schriftsteller und gab einigen Teilen der Werke Homers eine allegorische Deutung. Das Meditationssystem, auf das sich die Philaletheier stützten, war die Ekstase – ein der indischen Yoga-Praxis verwandtes System. Was wir von der eklektischen Schule wissen, verdanken wir Origen, Longinus und Plotin, den unmittelbaren Schülern des Ammonius (vgl. *New Platonism and Alchemy* von Prof. Alexander Wilder).

Die Leitlinien der Theosophischen Gesellschaft

Zur Zeit des Ammonius Sakkas gab es mehrere große alte Religionen, und allein in Ägypten und Palästina gab es unzählige Sekten. Wie konnte er sie in Einklang bringen?

Indem er das tat, was wir heute wieder zu tun versuchen. Die Neuplatoniker waren eine große Gemeinschaft, sie gehörten verschiedenen großen religiösen Philosophien an[3]; das gleiche trifft heute auf unsere Theosophen zu. In jenen Tagen behauptete Aristobulus, daß die Ethik des Aristoteles die *esoterischen* Lehren des mosaischen Gesetzes darstelle. Philo Judäus bemühte sich, den Pentateuch mit der pythagoräischen und platonischen Philosophie in Einklang zu bringen; und Josephus bewies, daß die Essener vom Karmel einfach Nachahmer und Nachfolger der ägyptischen Therapeuten (der Heiler) waren. Genauso ist es heute. Wir können die Abstammungslinie jeder christlichen Religion und jeder kleinsten Sekte zeigen. Die letzteren sind die kleineren Zweige, die aus den größeren Ästen herausgewach-

3 Unter Philadelphus etablierte sich das Judentum in Alexandrien, und von da an wurden die hellenistischen Lehrer gefährliche Rivalen des Kollegiums der Rabbiner zu Babylon. Der Verfasser von *New Platonism and Alchemy* bemerkt treffend: "Die buddhistischen, vedantistischen und magischen Systeme wurden gleichzeitig mit den zeitgenössischen Philosophien Griechenlands gelehrt. Es ist nicht verwunderlich, daß denkende Männer zu der Auffassung gelangten, der Streit der Worte müsse aufhören und daß sie es für möglich erachteten, aus diesen verschiedenen Lehren ein einziges harmonisches System zu machen . . . Panaenus, Athenagoras und Clemens waren in der Platonischen Philosophie gründlich unterrichtet und begriffen ihre essentielle Einheit mit den orientalischen Systemen."

sen sind, aber sowohl Zweige wie Äste kommen aus dem gleichen Stamm – der Weisheitsreligion. Dies zu beweisen war das Ziel des Ammonius, der sich bemühte, Heiden und Christen, Juden und Götzenanbeter dazu zu bringen, ihren Streit und ihre Kämpfe aufzugeben und sich daran zu erinnern, daß sie alle die gleiche Wahrheit unter verschiedenen Gewändern besitzen und daß sie alle Kinder einer gemeinsamen Mutter sind[4]. Dies ist auch das Ziel der Theosophie.

Auf welchen Autoritäten beruhen Ihre Aussagen über die antiken alexandrinischen Theosophen?

Auf einer großen Anzahl von bekannten Autoren. Mosheim, einer von ihnen, sagt:

Ammonius lehrte: "Die Religion der Menge ging Hand in Hand mit der Philosophie, und sie teilte mit ihr das Schicksal, allmählich durch menschliche Vorstellungen, durch Aberglauben und Lügen

---

4 Mosheim über Ammonius: "Da er der Auffassung war, daß nicht nur die Philosophen Griechenlands, sondern auch all die verschiedenen barbarischen Nationen miteinander hinsichtlich jedes wesentlichen Punktes übereinstimmten, machte er es sich zur Aufgabe, die Lehrsätze all dieser verschiedenen Richtungen so darzulegen, daß es sich zeigte, daß sie alle aus ein und derselben Quelle entstanden waren und alle einem und demselben Ziel zustrebten." Wenn der Verfasser des Absatzes über Ammonius in der *Edinburgh Encyclopaedia* weiß, worüber er spricht, dann beschreibt er die modernen Theosophen, ihre Auffassung und ihre Arbeit. Denn er sagt von Theodidaktus: "Er übernahm die Lehren, die er über das Universum und die Gottheit in Ägypten erhalten hatte (die esoterischen Lehren waren jene Indiens), und betrachtete sie als ein großes Ganzes, was die Ewigkeit der Welt betraf . . . und schuf ein System moralischer Schulung, welches es den Menschen im allgemeinen gestattete, den Gesetzen ihres Landes und den Geboten der Natur gemäß zu leben, von den Weisen aber verlangte, daß sie ihren Geist durch Kontemplation schulten".

verdorben und verdunkelt zu werden. Deshalb mußten sie wieder zu ihrer ursprünglichen Reinheit zurückgeführt werden durch Reinigung von ihren Schlacken und durch Herausarbeitung ihrer philosophischen Grundlagen. Christus hatte nichts anderes im Sinn gehabt, als die Weisheit der Alten in ihrer ursprünglichen Unversehrtheit wiederherzustellen und wieder einzusetzen, den überall herrschenden Aberglauben in Grenzen zu halten und die mannigfaltigen Irrtümer in den verschiedenen Volksreligionen auszumerzen bzw. richtigzustellen."

Genau das sagen die modernen Theosophen. Während aber der große "Philaletheier" in seinen Zielen von zwei Kirchenvätern, Clemens und Athenagoras, unterstützt wurde, während ihm die gelehrten Rabbiner, die Philosophen der Akademien und Schulen beistanden, und während er eine Lehre für alle verkündete, bleiben wir, die Nachfolger, ohne Hilfe und ohne Anerkennung, ja, wir werden im Gegenteil verfolgt und geschmäht. Die Menschen vor 1500 Jahren waren toleranter als in diesem *erleuchteten* Jahrhundert.

Wurde Ammonius von der Kirche ermutigt und unterstützt, da er trotz seiner Häresie das Christentum lehrte und ein Christ war?

Keineswegs. Er war zwar ein geborener Christ, aber er hat niemals das kirchliche Christentum akzeptiert. Mosheim schrieb darüber:

"Er trug seine Belehrungen gemäß den alten Säulen des Hermes vor, die vor ihm schon Plato und Pythagoras gekannt und auf welche sie ihre Philosophie begründet hatten. Da er die gleichen Auffassungen im Prolog des Johannes-Evangeliums fand, nahm er berechtigterweise an, daß es die Absicht Jesu gewesen sei, die große Weisheitslehre in ihrer ursprünglichen Reinheit wiederherzustellen. Er war der Auffassung, daß die Erzählungen der Bibel und die Götterlegenden entweder Allegorien waren, die die Wahrheit bildlich darstellten, oder aber Märchen, die abgelehnt werden mußten." Die *Edinburgh Encyclopaedia* schreibt darüber: "Ammonius anerkannte, daß Jesus Christus ein hervorragender Mensch und Freund Gottes war, aber er erklärte, daß es nicht Jesu Absicht gewesen sei, die Verehrung der Dämonen (der Götter) gänzlich abzuschaffen, sondern nur, die alte Religion zu reinigen."

Die Weisheitsreligion war zu allen Zeiten esoterisch

Wie kann man, da Ammonius niemals etwas niederschrieb, sicher sein, daß dies seine Lehren waren?

Auch Buddha, Pythagoras, Konfuzius, Orpheus, Sokrates und selbst Jesus haben keinerlei Schriften hinterlassen. Die meisten von ihnen sind jedoch historische Persönlichkeiten und ihre Lehren haben weitergelebt. Die Schüler des Ammonius, unter ihnen Origen und Herennius, verfaßten Abhandlungen und erklärten seine ethischen Lehren. Sicherlich sind diese Abhandlungen zumindest ebenso, wenn nicht besser, historisch nachgewiesen, als die Schriften der Apostel. Darüber hinaus haben die Schüler des Ammonius, Origen, Plotin und Longinus (der Berater der berühmten Königin Zenobia), alle umfangreiche Aufzeichnungen des philaletheiischen Systems hinterlassen, zumindest soweit ihr öffentliches Glaubensbekenntnis bekannt war, denn die Schule war geteilt, und es gab exoterische und *esoterische* Belehrungen.

Wie konnten diese letzteren Lehren unsere Zeit erreichen, da Sie ja der Auffassung sind, daß die Weisheitsreligion esoterisch war?

Die Weisheitsreligion war immer eine einzige. Da sie das Äußerste ist, was an menschlichem Wissen erreicht werden kann, wurde sie sorgfältig aufbewahrt. Sie bestand schon lange vor den alexandrinischen Theosophen und sie besteht auch heute und sie wird auch jede andere Religion und Philosophie überleben.

Wo und durch wen wurde sie so bewahrt?

Durch die Eingeweihten jedes Landes und durch die ernsten Wahrheitssuchenden, ihre Schüler, in jenen Teilen der Welt, in denen diese Wissensgebiete immer am meisten geschätzt und gepflegt wurden: in Indien, Zentralasien und Persien.

Können Sie mir einige Beweise für die Esoterik der Weisheitsreligion geben?

Der beste Beweis ist die Tatsache, daß jeder alte religiöse oder, richtiger, philosophische Kult aus einer esoterischen (geheimen) Lehre und exoterischen (äußeren, öffentlichen) Kulthandlungen bestand. Außerdem ist es eine weltbekannte Tatsache, daß die Mysterien des Altertums in jeder Nation die "größeren" geheimen und die "kleineren" öffentlichen Mysterien umfaßten – z.B. in Griechenland die "Eleusinia" genannten berühmten Feierlichkeiten. Von den Hierophanten von Samothrake und Ägypten und den eingeweihten Brahmanen des alten Indien bis herab zu den späteren hebräischen Rabbinern hielten alle aus Furcht vor Entweihung ihre wirklichen Glaubensanschauungen geheim.

Die Rabbiner nannten ihre weltlichen religiösen Lehren *Merkabah* (den äußeren Leib), "das Fahrzeug" oder *die Hülle, die die verborgene Seele verbirgt*, nämlich ihr höchstes geheimes Wissen. Nicht ein einziges der alten Völker hat je durch seine Priester seine wirklichen philosophischen Geheimnisse der Allgemeinheit mitgeteilt. Man überließ ihr immer nur die äußere Schale. Der nördliche Buddhismus hat sein "größeres" und sein "kleineres" Fahrzeug, bekannt als die esoterische *Mahayana*- und die exoterische *Hinayana*-Schule. Niemand kann sie für diese Geheimhaltung tadeln. Würden Sie Ihre Schafherde mit gelehrten Dissertationen über Botanik füttern wollen anstatt mit Gras? Pythagoras nannte seine *Gnosis* "die Erkenntnis der Dinge, die sind", und bewahrte dieses Wissen für seine ihm durch Eid ergebenen Schüler, für jene, die solche mentale Nahrung zufriedenstellend verarbeiten konnten; er verpflichtete sie zum Schweigen und zur Geheimhaltung. Aus den hieratischen Schriften der alten Ägypter entwickelten sich okkulte Alphabete und geheime Zeichen, deren Schlüssel in den alten Tagen nur die Hierophanten, die eingeweihten ägyptischen Priester besaßen. Ammonius Sakkas verpflichtete – wie seine Biographen berichten – seine Schüler durch einen Eid, seine *höheren Lehren* nur an solche Personen weiterzugeben, die schon in den vorbereitenden Kenntnissen unterrichtet und gleichfalls durch ein Gelöbnis gebunden waren. Und finden wir schließlich nicht dasselbe in der frühen Christenheit, unter den Gnostikern und sogar in den Lehren Christi selbst? Sprach er nicht zu den Massen in Gleichnissen, die eine doppelter Bedeutung hatten und erklärte seine Anschauungen nur seinen Jüngern? "Euch", so sagte er, "ist es gegeben, die Geheimnisse des Himmelreiches zu empfangen, jenen draußen aber wird es nur in Gleichnissen gegeben." (Markus 4, 11). Die Essener aus Judäa und vom Karmel machten ähnliche Unterscheidungen. Sie teilten ihre Anhänger in die Neophyten oder Brüder und in die Vollkommenen, die Eingeweihten. Beispiele dieser Art könnten aus jedem Lande gebracht werden.

Kann man die "geheime Weisheit" durch bloßes Studium erlangen? Lexika definieren die Theosophie meist so wie Webster's Dictionary, *nämlich als "vermeintliche Verbindung mit Gott und höheren Geistern, und als Folge davon das Erlangen übermenschlichen Wissens durch physikalische Mittel und chemische Prozesse". Ist das richtig?*

Nein. Es ist auch kein Mitarbeiter an einem Lexikon in der Lage, sich oder anderen zu erklären, wie übermenschliches Wissen durch *physikalische* oder chemische Vorgänge erlangt werden kann. Wenn Webster gesagt hätte "durch *metaphysische* und alchemistische Prozesse", dann würde diese Definition annähernd richtig sein, aber so, wie sie lautet, ist sie absurd. Die alten Theosophen erklärten, ebenso wie die modernen, daß das Unendliche nicht vom Endlichen erkannt werden, das heißt, daß es vom begrenzten Selbst nicht wahrgenommen werden kann, sondern daß das göttliche Sein dem höheren spirituellen Selbst in einem Zustand der Ekstase vermittelt werden kann. Dieser Zustand aber kann kaum, wie die *Hypnose*, durch "physikalische oder chemische Mittel" erreicht werden.

Wie lautet Ihre Erklärung?

Die echte Ekstase wurde von Plotin als die "Befreiung des Geistes von seinem begrenzten Bewußtsein" definiert, so daß er mit dem Unendlichen gleichgesetzt und eins wird.

Dies ist der höchste, aber nicht andauernde Zustand, der nur von sehr, *sehr* wenigen erreicht wird. In Indien ist er als *Samadhi* bekannt. Er wird von den Yogis praktiziert, die ihn physisch durch strenge Abstinenz in der Nahrung und im Trinken ermöglichen und mental durch ein unaufhörliches Streben, das Denken zu reinigen und zu erheben. Meditation ist ein stummes, unausgesprochenes Gebet oder, wie Plato es ausdrückte, "das glühende Hinwenden der Seele zum Göttlichen, nicht um ein besonderes Gutes zu erbitten (wie im gewöhnlichen Gebet), sondern für das Gute selbst, das universale höchste Gut", von dem wir hier auf Erden ein Teil sind und aus dessen Wesen wir alle einst hervorgegangen sind. "Darum", so fügt Plato hinzu, "schweige in der Gegenwart *der Göttlichen*, bis sie die Schleier von deinen Augen nehmen und dich befähigen, in dem Lichte, das von ihnen ausgeht, zu sehen, nicht was dir gut erscheint, sondern was in seinem innersten Wesen gut ist[5]."

---

5 Folgendes ist es, was der gelehrte Verfasser von *New Platonism and Alchemy*, Prof. A. Wilder, ein Mitglied der Theosophischen Gesellschaft, als "spirituelle Photographie" beschreibt: "Die Seele ist die Kamera, in der zukünftige, vergangene und gegenwärtige Tatsachen und Ereignisse festgehalten werden, und der Verstand wird sich ihrer bewußt. Jenseits unserer begrenzten Alltagswelt ist alles ein einziger Tag oder Zustand – die Vergangenheit und die Zukunft ist in der Gegenwart enthalten". Der Tod ist die letzte Ekstase auf Erden. "Dann ist die Seele von den Beschränkungen des Körpers befreit und ihr edlerer Anteil vereinigt sich mit der höheren Natur und wird zum Teilhaber an der Weisheit und dem Vorherwissen der höheren Wesen". Die wahre Theosophie ist für den Mystiker jener Zustand, welchen Apollonius von Tyana so beschreibt: "Ich kann die Gegenwart und die Zukunft wie in einem klaren Spiegel sehen. Die Weisen brauchen nicht auf die Dämpfe der Erde und die Verpestung der Luft zu warten, um zukünftige Seuchen vorauszusehen... (D)ie Theoi, die Götter, sehen die Zukunft; die gewöhnlichen Menschen sehen die Gegenwart; die Weisen sehen das, was im Begriff ist, sich zu ereignen". "Die Theoso-

Die Theosophie ist also nicht, wie manche behaupten, ein neu erfundenes System?

Nur unwissende Menschen können sie so bezeichnen. Die *Theosophie* ist, wenn schon nicht dem Namen nach, so doch in ihren Lehren und ihrer Ethik, so alt wie die Welt, und sie ist auch das umfassendste und katholischste System, das es gibt.

Woher kommt es dann aber, daß die Theosophie den Völkern des Westens so unbekannt geblieben ist? Warum sollte sie den fortgeschrittensten und gebildetsten Völkern so verborgen geblieben sein?

Wir glauben, daß es in alten Zeiten Völker gab, die gebildeter und spirituell fortgeschrittener waren als wir es sind. Aber es gibt verschiedene Ursachen für diese gewollte Unwissenheit. Eine davon wurde den gebildeten Athenern durch St. Paulus erklärt: Der jahrhundertelange Verlust wirklicher spiritueller Einsicht und das schwindende Interesse auf Grund zu großer Hinwendung zum Sinnlichen und die lange Unterwerfung gegenüber den toten Buchstaben der Dogmen und Rituale. Aber der Hauptgrund liegt in der Geheimhaltung der Theosophie.

Sie haben bewiesen, daß es diese Geheimhaltung gab, aber was war die wirkliche Ursache dafür?

Die Ursachen waren: 1. Die Verdorbenheit und Selbstsucht der menschlichen Natur, die stets nur die Befriedigung der *persönlichen* Wünsche sucht auf Kosten anderer. Solchen

---

phie der Weisen", von der er spricht, wird ganz richtig in dem Satz umschrieben: "Das Reich Gottes ist in uns."

Menschen konnten niemals *göttliche* Geheimnisse anvertraut werden. 2. Die Unzuverlässigkeit der Menschen, das geheiligte göttliche Wissen vor Entweihung zu bewahren. Das letztere führt zur Verdrehung der erhabensten Wahrheiten und Symbole und zu einer allmählichen Umkehrung der spirituellen Dinge in vermenschlichtes, konkretes und grobes Bildwerk, mit anderen Worten, zur Profanierung der Gottesidee und zum Götzendienst.

Theosophie ist nicht Buddhismus

Sie werden oft als "esoterische Buddhisten" bezeichnet. Sind Sie denn Anhänger von Gautama Buddha?

Nicht mehr, als etwa alle Musiker Anhänger Wagners sind. Es gibt unter uns Personen, die der buddhistischen Religion angehören; aber die Zahl der Hindus und Brahmanen unter uns ist weit größer, und ebenso haben wir weit mehr christlich erzogene Europäer und Amerikaner als *bekehrte* Buddhisten. Der Irrtum ist dadurch entstanden, daß man die wahre Bedeutung des Titels des ausgezeichneten Buches von A.P. Sinnett, *Esoteric Buddhism*, mißverstand. Das zweite Wort darin sollte richtiger *mit einem* und *nicht mit zwei d* geschrieben werden; *Budhismus* würde dann das bedeutet haben, was es sollte, nämlich "Weisheitslehre" (Bodha, bodhi = Erkenntnis, Weisheit) anstatt Buddhismus, die religiöse Philosophie Gautamas. Theosophie ist, wie bereits erwähnt, die Weisheitsreligion.

Was ist der Unterschied zwischen dem Buddhismus, der durch den Prinzen von Kapilavastu gegründeten Religion, und dem Budhismus, der Weisheitslehre, von der Sie sagen, daß sie gleichbedeutend mit Theosophie ist?

Es ist genau der gleiche Unterschied, wie er zwischen den geheimen Lehren Christi, welche die "Geheimnisse des Himmelreiches" genannt werden und dem späteren Ritualismus und der dogmatischen Theologie der Kirchen und Sekten besteht. *Buddha* bedeutet: der Erleuchtete, von *Bodha*, Erkenntnis, Weisheit. Diese Weisheit lebt in den esoterischen Lehren weiter, die Gautama nur seinen erwählten *Arhats* mitteilte.

Aber einige Orientalisten bestreiten doch, daß Buddha überhaupt eine esoterische Lehre gegeben hat?

Sie können ebensogut bestreiten, daß die Natur Geheimnisse hat, die den Wissenschaftlern verborgen sind. Es läßt sich dies aber auch durch Buddhas Unterredung mit seinem Schüler Ananda beweisen. Seine esoterischen Lehren waren nichts anderes als die *Gupta Vidya* (das geheime Wissen) der alten Brahmanen, deren Schlüssel ihre modernen Nachfahren mit wenigen Ausnahmen vollkommen verloren haben. Dieses Wissen ist in die *inneren* Belehrungen der *Mahayana*-Schule des nördlichen Buddhismus übergegangen. Diejenigen, die das bestreiten, sind nur unwissende sogenannte Orientalisten, die in Wirklichkeit nichts verstehen. Ich empfehle Ihnen, das Buch *Chinese Buddhism* von Edkins zu lesen, insbesondere die Kapitel über die exoterische und *esoterische* Schule und ihre Lehren, und dies dann mit dem Zeugnis der ganzen Alten Welt über diesen Gegenstand zu vergleichen.

Aber sind nicht die ethischen Lehren der Theosophie dieselben, die auch Buddha lehrte?

Sicherlich, denn diese Ethik ist das Herz der Weisheitsreligion und war einmal das gemeinsame Eigentum der Eingeweihten aller Völker. Aber Buddha war der erste, der diese ethischen Lehren in seine öffentlichen Belehrungen aufnahm und sie zur Grundlage und zum eigentlichen Inhalt seiner öffentlichen Lehre machte. In diesem Punkt liegt der ungeheuere Unterschied zwischen dem exoterischen Buddhismus und jeder anderen Religion. Denn während in den anderen Religionen Ritual und Dogma den ersten und wichtigsten Platz einnehmen, ist im Buddhismus immer am meisten Gewicht auf die Ethik gelegt worden. Darauf ist die Ähnlichkeit, ja beinahe Gleichheit der Ethik der Theosophie und jener der Religion Buddhas zurückzuführen.

Gibt es irgendwelche wesentlichen Unterscheidungspunkte?

Ein großer Unterschied zwischen der Theosophie und dem *exoterischen* Buddhismus besteht darin, daß der letztere, repräsentiert durch die südliche Kirche, sowohl a) die Existenz irgendeiner Gottheit als auch b) jegliches bewußte Leben *nach* dem Tod, ja sogar jede selbstbewußte überlebende Individualität im Menschen entschieden leugnet. In dieser Richtung bewegen sich zumindest die Lehren der siamesischen Sekte, die heute als die *reinste* Form des exoterischen Buddhismus angesehen wird. Wenn wir nur die öffentlichen Lehren Buddhas untersuchen, so ist dies auch richtig; den Grund für seine Verschwiegenheit über diese Frage können wir später untersuchen. Die Schulen der nördlichen buddhistischen Kirche, die in jenen Ländern bestehen, in die sich die eingeweihten Arhats nach dem Tode ihres Meisters zurückzogen, lehren aber alles das, was jetzt als theosophische Lehre bekannt ist, denn diese bildete einen Teil des Wissens der Eingeweihten. Dies beweist, wie die Wahrheit durch die zu eifrige Orthodoxie des südlichen Buddhismus dem toten Buchstaben geopfert wurde. Aber selbst in ihrem toten Buchstaben ist diese Lehre erhabener, größer, philosophischer und wissenschaftlicher als die jeder anderen Kirche oder Religion. Dennoch, Theosophie ist nicht Buddhismus.

II

Exoterische und esoterische Theosophie

Was die moderne Theosophische Gesellschaft nicht ist

Ihre Lehren sind also weder eine Wiederbelebung des Buddhismus, noch sind sie gänzlich von der neuplatonischen Theosophie übernommen?

Das sind sie nicht. Auf diese Frage kann ich Ihnen keine bessere Antwort geben, als durch einige Zitate aus einem Vortrag über Theosophie, der von Dr. J.D. Buck bei der letzten Theosophischen Versammlung in Chicago (April 1889) gehalten wurde. Kein lebender Theosoph hat es besser verstanden auszudrücken, was Theosophie dem Wesen nach ist, als unser verehrter Freund Dr. Buck:

Die Theosophische Gesellschaft ist gegründet worden, um die theosophischen Lehren zu verbreiten und um das theosophische Leben zu fördern. Die gegenwärtige Theosophische Gesellschaft ist nicht die erste ihrer Art. Ich besitze ein Buch mit dem Titel *Theosophical Transactions of the Philadelphian Society*, veröffentlicht in London 1697; und ein anderes mit dem Titel: *Einführung in die Theosophie, oder die Wissenschaft vom Mysterium Christi, vom Göttlichen, von der Natur und der Schöpfung, die die Philosophie der schöpferischen Kräfte des Lebens umfaßt, so-*

wohl der magischen wie der spirituellen; ein praktischer Führer zur erhabensten Reinheit, Heiligkeit und evangelischen Vollkommenheit; auch zur Erreichung des geistigen Schauens und heiliger engelgleicher Künste und Fähigkeiten und anderer Privilegien der Erneuerung; veröffentlicht in London 1855. Das Werk trägt folgende Widmung: "Allen Studenten der Universitäten, der Kollegien und Schulen des Christentums, den Professoren der Metaphysik, Mechanik und Naturwissenschaft aller Disziplinen; den Männern und Frauen im Bildungswesen sowohl des orthodoxen Glaubens wie auch den Deisten, Arianern, Unitariern, Swedenborgianern und anderen unbestimmter und unbegründeter Glaubensrichtungen, den Rationalisten und Skeptikern jeder Art, den rechtdenkenden und erleuchteten Mohammedanern, Juden und östlichen patriarchalischen Kirchenanhängern; besonders aber den Dienern des Evangeliums und Missionaren, sowohl der barbarischen wie der gebildeten Völker, sei diese Einführung in die Theosophie, d.h. die Wissenschaft vom Grunde oder Mysterium aller Dinge ergebenst und liebevoll gewidmet".

Im darauffolgendem Jahr (1856) ist ein anderes Buch erschienen, ein Großband mit 600 Seiten, *Theosophical Miscellanies*. Von diesem Werk sind nur 500 Exemplare gedruckt worden, die unentgeltlich an Bibliotheken und Universitäten verteilt wurden. Diese früheren Bewegungen, deren es viele gab, entstanden innerhalb der kirchlichen Kreise, durch Personen von großer Frömmigkeit und Sittenstrenge und von unanfechtbarem Charakter. Alle diese Schriften waren in einer orthodoxen Form gehalten; sie bedienten sich der christlichen Ausdrucksweise und wurden gleich den Schriften des ausgezeichneten Kirchenmannes William Law vom gewöhnlichen Leser wegen ihres großen Ernstes und wahren Frömmigkeit hoch geschätzt. Sie hatten alle nur das eine Ziel, die tieferen Lehren und ursprünglichen Absichten des christlichen Schrifttums zu erklären und eine Vorstellung, sowie ein Gefühl theosophischen Lebens zu geben. Diese Werke waren bald vergessen und sind heute gänzlich unbekannt. Sie beabsichtigten, die Geistlichkeit zu reformieren und eine echte Frömmigkeit wieder herzustellen und waren darum nicht besonders beliebt. Es genügte das eine Wort "Ketzerei", um sie in der Rumpelkammer der Utopien zu begraben. Zur Zeit der Reformation machte Johannes Reuchlin einen ähnlichen Versuch mit demselben Erfolg, obwohl er der Vertraute und gläubige Freund Luthers war. Die Orthodoxie wünschte niemals unterrichtet und erleuchtet zu werden. Diese Reformatoren erfuhren, wie Paulus Diaconus von Festus, daß zu viel Gelehrsamkeit sie verrückt mache und daß es gefährlich sei, weiter zu gehen. Übergehen wir den Wortschwall, der teilweise durch die Gewohnheiten und Bildung dieser Autoren und teilweise durch die von den weltlichen Mächten erzwungene religiöse Zurückhaltung bedingt war, und kommen wir zum Kern der Sache, so finden wir, daß diese Schriften im strengsten Sinne theosophisch sind und sich ausschließlich auf des Menschen Erkenntnis seiner höheren Natur und seines Seelenlebens beziehen. Die gegenwärtige theosophische Bewegung hat man zuweilen als einen Versuch bezeichnet, das Christentum in Buddhismus umzuwandeln, was zeigt, daß das Wort "Ketzerei" seinen Schrecken und seine Macht verloren hat. Einzelne Personen haben in jedem Zeitalter die theosophischen Lehren mehr oder weniger deutlich verstanden und sie in das Gewebe ihres Lebens eingearbeitet. Diese Lehren gehören keiner Religion an, noch sind sie auf eine Menschengruppe oder Zeit beschränkt. Sie sind das Geburtsrecht jeder menschlichen Seele. Die Orthodoxie muß von jedem Einzelnen, entsprechend seiner Natur, seinen Bedürfnissen und in Übereinstimmung mit seiner Erfahrung verarbeitet werden. Das mag erklären, warum diejenigen, die in der Theosophie eine neue Religion sehen wollten, vergeblich nach ihrem Bekenntnis und Ritual suchten. Ihr Bekenntnis ist Loyalität gegenüber der Wahrheit; ihr Ritual, jede Wahrheit zu achten, indem man sie im Leben umsetzt.

Wie wenig von der großen Masse der Menschen vom Grundsatz der universalen Bruderschaft verstanden und wie selten seine transzendentale Wichtigkeit erfaßt wurde, kann man aus der Verschiedenheit der Meinungen und den rein erfundenen Erklärungen über die Theosophische Gesellschaft entnehmen. Diese Gesellschaft, auf dem einzigen Grundsatz aufgebaut, eine wahre Bruderschaft der Menschheit zu schaffen, wie bereits kurz und unvollständig angedeutet worden ist, wurde als buddhistisch und antichristlich angeschwärzt, als ob sie beides auf einmal sein könnte, da sowohl der Buddhismus wie das Christentum im Sinne ihrer Begründer die Brüderlichkeit zum Wesentlichen ihrer Lehre und des Lebens gemacht haben. Auch hat man Theosophie als etwas völlig Neues angesehen oder bestenfalls als alten Mystizismus unter der Maske eines neuen Namens. Während es wahr ist, daß einige Gesellschaften mit der Aufgabe gegründet wurden, die Selbstlosigkeit und wahre Brüderlichkeit zu pflegen und verschiedene Namen getragen haben, ist es ebenso wahr, daß viele theosophisch genannt worden sind, welche mit der gegenwärtigen Gesellschaft gleiche Ziele und Grundsätze haben. Bei allen diesen Gesellschaften sind die grundlegenden Lehren die gleichen gewesen, abgesehen von Unwesentlichkeiten, obgleich nicht geleugnet werden kann, daß viele Menschen gerade vom Unwesentlichen angezogen werden und das Wesentliche übersehen".

Es könnte keine bessere und deutlichere Antwort auf obige Frage gegeben werden, als die von dieser Persönlichkeit, die zu den geschätztesten und ernsthaftesten Theosophen zählt.

Welchem System folgen Sie außer der Ethik des Buddhismus?

Keinem und allen. Wir halten uns an keine Religion und Philosophie im besonderen, wir suchen das Gute heraus, das wir in jeder finden. Doch muß hier wieder festgestellt werden, daß die Theosophie gleich allen anderen alten Systemen in exoterische und esoterische Lehren geteilt ist.

Wie unterscheiden sich diese?

Die Mitglieder der Theosophischen Gesellschaft sind im allgemeinen frei, sich zu irgendeiner Religion oder Philosophie zu bekennen, die ihnen gefällt, oder auch zu keiner, wenn sie dies vorziehen, vorausgesetzt, daß sie mindestens mit einem der drei Ziele der Gesellschaft sympathisieren und bereit sind, für dasselbe zu arbeiten. Die Gesellschaft ist eine philanthropische und wissenschaftliche Körperschaft zur Verbreitung der Idee einer Bruderschaft in praktischer und nicht in *theoretischer* Hinsicht. Die Mitglieder können Christen oder Mohammedaner, Juden oder Parsen, Buddhisten oder Brahmanen, Spiritisten oder Materialisten sein, dies ist ohne Bedeutung; aber jedes Mitglied muß entweder ein Philanthrop oder ein Forscher und Gelehrter auf dem Gebiete der Arya- und sonstigen alten Literatur, oder ein Forscher auf dem Gebiet des Psychischen sein. Kurz, er muß, soweit er kann, helfen, zumindest eines der drei Ziele der Gesellschaft auszuführen, sonst hat er keinen Grund, ein "Mitglied" zu werden. Dies gilt für die große Mehrheit der Mitglieder in der exoterischen Gesellschaft, die sich aus "angeschlossenen" und "Einzelmitgliedern" zusammensetzt[6]. Sie können wirkliche Theosophen werden oder auch nicht; Mitglieder sind sie vermöge der Tatsache, daß sie der Gesellschaft beigetreten sind; die Gesellschaft aber vermag niemanden zu einem Theosophen zu machen, der keinen Sinn hat für die *göttliche* Eigenschaft der Dinge, oder wenn er die Theosophie auf seine eigene sektiererische und egoistische Weise versteht. Man könnte in diesem Zusammenhang sagen, "edel ist der, der Edles tut" und fortfahren, "ein Theosoph ist der, der Theosophie lebt".

---

6 Ein "angeschlossenes Mitglied" ist jemand, der einer Loge angeschlossen ist; ein "Einzelmitglied" ist jemand, der sich dem Hauptsitz in Madras oder einer Landessektion angeschlossen hat und keiner Loge angehört.

Theosophen und Mitglieder der Theosophischen Gesellschaft

Dies betrifft, wenn ich richtig verstehe, die Laienmitglieder. Aber was ist mit jenen, die das esoterische Studium der Theosophie betreiben? Sind diese die wirklichen Theosophen?

Nicht unbedingt, solange sie sich nicht als solche bewährt haben. Sie sind in die "Innere Gruppe" eingetreten und haben gelobt, die Regeln dieser okkulten Körperschaft einzuhalten, so gut sie es vermögen. Dies ist ein schwieriges Unterfangen, da die wichtigste Regel die vollkommene Entsagung der eigenen Persönlichkeit ist, das heißt, ein Mitglied dieser Gruppe, das ein Gelübde abgelegt hat, muß durch und durch ein Altruist werden, darf nie an sich selbst denken und muß seine eigene Eitelkeit und seinen Stolz vergessen im Gedenken an das Wohl seiner Mitgeschöpfe, nicht zu reden von dem seiner Mitbrüder im esoterischen Kreis. Wenn die esoterischen Belehrungen ihm nützen sollen, muß er in jeder Beziehung ein Leben der Enthaltsamkeit, der Selbstverleugnung und strengen Moral führen und allen Menschen gegenüber seine Pflicht erfüllen. Die wenigen wirklichen Theosophen innerhalb der Theosophischen Gesellschaft sind unter diesen Mitgliedern zu finden. Das bedeutet nicht, daß es etwa außerhalb der Theosophischen Gesellschaft und ihrem inneren Kreis keine Theosophen gibt; es gibt solche und mehr, als die Menschen wissen, sicherlich mehr, als unter den Laienmitgliedern der Theosophischen Gesellschaft zu finden sind.

Welchen Nutzen hat man davon, wenn man in die sogenannte Theosophische Gesellschaft eintritt? Was für einen Anreiz?

Nutzen hat man keinen, außer, daß man die Gelegenheit hat, esoterische Belehrungen zu erhalten, die echten Lehren der Weisheitsreligion, und daß man, wenn das echte Programm ausgeführt wird, viel Hilfe aus der wechselseitigen Unterstützung und Sympathie erhält. Vereinigung bedeutet Stärke und Harmonie, und wohlgeordnete, gemeinsame Anstrengungen bringen Wunder hervor. Dies ist das Geheimnis aller Gesellschaften gewesen, seit die Menschheit existiert.

Aber warum kann ein ausgeglichener und zielstrebiger Mensch, der über eine unbezähmbare Energie und Ausdauer verfügt, nicht ein Okkultist und sogar ein Adept werden, auch wenn er allein arbeitet?

Er kann es, aber es steht zehntausend zu eins dafür, daß es ihm mißlingen wird. Ein Grund unter vielen anderen ist der, daß es heutzutage keine Bücher über Okkultismus oder Theurgie gibt, welche die Geheimnisse der Alchemie und der mittelalterlichen Theosophie in offener Sprache darlegen. Alle sind symbolisch oder in Gleichnissen geschrieben, und da der Schlüssel im Westen schon seit langer Zeit verlorengegangen ist, wie soll da ein Mensch die richtige Bedeutung dessen, was er liest und was er studiert, erfassen können? Hierin liegt die größte Gefahr, eine Gefahr, die zu unbewußter schwarzer Magie oder zu hilfloser Medialität führt. Wer nicht einen Eingeweihten zum Lehrer hat, sollte von diesem gefährlichen Studium lieber ablassen. Sehen Sie sich um und beobachten Sie. Während Zweidrittel der zivilisierten Welt schon allein die Vorstellung belächelt, daß an Theosophie, Okkultismus, Spiritismus, oder an der Kabbala etwas daran sei, setzt sich das andere Drittel aus ganz heterogenen und einander widersprechenden Elementen zusammen. Einige glauben an das Mystische und *Übernatürliche* (!), aber jeder glaubt es auf seine eigene Art und Weise. Andere wiederum stürzen sich ohne Hilfe in das Studium der Kabbala, des Psychismus, Mesmerismus, Spiritismus, oder in die eine oder andere Art der Mystik. Das Ergebnis: Nicht zwei Menschen denken das gleiche, nicht zwei stimmen in bezug auf eines der okkulten Prinzipien miteinander überein, und dennoch sind es zu viele, die behaupten, die letzten Wahrheiten zu besitzen und die andere glauben machen wollen, daß sie voll erblühte Adepten sind. Im Westen sind nicht nur keine genauen wissenschaftlichen Erkenntnisse über den Okkultismus zugänglich – nicht einmal über die wahre Astrologie, den einzigen Zweig des Okkultismus, der in seinen exoterischen Lehren bestimmte Gesetze und ein bestimmtes System besitzt – sondern es hat niemand eine Vorstellung, was der wirkliche Okkultismus überhaupt ist. Manche beschränken die uralte Weisheit auf die Kabbala und den jüdischen *Zohar*, dabei legen sie diese aber in ihrer eigenen Weise nach den an toten Buchstaben hängenden rabbinischen Methoden aus. Andere betrachten Swedenborg oder Böhme als den letzten Ausdruck der höchsten Weisheit, während wieder andere im Mesmerismus das große Geheimnis der alten Magie zu erkennen glauben. Sie alle aber treiben, sobald sie ihre Theorien in die Praxis umsetzen – infolge ihrer Unwissenheit – sehr bald in die Arme der schwarzen Magie. Glücklich jene, die dem entrinnen, denn sie haben keinerlei Prüfungsmöglichkeiten, mittels welcher sie zwischen dem Wahren und dem Falschen unterscheiden können.

Ist dies so zu verstehen, daß die Innere Gruppe der Theosophischen Gesellschaft beansprucht, ihre Lehren von wirklichen Eingeweihten oder Meistern der esoterischen Weisheit zu erhalten?

Nicht unmittelbar. Die persönliche Gegenwart solcher Meister ist nicht erforderlich. Es genügt, wenn sie ihre Belehrungen einigen von jenen geben, die durch Jahre hindurch unter ihrer Anleitung studiert und ihr ganzes Leben ihrem Dienste geweiht haben. Dann können diese ihrerseits das so erhaltene Wissen den anderen weitergeben, die diese Gelegenheit nicht gehabt haben. Ein kleiner Teil des echten Wissens ist besser als eine große Menge unverdauter und mißverstandener Gelehrsamkeit. Eine Unze Gold ist mehr wert als eine Tonne Staub.

Aber wie soll man erkennen, ob die Unze wirklich Gold oder eine Fälschung ist?

Man erkennt einen Baum an seinen Früchten, ein System an seinen Ergebnissen. Wenn unsere Gegner in der Lage sind, uns zu beweisen, daß in der ganzen Geschichte der Menschheit irgendein für sich allein stehender okkulter Forscher ohne einen Meister und ohne Anleitung ein heiliger Adept gleich Ammonius Sakkas oder Plotin geworden ist, ein Theurgist wie Jamblichus, oder Erfolge hat, wie sie von St. Germain behauptet werden, auch ohne die Führung eines Meisters, und all das, ohne Medium oder ein der Selbsttäuschung erlegener medialer Mensch oder Scharlatan zu sein, dann werden wir eingestehen, daß wir uns geirrt haben.

Aber bis dahin ziehen es die Theosophen vor, dem wohlerprobten natürlichen Gesetz der Traditionen der Heiligen Wissenschaft zu folgen. Es gibt Mystiker, die große Entdekkungen in der chemischen und physikalischen Wissenschaft gemacht haben, die fast in Alchemie und Okkultismus übergreifen, und andere, die durch alleinige Hilfe ihres Genius Teile, wenn nicht das Ganze des verlorenen Alphabetes der "Mysteriensprache" wiederentdeckt haben, und die daher fähig sind, hebräische Schriftrollen richtig zu lesen; und wieder andere, die Seher sind und wundervolle Einblicke in die verborgenen Geheimnisse der Natur gehabt haben. Aber sie alle sind Spezialisten. Der eine ist ein theoretischer Erfinder, ein anderer ein hebräischer, das heißt, ein sektiererischer Kabbalist, ein dritter ein Swedenborg unserer Zeit; sie leugnen alles, was außerhalb ihrer eigenen speziellen Wissenschaft oder Religion liegt. Nicht einer von diesen kann behaupten, einen universalen oder wenigstens nationalen Nutzen gestiftet zu haben, ja kaum einen für sich selbst. Mit Ausnahme einiger "Heiler", jener Klasse, die das königliche Kollegium der Ärzte und Chirurgen Quacksalber nennen würde, hat keiner mit seiner Wissenschaft der Menschheit geholfen, ja, ist auch nur ein paar Menschen nützlich gewesen. Wo sind die Chaldäer aus alter Zeit, von denen uns wunderbare Heilungen berichtet werden, nicht "durch Zauber, sondern durch Heilpflanzen"? Wo ist ein Apollonius von Tyana, der die Kranken heilte und die Toten in jedem Klima und unter allen Umständen erweckte? Man kennt einige *Spezialisten* der vorher erwähnten Art in Europa, aber keine von der letzteren, außer in Asien, wo sich das Geheimnis des Yogis bewahrt hat, der "im Tode lebt".

Ist es das Ziel der Theosophie, heilende Adepten hervorzubringen?

Die Theosophie hat verschiedene Ziele; die wichtigsten jedoch sind jene, die zu einer Erleichterung der Leiden der Menschen in jeglicher Form führen, sowohl der moralischen als auch der physischen Leiden. Und wir halten die ersteren für viel wichtiger als die letzteren. Die Theosophie hat die Aufgabe, ethisches Verhalten zu lehren; sie muß die Seele läutern, wenn sie den Körper heilen will, dessen Krankheiten, von Unfällen abgesehen, alle ererbt sind. Der Okkultismus sollte nicht für egoistische Zwecke studiert werden, auch nicht zur Befriedigung von persönlichem Ehrgeiz, Hochmut und Eitelkeit, da dies niemals zum wahren Ziel führt, nämlich der leidenden Menschheit zu helfen. Auch kann man keineswegs durch das Studium eines einzelnen Zweiges der esoterischen Philosophie ein Okkultist werden, sondern nur dadurch, daß man sie alle studiert, wenn auch nicht beherrscht.

Kommt nur denjenigen in der Erreichung dieses wichtigen Zieles Hilfe zu, welche die esoterischen Wissenschaften studieren?

Ganz und gar nicht. Jedes Laienmitglied ist zum Empfang der allgemeinen Unterweisungen berechtigt, wenn es das will; aber es sind nur wenige bereit, "arbeitende Mitglieder" zu werden, während es die meisten vorziehen, die "Drohnen" der Theosophie zu bleiben. Verstehen Sie es richtig, die Theosophische Gesellschaft ermutigt persönliche Forschungen, soweit diese nicht die Grenzen verwischen, die das Exoterische vom Esoterischen, das *Blinde* vom *Bewußten* trennt.

Der Unterschied zwischen Theosophie und Okkultismus

Sie sprechen von Theosophie und Okkultismus; sind diese identisch?

Keineswegs. Ein Mensch kann durchaus ein sehr guter Theosoph sein, sei es innerhalb oder außerhalb der Theosophischen Gesellschaft, ohne daß er in irgendeiner Weise ein Okkultist ist. Aber niemand kann ein wahrer Okkultist sein, ohne daß er ein wirklicher Theosoph ist; sonst ist er ganz einfach, sei es bewußt oder unbewußt, ein Schwarzmagier.

Was meinen Sie damit?

Ich habe schon gesagt, daß ein wahrer Theosoph die erhabensten moralischen Ideale in die Tat umsetzen muß, daß er trachten muß, seine Einheit mit der ganzen Menschheit zu verwirklichen, und daß er unaufhörlich für andere arbeiten muß. Wenn nun ein Okkultist all dies nicht tut, dann muß er selbstsüchtig für seinen eigenen Nutzen handeln, und wenn er tatsächlich mehr Kräfte erlangt als andere gewöhnliche Menschen, dann wird er dadurch ein viel gefährlicherer Feind für die Welt und seine persönliche Umgebung als ein gewöhnlicher Sterblicher. Das ist klar.

Dann ist ein Okkultist also einfach ein Mensch, der mehr Kräfte besitzt als andere Menschen?

Er besitzt viel mehr Kräfte, wenn er ein *praktischer* und wirklich wissender Okkultist ist und nicht nur einer dem Namen nach. Die okkulten Wissenschaften sind *nicht*, wie in Enzyklopädien erklärt wird, “jene *eingebildeten Wissen-*

schaften des Mittelalters, die sich auf die *vermeintliche* Wirksamkeit okkulter Qualitäten oder übernatürlicher Kräfte beziehen, wie die Alchemie, Magie, Nekromantie und Astrologie", sie sind vielmehr wirkliche und sehr gefährliche Wissenschaften. Sie lehren die geheime Kraft der Dinge in der Natur, sie entfalten und pflegen die verborgenen Kräfte, die "im Menschen ruhen", und vermitteln ihm dadurch gewaltige Vorteile gegenüber unwissenden Sterblichen. Die Hypnose, die jetzt so allgemein bekannt geworden und Gegenstand ernster wissenschaftlicher Forschung ist, ist hierfür ein gutes Beispiel. Die *hypnotischen* Kräfte sind fast durch einen Zufall entdeckt worden, der Weg dazu ist durch den Mesmerismus vorbereitet worden, und heute kann ein fähiger Hypnotiseur nahezu alles damit tun. Er kann einen Menschen, ohne daß es diesem bewußt wird, zwingen, einen Narren zu spielen, ja sogar ein Verbrechen zu begehen, oft an Stelle des Hypnotiseurs und *zu dessen Nutzen.* Ist das nicht eine furchtbare Kraft, die da in die Hände skrupelloser Menschen gegeben ist? Und nun bedenken Sie, daß dies nur einer der geringeren Zweige des Okkultismus ist.

Aber werden nicht alle diese okkulten Wissenschaften – Magie und Zauberei – von den gebildetsten Menschen als Relikte vergangener Unwissenheit und des Aberglaubens betrachtet?

Diese Bemerkung ist sehr zweischneidig; denn die "gebildeten Menschen" betrachten auch das Christentum und jede andere Religion als Relikt der Unwissenheit und des Aberglaubens. Aber die Menschen beginnen immerhin jetzt, an die Hypnose zu glauben, und einige, selbst unter den *Gebildetsten*, auch an Theosophie und okkulte Phänomene. Wer von ihnen aber, ausgenommen Prediger und blinde Fanatiker, wird eingestehen, an *biblische Wunder* zu glauben? Und hier liegt der Unterschied. Es mag sehr gute und reine Theosophen geben, die an das Übernatürliche einschließlich *göttlicher Wunder* glauben, aber kein Okkultist wird dies tun. Denn ein Okkultist übt praktische, *wissenschaftliche* Theosophie aus, die sich auf eine genaue Kenntnis der geheimen Wirkungsweise der Natur gründet. Ein Theosoph, der Kräfte ausübt, die man abnormal nennt, *ohne* das Licht des Okkultismus zu haben, wird nur zu einer gefährlichen Form der Medialität neigen, da er, wenn er auch der Theosophie in den höchsten ethischen Vorschriften, die er fassen kann, die Treue hält, sie doch in dunklem, zwar aufrichtigem, aber *blindem* Glauben ausübt. Jeder, sei er Theosoph oder Spiritist, der versucht, einen der Zweige der okkulten Wissenschaft zu betreiben, z.B. Hypnose, Mesmerismus oder auch die Geheimnisse der Hervorbringung physikalischer Erscheinungen und dergleichen, ohne die Kenntnis des *philosophischen Hintergrundes* dieser Kräfte, gleicht einem ruderlosen Boot, das auf einem stürmischen Ozean ausgesetzt ist.

Der Unterschied zwischen Theosophie und Spiritismus

Aber glauben Sie nicht an den Spiritismus?

Wenn Sie unter "Spiritismus" die Erklärung meinen, welche die Spiritisten verschiedenen abnormalen Phänomenen geben, dann *entschieden nein*! Die Spiritisten sind der Auffassung, daß alle diese Phänomene von den "Geistern" verstorbener Menschen hervorgerufen werden, meist von ihren Verwandten, von denen sie sagen, daß sie zur Erde zurückkehren, um mit jenen, die sie geliebt haben und denen sie ergeben sind, Verbindung aufzunehmen. Dies bestreiten wir entschieden. Wir behaupten, daß die Geister der Verstorbenen nicht zur Erde zurückkehren können, außer in seltenen Ausnahmefällen, über die ich später sprechen werde; sie können sich auch Menschen nicht mitteilen, außer auf eine *rein subjektive Weise*. Was *objektiv* erscheint, ist nur das Phantom des nicht mehr physischen Menschen. Aber an einen *psychischen* oder richtiger "spirituellen" Spiritismus glauben wir entschieden.

Lehnen Sie die Phänomene auch ab?

Keineswegs, die Fälle bewußten Betrugs ausgenommen.

Wie erklären Sie sie dann?

Auf verschiedene Weise. Die Ursachen für solche Manifestationen sind durchaus nicht so einfach, wie die Spiritisten es glauben möchten. Vor allem ist der *deus ex machina* der sogenannten "Materialisationen" gewöhnlich der Astralkörper oder "Doppelgänger" des Mediums oder irgendeines Anwesenden. Dieser *Astralkörper* ist auch der Erzeuger und die tätige Kraft in der Manifestation des astralen Schreibens, ähnlich der Davenport-Manifestationen u.ä.

Sie sagten "gewöhnlich". Was ist es dann, das die übrigen Phänomene hervorruft?

Das hängt von der Natur der Manifestationen ab. Manchmal sind es die astralen Überbleibsel, die *Kamaloka*-"Hüllen" der dahingegangenen *Persönlichkeiten*; manchmal sind es auch Elementale. "Geist" ist ein Wort von vielfältiger und umfassender Bedeutung. Ich weiß wirklich nicht, was die Spiritisten damit meinen. Aber soweit wir es verstehen, meinen sie, daß die physischen Erscheinungen vom reinkarnierenden Ego, der *spirituellen* und unsterblichen "Individualität", hervorgerufen werden. Diese Hypothese lehnen wir aber ganz und gar ab. Die bewußte *Individualität* des Entkörperten kann sich *nicht materialisieren,* und sie kann auch nicht aus ihrer eigenen mentalen devachanischen Sphäre auf die Ebene irdischer Objektivität zurückkehren.

Aber viele Mitteilungen, die von "Geistern" empfangen werden, zeigen nicht nur Intelligenz, sondern auch die Kenntnis von Tatsachen, die dem Medium nicht bekannt sind und manchmal nicht einmal dem Fragesteller oder irgend jemandem in der Zuhörerschaft bewußt in Erinnerung sind.

Dies muß nicht beweisen, daß die Intelligenz und die Kenntnisse, von denen Sie sprechen, *Geistern* angehören oder von *entkörperten* Seelen ausgehen. Man weiß von Somnambulen, die komponierten, dichteten und mathematische Probleme lösten, während sie sich im Trancezustand befanden, ohne daß sie je Musik oder Mathematik studiert hatten. Andere antworteten intelligent auf Fragen, die man ihnen stellte und sprachen in mehreren Fällen sogar Fremdsprachen, zum Beispiel Hebräisch und Latein, die ihnen im Wachzustand vollkommen unbekannt waren, und dies alles in einem Zustand tiefsten Schlafes. Wollen Sie behaupten, daß dies auch von "Geistern" verursacht war?

Aber wie würden Sie es erklären?

Wir behaupten folgendes: Da der göttliche Funke im Menschen mit dem universalen Geist seinem Wesen nach eins und identisch ist, so ist unser "spirituelles Selbst" praktisch allwissend, aber es kann sein Wissen lediglich wegen der Hindernisse der Materie nicht manifestieren. Je mehr nun diese Hindernisse entfernt werden, oder mit anderen Worten, je mehr der physische Körper gelähmt wird, soweit es seine unabhängige Aktivität und sein unabhängiges Bewußtsein betrifft, wie zum Beispiel im Tiefschlaf, in tiefer Trance oder auch in der Krankheit, desto voller kann sich das *innere* Selbst auf dieser Ebene manifestieren. Das ist unsere Erklärung für diese wahrhaft wunderbaren Phänomene einer höheren Ordnung, in denen sich unleugbare Intelligenz und Erkenntnis zeigen. Was die Phänomene niederer Ordnung betrifft, zum Beispiel physikalische Phänomene oder die Plattheiten und Gemeinplätze, die von den durchschnittlichen "Geistern" kundgegeben werden, so würde es mehr Raum und Zeit erfordern, auch nur das Wesentlichste unserer Auffassungen darüber darzulegen, als uns hier zur Verfügung steht. Wir haben nicht den Wunsch, uns in den Glauben der Spiritisten einzumischen, ebensowenig wie in irgendeinen anderen Glauben. Die *Beweislast* muß an diejenigen fallen, die an Geister glauben. Zum gegenwärtigen Zeitpunkt, da man immer noch überzeugt ist, daß die höheren Arten der Manifestationen von entkörperten Seelen verursacht werden, geben die Führenden, Intelligenten und Gebildeten in den spiritistischen Kreisen bereits zu, daß nicht alle Erscheinungen von Geistern hervorgerufen werden. Langsam werden sie die gesamte Wahrheit erkennen. Aber zwischenzeitlich haben wir kein Recht und auch nicht den

Wunsch, sie zu unserem Glauben zu bekehren. Dies um so weniger, als wir im Falle *rein psychischer und spiritueller Manifestationen* an den wechselseitigen Verkehr des Geistes des lebenden Menschen mit dem Geist der entkörperten Persönlichkeiten glauben[7].

Bedeutet dies, daß Sie die Philosophie des Spiritismus gänzlich ablehnen?

Wenn unter "Philosophie" die unreifen Theorien der Spiritisten verstanden werden, so ist dies der Fall. Aber in Wahr-

---

7 Wir sagen, daß es in solchen Fällen nicht die Geister der Toten sind, die auf die Erde herabsteigen, sondern die Geister der Lebenden, die zu den reinen spirituellen Seelen emporsteigen. In Wirklichkeit handelt es sich weder um ein *Emporsteigen* noch um ein *Herabsteigen*, sondern um eine *Veränderung* des *Zustandes* für das Medium. Wenn der Körper des letzteren in Trance versetzt und gelähmt ist, dann ist das spirituelle Ego frei von seinen Fesseln und findet sich mit den entkörperten Geistern auf der gleichen Bewußtseinsebene. Wenn daher irgend eine spirituelle Anziehung zwischen den beiden besteht, können sie *miteinander in Verbindung treten*, wie dies oft in Träumen geschieht. Der Unterschied zwischen einem medialen und einem nichtsensitiven Menschen ist folgender: Der befreite Geist eines Mediums hat die Möglichkeit und die Fähigkeit, die passiven Organe seines in Trance befindlichen physischen Körpers zu beeinflussen und sie nach seinem Willen handeln, sprechen und schreiben zu lassen. Das Ego kann den Körper veranlassen, echogleich, in menschlicher Sprache die Gedanken und Vorstellungen der entkörperten Wesenheit ebenso wiederholen zu lassen wie seine eigenen. Der *nicht empfängliche*, nicht sensitive Organismus eines sehr positiven Menschen kann jedoch nicht so beeinflußt werden. Obgleich es kaum ein menschliches Wesen gibt, dessen Ego während des Schlafes seines Körpers nicht frei mit jenen verkehrt, die es geliebt und verloren hat, so bleibt mit Rücksicht auf die Positivität und Nicht-Empfänglichkeit seiner physischen Hülle und seines Gehirns keine oder nur eine sehr undeutliche traumhafte Erinnerung zurück, wenn der Betreffende wieder erwacht ist.

heit gibt es eine solche Philosophie gar nicht. Die besten, die intelligentesten und ehrlichsten Verteidiger des Spiritismus geben das zu. Ihre Grundwahrheit, die nicht anzuzweifeln ist, nämlich, daß sich Phänomene durch Medien ereignen, die von unsichtbaren Kräften und Intelligenzen geleitet werden, kann und will niemand leugnen, außer einem blinden Materialisten der Huxleyschen Schule. Was aber ihre Philosophie betrifft, so wollen wir anführen, was der Herausgeber des *Light* darüber sagt. Die Spiritisten könnten keinen intelligenteren und ergebeneren Verfechter anführen, der befähigt wäre, über sie und ihre Philosophie etwas zu sagen. Das folgende schreibt "M. A. Oxon", einer der wenigen *philosophischen* Spiritisten, in bezug auf ihren Mangel an Organisation und die blinde Gläubigkeit der Spiritisten:

Es ist wertvoll, diesen Punkt einmal ruhig zu betrachten, denn er ist besonders wichtig. Wir haben eine Erfahrung und ein Wissen, dem gegenüber alles andere Wissen verhältnismäßig unbedeutend ist. Der gewöhnliche Spiritist gerät außer sich, wenn irgend jemand seine sichere Kenntnis von der Zukunft und seine unbedingte Gewißheit eines kommenden Lebens anzweifelt. Wo sich andere Menschen mit tastenden Händen in die Zukunft bewegen, geht er kühn vor wie einer, der eine Landkarte hat und den Weg kennt. Wo sich andere Menschen mit einem frommen Sehnen begnügen oder mit dem überlieferten Glauben zufrieden sind, behauptet er, daß er weiß, was sie nur glauben, und daß er aus seiner reichen Schatzkammer den schwankenden, nur auf Hoffnung begründeten Glauben ergänzen könne. Er geht großtuerisch um mit den am meisten gehegten Erwartungen der Menschen. "Ihr hofft", scheint er zu sagen, "auf das, was ich demonstrieren kann! Ihr habt einen überlieferten Glauben an das, was ich in Übereinstimmung mit der genauesten wissenschaftlichen Methode beweisen kann. Die alten Glaubensbekenntnisse kommen ins Wanken. Kommt los und trennt euch von ihnen, sie enthalten ebenso viel Falsches wie

Wahres. Nur wenn es auf einem sicheren Grund von Beweisen aufgebaut wird, kann Euer Gebäude bestehen. Das alte Glaubensgut wankt. Vermeidet den Zusammensturz und entfernt Euch!"

Wenn sich jemand mit einer solch großtuerischen Persönlichkeit auseinandersetzt, was ist dann das Ergebnis? Ein sehr sonderbares und enttäuschendes. Dieser Mensch ist so sicher in bezug auf seine Begründungen, daß er sich um die Erklärungen der Tatsachen durch andere nicht kümmert. Die Weisheit ganzer Zeitalter hat sich um die Erklärung dessen bemüht, was er für bewiesen hält. Er aber schenkt all dem keine Aufmerksamkeit. Er befindet sich nicht einmal mit seinen spiritistischen Brüdern in Übereinstimmung. So schütteln die ins Unendliche geteilten und wieder geteilten und abermals unterteilten Sekten der Spiritisten die Köpfe übereinander und sind sich einander nicht sicher. Aber die kollektive Erfahrung der Menschheit ist einmütig in jenem Punkt, daß Einigkeit stark macht und Uneinigkeit die Quelle von Schwäche und Fehlschlägen ist. Schulter an Schulter geschult und diszipliniert wird eine ungeordnete Masse zur Armee, jeder Mann ein Gegner für hundert untrainierte, ihm entgegenkommende Männer. Organisation verbürgt auf jedem Gebiet menschlicher Tätigkeit den Erfolg, indem sie Zeit und Arbeit spart und Nutzen und Entfaltung möglich macht. Der Mangel an Methode, an Planung, das Treiben aufs Geratewohl, die Vergeudung von Kraft, undisziplinierte Anstrengungen, das alles bewirkt Fehlschläge. Die Erfahrung der Menschheit bestätigt diese Wahrheit. Berücksichtigt der Spiritist diese Erfahrung und handelt er danach? Wahrhaftig, er tut es nicht. Er lehnt es ab, sich zu organisieren. Er will sich selbst Gesetz sein und wird dadurch ein Dorn in der Seite des Nächsten (*Light*, Juni 1889).

⌘

Es wurde gesagt, die Theosophische Gesellschaft sei ursprünglich gegründet worden, um den Spiritismus und den Glauben an das Überleben der Individualität im Menschen zu vernichten?

Da sind Sie falsch unterrichtet. Alle unsere Anschauungen gründen sich gerade auf diese unsterbliche Individualität. Aber offenbar verwechseln Sie, wie so viele andere, *Persönlichkeit* mit *Individualität*. Die westlichen Psychologen scheinen noch keine klare Unterscheidung zwischen diesen beiden getroffen zu haben. Gerade dieser Unterschied aber ist es, der den Schlüssel zum Verständnis der östlichen Philosophie bringt, und der sozusagen die Wurzel der unterschiedlichen Auffassungen zwischen den theosophischen und den spiritistischen Lehren bildet. Und wenn es auch die Feindschaft einiger Spiritisten noch mehr auf uns ziehen wird, so muß ich doch hier erklären, daß die Theosophie der wahre und reine Spiritismus ist, während das moderne System des Spiritismus, wie es jetzt unter den Massen üblich ist, nichts als ein transzendentaler Materialismus ist.

Bitte erklären sie das genauer.

Was ich sagen will, ist folgendes: Obwohl unsere Lehren auf der Identität von Geist und Materie beharren und obwohl sie sagen, daß der Geist *potentielle* Materie und die Materie kristallisierter Geist ist (wie z.B. das Eis fest gewordener Dampf), – obgleich der ursprüngliche und ewige Zustand von *allem* nicht Geist, sondern sozusagen *Meta*-Geist ist (die sichtbare und feste Materie ist nur eine periodische Manifestation) – sind wir der Auffassung, daß der Ausdruck Geist nur auf die *wahre* Individualität angewendet werden kann.

Aber was ist der Unterschied zwischen dieser "wahren Individualität" und dem "Ich" oder "Ego", dessen wir uns alle bewußt sind?

Bevor ich Ihnen antworten kann, müssen wir uns darüber unterhalten, was Sie unter "Ich" oder "Ego" verstehen. Wir unterscheiden zwischen der einfachen Tatsache des Selbstbewußtseins, dem einfachen Gefühl "Ich bin ich" und dem komplexen Gedanken "Ich bin Herr Müller" oder "Ich bin Frau Braun". Wenn man, wie wir es tun, an eine Reihe von Geburten desselben Egos, an Reinkarnation glaubt, dann ist diese Unterscheidung der Angelpunkt der ganzen Vorstellung. Sehen Sie, "Herr Müller" bedeutet in Wirklichkeit eine lange Reihe täglicher Erfahrungen, die durch den Faden des Gedächtnisses miteinander verknüpft sind und so das bilden, was Herr Müller unter "sich selbst" versteht. Aber keine von diesen "Erfahrungen" ist wirklich das "Ich" oder "Ego". Es sind auch in Wirklichkeit nicht diese "Erfahrungen", die Herrn Müller die Empfindung geben, daß er er selbst ist, denn er vergißt den größeren Teil von ihnen, und sie erzeugen die Empfindung des *Ichseins* in ihm nur, solange sie andauern. Wir Theosophen unterscheiden daher zwischen diesem Bündel von "Erfahrungen", welches wir die *falsche Persönlichkeit* nennen (weil begrenzt und flüchtig) und dem Element im Menschen, von dem das Gefühl "Ich bin ich" herrührt. Es ist dieses "Ich bin ich", welches wir die wahre Individualität nennen und wir sagen, daß dieses Ego, diese "Individualität", gleich einem Schauspieler viele Rollen auf der Bühne des Lebens spielt. Wir können jedes neue Leben des gleichen Egos auf der Erde einen Abend auf der Bühne eines Theaters nennen. An einem Abend erscheint der Schauspieler, das "Ego", als Macbeth, am nächsten als

Shylock, am dritten als Romeo, am vierten als Hamlet oder König Lear und so fort, bis er den ganzen Zyklus der Inkarnationen durchlaufen hat. Das Ego beginnt seine Lebenspilgerschaft als Naturgeist, z.B. als Ariel oder Puck; er spielt die Rolle eines Statisten, ist ein Soldat, ein Diener oder ein Mitglied des Chores; dann steigt er zu Sprechrollen auf; spielt später führende Rollen, in die unbedeutende Teile eingestreut sind bis er sich schließlich von der Bühne als Prospero, der Magier, zurückzieht.

Ich verstehe. Sie wollen also sagen, daß dieses wahre Ego nach dem Tode nicht zur Erde zurückkehren kann. Aber es steht doch sicherlich dem Schauspieler frei, wenn er das Empfinden seiner Individualität bewahrt hat, an die Stelle seiner früheren Tätigkeit zurückzukehren, wenn er es wünscht?

Wir sagen nein; denn eine solche Rückkehr zur Erde würde mit einem Zustand *reinster* Seligkeit nach dem Tode unvereinbar sein, was zu beweisen ich bereit bin. Wir sagen, daß der Mensch während seines Lebens, sei es durch die Fehler anderer, mit denen er verbunden ist, sei es durch seine Umgebung, so viel unverdientes Leid durchmacht, daß er sicherlich einen Anspruch auf vollkommene Ruhe, wenn schon nicht Seligkeit besitzt, bevor er die Bürde des Lebens wieder auf sich nimmt. Aber das können wir später im einzelnen besprechen.

⌘

Warum wird die Theosophie anerkannt?

Das alles ist in gewisser Weise zu verstehen; aber ich sehe, daß die theosophischen Lehren komplizierter und metaphysischer sind als der Spiritismus oder das gegenwärtige religiöse Denken. Können Sie mir sagen, warum dieses theosophische System, das Sie verteidigen, gleichzeitig ebensoviel Interesse wie Feindschaft hervorruft?

Dafür gibt es mehrere Gründe. Unter anderen mögen die folgenden erwähnt werden. 1. Die starke Reaktion der krassen materialistischen Theorien, die gegenwärtig unter den Lehrenden der Wissenschaft vorherrschen. 2. Die allgemeine Unzufriedenheit mit der künstlichen Theologie der verschiedenen christlichen Kirchen und die täglich wachsende Zahl miteinander in Widerspruch stehender Sekten. 3. Die wachsende Erkenntnis der Tatsache, daß die Glaubensbekenntnisse, die sich so augenfällig selbst und einander widersprechen, nicht wahr sein können, und daß ihre unbewiesenen Behauptungen ebenfalls nicht echt sein können. Dieses natürliche Mißtrauen gegenüber den konventionellen Religionen wird noch gestärkt durch ihre Mißerfolge, die Moral zu erhalten und die Gesellschaft und die Volksmassen zu läutern. 4. Eine Überzeugung vieler und ein *Wissen* weniger, daß es ein philosophisches und religiöses System geben muß, das wissenschaftlich und nicht nur spekulativ ist. 5. Schließlich der Glaube, daß ein solches System vielleicht in Lehren gesucht werden müsse, die viel älter als jeder moderne Glaube sind.

Wie kommt es, daß dieses System gerade jetzt vorgebracht wird?

Weil man die Zeit dafür reif befunden hat. Eine Tatsache, die sich darin zeigt, daß so viele ernste Forscher bestrebt sind, die *Wahrheit* zu suchen, was es auch koste und wo immer sie auch verborgen sein mag. Da die Hüter der Wahrheit dies sahen, haben sie erlaubt, daß einige Teile derselben veröffentlicht werden dürfen. Wäre die Theosophische Gesellschaft noch einige Jahre später gegründet worden, so wäre die eine Hälfte der zivilisierten Welt zu reinen Materialisten, die andere zu Anthropomorphisten und Phänomenalisten geworden.

Ist die Theosophie in irgend einer Weise als Offenbarung zu betrachten?

In keiner Weise, nicht einmal in dem Sinn, daß sie eine neue und unmittelbare Enthüllung von irgendwelchen höheren, übernatürlichen, oder *übermenschlichen Wesen* wäre, sondern allein in dem Sinne, daß diese sehr alten Wahrheiten für diejenigen "entschleiert" werden, die sie bisher nicht gekannt hatten und die nicht einmal vom Vorhandensein und der Bewahrung solch archaischen Wissens wußten.[8]

---

8 Es gehört heute zum guten Ton, zu lächeln, wenn es heißt, daß in den Mysterien der großen und zivilisierten Völker, wie in denen der Ägypter, der Griechen und Römer mehr enthalten sei als priesterlicher Betrug. Ebenso behandelt man die Rosenkreuzer als halb Irrsinnige, halb als Spitzbuben. Viele Bücher sind über sie geschrieben worden und Neulinge, die kaum deren Namen kannten, gebärden sich als Kritiker und Kenner der Alchemie, der Feuerphilosophen und der Mystik im allgemeinen. Und doch ist eine lange Reihe von Eingeweihten der Ägypter, der Inder, der Chaldäer, der Araber zusammen mit den größten Philosophen und Weisen Griechenlands und des Westens be-

Sie sprechen von "Feindseligkeiten". Wenn es Wahrheit ist, was in der Theosophie dargelegt wird, warum stieß sie auf so viel Widerstand und nicht auf allgemeine Zustimmung?

Aus vielen verschiedenen Gründen. Einer davon ist die Abneigung, die der Mensch gegenüber allen Neuerungen empfindet. Selbstsucht ist konservativ in ihrem Wesen und mißbilligt jede Störung. Sie zieht eine behagliche, unexakte Lüge der größten Wahrheit vor, wenn letztere fordert, eine auch nur geringfügige Bequemlichkeit zu opfern. Die Kraft geistiger Trägheit ist groß in allem, was nicht unmittelbar Vorteil und Lohn verspricht. Unser Zeitalter ist vor allen Dingen ungeistig und oberflächlich. Hinzu kommt noch der ungewohnte Charakter der Theosophie und die ungewöhnliche Art ihrer Lehren. Einige davon widersprechen vielen der menschlichen Phantastereien, die von einigen Sekten gepflegt werden und die sich tief in den Volksglauben eingegraben haben. Wird noch hinzugefügt, daß von jenen, die dem inneren Kreis angehören wollen, persönliche Anstrengungen und Reinheit des Lebens verlangt wird, daß außerdem der Kreis derer nur klein ist, denen ein Ideal völliger Selbstlosigkeit zusagt, dann wird es begreiflich, warum die Theosophie zu einem nur langsamen und mühsamen Aufstieg verurteilt ist. Sie ist im wesentlichen die Philosophie derjenigen, die leiden und die die Hoffnung verloren haben,

---

kannt, die in der Bezeichnung Weisheit und göttliche Wissenschaft das gesamte Wissen einschließen, da sie die Grundlage und den Ursprung jeder Kunst und Wissenschaft als essentiell göttlich betrachten. Plato betrachtete die Mysterien als äußerst heilig, und Clemens von Alexandrien, der selbst in die eleusinischen Mysterien eingeweiht war, erklärte, "daß die darin gelehrten Lehren den Höhepunkt allen menschlichen Wissens enthielten". Waren Plato und Clemens zwei Spitzbuben oder zwei Narren, oder waren sie etwa beides?

daß ihnen durch andere Mittel aus dem Elend des Lebens herausgeholfen werden kann. Außerdem zeigt die Geschichte, daß jeder Glaube oder Moralkodex, der frisch in einen fremden Boden eingepflanzt worden ist, anfangs auf alle nur vorstellbaren Hindernisse von Bildungshaß und Selbstsucht stießen. Es ist durchaus richtig, daß die Krone aller Neuerer eine Dornenkrone ist. Kein Abreißen alter, wurmstichiger Gebäude kann ohne Gefahr ausgeführt werden.

All das bezieht sich mehr auf die Ethik und Philosophie der Theosophischen Gesellschaft. Können Sie mir nicht eine allgemeine Idee von der Gesellschaft, ihren Zielen und Regeln geben?

Daraus wurde niemals ein Geheimnis gemacht. Fragen Sie und Sie werden genaue Antworten erhalten.

Aber ich hörte, daß Sie an Gelübde gebunden sind.

Nur in der geheimen oder Esoterischen Abteilung.

Auch wird gesagt, daß sich einige Mitglieder nach dem Austritt nicht mehr an sie gebunden fühlten. Stimmt das?

Das zeigt nur, daß sie unvollkommene Ehrbegriffe haben. Wie kann das richtig sein? Ganz richtig wird über einen solchen Fall im *Path*, unserem theosophischen Sprachrohr in New York, gesagt: "Angenommen, ein Soldat wird wegen Eidbruch und Disziplinlosigkeit verurteilt und aus dem Dienst entlassen. In seiner Wut über das Urteil, das er selbst heraufbeschworen hat und über dessen Bestrafung er vorgewarnt war, wendet sich der Soldat an den Feind mit Informationen, als Spion und Verräter, als Rächer an seinen früheren Vorgesetzten und behauptet dabei, er sei durch seine Bestrafung von seinem Treueeid entbunden". Glauben Sie, daß er dazu berechtigt ist ? Oder verdient er nicht eher, ein unehrenhafter Mensch genannt zu werden?

Ich denke schon, doch manche denken anders.

Schlimm für sie. Aber lassen Sie uns später noch einmal darüber sprechen.

III

Das Arbeitssystem der Theosophischen Gesellschaft

Die Ziele der Gesellschaft

Was sind die Ziele der Theosophischen Gesellschaft?

Die Gesellschaft hatte von Anfang an drei Ziele:

1. den Kern einer universalen Bruderschaft der Menschheit ohne Unterschied von Rasse, Farbe und Glauben zu bilden.
2. das Studium der heiligen Schriften der Aryas und anderes Schrifttum der Weltreligionen und der Wissenschaften zu fördern und für die Bedeutung der alten asiatischen Literatur, nämlich der brahmanischen, buddhistischen und zoroastrischen Philosophien, einzutreten und
3. die verborgenen Geheimnisse der Natur in allen ihren möglichen Aspekten, besonders aber die im Menschen latenten psychischen und spirituellen Kräfte zu erforschen.*

---

* *Anmerkung des Herausgebers:* Die Formulierung der Ziele variierte im Laufe der vergangenen hundert Jahre gelegentlich. Ihr Sinn ist jedoch unverändert geblieben. Zeitgemäß ausgedrückt sind die Ziele: 1. Den Kern einer globalen Bruderschaft der Menschheit zu bilden, ohne ethnische, religiöse oder soziale Unterschiede zu machen. (Seit kurzem gibt es Bestrebungen, hier von der “Familie der Menschheit”

Das sind ganz allgemein die drei Hauptziele der Theosophischen Gesellschaft.

Können Sie mir eine eingehendere Erklärung davon geben?

Man kann jedes der drei Ziele in so viele erklärende einzelne Teile wie notwendig zerlegen.

Dann lassen Sie uns mit dem ersten Ziel beginnen. Welche Mittel gibt es, um das Gefühl der Bruderschaft unter den Menschen zu wecken, von denen man weiß, daß sie in Religion, Gebräuchen, Bekenntnissen und Vorstellungen äußerst verschieden sind?

Ich möchte etwas hinzufügen, was Sie scheinbar nicht gerne aussprechen. Bekannt ist, daß mit Ausnahme zweier Reste von Rassen – den Parsen und den Juden – alle Nationen geteilt sind, nicht nur voneinander, sondern auch in sich selbst. Das findet sich hauptsächlich bei den sogenannten zivilisierten christlichen Nationen. Deshalb ist es auch kein Wunder, daß gerade ihnen dieses erste Ziel als Utopie erscheint. Ist es nicht so?

Ja, aber was können Sie dem entgegenhalten?

Nichts gegen die Tatsache selbst, aber vieles in bezug auf die Notwendigkeit, die Ursachen zu beseitigen, welche die universale Bruderschaft gegenwärtig zur Utopie machen.

---

zu sprechen.) 2. Zum Studium der vergleichenden Religionswisschaft, der Philosophie und der Naturwissenschaften anzuregen und 3., Die verborgenen Naturgesetze und latenten geistigen Fähigkeiten des Menschen zu erforschen.

Was sind Ihrer Meinung nach diese Ursachen?

Vor allem die natürliche Selbstsucht der menschlichen Natur. Diese Selbstsucht wird, anstatt ausgerottet zu werden, durch die gegenwärtige religiöse Erziehung nicht nur ermutigt, sondern geradezu gerechtfertigt, täglich gestärkt und zu einem wilden und unwiderstehlichen Gefühl angefacht. Die Vorstellungen der Menschen von Recht und Unrecht sind durch die wörtliche Auslegung der jüdischen Bibel vollkommen verdreht worden. Die Selbstlosigkeit der altruistischen Lehren Jesu sind zu einem nur theoretischen Gegenstand der Kanzel–Rhetorik geworden, während die Vorschriften praktischer Selbstsucht, die im Alten Testament gelehrt werden, und gegen die Christus so vergebens predigte, sich im innersten Leben der westlichen Völker einwurzelten. "Auge um Auge, Zahn um Zahn" ist zum ersten Grundsatz ihrer Gesetze geworden. Ich sage frei und offen, daß die Verzerrung dieser und vieler anderer Lehren *nur* durch die *Theosophie* beseitigt werden kann.

Der gemeinsame Ursprung der Menschheit

Und wie?

Einfach dadurch, daß auf logischer, philosophischer, metaphysischer und sogar wissenschaftlicher Grundlage folgendes dargelegt wird:

1. Alle Menschen haben geistig und physisch den gleichen Ursprung. Das ist eine grundlegende Lehre der Theosophie.

2. Da die Menschheit essentiell von ein und derselben inneren Natur ist und diese innere Natur eins ist – unendlich, unerschaffen und ewig, ob wir sie nun Gott oder Natur nennen –, kann nichts ein einzelnes Volk oder einen einzelnen Menschen treffen, ohne zugleich auch alle anderen Völker und Menschen zu treffen. Das ist so gewiß und so offensichtlich wie ein Stein, der in einen Teich geworfen wird, früher oder später jeden Tropfen Wasser darin in Bewegung setzt.

Aber das ist nicht die Lehre Christi, sondern eher eine pantheistische Auffassung.

Eben darin liegt der Irrtum. Es ist eine rein *christliche*, allerdings *keine* jüdische Lehre, und deshalb ziehen es die Bibel-Nationen vielleicht vor, sie zu ignorieren.

Das ist eine pauschale und ungerechte Anschuldigung. Welche Beweise haben Sie, die diese Aussage bestätigen?

Die liegen auf der Hand. Es heißt, daß Christus gesagt hat "Liebet einander" und "Liebet eure Feinde", denn "wenn ihr liebt, die euch lieben, was werdet ihr für Lohn haben? Tun nicht dasselbe auch die *Zöllner*?[9] Und wenn ihr nur zu euren Brüdern freundlich seid, was tut ihr Besonderes? Tun nicht dasselbe auch die Zöllner?" (Matth. 5, 46–47). Das sind die Worte Christi. Aber in Kapitel 9, Vers 25 der Gene-

---

9 Zöllner standen damals im Ruf von Räubern und Taschendieben. Für die Juden war der Beruf des Zöllners die verhaßteste Sache auf der Welt. Ihnen wurde nicht erlaubt, den Tempel zu betreten, und für Matthäus (18,17) waren Zöllner nicht besser als Heiden. Aber sie waren nur römische Steuereinnehmer, die etwa dieselbe Stellung hatten wie britische Beamte in Indien und anderen eroberten Ländern.

sis heißt es: "Verflucht sei Kanaan, ein Knecht der Knechte soll er seinen Brüdern sein!" Und darum ziehen die bibelgläubigen Christen das Gesetz des Moses Christi Gesetz der Liebe vor. Sie stützen sich auf das Alte Testament, welches allen ihren Leidenschaften, ihren Gesetzen der Eroberung und Aneignung und der Tyrannei über Rassen, die sie *minderwertig* nennen, Vorschub leistet. Was für Verbrechen auf Grund dieses, (wenn man ihn buchstäblich nimmt) furchtbaren Textes der Genesis begangen wurden, davon gibt uns die Geschichte eine, wenn auch nur unzulängliche, Vorstellung[10].

---

10 "Am Ende des Mittelalters war die Sklaverei unter dem Druck der moralischen Kräfte in Europa im wesentlichen verschwunden. Aber zwei bedeutsame Ereignisse drückten die moralischen Kräfte nieder, die in der europäischen Gesellschaft wirkten, und ließen einen Fluch über die Erde los, wie ihn die Menschheit kaum jemals vorher kannte. Das erste dieser Ereignisse war die erste Reise an eine dicht bevölkerte barbarische Küste, wo Menschen ein gebräuchlicher Handelsartikel waren; das zweite war die Entdeckung einer neuen Welt, wo Gruben glitzernden Reichtums offenlagen, vorausgesetzt, daß Arbeitskräfte importiert werden konnten, in ihnen zu arbeiten. Vier Jahrhunderte hindurch wurden Männer, Frauen und Kinder von allen, die sie kannten und liebten, weggerissen und an den Küsten Afrikas an fremde Händler verkauft; sie wurden unter Deck in Ketten gelegt – oft Tote mit Lebenden – und auf den furchtbaren Fahrten der 'mittleren Route' wurden, wie der unvoreingenommene Historiker Bancroft berichtete, zweihundertfünfzigtausend von dreieinviertel Millionen ins Meer geworfen, während der Rest einem namenlosen Elend in den Bergwerken oder unter der Peitsche in den Reis- und Zuckerrohrfeldern ausgeliefert war. Die Schuld für dieses große Verbrechen lastet auf der christlichen Kirche. 'Im Namen der Heiligen Dreifaltigkeit' schloß die römisch-katholische spanische Regierung mehr als zehn Verträge ab, durch die der Verkauf von fünfhunderttausend Menschen autorisiert wurde. Im Jahre 1562 segelte Sir John Hawkins bei seinem teuflischen Geschäft, Sklaven in Afrika zu kaufen und in Westindien zu verkaufen, auf einem Schiff, das den geheiligten Namen 'Jesus' trug. Die protestantische Königin Elisabeth be-

Ich habe Sie sagen hören, daß die Gleichheit unseres physischen Ursprungs durch die Wissenschaft bewiesen wurde, und die unseres spirituellen Ursprungs durch die Weisheitsreligion. Dennoch kann man nicht sehen, daß die Darwinisten große brüderliche Eigenschaften zeigen.

So ist es. Aber dies zeigt eben die Unzulänglichkeit der materialistischen Lehrgebäude und beweist, daß wir Theosophen recht haben. Die Gleichheit unseres physischen Ursprungs spricht nicht unsere höheren und edleren Empfindungen an. Materie, losgelöst von ihrer Seele und ihrem Geist oder ihrer göttlichen Essenz, kann das menschliche Herz nicht ansprechen. Aber die Identität von Seele und Geist, des wirklichen, unsterblichen Menschen, wie sie durch die Theosophie gelehrt wird, einmal bewiesen und tief in unseren Herzen verwurzelt, würde uns auf dem Weg der echten Nächstenliebe und brüderlicher Gefühle weiterführen.

Aber wie erklärt die Theosophie den gemeinsamen Ursprung der Menschen?

Durch die Lehre, daß die *Wurzel* der ganzen objektiven und subjektiven Natur und alles Sichtbaren und Unsichtbaren, das im Weltall existiert, ein absolutes Sein *ist*, *war* und immer *sein wird*, von dem alles ausgeht und in das alles zurückkehrt. Das ist Arya-Philosophie, die vollständig nur bei

---

lohnte ihn für seinen Erfolg als ersten Engländer in diesem unmenschlichen Handel damit, daß ihm gestattet wurde, in seinem Wappen 'einen halben Mohren in seiner richtigen Farbe zu führen, der mit einem Strick gebunden ist', also mit anderen Worten einen gefesselten Sklaven" (*Conquests of the Cross* – zitiert aus dem *Agnostic Journal*).

Vedantisten und im buddhistischen System zu finden ist. Es ist somit die Pflicht aller Theosophen, jede Möglichkeit wahrzunehmen, um in allen Ländern *nichtsektiererische* Bildungssysteme zu unterstützen.

Was raten die Statuten der Gesellschaft den Mitgliedern außerdem noch in der physischen Welt zu tun?

Um brüderliche Gefühle zwischen den Völkern zu wecken, müssen wir im internationalen Austausch von nützlichem Wissen und Erzeugnissen mit Rat und Information helfen sowie durch Kooperation mit allen achtbaren Einzelpersonen und Vereinigungen (vorausgesetzt allerdings, so fügen die Statuten hinzu, daß die Gesellschaft oder die Mitglieder für ihre gemeinschaftlichen Dienste keine Vorteile haben und keine Gelder beziehen). Ein praktisches Beispiel wäre die Organisationsform der Gesellschaft, wie sie von Edward Bellamy in seinem großartigen Buch *Looking Backwards* beschrieben wird. Sie stellt in ausgezeichneter Weise die theosophische Idee dar, wie die ersten Schritte der Verwirklichung der universalen Bruderschaft aussehen sollten. Der Stand der Dinge, wie er ihn schildert, ist allerdings noch nicht vollkommen, denn noch herrscht Selbstsucht in den Herzen der Menschen. Aber im wesentlichen sind doch Selbstsucht und Individualismus überwunden durch das Gefühl der Solidarität und gegenseitigen Bruderschaft. Das Bild des Lebens, das darin gezeichnet wird, verringert die Ursachen, welche die Selbstsucht fördern, auf ein Minimum.

Werden Sie also als Theosoph an den Bestrebungen teilnehmen, ein solches Ideal zu verwirklichen?

Sicherlich, und wir haben es durch die Tat bewiesen. Haben Sie nicht von den nationalistischen Vereinigungen und der Partei gehört, die in Amerika seit der Veröffentlichung von Bellamys Buch entstanden sind? Sie treten immer mehr in den Vordergrund und werden es künftig noch mehr tun. Nun, diese Vereinigungen und diese Partei sind in erster Linie von Theosophen gegründet worden. Einer der ersten, *The Nationalist Club of Boston*, hat Theosophen zum Präsidenten und Sekretär, und die Mehrheit seiner Verwaltung ist aus Mitgliedern der Theosophischen Gesellschaft gebildet. In der Satzung der sich formierenden Partei und der Vereinigung, ist der Einfluß der Theosophie und der Gesellschaft sichtbar, denn sie alle haben als ihre Grundlage das erste und fundamentale Prinzip, die Bruderschaft der Menschheit, wie sie von der Theosophie gelehrt wird. In der Grundlagenerklärung legen sie folgendes fest: "Das Prinzip der Bruderschaft der Menschheit ist eine der ewigen Wahrheiten, welche den Fortschritt der Welt nach Richtlinien leiten, die die menschliche Natur von der tierhaften Natur unterscheidet". Was könnte theosophischer sein als das? Aber es ist nicht genug. Notwendig ist es noch, den Menschen die Idee einzuprägen, daß, wenn die Wurzel der Menschheit *eine* ist, es auch *eine* Wahrheit gibt, die ihren Ausdruck in den verschiedenen Religionen findet, – ausgenommen in der jüdischen, da diese Einheitlichkeit nicht einmal in der Kabbala *ausgedrückt* wird.

Das bezieht sich auf den gemeinsamen Ursprung der Religionen, und da mögen Sie recht haben. Aber wie läßt sich das auf eine praktische Bruderschaft auf der physischen Ebene anwenden?

Erstens muß das, was auf der metaphysischen Ebene wahr ist, auch auf der physischen Ebene wahr sein, und zweitens gibt es keine fruchtbarere Quelle von Haß und Streit als religiöse Meinungsverschiedenheiten. Wenn die eine Gruppe glaubt, daß sie allein die absolute Wahrheit besitzt, ist es nur natürlich, daß sie denkt, die anderen befänden sich vollkommen in den Klauen des Irrtums oder des Teufels. Sobald aber die Menschen dahin gelangen einzusehen, daß keiner von ihnen die *ganze* Wahrheit besitzt, daß sie vielmehr einander ergänzen, und daß die vollkommene Wahrheit nur in der Verbindung der Ansichten aller gefunden werden kann, nachdem alles Falsche aus jeder von ihnen entfernt worden ist, dann kann wahre Bruderschaft in der Religion gebildet werden. Dasselbe gilt für die physische Welt.

Erklären Sie das bitte weiter.

Nehmen wir ein Beispiel. Eine Pflanze besteht aus Wurzel, Stamm und vielen Zweigen und Blättern. Wie die Menschheit als Ganzes der Stamm ist, der aus der spirituellen Wurzel emporwächst, so bedeutet der Stamm die Einheit der Pflanze. Wenn man den Stamm verletzt, so ist es klar, daß jeder Zweig und jedes Blatt darunter leiden wird. Bei der Menschheit ist es ebenso.

Ja, aber wenn Sie einen Zweig oder ein Blatt verletzen, dann verletzen Sie doch nicht die ganze Pflanze?

Und darum denken Sie, daß Sie dadurch, daß Sie *einen* einzelnen Menschen verletzen, nicht die ganze Menschheit verletzen? *Aber woher wissen Sie das*? Wissen Sie nicht, daß selbst die materialistische Wissenschaft lehrt, daß jede noch so schwache Verletzung einer Pflanze den ganzen Lauf ihres Wachstums und ihrer Entwicklung beeinflußt? Sie befinden sich also im Irrtum, und die Analogie ist vollkommen. Man bedenke, daß ein Schnitt in den Finger oft den ganzen Körper in Mitleidenschaft zieht und auf das ganze Nervensystem zurückwirkt. Ich muß Sie darauf hinweisen, daß es sehr wohl andere spirituelle Gesetze geben kann, die bei Pflanzen und Tieren ebenso wirksam sind wie bei der Menschheit, obgleich man deren Wirklichkeit bestreiten mag, da man ihrer Wirkung auf Pflanzen und Tiere nicht gewahr wird.

Was für Gesetze sind da gemeint?

Man nennt sie die karmischen Gesetze. Aber Sie werden die volle Bedeutung dieses Begriffs nicht verstehen, solange Sie nicht den Okkultismus studieren. Obgleich sich meine obige Behauptung nicht auf diese Gesetze bezieht, sondern lediglich auf die Analogie mit der Pflanze. Erweitert man diese Idee und wendet sie universell an, wird man sehen, daß in der wahren Philosophie jede äußere Handlung ihre moralische und andauernde Wirkung hat. Fügt man einem Menschen körperlichen Schaden zu, so könnte man annehmen, es sei unmöglich, daß auch seine Nachbarn oder gar Menschen anderer Nationen seinen Schmerz und sein Leiden zu spüren bekommen. Wir aber stellen fest, *daß dies zu gegebe-*

ner Zeit geschehen wird. Daher behaupten wir, daß, solange nicht jeder Mensch dazu gebracht wird, es als *axiomatische* Wahrheit zu verstehen und anzuerkennen, daß, sobald wir einem Menschen Unrecht zufügen, wir mit der Zeit nicht nur uns selbst, sondern der ganzen Menschheit Unrecht zufügen, solange sind brüderliche Gefühle, wie sie von allen großen Reformatoren gelehrt worden sind, besonders von Buddha und Jesus, auf der Erde nicht möglich.

Die anderen Ziele der Gesellschaft

Würden Sie nun die Methoden erklären, mit denen Sie das zweite Ziel der Gesellschaft zu verwirklichen beabsichtigen?

Wir sammeln für die Bibliothek in unserem Hauptsitz in Adyar bei Madras (und ebenso für die Bibliotheken der verschiedenen Sektionen) alle wertvollen Werke über die Religionen der Welt, die erhältlich sind. Wir verfassen Schriften, die genaue Informationen über die verschiedenen alten Philosophien, Traditionen und Legenden geben und verbreiten diese. Wir übersetzen wertvolle Originalwerke und veröffentlichen sie, machen Auszüge aus solchen und Kommentare über sie und geben mündliche Belehrungen durch Personen, die in einem bestimmten Fachgebiet erfahren sind.

Und wie sieht es mit dem dritten Ziel aus, die im Menschen ruhenden spirituellen und psychischen Kräfte zu entfalten?

Dies kann ebenfalls durch Literatur erreicht werden, und zwar dort, wo keine Vorträge oder persönlichen Belehrungen möglich sind. Unsere Pflicht ist es, die spirituelle Intuition im Menschen lebendig zu erhalten. Wir müssen, nach sorgfältiger Prüfung und dem Nachweis ihrer Irrationalität, jede Form von Fanatismus bekämpfen, und zwar in den Religionen, den Wissenschaften und in der Gesellschaft – besonders aber müssen wir der Phrasendrescherei religiöser Fanatiker und dem Geschwätz über den Glauben an Wunder und Übernatürliches entgegentreten. Wir müssen danach trachten, Wissen über *alle* Naturgesetze zu erlangen und *dieses* zu verbreiten. Wir müssen zum Studium jener Gesetze ermutigen, die vom modernen Menschen am wenigsten verstanden werden, zum Studium der sogenannten okkulten Wissenschaften, die sich auf die *wahre Kenntnis der Natur gründen*, anstatt, wie es gegenwärtig der Fall ist, auf *abergläubische* Anschauungen, die nur auf *blindem Glauben* und *Autorität* beruhen. Folklore und Überlieferungen, wie phantastisch sie manchmal auch sein mögen, können, wenn sie entsprechend erforscht werden, zur Entdekkung lange verlorener, aber wichtiger Geheimnisse der Natur führen. Die Gesellschaft beabsichtigt daher, diese Forschungslinie weiter zu verfolgen, in der Hoffnung, das Feld wissenschaftlicher und philosophischer Beobachtungen zu erweitern.

Von der Heiligkeit eines Gelübdes

Gibt es ein ethisches System, dem die Gesellschaft folgt?

Die Ethik ist da, klar genug für jedermann, der ihr folgen will. Sie ist die Essenz und der Kern der Weltethik, zusammengetragen aus den Lehren aller großen Reformatoren der

Welt. Das heißt, sie enthält die Lehren des Konfuzius und Zarathustra, Laotse und der Bhagavad-Gita, die Lehrsätze des Gautama Buddha und Jesus von Nazareth, des Hillel und seiner Schule, ebenso wie die des Pythagoras, Sokrates, Plato und ihrer Schulen.

Befolgen die Mitglieder Ihrer Gesellschaft diese Vorschriften? Es wird von großen Meinungsverschiedenheiten und Streitigkeiten unter ihnen gesprochen.

Das ist nur natürlich, denn die Reform in ihrer gegenwärtigen Art ist neu, aber die Männer und Frauen, die reformiert werden sollen, haben doch dieselben menschlichen, sündigen Naturen wie vorher. Wie ich schon sagte, ernsthaft *arbeitende* Mitglieder gibt es nur wenige, aber um so mehr ernste und wohlgesinnte Personen, die ihr Bestes versuchen, den Idealen der Gesellschaft entsprechend zu leben. Unsere Pflicht ist es, die Mitglieder zur Selbstvervollkommnung in intellektueller, moralischer und geistiger Hinsicht zu ermutigen und ihnen dabei beizustehen. Und niemand soll für seine Verfehlungen getadelt oder verurteilt werden. Streng genommen haben wir auch nicht das Recht, jemandem die Aufnahme zu verweigern, besonders nicht zur *Esoterischen Abteilung* der Gesellschaft, worin "derjenige, welcher eintritt, wie ein Neugeborener ist". Aber wenn irgend ein Mitglied, ungeachtet seines heiligen Gelübdes und seines Ehrenwortes vor dem Höheren Selbst, nach seiner "Neugeburt" die Laster und Fehler des früheren Lebens fortsetzt und ihnen auch in der Gesellschaft nachgeht, so muß ihm nahegelegt werden, sich zurückzuziehen und auszutreten. Sollte er sich weigern, muß er ausgeschlossen werden. Wir haben strenge Regeln für solche Ausnahmefälle.

Können einige davon angeführt werden?

Ja. Kein Mitglied, weder der exoterischen, noch der esoterischen Gesellschaft hat ein Recht, seine persönliche Meinung einem anderen Mitglied aufzudrängen. *Es ist einem Amtsträger der Muttergesellschaft nicht gestattet*, sei es durch Worte oder durch Taten, religiöse oder philosophische Feindseligkeiten gegenüber, oder Bevorzugung irgendeiner Sektion in der Öffentlichkeit zum Ausdruck zu bringen. Alle haben das gleiche Recht, die charakteristischen Merkmale ihres religiösen Glaubens dem Urteil einer unparteiischen Welt vorzulegen. Kein Amtsträger der Gesellschaft hat in seiner Eigenschaft als Amtsträger das Recht, seine eigenen sektiererischen Anschauungen und Meinungen den versammelten Mitgliedern zu predigen, ausgenommen, die Zusammenkunft besteht nur aus Personen seiner Religion. Bei Verstoß gegen diese Regel ist eine solche Person, nach vorheriger Abmahnung, zu suspendieren oder aus der Gesellschaft auszuschließen. Dies ist eines der häufigsten Verstöße in der Gesellschaft. In bezug auf die Esoterische Abteilung sind folgende Regeln festgelegt und angenommen worden, und zwar schon seit 1880. "Kein Mitglied darf für egoistische Zwecke von einem Wissen Gebrauch machen, das ihm von einem Mitglied des ersten Grades, d. h. eines höheren Grades mitgeteilt worden ist. Der Verstoß gegen diese Regel wird durch Ausschluß bestraft". Bevor solch ein Wissen mitgeteilt werden kann, muß sich der Bewerber durch ein feierliches Gelübdes verpflichten, dieses weder für egoistische Zwecke zu gebrauchen, noch, falls nicht ausdrücklich erlaubt, es anderen mitzuteilen.

Wenn aber jemand ausgeschlossen wurde oder ausgetreten ist, kann er dann das, was er gelernt hat, mitteilen, oder irgendeine Klausel seines Versprechens brechen?

Gewiß nicht. Der Ausschluß oder Austritt entbindet ihn nur von der Pflicht des Gehorsams gegenüber dem Lehrer und davon, tätig in der Gesellschaft mitzuwirken, aber gewiß nicht von seiner Geheimhaltungspflicht.

Aber ist das vernünftig und gerecht?

Ganz sicher. Wer einiges Ehrgefühl besitzt, wird sich verpflichtet fühlen, ein feierlich gegebenes Versprechen auf sein *Ehrenwort*, und was mehr ist, gegenüber seinem Höheren Selbst, also dem Gott in ihm, bis zum Tode als bindend zu betrachten. Auch wenn er die Gruppe oder Gesellschaft verläßt, wird er, wenn er Ehrgefühl hat, nicht daran denken, eine Körperschaft, der er durch ein Gelübde verpflichtet war, anzugreifen oder zu verletzen.

Aber geht das nicht etwas zu weit?

Vielleicht, wenn man das niedere Niveau unserer Zeit und ihrer Moral in Betracht zieht. Aber wenn ein *Gelübde* nicht einmal soweit bindet, welchen Sinn hat es dann überhaupt noch? Wie kann jemand erwarten, daß ihm verborgenes Wissen mitgeteilt wird, wenn er voraussetzt, daß er alle Verpflichtungen, die er übernommen hat, abwerfen kann, sobald es ihm gefällt? Was für eine Sicherheit, Vertrauen oder Treue gäbe es unter den Menschen, wenn Gelübde dieser Art keine wirklich bindende Kraft hätten? Glauben Sie mir, das Gesetz der Vergeltung (Karma) würde sehr bald denjenigen treffen, der sein Gelübde bricht; vielleicht genau so schnell, wie die Verachtung jedes ehrlichen Menschen auf dieser physischen Ebene ihn einholen würde. In der Zeitschrift *The Path*, Juli 1889, wird dies gut zum Ausdruck gebracht; es heißt: *"Ein einmal gegebenes Gelübde ist für immer bindend, sowohl in der moralischen als auch in der okkulten Welt. Wenn wir es einmal brechen und dafür bestraft werden, berechtigt uns das nicht, es noch einmal zu brechen. Solange wir es tun, solange wird der Arm des Gesetzes (Karma) über uns seines Amtes walten."*

IV

Die Beziehung der Theosophischen Gesellschaft zur Theosophie

Selbstvervollkommnung

Ist moralische Vervollkommnung also das, worauf in Ihrer Gesellschaft der größte Wert gelegt wird?

Zweifellos! Wer ein wahrer Theosoph sein will, muß sich dazu bringen, auch als ein solcher zu leben.

Wenn das so ist, dann widerspricht aber das Verhalten einiger Mitglieder dieser Grundregel in bemerkenswerter Weise.

Sicherlich. Aber das ist unter uns nicht anders als unter jenen, die sich Christen nennen und trotzdem wie Teufel handeln. Das ist kein Fehler unserer Satzungen und Regeln, der Grund liegt in der menschlichen Natur. Selbst in einigen exoterischen Zweiggruppen geloben die Mitglieder ihrem "Höheren Selbst", ein Leben nach den Vorschriften der Theosophie zu führen. Sie sollten ihr *göttliches Selbst* dazu bringen, ihre Gedanken und Taten, jeden Tag und in jedem Augenblick ihres Lebens zu leiten. Ein wahrer Theosoph sollte "gerecht handeln und bescheiden wandeln."

Was meinen Sie damit?

Einfach folgendes: Das einzelne Selbst muß sich um der vielen Selbste willen vergessen. Lassen Sie mich mit den Worten eines echten Philaletheiers antworten, eines Mitglieds, der es im *Theosophist* so wundervoll ausgedrückt hat: "Vor allem anderen muß der Mensch zuerst zu sich selbst finden und dann eine ehrliche Bestandsaufnahme seines subjektiven Zustands machen. Wie schlimm und armselig das Resultat auch sein mag, es ist nicht hoffnungslos, wenn wir uns ernsthaft um Erlösung bemühen". Aber wie viele tun dies? Jeder ist bereit, für seine eigene Entwicklung und für sein eigenes Fortkommen zu arbeiten, aber sehr wenige wollen das für die anderen tun. Derselbe Autor sagt weiter: "Die Menschen wurden schon zu lange betrogen und getäuscht. Sie müssen ihre Idole stürzen, ihrem Scheinleben entsagen und beginnen, an sich selbst zu arbeiten. Aber jeder, der nur für sich selbst arbeitet, sollte besser ganz aufhören und lieber für andere, für alle arbeiten. Für jede Blume der Liebe und des Wohlwollens, die er im Garten seines Nachbarn pflanzt, wird in seinem eigenen ein Unkraut verschwinden. Und so wird dieser Garten der Götter – die Menschheit – wie ein Rosengarten erblühen. Dies wurde ganz klar in den heiligen Schriften aller Religionen gelehrt. Aber mutwillige Menschen haben diese Lehren zuerst falsch ausgelegt und schließlich abgeschwächt, materialisiert und verächtlich gemacht. Wir brauchen keine neue Offenbarung, jeder Mensch kann sich selbst eine Offenbarung sein. Sobald des Menschen unsterblicher Geist vom Tempel seines Körpers Besitz ergriffen und die Geldwechsler und alles Unreine verjagt hat, wird sein eigenes göttliches Menschsein ihm Erlösung bringen. Wenn er so eins mit sich selbst geworden ist, erkennt er den 'Erbauer des Tempels'".

Ich muß gestehen, das ist reiner Altruismus.

So ist es. Und wenn nur jedes zehnte Mitglied der Gesellschaft ihn wirklich praktizieren würde, dann wäre sie in der Tat eine auserwählte Körperschaft. Aber unter den Außenstehenden wird es immer Menschen geben, die sich weigern, den wesentlichen Unterschied zwischen der Theosophie und der Theosophischen Gesellschaft, zwischen der Idee und ihrer unvollkommenen Verkörperung, zu sehen. Diese würden jedes Vergehen und jede Unvollkommenheit des menschlichen Körpers dem reinen Geist zuschreiben, der ihn mit seinem göttlichen Licht erleuchtet. Widerfährt den beiden dadurch Gerechtigkeit? Sie werfen Steine auf eine Vereinigung, die versucht, ihr Ideal zu verwirklichen und zu verbreiten trotz aller Widerstände. Einige setzen die Theosophische Gesellschaft herab, nur weil sie sich bemüht, das zu erreichen, womit andere Systeme – vorzugsweise das kirchliche und staatliche Christentum – vollkommen gescheitert sind, und andere, weil es ihnen nur um die Erhaltung des bestehenden Zustandes geht. So machen es die Pharisäer und Sadduzäer in Moses Stuhl, die Zöllner und die Sünder, die sich in ihren hohen Stellungen breit machen, wie das Römischen Reich in seiner Periode der Dekadenz. Edel denkende Menschen sollten aber wissen, daß der Mensch, der tut, was in seinen Kräften steht, ebenso viel tut wie derjenige, der das meiste vollbracht hat in dieser Welt der relativen Möglichkeiten. Das ist eine einfache Wahrheit, axiomatisch illustriert für alle, die an das Evangelium glauben, durch die Parabel von den Talenten, die der Meister seinen Dienern gibt: Der Diener, der seine *zwei* Talente verdoppelt, wird ebenso hoch belohnt wie der andere Diener, der *fünf* Talente erhalten hatte. Jedem Menschen wird seinen Fähigkeiten gemäß gegeben.

Trotzdem ist es hier ziemlich schwierig, das Abstrakte vom Konkreten abzugrenzen, da wir nur nach dem letzteren urteilen können.

Warum wollen Sie dann gerade bei der Theosophischen Gesellschaft eine Ausnahme machen? Gerechtigkeit muß ebenso wie die Nächstenliebe im eigenen Heim beginnen. Wollen Sie die Bergpredigt schmähen und verspotten, weil Ihre sozialen, politischen und sogar religiösen Gesetze bisher nicht nur nicht in der Lage waren, die Vorschriften dieser Bergpredigt dem Geiste nach auszuführen, sondern nicht einmal dem toten Buchstaben nach? Schaffen Sie den Eid ab in den Gerichten, im Parlament, in der Armee und überall, und handeln Sie wie die Quäker, wenn Sie sich Christen nennen wollen! Schaffen Sie überhaupt die Gerichte ab, denn wenn Sie den Geboten Christi folgen *wollen*, dann müssen Sie dem, der Ihnen den Mantel nimmt, auch noch den Rock geben und dem Raufbold, der Sie auf die rechte Backe schlägt, auch die linke hinreichen. "Widersteht nicht dem Übel, liebet eure Feinde, segnet, die euch fluchen und tut Gutes denen, die euch hassen."; denn, "wer immer eines der kleinsten Gebote brechen mag und lehrt die Leute so, der soll der Geringste heißen im Himmelreich", und "wer immer sagen mag 'Du Narr', der ist des höllischen Feuers schuldig". Warum wollen Sie urteilen, wenn Sie nicht wollen, daß auch über Sie ein Urteil gesprochen wird? Wenn Sie darauf bestehen, daß zwischen der Theosophie und der Theosophischen Gesellschaft kein Unterschied ist, dann setzen Sie damit das System und das ganze Wesen des Christentums den gleichen Angriffen aus, nur in einer noch ernsteren Weise.

Warum ernster?

Während sich die Leitenden der theosophischen Bewegung ihre Unzulänglichkeiten eingestehen und alles versuchen, um Verbesserungen zu schaffen und die vorhandenen Übel in ihrer Gesellschaft auszumerzen, und während ihre Regeln und Vorschriften im Geiste der Theosophie ausgearbeitet sind, tun die Gesetzgeber und die Kirchen der Nationen und Länder, die sich christlich nennen, das Gegenteil. Unsere Mitglieder, auch die schlechtesten unter ihnen, sind nicht schlechter als die Durchschnitts-Christen. Wenn die westlichen Theosophen soviel Schwierigkeiten erfahren haben, ein wahres theosophisches Leben zu führen, so deshalb, weil sie alle Kinder ihrer Entwicklungsstufe sind. Jeder von ihnen war Christ, geboren und erzogen in der Sophistik seiner Kirche, in den sozialen Gewohnheiten und den paradoxen Gesetzen seiner Umgebung. Dies war er, bevor er Theosoph geworden ist oder vielmehr, bevor er Mitglied der Theosophischen Gesellschaft wurde: Man kann es nicht oft genug wiederholen, daß zwischen dem reinen Ideal und seinem Träger ein gewaltiger Unterschied ist.

Das Abstrakte und das Konkrete

Bitte erklären Sie den Unterschied zwischen der Theosophie und der Theosophischen Gesellschaft etwas näher.

Die Theosophische Gesellschaft ist eine große Körperschaft von Menschen, die aus den verschiedenartigsten Elementen zusammengesetzt ist. Theosophie in ihrer abstrakten Bedeutung ist Gottesweisheit, die Summe des Wissens und der

Weisheit, die dem Universum zugrunde liegt, die Homogenität des ewigen Guten. In ihrer konkreten Bedeutung ist sie die Summe all dessen, was dem Menschen von der Natur auf dieser Erde gegeben ist und nicht mehr. Einige Mitglieder bemühen sich ernsthaft, die Theosophie in ihrem Leben zu verwirklichen und sie sozusagen zu objektivieren, während andere sie nur kennenlernen wollen, ohne sie auszuüben, und wieder andere sich der Gesellschaft vielleicht aus bloßer Neugier angeschlossen haben oder auf Grund eines vorübergehenden Interesses, oder vielleicht nur deshalb, weil einige ihrer Freunde ihr angehören. Wie kann man also das System nach dem Niveau von Menschen beurteilen, die sich diesen Namen aneignen, ohne ein Recht darauf zu haben? Kann Poesie nur an den Möchtegern-Poeten gemessen werden, die unsere Ohren quälen? Die Gesellschaft kann nur in ihren abstrakten Beweggründen als Verkörperung der Theosophie betrachtet werden, sie kann sich niemals anmaßen, sich als ihren konkreten Träger zu bezeichnen, solange alle menschlichen Mängel und Schwächen in ihrer Körperschaft vertreten sind; sonst würde die Gesellschaft nur den großen Fehler und die Entweihungen der sogenannten christlichen Kirchen wiederholen. Wenn Sie einen östlichen Vergleich gestatten wollen, dann ist die Theosophie der uferlose Ozean der universalen Wahrheit, Liebe und Weisheit, dessen Glanz auf der Erde reflektiert wird, während die Theosophische Gesellschaft nur eine sichtbare Luftblase auf dieser Spiegelung ist. Die Theosophie ist die sichtbare und unsichtbare göttliche Natur, die Gesellschaft ist die menschliche Natur, die versucht, zu ihrem göttlichen Ursprung emporzusteigen. Theosophie ist die ewige Sonne und die Gesellschaft der vergängliche Komet, der versucht, auf einer Bahn ein Planet zu werden, und der immer innerhalb der Anziehung der Sonne der Wahrheit kreist. Die Theosophische Gesellschaft wurde gebildet, um zu helfen, den Menschen zu zeigen, daß so etwas wie Theosophie existiert und ihnen beizustehen, sich dadurch zu ihr zu erheben, daß sie ihre ewigen Wahrheiten studieren und aufnehmen.

Ich dachte, Sie sagten, daß Sie keine eigenen Lehrsätze haben?

Wir haben auch keine. Die Gesellschaft hat keine eigene Weisheit zu vertreten oder zu lehren. Sie ist nichts als das Lagerhaus aller Wahrheiten, die von den großen Sehern, Eingeweihten und Propheten der historischen und selbst prähistorischen Zeitalter ausgesprochen worden sind, zumindest aller jener, die sie erreichen kann. Sie ist daher nur der Kanal, durch den mehr oder weniger von der Wahrheit, die in den gesammelten Äußerungen der großen Lehrer der Menschheit zu finden ist, in die Welt fließt.

Aber kann solche Wahrheit nicht auch außerhalb der Gesellschaft erreicht werden? Behauptet nicht jede Kirche dasselbe von sich?

Keineswegs! Die unleugbare Existenz großer Eingeweihter, wahrer "Söhne Gottes", zeigt, daß solche Weisheit oft von einzelnen Individuen erreicht wurde, jedoch nie ohne die Führung eines Meisters. Aber die meisten ihrer Nachfolger engten, sobald sie ihrerseits Lehrer wurden, die Universalität dieser Lehren in die engen Gleise ihrer eigenen sektiererischen Dogmen ein. Dann wurden nur die Vorschriften eines einzigen Lehrers, den sie sich wählten, angenommen und befolgt, und alle anderen wurden ausgeschlossen – sofern diese überhaupt befolgt wurden. Beachten Sie das Beispiel von der Bergpredigt! Jede Religion ist so nur ein kleines Stückchen der göttlichen Wahrheit, das zum Brennpunkt des weiten Panoramas menschlicher Einbildungen gemacht wird, die den Anspruch erheben, diese Wahrheit darzustellen und zu ersetzen.

Aber Sie sagen, die Theosophie sei keine Religion?

Gewiß ist sie das nicht, da sie ja das innerste Wesen aller Religion und der absoluten Wahrheit ist, von welcher nur ein Tropfen jedem einzelnen Glaubensbekenntnis zugrunde liegt. Um wieder ein Gleichnis zu gebrauchen: Die Theosophie gleicht auf Erden dem weißen Licht des Spektrums und jede einzelne Religion nur je einer Farbe der sieben prismatischen Farben. Die anderen ignorierend und als falsch verfluchend, nimmt jeder einzelne farbige Strahl für sich nicht nur eine Priorität in Anspruch, sondern er behauptet, das weiße Licht selbst zu sein und spricht den Bannfluch sogar über seine eigenen helleren und dunkleren Färbungen als Häresien aus. Doch in dem Maße, als die Sonne der Wahrheit höher und höher am Horizont der menschlichen Fassungskraft steigt und jeder gefärbte Strahl stufenweise ausbleicht, bis er wieder resorbiert ist, wird die Menschheit nicht weiter mit künstlichen Aufspaltungen belastet sein, sondern sich im reinen farblosen Licht der ewigen Wahrheit baden. Und das wird Theosophia sein.

Sie behaupten also, daß alle großen Religionen von der Theosophie abgeleitet sind und daß die Welt dadurch, daß sie diese annimmt, am Ende vom Fluch der großen Täuschungen und Irrtümer befreit werden wird?

So ist es. Und wir fügen hinzu, daß unsere Theosophische Gesellschaft das bescheidene Samenkorn ist, welches schließlich, wenn es nur gepflegt und am Leben gelassen wird, den Baum der Erkenntnis von Gut und Böse hervorbringen wird, der auf den Baum des ewigen Lebens aufgepfropft ist. Denn nur durch das Studium der verschiedenen großen Religionen und Philosophien der Menschheit, nur dadurch, daß man sie leidenschaftslos und mit unvoreingenommenem Sinn vergleicht, kann der Mensch hoffen, zur Wahrheit zu gelangen. Besonders dadurch, daß wir ihre Gemeinsamkeiten herausfinden und sie beachten, können wir zu diesem Ergebnis gelangen. Erst wenn wir, sei es durch Studium, sei es durch die Belehrung eines Wissenden, zu ihrer inneren Bedeutung vorstoßen, finden wir nahezu in jedem Fall, daß darin irgendeine große Wahrheit der Natur ausgedrückt ist.

Wir haben von einem ehemaligen goldenen Zeitalter gehört, und was uns hier beschrieben wird, wäre ein goldenes Zeitalter, das in der Zukunft verwirklicht werden sollte. Wann soll das sein?

Nicht ehe die Menschheit als Ganzes die Notwendigkeit dafür spürt. Ein Grundsatz des persischen "Javidan Khirad" sagt: "Die Wahrheit ist von zweierlei Art. Die eine ist offenkundig und selbstverständlich, die andere fordert ständig neue Darlegungen und Beweise". Erst wenn diese letztere Art von Wahrheit allgemein sichtbar wird, wie sie jetzt noch verschwommen und deshalb der Verzerrung durch Sophisterei und Kasuistik ausgesetzt ist, und wenn die beiden Arten von Wahrheiten wieder eine sind, erst dann wird jedermann mit gleichen Augen sehen können.

Aber die Wenigen, die die Notwendigkeit für solche Wahrheiten fühlten, müssen sich doch entschlossen haben, an etwas Bestimmtes zu glauben? Sie sagen, daß die Gesellschaft keine eigenen Lehren hat und deshalb jedes Mitglied glauben kann, was es will und gelten lassen kann, was ihm gefällt. Dies sieht so aus, als ob die Theosophische Gesellschaft die Sprachen-und Glaubensverwirrung des alten babylonischen Turms wieder beleben wollte. Haben Sie gar keine gemeinsamen Glaubenssätze?

Wenn wir sagen, daß die Gesellschaft keine eigenen Glaubens- oder Lehrsätze hat, so bedeutet das, daß keinerlei besondere Lehren oder Glaubensanschauungen für die Mitglieder verpflichtend sind. Aber dies gilt natürlich nur für die Körperschaft als Ganzes. Die Gesellschaft ist, wie Sie wissen, in eine äußere und eine innere Körperschaft unterteilt. Diejenigen, die ihrem inneren Kreis angehören, haben natürlich eine eigene Philosophie oder, wenn Sie diesen Ausdruck vorziehen, ein eigenes religiöses System.

Können Sie uns sagen, welches dieses ist?

Wir machen kein Geheimnis daraus. Es wurde vor einigen Jahren in *The Theosophist* und in *Esoterischer Buddhismus* umrissen und findet sich ausgearbeitet in der *Geheimlehre*. Es gründet sich auf die älteste Philosophie der Welt, genannt die Weisheitsreligion oder die Archaische Lehre. Fragen Sie und ich werde Ihnen gerne nähere Erklärungen geben.

V

Die Grundlehren der Theosophie

Von Gott und vom Gebet

Glauben Sie an Gott?

Das kommt darauf an, was Sie unter diesem Ausdruck verstehen.

Ich meine den Gott der Christen, den Vater Jesu, den Schöpfer, kurz den biblischen Gott des Moses.

An einen solchen Gott glauben wir nicht. Wir lehnen die Vorstellung von einem persönlichen, außerkosmischen und anthropomorphen Gott ab, der nichts anderes ist als ein gigantisches Schattenbild des *Menschen* selbst und dabei nicht einmal des besten Menschen. Der Gott der Theologie, so sagen wir – und beweisen es auch –, ist ein Bündel von Widersprüchen und logischen Unmöglichkeiten. Darum wollen wir nichts mit ihm zu tun haben.

Legen Sie mir bitte Ihre Gründe dar.

Es gibt so viele, daß ich nicht alle erwähnen kann, aber hier sind einige: Dieser Gott wird von seinen Anhängern als unendlich und absolut bezeichnet, nicht wahr?

Ich glaube, daß er dies ist.

Nun, wenn er unendlich, das heißt, grenzenlos ist, und insbesondere, wenn er absolut ist, wie kann er dann eine Form haben und wie kann er der Schöpfer von irgend etwas sein? Form bedeutet Begrenzung und sowohl einen Anfang als auch ein Ende. Um etwas zu erschaffen, muß ein Wesen denken und planen. Wie kann vom Absoluten angenommen werden, daß es denkt, das heißt, daß es irgendeine Beziehung zu etwas Begrenztem, Bestimmtem und Bedingtem hat? Das ist eine philosophische und logische Absurdität. Selbst die hebräische Kabbala lehnt eine solche Vorstellung ab und macht daher aus dem einen und absoluten gottähnlichen Prinzip eine unendliche Einheit, die Ain-Soph[11] genannt wird. Um zu erschaffen, muß der Schöpfer tätig werden, und da dies für das Absolute unmöglich ist, mußte das unendliche Prinzip als eine indirekte Ursache der Evolution (nicht Schöpfung) dargestellt werden, das heißt durch die Emanation der Sephiroth aus sich selbst heraus. (Eine weitere Absurdität, die diesmal den Übersetzern der Kabbala anzulasten ist).[12]

---

11 Ain-Soph, das Unendliche oder Grenzenlose in und mit der Natur, das Nicht-Existierende, welches IST, aber nicht *ein Wesen* ist.

12 Wie kann das nicht-aktive, ewige Prinzip emanieren bzw. ausstrahlen? Das Parabrahm der Vedantisten tut nichts derartiges, ebensowenig das Ain-Soph der chaldäischen Kabbala.Es ist ein ewiges und periodisches Gesetz, welches eine aktive schöpferische Kraft (den Logos) veranlaßt, am Beginn eines jeden Maha-Manvantaras, am Beginn jedes neuen Lebenszyklus' aus dem ewig verborgenen und unbegreiflichen einen Prinzip hervorzugehen.

Aber wie steht es mit jenen Kabbalisten, die immer noch an Jehovah und das Tetragrammaton glauben?

Es steht ihnen frei, zu glauben was sie wollen, denn ihr Glaube oder Unglaube kann eine selbstverständliche Tatsache nicht berühren. Die Jesuiten sagen uns, daß 2 + 2 nicht mit Sicherheit immer 4 ist, da es vom Willen Gottes abhängt, aus 2 x 2 = 5 zu machen. Sollen wir deshalb ihre Sophisterei akzeptieren?

Dann sind Sie also Atheisten?

Nicht daß wir wüßten; es sei denn, daß die Bezeichnung Atheist auch auf jene angewendet wird, die nicht an einen anthropomorphen Gott glauben. Wir glauben an ein universales göttliches Prinzip, die Wurzel von ALLEM, aus dem alles hervorgeht und in das am Ende des ganzen Seinszyklus' alles wieder absorbiert sein wird.

Das ist die altbekannte Behauptung des Pantheismus. Wenn Sie Pantheisten sind, können Sie keine Deisten sein, und wenn Sie keine Deisten sind, können Sie sich nicht dagegen wehren, daß man Sie Atheisten nennt!

Nicht unbedingt. Der Ausdruck Pantheismus ist wieder eine der vielen falsch gebrauchten Bezeichnungen, deren ursprüngliche Bedeutung durch blindes Vorurteil und einseitige Betrachtung verzerrt worden ist. Wenn Sie die christliche Etymologie dieses zusammengesetzten Wortes annehmen und es aus "alles" und "Gott" bilden und sich vorstellen und lehren, dies bedeutet, jeder Stein und jeder Baum in der Natur sei ein Gott oder gar der EINE Gott, dann wären Sie im Recht, wenn Sie aus den Pantheisten Götzenanbeter machen. Sie werden damit aber keinen Erfolg haben, wenn Sie das Wort Pantheismus von seiner esoterischen Bedeutung ableiten, so wie wir es tun.

Nun, wie definieren Sie dieses Wort also?

Lassen Sie mich einmal fragen, was verstehen Sie unter Pan oder Natur?

Ich nehme an, Natur ist die Gesamtsumme aller um uns herum existierenden Dinge; das Vorhandensein von Ursachen und Wirkungen in der Welt der Materie, die Schöpfung, das Universum.

Demnach die personifizierte Summe und Anordnung von bekannten Ursachen und Wirkungen; die Summe aller begrenzten Wirkungen und Kräfte, völlig losgelöst von einem intelligenten Schöpfer oder Schöpfern, und vielleicht "aufgefaßt als eine einzige für sich bestehende Kraft", wie es in den Lexika beschrieben wird?

So ist es wohl.

Nun, wir meinen weder diese objektive und materielle Natur, die wir eine vergängliche Täuschung nennen, noch verstehen wir unter dem Wort *Pan* die Natur in dem Sinne, wie er vom lateinischen *natura* (*werdend* von nasci geboren werden) abgeleitet ist. Wenn im theosophischen Sinne von der Gottheit gesprochen und diese mit Natur gleichgesetzt wird, so ist die ewige und ungeschaffene Natur gemeint und keineswegs die Summe von vorübergehenden Schattenbildern und endlichen Unwirklichkeiten. Wir überlassen es den Hymnenmachern, das sichtbare Firmament oder den

Himmel Gottes Thron zu nennen und unsere niedere Erde als seinen Fußschemel zu bezeichnen. Unsere Gottheit ist weder in einem Paradies, noch in einem besonderen Baum, Gebäude oder Berg; sie ist überall, in jedem Atom des sichtbaren sowie des unsichtbaren Universums; in, über und um jedes unsichtbare Atom und teilbare Molekül herum, denn ES ist die geheimnisvolle Kraft der Evolution und Involution, das allgegenwärtige, allmächtige und ebenso allwissende schöpferische Wirkungsvermögen.

Einen Augenblick! Allwissenheit ist das Vorrecht von etwas Denkendem, und Sie sprechen ja Ihrer Absolutheit das Denkvermögen ab!

Wir sprechen sie dem Absoluten ab, da Denken etwas Begrenztes und Bedingtes ist. Aber Sie vergessen offenbar, daß in der Philosophie absolute Unbewußtheit zugleich auch absolutes Bewußtsein ist, denn sonst wäre es nicht *absolut*.

Dann denkt also Ihr "Absolutes"?

Nein. Das tut ES nicht; aus dem einfachen Grunde, weil es selbst *absoluter Gedanke* ist. Aus dem gleichen Grunde existiert es auch nicht, da es absolute Existenz ist, es ist *Sein* und nicht ein Wesen. Lesen Sie das wunderbare kabbalistische Gedicht von Solomon Ben Yehudah Gabirol im Kether-Malkuth und Sie werden verstehen: "Du bist eins, die Wurzel aller Zahlen, aber nicht als ein Element des Zählens, denn Einheit gestattet weder Multiplikation, Veränderung noch Form. Du bist eins, und im Geheimnis deiner Einheit sind die weisesten Menschen verloren, denn sie erkennen sie nicht. Du bist eins, und Deine Einheit wird nie vermindert oder erweitert und kann nicht verändert werden. Du bist eins, und keiner meiner Gedanken kann Dir eine Grenze setzen oder dich klar umreißen. Du BIST, aber nicht als ein Existierendes, denn das Verstehen und die Schau von Sterblichen kann Dein Sein nicht erreichen, noch kann es für Dich das Wo, das Wie und das Warum bestimmen". Kurz, unsere Gottheit ist der ewige, unaufhörlich *entwikkelnde, nicht erschaffende* Erbauer des Universums. *Das Universum entfaltet sich aus seiner eigenen Essenz, es wird nicht erschaffen.* Es ist, symbolisch ausgedrückt, eine Kugel ohne Umfang, die eine einzige ständig wirksame Eigenschaft hat, welche alle anderen existierenden und denkbaren Eigenschaften einschließt – sich selbst. Es ist das eine Gesetz, das den Anstoß für die manifestierten, ewigen und unveränderlichen Gesetze gibt, innerhalb des nie manifestierenden, *weil* absoluten Gesetzes, welches in seinen Manifestationsperioden das *Immer-Werdende* ist.

Ich habe einmal von einem Ihrer Mitglieder die Bemerkung gehört, daß die universale Gottheit, da sie überall sei, sowohl in würdigen als auch in unwürdigen Gefäßen gegenwärtig sei und daher z.B. auch in jedem Atom meiner Zigarrenasche. Ist das nicht glatte Gotteslästerung?

Ich denke nicht, denn einfache Logik kann kaum als Gotteslästerung betrachtet werden. Wollten wir das allgegenwärtige Prinzip auch nur von einem einzigen mathematischen Punkt im Universum oder von einem einzigen Materieteilchen, das einen wahrnehmbaren Raum einnimmt, ausschließen, könnten wir es dann noch als unendlich betrachten?

Ist es notwendig zu beten?

Glauben Sie an den Wert des Gebetes, und beten Sie jemals?

Nein, wir handeln anstatt zu reden.

Sie bringen also nicht einmal dem absoluten Prinzip Gebete dar?

Warum sollten wir? Da wir sehr beschäftigte Menschen sind, können wir es uns kaum leisten, damit Zeit zu verlieren, daß wir Wortgebete an eine reine Abstraktion richten. Nur die Teile des Unerkennbaren sind fähig, miteinander in Beziehung zu treten, das Unerkennbare ist aber, soweit es begrenzte Beziehungen betrifft, nicht existent. Das sichtbare Universum hängt hinsichtlich seiner Existenz und seiner Erscheinungen von seinen wechselseitig aufeinander einwirkenden Formen und ihren Gesetzen ab, nicht von Gebeten.

Also glauben Sie überhaupt nicht an die Wirksamkeit von Gebeten?

Nicht an wortreiche Gebete, die dauernd wiederholt werden, und wenn Sie unter Gebet eine äußerliche Bitte verstehen, die an einen unbekannten Gott gerichtet ist, eine Übung, die von den Juden erfunden und von den Pharisäern populär gemacht wurde.

Gibt es eine andere Art von Gebet?

Sicherlich; wir nennen es Willensgebet, und es ist eher ein innerer Befehl als eine Bitte.

Zu wem beten Sie dann, wenn Sie es tun?

Zu unserem "Vater im Himmel" in seiner esoterischen Bedeutung.

Ist dies verschieden von der Bedeutung, die ihm in der Theologie gegeben wird?

Sie ist gänzlich verschieden. Ein Okkultist oder Theosoph richtet sein Gebet an "*seinen Vater im Verborgenen*" (lesen Sie Matth. 6,6 und versuchen Sie, diese Stelle zu verstehen), und nicht an einen außerkosmischen und darum begrenzten Gott; und dieser "Vater" ist im Menschen selbst.

Dann machen Sie aus dem Menschen einen Gott?

Sagen Sie bitte "Gott" und nicht *einen* Gott. Von unserem Standpunkt aus ist der innere Mensch der einzige Gott, von dem wir irgendeine Kenntnis erlangen können. Wie könnte es auch anders sein? Wenn Sie unserer Grundvoraussetzung, daß Gott ein universales, alles durchdringendes, unendliches Prinzip ist, stattgeben, wie könnte dann der Mensch davon ausgenommen werden, von dieser Gottheit durchdrungen zu sein? Wir nennen jene göttliche Essenz unseren "Vater im Himmel", die wir in uns, in unserem Herzen und in unserem spirituellen Bewußtsein erkennen können, und die nichts mit dem anthropomorphen Bild zu tun hat, das wir von ihr in unserem physischen Gehirn und unserer Phantasie formen mögen. "Wißt ihr nicht, daß ihr der Tempel Gottes seid, und daß der Geist (des absoluten) Gottes in euch wohnt?"[13]? (1. Kor. 3, 16) Es möge aber niemand

---

13 In theosophischen Schriften findet man oft einander widersprechende Darlegungen über das Christos-Prinzip im Menschen. Manche

diese Essenz in uns vermenschlichen. Es möge kein Theosoph, wenn er sich an die göttliche und nicht bloß menschliche Wahrheit halten will, sagen, daß dieser "Gott im Verborgenen" dem irdischen Menschen Gehör schenkt oder, daß er – sei es vom irdischen Menschen, sei es vom unendlichen Sein – unterschieden sei, denn alles ist eins. Er möge auch nicht, wie schon bemerkt, sagen, daß ein Gebet eine Bitte ist; es ist eher ein Mysterium, ein okkulter Vorgang, durch welchen begrenzte, bedingte Gedanken und Wünsche, die von dem unbedingten, absoluten Geist nicht assimiliert werden können, in spirituelle Willensäußerungen und in Willen selbst umgewandelt werden; solch ein Prozeß wird "spirituelle Transmutation" genannt. Die Intensität unseres glühenden Strebens verwandelt das Gebet in den "Stein der Weisen", in das, was Blei in reines Gold verwandelt. Die einzige homogene Essenz, unser "Willensgebet" wird zu einer aktiven schöpferischen Kraft, die die Wirkungen hervorruft, die wir wünschen.

---

nennen es das sechste Prinzip (Buddhi), andere das siebente (Atma). Wenn christliche Theosophen solche Ausdrücke gebrauchen wollen, dann sollten sie diese philosophisch korrekt nach der Analogie der Symbole der alten Weisheitsreligion verwenden. Wir sagen, daß Christos nicht nur eines der drei höheren Prinzipien ist, sondern betrachten alle drei als Dreieinigkeit. Diese Dreieinigkeit repräsentiert den Heiligen Geist, den Vater und den Sohn, und entspricht dem abstrakten Geist, dem differenzierten Geist und dem verkörperten Geist. Krishna und Christus sind philosophisch das gleiche Prinzip in ihrem dreifachen Aspekt der Manifestation. In der Bhagavad Gita finden wir, daß Krishna sich unterschiedslos Atman, den abstrakten Geist, Kshetrajna, das höhere und inkarnierende Ego und das universale Selbst nennt. Alles Namen, die, wenn man sie vom Universum auf den Menschen überträgt, *Atma, Buddhi und Manas* entsprechen. Die *Anugita* ist von der gleichen Lehre erfüllt.

Wollen Sie damit sagen, daß das Gebet ein okkulter Vorgang ist, der physische Ergebnisse hervorbringt?

Ja. Die *Willenskraft* wird zu einer lebendigen Kraft. Aber wehe dem Okkultisten und Theosophen, der Wellen der Willenskraft für egoistische und unheilige Zwecke emporsendet, anstatt die Begierde des niederen persönlichen *Ich* oder physischen Menschen auszulöschen und zu seinem *höheren* spirituellen Ego, das in atmisch-buddhisches Licht getaucht ist, zu sagen, "dein Wille geschehe und nicht der meine"! Denn das ist schwarze Magie und verabscheuungswürdige spirituelle Zauberei. Unglücklicherweise ist das die Lieblingsbeschäftigung unserer christlichen Staatsmänner und Generäle, besonders wenn letztere zwei Armeen marschieren lassen, um einander zu ermorden. Beide huldigen, ehe sie handeln, für eine Weile solcher Zauberei, indem jeder von ihnen zu dem gleichen Gott der Heerscharen Gebete emporsendet und ihn anfleht, ihm zu helfen, seinen Feinden die Kehle durchzuschneiden.

David betete ja auch zum Herrn der Heerscharen, ihm zu helfen, die Philister zu besiegen und die Syrer und Moabiter zu erschlagen, und "der Herr beschützte David, wohin immer er ging". Damit folgen wir nur dem, was wir in der Bibel finden.

Richtig! Aber da Sie sich Christen zu nennen pflegen und nicht Israeliten oder Juden, soweit mir bekannt ist, warum folgen Sie nicht lieber dem, was Christus sagt? Er befiehlt deutlich, nicht "dem Gesetz der alten Zeiten", dem mosaischen Gesetz zu folgen, sondern zu handeln, wie er es lehrte. Und er warnte jene, die mit dem Schwerte töten, daß auch sie durch das Schwert zugrunde gehen werden. Christus hat euch ein Gebet gegeben, aus dem ihr aber ein Lippengebet und eine bloße Prahlerei gemacht habt, ein Gebet, das nur ein wahrer Okkultist versteht. In diesem Gebet sagt ihr, der Bedeutung der toten Buchstaben nach: "Vergib uns unsere Schuld, wie auch wir vergeben unseren Schuldigern" (Matth. 6, Vers 12), was ihr aber niemals tut. Außerdem lehrte er euch, *eure Feinde zu lieben* und *denen Gutes zu tun, die euch hassen*. Es ist sicherlich nicht der "demütige Prophet aus Nazareth", der euch lehrt, zu euerem Vater zu beten, andere zu töten und über euere Feinde zu siegen. Das ist der Grund, warum wir das, was Sie Gebete nennen, ablehnen.

Aber wie erklären Sie die Tatsache, daß alle Nationen und Völker einen Gott oder Götter verehren und zu ihnen gebetet haben? Manche haben auch Teufel und böse Geister angebetet und sie gnädig zu stimmen versucht. Dies beweist doch nur die Universalität des Glaubens an die Wirksamkeit des Gebetes.

Es wird durch die Tatsache erklärt, daß das Gebet neben der Bedeutung, die ihm von den Christen gegeben wird, noch verschiedene andere Bedeutungen hat. Es bedeutet nicht nur eine *Bitte* oder ein Verlangen, es bedeutete in den alten Zeiten vielmehr eine Anrufung und Beschwörung. Der Mantram, das rhythmisch gesungene Gebet der Hindus, hat eine solche Bedeutung, denn die Brahmanen sehen sich selbst als höherstehend als die gewöhnlichen Devas oder "Götter". Ein Gebet kann auch eine Anrufung oder Beschwörung zur Verwünschung sein, wie im Fall der zwei Armeen, die gleichzeitig um ihre wechselseitige Vernichtung sowie um Segen bitten. Und da die große Mehrheit der Menschen äußerst selbstsüchtig ist, nur für sich selbst betet und bittet, daß ihr das “tägliche Brot” gegeben wird, anstatt etwas dafür zu tun, und Gott bittet, sie nicht in “Versuchung” zu führen, sondern sie (und zwar nur die Bittsteller) vom Übel zu erlösen, ist das Gebet, so wie es jetzt verstanden wird, in doppelter Hinsicht verderblich. Erstens tötet es im Menschen das Selbstvertrauen und zweitens entfaltet es in ihm eine noch wildere Selbstsucht und Selbstgefälligkeit, als er sie bereits von Natur aus besitzt. Ich wiederhole: Wir glauben an eine “Kommunion” und ein gleichzeitiges Handeln im Einklang mit unserem “Vater im Verborgenen”; und wir glauben auch, daß es seltene Augenblicke einer ekstatischen Glückseligkeit gibt, wenn unsere höhere Seele sich mit der universalen Essenz vereint, angezogen von ihrem Ursprung, ihrem inneren Mittelpunkt, ein Zustand, der während des Lebens Samadhi und nach dem Tode Nirvana genannt wird. Wir weigern uns aber, zu erschaffenen, begrenzten Wesenheiten zu beten, wie Götter, Heilige, Engel und dergleichen, denn dies betrachten wir als Götzendienst. Zum Absoluten aber können wir nicht beten aus den Gründen, die vorher erklärt worden sind. Darum bemühen wir uns, an die Stelle fruchtlosen und nutzlosen Betens verdienstvolle und wohltätige Handlungen zu setzen.

Die Christen würden dies Hochmut und Gotteslästerung nennen.

Ganz sicher. Aber sie sind diejenigen, die im Gegensatz dazu einen teuflischen Hochmut zeigen in ihrem Glauben, daß das Absolute oder Unendliche – selbst wenn es die Möglichkeit einer Beziehung gäbe zwischen dem Nicht-Bedingten und dem Bedingten – sich so erniedrigen läßt und jedes närrische und selbstgefällige Gebet erhört. Und es sind wiederum sie, die Gotteslästerung betreiben, indem sie lehren, daß ein wissender und allmächtiger Gott gesprochene Gebete benötigt, um zu wissen, was er zu tun hat! Dies wurde, esoterisch verstanden, von Buddha und Jesus bekräftigt. Der eine sagt: "Suche nichts bei den hilflosen Göttern – bete nicht, handle lieber! Denn die Dunkelheit wird nicht leuchten. Frage nicht die Stille, denn sie kann weder sprechen noch hören". Und Jesus empfiehlt: "Was immer ihr in meinem Namen bitten werdet (dem von Christos), will ich tun (Joh. 14, 13). Natürlich richtet sich dieses Zitat, wenn wörtlich genommen, gegen unser Argument. Aber wenn wir es in seiner esoterischen Bedeutung nehmen, in der vollen Kenntnis der Bedeutung des Begriffs "Christos", der für uns *Atma-Buddhi-Manas* darstellt, das SELBST, dann bedeutet es folgendes: Den einzigen Gott, den wir anerkennen und zu dem wir beten, oder mit dem wir in Einklang handeln müssen, ist der Geist Gottes, von dem unser Körper der Tempel ist und in dem er wohnt.

Beten tötet das Selbstvertrauen

Aber hat Christus nicht selbst gebetet und das Gebet empfohlen?

So wird es berichtet; doch sind diese "Gebete" von der bereits beschriebenen Art; eine Vereinigung mit seinem "Vater im Verborgenen". Wenn man andererseits Jesus mit der universalen Gottheit gleichstellt, dann wäre man doch zu der unlogischen Folgerung gezwungen, daß er, der "wahrhaftige Gott", *sich selbst anbetet* und den Willen Gottes von seinem eigenen abgesondert habe.

Es soll noch ein Grund angeführt werden und zwar ein solcher, den viele Christen anführen. Sie sagen: "Ich fühle, daß ich nicht imstande bin, durch meine eigene Kraft meine Leidenschaften und meine Schwächen zu besiegen. Aber wenn ich zu Jesus Christus bete, dann fühle ich, daß er mir Stärke gibt und daß ich durch seine Kraft siegen kann".

Kein Wunder. Wenn "Jesus Christus" Gott und unabhängig und getrennt vom Betenden ist, so muß ihm, dem "allmächtigen Gott", doch alles möglich sein. Aber wo bleibt bei einer solchen Überwindung das Verdienst oder die Gerechtigkeit? Warum sollte der falsche Sieger für etwas belohnt werden, was ihn nur ein Gebet kostete? Würden Sie als gewöhnlich Sterblicher einem Arbeiter den vollen Tageslohn bezahlen, wenn Sie selbst alle Arbeit für ihn tun müßten, er aber unter einem Apfelbaum säße und die ganze Zeit zu Ihnen betete dies zu tun? Diese Idee, sein ganzes Leben in moralischer Trägheit zuzubringen und seine Arbeit und Pflicht von einem andern tun zu lassen, sei es Gott oder Mensch, ist für den Theosophen empörend und erniedrigend.

Das mag vielleicht so sein; doch ist die Idee, auf einen persönlichen Erlöser zu vertrauen, der helfend und stärkend in den Lebenskampf einwirkt, nun einmal eine Grundlage des modernen Christentums. Und es besteht kein Zweifel, daß ein solcher Glaube subjektiv wirksam ist, das heißt, daß diejenigen, die glauben, tatsächlich fühlen, es werde ihnen geholfen und sie würden gestärkt.

Aber es besteht doch auch kein Zweifel daran, daß einige Patienten der "christlichen" oder "mentalen Wissenschaftler", der großen *Leugner*[14], bisweilen geheilt werden. Auch kann kein Zweifel bestehen, daß Hypnose, Suggestion, Psychologie und auch die Medialität solche Ergebnisse ebenso oft, wenn nicht noch häufiger hervorbringen. Bei einer solchen Schlußfolgerung wird lediglich auf die Erfolge gesehen und diese als Beweis betrachtet. Aber wie steht es mit den Mißerfolgen, deren Zahl eine zehnmal größere ist? Es wird doch niemand behaupten wollen, daß Mißerfolge unbekannt sind, selbst wenn der Glaube unter fanatischen Christen noch so blind sein sollte?

Aber wie können Sie jene Fälle erklären, die erfolgreich sind? Woher nimmt der Theosoph die Kraft, um seine Leidenschaften und Selbstsucht zu überwinden?

Aus seinem Höheren Selbst, dem göttlichen Geist, dem Gott in ihm und aus seinem Karma. Es muß immer wieder wiederholt werden, daß man den Baum an seinen Früchten erkennt, die Art der Ursachen an ihren Wirkungen. Sie sprechen von Überwindung von Leidenschaften und davon, daß Gutes entstehen könne durch und mit Hilfe von Gott oder Christus. Wir fragen jedoch, wo findet man mehr tugendhafte, schuldlose Menschen, die sich der Sünde und des Verbrechens enthalten, im Christentum oder im Buddhismus, in christlichen oder heidnischen Ländern? Es gibt statistische

---

14 Eine neue Sekte von Heilern, die durch Ableugnung von allem, außer dem Geist, der weder leiden noch krank sein kann, alle Übel zu heilen vorgeben, vorausgesetzt, daß der Patient den Glauben hat, daß nicht existieren kann, was er leugnet. Eine neue Form von Selbsthypnose.
Anmerkung des Herausgebers: Gemeint sind die "mentalen Heiler" der Glaubensgemeinschaft der "Christlichen Wissenschaft", 1879 von Mary Baker-Eddy gegründet.

Erhebungen, die unsere Behauptungen beweisen. Betrachtet man die Angaben der letzten Volkszählung in Ceylon und Indien und die vergleichenden Statistiken der Straftaten, die von Christen, Moslems, Hindus, Eurasiern, Buddhisten etc. begangen wurden, dann kommt es bei einer Zufallserhebung von je 2 Millionen Einwohnern zu einer Proportion von 15 von Christen zu 4 von Buddhisten begangenen Straftaten. (Vgl. *Lucifer*, April 1888, S. 147). Jeder Orientalist, alle bedeutenden Historiker und Reisenden in buddhistischen Ländern, von Bischof Bigandet und Abbé Huc bis zu Sir William Hunter und jedem unvoreingenommenen Amtsträger, sie alle werden die Palme der Tugenden den Buddhisten und nicht den Christen zusprechen. Und doch haben die ersteren keinen Glauben an irgendeinen Gott, noch an eine ihnen jenseits dieser Welt zuteil werdende Belohnung. (Jedenfalls nicht die echte siamesisch-buddhistische Sekte). Sie beten nicht, weder die Priester, noch die Laien. "Beten", so würden sie verwundert fragen, "zu wem oder zu was"?

Dann sind sie doch wirkliche Atheisten?

Ohne Zweifel; sie sind die tugendhaftesten Menschen auf der ganzen Welt. Der Buddhismus sagt: "Achte die Religionen anderer Menschen und bleibe deiner eigenen treu"; während die christliche Kirche alle Götter anderer Völker für Teufel erklärt und jedenNicht–Christen zur ewigen Verdammnis verurteilt.

Tut nicht die buddhistische Priesterschaft dasselbe?

Niemals. Sie hält sich zu sehr an die weise Vorschrift im DHAMMAPADA, in der es heißt: "Wenn ein Mensch, ob gelehrt oder nicht, sich so erhaben fühlt, daß er andere verachtet, so ist er wie ein Blinder, der eine Kerze hält; selbst blind, leuchtet er anderen".

Vom Ursprung der menschlichen Seele

Worauf führen Sie es also zurück, daß der Mensch mit Geist und Seele begabt ist? Woher kommen diese?

Von der Universalseele. Ganz bestimmt sind sie ihm nicht von einem *persönlichen* Gott verliehen. Woher kommt das feuchte Element in einer Qualle? Von dem Ozean, der sie umgibt, in dem sie lebt und atmet und ihr Dasein hat, und in den sie wieder zurückkehrt, wenn sie sich auflöst.

So lehnen Sie die Lehre ab, daß die Seele dem Menschen von Gott gegeben oder eingehaucht ist?

Wir müssen sie ablehnen. Die "Seele", von der in der Genesis, Kap. 2, Vers. 7, gesprochen wird, ist, wie dort ausdrücklich dargelegt wird, die "lebendige Seele" oder *Nephesh* (die *vitale*, tierische Seele), mit der Gott (wir sagen die "Natur" und das *unveränderliche Gesetz*) den Menschen gleich jedem Tier ausstattet. Es ist keineswegs die denkende Seele oder der Verstand, am allerwenigsten ist sie der *unsterbliche Geist*.

Wir wollen es anders ausdrücken: Ist es Gott, der dem Menschen eine menschliche, vernünftige Seele und einen unsterblichen Geist verleiht?

So wie Sie die Frage formulieren, müssen wir neuerlich widersprechen. Da wir an keinen *persönlichen* Gott glauben, wie sollen wir dann glauben, daß er dem Menschen irgend etwas verleiht? Aber selbst, wenn wir nur um der Diskussion willen einräumen, daß es einen Gott gibt, der das Risiko auf sich nimmt, für jedes neugeborene Kind eine neue Seele zu erschaffen, so ist alles, was dazu zu sagen ist, daß man von einem solchen Gott kaum behaupten kann, daß er selbst mit Weisheit und Voraussicht begabt ist. Bestimmte andere Schwierigkeiten und die Unmöglichkeit, dies mit der Forderung zu vereinbaren, daß dieser Gott barmherzig, gerecht und allwissend sei, sind lauter tödliche Klippen, an denen dieses theologische Dogma täglich und stündlich zerschellt.

Was für Schwierigkeiten sind da gemeint?

Ich denke da an ein unwiderlegbares Argument, das ein singhalesischer buddhistischer Priester, ein berühmter Prediger, einem christlichen Missionar in meiner Gegenwart vorlegte, der keineswegs unwissend oder für eine öffentliche Diskussion, in der diese Frage aufgegriffen wurde, unvorbereitet gewesen wäre. Es war in der Nähe von Colombo und der Missionar hatte den Priester Megituwatte aufgefordert, ihm die Gründe anzugeben, warum die Heiden den christlichen Gott nicht anerkennen sollten. Nun, der Missionar blieb bei dieser denkwürdigen Diskussion, wie gewöhnlich, der Unterlegene.

Ich würde gerne den Grund dafür erfahren.

Der buddhistische Priester stellte dem Pater ganz einfach die Frage, ob sein Gott Moses die Gesetze gegeben habe, die nur die Menschen einzuhalten hätten, Gott selbst aber übertreten könne. Der Missionar leugnete das entrüstet. “Nun gut", sagte sein Gegner, "Sie sagen, Gott mache bei dieser Regel keine Ausnahme und es könne ohne seinen Willen keine Seele geboren werden. Nun verbietet Gott, unter anderem, den Ehebruch, und doch sagen Sie im gleichen Atemzug, daß er es ist, der jedes Kind erschafft und mit einer Seele beschenkt. Sollen wir es also so verstehen, daß Millionen von Kindern, die durch Ehebruch u. ä. geboren werden, das Werk eures Gottes sind? Daß euer Gott die Verletzung seiner Gesetze bestraft und doch *täglich und stündlich Seelen für derartige Kinder erschafft*? Nach der einfachsten Logik macht sich euer Gott zum Mitschuldigen bei solchen Verbrechen. Denn ohne seine Hilfe und seine Einmischung könnten diese Kinder der Wollust nicht geboren werden. Wo ist da die Gerechtigkeit, wenn nicht nur die schuldigen Eltern, sondern auch die unschuldigen Kinder bestraft werden für das, was durch gerade diesen Gott getan wird, den ihr allerdings selbst von jeder Schuld losspricht?" Der Missionar blickte auf seine Uhr und fand plötzlich, daß es zur Fortsetzung der Diskussion schon zu spät sei.

Sie vergessen, daß alle diese unerklärlichen Fälle Mysterien sind, und daß die christliche Religion ihren Bekennern verbietet, in die Geheimnisse Gottes einzudringen.

Das soll durchaus nicht vergessen werden. Aber dennoch müssen solche Unmöglichkeiten verworfen werden. Auch verlangen wir nicht, daß jeder das glaubt, was wir glauben und antworten ja nur auf die gestellten Fragen. Wir haben jedenfalls für Ihre "Mysterien" einen anderen Namen.

Die buddhistischen Lehren über die Seele

Was lehrt der Buddhismus über die Seele?

Die Antwort auf diese Frage hängt davon ab, ob Sie den exoterischen, volkstümlichen Buddhismus meinen oder seine esoterischen Lehren. Über ersteren findet sich im *Buddhist Catechism* folgende Erklärung: "Seele ist eine Bezeichnung, die von den Unwissenden benützt wird, um eine falsche Vorstellung auszudrücken. Wenn alles dem Wechsel unterworfen ist, dann gilt dies auch für den Menschen, und jeder materielle Teil in ihm muß sich verändern. Was der Veränderung unterworfen ist, ist nichts Bleibendes, und daher kann es für etwas Veränderliches kein Überleben zur Unsterblichkeit geben". Dies erscheint klar und bestimmt. Wenn wir jedoch zu der Frage kommen, daß die neue Persönlichkeit in jeder Wiedergeburt die Ansammlung von *Skandhas* oder der Eigenschaften der *alten* Persönlichkeit ist und dann fragen, ob diese neue Ansammlung von *Skandhas* ein *neues* Wesen ist, in dem nichts von dem Vorhergehenden übriggeblieben ist, dann lesen wir folgendes: "In einem Sinne ist es ein neues Wesen, in einem anderen Sinne ist es das nicht. Auch während dieses Lebens verändern sich die Skandhas ständig. Während ein Mann mit vierzig Jahren – soweit es seine Persönlichkeit betrifft – mit dem Jüngling, der er mit achtzehn Jahren war, identisch ist, so ist er doch durch den beständigen Verschleiß und die Regeneration seines Körpers, sowie durch die Veränderungen in seinem Denken und in seinem Charakter ein anderes Wesen. Trotzdem erntet der Mensch in seinem Alter gerechterweise die Belohnungen oder Leiden, die seine Gedanken und Handlungen in allen früheren Stadien seines Lebens verursacht haben. So ist das neue Wesen in einer Wiedergeburt zwar die *gleiche Individualität* (nicht die gleiche Persönlichkeit) wie in der vorhergehenden, sie hat nur eine veränderte Gestalt, eine neue Ansammlung von Skandhas, und sie erntet daher gerechterweise die Folgen ihrer Handlungen und Gedanken der vorhergegangenen Existenz." Das ist eine etwas schwer verständliche Metaphysik, drückt aber keineswegs einen mangelnden Glauben an die Seele aus.

Wird nicht etwas Ähnliches in dem Buch Esoteric Buddhism *angesprochen?*

Ja, denn diese Lehre gehört zu beiden; zum *esoterischen Budhismus*, der Geheimen Weisheit, und zum exoterischen Buddhismus, der Religionsphilosophie Gautama Buddhas.

Aber es wird doch ausdrücklich gesagt, daß die meisten Buddhisten nicht an die Unsterblichkeit der Seele glauben.

Ebensowenig wie wir, wenn Sie unter Seele das *persönliche* Ego, die Lebens-Seele, das *Nephesh*, verstehen. Aber jeder gebildete Buddhist glaubt an das individuelle oder *göttliche* Ego. Jene, die es nicht tun, irren in diesem Punkt ebenso wie jene Christen, welche die theologischen Hinzufügungen der späteren Redaktoren der Evangelien über die Verdammnis und das Höllenfeuer fälschlich für wörtliche Äußerungen Jesu halten. Weder Buddha noch "Christus" schrieben selbst irgend etwas. Aber beide sprachen in Allegorien und machten "dunkle" Äußerungen, wie alle wahren Eingeweihten es immer getan haben und es noch für eine lange Zeit in der Zukunft tun werden. Beide Schriften behandeln solche metaphysischen Fragen sehr vorsichtig, und die Schriften, sowohl der Buddhisten als auch jene der Christen, versündigen sich durch dieses Übermaß an Exoterik. Die wörtliche Bedeutung der toten Buchstaben schießt in beiden Fällen weit über das Ziel hinaus.

Vertreten Sie also die Auffassung, daß weder die Lehren Buddhas noch jene Christi bisher richtig verstanden worden sind?

Genau das will ich sagen. Beide Evangelien, das buddhistische und das christliche, wurden um desselben Zieles willen gepredigt. Beide Reformer waren glühende Philanthropen und praktische *Altruisten*. Sie *predigten unmißverständlich einen Sozialismus* der edelsten und höchsten Art, Selbstaufopferung bis zum bitteren Ende. “Mögen die Sünden der ganzen Welt auf mich fallen, damit ich das Elend und das Leiden der Menschen erleichtern kann”, ruft Buddha; “nimmer riefe mir vergebens einer, den ich retten kann”, ruft der Prinzen-Bettler aus, der in weggeworfene Lumpen der Begräbnisplätze gekleidet ist. “Kommt her zu mir alle, die ihr mühselig und beladen seid, ich will euch erquicken” (Matth. 11, Vers 28), lautet der Ruf an die Armen und Enterbten, der von dem “Schmerzensmann” ausgeht, der nichts hat, wohin er sein Haupt legen kann. Die Lehren beider sind grenzenlose Liebe zur Menschheit, Barmherzigkeit, Vergebung von Unrecht, Selbstvergessenheit und Mitgefühl für die betrogenen Massen. Beide zeigen die gleiche Verachtung für den Reichtum und machen keinen Unterschied zwischen Mein und Dein. Beide wollten, ohne die heiligen Mysterien der Einweihung zu enthüllen, den Unwissenden und Irregeleiteten, für die die Last des Lebens zu schwer war, Hoffnung und Andeutungen der Wahrheit geben, die ausreichten, um sie in ihren schwersten Stunden zu stärken. Aber die Absicht beider Reformer wurde durch den Übereifer ihrer späteren Nachfolger vereitelt. Die Worte der Meister wurden mißverstanden und falsch ausgelegt und die Folgen davon können wir heute sehen.

Buddha hatte sicherlich auch die Unsterblichkeit der Seele abgelehnt, wenn alle Orientalisten und seine eigenen Priester dies sagen!

Die Arhats begannen dem Werk ihres Meisters zu folgen, aber die Mehrheit der später folgenden Priester war nicht eingeweiht, genau wie im Christentum. So kam es, daß die großen esoterischen Wahrheiten langsam fast verloren gingen. Ein Beweis dafür sind die zwei siamesischen Sekten in Ceylon. Eine davon glaubt, daß der Tod die völlige Vernichtung der Individualität und der Persönlichkeit ist, während die andere Nirvana so erklärt, wie wir Theosophen es tun.

Warum stellen Buddhismus und Christentum in diesem Fall zwei entgegengesetzte Pole solchen Glaubens dar?

Weil die Bedingungen, unter denen sie gepredigt wurden, nicht die gleichen waren. In Indien hatten die Brahmanen, eifersüchtig auf ihr höheres Wissen, alle anderen Kasten davon ausgeschlossen und Millionen Menschen zum Götzendienst, ja nahezu zum Fetischismus getrieben. Buddha mußte einem Übermaß von ungesunder Phantasie und fanatischem, aus Unwissenheit entstandenem Aberglauben, wie er vor- und nachher kaum je existierte, den Todesstoß versetzen. Besser ein philosophischer Atheismus als eine solch unwissende Anbetung jener, "die zu ihren Göttern flehen, ungehört und unbeachtet", und die in geistiger Verzweiflung leben und sterben. Er mußte vor allem zuerst dieser

Überfülle von Aberglauben Einhalt gebieten und die Irrtümer ausrotten, ehe er die Wahrheit verkündete. Und da er nicht alle Wahrheiten preisgeben konnte, aus denselben guten Gründen wie Jesus, der seine Jünger daran erinnerte, daß die Geheimnisse des Himmelreiches nur für die Auserwählten sind und nicht für die unintelligenten Massen, und der zu ihnen darum in "Gleichnissen" (Matth. 13, 3, 11) sprach, so verleitete die Vorsicht Buddha dazu, *zu viel zu verbergen*. Er lehnte es sogar ab, dem Mönch Vacchagotta die Frage zu beantworten, ob es im Menschen ein Ego gibt oder nicht. Zur Antwort gedrängt, "hüllte sich der Erhabene in Schweigen"[15]

---

15 In den von Oldenburg aus dem *Samyatta Nikaya* übersetzten Dialog gibt Buddha seinem initiierten Schüler Ananda, der ihn nach dem Grund für sein Stillschweigen fragt, eine offene und eindeutige Antwort. "Hätte ich, mein Ananda, als der wandernde Mönch Vacchagotta mich fragte: "Gibt es ein Ego", geantwortet: "Es gibt eines", dann hätte dies die Lehre der Samanas und Brahmanen bestätigt, welche an die Fortdauer glauben. Hätte ich aber, mein Ananda, als der wandernde Mönch Vacchagotta fragte: "Gibt es kein Ego" geantwortet: "Es gibt keines", dann hätte dies die Lehren derjenigen bestärkt, welche an die Vernichtung glaubten. Wenn ich, mein Ananda, dem wandernden Mönch Vacchagotta auf die Frage: "Gibt es ein Ego" geantwortet hätte: "Es gibt eines", hätte das meinem Zweck gedient, wenn ich bei ihm die Erkenntnis geweckt hätte: "Alles Sein (Dhamma) ist Nicht-Ego"? Aber wenn ich geantwortet hätte: "Das Ich ist nicht", so hätte das den wandernden Mönch nur von einer Verwirrung in die andere geworfen: "Hat mein Ego nicht schon vorher existiert? Aber nun existiert es nicht mehr"? Dies zeigt besser als irgend etwas anderes, daß Gautama Buddha solch schwierige metaphysische Lehren von den Massen fern hielt, um sie nicht zu verwirren. Was er meinte, war der Unterschied zwischen dem persönlichen vorübergehenden Ego und dem Höheren Selbst, das sein Licht über das unvergängliche Ego ausgießt, das spirituelle "Ich" des Menschen.

Das bezieht sich auf Gautama, aber in welcher Weise berührt es die Evangelien?

Lesen Sie Geschichte und denken Sie darüber nach. Zu der Zeit, in der sich die in den Evangelien erzählten Ereignisse zugetragen haben sollen, vollzog sich in der ganzen zivilisierten Welt eine intellektuelle Gärung, nur hatte sie im Osten und im Westen gegensätzliche Auswirkungen. Die alten Götter starben aus. Während die gebildeten Klassen im Gefolge der ungläubigen Sadduzäer in materialistischen Verneinungen, und in Palästina in einem bloßen mosaischen Formalismus der toten Buchstaben dahintrieben, in Rom aber zur moralischen Auflösung steuerten, liefen die niedrigeren und ärmeren Klassen der Zauberei und fremden Göttern nach, oder sie wurden Heuchler. Es war wieder einmal die Zeit für eine spirituelle Erneuerung gekommen. Der grausame anthropomorphe und eifersüchtige Gott der Juden mit seinen mörderischen Gesetzen "Auge um Auge und Zahn um Zahn", mit seinen Blut- und Tieropfern mußte auf einen minderen Platz verwiesen und durch den barmherzigen "Vater im Verborgenen" ersetzt werden. Es mußte gezeigt werden, daß der letztere kein außerkosmischer Gott ist, sondern ein göttlicher Erlöser des irdischen Menschen, den alle, Reiche und Arme, im eigenen Herzen, in der eigenen Seele tragen. Weder hier noch in Indien konnten die Geheimnisse der Einweihung preisgegeben werden, wenn man nicht das Heiligste den Hunden geben und die Perlen vor die Säue werfen wollte, denn beide, der *Offenbarer* und das *Offenbarte* wären mit Füßen getreten worden. Ob Jesus nun in der ihm zugeschriebenen historischen Zeit lebte oder nicht, er nahm jedenfalls davon Abstand, die Geheimnisse von Leben und Tod öffentlich preiszugeben. Das

Schweigen beider aber, sowohl Buddhas als auch Jesu, führten im einen Fall zur glatten Verneinung im südlichen Buddhismus, und im anderen Fall zu den drei einander widerstreitenden Formen der christlichen Kirche und zu den dreihundert Sekten, die es allein im protestantischen England gibt.

VI

Die theosophischen Lehren über die Natur und den Menschen

Die Einheit von Allem

Sie haben mir nun gesagt, was Gott, die Seele und der Mensch Ihrer Ansicht nach nicht sind; können Sie mir erklären, was sie Ihren Lehren nach sind?

In ihrem Ursprung und in Ewigkeit sind diese drei, gleich dem ganzen Universum und allem, was in ihm ist, eins mit der absoluten Einheit, dem unerkennbaren göttlichen Sein, von dem ich früher sprach. Wir glauben nicht an eine *Schöpfung*, sondern an ein periodisches, aufeinanderfolgendes Erscheinen des Universums aus der subjektiven Ebene auf die objektive Ebene des Seins. Dies geschieht in regelmäßigen Zeitabständen, die jedoch Perioden von ungeheurer Dauer umfassen.

Können Sie das näher erklären?

Nehmen wir als Vergleich und Hilfe für ein besseres Verständnis das Sonnenjahr und als zweites die beiden Hälften dieses Jahres, die am Nordpol einen Tag und eine Nacht von je sechs Monaten Dauer erzeugen. Nun stellen Sie sich, wenn Sie das können, anstatt eines Sonnenjahres von 365 Tagen die Ewigkeit vor. Lassen Sie die Sonne das Universum darstellen und lassen Sie die sechs Monate dauernden *polaren Tage und Nächte anstatt je 182 Tagen 182 Trillionen oder Quadrillionen von Jahren währen.* So wie die Sonne sich jeden Morgen aus ihrem (für uns) *subjektiven* antipodischen Raum über unseren *objektiven* Horizont erhebt, so taucht das Universum periodisch auf der Ebene der Objektivität auf, hervorkommend aus der Ebene der Subjektivität, der Antipode der ersteren. Dies ist der "Zyklus des Lebens". Und so, wie die Sonne von unserem Horizont verschwindet, so verschwindet in regelmäßigen Zeitabschnitten das Universum, wenn die "universale Nacht" hereinbricht. Die Hindus nennen diesen Wechsel die Tage und Nächte Brahmas oder die Zeit eines *Manvantaras* und eines *Pralayas* (der Auflösung). Der westliche Mensch mag sie, wenn er dies vorzieht, universale Tage und Nächte nennen. Während der letzteren (der Nächte) ist *alles in Allem*; jedes Atom ist in einer Homogenität aufgegangen.

Evolution und Illusion

Aber wer ist es, der jedesmal das Universum erschafft?

Niemand erschafft es. Die Wissenschaft würde den Vorgang Evolution nennen; die vorchristlichen Philosophen und die Orientalisten nannten ihn Emanation. Wir, die Okkultisten und Theosophen, sehen in ihm die einzige universale und ewige Realität, die eine periodische Widerspiegelung ihrer selbst auf die unendlichen Tiefen des Raumes wirft. Diese

Spiegelung, die Sie das objektive *materielle* Universum nennen, betrachten wir als eine vorübergehende *Illusion* und nicht mehr. Nur das, was ewig ist, ist *wirklich.*

Wenn man es so betrachtet, sind auch Sie und ich Illusionen.

Als flüchtige Persönlichkeiten, heute diese, morgen jene Person, sind wir es auch. Würden Sie die plötzlichen Leuchterscheinungen der aurora borealis, des Nordlichtes, "Wirklichkeit" nennen, wenn sie auch, während Sie sie betrachten, durchaus wirklich sind? Sicherlich nicht! Die Ursache, welche sie hervorbringt, ist bleibend und ewig, sie ist die einzige Wirklichkeit, alles andere ist nur eine vorübergehende Illusion.

Das alles erklärt für mich aber noch nicht, wie diese Illusion, genannt Universum, entsteht. Wie geht es vor sich, daß das Bewußte, das werden soll, sich aus dem Unbewußten, das ist, manifestiert?

Es ist das *Unbewußte* nur für unser begrenztes Bewußtsein. Wir könnten hier Johannes 1, 5 abwandeln und sagen: "Und das (absolute) Licht (welches Dunkelheit ist), scheint in der Dunkelheit (welche das illusionäre materielle Licht ist), und die Dunkelheit begreift es nicht". Dieses absolute Licht ist zugleich absolutes und unabänderliches Gesetz. Ob es nun durch Ausstrahlung oder durch Emanation geschieht, – wir brauchen nicht um Worte streiten – das Universum, so wird uns gelehrt, geht aus seiner homogenen Subjektivität auf die erste der sieben Ebenen der Manifestation über. Mit jeder Ebene wird es dichter und materieller, bis es unsere Ebene erreicht, auf welcher sich die einzige Welt befindet, die von der Naturwissenschaft annähernd gekannt und in ihrer physikalischen Beschaffenheit verstanden wird, unser Sonnen-und Planetensystem – ein System *sui generis*, wie uns gelehrt wird.

Was verstehen Sie unter sui generis?

Wenn auch das fundamentale Gesetz und das allgemeine Wirken der Naturgesetze einheitlich sind, so hat doch unser Sonnensystem (wie jedes andere der Millionen solcher Systeme im Kosmos), ja selbst unsere Erde ein eigenes Manifestationsprogramm, das sich von allen anderen unterscheidet. Wir sprechen von Bewohnern anderer Planeten und stellen uns vor, wenn sie *Menschen* sind, das heißt, denkende Wesen, müßten sie uns gleichen. Die Phantasie der Dichter, Maler und Bildhauer verfehlt nie, selbst die Engel als schöne Abbilder des Menschen darzustellen, *zuzüglich* der Flügel. Wir sagen, daß all dies ein Irrtum und eine Täuschung ist. Denn wenn schon auf unserer kleinen Erde eine solche Vielfalt in ihrer Flora, ihrer Fauna und ihren Menschen zu finden ist, vom Seetang bis zur Zeder des Libanon, von der Qualle bis zum Elefanten, etc., dann muß das Ergebnis bei einer Veränderung der kosmischen und planetarischen Bedingungen eine vollkommen verschiedene Flora, Fauna und Menschheit sein. Die gleichen Gesetze werden selbst auf unserer Ebene, die alle Planeten einschließt, eine ganz verschiedene Reihe von Dingen und Wesenheiten hervorbringen. Um wieviel verschiedener muß dann erst die *äußere* Natur in anderen Sonnensystemen beschaffen sein und wie töricht ist es, über andere Sterne, Welten und die menschlichen Wesen auf ihnen nach unseren eigenen Verhältnissen zu urteilen, wie es die Naturwissenschaft tut.

Aber was sind Ihre Beweise für diese Behauptung?

Etwas, was die Naturwissenschaft im allgemeinen niemals als Beweis anerkennen wird, nämlich die angesammelten Zeugnisse einer endlosen Reihe von Sehern, welche diese Tatsache bestätigt haben. Ihre spirituellen Visionen, tatsächlichen Forschungen und Untersuchungen mit und durch physische und spirituelle Sinnesorgane (unbehindert durch das blinde Fleisch) wurden systematisch überprüft, miteinander verglichen und ihrer Natur nach gesichtet. Alles, was nicht durch übereinstimmende gemeinsame Erfahrung bekräftigt werden konnte, wurde verworfen, während nur das, was in verschiedenen Zeitaltern und verschiedenen Landstrichen durch eine zahllose Reihe unablässiger Beobachtungen für übereinstimmend befunden wurde und ständig weitere Bekräftigung erhielt, wurde als gesicherte Wahrheit aufgezeichnet. Wie Sie sehen, unterscheiden sich die Methoden unserer Gelehrten und Forscher auf dem Gebiet der psychisch-spirituellen Wissenschaften nicht von jenen der Forscher auf dem Gebiet der Naturwissenschaft. Nur befinden sich unsere Forschungsgebiete auf zwei verschiedenen Ebenen, und unsere Instrumente sind nicht von Menschenhand gemacht, aber darum sind sie vielleicht um so verläßlicher. Die Retorten, Mikroskope und Akkumulatoren der Chemiker und Physiker können außer Funktion geraten, die Teleskope und Zeitmessungsapparate der Astronomen können zerstört werden, unsere Aufzeichnungsinstrumente befinden sich außerhalb des Einflusses von Wetter und Elementen.

Und deshalb haben Sie einen vorbehaltslosen Glauben an sie?

Glauben ist ein Wort, das in theosophischen Wörterbüchern nicht zu finden ist. Wir nennen es *Wissen, das auf Beobachtung und Erfahrung gegründet ist*. Darin liegt der Unterschied. Während jedoch Beobachtung und Erfahrung der physischen Wissenschaft die Forscher zu ebenso vielen Arbeitshypothesen führt, als es Denker gibt sie zu entwickeln, werden unserem *Wissen* nur jene Tatsachen hinzugefügt, die unwiderlegbar geworden sind und die absolut bewiesen sind. Bei uns gibt es keine zwei Glaubenssätze oder Hypothesen über denselben Gegenstand.

Beruhen die fremdartigen Theorien, die wir in Esoteric Buddhism *finden, auch auf solchen Annahmen?*

Dem ist so. Diese Theorien mögen etwas ungenau in ihren untergeordneten Einzelheiten sein, und sogar fehlerhaft in ihrer Darstellung durch Laienschüler, sie beruhen aber auf Tatsachen in der Natur und kommen der Wahrheit näher als irgendeine wissenschaftliche Hypothese.

Über den siebenfältigen Aufbau unseres Planeten

Soweit ich verstehe, beschreiben Sie die Erde als einen Teil einer Kette von Erden?

So ist es. Aber die anderen sechs "Erden" oder Globen befinden sich nicht auf derselben Ebene der Objektivität wie unsere Erde, daher können wir sie nicht sehen.

Ist das wegen der großen Entfernung?

Durchaus nicht, da wir Planeten und selbst Sterne, die sich in unermeßbar größerer Entfernung befinden, mit bloßem Auge sehen. Diese sechs Globen befinden sich außerhalb unserer physischen Wahrnehmungsmöglichkeiten, außerhalb unserer Daseinsebene. Nicht nur ist ihre materielle Dichtigkeit, ihr Gewicht, ihr Gefüge vollkommen verschieden von dem auf unserer Erde und den anderen bekannten Planeten, sie befinden sich vielmehr (für uns) sozusagen in einer vollkommen verschiedenen *Schicht* des Raumes, einer Schicht, die mit unseren physischen Sinnen weder wahrgenommen noch gefühlt werden kann. Wenn ich "Schicht" sage, dann sollten Sie sich aber nicht Schichten vorstellen, die wie geologische Schichten übereinanderliegen, denn das würde Sie nur zu einem weiteren absurden Mißverständnis führen. Was ich unter "Schicht" verstehe, ist jene Ebene des unendlichen Raumes, welche ihrer Natur nach nicht in unsere gewöhnliche Wahrnehmung im Wachzustand gelangen kann, weder mental noch physisch. Sie existiert in der Natur außerhalb unserer normalen Denkvorstellungen, außerhalb unseres Bewußtseins, außerhalb unseres dreidimensionalen Raumes und außerhalb unserer Zeiteinteilung. Jede der sieben fundamentalen Ebenen (Schichten) im Raum – der Raum natürlich als Ganzes betrachtet, wie der reine Raum in der Definition von Locke, nicht wie unser begrenzter Raum – hat ihre eigene Objektivität und Subjektivität, ihren eigenen Raum und ihre eigene Zeit, ihr eigenes Bewußtsein und ihre eigenen Sinneswahrnehmungen. Aber all das wird für denjenigen, der in der modernen Denkweise geschult ist, kaum verständlich sein.

Was meinen Sie mit Sinneswahrnehmungen? Gibt es irgend etwas auf der menschlichen Ebene, das Sie als Beispiel anführen könnten, nur um eine klarere Vorstellung zu geben, was Sie mit dieser Vielfalt von Räumen, Sinneswahrnehmungen und weiteren Wahrnehmungen meinen?

Nein, außer vielleicht das folgende, das aber für die Naturwissenschaft eine willkommene Handhabe bieten könnte, um daraus ein Gegenargument zu machen. Wir haben eine andere Art von Sinneswahrnehmungen im Traumleben, nicht wahr? Wir fühlen, sprechen, hören, sehen, schmecken und betätigen uns allgemein auf einer anderen Ebene. Der Wechsel des Zustandes unseres Bewußtseins wird durch die Tatsache bewiesen, daß eine Reihe von Handlungen und Ereignissen, die, wie wir glauben, Jahre umfassen, in Wirklichkeit unser Denken in einem einzigen Augenblick durchlaufen. Diese extreme Geschwindigkeit unserer Denkvorgänge in Träumen und die vollkommene Natürlichkeit aller anderen Funktionen während dieser Zeit zeigen uns, daß wir uns auf einer gänzlich anderen Ebene befinden. Unsere Philosophie lehrt, daß es, da es sieben Grundkräfte und sieben Daseinsebenen in der Natur gibt, deshalb auch sieben Bewußtseinszustände gibt, in denen der Mensch leben, denken, sich erinnern und sein Dasein haben kann. Diese hier aufzuzählen ist unmöglich, dazu muß man sich dem Studium der östlichen Metaphysik zuwenden. Aber in den erwähnten beiden Zuständen, im Zustand des Wachens und im Zustand des Träumens, hat jeder gewöhnliche Sterbliche, vom gelehrten Philosophen bis zum einfachsten Menschen, einen guten Beweis dafür, daß es solche Zustände gibt, die sich voneinander unterscheiden.

Sie nehmen also die bekannten Darlegungen der Biologie und Physiologie zur Erklärung des Traumzustandes nicht an?

Nein. Wir lehnen auch die Hypothesen der Psychologen ab. Wir ziehen die Lehren der östlichen Weisheit vor. Wir glauben, was das Universum, d. h. den Makrokosmos betrifft, an sieben Ebenen des kosmischen Seins und an sieben Bewußtseinszustände. Wir halten jedoch auf der vierten Ebene an, da wir es als unmöglich erachten, mit irgendeinem Grad von Gewißheit darüber hinauszugehen. Soweit es aber den Mikrokosmos, den Menschen betrifft, stellen wir unbedenklich über alle seine sieben Zustände und Prinzipien Betrachtungen an.

Und wie erklären Sie diese?

Wir finden vor allem zwei verschiedene Wesen im Menschen, den spirituellen und den physischen Menschen, den Menschen der denkt, und den Menschen, der so viel von diesen Gedanken aufzeichnet, als er fähig ist aufzunehmen. Wir teilen den Menschen daher in zwei voneinander verschiedene Naturen: die höhere oder spirituelle Wesenheit, die sich aus drei "Prinzipien" oder *Aspekten* zusammensetzt, und die niedere oder physische Vierheit, die aus *vier* Prinzipien zusammengesetzt ist – alles in allem sind es also *sieben*.

Die siebenfältige Natur des Menschen

Ist es das, was wir Geist, Seele und Körper nennen?

Nein. Das ist die alte platonische Einteilung. Plato war ein Eingeweihter und durfte daher nicht in verbotene Einzelheiten gehen. Aber wer mit der archaischen Lehre vertraut ist, der findet die sieben Prinzipien in den verschiedenen Verbindungen von Seele und Geist, die Plato beschreibt. Er vertrat die Auffassung, daß der Mensch aus zwei Teilen besteht, einem ewigen, der aus derselben Essenz gebildet ist wie die Absolutheit und aus einem sterblichen vergänglichen, der seine Bestandteile von den untergeordneten "geschaffenen" Göttern ableitet. Er zeigte, daß der Mensch aus 1. einem sterblichen Körper, 2. einem unsterblichen Prinzip und 3. einer "gesonderten sterblichen Art von Seele" zusammengesetzt ist. Dies ist das, was wir den physischen Menschen, die spirituelle Seele oder den Geist, und die Tierseele (Nous und Psyche) nennen. Es ist dies die Einteilung, die auch von Paulus, einem anderen Eingeweihten, angewandt wurde, der die Auffassung vertritt, daß es einen psychischen Körper gibt, der im vergänglichen Bereich ist (Astralseele oder Astralkörper), und einen spirituellen Körper, der aus unvergänglicher Substanz aufgebaut ist. Auch Jakobus bestätigt diese Auffassung (3,15), wenn er von einer Weisheit spricht, die nicht von oben herabkommt, sondern irdisch ist ("psychisch", "dämonisch", man vergleiche den griechischen Text), im Gegensatz zur himmlischen Weisheit. Vergleichen wir unsere Lehre mit der ihren, so wird klar, daß, obwohl Plato und auch Pythagoras von "drei Prinzipien" sprechen, sie diesen in ihren verschiedenen Verbindungen doch sieben gesonderte Funktionen zuschreiben.

Wir wollen in zwei Tabellen einen kurzen Überblick über diese sieben Aspekte geben.

THEOSOPHISCHE EINTEILUNG

NIEDERE VIERHEIT

SANSKRIT BEZEICHNUNGEN	EXOTERISCHE BEDEUTUNG	ERLÄUTERUNG
a) Rupa oder Sthula-Sharira	a) Physischer Körper	a) Ist das Gefäß für alle anderen "Prinzipien" während des Lebens.
b) Prana	b) Leben oder Vitalprinzip	b) Notwendig nur für a, c, d und die Funktionen des niederen Manas, die alle jene einschließen, die auf das (physikalische) Gehirn beschränkt sind.
c) Linga Sharira	c) Astralkörper	c) Das ätherische Doppel des physischen Körpers.*
d) Kamarupa	d) Sitz der tierischen Wünsche und Empfindungen	d) Dies ist der Mittelpunkt des tierischen Menschen. Hier liegt die Grenzlinie, welche den sterblichen Menschen von der unsterblichen Wesenheit scheidet.

* *Anmerkung des Herausgebers:* "The Double, the phantom body" im Original. Madame Blavatsky beschreibt diesen Bereich auch mit dem deutschen Wort "Doppelgänger", der "ein Synonym für 'Double' oder 'Astralkörper' im okkulten Sprachgebrauch ist". (*Occult Glossary*, Los Angeles, 1973, S. 37, 104, 189). Da es sich hier um einen nichtkörperlichen Bereich handelt, haben wir die Ausdrücke "Doppelkörper" oder "Phantomkörper" vermieden und die etwas umständlichere aber zutreffendere Beschreibung "ätherisches Doppel des physischen Körpers" benutzt.

	Sanskrit Bezeichnungen	Exoterische Bedeutung	Erläuterung
Höhere unvergängliche Dreiheit	e) Manas, ein in seiner Funktion zweifältiges Prinzip	e) Verstand und Vernunft; das ist der höhere menschliche Verstand, dessen Licht oder Ausstrahlung die Monade während der Lebenszeit mit dem sterblichen Menschen verbindet.	e) Der zukünftige Zustand und die karmische Bestimmung des Menschen hängen davon ab, ob Manas mehr nach unten zum Kamarupa, dem Sitz der tierischen Empfindungen, hinstrebt, oder aufwärts zu Buddhi, dem spirituellen Ego. In letzterem Fall gleicht sich das höhere Bewußtsein der individuellen spirituellen Bestrebungen des Verstandes (Manas) Buddhi an, wird von ihm absorbiert und bildet das Ego, welches in die Seligkeit des Devachan eingeht[16].
	f) Buddhi	f) Spirituelle Seele	f) Träger des reinen universalen Geistes.
	g) Atma	g) Geist	g) Eins mit dem Absoluten als dessen Ausstrahlung.

16 In Mr. Sinnetts *Esoteric Buddhism* wird d), e) und f) die tierische, die menschliche und die spirituelle Seele genannt. Obgleich in *Esoteric Buddhism* die Prinzipien numeriert sind, ist dies, streng genommen, bedeutungslos. Nur die duale Monade (Atma-Buddhi) darf als die beiden höchsten Numerierungen (6 und 7) zugelassen werden. Bei allen anderen Prinzipien kann nur dasjenige im Menschen, das vorherrschend ist, als das erste betrachtet werden. Es ist somit keine allgemeingültige Regel der Numerierung möglich. In manchen Menschen herrscht die höhere Intelligenz (Manas, das 5.) vor, während in anderen Menschen die tierische Seele, Kamarupa, mit ihren tierhaften Instinkten vorherrscht.

Nun, was lehrt Plato? Er spricht davon, daß der *innere* Mensch aus zwei Teilen besteht, einem unveränderlichen, der immer gleich bleibt und aus der gleichen *Substanz* wie die Gottheit geformt ist, und einem sterblichen und vergänglichen (Timaios 31, 69c). Diese "zwei Teile" finden sich in unserer höheren *Dreiheit* und niederen *Vierheit* (siehe Tabelle). Plato erklärt weiter: Wenn die Seele (Psyche) "sich mit Nous (dem göttlichen Geist, der göttlichen Substanz [17]) verbindet, dann vollbringt sie alles richtig und glücklich"; wenn sie sich aber an Anoia (Torheit oder die unvernünftige Tierseele) heftet, ist das Gegenteil der Fall. Hier finden wir also Manas (die Seele im allgemeinen) in seinen zwei Aspekten. Wenn es sich an Anoia (Kamarupa, die "Tierseele") heftet, geht es, soweit es das persönliche Ego anbelangt, völliger Vernichtung entgegen; wenn es sich aber mit dem Nous (Atma-Buddhi) verbindet, verschmilzt es mit dem unsterblichen, unvergänglichen Ego, und dann wird sein spirituelles Bewußtsein des Persönlichen, das war, unsterblich.

---

17 Paulus nennt Platos Nous "Geist". Aber, da dieser Geist "Substanz" ist, ist darunter natürlich Buddhi und nicht Atma zu verstehen, da das letztere philosophisch unter keinen Umständen als Substanz bezeichnet werden kann. Wir beziehen Atma in die menschlichen "Prinzipien" ein, um nicht zusätzliche Verwirrung zu schaffen. In Wirklichkeit ist es kein "menschliches", sondern ein universales Prinzip, und Buddhi, der Seelen-Geist, ist sein Träger.

Der Unterschied zwischen Seele und Geist

Lehren Sie wirklich, wie von einigen Spiritisten behauptet wird, die Vernichtung jeder Persönlichkeit?

Das tun wir nicht. Aber da die Frage der Dualität – die *Individualität* des göttlichen Egos und die *Persönlichkeit* des menschlichen Tieres – das mögliche Erscheinen des wirklichen unsterblichen Egos als "materialisierter Geist" im Seance-Raum berührt, was wir aber, wie bereits erklärt, verneinen, haben unsere Gegner diesen unsinnigen Vorwurf vorgebracht.

Sie haben soeben davon gesprochen, daß die Psyche einer vollkommenen Vernichtung entgegengeht, wenn sie sich mit Anoia verbindet. Was meinte Plato und was meinen Sie damit?

Die *vollständige* Vernichtung des *persönlichen* Bewußtseins als seltenen Ausnahmefall. Die allgemeine und nahezu ausnahmslose Regel ist jedoch, daß das persönliche Bewußtsein mit dem individuellen unsterblichen Bewußtsein des Egos verschmilzt. Es ist dies eine Transformation oder göttliche Verklärung, und gänzlich vernichtet wird nur die niedere *Vierheit*. Oder würden Sie erwarten, daß der menschliche Leib oder die *zeitgebundene Persönlichkeit*, sein Schatten, das "Astral", seine tierischen Instinkte und selbst sein physisches Leben mit dem "geistigen Ego" weiterleben und so unsterblich werden sollten? Natürlich hört all dies entweder beim Tode oder kurz danach zu existieren auf. Es löst sich mit der Zeit gänzlich auf, verschwindet aus dem Blickfeld und wird als Ganzes vernichtet.

Dann lehnen Sie also die Auferstehung des Fleisches ab?

Das tun wir entschieden. Weshalb sollten wir, die wir an die altehrwürdige archaische esoterische Philosophie glauben, die unphilosophischen Spekulationen der späteren christlichen Theologie akzeptieren, die von den ägyptischen und griechisch-gnostischen exoterischen Lehrsystemen der Gnostiker entlehnt wurden?

Die Ägypter verehrten Naturgeister und vergöttlichten sogar die Zwiebel. Hindus sind bis zum heutigen Tag Götzenanbeter. Die Anhänger Zarathustras verehrten die Sonne und tun es auch heute; die besten griechischen Philosophen waren entweder Träumer oder Materialisten, ein Beweis dafür sind Plato und Demokrit. Wie können sie dies vergleichen?

Das mag in Ihrem modernen christlichen und sogar wissenschaftlichen Katechismus so stehen, es ist aber nicht so für vorurteilslose Geister. Die Ägypter verehrten den "Einen, Alleinigen" als Nut, und von diesem Wort leitete Anaxagoras seine Bezeichnung Nous ab oder wie er es nennt, *Nous autokrates*, "Geist, oder der selbstschöpferische Geist", die führende Antriebskraft, das *primum-mobile* von allem. Für ihn war der *Nous* Gott, und der *Logos*, seine Emanation, war der Mensch. Der *Nous* ist der Geist (sei es im Kosmos oder im Menschen), und der *Logos*, sei es das Universum oder der Astralkörper, ist die Emanation des ersteren, der physische Körper ist nur das Tier. Unsere äußeren Kräfte nehmen nur *Phänomene* wahr; unser *Nous* allein ist fähig, ihr *Noumenon* zu erkennen. Es ist der Logos oder das Noumenon allein, was überlebt, denn dies ist seiner Natur und seinem Wesen nach unsterblich, und der *Logos* im Menschen ist das *ewige Ego*, das reinkarniert und unvergänglich ist. Wie könnte der vergängliche äußere Schatten, die zeitliche Hülle jener göttlichen Emanation, die zu der Quelle zurückkehrt, aus der sie hervorgegangen ist, das sein, was "*auferweckt wird in Unverweslichkeit*"?

Sie können aber doch kaum dem Vorwurf ausweichen, eine neue Einteilung der spirituellen und psychischen Wesensbestandteile des Menschen erfunden zu haben, denn es gibt keinen Philosophen, der davon in dieser Weise spricht, obwohl Sie der Meinung sind, daß Plato dies tut.

Nicht nur Plato, auch Pythagoras folgte dem gleichen Gedankengang[18]. Er beschrieb die *Seele* als eine sich selbst bewegende Einheit (*Monade*), die aus drei Elementen zusammengesetzt ist: *Nous* (Geist), *Phren* (Verstand) und *Thumos* (Leben, Atem, oder *Nephesh* der Kabbalisten), Diogenes Laertius, Lives, 8, 1, 30. Diese drei entsprechen unserem *Atma-Buddhi* (höhere Geistseele), *Manas* (dem Ego) und dem *Kamarupa* in Verbindung mit der *niederen* Spiegelung von Manas. Das, was die alten griechischen Philosophen im allgemeinen Seele nannten, nennen wir Geist oder *spirituelle Seele*, *Buddhi*, als Träger von Atma (das *Agathon*, Platos höchste Gottheit). Die Tatsache, daß Pythagoras und ande-

18 "Plato und Pythagoras", sagt Plutarch, "teilen die Seele in zwei Teile, den rationalen (noetisch) und den irrationalen (agnoia); der rationale Seelenteil ist ewig, denn obgleich er nicht Gott ist, ist er doch das Produkt einer ewigen Göttlichkeit. Aber der Teil, der der Vernunft beraubt ist (agnoia), stirbt". Der moderne Ausdruck *agnostisch* kommt von *Agnosis*, ein Wort gleichen Ursprungs. Es verwundert, daß Huxley, der Urheber dieses Wortes, seinen großen Intellekt mit der "der Vernunft beraubten Seele", die stirbt, verbunden haben sollte. Ist dies die übertriebene Bescheidenheit des modernen Materialisten?

re sagen, daß *Phren* und *Thumos* von uns mit den Tieren geteilt werden, beweist, daß in diesem Fall die *niedere* manasische Spiegelung (der Instinkt) und *Kamarupa* (die Empfindungen des tierischen Lebens) gemeint sind. Und wenn wir so, wie Sokrates und Plato diesen Fingerzeig annehmen und diesen fünf, nämlich dem *Agathon* (der Gottheit, Atma), der *Psyche* (der Seele in ihrem kollektiven Sinn), dem *Nous* (Geist oder Vernunft), *Phren* (irdischer Verstand) und *Thumos* (Kamarupa oder Leidenschaften), das *Eidolon* der Mysterien (die Schattenform, den "Doppelgänger" des Menschen) und den *physischen Körper* hinzufügen, dann ist es leicht zu beweisen, daß die Vorstellungen sowohl von Pythagoras als auch jene von Plato mit den unseren identisch sind. Auch die Ägypter hatten sogar eine siebenfältige Einteilung. Sie lehrten, daß die Seele (das Ego) während des Sterbens durch ihre sieben Kammern oder Prinzipien zu schreiten hatte, durch jene, die sie zurückließ und durch jene, die sie mit sich nahm. Der Unterschied ist nur, daß die alten Philosophen, da sie nie vergaßen, daß die Enthüllung von Mysterienlehren mit dem Tode bestraft wurde, ihre Lehren nur in groben Umrissen erklärten, während wir sie im einzelnen ausarbeiten und erklären. Aber wenn wir auch alles, was zulässig ist, der Welt bekanntgeben, so werden auch in unserer Lehre viele wichtige Einzelheiten zurückgehalten, welche nur jene *berechtigt sind zu empfangen*, die die esoterische Philosophie studieren und sich zum Schweigen verpflichtet haben.

Die Lehren der Griechen

Wir haben doch großartige Gelehrte auf dem Gebiet des Griechischen und Lateinischen, des Sanskrit und des Hebräischen. Wie kommt es, daß wir in ihren Übersetzungen nichts finden, was uns einen Hinweis auf das geben könnte, was Sie sagen?

Weil die Übersetzer trotz ihrer großen Gelehrtheit aus den Philosophen, insbesondere aus den griechischen, nebelhaft verschwommene anstatt mystische Schriftsteller gemacht haben. Nehmen Sie als Beispiel Plutarch und lesen Sie, was er über die "Prinzipien" des Menschen schreibt. Was er beschreibt, wurde wörtlich aufgenommen und metaphysischem Aberglauben und Unwissen zugeschrieben. Ein Beispiel: Plutarch sagt: "*Der Mensch ist zusammengesetzt; und diejenigen irren sich, die glauben, daß er nur aus zwei Teilen zusammengesetzt ist.* Denn sie glauben, daß der Verstand (der Gehirnverstand) ein Teil der Seele ist (der höheren Triade), aber darin irren sie nicht weniger als jene, die die Seele zu einem Teil des Körpers machen (das sind jene, welche aus der Triade einen Teil der vergänglichen, sterblichen Vierheit machen). Denn die Intelligenz (Nous) geht ebenso weit über die Seele hinaus, als die Seele besser und göttlicher ist als der Körper. Diese Verbindung der Seele (Psyche) mit dem Verstand (Nous) schafft die Vernunft; die Verbindung der Seele mit dem Körper (oder Thumos, die Tierseele) schafft die Leidenschaften. Das eine dieser beiden ist der Ursprung oder das Prinzip von Freude und Schmerz, das andere von Tugend und Laster. Von diesen drei miteinander verbundenen und fest zusammengefügten Teilen hat die Erde zur Entwicklung der Menschen den Körper gegeben, der Mond die Seele und die Sonne die Intelligenz".

Dieser letzte Satz ist rein allegorisch und wird nur von jenen verstanden, die in der esoterischen Wissenschaft der Entsprechungen bewandert sind und wissen, *welche Planeten mit den einzelnen Prinzipien in Beziehung stehen.* Plutarch teilt die letzteren in drei Gruppen und macht aus dem Körper ein zusammengesetztes Gebilde, das aus einem physischen Gerüst, einem astralen Schatten und dem Atem besteht, jenem dreifältigen niederen Teil, der "von der Erde genommen ist und zur Erde zurückkehrt." Aus dem mittleren Prinzip und der instinktiven Seele macht er den zweiten Teil, der *von* und *aus* dem Mond[19] stammt und immer von diesem beeinflußt wird. Nur aus dem höheren Teil, der *spirituellen* Seele mit den atmischen und manasischen Elementen in ihr, macht er eine direkte Emanation der Sonne, die hier für das Agathon oder die höchste Gottheit steht. Dies wird durch folgende Stelle erhärtet:

"Von den Toden, die wir erleiden, macht der eine den Menschen aus dreien zu zweien und der andere aus zweien zu einem. Der erste vollzieht sich in der Region unter der Herrschaft der Demeter; daher der Name, der den Mysterien gegeben ist – telein – jenem ähnlich, der dem Tode gegeben ist – teleutan. Auch haben die Athener ehedem gesagt, daß die Verstorbenen der Demeter heilig sind. Der andere Tod vollzieht sich im Mond, in der Region der Persephone."

Hier haben Sie unsere Lehre, die zeigt, daß der Mensch während seines Lebens eine Siebenheit ist, nach dem Tode im

---

19 Die Kabbalisten, die die Beziehung von Jehovah, dem Lebens- und Kinderspender, zum Mond und den Einfluß des letzteren auf die Zeugung kennen, werden die Bedeutung davon ebenso verstehen wie manche Astrologen.

Kamaloka eine Fünfheit und dann im Devachan ein dreifaches Ego: Geist, Seele und Bewußtsein. Diese Trennung, zuerst auf den "Gefilden des Hades", wie Plutarch Kamaloka nennt, und dann im Devachan, war ein Teil der Darstellungen während der heiligen Mysterien, in denen die Kandidaten für die Einweihung das ganze Drama vom Tode und von der Auferstehung als verherrlichter Geist (mit dieser Bezeichnung meinen wir das *Bewußtsein*) aufführten. Das ist es, was Plutarch meint, wenn er sagt:

"Und so wie beim irdischen weilt Hermes beim himmlischen Teil. Dieser reißt die Seele plötzlich mit Gewalt vom Körper, aber Proserpina löst mild und allmählich während einer langen Zeit den Verstand von der Seele[20]. Aus diesem Grund wird sie *Monogenes, alleingeboren* oder richtiger *einen alleingebärend*, genannt; denn der *bessere Teil des Menschen bleibt allein, wenn er durch sie getrennt wird*. Sowohl das eine wie das andere geschieht somit entsprechend der Natur. Es ist vom Schicksal (Fatum oder Karma) bestimmt, daß jede Seele, mit oder ohne Vernunft (Nous), sobald sie den Körper verlassen hat, eine Weile in der Region, die zwischen Erde und Mond liegt (Kamaloka), wandern soll, wenn auch nicht in jedem Falle gleich lange[21]. Denn jene, die ungerecht und zügellos gewesen sind, erleiden dann die Strafe für ihre Verfehlungen; die Guten und Tugendhaften aber werden dort zurückgehalten, bis sie geläutert sind und durch Sühneopfer alles Gift ausgestoßen haben, das sie durch die Ansteckung des Körpers aufgenommen haben mögen, ähnlich wie bei einer Krankheit. Diese letzteren leben aber im mildesten Teil des Luftelementes, genannt die Gefilde

---

20 Proserpina oder Persephone steht hier für das Karma nach dem Tode, von welchem gesagt wird, daß es die Trennung der niederen von den höheren "Prinzipien" regelt: die Trennung der Seele als *Nephesh*, dem Atem des tierischen Lebens, die für eine Weile in Kamaloka bleibt, vom höheren Teil, dem Ego, welches in den Devachan-Zustand der Seligkeit übergeht.

21 Bis die Trennung des höheren spirituellen Prinzips von den niederen Prinzipien stattfindet, die in Kamaloka bleiben, bis sie zerfallen.

des Hades, wo sie eine vorherbestimmte Zeit verweilen müssen. Dann haben sie ein Gefühl der Freude, so als ob sie von einer Pilgerfahrt oder von einer langen Wanderung in ihr Heimatland zurückkehrten, eine Freude ähnlich der, die jene erlangen, die in die geheiligten Mysterien eingeweiht werden; sie ist vermischt mit Staunen, Bewunderung und den individuellen besonderen Hoffnungen jedes einzelnen."

Das ist die nirvanische Seligkeit, und kein Theosoph könnte in einfacherer und doch esoterischer Sprache die mentalen Freuden von Devachan beschreiben, wo jeder Mensch sein Paradies um sich hat, das von seinem eigenen Bewußtsein errichtet wurde. Aber Sie müssen sich vor einem allgemeinen Irrtum hüten, in den selbst viele Theosophen verfallen. Stellen Sie sich nicht etwa vor, daß der Mensch, weil er eine Siebenheit, Fünfheit und Dreiheit genannt wird, aus sieben, fünf oder drei Wesenheiten zusammengesetzt ist oder, wie es von einem theosophischen Autor ausgedrückt wurde, aus Häuten, die abgezogen werden können wie die Häute der Zwiebel. Wie schon gesagt, sind die Prinzipien, ausgenommen der Körper, das Leben und das astrale Eidolon, die beim Tode auseinanderfallen, nichts anderes als *Aspekte oder Zustände des Bewußtseins.* Es gibt nur einen *wirklichen* Menschen, der den Zyklus des Lebens überdauert und –wenn auch nicht der Gestalt nach, aber dem Wesen nach – unsterblich ist, und das ist *Manas*, der Denker, das verkörperte Bewußtsein. Der von den Materialisten gemachte Einwand, die die Möglichkeit, daß Geist und Bewußtsein ohne Materie wirksam sein können, leugnen, ist in unserem Fall ohne Wert. Wir bestreiten durchaus nicht die Vernünftigkeit dieses Arguments, wir fragen unsere Gegner vielmehr: *Sind Sie wirklich mit allen Zuständen der Materie vertraut?* Sie, die bisher nur drei kannten? Und woher wissen Sie, ob das, was wir das ewig unsichtbare und unerkennbare ABSOLUTE BEWUSSTSEIN oder Gottheit nennen, nicht doch universaler Geist-Stoff oder Stoff-Geist in seiner *absoluten Unendlichkeit* ist, obwohl er sich unserer menschlichen, *endlichen* Vorstellung immer entzieht? Es ist einer der niedersten und in seinen manvantarischen Manifestationen *bruchteilhaften* Aspekte dieses Geist-Stoffes, das bewußte Ego, das sein eigenes Paradies erschafft, das Paradies eines Narren vielleicht, aber immer noch ein Zustand der Seligkeit.

Aber was ist Devachan?

Wörtlich "das Land der Götter"; ein Zustand mentaler Seligkeit. Philosophisch ist es ein mentaler Zustand, ähnlich – aber viel lebhafter und wirklicher – dem lebendigsten Traum. Es ist der Zustand der meisten Sterblichen nach dem Tode.

VII

Über die verschiedenen Zustände nach dem Tode

Der physische und der geistige Mensch

Ich freue mich zu hören, daß Sie an die Unsterblichkeit der Seele glauben.

Nicht der "Seele", sondern des göttlichen Geistes, oder richtiger noch, an die Unsterblichkeit des sich wiederverkörpernden Egos.

Was ist hier der Unterschied?

In unserer Philosophie ein sehr großer. Aber das ist eine zu schwierige Frage, als daß man oberflächlich über sie sprechen könnte. Wir werden sie zuerst detailliert zu analysieren haben und dann in Verbindung miteinander. Beginnen wir mit dem Geist.

Wir sagen: Der Geist (Jesu "Vater im Verborgenen") oder Atman ist nicht das persönliche Eigentum irgend eines Menschen, sondern die göttliche Essenz, die keinen Körper, keine Form hat; die unwägbar, unsichtbar, unteilbar ist, die nicht *existiert* und doch *ist*, wie der Buddhist von Nirvana sagt. Er überschattet den Sterblichen nur; das, was in diesen eintritt und den ganzen Körper durchdringt, sind nur seine allgegenwärtigen Strahlen, sein Licht, das von *Buddhi*, seinem Träger und seiner unmittelbaren Emanation ausstrahlt. Das ist die geheime Bedeutung der Behauptung fast aller alten Philosophen, wenn sie sagen, daß "der *rationale* Teil der menschlichen Seele" niemals ganz in den Menschen eintritt[22], sondern diesen nur mehr oder weniger überschattet durch die *irrationale* geistige Seele oder Buddhi[23].

Ich ging von der Vorstellung aus, daß nur die "tierische Seele" irrational ist, nicht aber die "göttliche".

Man muß unterscheiden lernen zwischen dem, was negativ und *passiv* "irrational" ist, da nicht differenziert, und dem, was irrational ist, weil es ganz und gar *aktiv* und positiv ist. Der Mensch ist eine Wechselwirkung von geistigen Energien, ebenso wie eine Wechselwirkung von physischen und chemischen Kräften. Diese Kräfte werden durch das in Tätigkeit versetzt, was wir "Prinzipien" nennen.

Ich habe über dieses Thema viel gelesen und es scheint mir, als ob die Vorstellungen der alten Philosophen von denen der mittelalterlichen Kabbalisten abwichen, obgleich sie in einigen Einzelheiten übereinstimmen.

---

22 Der Oberbegriff des Wortes "rational" bedeutet, daß etwas aus der ewigen Weisheit hervorgeht.

23 *Irrational* in dem Sinne, daß sie als eine reine Ausstrahlung aus dem Universalgeist auf der materiellen Ebene keine eigene individuelle Vernunft haben kann, sondern gleich dem Monde, der sein Licht von der Sonne und sein Leben von der Erde leiht, das Licht der Weisheit von Atma und die rationalen Eigenschaften von Manas erhält. Per se ist es als etwas Homogenes frei von Eigenschaften.

Der wesentlichste Unterschied zwischen ihnen und uns besteht darin: Wir glauben gemeinsam mit den Neuplatonikern und den östlichen Lehren, daß Atma, der Geist, niemals ganz in den lebenden Menschen herabsteigt, sondern, daß seine Strahlen mehr oder weniger auf den *inneren* Menschen (die psychische und spirituelle Zusammensetzung der *astralen* Prinzipien) gerichtet sind. Die Kabbalisten dagegen behaupten, daß sich der menschliche Geist vom Meer des Lichtes, vom Universalgeist ablöst und in die menschliche Seele eintritt und während des Lebens wie in einer astralen Kapsel gefangen bleibt. Alle christlichen Kabbalisten behaupten immer noch dasselbe, da sie nicht fähig sind, sich von ihren anthropomorphen und biblischen Lehren loszusagen.

Und was behaupten Sie?

Wir lassen nur die Gegenwart der Ausstrahlung des Geistes, oder Atma, in der Astralkapsel zu und zwar nur soweit es die geistige Ausstrahlung betrifft. Wir sagen, daß sich der Mensch und die Seele ihre Unsterblichkeit dadurch erkämpfen müssen, daß sie zu jener Einheit emporstreben, mit welcher sie, wenn sie erfolgreich sind, schließlich verbunden und in die sie sozusagen absorbiert werden. Die Individualisierung des Menschen nach seinem Tode hängt vom Geist ab, nicht von seiner Seele und seinem Körper. Obwohl das Wort "Persönlichkeit" in dem Sinne, in dem es gewöhnlich verstanden wird, eine Absurdität ist, wenn es wörtlich auf unser unsterbliches Wesen angewendet wird, ist dieses dennoch, als unser individuelles Ego, eine gesonderte Wesenheit, unsterblich und ewig *per se. Nur im Fall von Schwarzmagiern oder unverbesserlichen Kriminellen, die schon durch eine Reihe von Leben Kriminelle gewesen sind*, geschieht es, daß die leuchtende Schnur, die vom Augenblick der Geburt eines Kindes den Geist mit der *persönlichen* Seele verbindet, mit Gewalt zerrissen wird. Dadurch wird die entkörperte Wesenheit von der persönlichen Seele getrennt und letztere wird vernichtet, ohne den geringsten Eindruck von sich auf den ersteren zu hinterlassen. Wenn diese Vereinigung zwischen dem niederen, persönlichen Manas und dem individuellen, reinkarnierenden Ego während des Lebens nicht zustande gebracht worden ist, dann wird das erstere zurückgelassen und teilt das Schicksal der niederen Tiere. Es löst sich allmählich zu Äther auf und seine Persönlichkeit wird vernichtet. Aber selbst dann bleibt das Ego eine gesonderte Wesenheit. Das spirituelle Ego verliert nach einem solchen nutzlosen Leben nur eine Periode im Devachan als idealisierte Persönlichkeit und reinkarniert nahezu sofort wieder, nachdem es sich für kurze Zeit seiner Freiheit als planetarischer Geist erfreut hat.

In Isis entschleiert *findet sich die Behauptung, daß solche Planetengeister oder Engel, "die Götter der Heiden oder die Erzengel der Christen", niemals Menschen auf unserem Planeten sein werden.*

Ganz richtig. Aber nicht *solche*, wohl aber einige Klassen von höheren Planetengeistern. Sie werden niemals Menschen auf diesem Planeten sein, weil sie befreite Geister einer früheren, vorangegangenen Welt sind und als solche nicht wieder Menschen auf dieser Erde werden können. Doch werden sie alle in einem weit höheren Mahamanvantara, nach diesem "großen Weltenalter" und seinem Brahmapralaya (einer kleineren Periode von ungefähr 16 Ziffern) weiterleben. Denn Sie haben sicher gehört, daß die östliche

Philosophie lehrt, daß die Menschheit aus solchen "Geistern" besteht, die in menschlichen Körpern eingeschlossen sind. Der Unterschied zwischen Tieren und Menschen ist der: Erstere sind durch die "Prinzipien" *potentiell* beseelt und letztere sind *tatsächlich* beseelt (siehe *GL*. 2. Bd., Stanzen). Verstehen Sie nun den Unterschied?

Ja, aber diese Spezialisierung ist zu allen Zeiten der Stolperstein bei den Metaphysikern gewesen.

Sie war es. Die ganze Esoterik der buddhistischen Philosophie gründet sich auf diese geheimnisvolle Lehre, die von so wenigen Menschen verstanden wird, und die von so vielen der gelehrtesten modernen Forscher gänzlich falsch interpretiert wird. Selbst Metaphysiker neigen zu leicht dazu, die Wirkung mit der Ursache zu verwechseln. Ein Ego, welches sein unsterbliches Leben als Geist errungen hat, wird durch alle Wiedergeburten auf Erden das gleiche innere Selbst bleiben. Aber das bedeutet nicht notwendigerweise, daß es entweder Herr Schmidt oder Herr Braun bleiben muß, der es auf Erden war, oder daß es seine Individualität verlieren muß. Deshalb kann die Astralseele und der irdische Körper eines Menschen nach dem Tode in den kosmischen Ozean sublimierter Elemente absorbiert werden und aufhören, sein letztes *persönliches* Ego zu empfinden (wenn es nicht verdiente, sich höher emporzuschwingen), und das *göttliche* Ego trotzdem die gleiche unveränderte Wesenheit bleiben, obwohl diese irdische Erfahrung seiner Emanation bei der Trennung von diesem unwürdigen Träger gänzlich ausgelöscht wird.

Wenn der "Geist" oder der göttliche Teil der Seele von Ewigkeit her als unterschiedliches Wesen präexistent ist, wie Origen, Synesius und einige andere halb-christliche und halb-platonische Philosophen lehrten, und wenn er nichts anderes ist, als die metaphysisch-objektive Seele, wie kann er anders als ewig sein? Und was macht es dann aus, ob ein Mensch ein reines oder ein tierisches Leben führt, wenn er, mag er tun was er will, seine Individualität nicht verliert?

So wie Sie diese Lehre ausdrücken, ist sie ebenso gefährlich in ihren Folgen wie diejenige von der stellvertretenden Sühne. Hätte man das letztere Dogma zusammen mit der falschen Idee, daß wir alle unsterblich sind, im rechten Lichte dargelegt, so wäre die Menschheit dadurch gebessert worden.
Lassen Sie mich noch einmal wiederholen: Pythagoras, Plato, Timaeus von Locris und die alte Alexandrinische Schule leiteten die Seele des Menschen (die höheren Prinzipien und Eigenschaften) von der universalen Weltseele ab, die ihren Lehren gemäß dem Äther (Vater-Zeus) entspricht. Daher kann keines dieser Prinzipien die *unvermischte* Essenz der Pythagoräischen *Monas* oder unseres "Atma-Buddhi" sein, weil die *anima mundi* nur die Wirkung, die subjektive Ausströmung oder besser Ausstrahlung der ersteren ist. Sowohl der *menschliche* Geist (die Individualität), das spirituelle reinkarnierende Ego, als auch Buddhi, die spirituelle Seele, sind präexistent. Aber während der erstere als getrennte Wesenheit existiert, als Individualisierung, existiert die Seele als präexistenter Atem, als ein unbewußter Teil eines intelligenten Ganzen. Beide sind ursprünglich aus dem ewigen Meer des Lichtes gebildet. Aber wie es die "Feuer-

philosophen", die mittelalterlichen Theosophen, ausdrückten: es gibt einen sichtbaren und einen unsichtbaren Geist im Feuer. Sie machten einen Unterschied zwischen der *anima bruta* und der *anima divina*. Empedokles glaubte fest, daß alle Menschen und Tiere zwei Seelen besitzen, und bei Aristoteles findet man, daß er die eine die vernünftige Seele *Nous*, und die andere die tierische Seele *Psyche* nennt. Entsprechend diesen Philosophen kommt die vernünftige Seele von "innerhalb", die andere von "außerhalb" der Universalseele.

Würden Sie die Seele, nämlich die denkende menschliche Seele, oder das, was Sie Ego nennen, als Materie bezeichnen?

Nicht als Materie, aber sicherlich als Substanz. Auch das Wort Materie könnte angewendet werden, wenn man ihm das Adjektiv "uranfänglich" voransetzt. Diese Materie ist, so sagen wir, genauso ewig wie der Geist, sie ist nicht unsere sichtbare, fühlbare und teilbare Materie, sondern ihre äußerste Sublimierung. Der reine Geist ist nur einen Schritt vom Nicht-Geist oder dem absoluten All entfernt. Wenn Sie nicht gelten lassen, daß der Mensch aus dieser uranfänglichen Geist-Materie entwickelt wurde und eine stetig fortschreitende Skala von "Prinzipien" darstellt, vom Meta-Geist bis herab zur dichtesten Materie, wie können wir jemals den *inneren* Menschen als unsterblich und gleichzeitig als eine geistige Wesenheit und als einen sterblichen Menschen betrachten?

Warum glauben Sie dann nicht an Gott als eine solche Wesenheit?

Weil das, was unendlich und unbedingt ist, keine Form haben und keine Wesenheit sein kann, jedenfalls nicht nach Auffassung einer östlichen Philosophie, die diesen Namen verdient. Eine "Wesenheit" ist wohl unsterblich, aber sie ist dies nur in ihrer grundlegenden Essenz, nicht in ihrer individuellen Form. Wenn sie das Ende ihres Zyklus erreicht hat, wird sie in ihre uranfängliche Natur absorbiert und wird Geist, wenn sie ihren Namen als Wesenheit verliert.
Ihre Unsterblichkeit als Form ist nur auf ihren Lebenszyklus, das *Mahamanvantara*, begrenzt. Nach diesem ist sie eins und identisch mit dem universalen Geist und nicht mehr eine gesonderte Wesenheit. Was nun die *persönliche* Seele anbelangt – darunter verstehen wir jenen Bewußtseinsfunken, der im geistigen Ego die Vorstellung des persönlichen "Ich" der letzten Inkarnation bewahrt –, so währt diese als gesonderte unterschiedene Erinnerung nur während der Periode des Devachan. Danach wird diese Erinnerung zu der Reihe der anderen zahllosen Inkarnationen des Egos hinzugefügt, ähnlich wie es in unserem Gedächtnis mit der Erinnerung an einen besonderen Tag aus der Reihe von Tagen am Ende eines Jahres geschieht. Wollen Sie die Unendlichkeit, die Sie für Ihren Gott fordern, an endliche Verhältnisse fesseln? Nur das, was unlösbar mit Atma verschmolzen ist (das ist Buddhi-Manas), ist unsterblich. Die Seele des Menschen (der Persönlichkeit) *per se* ist weder unsterblich noch ewig oder göttlich. Der *Zohar* (I. 65c, 66a) sagt: "So wie die Seele, wenn sie auf diese Erde gesendet wird, ein irdisches Gewand anlegt, um sich hier zu erhalten, so erhält sie droben ein leuchtendes Gewand, damit sie fä-

hig wird, ohne Schaden zu erleiden, in den Spiegel zu blikken, dessen Licht vom Herrn des Lichtes ausgeht". Außerdem lehrt der *Zohar*, daß die Seele den Zustand der Seligkeit nicht erreichen kann, wenn sie nicht den "heiligen Kuß" empfangen hat, das ist die Wiedervereinigung der Seele *mit der Substanz, von der sie ausging*, dem Geist (II, 97a, I 168a). Alle Seelen sind dual, und während die Seele ein weibliches Prinzip ist, ist der Geist männlich. Während er im Körper gefesselt ist, ist der Mensch eine Dreiheit, sofern seine Verunreinigung nicht so stark ist, daß dadurch seine Trennung vom Geiste verursacht wurde. "Wehe der Seele, welche die Hochzeit mit ihrem irdischen Körper ihrem göttlichen Gemahl (dem Geist) vorzieht", sagt das *Buch der Schlüssel*, ein hermetisches Werk. Wehe ihr in der Tat, denn von dieser Persönlichkeit wird nichts übrigbleiben, um auf den unvergänglichen Tafeln des Gedächtnisses des Egos aufgezeichnet zu werden.

Wie kann etwas nicht unsterblich sein, das zwar nicht von Gott dem Menschen gegeben, aber nach Ihrer Überzeugung dennoch von gleicher Substanz mit dem Göttlichen ist?

Jedes Atom, jedes Pünktchen der Materie, nicht nur der Substanz, ist in seiner Essenz *unvergänglich*, aber nicht in seinem *individuellen Bewußtsein*. Unsterblichkeit bedeutet jedoch nur des Menschen ununterbrochenes Bewußtsein. Wie sollte aber das *persönliche* Bewußtsein länger dauern als die Persönlichkeit selbst? Dieses Bewußtsein lebt, wie ich schon sagte, nur während der Dauer des Devachan weiter, danach wird es wieder absorbiert, zuerst in das *individuelle* und dann in das *universale* Bewußtsein. Fragen Sie lieber Ihre Theologen, weshalb sie aus den jüdischen heiligen Schriften ein solches Durcheinander gemacht haben. Lesen Sie die Bibel, und Sie werden gute Beweise dafür finden, daß die Verfasser des *Pentateuch* und besonders der *Genesis*, *Nephesh*, das, was Gott Adam einhaucht (Gen., Kap. 2), niemals als die *unsterbliche* Seele betrachtet haben. Hier einige Beispiele: "Und Gott schuf . . . jedes *Nephesh* (Leben), das sich bewegt" (Gen. 1, 21), womit die Tiere gemeint sind, und in Gen. 2, 7 wird gesagt: "Und der Mensch wurde ein *Nephesh*" (eine lebende Seele), was zeigt, daß das Wort *Nephesh* unterschiedslos auf den *unsterblichen* Menschen und auf das *sterbliche* Tier angewendet wurde. "Und wahrlich, ich werde verlangen das Blut von euren Leben; von allem Getier und vom Menschen werde ich es verlangen". (Gen. 9, 5). "Entfliehe um dein *Nephesh*" (ist übersetzt mit: Rette dein Leben) (Gen. 19, 17)."Lasset uns ihn nicht töten" (Gen. 37, 21); lautet im hebräischen Text: "Lasset uns sein *Nephesh* nicht töten". Im 3. Buch Mose heißt es: "Wer einen Menschen tötet, soll des Todes sterben". Wörtlich heißt es: "Wer *Nephesh* zerstört (Lev. 24, 17) und (Vers 18) wer ein Tier tötet (*Nephesh*), soll es bezahlen, Tier für Tier. Der hebräische Wortlaut ist "*Nephesh* für *Nephesh*". Wie könnte man das Unsterbliche töten? Dies erklärt auch, warum die Sadduzäer die Unsterblichkeit der Seele leugneten, und es bietet einen weiteren Beweis dafür, daß gesetzesgläubige Juden, zumindest die Uneingeweihten, sehr wahrscheinlich überhaupt niemals an das Weiterleben der Seele glaubten.

Über ewigen Lohn und ewige Strafe und über Nirvana

Es ist wohl kaum nötig, Sie noch zu fragen, ob Sie an die christlichen Dogmen von Paradies und Hölle und an die zukünftigen Belohnungen und Strafen glauben, wie sie von den orthodoxen Kirchen gelehrt werden?

So wie sie in Ihren Katechismen beschrieben sind, lehnen wir sie völlig ab. Am allerwenigsten können wir ihre Ewigkeit anerkennen. Aber wir glauben fest an das, was wir das *Gesetz der Vergeltung* nennen und an die absolute Gerechtigkeit und Weisheit, welche dieses Gesetz oder Karma leitet. Daher lehnen wir den grausamen und unphilosophischen Glauben an ewige Belohnungen oder ewige Strafen entschieden ab. Wir sagen mit Horaz:

> "Lasset Gesetze festsetzen, die unsere Wut bezähmen
> und Fehler bestrafen mit angemessnem Schmerz,
> man ziehe aber nicht jenem die Haut ab,
> der für getane Fehler nur Prügel verdient."

Dies ist eine gerechte Regel für alle Menschen. Sollten wir glauben, daß Gott, aus dem eine Verkörperung von Weisheit, Liebe und Barmherzigkeit gemacht wird, weniger berechtigt ist, daß ihm diese Merkmale zugeschrieben werden, als der sterbliche Mensch?

Haben Sie noch andere Gründe, dieses Dogma abzulehnen?

Unser Hauptgrund liegt in der Tatsache der Reinkarnation. Wie bereits gesagt, lehnen wir die Vorstellung ab, daß für jedes neugeborene Kind eine neue Seele erschaffen wird. Wir glauben, daß jedes menschliche Wesen der *Träger* eines Ego ist, das mit jedem anderen Ego koexistiert; denn alle Egos sind von *gleicher Essenz* und gehören zu der uranfänglichen Emanation aus einem universalen unendlichen Ego. Plato nennt dieses letztere den *Logos* (oder den zweiten manifestierten Gott), wir nennen ihn das manifestierte göttliche Prinzip, das eins mit dem Universalgeist oder der Universalseele ist und fassen es nicht als den anthropomorphen, außerkosmischen, *persönlichen* Gott auf, an welchen so viele Theisten glauben. Bitte verwechseln Sie das nicht.

Aber wenn Sie ohnehin an ein manifestiertes Prinzip glauben, worin besteht dann die Schwierigkeit, anzunehmen, daß die Seele jedes neugeborenen Sterblichen von diesem Prinzip erschaffen wird, so, wie alle Seelen vor ihm erschaffen worden sind?

Weil das, was *unpersönlich* ist, kaum nach eigenem Gutdünken und Vergnügen erschaffen, planen und denken kann. Von einem universalen, in seinen periodischen Manifestationen unveränderlichen *Gesetz*, das am Beginn jedes neuen Lebenszyklus sein eigenes Wesen ausstrahlt und manifestiert, kann nicht angenommen werden, daß es Menschen erschafft, nur um es ein paar Jahre später zu bereuen, sie erschaffen zu haben. Wenn wir überhaupt an ein göttliches Prinzip glauben sollen, dann muß es eines sein, welches ebenso absolute Harmonie, Logik und Gerechtigkeit, wie es absolute Liebe, Weisheit und Unparteilichkeit ist. Ein Gott jedoch, der jedesmal für die *kurze Spanne eines einzigen Lebens eine Seele erschaffen würde*, gleichgültig, ob diese den Körper eines wohlhabenden, glücklichen Menschen oder den eines leidenden, armen beseelen muß, der von seiner Geburt bis zu seinem Tode unglücklich ist, obwohl er nichts getan hat, um dieses grausame Schicksal zu verdienen – ein solcher Gott würde eher ein vernunftsloser *Unhold* sein, als ein Gott. Selbst die jüdischen Philosophen, die an die mosaische Bibel glaubten (natürlich esoterisch), haben niemals eine solche Vorstellung gehabt, mehr noch, sie glaubten ebenso wie wir an die Reinkarnation.

Können Sie mir einige Beispiele als Beweis dafür geben?

Allerdings. Philo Judäus sagt (in *De Somniis*, 1, § 22): "Die Luft ist voll von ihnen (von Seelen). Jene, die der Erde am nächsten sind, steigen herab, um an sterbliche Körper gefesselt zu werden, *sie* kehren in andere Körper zurück, da sie begierig sind, in ihnen zu *leben*." Der *Zohar* läßt die Seele vor Gott um ihre Freiheit bitten: "Herr des Weltalls! Ich bin glücklich in dieser Welt und wünsche nicht in eine andere zu gehen, wo ich nur eine Dienerin sein werde und allen Arten von Befleckung ausgesetzt", (*Zohar*, II, 96a, Amst. Ausg.). Die Lehre vom Zwang des Schicksals, vom ewigen, unveränderlichen Gesetz wird in der Antwort der Gottheit bekräftigt: "Gegen deinen Willen wirst du ein Embryo und gegen deinen Willen wirst du geboren", (*Mishna, Pirke Avoth* IV § 29). Das Licht wäre unbegreiflich, wenn es keine Dunkelheit gäbe, die es durch ihren Gegensatz sichtbar macht; das Gute würde nicht mehr gut sein, wenn es nicht das Böse gäbe, das den unschätzbaren Wert des ersteren zeigt. Es könnte auch persönliche Tugend keinen Verdienst für sich in Anspruch nehmen, wenn sie nicht durch den Schmelzofen der Versuchung gegangen wäre. Nichts ist ewig und unveränderlich, außer der verborgenen Gottheit.

Nichts aber, was endlich ist, entweder weil es einen Anfang hatte oder weil es ein Ende haben muß, kann auf demselben Punkt stehen bleiben. Es muß entweder fortschreiten oder verschwinden. Und eine Seele, welche nach der Wiedervereinigung mit ihrem Geist dürstet, der allein ihr Unsterblichkeit verleiht, muß sich durch zyklische Wandlungen reinigen, bis sie zu dem einzigen Land der Seligkeit und ewigen Ruhe gelangt, das im Zohar "der Palast der Liebe", in der Hindureligion "Moksha", unter den Gnostikern "das Pleroma des ewigen Lichtes" und bei den Buddhisten "Nirvana" genannt wird. Alle diese Zustände sind Zwischenzustände, vorübergehend und nicht ewig.

Aber in all dem wird nichts über Reinkarnation gesagt.

Eine Seele, die darum bittet, daß ihr gestattet werde, zu bleiben, wo sie ist, muß *präexistent* sein und kann nicht erst für diesen Anlaß erschaffen worden sein. Im *Zohar* III, 61 c ist außerdem noch ein besserer Beweis zu finden. Vom reinkarnierenden Ego, (der *rationalen* Seelen), deren letzte Persönlichkeit *ganz* dahinschwinden muß, wird gesagt: "Alle Seelen, die sich im Himmel von dem heiligen Einen, sein Name sei gesegnet, entfernt haben, sie haben sich in den Abgrund ihrer Existenz gestürzt und haben die Zeit beschleunigt, in der sie wieder zur Erde herabsteigen müssen". Der heilige *Eine* bedeutet hier esoterisch "Atman" oder *Atma-Buddhi.*

Es ist aber sehr seltsam, daß Sie Nirvana als Himmelreich oder Paradies verstehen, da doch alle Orientalisten von Bedeutung erklären, daß Nirvana gleichbedeutend mit Vernichtung sei!

Nur wenn man es wörtlich nimmt, mit Bezug auf die Persönlichkeit und die differenzierte Materie, sonst nicht. Diese Vorstellungen von der Reinkarnation und der Dreiheit im Menschen wurden auch von vielen der frühen christlichen Kirchenväter vertreten. Es ist das von den Übersetzern des Neuen Testamentes und der alten philosophischen Abhandlungen gemachte Durcheinander bei den Begriffen von Seele und Geist, das die vielen Mißverständnisse hervorgerufen hat. Dies ist auch einer der vielen Gründe, weshalb Buddha, Plotin und so viele andere Eingeweihte heute beschuldigt werden, sie hätten sich nach einer vollkommenen Auslöschung der Seele gesehnt, "nach dem Aufgehen in der Gottheit" oder "der Wiedervereinigung mit der Universalseele", was nach moderner Auffassung Vernichtung bedeutet. Die persönliche Seele muß selbstverständlich in ihre Teile aufgelöst werden, bevor sie ihr reineres Wesen für immer mit dem unsterblichen Geist verbinden kann. Aber die Übersetzer sowohl der *Apostelgeschichte* als auch der *Apostelbriefe*, in denen die Grundlagen der Lehre vom *Himmelreich* zu finden sind, und auch die modernen Kommentatoren der buddhistischen *Sutra über die Grundlage des Reiches der Rechtschaffenhei*t haben sowohl den Sinn der Worte des großen Apostels der Christenheit als auch des großen Reformers in Indien durcheinandergebracht. Die ersteren haben das Wort "psychikos" so unkenntlich gemacht, so daß kein Leser mehr auf den Gedanken kommt, daß es eine Beziehung zur Seele hat. Auf Grund dieser Verwirrung der Begriffe von *Seele* und *Geist* erhalten die Leser der Bibel nur eine verzerrte Vorstellung von diesem Gegenstand. Andererseits haben die Interpreten Buddhas Bedeutung und Zweck der buddhistischen vier Grade von Dhyana nicht verstanden. Frage die Pythagoräer: "Kann dieser Geist, der Leben und Bewegung gibt und an der Natur des Lichtes teilhat, zur Nichtexistenz reduziert werden?" Die Okkultisten bemerken: "Kann selbst der fühlende Geist im Tier, welcher Erinnerungsvermögen besitzt – eine der rationalen Fähigkeiten – sterben und zu nichts werden?" In der buddhistischen Philosophie bedeutet *Vernichtung* nur eine Auflösung der Materie, in was immer für einer Form oder Scheinform sie sich befinden mag, da alles, was eine Form hat, veränderlich und daher in Wirklichkeit eine Täuschung ist. Denn in der Ewigkeit sind die längsten Zeitperioden nicht mehr als ein Augenblick, und so ist es mit der Form. Noch ehe wir begreifen können, daß wir sie gesehen haben, ist sie wie ein kurzer Blitz weg und für immer vorbei. Erst dann, wenn die spirituelle *Wesenheit* sich für immer von jedem Partikel der Materie, Substanz oder Form loslöst und wieder zum geistigen Atem wird, nur dann tritt sie in das ewige und unveränderliche *Nirvana* ein, das so lange dauert, wie der Zyklus des Lebens gedauert hat, wirklich eine Ewigkeit. Und dann ist dieser Atem, der im *Geist* existiert, ein *Nichts*, weil er *alles* ist. Als Form, Erscheinung und Gestalt ist er vollkommen vernichtet, als absoluter Geist *ist* er aber immer noch, da er selbst zum *Sein* wurde. Wenn es heißt "aufgegangen im universalen Sein", bedeutet dies, wenn von der "Seele" als Geist gesprochen wird, die *Vereinigung mit diesem Sein*. Es kann niemals Vernichtung bedeuten, denn das würde ewige Trennung bedeuten.

Setzen Sie sich nicht durch die Sprache, die Sie gebrauchen, selbst der Anklage aus, Vernichtung zu predigen? Sie haben gerade davon gesprochen, daß die Seele des Menschen in ihre ursprünglichen Elemente zurückkehrt.

Aber Sie vergessen, daß ich Ihnen die Unterschiede zwischen den verschiedenen Bedeutungen des Wortes "Seele" dargelegt und gezeigt habe, in was für einer ungenauen Weise der Ausdruck "Geist" bisher übersetzt worden ist. Wir sprechen von einer *tierischen*, *menschlichen* und *geistigen* Seele und unterscheiden zwischen diesen. Plato z.B. nennt "rationale Seele" das, was wir *Buddhi* nennen und er fügt ihr auch noch das Adjektiv "geistig" hinzu. Das, was wir das reinkarnierende Ego, Manas, nennen, bezeichnet er als Geist, Nous usw., während wir den Begriff *Geist*, wenn er allein und ohne Modifikationen steht, nur auf Atma anwenden. Pythagoras wiederholt unsere archaische Lehre, wenn er sagt, daß das *Ego* (*Nous*) gleich ewig mit der Gottheit ist, daß die Seele nur durch verschiedene Stufen gegangen ist, um bei der göttlichen Herrlichkeit anzulangen, während *Thumos* zur Erde zurückkehrte und selbst *Phren*, das niedere Manas, ausgeschieden wurde. Plato definiert die *Seele* (Buddhi) als "jene Bewegung, die fähig ist, sich selbst zu bewegen". "Die Seele", so fügt er hinzu (*Gesetze*, Kap. 10) "ist das Älteste aller Dinge und der Anfang aller Bewegung." Zum Unterschied von uns bezeichnet er Atma-Buddhi als "Seele" und Manas als "Geist"*, was wir nicht tun.

* "Spirit" im Original, nicht "mind". (Hg.)

“. . . daß die Seele früher als der Körper entstanden ist, der Körper aber als zweites und später, da die Seele herrscht und der Körper naturgemäß von ihr beherrscht wird.” “Wenn nun die Seele alles durchwaltet und allem innewohnt, das sich überall bewegt, müssen wir dann nicht behaupten, daß sie auch den Himmel durchwaltet?”

“Seele lenkt also alles am Himmel, auf der Erde und im Meer durch ihre Bewegungen, die den Namen führen: Wollen, Erwägen, Fürsorgen, Beraten, richtiges oder falsches Meinen, durch Freude oder Schmerz, Mut oder Furcht, Haß oder Liebe, sowie durch alle Bewegungen, die mit diesen verwandt . . . sind. . . . durch alle die Mittel, durch deren Anwendung die Seele, wenn sie jederzeit die Vernunft (Nous) zu Hilfe nimmt, die auch für Götter mit Recht eine Gottheit ist, dann alles zum Rechten und Glücklichen hinlenkt, während sie in allem das Gegenteil bewirkt, sobald sie sich mit der Unvernunft (Anoia) verbindet.” (Plato, *Gesetze*, in *Werke*, Bd. 8, Teil 2, Nomon 7–12, Kap. 10, S. 299 ff., Darmstadt, 1977)

In dieser Sprache, ebenso wie in den buddhistischen Schriften, wird das Negative als essentielle Existenz betrachtet. *Vernichtung* ist daher ähnlich zu erklären. Der positive Zustand ist essentielles Sein, aber keine Manifestation als solche. Wenn der Geist in *Nirvana* eintritt, dann verliert er im Buddhismus die objektive Existenz, bleibt aber subjektives Sein. Für den objektiven Verstand wird er zum absoluten *Nichts*, für den subjektiven Verstand zum NICHT-DINGLICHEN, zu nichts, was die Sinne erfassen können. Somit bedeutet Nirvana die Gewißheit der individuellen Unsterblichkeit im *Geist*, nicht in der Seele, die zwar “das älteste aller Dinge”, aber noch – mit all den anderen *Göttern* – eine in *Form* und *Individualität*, wenn nicht sogar in der Substanz, begrenzte Ausstrahlung ist.

Mir ist diese Idee immer noch nicht ganz verständlich. Ich wäre also für einige Erläuterungen dankbar.

Ohne Zweifel, sie ist wirklich schwer zu verstehen, besonders für diejenigen, die mit den orthodoxen Ideen der christlichen Kirche aufgewachsen sind. Außerdem muß ich Ihnen sagen, solange Sie die verschiedenen Funktionen, die den menschlichen "Prinzipien" zugeschrieben werden und die Zustände aller dieser *nach dem Tode*, nicht sorgfältig studiert haben, solange werden Sie die östliche Philosophie kaum begreifen können.

Die verschiedenen "Prinzipien" im Menschen

Ich habe ziemlich viel über die Konstitution des "inneren Menschen", wie Sie sie nennen, gehört, aber ich konnte mir nie recht klar darüber werden.

Es ist sicherlich sehr schwierig und verwirrend, zwischen den verschiedenen *Aspekten*, die von uns die "Prinzipien" des wirklichen Egos genannt werden, zu unterscheiden und sie richtig zu verstehen. Dies um so mehr, als in der Aufzählung dieser Prinzipien bemerkenswerte Unterschiede zwischen den verschiedenen östlichen Schulen bestehen, wenn auch die eigentliche Lehrgrundlage dieselbe ist.

Meinen Sie die Vedantisten? Teilen diese nicht Ihre sieben "Prinzipien" in nur fünf ein?

Allerdings. Aber obgleich ich mir auch nicht anmaßen würde, diesen Punkt mit einem gelehrten Vedantisten zu diskutieren, möchte ich doch als meine private Meinung sagen, daß die Vedantisten einen offensichtlichen Grund dafür haben. Bei ihnen wird nur die zusammengesetzte spirituelle Anhäufung, die aus verschiedenen mentalen Aspekten besteht, Mensch genannt. Der physische Körper ist ihrer Anschauung nach nicht einmal wert, erwähnt zu werden, er ist eine bloße *Illusion*. Der Vedanta ist auch nicht die einzige Philosophie, die so argumentiert. Laotse erwähnt in seinem *Tao-te-king* ebenfalls nur fünf Prinzipien, da er ebenso wie die Vedantisten zwei Prinzipien ausläßt, nämlich den Geist (Atma) und den physischen Körper, den er im übrigen den "Kadaver" nennt. Ferner kommt die Taraka Raja Yoga-Schule in Betracht. Ihre Lehren erkennen nur drei Prinzipien an, aber in Wirklichkeit ist ihr *Sthulopadhi*, oder der physische Körper in seinem Wachzustand, ferner *Sukshmopadhi*, derselbe Körper in *Svapna*, oder im Traumzustand, und *Karanopadhi* oder der "Kausalkörper" oder das, was von Inkarnation zu Inkarnation geht, alle in ihren Aspekten dual und bilden daher sechs. Fügt man Atma hinzu, das unpersönliche göttliche Prinzip oder das unsterbliche Element im Menschen, das nicht unterschiedlich vom Universalgeist ist, dann hat man dieselbe Siebenteilung wieder. Nun, sie mögen ihre Einteilung behalten, wir halten an unserer fest.

Es scheint also nahezu die gleiche Einteilung zu sein wie jene, die von den christlichen Mystikern gemacht wurde:Körper, Seele und Geist?

Genau die gleiche. Wir können den Körper einfach als Träger für den "vitalen Doppelgänger" betrachten und diesen wiederum als Träger des Lebens oder *Prana*, und wir können *Kamarupa*, die (tierhafte) Seele, als den Träger für den *höheren* und *niederen* Verstand annehmen und so daraus sechs Prinzipien machen, und schließlich das Ganze mit dem einen unsterblichen Geist krönen. Im Okkultismus gibt jede qualitative Veränderung in unserem Bewußtseinszustand dem Menschen einen neuen Aspekt, und wenn dieser vorherrscht und ein Teil des lebendigen handelnden Egos wird, dann muß und wird diesem ein besonderer Begriff zugeordnet werden, um den Menschen, der er in diesem besonderen Zustand ist, von dem Menschen zu unterscheiden, der er in einem anderen Zustand ist.

Gerade das ist so schwer zu verstehen.

Mir scheint es im Gegenteil sehr leicht, wenn Sie nur einmal die grundlegende Idee begriffen haben, daß der Mensch in strenger Übereinstimmung mit seinen mentalen und geistigen Voraussetzungen auf dieser und auf anderen Bewußtseinsebenen wirkt. Aber so ist der Materialismus unserer Zeit, je mehr wir erklären, desto weniger scheinen die Menschen fähig zu sein, zu verstehen was wir sagen. Teilen Sie, wenn Sie wollen, das irdische Wesen, Mensch genannt, in drei Hauptaspekte ein; wenn Sie aus ihm nicht ein bloßes Tier machen wollen, können Sie nicht weniger Aspekte annehmen. Nehmen Sie seinen objektiv wahrnehmbaren *Körper*, dann das denkende Prinzip in ihm – welches nur wenig höher steht als das *Instinktelement* im Tier –, oder die vitale bewußte Seele und schließlich das, was ihn so unermeßlich über das Tier hinaushebt, seine *vernunftbegabte* Seele oder den "Geist". Wenn wir diese drei Gruppen oder Hauptwesensteile entsprechend der okkulten Lehre weiter unterteilen, was erhalten wir dann?
Als erstes den Geist (im Sinne des Absoluten und daher

unteilbaren ALLS) oder Atma. Da dieses in der Philosophie weder lokalisiert noch begrenzt werden kann, da es einfach das ist, was von Ewigkeit her IST und was in keinem noch so winzigen geometrischen oder mathematischen Punkt im Universum der Materie oder "Substanz" fehlen kann, sollte es tatsächlich nicht ein "menschliches" Prinzip genannt werden. Bestenfalls ist es in der Metaphysik jener Punkt im Raum, den die menschliche Monade und ihr Ausdrucksträger, der Mensch, während der Zeit jedes einzelnen Lebens für sich einnimmt. Dieser Punkt ist ebenso imaginär wie der Mensch selbst, er ist in Wirklichkeit eine Illusion, eine *Maya*. Aber für uns selbst und für andere persönliche Egos sind wir während jener Laune der Illusion, die Leben genannt wird, eine Realität und wir müssen uns zumindest in unserer Einbildung selbst anerkennen, wenn es schon kein anderer tut. Um es für den menschlichen Intellekt faßbarer zu machen, falls er gerade damit beginnt, den Okkultismus zu studieren und das ABC des Mysteriums Mensch zu lösen: der Okkultismus bezeichnet dieses *siebente* Prinzip als die Synthese des sechsten und teilt ihm als Gefäß die *spirituelle Seele*, Buddhi, zu. Das letztere verbirgt ein Mysterium, das niemandem enthüllt wird, außer *Chelas*, die unwiderrufliche Gelöbnisse geleistet haben, oder Menschen, denen zumindest sicher vertraut werden kann. Es gäbe natürlich weniger Verwirrung, wenn man es erklären dürfte, aber da dieses Geheimnis auch unmittelbar die Fähigkeit betrifft, den eigenen "Doppelgänger" bewußt und willentlich zu projizieren, und da diese Gabe sich, gleich dem "Ring des Gyges", sowohl für die Menschheit als Ganzes als auch für den Besitzer dieser Fähigkeit im besonderen als äußerst unheilvoll erweisen würde, wird dieses Geheimnis sorgfältig gehütet. Aber wir wollen uns weiter mit den "Prinzipien" befassen. Die göttliche Seele, oder Buddhi, ist also das Gefäß des Geistes. Miteinander verbunden sind diese Zwei eins, unpersönlich und ohne Eigenschaften, natürlich nur auf dieser Ebene. Damit haben wir zwei spirituelle "Prinzipien". Wenn wir zu der *menschlichen* Seele, *zu Manas oder mens*, weiterschreiten, wird wohl jeder darin übereinstimmen, daß die Intelligenz des Menschen *dual* ist. Ein hochgesinnter Mensch kann z.B. kaum niedrig gesinnt sein. Der hochintelligente, spirituell gesinnte Mensch ist durch einen Abgrund vom stumpfen, schwerfälligen und materiellen, wenn nicht tierisch gesinnten Menschen getrennt.

Aber warum sollte der Mensch nicht durch zwei "Prinzipien" oder richtiger durch zwei Aspekte repräsentiert sein?

Jeder Mensch hat diese zwei Prinzipien in sich, wobei das eine aktiver als das andere ist und in seltenen Fällen eines in seinem Wachstum vollkommen gehemmt sein kann, sozusagen gelähmt durch die Kraft und Vorherrschaft des anderen *Aspektes*, in welcher Richtung auch immer. Das ist also das, was wir die zwei Prinzipien oder Aspekte von *Manas* nennen, das höhere und das niedere. Das höhere Manas oder das denkende bewußte *Ego* strebt zur spirituellen Seele (Buddhi), das niedere, oder sein instinktives Prinzip wird von *Kama* angezogen, dem Sitz der tierischen Begierden und Empfindungen im Menschen. So haben wir nun *vier* Prinzipien sichergestellt. Die drei letzten *Prinzipien* sind: (1.) der "Doppelgänger", den wir auch proteische oder plastische Seele nennen. Er ist Träger des Lebensprinzips (2.). Und (3.) der physische Körper. Natürlich wird kein Physiologe oder Biologe diese Prinzipien anerkennen, und er würde sie auch nicht verstehen können. Das ist vielleicht auch der

Grund, warum niemand von diesen Gelehrten die Funktionen der Milz versteht, des physischen Trägers des proteischen "Doppelgängers" und die Funktionen eines bestimmten Organs an der rechten Seite des menschlichen Körpers, welches der physische Sitz der oben erwähnten Begierden ist. Ebenso verstehen sie nichts von der Zirbeldrüse, welche sie lediglich als eine hornartige Drüse mit etwas Sand in ihrem Inneren beschreiben. Diese Drüse ist aber in Wirklichkeit der eigentliche Sitz des höchsten und göttlichsten Bewußtseins im Menschen, seiner allwissenden, spirituellen und allumfassenden Vernunft. Dies zeigt Ihnen nun ganz klar, daß wir diese sieben Prinzipien nicht erfunden haben und daß sie, wie wir leicht beweisen können, in der Welt der Philosophie durchaus nichts Neues bedeuten.

Aber was ist Ihrer Auffassung nach das, was reinkarniert?

Das spirituelle, denkende Ego, das bleibende Prinzip im Menschen, der Sitz von Manas. Weder Atma noch Atma-Buddhi, als duale *Monade* betrachtet, ist der *individuelle* oder *göttliche* Mensch, sondern Manas. Denn Atma ist das universale ALL und wird lediglich in Verbindung mit *Buddhi*, seinem Gefäß, zum HÖHEREN SELBST des Menschen. Buddhi verbindet ES mit der Individualität (dem göttlichen Menschen). Buddhi-Manas aber ist, was man den *Kausalkörper* nennt (die Verbindung des fünften und sechsten Prinzips). Dieser ist das *Bewußtsein*, das es mit jeder Persönlichkeit verbindet, die es auf Erden bewohnt. Seele ist also ein Gattungsname, und es gibt deshalb im Menschen drei *Aspekte* der Seele – die irdische oder tierische Seele, die menschliche Seele und die spirituelle Seele. Genau ausgedrückt sind diese drei eine Seele in ihren drei Aspekten.

Nach dem Tod bleibt vom ersten Aspekt nichts übrig; vom zweiten Aspekt (Nous oder Manas) überlebt nur ihr göttliches Wesen, *wenn es unbefleckt geblieben is*t; der dritte Aspekt aber ist nicht nur unsterblich, sondern er wird, darüber hinaus, durch die Assimilierung des höheren Manas *bewußt göttlich*. Aber um dies klar darstellen zu können, müssen wir zuerst einige Worte über die Reinkarnation sagen.

Das wird gut sein. Denn gerade gegen diese Lehre richten Ihre Feinde die schärfsten Angriffe.

Meinen Sie die Spiritisten? Das ist bekannt, und in ihrem Magazin *Light* kann manche absurde Entgegnung gefunden werden. Aber einige von ihnen sind derartig chaotisch und bösartig, daß sie im Nichts enden. Einer von ihnen fand neulich einen Widerspruch in zwei Behauptungen, die er aus Vorträgen von Sinnett herausgepickt hat. Er besprach sie kritisch im Magazin *Light*. Er entdeckte diesen großen Widerspruch in zwei Sätzen: "Sollte sich in manchen Fällen eine vorzeitige Rückkehr ins Erdenleben ereignen, dürfte sie durch eine karmische Komplikation hervorgerufen sein"; und "es gibt keinen Zufall in der höchsten Tätigkeit der göttlichen Gerechtigkeit, die die Entwicklung lenkt". Ein so tief Denkender würde auch einen Widerspruch in dem Gesetz der Schwerkraft sehen, wenn ein Mensch seine Hand ausstreckte, um zu verhüten, daß ein fallender Stein den Kopf eines Kindes zerschmettert.

⌘

VIII

Von der Reinkarnation oder Wiedergeburt

Was lehrt die Theosophie über das Gedächtnis?

Das Schwierigste für Sie wird sein, vernünftige Gründe für diesen Glauben anzugeben. Kein Theosoph war bisher in der Lage, auch nur einen einzigen gültigen Beweis vorzubringen, der meine Skepsis hätte erschüttern können. Vor allem spricht gegen die Theorie der Reinkarnation die Tatsache, daß noch kein Mensch gefunden worden ist, der sich daran erinnert, schon einmal gelebt zu haben und noch weniger, wer er in seinem vorherigen Leben gewesen ist.

Ich sehe, Ihre Argumente gehen auf die altbekannten Einwände hinaus: den Verlust der Erinnerung an unsere früheren Inkarnationen. Sie glauben, daß dies unsere Lehre entkräftet? Ich entgegne, daß dies nicht der Fall ist, und daß dieser Einwand auf keinen Fall endgültig sein kann.

Dann würde ich gerne Ihre Argumente hören.

Diese sind kurz und wenige. Wenn Sie in Betracht ziehen, daß selbst die besten modernen Psychologen a) unfähig sind, der Welt die Natur des Verstandes zu erklären und b) daß sie sich in völliger Unkenntnis seiner inneren Möglichkeiten und seiner höheren Zustände befinden, dann müssen Sie zugeben, daß sich dieser Einwand auf einer Schlußfolgerung *a priori* gründet, die vom ersten Blick und von äußeren Umständen abgeleitet ist. Aber was ist "Gedächtnis" nach ihrer Auffassung überhaupt?

Das, was allgemein anerkannt ist: die Fähigkeit unseres Verstandes, sich zu erinnern und das Wissen um frühere Gedanken, Taten und Ereignisse zu bewahren.

Bitte fügen Sie hinzu, daß es einen großen Unterschied zwischen den drei anerkannten Formen des Gedächtnisses gibt. Neben dem Gedächtnis im allgemeinen gibt es die *unwillkürliche* und die *willentliche Erinnerung* sowie die *Reminiszenz*. Haben Sie jemals über den Unterschied nachgedacht? Bedenken Sie auch, daß das Wort Gedächtnis nur einen Gattungsnamen darstellt.

Ja, aber sie alle sind nur Synonyme.

Durchaus nicht, schon gar nicht in der Philosophie. Das Gedächtnis ist nichts anderes als eine den denkenden Wesen und sogar Tieren innewohnende Kraft, die vergangene Eindrücke durch eine Assoziation von Vorstellungen reproduziert, die in erster Linie durch objektive Dinge oder durch irgendeine Einwirkung auf unsere äußeren Sinnesorgane hervorgerufen wird. Das Gedächtnis ist eine Fähigkeit, die gänzlich von den mehr oder minder gesunden und normalen Funktionen unseres physischen Gehirns abhängt. Unwillkürliche und willentliche Erinnerung sind Eigenschaften und Dienerinnen dieses Gedächtnisses. *Reminiszenz* aber ist etwas davon gänzlich verschiedenes. Reminiszenz wird von den modernen Psychologen als etwas definiert, das zwischen der *unwillkürlichen* und *willentlichen Erinnerung* liegt als "ein bewußter Vorgang, vergangene Geschehnisse ins Gedächtnis zurückzurufen, *aber ohne jene volle und vielgestaltige Beziehung zu allen Einzelheiten*, welche die *willentliche Erinnerung* charakterisiert". Locke sagt über die unwillkürliche und willentliche Erinnerung: "Wenn eine *Vorstellung* wieder aufsteigt, ohne daß der gleiche Gegenstand auf unsere äußeren Sinnesorgane einwirkt, so ist dies *unwillkürliche Erinnerung*. Wenn der Verstand nach einer Vorstellung sucht, sie mit Anstrengung und Mühe findet und wieder sich vor Augen führt, so ist dies *willentliche Erinnerung*". Aber auch Locke muß die Reminiszenz ohne klare Definition lassen, denn sie ist keine Fähigkeit oder Eigenschaft unseres physischen Gedächtnisses, sondern eine intuitive Wahrnehmung, gesondert und außerhalb unseres physischen Gehirns. Eine Wahrnehmung, die, durch das immerwährende Wissen unseres spirituellen Egos in Tätigkeit gebracht, alle jene Visionen des Menschen umfaßt, die als abnorm bezeichnet werden, von den Bildern, die das Genie erschaut, bis zu den Fieberträumen und selbst den Halluzinationen des Wahnsinns. Von all diesen behauptet die Wissenschaft, daß sie außerhalb unserer Einbildung keine *Existenz* hätten. Okkultismus und Theosophie betrachten die *Reminiszenz* jedoch in einem ganz anderen Licht. Während das *Gedächtnis* für uns etwas Physisches und Vergängliches ist und gänzlich vom physiologischen Zustand des Gehirns abhängt – eine grundlegende Auffassung aller Lehrer der Mnemonik, die dafür auch die Vorstellungen der modernen wissenschaftlichen Psychologie als Stütze haben – bezeichnen wir die *Reminiszenz* als das *Gedächtnis der Seele*. Und es ist *dieses* Gedächtnis, welches nahezu jedem menschlichen Wesen, bewußt oder unbewußt, die Gewißheit gibt, daß es schon früher einmal gelebt hat, und daß es wieder leben wird. Es ist in der Tat so, wie Wordsworth es ausgedrückt hat:

Unsere Geburt ist ein Schlaf und ein Vergessen nur,
die Seele, die mit uns aufbricht, der Stern unseres Lebens,
hatte schon an anderem Ort ihr Untergehn
und kommt aus weiter Ferne.

Wenn sich Ihre Lehre auf diese Art von Gedächtnis stützt, auf poetische und abnorme Phantasien, wie Sie selbst zugeben, dann ist wohl zu befürchten, daß Sie nur sehr wenige überzeugen werden.

Ich habe nicht "zugegeben", daß es Phantasie ist; ich sagte nur, daß Physiologen und Wissenschaftler diese Reminiszenzen als Halluzination und Einbildung betrachten, und sie sollen meinetwegen solche *akademischen* Schlußfolgerungen gerne machen. Wir leugnen nicht, daß solche Visionen des Vergangenen und Rückblicke in die Korridore ferner Zeiten nicht abnormal sind, verglichen mit unseren täglichen Lebenserfahrungen und unserem physischen Gedächtnis. Doch mit Prof. W. Knight behaupten wir, daß "das Nichtvorhandensein einer Erinnerung an eine in einem früheren Zustand getane Handlung kein endgültiger Beweis dafür ist, daß wir sie nicht durchlebt hätten". Und jeder aufrichtige Gegner muß damit übereinstimmen, was in Butlers Vorlesungen über "Die platonische Philosophie" gesagt wird, nämlich, daß "das Gefühl der Überspanntheit, das die Idee der Wiederverkörperung in uns hervorruft, seine geheime Quelle in materialistischen oder halbmaterialistischen Vorurteilen hat". Außerdem behaupten wir mit

Olympiodorus, daß Gedächtnis nur "Phantasie[24] und das unzuverlässigste Ding in uns ist". Ammonius Sakkas behauptet, daß die einzige menschliche Fähigkeit, die dem Schauen in die Zukunft direkt entgegengesetzt ist, gerade das Gedächtnis ist. Ferner wird daran erinnert, daß Gedächtnis eine Sache ist und Verstand oder Gedanke eine andere. Das Gedächtnis ist eine Maschine zum Aufzeichnen, ein Register, das leicht kaputt gehen kann, aber Gedanken sind ewig und unvergänglich. Würden Sie sich weigern, an die Existenz gewisser Menschen oder Dinge zu glauben, nur weil Ihre physischen Augen sie nicht gesehen haben? Ist nicht das kollektive Zeugnis vergangener Generationen, die ihn gesehen haben, eine ausreichende Garantie dafür, daß Julius Caesar gelebt hat? Warum sollte nicht auch das Zeugnis der psychischen Sinne der Massen in Betracht gezogen werden?

Aber sind das nicht zu feine Unterscheidungen, um von der Mehrzahl der Sterblichen angenommen zu werden?

Sagen Sie lieber, von der Mehrzahl der Materialisten. Und diesen sagen wir: Bedenkt, daß selbst in der kurzen Zeitspanne eines gewöhnlichen Lebens das Gedächtnis viel zu

---

24 "Die Phantasie", sagt Olympiodorus in Platos Phaedon, "ist ein Hindernis für unsere intellektuellen Vorstellungen, und daraus folgt: Wenn wir vom inspirierenden Einfluß der Göttlichkeit bewegt werden, und die Phantasie dazwischenkommt, dann erlischt die enthusiastische Energie. Denn Enthusiasmus und Ekstase sind einander entgegengesetzt. Fragt man, ob die Seele fähig ist, ohne die Phantasie zu wirken, antworten wir, daß ihre Wahrnehmung des Universellen beweist, daß sie das kann. Sie hat Wahrnehmungen unabhängig von der Phantasie; gleichzeitig jedoch ist die Phantasie in ihren Energien anwesend, gerade so wie ein Sturm den verfolgt, der sich auf die See begibt".

schwach ist, um alle Ereignisse einer Lebenszeit zu registrieren. Wie oft schlummern selbst höchst wichtige Ereignisse in unserem Gedächtnis, bis sie durch irgendeine Assoziation wieder wachgerufen, oder durch andere Verkettung in Funktion und Tätigkeit gebracht werden. Das ist besonders bei älteren Personen der Fall, die immer an Vergeßlichkeit und Erinnerungsschwäche leiden. Wenn man bedenkt, was wir über die physischen und spirituellen Prinzipien im Menschen wissen, dann ist das Überraschende nicht die Tatsache, daß unser Gedächtnis unsere früheren Leben nicht aufgezeichnet hat, sondern überraschend wäre im Gegenteil, wenn es solche Erinnerungen festhalten würde.

Warum wir uns nicht an vergangene Leben erinnern

Sie haben mir aus der Vogelperspektive einen Überblick über die sieben Prinzipien gegeben. Inwieweit sind aber diese verantwortlich für den Verlust jeglicher Erinnerung daran, schon einmal gelebt zu haben?

Das ist sehr einfach. Da diese "Prinzipien", die wir physisch nennen und deren Existenz von der Wissenschaft nicht geleugnet wird, wenngleich sie ihnen auch andere Namen gibt[25], nach dem Tode mitsamt den Elementen, aus de-

---

25 Nämlich Körper, Leben, Leidenschaften und tierische Instinkte und das astrale Eidolon jedes Menschen (ob mit den Gedanken oder mit den Augen der Seele wahrgenommen oder objektiv und getrennt vom physischen Körper). Wir nennen diese Prinzipien Sthula-Sarira, Prana, Kama-Rupa und Linga-Sarira.

nen sie sich zusammensetzen, zerfallen, so zerfällt das *Gedächtnis* gleichzeitig mit dem Gehirn, welches es trägt. Dieses dahingeschwundene Gedächtnis einer dahingeschwundenen Persönlichkeit kann sich in einer folgenden Inkarnation des Egos weder an etwas erinnern noch kann es etwas aufzeichnen. Reinkarnation bedeutet, daß dieses Ego einen anderen Körper, ein *neues* Gehirn und ein *neues* Gedächtnis erhält. Es würde daher ebenso absurd sein, zu erwarten, daß dieses *Gedächtnis* sich an irgend etwas erinnern kann, was es niemals aufgezeichnet hat, wie es vergeblich wäre, ein Hemd, das ein Mörder gar nicht getragen hat, unter dem Mikroskop nach Blutspuren zu untersuchen, die nur auf den Kleidern gefunden werden können, die er während des Verbrechens tatsächlich trug. Es sind also nicht die sauberen Kleider, die untersucht werden müssen, sondern diejenigen, die er während der Tat trug. Aber wenn diese Kleider verbrannt oder vernichtet wurden, wie soll man an sie herankommen?

Gut! Wie können Sie aber Gewißheit erlangen, daß das Verbrechen überhaupt begangen wurde und daß "der Mensch mit dem sauberen Hemd" schon vorher gelebt hat?

Sicherlich nicht durch physische Untersuchungen und auch nicht dadurch, daß man sich auf das Zeugnis von etwas stützt, was gar nicht mehr existiert. Aber es gibt so etwas wie einen "Indizienbeweis", den auch unsere weisen Gesetze zulassen, mehr vielleicht als sie es tun sollten. Um sich Überzeugung von der Tatsache der Reinkarnation und vergangener Leben zu verschaffen, muß man sich mit seinem echten bleibenden Ego in Verbindung setzen, nicht mit seinem vergänglichen Gedächtnis.

Aber wie kann man an etwas glauben, was man nicht weiß und was man nie gesehen hat, geschweige denn, womit man je in Verbindung treten kann?

Wenn Menschen und Gelehrte an Gravitation, Äther und Kräfte und was sonst noch alles glauben, an Abstraktionen und Arbeitshypothesen, die sie weder gesehen, berührt, gerochen, gehört oder geschmeckt haben, warum sollten nicht andere Menschen entsprechend dem gleichen Grundsatz an das eigene bleibende Ego glauben, welches eine viel logischere und wichtigere "Arbeitshypothese" ist als alle anderen?

Aber was ist dieses mysteriöse ewige Prinzip überhaupt? Können Sie seine Natur so erklären, daß es für alle verständlich wird?

Das Ego, welches reinkarniert, das *individuelle*, unsterbliche – nicht persönliche – "Ich", kurz, das Werkzeug der atma-buddhischen Monade, das, was im Devachan belohnt und auf der Erde bestraft wird, dasjenige schließlich, woran sich nur die Spiegelung der *Skandhas* oder Eigenschaften jeder Inkarnation heftet[26].

Was verstehen Sie unter Skandhas?

Was ich gerade sagte: "Eigenschaften", wozu das *Gedächtnis* gehört. Sie alle vergehen einer Blume gleich und lassen

26 Nach den buddhistischen Lehren gibt es fünf Skandhas: "*Rupa* (Form oder Körper), materielle Eigenschaften; *Vedana*, Sinnesempfindungen; *Sanna*, abstrakte Vorstellungen; *Samkhara*, Neigungen des Verstandes; *Vinnana*, mentale Kräfte. Aus diesen sind wir gebildet, durch sie sind wir uns unserer Existenz bewußt und durch sie tauschen wir uns mit der Welt um uns aus".

nur einen schwachen Duft zurück. Es sei hier ein Absatz aus H.S. Olcotts *The Buddhist Catechism*[27] wiedergegeben, der sich auf diesen Gegenstand bezieht und die Frage wie folgt behandelt: "Der gealterte Mensch erinnert sich der Erlebnisse seiner Jugend, ungeachtet der physischen und geistigen Veränderungen, welche er durchgemacht hat. Warum wird dann die Rückerinnerung an vergangene Leben nicht in das gegenwärtige Leben herübergebracht? Weil das Gedächtnis in den Skandhas enthalten ist und sich die Skandhas mit der neuen Existenz geändert haben; und ein Gedächtnis, die Aufzeichnung dieses besonderen Daseins, entwickelt sich. Aber die Aufzeichnung oder Spiegelung all der vergangenen Leben muß dennoch überleben, denn als Prinz Siddhartha zum Buddha wurde, konnte er die ganze Folge seiner früheren Geburten sehen. Und jeder, der den Zustand von *Jhana* erlangt, kann rückblickend die Spuren seiner früheren Leben verfolgen". Dies beweist, während sich die unsterblichen Eigenschaften der Persönlichkeit wie Liebe, Güte, Mitleid usw., an das unsterbliche *Ego* heften und auf dieses sozusagen ein bleibendes Bild des göttlichen Aspektes des Menschen, der war, fotografieren, sind die materiellen Skandhas hingegen (welche die bedeutendsten karmischen Wirkungen erzeugen) flüchtig wie das Aufleuchten eines Blitzes und können keinerlei Eindrücke auf das neue Gehirn der neuen Persönlichkeit machen. Dies beeinträchtigt aber in keiner Weise die Identität des reinkarnierenden Egos.

---

27 *The Buddhist Catechism* von H.S. Olcott, dem Präsidenten und Gründer der Theosophischen Gesellschaft. Die Richtigkeit der hier aufgeführten Lehren wurde durch H. Sumangala, Rektor der Vidyodaya Parivena-Schule von Colombo, als vollkommen übereinstimmend mit dem Kanon der südlichen buddhistischen Kirche bestätigt.

Wollen Sie damit sagen, daß das, was überlebt, nur das Seelengedächtnis ist, wie Sie es nennen, wobei Seele und Ego ein und dasselbe sind, während von der Persönlichkeit nichts übrigbleibt?

Nicht ganz; etwas von jeder Persönlichkeit muß überleben, da sie, sofern es sich nicht um einen *absoluten* Materialisten handelte, in dessen Natur auch nicht die kleinste Öffnung vorhanden war, durch die ein geistiger Strahl eindringen konnte, ihren ewigen Eindruck auf das reinkarnierende bleibende Selbst oder geistige Ego[28] hinterläßt. Die Persönlichkeit mit ihren Skandhas verändert sich jeweils mit jeder Geburt. Sie ist, wie schon gesagt, nur die Rolle, die vom Schauspieler, dem wahren Ego für eine Nacht gespielt wird. Darum bleibt auf der physischen Ebene keine Erinnerung an unsere vergangenen Leben erhalten, obgleich das wahre Ego alle Leben durchlebt hat und sie alle kennt.

Wie kommt es dann, daß der wirklich geistige Mensch seinem neuen persönlichen Ich dieses Wissen nicht vermittelt?

Woher kommt es, daß die Mägde in einem ärmlichen Bauernhaus in ihrem somnambulen Zustand (Trance) hebräisch sprechen und Violine spielen konnten, aber nichts davon wußten, wenn sie sich in ihrem normalen Zustand befanden? Weil, wie jeder echte Psychologe der alten Schule, nicht der heutigen modernen, Ihnen erklären kann, das spirituelle Ego nur dann handeln kann, wenn das persönliche Ego gelähmt wird. Das spirituelle "Ich" im Menschen ist all-

28 Das *spirituelle* Selbst im Gegensatz zum persönlichen *Selbst*. Der Studierende darf dieses spirituelle Ego nicht mit dem "HÖHEREN SELBST" verwechseln, welches *Atma* ist, der Gott in uns, der untrennbar vom Universalgeist ist.

wissend, und hat sämtliches Wissen in sich, während das persönliche Ich ein Geschöpf seiner Umgebung und der Sklave des physischen Gedächtnisses ist. Wenn sich das geistige Ich kontinuierlich und ohne Hindernisse manifestieren könnte, dann gäbe es heute auf Erden keinen Menschen mehr, sondern wir würden alle Götter sein.

Es muß aber doch Ausnahmen geben, und wenigstens einige müßten sich doch erinnern.

So ist es auch, aber wer glaubt ihren Berichten? Derartige sensitive Personen werden vom modernen Materialismus als Hysteriker betrachtet, die Halluzinationen haben, als verrückte Enthusiasten oder als Schwindler. Sie sollten Werke über dieses Thema lesen, wie z.B. *Reincarnation, a Study of Forgotten Truth*, von E.D. Walker und die Unmenge von Beweisen sehen, die der vortreffliche Autor in bezug auf diese verwirrenden Fragen erbringt. Wenn man zu den Menschen von der Seele spricht, fragen einige, "was ist die Seele, konnte ihre Existenz jemals bewiesen werden?" Es ist natürlich nutzlos, mit diesen Materialisten zu diskutieren. Aber ich möchte diesen doch die Frage stellen: "Können Sie sich an das erinnern, was Sie waren oder taten, als Sie ein Baby waren? Haben Sie auch nur die geringste Erinnerung an Ihr Leben, Ihre Gedanken und Ihr Tun, ja überhaupt an die Tatsache Ihrer Existenz während der ersten eineinhalb bis zwei Jahre Ihres Lebens bewahrt? Wenn nicht, warum leugnen Sie nach dem gleichen Grundsatz nicht auch, daß Sie überhaupt ein Baby waren?" Wem wir dem noch hinzufügen, daß das reinkarnierende Ego, die Individualität, während der Dauer im Devachan nur die Essenz der Erfahrung der Persönlichkeit seines letzten Erdenlebens behält, die gesamte physische Erfahrung involviert in einen *potentiellen* Zustand, wird sozusagen in spirituelle Formeln übersetzt, und wenn wir uns daran erinnern, daß uns gesagt wird, daß die Zeit zwischen zwei Wiedergeburten zehn bis fünfzehn Jahrhunderte beträgt, und während dieser Zeit das physische Bewußtsein vollkommen inaktiv ist, da es keine Organe besitzt, durch welche es tätig werden könnte und daher auch *keine Existenz* hat, dann wird der Grund für das Fehlen jeglicher Erinnerungen im rein physischen Gedächtnis offenkundig.

Sie sagten gerade, daß das spirituelle Ego allwissend sei. Wo bleibt dann diese gepriesene Allwissenheit während seines Lebens im Devachan, wie Sie es nennen?

Während dieser Zeit ist es latent und potentiell, zum einen, weil das spirituelle Ego (eine Zusammensetzung von Buddhi-Manas), *nicht* das Höhere Selbst ist, das eins mit der Universalseele oder dem Universalgeist ist und allein allwissend, und zum anderen, weil Devachan nur die idealisierte Fortsetzung des gerade abgeschlossenen Erdenlebens ist, eine Periode des Ausgleichs für unverdientes Unrecht oder Leiden in jenem besonderen Leben. Das spirituelle Ego ist im Devachan nur *potentiell* allwissend, *de facto* ist es allwissend ausschließlich im Nirvana, wenn das Ego mit der Universal-Geist-Seele verschmolzen ist. Nichtsdestoweniger kann es während gewisser kurzer Zeiten auch auf Erden *quasi allwissend* werden, wenn es durch ungewöhnliche Bedingungen und physiologische Veränderungen des Körpers von den Fesseln der Materie frei wird. Das oben angegebene Beispiel von den beiden Somnambulen, von denen eine, eine arme Dienstmagd, hebräisch sprach und eine andere Violine spielte, gibt Ihnen eine Darstellung eines solchen Falles. Das bedeutet aber nicht, daß die von seiten der medizinischen Wissenschaft angebotenen Erklärungen dieser beiden Tatsachen keine Wahrheit enthalten, denn eines der beiden Mädchen war in früheren Jahren bei einem Geistlichen, der die hebräischen Werke laut las, und das andere hatte auf ihrem Bauernhof einen Künstler Violine spielen gehört. Aber keine von beiden hätte es mit einer solchen Vollendung tun können, wären sie nicht beide vom DAS beseelt gewesen, das infolge der Gleichheit seiner Natur mit dem Universalgeist allwissend ist. Hier wirkte das höhere Prinzip auf die Skandhas und bewegte sie, beim anderen wurde die Persönlichkeit gelähmt und die Individualität selbst manifestierte sich. Man verwechsle nicht das eine mit dem anderen.

Individualität und Persönlichkeit[29]

Was ist der Unterschied zwischen den beiden? Ich muß zugeben, ich befinde mich immer noch im Dunkel. In der Tat ist es gerade dieser Unterschied, den Sie uns noch nicht genügend nahegebracht haben.

Ich werde es versuchen. Leider ist das bei manchen schwieriger, als in ihnen die Verehrung für kindliche Unmöglichkei-

29 Sogar in seinem Buch *The Buddhist Catechism* fühlte sich H.S. Olcott auf Grund der Logik der esoterischen Philosophie veranlaßt, die Orientalisten zu berichtigen, die keinen Unterschied zwischen diesen beiden machten. Er sagt: "Die aufeinanderfolgenden Erscheinungen der *tanhaisch* zusammenhängenden Teile (Skandhas) eines bestimmten Wesens, sein wiederholter 'Abstieg ins Geborenwerden' auf der Erde, sind die Aufeinanderfolge von Persönlichkeiten. In je-

ten zu erwecken, nur weil diese *orthodox* sind, und weil man vor der Orthodoxie Respekt hat. Um diese Idee richtig zu verstehen, müssen Sie zuerst die Dualität der Prinzipien studieren: die *spirituellen*, die zum unvergänglichen Ego gehören, und die *materiellen*, welche die ständig sich verän-

---

der Geburt unterscheidet sich die Persönlichkeit von der vorhergehenden und der nächsten Geburt. Karma, der "deus ex machina" verkleidet (oder sollte man sagen spiegelt?) sich in der Persönlichkeit eines Weisen, dann wieder eines Handwerkers und so weiter durch die Kette der Geburten. Aber obgleich die Persönlichkeiten immer wechseln, der Faden des Lebens, auf dem sie aufgereiht sind gleich Perlen, bleibt ungebrochen. Und er ist immer derselbe Faden, niemals ein anderer. Er ist daher individuell, eine individuelle Lebensschwingung, die in Nirvana oder der subjektiven Seite der Natur begann, so wie die Licht- oder Wärmeschwingung durch Äther in ihrer dynamischen Quelle begann; unter dem Einfluß von Karma und der schöpferischen Einwirkung von Tanha (dem unbefriedigten Wunsch nach Dasein) tritt sie in die objektive Seite der Natur ein und führt nach vielen zyklischen Veränderungen wieder zu Nirvana zurück. Mr. Rhys-Davids nennt das, was von Persönlichkeit zu Persönlichkeit, der individuellen Kette entlang fortschreitet, 'Charakter' oder 'Tätigkeit'. Da aber 'Charakter' keine rein metaphysische Abstraktion ist, sondern die Summe der mentalen Eigenschaften und moralischen Neigungen eines Menschen, würde es uns nicht helfen, das zu zerstreuen, was Rhys-Davids 'den verzweifelten Notbehelf eines Mysteriums' nennt (*Buddhism*, S. 106), wenn wir die Lebensschwingung als Individualität betrachteten und jede einzelne aus der Serie ihrer Geburten als eine getrennte Persönlichkeit? Das vollkommene Individuum, buddhistisch gesprochen, ist ein Buddha, der eine seltene Blüte der Menschheit ist, ohne die mindeste übernatürliche Beimischung. Und da unzählige Generationen ('vier Asankheyyas und hunderttausend Kreisläufe', Fausboll und Rhys-Davids, *Buddhist Birth Stories*, S. 13) erforderlich sind, um einen Menschen zu einem Buddha zu entwickeln, und der eiserne Wille, einer zu werden, durch alle aufeinanderfolgenden Geburten läuft, wie soll man das nennen, was einen solchen Willen hat und so beharrlich ist? Charakter? Es ist die Individualität: eine in jeder Geburt nur teilweise manifestierte Individualität, aber aufgebaut von den Fragmenten aller Geburten."

dernden Körper oder die Reihe der Persönlichkeiten dieses Egos bilden. Wir wollen diesen Prinzipien bestimmte bleibende Namen geben:

1. *Atma*, das *Höhere Selbst*, ist weder Ihr Geist noch der meine, es strahlt wie das Sonnenlicht überall. Es ist das alles durchdringende "*göttliche Prinzip*", untrennbar von seinem einen und absoluten *Meta*-Geist, so wie der Sonnenstrahl untrennbar vom Sonnenlicht ist.
2. *Buddhi* (die spirituelle Seele) ist sein Träger. Für den Körper des Menschen sind weder beide getrennt voneinander noch beide gemeinsam von mehr Nutzen, als die Sonnenstrahlen für einen Granitblock, der tief in der Erde begraben ist, *sofern die göttliche Zweiheit nicht von einem Bewußtsein assimiliert oder darin reflektiert wird.* Weder Atma noch Buddhi werden jemals von Karma erreicht, denn Atma ist selbst der höchste Aspekt Karmas, *sein eigener wirkender Mittler* in einem Aspekt, und Buddhi ist *auf dieser Ebene* unbewußt.
3. *Manas*[30]. Eine Ableitung, ein Produkt in reflektierter Form von *Ahamkara*, dem "Inbegriff des Ich", der Ichheit. Wenn es untrennbar mit den ersten beiden Prinzipien verbunden ist, wird Manas das spirituelle Ego und *Taijasi* ("das Strahlende") genannt. Es ist die wahre Indi-

30 Die Quelle von Manas ist Mahat, der "Universalgeist". Manas ist der Verstand im Menschen. Manas wird auch *Kshetrajna* genannt, "verkörperter Geist", denn nach unserer Philosophie sind es die *Manasa-Putras*, die "Söhne des Universalgeistes", die den *denkenden* Menschen, "Manu", erschufen oder, richtiger, hervorbrachten, indem sie in der Menschheit der *dritten* Rasse unserer Runde inkarnierten. Manas ist darum das wirkliche inkarnierende, dauernde, *spirituelle Ego*, die Individualität, und unsere verschiedenen zahllosen Persönlichkeiten sind nur ihre äußeren Masken.

vidualität, der göttliche Mensch. Es ist dieses Ego, – das ursprünglich in der *vernunftslosen* menschlichen Form inkarnierte, beseelt von der dualen Monade, aber sich deren Gegenwart in sich selbst unbewußt (da es kein Bewußtsein hatte) – das aus dieser menschenähnlichen Form einen *wirklichen Menschen* machte. Dieses Ego, dieser "Kausalkörper", überschattet jede Persönlichkeit, in der zu inkarnieren es von Karma gezwungen wird. Und es ist dieses Ego, das für alle Sünden verantwortlich gemacht wird, die durch und in jedem neuen Körper, jeder neuen Persönlichkeit begangen werden – den vergänglichen Masken, welche das wahre Individuum während der langen Reihe von Wiedergeburten verbergen.

Ist das gerecht? Warum sollte dieses "Ego" bestraft werden für Taten, die es vergessen hat?

Es hat sie nicht vergessen. Es weiß seine Missetaten und erinnert sich ihrer genau so gut, wie Sie sich dessen erinnern, was Sie gestern getan haben. Glauben Sie, daß das wirkliche "Ich" sie vergessen hat, nur weil sich das Bündel der physischen Bestandteile, genannt "Körper", nicht daran erinnern kann, was sein Vorgänger (die *gewesene* Persönlichkeit) getan hat? Man könnte ebenso gut sagen, es sei ungerecht, daß die neuen Schuhe an den Füßen des Knaben, der verprügelt wird, weil er ein paar Äpfel gestohlen hat, bestraft werden sollen für etwas, von dem sie nichts wissen.

Aber gibt es denn keine Art von Kommunikation zwischen dem Spirituellen und dem menschlichen Bewußtsein oder Gedächtnis?

Gewiß gibt es eine solche. Aber sie wurde von den modernen Psychologen niemals anerkannt. Wem oder was sollte man das zuschreiben, was Intuition, die "Stimme des Gewissens", was Vorahnungen, unbestimmte Erinnerungen genannt wird, wenn nicht einer solchen Kommunikation? Wenn die Mehrzahl der gebildeten Menschen wenigstens die feine spirituelle Empfänglichkeit von Coleridge hätte, der in einigen seiner Bemerkungen zeigt, wie intuitiv er ist. Hören Sie, was er in bezug auf die Wahrscheinlichkeit sagt, daß "alle Gedanken in sich selbst unvergänglich sind": "Wenn die intelligente Fähigkeit (die plötzliche "Wiederbelebung der Erinnerung") umfassender wiedergegeben werden könnte, so wäre nur eine andere und geeignetere Organisation erforderlich, ein *himmlischer Körper* anstatt eines *irdischen*, um jeder menschlichen Seele *die gesamten Erfahrungen aller ihrer vergangenen Existenzen* gegenwärtig zu machen". Und dieser *himmlische Körper* ist unser manasisches EGO.

Belohnung und Bestrafung des Egos

Nach Ihrer Aussage gibt es keine Bestrafung des Egos nach dem Tod, wie immer das Leben der Person gewesen ist, in der es auf Erden inkarniert war.

Niemals, außer in ganz seltenen Fällen, von denen wir hier nicht sprechen wollen, da die Natur der "Bestrafung" in keiner Weise mit Ihren theologischen Vorstellungen von Verdammnis zu vergleichen ist.

Aber wenn es in diesem Leben bestraft wird für Verfehlungen früherer Leben, so sollte es auch belohnt werden, entweder hier oder nach seiner Entkörperung.

So ist es auch. Wenn wir eine Bestrafung außerhalb der Erde nicht zugeben, so nur deshalb, weil der einzige Zustand, den das geistige Selbst nach dem Tode kennt, uneingeschränkte Seligkeit ist.

Was meinen Sie damit?

Einfach folgendes: *Verbrechen und Sünden, die auf einer objektiven Ebene, in der Welt der Materie begangen wurden, können nicht in einer Welt reiner Subjektivität bestraft werden.*

Wir glauben an keine Hölle und an kein Paradies als Örtlichkeit, an kein objektives Höllenfeuer und an keine nie endenden Qualen, aber auch an kein Jerusalem mit Straßen, die mit Saphiren und Diamanten gepflastert sind. Wir glauben an einen *nachtodlichen Zustand*, einen mentalen Zustand, wie wir ihn während eines lebhaften Traumes haben. Wir glauben an ein unveränderliches Gesetz absoluter Liebe, Gerechtigkeit und Barmherzigkeit. Und daran glaubend sagen wir: Was immer die Sünden und schrecklichen Ergebnisse der ursprünglichen karmischen Verfehlungen[31] des jetzt

31 Auf diesen Verfehlungen wurde das grausame und unlogische Dogma von den gefallenen Engeln aufgebaut. Dies wird im 2. Band der *Geheimlehre* erklärt. Alle unsere "Egos" sind denkende und rationale Wesenheiten (Manasaputras), die im vorangegangenen *Lebenszyklus* (*Manvantara*) entweder in menschlichen oder anderen Formen gelebt haben und deren Karma es war, sich im *Menschen* des jetzigen zu verkörpern. In den Mysterien wurde gelehrt, daß, da sie es versäumten, diesem Gesetz zu folgen (oder wie der Hinduismus von den Kumaras und die christliche Legende vom Erzengel Michael

inkarnierten Egos auch sein mögen, kein Mensch, (oder die äußere materielle periodische Form der spirituellen Wesenheit) kann mit irgendeinem Maß von Gerechtigkeit für die Folgen seiner Geburt zur Verantwortung gezogen werden. Er fragt nicht danach geboren zu werden, noch kann er sich die Eltern wählen, die ihm das Leben geben. In jeder Hinsicht ist er ein Opfer seiner Umgebung, das Kind von Verhältnissen, über die er keine Kontrolle hat. Und würde man jedes seiner Vergehen unparteiisch untersuchen, dann würde man in neun von zehn Fällen finden, daß eher an ihm gesündigt worden ist, als daß er gesündigt hat. Das Leben ist im günstigsten Fall ein herzloses Spiel, ein zu überquerendes stürmisches Meer und eine schwere Bürde, oftmals kaum zu ertragen. Die größten Philosophen haben vergeblich versucht, das Warum des Lebens zu ergründen und mit Ausnahme derjenigen, die den Schlüssel dazu hatten, nämlich die Weisen des Ostens, haben sie versagt. Das Leben ist, wie Shakespeare es beschreibt:

> nur ein wandelnd Schattenbild, ein armer Komödiant,
> der spreizt und knirscht sein Stündchen auf der Bühn'
> und dann nicht mehr vernommen wird. Ein Märchen ist's,
> erzählt von einem Tollen, voller Klang und Wut,
> das nichts bedeutet ...

Nicht in seinen getrennten Teilen, aber von größter Bedeutung in seiner Kollektivität oder Reihe von Leben. Auf je-

---

sagt, da sie "sich weigerten zu erschaffen"), d.h., weil sie verfehlten, sich zur rechten Zeit zu inkarnieren, die für sie vorbestimmten Körper befleckt wurden (siehe Stanze VIII und IX der Stanzen des Dzyan). Daher die ursprüngliche Sünde der geistlosen Formen und die Strafe der "Egos". Mit dem Fall der rebellischen Engel in die Hölle ist nichts anderes gemeint, als daß diese reinen Geister oder Egos ins Fleisch unreiner Materie eingeschlossen worden sind.

den Fall ist fast jedes individuelle Leben in seiner vollen Entwicklung Kummer. Müssen wir glauben, daß der arme hilflose Mensch, nachdem er wie ein Stück Treibholz auf den zürnenden Lebenswellen hin- und hergeworfen worden ist, für den Fall, daß er sich als zu schwach erwiesen hat, ihnen zu widerstehen, mit einer *ewigen* Verdammnis bestraft werden sollte oder mit einer zeitweiligen Strafe? Niemals! Ob es sich nun um einen großen oder einen durchschnittlichen Sünder handelt, um einen guten oder schlechten Menschen, um einen Schuldigen oder Unschuldigen, sobald er einmal von der Bürde des physischen Lebens befreit ist, hat der ermüdete und erschöpfte Manu, das denkende Ego, ein Recht auf eine Periode völliger Ruhe und Seligkeit. Dasselbe unfehlbare, weise, eher gerechte als barmherzige Gesetz, das dem inkarnierten Ego die karmische Bestrafung für jede Sünde auferlegt, die es während des vorhergehenden Lebens auf Erden beging, hat für die nun entkörperte Wesenheit eine lange Periode mentaler Ruhe, das heißt, gänzliches Vergessen aller traurigen Ereignisse, die in seinem letzten Leben als Persönlichkeit stattfanden, vorgesehen. Nicht der kleinste schmerzvolle Gedanke verbleibt im Seelengedächtnis, sondern nur die Reminiszenz an alles, was Seligkeit war und zu Glück führte. Plotin, der sagte, daß unser Körper der wahre Fluß Lethe sei, denn "die Seelen, die in ihn eintauchen, vergessen alles", meinte mehr, als er sagte. Denn noch viel mehr als unser irdischer Körper gleicht unser *himmlischer Körper* im Devachan dem Fluß Lethe.

Dann ist anzunehmen, daß ein Mörder, der göttliches und menschliches Gesetz in jeder Form gebrochen hat, ungestraft davon kommt?

Wer hat dies je behauptet? Unsere Philosophie hat eine Lehre über die Bestrafung, die so streng ist wie die der strengsten Calvinisten. Nur ist sie weit philosophischer und mehr im Einklang mit vollkommener Gerechtigkeit. Keine Tat, nicht einmal ein sündiger Gedanke bleibt ungestraft. Der Gedanke wird sogar strenger bestraft als die Tat, da Gedanken weit wirksamere böse Resultate schaffen als Taten[32]. Wir glauben an ein niemals irrendes Gesetz der Vergeltung, Karma genannt, welches als eine natürliche Verkettung von Ursachen und ihren unvermeidlichen Folgen wirkt.

Aber wie und wo wirkt es?

Jeder Arbeiter ist seinen Verdienst wert, sagt die Weisheit des Evangeliums; jede gute oder schlechte Tat ist ein fruchtbarer Erzeuger, sagt die Weisheit der Zeitalter. Fügen Sie beides zusammen, dann haben Sie das "Warum". Nachdem der Seele, die der Pein des persönlichen Lebens entflohen ist, eine hinreichende, ja eine hundertfache Vergütung gewährt wurde, wartet Karma mit seiner Armee von Skandhas an der Schwelle des Devachan, wo das Ego wieder hervorkommt, um eine neue Inkarnation anzunehmen. In diesem Augenblick schwankt das zukünftige Schicksal des nun ausgeruhten Egos in der Waagschale gerechter Vergeltung, da es nun wieder unter den Einfluß des aktiven karmischen Gesetzes fällt. In dieser Wiedergeburt, die für das Ego nun

32 "Ich aber sage euch: wer eine Frau ansieht, ihrer zu begehren, der hat schon mit ihr die Ehe gebrochen in seinem Herzen". (Matth. 5,28)

bereit ist, einer Wiedergeburt, ausgewählt und vorbereitet durch das geheimnisvolle, unerbittliche, aber in der Unparteilichkeit und Weisheit seiner Entscheidungen unfehlbare GESETZ, werden die Sünden seines vorhergehenden Lebens bestraft. Nur ist es nicht in einer eingebildeten Hölle mit theatralischen Flammen, mit lächerlichen geschwänzten und gehörnten Teufeln, in die das Ego geworfen wird, sondern unsere eigene Erde, die Ebene und der Bereich, wo es gesündigt hat. Hier wird es nun für jeden schlechten Gedanken und jede schlechte Tat zu büßen haben. Wie es gesät hat, so wird es ernten. Die Wiedergeburt wird um dieses Ego alle anderen Egos sammeln, die direkt oder indirekt durch seine Hand oder nur durch die unbewußte Mitwirkung seiner letzten *Persönlichkeit* gelitten haben. All diese wird Nemesis dem *neuen* Menschen, der das *alte*, ewige Ego verbirgt, mit auf seinen Lebensweg geben.

Wo bleibt die Unparteilichkeit, von der Sie sprechen, da doch diese neuen Persönlichkeiten sich dessen nicht bewußt sind, daß sie gesündigt haben oder daß an ihnen gesündigt worden ist?

Die neue Persönlichkeit ist nicht mehr als ein neues Kleid mit seinen besonderen charakteristischen Eigenschaften, wie Farbe, Form und Qualität, aber der wirkliche Mensch, der dieses Kleid trägt, ist derselbe Missetäter wie ehedem. Es ist die *Individualität*, welche durch ihre "Persönlichkeit" leidet. Das allein kann die schreckliche, aber doch nur *scheinbare* Ungerechtigkeit in der Verteilung der Lose im Leben der Menschen erklären. Warum werden so viele offensichtlich unschuldige und gute Menschen nur geboren, um ein ganzes Leben zu leiden? Warum werden so viele als

Arme und in Elendsvierteln der Großstädte geboren, verurteilt zum Hunger, verlassen vom Schicksal und von den Menschen? Warum erblicken andere das Licht der Welt in Palästen? Warum scheint eine edle und reiche Geburt so oft den schlechtesten Menschen geschenkt zu sein und so selten den würdigen? Warum sind manche Bettler, deren innerstes Ich den edelsten und erhabensten Menschen ebenbürtig ist? Erst wenn es den modernen Philosophen oder Theologen gelungen sein wird, dafür und für vieles mehr einen stichhaltigen Grund anzugeben, erst dann und nicht früher haben Sie das Recht, die Theorie der Reinkarnation zurückzuweisen. Die höchsten und besten der Dichter haben diese Wahrheit der Wahrheiten dunkel geahnt. Shelley glaubte an sie, Shakespeare mußte ihrer gedacht haben, als er über die Wertlosigkeit der Geburt schrieb. Man erinnere sich seiner Worte:

Warum sollte meine Geburt den Flug meines Geistes bedrücken.
Sind nicht alle Kreaturen Kinder der Zeit?
Legionen von Bettlern gibt's auf dieser Erde,
die ihren Ursprung von Königen haben,
und Monarchen sieht man, deren Väter
nur ein Auswurf waren ihrer Zeit.

Wandeln Sie das Wort "Väter" in "Egos" ab und Sie haben die Wahrheit vor sich.

⌘

IX

Kamaloka und Devachan

Das Schicksal der niederen Prinzipien

Sie haben von Kamaloka gesprochen. Was ist das?

Wenn der Mensch stirbt, verlassen ihn seine drei niederen Prinzipien, der Körper, das Leben und der Träger des letzteren, der Astralkörper oder "Doppelgänger" des lebenden Menschen, für immer. Seine vier übrigen Prinzipien, das zentrale mittlere Prinzip (die Tierseele oder *Kamarupa* mit alldem, was sie vom niederen Manas assimiliert hat), sowie seine höhere Dreiheit finden sich dann im *Kamaloka*, welches eine astrale Örtlichkeit ist, das *Fegefeuer* der scholastischen Theologie, der *Hades* der Antike, und genau genommen eine *Örtlichkeit* nur im relativen Sinne. Es ist weder ein bestimmtes Gebiet noch hat es Grenzen, aber es existiert *innerhalb* des subjektiven Raumes, das heißt, es liegt jenseits unserer sinnlichen Wahrnehmung. Aber es existiert, und dort befinden sich die astralen *Eidolons* aller Wesen, die gelebt haben, einschließlich der Tiere, und erwarten dort ihren *zweiten Tod*. Für die Tiere kommt dieser mit der Auflösung und dem gänzlichen Dahinschwinden aller ihrer *astralen* Partikel. Für das menschliche *Phantom* beginnt der zweite Tod, wenn die Dreiheit von Atma-Buddhi-Manas sich von ihren niederen Prinzipien, dem Spiegelbild ihrer

Ex-Persönlichkeit dadurch, sozusagen "trennt", daß sie in den Devachanzustand eintritt.

Und was geschieht danach?

Dann bricht das *Kamarupa*-Phantom zusammen, da es seines informierenden Denkprinzips, des höheren *Manas* und seines niederen Aspekts, der tierischen Intelligenz beraubt ist, und keinerlei Erleuchtung vom höheren Verstand mehr erhält und kein physisches Gehirn mehr besitzt, durch welches es arbeiten könnte.

Wie geschieht so etwas?

Nun, es fällt in den Zustand eines Frosches, dem von Vivisektoren gewisse Teile des Gehirns herausgenommen wurden. Er kann nicht mehr denken, nicht einmal mehr auf der niedrigsten tierischen Ebene. Von jetzt an ist es nicht einmal mehr das niedere Manas, da dieses "niedere" ohne das "höhere" nichts ist.

Und diese Nichtwesenheit ist es wohl, die sich in Séance-Räumen durch Medien materialisiert?

So ist es. Nichtwesenheit jedoch nur, soweit es die Fähigkeiten des Denkens und Nachdenkens betrifft, aber noch *Wesenheit*, wenn auch nur astral und fluidisch. Dies zeigt sich in gewissen Fällen, wenn sie, magnetisch und unbewußt von einem Medium angezogen, für eine Weile wiederbelebt wird und nun sozusagen in diesem Medium durch *Stellvertretung* lebt. Dieser "Spuk" nun, das Kamarupa, läßt sich mit einer *Qualle* vergleichen, die, solange sie sich in ihrem eigenen Element, dem Wasser (beim Medium ist es dessen

AURA), befindet, ein ätherisch-gallertartiges Aussehen hat. Aus dem Wasser genommen, zerfließt sie alsbald in der Hand oder auf dem Sand, besonders im Sonnenlicht. In der Aura des Mediums lebt sie eine Art stellvertretendes Leben und denkt und spricht entweder mittels des Gehirns des Mediums oder des Gehirns anderer anwesender Personen. Doch dies würde uns zu weit und auf ein anderes Gebiet führen, das zu betreten ich nicht den Wunsch habe. Bleiben wir beim Gegenstand der Reinkarnation.

Ja, wie ist das? Wie lange bleibt das inkarnierende Ego im Devachan-Zustand?

Dies, so wird uns gelehrt, hängt vom Grad der Spiritualität sowie vom Verdienst und vom Verschulden der letzten Inkarnation ab. Durchschnittlich beträgt die Zeit zehn bis fünfzehn Jahrhunderte.

Aber warum soll sich dieses Ego nicht von dort manifestieren und mit Sterblichen verkehren können, wie die Spiritisten sagen? Was hindert eine Mutter, mit ihren Kindern zu kommunizieren, die sie auf Erden zurückgelassen hat und einen Ehegatten mit seiner Frau, usw.? Das ist doch ein sehr tröstlicher Glaube, wie man gestehen muß. Und ich wundere mich nicht, wenn jemand, der einen solchen Glauben hat, diesen nicht aufgeben will.

Dazu zwingt sie auch niemand, außer sie ziehen die Wahrheit der tröstenden Einbildung vor. Die theosophischen Anschauungen mögen den Spiritisten noch so widerstreben, doch nichts, was wir glauben und lehren, ist auch nur halb so selbstsüchtig und grausam wie die spiritistischen Ansichten.

Das verstehe ich nicht, was ist daran selbstsüchtig?

Ihre Lehre von der Rückkehr der Geister, den wirklichen "Persönlichkeiten", wie sie sagen. Ich werde Ihnen auch sagen, warum. Wenn Devachan – oder nennen Sie es Paradies, wenn sie so wollen – ein Ort (oder *Zustand*) der Wonne und Glückseligkeit ist, so muß es logischerweise einer sein, in dem kein Kummer und kein Schatten des Schmerzes erfahren werden kann. "Gott wird wegwischen alle Tränen von den Augen" derer, die im Paradiese sind, so heißt es im Buche der Verheißungen. Und wenn die "Geister der Toten" zurückkehren könnten und alles sehen, was auf Erden vorgeht und besonders in ihrem früheren Heim, was für eine Art von Seligkeit würde sie da erwarten?

Warum Theosophen nicht an die Rückkehr reiner "Geister" glauben

Was meinen Sie damit? Warum sollte dies ihre Seligkeit beeinträchtigen?

Nehmen Sie ein einfaches Beispiel: Eine Mutter stirbt und läßt ihre kleinen Kinder, die sie so geliebt hat, hilflos zurück und vielleicht auch ihren geliebten Gatten. Wir sagen nun folgendes: Ihr "Geist" oder Ego, ihre Individualität, die nun für die gesamte Periode im Devachan mit den edelsten Gefühlen imprägniert ist, welche ihre vergangene *Persönlichkeit* hatte, nämlich Liebe zu ihren Kindern, Mitgefühl mit Leidenden usw., ist nun völlig von dem "Jammertal" abgesondert. Ihre künftige Seligkeit besteht eben in jener gesegneten Unkenntnis allen Leides, das sie zurückgelassen hat.

Die Spiritisten behaupten dagegen, daß sie sich dessen lebendig bewußt sei, *ja sogar noch mehr als vorher*, denn "die Geister sehen mehr als die Sterblichen im Fleische". Wir sagen, daß die Seligkeit des Egos im Devachan darauf beruht, daß es vollkommen davon überzeugt ist, die Erde gar nicht verlassen zu haben, und daß es so etwas wie einen Tod gar nicht gibt. Das *spirituelle Bewußtsein* der Mutter *nach dem Tode* gibt ihr die Empfindung, daß sie umgeben von ihren Kindern und allen, die sie liebte, lebt. Da wird keine Lücke sein, kein Glied wird fehlen, um ihren entkörperten Zustand zu einem vollkommenen und absolut glücklichen zu machen. Die Spiritisten leugnen dies rundweg. Nach ihrer Lehre wird der unglückliche Mensch nicht einmal durch den Tod von den Kümmernissen dieses Lebens befreit, und da er jetzt alles sieht, muß er, ob er will oder nicht, den Lebenskelch von Schmerz und Leid bis zum letzten Tropfen leeren. Die liebende Frau, die, als sie lebte, bereit war, ihrem Mann möglichst alle Sorgen zu ersparen, ist nun in vollkommener Hilflosigkeit verurteilt, seine Verzweiflung zu sehen und alle heißen Tränen zu spüren, die er um sie weint. Oder schlimmer als das, sie muß vielleicht sehen, daß seine Tränen zu schnell trocknen und daß ihm, dem Vater ihrer Kinder, ein liebendes Antlitz strahlt und eine andere Frau ihren Platz einnimmt und diese Frau von ihren Kindern mit dem heiligen Namen "Mutter" angesprochen wird, denen sie aber gleichgültig gesonnen ist. Vielleicht muß sie mit ansehen, wie diese ihre Kinder vernachlässigt oder gar mißhandelt. Entsprechend dieser Lehre wird "das sanfte Entschweben in die Unsterblichkeit" übergangslos zu einem neuen Weg des mentalen Leidens! Dennoch sind die Seiten des *Banner of Light*, des ältesten Magazins der amerikanischen Spiritisten, voll von Botschaften der Toten, "der teuren Dahingeschiedenen", die davon berichten, wie *glücklich* sie sind! Ist solch ein Wissen vereinbar mit Seligkeit? In einem solchen Fall bedeutet "Seligkeit" den größten Fluch, und die orthodoxe Verdammnis muß im Vergleich dazu ein Trost sein.

Wie kann Ihre Theorie das vermeiden? Wie können Sie die Theorie von der Allwissenheit der Seele mit ihrer Blindheit für die Vorgänge auf Erden vereinbaren?

Weil es das Gesetz der Liebe und Barmherzigkeit ist. Das Ego, das allwissend ist *per se*, kleidet sich während jeder Periode im Devachan sozusagen in die *Spiegelung* der vergangenen "Persönlichkeit". Ich habe Ihnen schon gesagt, daß die *ideelle* Blüte aller abstrakten und darum unsterblichen und unvergänglichen Eigenschaften, wie Liebe und Barmherzigkeit, die Liebe zum Wahren, Guten und Schönen, die je im Herzen der Persönlichkeit, während sie lebte, vorhanden war, nach dem Tode dem Ego anhaftet und ihm ins Devachan folgt. Für diese Zeit wird das Ego also zu einer ideellen Spiegelung des menschlichen Wesens, welches es während seines letzten Erdenlebens war, und dieses ist nicht allwissend. Wäre es allwissend, könnte es sich nie in dem Zustand befinden, den wir Devachan nennen.

Weshalb?

Wenn ich Ihnen gemäß der strengsten Grundsätze unserer Philosophie antworten darf, dann ist es, weil alles außerhalb der ewigen Wahrheit *Illusion* oder Maya ist. Diese Wahrheit aber hat weder Form noch Farbe, noch irgendeine Begrenzung. Wer sich jenseits des Schleiers der Maya begeben hat, wie die höchsten Adepten und Eingeweihten, kann kein Devachan mehr haben. Die Seligkeit des gewöhnlichen Sterblichen ist im Devachan eine vollkomme. Es ist ein völliges *Vergessen* von allem, das ihm in seiner letzten Inkarnation Schmerzen und Sorgen verursachte und sogar Vergessen, daß es solche Dinge wie Sorgen und Schmerzen überhaupt gibt. Der Devachani erlebt die Zwischenzeit zwischen zwei Inkarnationen umgeben von allem, was vergeblich erstrebt wurde und in Gemeinschaft mit allen auf Erden geliebten Menschen. Das Ego hat die Erfüllung all seiner Seelensehnsüchte erreicht und lebt somit über Jahrtausende in *ungetrübtem* Glück, welches der Lohn für seine Leiden auf der Erde ist. Es badet sich in einem See ununterbrochener Glückseligkeit, überstrahlt nur von Geschehnissen noch größerer Glückseligkeit.

Aber dies ist schon mehr als eine bloße Täuschung, das sind Halluzinationen von Irrsinnigen!

Von Ihrem Standpunkt aus mag das der Fall sein, nicht aber von dem der Philosophie. Nebenbei bemerkt, ist nicht unser ganzes Erdenleben mit solchen Täuschungen erfüllt? Gibt es nicht Männer und Frauen, die jahrelang in einem Wahnparadies leben? Und wenn Sie die Entdeckung machen, daß der Mann, der von einer Frau geliebt wird, die sich auch von ihm geliebt glaubt, ihr untreu ist, würden Sie hingehen und ihr Herz brechen und den schönen Traum zerstören, dadurch, daß Sie ihr roh die Wahrheit zeigten? Ich glaube nicht. Es muß nochmals gesagt werden, ein solches Vergessen und Halluzinationen, falls man sie so nennen will, sind nur ein barmherziges Naturgesetz und strenge Gerechtigkeit. Zweifellos ist das eine weit reizvollere Aussicht als die orthodoxe goldene Harfe mit dem Flügelpaar. Das

Versprechen, "daß die Seele, welche lebt, häufig emporsteigt und die vertrauten Straßen des himmlischen Jerusalems besucht, bei den Patriarchen und Propheten weilt, die Apostel begrüßt und die Scharen der Märtyrer bewundert", mag manchem wohl frömmer erscheinen, ist jedoch eine Halluzination von weit täuschenderem Charakter. Denn eine Mutter liebt, wie wir wissen, ihre Kinder mit einer unsterblichen Liebe, während die erwähnten Persönlichkeiten des "himmlischen Jerusalem" von eher zweifelhafter Natur sind. Aber noch eher könnte ich das "Neue Jerusalem" akzeptieren, mit seinen Straßen gepflastert wie die Schaufenster eines Juwelierladens, als in der herzlosen Lehre der Spiritisten Trost zu finden. Allein der Gedanke, daß die mit Verstand begabten, bewußten Seelen unserer Väter, Mütter, Töchter oder Brüder ihre Seligkeit in einem "Sommerland" finden könnten, das nur etwas natürlicher, aber ebenso lächerlich wie das "Neue Jerusalem" ist, würde ausreichen, jegliche Achtung für unsere Dahingegangenen zu verlieren. Zu glauben, daß ein reiner Geist sich glücklich fühlen könnte, während er dazu verdammt ist, alle Sünden, Mißverständnisse, Verrätereien und vor allem die Leiden jener zu sehen, von denen er durch den Tod getrennt ist und die er am meisten liebt, ohne imstande zu sein, ihnen zu helfen, erscheint doch wahrlich als ein verrückter Gedanke.

Ihr Argument ist beeindruckend. Ich gestehe, in diesem Licht habe ich dies noch nie betrachtet.

Gewiß, man müßte schon ganz und gar egoistisch sein und den Sinn für ausgleichende Gerechtigkeit verloren haben, um sich so etwas auszudenken. Wir sind mit jenen, die wir in materieller Form verloren haben, zusammen und sind ihnen weit, weit näher, als zu ihren Lebzeiten. Und es ist nicht eine Einbildung des Devachani, wie manche vielleicht glauben mögen, sondern Wirklichkeit. Denn reine göttliche Liebe ist nicht nur eine Blüte des menschlichen Herzens, sie hat ihre Wurzeln in der Ewigkeit. Die spirituelle, heilige Liebe ist unvergänglich, und Karma wird früher oder später all jene, die einander in einer solch spirituellen Zuneigung liebten, wieder in der gleichen Familiengruppe zur Inkarnation bringen. Und Liebe über das Grab hinaus hat, wenn Sie sie auch eine Illusion nennen mögen, eine magische göttliche Kraft, die auf die Lebenden einwirkt. Das Ego einer Mutter sieht sich im Devachan umgeben von ihren Kindern. Sie leben ein Leben voll Glück, das so wirklich ist, als ob es auf Erden wäre, und diese Liebe wird von den noch auf Erden lebenden Kindern immer gefühlt werden. Sie wird sich in ihren Träumen zeigen und oft auch in verschiedenen Ereignissen, wo sie gewissermaßen von der *Vorsehung* beschützt werden und Unheil entrinnen, denn Liebe ist ein starker Schild und nicht durch Raum und Zeit begrenzt. So wie es mit der devachanischen "Mutter" ist, so ist es auch bei den übrigen menschlichen Beziehungen und Verbindungen, ausgenommen die rein egoistischen und materialistischen. Die Analogie wird Sie auf alles übrige schließen lassen.

So geben Sie also in keinem Fall die Möglichkeit einer Kommunikation der Lebenden mit einem entkörperten Geist zu?

Doch, es gibt den Fall und sogar zwei Ausnahmen von der Regel. Die erste Ausnahme ist während einiger Tage unmittelbar nach dem Tode eines Menschen, bevor das Ego in den Devachanzustand eingeht. Ob allerdings irgend ein lebender Sterblicher, von einigen Ausnahmefällen abgesehen (wenn nämlich die Intensität des Wunsches der sterbenden Person, zu einem bestimmten Zweck zurückzukehren, ihr höheres Bewußtsein zwang, *wach zu bleiben*, und deshalb war es wirklich die *Individualität*, der "Geist", der sich mitteilte), viel Nutzen von der Rückkehr des Geistes in die *objektive* Ebene hätte, ist eine andere Frage. Der Geist ist nach dem Tode betäubt und fällt sehr bald in einen Zustand, den wir *"prädevachanische Bewußtlosigkeit"* nennen. Die zweite Ausnahme sind die *Nirmanakayas*.

Worum handelt es sich da, und was bedeutet dieser Name für Sie?

Dieser Name wird jenen gegeben, die, obwohl sie das Recht auf Nirvana und eine zyklische Ruhezeit errungen haben (nicht Devachan, denn das ist eine Täuschung unseres Bewußtseins, ein glücklicher Traum, und diejenigen, die reif geworden sind für Nirvana, müssen jeden Wunsch nach den Illusionen der Welt und jede Möglichkeit, ihnen zu erliegen, vollkommen verloren haben), aus Mitleid für die Menschheit und für jene, die sie auf Erden zurückgelassen haben, dem nirvanischen Zustand entsagen. Solch ein Adept oder Heiliger, oder wie immer Sie ihn nennen wollen, hält es für einen Akt der Selbstsucht, in Seligkeit zu ruhen, während die Menschheit unter der Bürde ihres von Unwissenheit hervorgerufenen Elends stöhnt. Er entsagt daher Nirvana und beschließt, unsichtbar im *Geist* auf dieser Erde zu bleiben. Die Nirmanakayas haben keinen materiellen Körper, denn diesen haben sie zurückgelassen. Im übrigen aber bleiben sie mit allen ihren Prinzipien im *astralen* Leben in unserer Sphäre. Solche Wesen können sich einigen Erwählten mitteilen und tun es auch, aber sicherlich nicht *gewöhnlichen* Medien.

Die Frage nach den Nirmanakayas habe ich deshalb aufgeworfen, weil in einigen deutschen und anderen Büchern zu lesen ist, daß dies der Name ist, den die nördlichen buddhistischen Lehren den von den Buddhas angenommenen irdischen Erscheinungen oder Körpern geben.

Das ist so, nur haben die Orientalisten diesen irdischen Körper mißverstanden und ihn mit dem *objektiven* und *physischen* Körper verwechselt, anstatt ihn als *astralen* und *subjektiven* Körper zu verstehen.

Was können Nirmanakayas auf Erden Gutes tun?

Nicht viel in bezug auf Individuen, da sie kein Recht haben, in Karma einzugreifen; sie können die Sterblichen nur beraten und inspirieren für das allgemeine Gute. Dennoch tun sie mehr Segensreiches, als man sich vorstellen kann.

Die Wissenschaft und selbst die moderne Psychologie würde sich niemals dazu bekennen. Für sie kann kein Teil der Intelligenz das physische Gehirn überleben. Was würden sie ihnen antworten?

Ich würde mir gar nicht die Mühe machen zu antworten, sondern einfach mit den Worten M.A. Oxons sagen: "Intelligenz dauert fort, auch nachdem der Körper tot ist. Denken, ist nicht nur eine Frage des Gehirns. ... Es ist durchaus vernunftgemäß zu behaupten, daß unserem Wissen nach der menschliche Geist unzerstörbar ist".

Aber "M.A. Oxon" ist Spiritist?

Gewiß, und der einzige uns bekannte *wahre* Spiritist, obgleich wir mit ihm in manchen geringeren Fragen nicht übereinstimmen mögen. Aber davon abgesehen kommt kein Spiritist den okkulten Wahrheiten näher als er. Wie jeder von uns spricht auch er unentwegt "von den Gefahren, die auf den schlecht ausgerüsteten, verworrenen Pfuscher im Okkultismus lauern, der die Schwelle zum Geistigen überschritt, ohne sich der Folgen bewußt zu sein". Der einzige Punkt, in dem unsere Meinungen auseinandergehen, ist die Frage der "Geist-Identität". Im übrigen bin ich mit ihm vollkommen einverstanden und nehme die drei Lehrsätze an, die seine Ansprache von 1884 enthält. Es ist wohl eher dieser großartige Spiritist, der nicht mit uns übereinstimmt, als wir mit ihm.

Wie lauten diese Lehrsätze?

Es sind die folgenden:

1. Daß es ein mit dem physischen Leben des Körpers gleichzeitiges und davon unabhängiges Leben gibt;
2. daß, als logische Folge, sich dieses Leben über das Leben des Körpers hinaus erstreckt. (Wir sagen, es erstreckt sich über das ganze Devachan);
3. daß es eine Verbindung zwischen den Bewohnern dieses Daseinszustandes und der Welt, in der wir leben, gibt.

Wie man sieht, hängt alles von den untergeordneten und zweitrangigen Aspekten dieser fundamentalen Lehrsätze ab. Alles hängt davon ab, welchen Gesichtspunkt wir von Geist und Seele, von *Individualität* und *Persönlichkeit* haben. Die Spiritisten werfen beide zusammen. Wir trennen sie und sagen, daß, von den beiden oben genannten Ausnahmen abgesehen, kein *Geist* die Erde wieder besucht, wenngleich die tierische Seele dies tun mag. Aber lassen Sie uns wieder zum Gegenstand der Skandhas zurückkehren.

Langsam beginne ich alles besser zu verstehen. Es ist sozusagen der Geist jener edelsten Skandhas, der sich dem reinkarnierenden Ego anhaftet, überlebt, und sozusagen der Summe der engelhaften Erfahrungen hinzufügt. Und die Eigenschaften, die mit den materiellen Skandhas verbunden sind, mit selbstsüchtigen und persönlichen Motiven, verschwinden zwischen zwei Inkarnationen vom Tätigkeitsfeld und erscheinen dann wieder bei der darauffolgenden Inkarnation als karmische Ergebnisse, die zu büßen sind. Deshalb wird der Geist das Devachan nicht verlassen. Ist das richtig?

Beinahe! Wenn Sie dem noch hinzufügen, daß das Gesetz der Vergeltung oder Karma die Höchsten und Spirituellsten im Devachen belohnt und niemals versäumt, diese auf der Erde auch wieder zu belohnen, indem es ihnen eine weitere Entwicklung ermöglicht und das Ego mit einem dafür geeigneten Körper versieht, dann liegen sie ganz richtig.

⌘

Einige Worte über die Skandhas

Was wird aus den anderen, den niederen Skandhas der Persönlichkeit nach dem Tod des Körpers? Werden sie gänzlich zerstört?

Ja und doch auch wieder nicht; ein neues metaphysisches und okkultes Rätsel für Sie. Als Arbeitswerkzeug in der Hand der Persönlichkeit werden sie zerstört. Sie bleiben aber als *karmische Wirkungen*, als Keime in der Atmosphäre der irdischen Ebene hängen, bereit, wieder in das Leben zu treten, um sich als rachsüchtige Feinde an die neue Persönlichkeit des Egos zu haften, wenn dieses wiedergeboren wird.

Das übersteigt meine Auffassungskraft und ist sehr schwer zu verstehen.

Nicht, sobald Sie alle Einzelheiten erfaßt haben. Dann werden Sie sehen, daß die Lehre von der Reinkarnation, was Logik, Folgerichtigkeit, philosophische Tiefgründigkeit, göttliche Barmherzigkeit und Gerechtigkeit betrifft, auf Erden nicht ihresgleichen hat. Sie ist der Glaube an einen immerwährenden Fortschritt für jedes inkarnierende Ego oder jede göttliche Seele, in einer Evolution, die von außen nach innen, vom Materiellen zum Spirituellen führt und am Ende jeder Stufe absolute Einheit mit dem göttlichen Prinzip erreicht. Sie führt von Stärke zu Stärke, von der Schönheit und Vollkommenheit einer Ebene zur größeren Schönheit und Vollkommenheit der nächsten. Jeder Zyklus bringt den Erwerb neuer Herrlichkeit, neuen Wissens und neuer Macht. Dies ist die Bestimmung jedes Egos, das so in jeder Welt und jeder Inkarnation sein eigener Erlöser wird.

Aber das Christentum lehrt das gleiche, auch dort gibt es eine Weiterentwicklung.

Gewiß. Nur fügt es noch etwas hinzu. Es spricht von der *Unmöglichkeit*, die Erlösung ohne einen wunderbaren Retter zu erreichen, und damit bestimmt es alle diejenigen zur Verdammnis, die dieses Dogma nicht annehmen wollen. Darin liegt der Unterschied zwischen christlicher Theologie und Theosophie. Die erstere erzwingt den Glauben an das Herabsteigen des geistigen Ego in das *niedere Selbst*. Die letztere prägt die Notwendigkeit ein, sich zu bemühen, um sich selbst zum Christos- oder Buddhi-Zustand zu erheben.

Wenn Sie aber die Vernichtung des Bewußtseins im Falle des Mißlingens lehren, könnte dies von Nichtmetaphysikern nicht als Vernichtung des Selbstes verstanden werden?

Vom Standpunkt derjenigen, die an die Auferstehung des Körpers im *buchstäblichen* Sinne glauben, und die meinen, daß jeder Knochen, jede Arterie und jedes fleischliche Atom am jüngsten Tage physisch wieder da sein wird, mag das der Fall sein. Wenn Sie darauf bestehen, daß die vergängliche Form und die endlichen Eigenschaften den unsterblichen Menschen ausmachen, dann werden wir einander kaum verstehen. Und wenn Sie nicht verstehen, daß man durch die Begrenzung der Existenz jedes Egos auf ein Erdenleben aus der Gottheit einen ewig trunkenen Indra des puranischen toten Buchstabens macht, einen grausamen Moloch, einen Gott, der ein unmögliches Durcheinander auf Erden anrichtet und dafür noch Dank begehrt, dann ist es besser, unsere Unterredung abzubrechen.

Da das Thema der Skandhas ausreichend behandelt wurde, lassen sie uns bitte zu der Frage des Bewußtseins, das den Tod überlebt, zurückkehren. Das ist der Punkt, der die meisten Menschen interessiert. Besitzen wir im Devachan mehr Wissen als im irdischen Leben?

In einem Sinne können wir mehr Wissen erlangen, das heißt, wir können jede Fähigkeit, die wir wertschätzten und nach der wir während des Lebens strebten, weiter entfalten, sofern sie abstrakte und ideelle Dinge betrifft, wie Musik, Malerei, Poesie usw., denn das Devachan ist lediglich eine idealisierte und subjektive Fortsetzung des Erdenlebens.

Aber wenn im Devachan der Geist frei von Materie ist, warum sollte er dort nicht alles Wissen haben?

Weil das Ego, wie ich schon gesagt habe, dort mit der Erinnerung an seine letzte Inkarnation sozusagen verheiratet ist. Wenn Sie alles überdenken, was ich gesagt habe und alle diese Fakten miteinander verknüpfen, dann werden Sie sehen, daß der Devachanzustand kein Zustand von Allwissenheit ist, sondern eine transzendente Fortsetzung des eben beendeten persönlichen Lebens. Es ist ein Ausruhen der Seele von den Mühen des Erdenlebens.

Aber die wissenschaftlichen Materialisten behaupten, daß nach dem Tod des Menschen nichts übrigbleibt, daß der Körper einfach in seine Bestandteile zerfällt und daß das, was wir Seele nennen, nur ein zeitweiliges Selbstbewußtsein ist, welches als Nebenprodukt organischer Funktionen entsteht und sich wie Dampf verflüchtigt. Ist das nicht eine seltsame Einstellung?

Durchaus nicht. Wenn sie behaupten, daß das Selbstbewußtsein mit dem Körper aufhört, dann äußern sie in ihrem Fall nichts anderes als eine unbewußte Prophezeiung. Denn wenn sie wirklich fest von dem, was sie behaupten, überzeugt sind, kann es für sie kein bewußtes Weiterleben geben. Aber jede Regel *hat* ihre Ausnahmen.

Über das Bewußtsein nach dem Tode und nach der Geburt

Wenn das menschliche Selbstbewußtsein in der Regel den Tod überlebt, warum sollte es dann Ausnahmen davon geben?

In den Grundprinzipien der geistigen Welt sind Ausnahmen unmöglich. Aber es gibt Regeln für die, die sehen und für die, die es vorziehen, blind zu bleiben.

Gut, ich verstehe. Das ist nur die Verirrung eines Blinden, der die Existenz der Sonne leugnet, weil er sie nicht sieht. Aber nach dem Tod werden ihn seine geistigen Augen sicherlich zwingen zu sehen. Ist das gemeint?

Er wird weder gezwungen, noch wird er irgend etwas sehen. Er hat während des Lebens beharrlich die Fortsetzung des Daseins nach dem Tode geleugnet und wird deshalb unfähig sein, es wahrzunehmen. Da seine geistige Fähigkeit im Leben verkümmert ist, kann er sie auch nach dem Tode nicht entwickeln und wird deshalb blind bleiben. Wenn Sie darauf bestehen, daß er sehen muß, dann meinen Sie wahrscheinlich etwas anderes als ich! Sie sprechen vom Geist des

Geistes, oder von der Flamme der Flamme, also von Atma, und verwechseln es mit der menschlichen Seele, mit Manas. Sie verstehen mich nicht; ich möchte es deshalb noch einmal klar machen. In Ihrer Frage geht es darum, zu wissen, ob im Fall eines richtigen Materialisten der vollständige Verlust des Selbstbewußtseins und der Selbstwahrnehmung nach dem Tode möglich ist. Darauf ist zu antworten: es ist möglich. Da wir fest an unsere esoterische Lehre glauben, die die Zeit nach dem Tod oder die Zwischenzeit zwischen zwei Leben oder Geburten, nur als einen Übergangszustand betrachtet, sage ich, daß, ob nun dieser Zustand zwischen diesen beiden Auftritten des illusionären Lebensdramas ein Jahr oder eine Million Jahre dauert, dieser nachtodliche Zustand – ohne Verstoß gegen das fundamentale Gesetz – dem Zustand eines Menschen in einer tödlichen Ohnmacht gleicht.

Aber da Sie gerade gesagt haben, daß die fundamentalen Gesetze des nachtodlichen Zustandes keine Ausnahmen zulassen, wie kann dies möglich sein?

Ich sage auch nicht, daß Ausnahmen zulässig sind. Aber das geistige Gesetz der Kontinuität ist nur auf Dinge anwendbar, die wirklich wahr sind. Wer die *Mundaka Upanishad* und *Vedanta Sara* gelesen hat, für den wird alles ganz klar. Weiter ist zu sagen: Es genügt zu verstehen, was mit Buddhi und der Dualität des Manas gemeint ist, um eine klare Vorstellung zu gewinnen, warum ein Materialist kein bewußtes Weiterleben nach dem Tode haben wird. Da Manas in seinem niederen Aspekt der Sitz des irdischen Verstandes ist, kann es vom Universum auch nur eine solche Erkenntnis geben, die auf dem Zeugnis dieses Verstandes beruht. Es kann keine spirituellen Visionen vermitteln. In den östlichen Schulen wird gelehrt, daß zwischen Buddhi und Manas (dem Ego), oder Isvara und Prajna[33] in Wirklichkeit kein anderer Unterschied ist, als der *zwischen einem Wald und seinen Bäumen, einem See und seiner Wassermenge*, so lehrt die *Mundaka*. Wenn ein Baum oder hundert Bäume wegen Verlustes der Lebenskraft absterben oder entwurzelt werden, hindert es den Wald nicht, ein Wald zu bleiben.

Wenn ich richtig verstehe, stellt Buddhi in diesem Gleichnis den Wald und Manas-Taijasi die Bäume dar. Wenn nun Buddhi unsterblich ist, wie kann das, was ihm ähnlich ist, Manas-Taijasi[34], gänzlich sein Bewußtsein verlieren bis zum Tage einer neuen Geburt? Das verstehe ich nicht.

Sie können es nicht verstehen, weil Sie eine abstrakte Darstellung des Ganzen mit seiner ursächlichen Veränderung der Form verwechseln. Wenn es von Buddhi–Manas heißt, daß es unbedingt unsterblich ist, so gilt das aber nicht für das niedere Manas, noch weniger für Taijasi, das bloß ein Merkmal ist. Weder Manas noch Taijasi können getrennt von Buddhi, der *göttlichen Seele* existieren. Ersteres (Manas) ist in seinem *niederen* Aspekt eine qualitative Eigenschaft der irdischen Persönlichkeit. Letzteres (Taijasi) ist

---

33 Isvara ist das Gesamtbewußtsein der manifestierten Gottheit, Brahma, d.h. das Gesamtbewußtsein der Scharen von Dhyan-Chohans, (siehe *Geheimlehre*) und Prajna ist ihre individuelle Weisheit.

34 Taijasi bedeutet das Strahlende infolge seiner Vereinigung mit Buddhi, d.h. Manas, die menschliche Seele, wird erleuchtet durch den Strahl der göttlichen Seele. Deshalb kann Manas-Taijasi als strahlender Verstand beschrieben werden, und als menschliche Vernunft erleuchtet vom Licht des Geistes; und Buddhi-Manas ist die Manifestation des göttlichen plus des menschlichen Intellekts und Selbstbewußtseins.

identisch mit dem ersteren, weil es dasselbe Manas ist, aber mit dem in ihm gespiegelten Licht Buddhis. Buddhi wiederum würde nur ein unpersönlicher Geist bleiben ohne dieses Element, das es sich von der menschlichen Seele ausleiht, die den Geist bedingt und aus ihm in diesem *illusorischen* Universum für die gesamte Dauer der Verkörperung sozusagen *etwas Getrenntes vom Universalgeist macht*. Sagen wir also lieber, daß *Buddhi-Manas* weder sterben noch sein zusammengesetztes Selbstbewußtsein in Ewigkeit jemals verlieren kann, ebensowenig wie die Rückerinnerungen an frühere Verkörperungen, in welchen die beiden, die spirituelle und die menschliche Seele, eng miteinander verbunden waren. Aber im Fall eines Materialisten ist es nicht so. Seine menschliche Seele empfängt nicht nur nichts von der göttlichen Seele, sondern weigert sich sogar ihre Existenz anzuerkennen. Man kann dieses Axiom kaum auf die Merkmale und Eigenschaften der menschlichen Seele anwenden, denn das wäre gleichbedeutend mit der Behauptung, daß, nur weil die göttliche Seele unsterblich ist, auch das Rot der Wangen unsterblich sein müsse, während dieses Rot gleich Taijasi nur eine vorübergehende Erscheinung ist.

Wollen Sie damit sagen, daß man das Noumenon nicht mit dem Phänomen, die Ursache nicht mit ihrer Wirkung verwechseln darf?

Ja, und ich wiederhole, daß das Strahlen von Taijasi, beschränkt auf Manas, die menschliche Seele, lediglich eine Frage der Zeit ist, denn sowohl Unsterblichkeit als auch Bewußtsein werden für die irdisch-menschliche Persönlichkeit nach dem Tode schlicht zu bedingten Eigenschaften, da sie völlig vom Glauben und den Umständen abhängig sind, welche sich die menschliche Seele während ihres körperlichen Lebens selbst geschaffen hat. Karma ist unaufhörlich tätig. In unserem *nachtodlichen Leben* ernten wir jene Früchte, die wir in diesem Leben gesät haben.

Aber wenn mein Ego nach der Zerstörung meines Körpers in einen Zustand völliger Bewußtlosigkeit getaucht wird, wo findet dann die Bestrafung für die Sünden meines vergangenen Lebens statt?

Unsere Philosophie lehrt, daß die karmische Bestrafung das Ego nur in der nächsten Verkörperung erreicht. Nach dem Tode empfängt es nur den Ausgleich für die unverdienten Leiden, die es während der letzten Verkörperung[35] erduldet hat. Die ganze Bestrafung nach dem Tode, auch für den Materialisten, besteht deshalb in der Abwesenheit jeglicher Belohnung und im vollkommenen Verlust des Bewußtseins von Seligkeit und Frieden. Karma ist das Kind des irdischen Egos, die Frucht der Handlungen des Baumes, der als objektive Persönlichkeit allen sichtbar ist, sowie die Frucht aller Gedanken und sogar Beweggründe des spirituellen "Ich". Aber Karma ist auch die zärtliche Mutter, welche die von ihr im vergangenen Leben zugefügten Wunden heilt, bevor sie beginnt, dieses Ego durch Zufügung neuer Wunden wieder zu quälen. Es muß betont werden, daß es im Leben eines Sterblichen kein geistiges oder physisches

---

35 Manche Theosophen haben Einwendungen gegen diese Aussage gemacht. Aber die Worte sind diejenigen des Meisters, und die Bedeutung, die mit dem Wort "unverdient" verbunden ist, ist die oben angegebene. Die wesentliche Idee ist, daß Menschen oft unter den Wirkungen der Taten anderer leiden, die streng genommen nicht zu ihrem Karma gehören. Für dieses Leiden verdienen sie natürlich einen Ausgleich.

Leiden gibt, das nicht die unmittelbare Wirkung und Folge irgendeiner Sünde in einem vergangenen Leben wäre. Da der Mensch aber in seinem aktuellen Leben nicht die leiseste Rückerinnerung daran bewahrt, empfindet er die Strafe als unverdient, er denkt, er leide ohne eigenes Verschulden. Das allein schon berechtigt zu höchstem Trost, Frieden und Seligkeit im Dasein nach dem Tode. Der Tod kommt zu unserem spirituellen Selbst stets als Befreier und Freund. Für den Materialisten, der trotz seines Materialismus kein schlechter Mensch war, wird die Zwischenzeit zwischen zwei Leben gleich dem ununterbrochenen und ruhigen Schlaf eines Kindes sein, der entweder ganz traumlos oder mit Bildern erfüllt sein wird, von denen er keine bestimmte Wahrnehmung haben wird. Für den Durchschnitts-Sterblichen wird es ein Traum sein, der lebendig wie das Leben und voll von wirklichkeitsnaher Seligkeit und Visionen ist.

Dann muß also der persönliche Mensch immer wieder blind die karmischen Bestrafungen erdulden, für die das Ego den Anlaß gegeben hat?

Nicht ganz. Im feierlichen Augenblick des Todes, selbst, wenn dieser ein ganz plötzlicher ist, sieht jeder Mensch sein ganzes vergangenes Leben in allen Einzelheiten vor sich. Für einen kurzen Augenblick wird das *persönliche* mit dem *individuellen* und allwissenden Ego eins. Aber dieser Augenblick ist ausreichend, um ihm die Kette von Ursachen zu zeigen, die während seines Lebens wirksam waren. Er sieht und versteht sich nun, wie er ist, unbeschönigt von Schmeichelei und Selbsttäuschung. Er liest sein Leben einem Zuschauer gleich, der noch einmal auf die Arena hinabblickt, die er soeben verläßt. Er fühlt und begreift die Gerechtigkeit aller Leiden, die ihm widerfahren sind.

Geschieht das bei jedem?

Ohne Ausnahme. Sehr gute und heilige Menschen sehen, wie uns gelehrt wird, nicht nur das Leben, das sie gerade verlassen, sondern sogar mehrere vorherige Leben, die die Ursachen sind, die sie zu dem gemacht haben, was sie im eben beendeten Leben waren. Sie erkennen das Gesetz von Karma in seiner ganzen majestätischen Größe und Gerechtigkeit.

Gibt es etwas Entsprechendes vor der Wiedergeburt?

Sicherlich. Wie der Mensch im Augenblick des Todes eine Rückschau auf das vergangene Leben hat, so hat er im Augenblick der Geburt in ein neues Erdenleben, wenn das Ego aus dem Devachan erwacht, eine vorausschauende Vision auf das, das ihn erwartet, und er begreift all die Ursachen, die dazu geführt haben. Er begreift diese und sieht die Zukunft, weil das Ego zwischen Devachan und Wiedergeburt das volle *manasische* Bewußtsein wiedererlangt und für eine kurze Zeit wieder der Gott wird, der es war, ehe es dem karmischen Gesetz entsprechend zum ersten Mal in die Materie hinabstieg und in den ersten Menschen aus Fleisch inkarnierte. Der goldene Faden sieht alle seine “Perlen” und er vermißt keine einzige.

⌘

Was versteht man wirklich unter Vernichtung?

Ich habe einige Theosophen von einem goldenen Faden sprechen hören, an dem ihre Leben aufgereiht sein sollen. Was meinen sie damit?

In den heiligen Büchern der Hindus wird gesagt, daß das, was sich der periodischen Inkarnation unterzieht, der Sutratma ist, das wörtlich "Fadenseele" bedeutet. Es ist dies ein Synonym für das reinkarnierende Ego (Manas in Verbindung mit *Buddhi*), welches die manasischen Erinnerungen all unserer vergangenen Leben in sich aufnimmt. Es wird so genannt, weil die lange Reihe der menschlichen Leben gleich Perlen auf diesem einen Faden aufgereiht sind. In einigen *Upanishaden* werden diese Wiedergeburten mit dem Leben eines Sterblichen verglichen, das periodisch zwischen Schlaf und Wachen pendelt.

Das scheint mir nicht sehr klar, und ich sage Ihnen auch warum. Für den Menschen, der aufwacht, beginnt ein neuer Tag, aber dieser Mensch ist in Seele und Körper derselbe wie am Tag zuvor. In jeder neuen Inkarnation jedoch erfolgt nicht nur ein vollkommener Wechsel in der äußeren Umhüllung, dem Geschlecht und der Persönlichkeit, sondern auch in den mentalen und psychischen Fähigkeiten. Der Vergleich erscheint mir nicht ganz richtig. Der Mensch, der vom Schlaf erwacht, erinnert sich ganz klar an alles, was er am Tag zuvor, ja selbst Monate und Jahre zuvor getan hat. Aber niemand von uns hat auch nur die leiseste Erinnerung an ein vorheriges Leben oder an irgendwelche Tatsachen oder Geschehnisse, die es betreffen. Ich mag am

Morgen vergessen haben, was ich nachts träumte, dennoch weiß ich, daß ich geschlafen habe, und daß ich während des Schlafes lebte. Aber welche Rückerinnerung kann ich an meine früheren Leben bis zum Tode haben? Wie können Sie das vereinbaren?

Manche Menschen erinnern sich wohl ihrer vergangenen Inkarnationen während des Lebens, aber das sind Buddhas und Eingeweihte. Die Yogis nennen dieses Wissen um die ganze Reihe vergangener Inkarnationen Samma-Sambuddha.

Aber wie sollen wir gewöhnlichen Sterblichen, die Samma-Sambuddha noch nicht erreicht haben, diesen Vergleich verstehen?

Indem wir ihn studieren und versuchen, die Merkmale und die drei Arten des Schlafes genauer zu verstehen. Schlaf ist für Mensch und Tier ein allgemeines unabänderliches Gesetz, aber es gibt verschiedene Arten von Schlaf und noch mehr Unterschiede in Träumen und Visionen.

Aber das führt uns zu einem anderen Gegenstand. Kehren wir bitte zu dem Materialisten zurück, der zwar nicht die Existenz von Träumen leugnet, wohl aber die Unsterblichkeit im allgemeinen und das Weiterleben seiner eigenen Individualität.

Und der Materialist hat dabei, ohne es zu wissen, recht. Jemand, der kein inneres Empfinden für und Glauben an die Unsterblichkeit seiner Seele hat, dessen Seele kann niemals Buddhi-Taijasi werden, sie wird einfach Manas bleiben, und für Manas allein ist Unsterblichkeit nicht möglich. Um in der jenseitigen Welt ein bewußtes Leben führen zu können, muß man vor allem schon während des irdischen Daseins an dieses Leben glauben. Auf diesen beiden Gedanken der Geheimwissenschaft ist die ganze Philosophie über das *nachtodliche* Bewußtsein und der Unsterblichkeit der Seele aufgebaut. Das Ego erhält immer das, was es verdient. Nach der Auflösung des Körpers beginnt für das Ego entweder eine Periode voll erwachten Bewußtseins, ein Zustand chaotischer Träume, oder ein völlig traumloser Schlaf, der von Vernichtung nicht zu unterscheiden ist. Das sind die drei Arten von Schlaf. Wenn unsere Physiologen annehmen, daß unsere Träume und Visionen unbewußt während der Stunden des Wachseins vorbereitet werden, warum kann das alles nicht auch für unsere Träume *nach dem Tode* angenommen werden? Ich wiederhole: Tod ist Schlaf. *Nach dem Tode* beginnt vor den geistigen Augen der Seele eine Vorführung, dessen Programm wir selbst erlernt und oft unbewußt zusammengestellt haben: die *praktische* Ausführung entweder von richtigen Anschauungen oder von Illusionen, die wir selbst geschaffen haben. Der Christ wird, zumindest für einige Zeit, ein Christ und der Muslim ein Muslim bleiben, in einer vollkommenen Traumwelt, die jeder Mensch sich selbst geschaffen und aufgebaut hat. Das sind die *nachtodlichen* Früchte des Baumes des Lebens. Natürlich kann der Umstand, daß wir an die Unsterblichkeit glauben oder nicht glauben, nicht die Wirklichkeit dieser Tatsache selbst beeinflußen. Aber der Glaube oder Unglaube an diese Unsterblichkeit, als Eigenschaften unabhängiger oder getrennter Wesenheiten, muß die Wirkung dieser Tatsache auf diese Wesenheiten färben. Beginnen Sie nun zu verstehen?

Ich glaube ja. Der Materialist, der an nichts glaubt, was nicht durch seine fünf Sinne oder wissenschaftliche Schlußfolgerungen bewiesen werden kann durch Beweisführungen, die ausschließlich auf Erfahrungen dieser fünf Sinne – trotz ihrer Unzulänglichkeit – begründet sind, und der jegliche spirituelle Manifestationen zurückweist, erkennt das irdische Leben als einziges bewußtes Dasein an. Ihm wird es daher seinem Glauben gemäß ergehen. Er wird sein persönliches Ego verlieren und bis zum nächsten Erwachen in einen traumlosen Schlaf fallen. Ist es so?

Beinahe. Erinnern Sie sich an die praktisch universelle Lehre von den zwei Arten bewußter Existenz: der irdischen und der spirituellen. Die letztere muß als wirklich betrachtet werden auf Grund der Tatsache, daß sie von der ewigen, unveränderlichen und unsterblichen Monade bewohnt wird, während sich das reinkarnierende Ego in neue Gewänder kleidet, die von denen seiner vorhergehenden Inkarnation vollkommen verschieden sind und in denen alles, mit Ausnahme des spirituellen Prototyps, zu einer so drastischen Wandlung verurteilt ist, daß keinerlei Spuren übrigbleiben.

Wieso? Kann denn mein bewußtes irdisches Ich nicht nur zeitweilig dahinschwinden, wie das Bewußtsein des Materialisten, und zwar so vollkommen, daß es nicht einmal eine Spur hinterläßt?

Entsprechend der Lehre muß es vollkommen schwinden, mit Ausnahme jenes Prinzips, welches dadurch, daß es sich mit der Monade vereinigt hat, zu einer rein spirituellen unzerstörbaren Wesenheit geworden ist, eins mit ihr in Ewigkeit. Im Falle eines Menschen, der durch und durch Materialist war und in dessen persönlichem Ich Buddhi sich niemals widergespiegelt hat, wie sollte ein solcher auch nur irgendein Teilchen seiner irdischen Persönlichkeit mit in die Ewigkeit tragen können? Unser spirituelles "Ich" ist unsterblich, aber es kann von Ihrem gegenwärtigen Selbst nur das mit sich in die Ewigkeit nehmen, was der Unsterblichkeit würdig geworden ist, das heißt, nur den Duft der Blume, die vom Tod hinweggemäht wurde.

Und was geschieht mit der Blume, dem irdischen Ich?

Diese Blume wird zum Staub zurückkehren, so wie alle vergangenen und zukünftigen Blumen, die am mütterlichen Zweig, dem *Sutratma*, geblüht haben oder noch blühen werden und die alle Kinder der einen Wurzel oder Buddhi sind. Ihr gegenwärtiges "Ich", so wie Sie sich selbst kennen, ist nicht der Körper, der vor mir sitzt, noch ist es das, was ich Manas-Sutratma nennen würde, sondern Sutratma-Buddhi.

Aber das ist noch keine Erklärung dafür, warum Sie das Leben nach dem Tod als etwas Unsterbliches, Unbegrenztes und Wirkliches bezeichnen, das irdische Leben aber nur als ein Phantom oder eine Täuschung. Denn auch dieses Leben nach dem Tod hat doch Begrenzungen, wenn sie auch ausgedehnter sein mögen als die des irdischen Lebens.

Zweifellos. Das spirituelle Ego des Menschen bewegt sich in Ewigkeit gleich einem Pendel zwischen den Stunden von Geburt und Tod. Aber wenn diese Stunden, welche die Perioden des irdischen und spirituellen Lebens markieren, auch in ihrer Dauer begrenzt sind, und wenn die Zahl solcher Abschnitte in der Ewigkeit zwischen Schlaf und Erwachen, zwischen Täuschung und Wirklichkeit ihren Anfang und ihr Ende hat, so ist andererseits der geistige Pilger ewig. Darum sind die Stunden seines *nachtodlichen* Lebens, in denen er entkörpert der Wahrheit und nicht den Spiegelungen seiner vergänglichen irdischen Existenzen von Angesicht zu Angesicht gegenübersteht, diese Periode der Pilgerschaft, die wir den "Zyklus der Wiedergeburten" nennen, unserer Auffassung nach die einzige Wirklichkeit. Solche Pausen hindern trotz ihrer Begrenzungen das Ego nicht daran, sich unentwegt zu vervollkommnen, und schrittweise und langsam, aber ohne jemals abzuweichen, den Pfad bis zu seiner letzten Umwandlung zu verfolgen, in der es sein Ziel erreicht und ein göttliches Wesen wird. Diese Zwischenpausen und Abschnitte verhelfen ihm zu diesem Endziel und behindern es nicht. Ohne solche zeitweiligen Begrenzungen könnte das göttliche Ego sein letztes Ziel nie erreichen. Ich habe Ihnen schon einmal ein praktisches Beispiel gegeben, indem ich das *Ego*, die *Individualität*, mit einem Schauspieler verglich und seine zahlreichen und mannigfaltigen Inkarnationen mit den Rollen, die er spielt. Wollen Sie diese Rollen oder die Kostüme als die Individualität des Schauspielers bezeichnen? Gleich einem solchen Schauspieler ist das Ego während des Zyklus der Notwendigkeiten, bis es an der Schwelle von Paranirvana steht, gezwungen, viele Rollen zu spielen, auch solche, die ihm unerfreulich sein mögen. Aber so wie die Biene ihren Honig aus jeder Blume sammelt und den Rest den Erdenwürmern als Futter hinterläßt, so tut dies auch unsere spirituelle Individualität, ob wir sie nun Sutratma oder Ego nennen. Aus jeder irdischen Persönlichkeit, in der zu inkarnieren Karma sie zwingt, sammelt sie nur den Nektar der spirituellen Qualitäten und des höheren Bewußtseins, vereint alle diese zu einem Ganzen und taucht dann aus ihrer Hülle als strahlender Dhyan Chohan empor. Um so schlimmer für jene irdischen Persönlichkeiten, von denen sie nichts ernten konnte. Solche Persönlichkeiten können sicherlich ihre irdische Existenz nicht bewußt überleben.

Für die irdische Persönlichkeit scheint die Unsterblichkeit also immer noch etwas Bedingtes zu sein. Ist die Unsterblichkeit nicht etwas Unbedingtes?

Nein, überhaupt nicht. Aber Unsterblichkeit kann das *Nicht-Existente* nicht berühren: denn alles, was als Sat existiert oder aus Sat emaniert, Unsterblichkeit und Ewigkeit, ist absolut. Materie ist der Gegenpol des Geistes und doch sind beide eins. Das Wesen von Geist, Kraft und Stoff, bzw. von diesen Dreien in Einem, ist ebenso ohne Ende, wie es ohne Anfang ist. Aber die Form, die diese dreifache Einheit während ihrer Inkarnationen erworben hat, ihr Äußeres, ist ganz gewiß nur die Illusion unserer persönlichen Auffassungen. Darum nennen wir Nirvana und das universale Leben allein eine Wirklichkeit, während wir das irdische Leben einschließlich der irdischen Persönlichkeit und auch sein Dasein im Devachan in das Scheinreich der Illusion verweisen.

Aber warum bezeichnen Sie in solch einem Fall den Schlaf als Wirklichkeit und den Wachzustand als Täuschung?

Das ist nur ein Vergleich, der gemacht wird, um das Verstehen dieses Gegenstandes zu erleichtern, und vom Standpunkt der irdischen Auffassung aus ist es ein sehr zutreffender.

Trotzdem kann ich folgendes nicht verstehen. Wenn das künftige Leben auf Gerechtigkeit und auf dem verdienten Ausgleich für alle unsere Leiden auf Erden begründet ist, wie kann dann bei Materialisten, von denen doch viele wirklich ehrenhafte und wohltätige Menschen sind, von ihrer Persönlichkeit nichts anderes übrigbleiben als die Überreste einer verwelkten Blume?

So etwas hat niemand behauptet. Kein Materialist, wie ungläubig er auch sein mag, kann in seiner ganzen spirituellen Individualität für immer sterben. Was ich gesagt habe, ist nur, daß das Bewußtsein im Falle eines Materialisten ganz oder teilweise verschwinden kann, so daß keine bewußten Reste seiner Persönlichkeit übrigbleiben.

Aber das bedeutet doch Vernichtung?

Durchaus nicht. Man kann während einer langen Eisenbahnfahrt in einen tiefen Schlaf fallen und mehrere Stationen durchfahren, ohne auch nur die geringste Erinnerung daran zu haben und bei einer späteren Station wieder aufwachen und die Reise fortsetzen, bis nach zahllosen weiteren Haltestellen das Ziel der Reise erreicht ist. Ich habe drei Arten des Schlafes bereits erwähnt: den traumlosen, den chaotischen und den, der so wirklich ist, daß er für den Schlafenden volle Wirklichkeit bedeutet. Wenn Sie daran glauben, warum können Sie dann das andere nicht verstehen? Der Mensch wird nach dem Tode jenes Leben haben, an welches er geglaubt hat und das er erwartet. Wer kein Leben erwartet hat, wird in der Zwischenzeit zwischen zwei Geburten eine absolute Leere haben, die einer Vernichtung ähnlich ist. Der Materialist führt daher das Programm durch, das er selbst für sich aufgestellt hat. Allerdings gibt es, wie Sie sagen, verschiedene Arten von Materialisten. Ein selbstsüchtiger, bösartiger Egoist, der nie eine Träne für irgend jemand anderen vergossen hat als für sich selbst, ein Mensch also, der zu seinem Unglauben noch der Welt gegenüber vollkommen gleichgültig ist, muß an der Pforte des Todes seine Persönlichkeit für immer zurücklassen. Da diese Persönlichkeit nicht eine einzige Ranke des Mitleids für die Welt getrieben hat, mit der sie sich am Sutratma festhalten könnte, muß mit dem letzten Atemzug jede Verbindung zwischen diesen beiden zerreißen. Da es für einen solchen Materialisten kein Devachan gibt, wird dieses Sutratma nahezu unmittelbar darauf reinkarnieren. Jene Materialisten hingegen, die in nichts anderem irrten, als in ihrem Unglauben, werden nur eine Station verschlafen. Und es wird die Zeit kommen, wo dieser ehemalige Materialist sich in der Ewigkeit wahrnehmen und vielleicht bereuen wird, auch nur einen Tag, eine Station, vom ewigen Leben verloren zu haben.

Wäre es dann nicht richtiger zu sagen, daß der Tod die Geburt zu einem neuen Leben, oder eine erneute Rückkehr in die Ewigkeit ist?

Man könnte so sagen. Nur darf man nicht vergessen, daß die Geburten unterschiedlich sind, und daß es auch Geburten von totgeborenen Wesen gibt, welche Fehlschläge der Natur sind. Jedoch mit Ihren westlichen fixen Ideen über das materielle Leben sind die Worte "lebend" oder "seiend" auf den rein subjektiven Zustand *nach dem Tode* nicht anwendbar. Ausgenommen bei wenigen Philosophen, die nur von wenigen gelesen werden und die selbst zu verworren sind, um ein deutliches Bild zu geben. Auch sind die westlichen Vorstellungen von Leben und Tod so eng geworden, daß sie einerseits zu einem krassen Materialismus führten und andererseits zu der noch materialistischeren Auffassung des jenseitigen Lebens, das die Spiritisten als ihr "Sommerland" bezeichnen. Dort essen, trinken, heiraten die menschlichen Seelen und leben in einem Paradies, so sinnlich wie das des Mohammed, aber keineswegs so philosophisch. Auch ist die gewöhnliche Vorstellung des ungebildeten Christen nicht besser, ja, sie ist sogar noch materialistischer. Es nimmt sich wie eine Märchenszene einer Weihnachtspantomime aus, was da der christliche Himmel an Engeln, Trompeten, goldenen Harfen und dem materiellen Höllenfeuer aufweist.

Wegen dieser engen Vorstellungen ist das Erfassen der Tatsachen so schwierig. Gerade weil dem Leben der entkörperten Seele jene objektive Form des irdischen Lebens fehlt, während sie es doch lebendig und real erlebt wie in bestimmten Träumen, haben es die östlichen Philosophen mit Visionen während des Schlafes verglichen.

Bestimmte Worte für bestimmte Dinge

Glauben Sie nicht, daß die Verwirrung unserer Vorstellungen über die verschiedenen Funktionen der sogenannten Prinzipien daher kommt, daß es keine bestimmten festen Bezeichnungen für jedes einzelne "Prinzip" im Menschen gibt?

Daran habe ich auch schon gedacht. Die ganze Schwierigkeit ist dadurch entstanden, daß wir bei unseren Erklärungen und Erörterungen der Prinzipien von Anfang an ihre

Sanskrit-Bezeichnungen gebrauchten, anstatt sofort entsprechende englische Ausdrücke dafür zu prägen. Wir müssen dies nun nachträglich versuchen und Abhilfe schaffen.

Dies wäre zur Vermeidung weiterer Verwirrungen wichtig. Es scheint mir, daß es keine zwei theosophischen Autoren gibt, die bisher das gleiche Prinzip mit dem gleichen Namen bezeichnet haben.

Die Verwirrung ist jedoch mehr scheinbar als wirklich. Ich habe gehört, daß einige Theosophen darüber erstaunt waren und einige Artikel kritisierten, die von den Prinzipien handeln. Prüft man diese jedoch, dann findet sich aber kein schlimmerer Fehler, als daß das Wort "Seele" gebraucht worden ist, um die drei Prinzipien abzudecken, ohne deren Unterschiede im einzelnen anzuführen. Der erste und zweifellos klarste theosophische Autor ist A. P. Sinnett. Bei ihm gibt es einige gut verständliche und hervorragend geschriebene Textstellen über das "Höhere Selbst" (*Transactions of the London Lodge*, No. 7, Okt. 1885). Sein tatsächlicher Gedanke wurde auch von einigen mißverstanden, da er das Wort "Seele" in einem zu allgemeinen Sinn gebrauchte. Einige Auszüge sollen zeigen, wie klar und einleuchtend alles ist, was er über diesen Gegenstand schreibt:

"Die menschliche Seele, einmal eingetaucht in den Strom der Evolution als eine menschliche Individualität[36], geht durch abwechselnde Perioden von physischen und relativ geistigen Existenzen. Unter der Leitung karmischer Affinität geht sie von einer Ebene, einer Schicht oder einem Zustand der Natur zum anderen über. Sie lebt in den Verkörperungen des Lebens, welches Karma vorbe-

---

36 Das reinkarnierende Ego, oder die menschliche Seele, wie er es nannte, der Kausalkörper der Hindus.

stimmt, sie modifiziert ihren Fortschritt innerhalb der Grenzen der Umstände und, indem sie durch Gebrauch oder Mißbrauch der Verhältnisse neues Karma schafft, kehrt sie zur spirituellen Existenz (Devachan) nach jedem physischen Leben zurück – durch die Zwischenregion von Kamaloka hindurch –, um zu ruhen und sich zu erfrischen und um stufenweise alle Erfahrungen in ihre Essenz zu absorbieren, wodurch ihr kosmischer Fortschritt in dem Maße ermöglicht wird, als sie während der physischen Existenz "auf der Erde" an Erfahrungen gewonnen hat. Diese Betrachtung des Gegenstandes wird zweifellos demjenigen, der über dieses Problem nachdenkt, viele parallellaufende Schlußfolgerungen bieten, z.B., daß der Übergang[37] des Bewußtseins von Kamaloka in den devachanischen Zustand notwendigerweise stufenweise ist; daß in Wahrheit keine feste Grenze die verschiedenen geistigen Bedingungen trennt, daß selbst die spirituellen und physischen Ebenen, wie die psychischen Fähigkeiten in lebenden Menschen zeigen, nicht so hoffnungslos voneinander vermauert sind, wie materialistische Theorien behaupten; daß alle Zustände der Natur gleichzeitig um uns herum vorhanden sind und verschiedene Wahrnehmungsfähigkeiten ansprechen, usw. Es ist klar, daß Menschen, die während der physischen Existenz psychische Fähigkeiten besitzen, in Verbindung mit den Welten des überphysischen Bewußtseins bleiben, und obgleich heute die meisten Menschen nicht mit solchen Fähigkeiten begabt sind, so beweisen doch die Erscheinungen des Schlafes und besonders diejenigen des Somnambulismus oder Mesmerismus, daß wir alle fähig sind, in Bewußtseinsbedingungen einzutreten, die nichts mit den fünf Sinnen zu tun haben. Wir, die Seelen in uns, sind nicht gänzlich dem Meer des Stoffes ausgeliefert. Wir behalten deutlich in uns ein überlebendes Interesse oder Recht auf die Küste, von der wir vor Zeiten fortgeschwemmt wurden. Der Vorgang der Inkarnation ist daher nicht ausreichend beschrieben, wenn man von einer abwechselnden Exi-

---

37 Die Dauer dieses "Übergangs" hängt vom Grad der Spiritualität ab, die von der verstorbenen Persönlichkeit erreicht wurde. Dieser Übergang vollzieht sich stufenweise, doch sehr rasch für diejenigen, deren Leben geistiger Art gewesen ist; für jene, die eine materialistische Veranlagung hatten, ist der Übergang entsprechend langsamer.

stenz auf der physischen und spirituellen Ebene spricht und dadurch von der Seele das Bild einer vollständigen Wesenheit vermittelt, die gänzlich von einem Daseinszustand in den anderen schlüpft. Eine richtigere Erklärung wäre es, den Vorgang der Verkörperung auf der physischen Ebene als ein emanierendes Ausströmen der Seele darzustellen. Der spirituelle Bereich wäre dann während der ganzen Zeit die Wohnung der Seele und würde ihn niemals ganz verlassen. Und der nicht materialisierbare Teil der Seele, der ständig auf der spirituellen Ebene verweilt, könnte sinngemäß vielleicht als das HÖHERE SELBST bezeichnet werden".

Das "Höhere Selbst" ist ATMA und daher "nicht materialisierbar", wie Sinnett sagt. Mehr noch, es kann niemals "objektiv" sein, nicht einmal für die höchste spirituelle Wahrnehmung. Denn *Atma* oder das "Höhere Selbst" ist wirklich Brahma, das ABSOLUTE und von ihm nicht zu unterscheiden. In den Stunden von *Samadhi* ist das höhere geistige Bewußtsein des Eingeweihten vollkommen absorbiert in die *Eine* Wesenheit, welche Atman ist, und da es eins mit dem Ganzen ist, kann es nichts Objektives dafür geben. Einige Theosophen haben die Gewohnheit, die Worte "Selbst" und "Ego" im gleichen Sinne zu gebrauchen. So wird der Ausdruck "Selbst" mit dem persönlichen "Selbst", dem Ego oder der höheren Individualität des Menschen in Verbindung gebracht, während dieser Begriff nur auf das *Eine universale Selbst* angewendet werden sollte. Daher die Verwirrung. Sofern man von Manas, dem Kausalkörper, in Verbindung mit der buddhischen Ausstrahlung spricht, soll man es *Höheres Ego*, niemals "Höheres Selbst" nennen. Denn auch Buddhi, die spirituelle Seele, ist nicht das Selbst, sondern nur dessen Träger. Alle anderen "Selbste", wie das individuelle Selbst und das persönliche Selbst, sollten immer mit den sie charakterisierenden Adjektiven gesprochen und geschrieben werden.

So wird in diesem ausgezeichneten Artikel der Ausdruck "Höheres Selbst" für das *sechste Prinzip*, *Buddhi*, gebraucht (natürlich in Verbindung mit Manas, denn ohne diese Verbindung wäre kein *denkendes* Prinzip oder Element in der spirituellen Seele) und davon sind viele Mißverständnisse ausgegangen. Die Erklärung, daß "ein Kind das sechste Prinzip bis zu seinem siebten Lebensjahr nicht erwirbt und daher kein moralisch verantwortliches Wesen ist, das Karma erzeugt", beweist, was mit dem HÖHEREN SELBST gemeint ist. Deshalb ist unser Autor berechtigt zu sagen, daß, nachdem das "Höhere Selbst" in die menschliche Wesenheit eingezogen ist und die Persönlichkeit mit ihrem Bewußtsein gesättigt hat – nur in einigen feineren Anordnungen –, "Menschen mit psychischen Fähigkeiten in der Tat das Höhere Selbst durch ihre feineren Sinne von Zeit zu Zeit wahrnehmen können". Aber diejenigen, die den Ausdruck "Höheres Selbst" auf das universale göttliche Prinzip beschränken, sind "berechtigt" ihn mißzuverstehen. Denn wenn man liest, ohne auf den Wechsel[38] der metaphysischen Begriffe vorbereitet zu sein, daß, "während es sich in der physischen Welt manifestiert ... bleibt das Höhere Selbst immer noch ein bewußtes spirituelles Ego auf der entsprechenden Ebene der Natur", kann man geneigt sein, im "Höheren Selbst" dieses Satzes "Atma" zu sehen, und im spirituellen Ego "Manas", oder eher *Buddhi-Manas*, und dann die ganze Sache als nicht korrekt zu kritisieren.

38 "Wechsel der metaphysischen Begriffe" bezieht sich hier nur auf einen Wechsel ihrer übersetzten Entsprechungen von der östlichen Ausdrucksweise. Denn bis heute existierten in der englischen Sprache keine solchen Begriffe. Jeder Theosoph mußte seine eigenen Begriffe prägen, um seine Gedanken sinngemäß wiedergeben zu können. Es ist deshalb höchste Zeit, eine definitive Nomenklatur festzulegen.

Um weitere Mißverständnisse zu vermeiden, sollen die Entsprechungen der okkulten östlichen Begriffe wörtlich übersetzt für den zukünftigen Gebrauch angeboten werden.

Das höhere Selbst ist:	Atma, der untrennbare Strahl des Universalen Einen Selbstes. Es ist der Gott, der mehr *über* als in uns ist. Glücklich der Mensch, dem es gelingt sein *inneres* Ego mit ihm zu erfüllen!
Das spirituelle göttliche Ego ist:	Die spirituelle Seele oder *Buddhi* in enger Verbindung mit *Manas*, dem Verstandes-Prinzip, ohne welches es kein Ego ist, sondern nur der *Träger* Atmas.
Das innere oder höhere Ego ist:	Manas, das, wenn unabhängig von Buddhi, das fünfte Prinzip genannt wird. Das Verstandes-Prinzip ist nur dann das spirituelle Ego, wenn es mit Buddhi in eins verschmolzen ist. Von keinem Materialisten kann angenommen werden, daß er ein *solches* Ego in sich hat, wie groß auch seine intellektuellen Fähigkeiten sein mögen. Dies ist die bleibende Individualität oder das "reinkarnierende Ego".
Das niedere oder persönliche Ego ist:	Der physische Mensch in Verbindung mit seinem niederen Selbst, d.s. seine tierischen Instinkte, Leidenschaften, Wünsche usw. Er wird die "unechte Persönlichkeit" genannt und besteht aus dem niederen Manas verbunden mit Kamarupa und wirkt durch den physischen Körper und sein Schattenbild, seinen "Doppelgänger".

Das verbleibende Prinzip, *Prana* oder *Leben*, ist streng genommen die ausstrahlende Kraft oder Energie Atmas – das Universalleben, das EINE SELBST –, sein niederer oder richtiger (in seinen Wirkungen) körperlicher, sich manifestierender Aspekt. Prana oder Leben durchdringt das ganze Sein des objektiven Universums. Es wird deshalb ein "Prinzip" genannt, weil es ein unentbehrlicher Faktor, der *Deus ex machina* des lebenden Menschen ist.

Diese Einteilung erscheint in ihrer Einfachheit besser als die frühere, die zu metaphysisch war.

Wenn Außenstehende und auch Theosophen sie akzeptieren würden, so würde es sicher dem besseren Verständnis dienen.

⌘

X

Die Natur des Denkprinzips

Das Mysterium des Egos

In dem von Ihnen zuvor erwähnten Zitat aus Buddhist Catechism *stelle ich einen Widerspruch fest, den ich gerne erklärt haben möchte. Es wird gesagt, daß die Skandhas, einschließlich des Gedächtnisses, mit jeder neuen Inkarnation wechseln und trotzdem wird behauptet, daß das Spiegelbild der vergangenen Leben, das, wie uns gesagt wird, gänzlich aus den Skandhas gestaltet ist, "überleben muß". Ich bin mir jetzt nicht ganz klar darüber, was überlebt. Können Sie das bitte erklären? Was ist es? Ist es nur dieses "Spiegelbild", sind es die Skandhas, oder ist es immer das gleiche Ego, das Manas?*

Ich habe gerade erklärt, daß das reinkarnierende Prinzip, oder das, was wir den *göttlichen* Menschen nennen, den ganzen Lebenszyklus hindurch unzerstörbar ist; unzerstörbar als eine denkende *Wesenheit* und sogar als eine ätherische Form. Das "Spiegelbild" ist nur die während der Devachan-Periode spiritualisierte *Erinnerung* der *Ex-Persönlichkeit*, von Herrn A oder Frau B, mit der sich das Ego während dieser Periode identifiziert. Da letztere nur eine Fortsetzung des Erdenlebens ist, sozusagen die Höhepunkte in einer ununterbrochenen Aneinanderreihung der wenigen glücklichen Augenblicke in dem zu Ende gegangenen Dasein, muß das Ego sich mit dem *persönlichen* Bewußtsein dieses Lebens identifizieren, wenn irgend etwas davon überdauern soll.

Das bedeutet, daß das Ego trotz seiner göttlichen Natur jede solche Periode zwischen zwei Inkarnationen in einem Zustand mentaler Umnachtung oder zeitweiligen Wahnsinns verbringt?

Sie können es betrachten, wie Sie wollen, aber da wir glauben, daß nichts außerhalb der *Einen* Wirklichkeit mehr als eine vergängliche Illusion ist – das ganze Universum eingeschlossen –, so betrachten wir dies nicht als Wahnsinn, sondern als die durchaus natürliche Folge oder Entwicklung des irdischen Lebens. Was ist das Leben? Ein Bündel aus den verschiedensten Erfahrungen und täglich wechselnden Vorstellungen, Gefühlen und Meinungen. In unserer Jugend geben wir uns oft enthusiastisch einem Ideal hin oder versuchen, einem Helden oder einer Heldin nachzufolgen oder nachzuleben; einige Jahre später, wenn der Überschwang unserer jugendlichen Gefühle dahingeschwunden ist und wir nüchterner geworden sind, sind wir die ersten, um über unsere früheren Vorstellungen zu lachen. Und doch gab es eine Zeit, in der wir unsere eigene Persönlichkeit so sehr mit jener unseres Ideals identifizierten – besonders, wenn es sich um eine lebende Person handelte –, daß wir darin verschmolzen und versunken waren. Kann man von einem Menschen im Alter von fünfzig Jahren sagen, daß er noch das gleiche Wesen ist, das er mit zwanzig Jahren war? Der innere Mensch ist derselbe, die im Äußeren lebende Persönlichkeit ist vollkommen umgewandelt und verändert. Wollen Sie auch diese Veränderungen im mentalen Zustand eines Menschen als Wahnsinn bezeichnen?

Wie würden Sie sie bezeichnen, und wie würden Sie vor allem die Dauerhaftigkeit des einen und die Flüchtigkeit des anderen Zustandes erklären?

Wir haben unsere Lehre, und für uns enthält sie keinerlei Schwierigkeiten. Der Schlüssel liegt im zweifältigen Bewußtsein unseres Verstandes und in der dualen Natur unseres mentalen "Prinzips". Es gibt ein spirituelles Bewußtsein, der manasische Verstand, erleuchtet vom Licht Buddhis, dasjenige in uns, das subjektiv Abstraktionen wahrnimmt; und es gibt ein empfindendes Bewußtsein (das niedere manasische Licht), das untrennbar von unserem physischen Gehirn und unseren Sinnesorganen ist. Dieses letztere Bewußtsein ist vom Gehirn und den physischen Sinnen beherrscht, es hängt seinerseits von ihnen ab und muß daher notwendigerweise, sobald Gehirn und physische Sinne verschwunden sind, ebenfalls dahinschwinden und schließlich sterben. Nur die erstgenannte Art von Bewußtsein, deren Wurzel in der Ewigkeit liegt, überlebt und lebt ewig und kann daher als unsterblich betrachtet werden. Alles andere gehört zu den vergänglichen Illusionen.

Was ist in diesem Fall eigentlich unter Illusion zu verstehen?

Das ist sehr gut in dem oben angeführten Artikel über das "Höhere Selbst" beschrieben, wo der Autor sagt:

"Die Theorie, die wir in Betracht ziehen, (der Austausch von Ideen zwischen dem *Höheren Ego* und dem niederen Selbst) stimmt sehr gut überein mit der Vorstellung von dieser Welt, in der wir leben, als einer phänomenalen Welt der Illusion und der geistigen Welt als einer noumenalen Welt oder Ebene der Wirklichkeit. Der Bereich der Natur, in welchem sozusagen die bleibende Seele wurzelt, ist wirklicher als derjenige, in welchem ihre vergänglichen Blüten für eine kurze Zeitspanne erscheinen, um dann zu verwelken und zu zerfallen, während die Pflanze neue Kraft sammelt, um eine frische Blüte hervorzubringen. Angenommen, für die gewöhnlichen Sinne wären nur die Blüten wahrnehmbar und deren Wurzeln befänden sich in einem für den Menschen unsichtbaren, nicht greifbaren Zustand, dann würden Philosophen, die intuitiv erkennen, daß es etwas wie Wurzeln in einer anderen Daseinsebene gibt, geneigt sein von den Blumen zu sagen: diese Blumen sind nicht wirklich die Pflanzen; sie haben keine relative Wichtigkeit und sind nur die illusionären Erscheinungen des Augenblicks".

Ich meine also: Die Welt, in der die vergänglichen und flüchtigen Blumen des persönlichen Lebens blühen, ist nicht die wirkliche bleibende Welt; das ist diejenige, in der wir die Wurzel des Bewußtseins finden, diese Wurzel, die jenseits aller Illusion ist und die in der Ewigkeit wohnt.

Was meinen Sie mit der Wurzel, die in der Ewigkeit wohnt?

Ich meine damit die denkende Wesenheit, das inkarnierende Ego, ob wir es als einen "Engel", "Geist" oder als eine Kraft betrachten. Von dem, was wir mit unseren Sinnen wahrnehmen können, kann nur das an dem unsterblichen Leben des Ego teilhaben, was unmittelbar aus dieser unsichtbaren Wurzel erwächst oder mit ihr verbunden ist. Darum muß jeder edle Gedanke, jede edle Vorstellung und Bestrebung der Persönlichkeit, die es informiert, bleibend sein, da sie aus dieser Wurzel stammen und von ihr genährt werden. Das physische Bewußtsein aber, das eine Eigenschaft des empfindenden niederen Prinzips, der menschlichen Seele ist (des Kamarupa, des tierischen Instinktes, erleuchtet durch das niedere manasische Spiegelbild), muß vergehen. Das, was Tätigkeit entfaltet, während der Körper schläft oder gelähmt ist, ist das höhere Bewußtsein. Unser Gedächtnis registriert solche Erfahrungen nur automatisch, daher schwach und ungenau und oft wird es von ihnen überhaupt nicht beeindruckt.

Wie kommt es, daß Manas, obwohl Sie es Nous, einen "Gott" nennen, während seiner Inkarnationen so schwach ist, daß es von seinem Körper geradezu beherrscht und gefesselt wird?

Da könnte ich ebenso fragen: wie kommt es, daß er, den Sie als Gott der Götter betrachten und als den Einen lebenden Gott, *so schwach* ist, um dem Bösen (oder dem Teufel) zu erlauben, sich das Beste von *ihm* und seiner Schöpfung zu nehmen, ob er nun im Himmel verbleibt oder auf der Erde inkarniert ist? Sie werden sicher antworten, daß das ein Mysterium ist und es verboten ist, dieses Mysterium von Gott zu erforschen. Da es uns aber unsere religiöse Philosophie nicht verbietet, werde ich Ihnen antworten: Wenn ein Gott nicht als ein *Avatar* herabsteigt, dann kann das göttliche Prinzip nicht anders, als von der ungestümen tierischen Materie umklammert und gelähmt zu werden. Auf dieser Ebene der Täuschungen wird das Heterogene immer die Oberhand über das Homogene haben. Und je mehr sich ein Wesen seinem Grundprinzip, der ursprünglichen Homogenität nähert, desto schwieriger ist es für die letztere, sich auf Erden zu behaupten. Spirituelle und göttliche Kräfte ruhen schlafend in jedem menschlichen Wesen. Je weiter die spirituelle Reichweite seiner Vision, um so mächtiger wird der Gott in ihm sein. Aber da nur wenige Menschen diesen Gott fühlen, und da die Gottheit in unseren Gedanken durch frühere Vorstellungen immer gebunden und begrenzt ist durch jene Ideen, die uns von Kindheit an eingeprägt wurden, ist es für Sie so schwierig, unsere Philosophie zu verstehen.

Ist also dieses Ego unser Gott?

Durchaus nicht. "Ein Gott" ist nicht die universale Gottheit, sondern nur ein Funke aus dem einen Meer des göttlichen Feuers. Der Gott in *uns*, "unser Vater im Verborgenen", ist das, was wir das Höhere Selbst, *Atma*, nennen. Unser inkarnierendes Ego war in seinem Ursprung ein Gott, so wie alle ursprünglichen Emanationen des Einen Unerkennbaren Prinzips. Aber seit seinem "Fall in die Materie", seit es den ganzen Zyklus hindurch von Inkarnation zu Inkarnation wandern muß, von der ersten bis zur letzten, ist es kein freier und glücklicher Gott mehr, sondern ein armer Pilger, der auf dem Weg ist, das wiederzugewinnen, was er verloren hat. Ich kann Ihnen zur besseren Aufklärung auch damit antworten, was über den *inneren Menschen* in *Isis entschleiert*, (S. 600, Bd. II) steht:

"Vom frühesten Altertum an *war die Menschheit als Ganzes immer vom Vorhandensein einer persönlichen spirituellen Wesenheit innerhalb des persönlichen physischen Menschen überzeugt* gewesen. Diese innere Wesenheit war mehr oder weniger göttlich, entsprechend ihrer Nähe zu ihrer *Krone* – dem Christos. Je enger diese Vereinigung, desto heiterer des Menschen Schicksal, um so weniger bedrohlich die äußeren Verhältnisse. Dieser Glaube ist weder Frömmelei noch Aberglaube, sondern ein immergegenwärtiges, instinktives Empfinden der Nähe einer anderen spirituellen und unsichtbaren Welt, welche, obgleich für die Sinne des äußeren Menschen subjektiv, doch vollkommen objektiv für das innere Ego. *Weiter bestand der Glaube, daß es äußere und innere Bedingungen gibt, welche die Einflußnahme unseres Willens auf unsere Handlungen bewirken.* Sie verwarfen den Fatalismus, denn dieser bedeutet den blinden Lauf einer noch blinderen Kraft. Aber sie glaubten an das *Schicksal* (Karma), das jeder Mensch Faden für Faden, von der Geburt bis zum Tode um sich selbst spinnt, wie die Spinne ihr Netz; und dieses Schicksal wird entweder von jener Gegenwart, die von manchen Schutzengel genannt wird, oder von unserem inneren astralen Menschen geleitet, der nur zu oft der böse Genius des körperlichen Menschen, der *Persönlichkeit* ist. Beide führen den Menschen, aber einer von ihnen muß die Oberhand gewinnen. Und von Beginn des unsichtbaren Kampfes an *nimmt das strenge und unerbittliche Gesetz des Ausgleichs und der Vergeltung seinen Lauf*, getreulich allen Schwankungen des Kampfes folgend. Wenn die letzte Strähne gewoben ist und der Mensch anscheinend in dem Netzwerk seines eigenen Tuns gefangen ist, dann findet er sich selbst vollkommen unter der Herrschaft dieser selbsterzeugten Bestimmung. Entweder fesselt sie ihn wie eine träge Auster an einen unbeweglichen Felsen, oder sie trägt ihn empor wie eine Feder im Wirbelwind, der durch seine eigenen Handlungen hervorgerufen wurde."

Das ist die Bestimmung des Menschen, des wahren Egos, nicht des Automatons, der Schale, die diesen Namen trägt. Er muß die Materie besiegen.

Die komplexe Natur von Manas

Sie wollten mir etwas über die wesentliche Natur von Manas und seiner Beziehung zu den Skandhas des physischen Menschen erzählen.

Gerade diese Natur von Manas ist so geheimnisvoll, proteusartig und unbegreiflich und so schattenhaft in ihren Beziehungen zu den anderen Prinzipien, daß sie äußerst schwer zu verstehen und noch schwerer zu erklären ist. Manas ist ein "Prinzip", aber gleichzeitig ist es eine "Wesenheit", eine Individualität, ein Ego. Manas ist ein "Gott", und doch ist es zu einem endlosen Zyklus von Inkarnationen verurteilt, für deren jede es verantwortlich gemacht wird und zu leiden hat. All dies erscheint ebenso widerspruchsvoll wie verwirrend. Dennoch gibt es Hunderte von Menschen, auch in Europa, die alles perfekt verstehen, denn sie begreifen das Ego nicht nur in seiner Ganzheit, sondern auch in seinen vielen Aspekten. Um mich jedoch völlig verständlich zu machen, muß ich am Anfang beginnen, und Ihnen eine kurze Übersicht über die Genealogie dieses Egos geben.

Ich bitte darum.

Versuchen Sie, sich einen "Geist" vorzustellen, ein Himmelswesen, mit welchem Namen Sie es auch benennen mögen, das in seiner wesentlichen Natur göttlich ist, das aber doch nicht rein genug ist, *um eins mit dem All* zu sein. Es muß daher seine Natur so reinigen, daß es dieses Ziel erreichen kann. Dies kann es nur tun, wenn es *individuell* und *persönlich*, das heißt, spirituell und physisch, jede Erfahrung und jede Empfindung durchmacht, die es in dem mannigfaltigen, vielfältig differenzierten Universum gibt. Es muß daher, nachdem es solche Erfahrungen in den niederen Reichen erworben hat und mit jeder Sprosse auf der Leiter des Lebens höher gestiegen ist, nun durch jede Erfahrung auf den menschlichen Ebenen hindurchgehen. Seinem eigentlichen Wesen nach ist es *Gedanke*, in der Mehrzahl spricht man daher von den *Manasa Putras*, "den Söhnen des (universalen) Geistes". Dieser *individualisierte Gedanke* ist das, was wir Theosophen das *wirkliche* menschliche

Ego nennen, die denkende Wesenheit, die in einem Gehäuse aus Fleisch und Knochen eingekerkert ist. Dies ist eine spirituelle Wesenheit, nicht *Materie*, und solche Wesenheiten sind die inkarnierenden Egos, welche jenes Bündel tierischer Materie, Menschheit genannt, belebt und deren Name *Manasa* ("Geist") ist. Sobald sie aber inkarniert oder eingekerkert sind, wird ihr Wesen zweifältig, das heißt, die als individuelle Wesenheiten betrachteten *Strahlen* des ewigen göttlichen Geistes zeigen eine zweifache Eigenschaft: a) ihr essentielles innewohnendes Charakteristikum, der himmelstrebende Geist (das höhere Manas), und b) die menschliche Fähigkeit des Denkens, das ist das durch die Überlegenheit des menschlichen Gehirns vernünftig gewordene tierhafte Denken, das Kama zugeneigte oder niedere Manas. Das eine strebt Buddhi zu, das andere neigt sich dem Sitz der Leidenschaften und tierischen Begierden zu. Für das letztere ist im Devachan kein Raum, auch kann es sich nicht mit der göttlichen Dreiheit verbinden, die als eine Einheit zur mentalen Seligkeit emporsteigt. Dennoch wird das Ego, die manasische Wesenheit, für alle Sünden seiner niederen Eigenschaften verantwortlich gemacht, so wie Eltern für Missetaten ihrer Kinder verantwortlich sind, solange diese selbst noch nicht zur Verantwortung gezogen werden können.

Ist dieses "Kind" die "Persönlichkeit"?

Ja. Wenn aber gesagt wird, daß die "Persönlichkeit" mit dem Körper stirbt, so ist diese Aussage unvollständig. Der Körper, der nur das objektive Symbol des Herrn A. oder der Frau N. war, schwindet dahin mit allen seinen stofflichen Skandhas, die sein sichtbarer Ausdruck sind. Aber alles, was sich während des Lebens an *geistigen* Erfahrungen angesammelt hat, die edlen Bestrebungen, die bleibenden Zuneigungen und die *selbstlose* Natur von Herrn A. oder Frau N., heftet sich während der Zeit im Devachan an das Ego, welches sich mit dem spirituellen Teil der nun dahingeschwundenen irdischen Wesenheit identifiziert. Der *Schauspieler* ist von der *Rolle*, die er soeben gespielt hat, so durchdrungen, daß er während der ganzen Nacht des Devachan von ihr träumt; diese Schau dauert an, bis ihm die Stunde schlägt, in der er auf die Bühne des Lebens zurückkehren muß, um eine andere Rolle zu spielen.

Aber wie kommt es, daß diese Lehre, von der Sie behaupten, daß sie so alt ist wie das Denken der Menschen, keinen Platz in der christlichen Theologie gefunden hat?

Sie irren sich, denn sie hat ihn gefunden; nur die Theologie hat sie bis zur Unkenntlichkeit entstellt, wie sie das auch mit anderen Lehren getan hat. Die Theologie nennt das *Ego* den Engel, den uns Gott im Augenblick der Geburt gibt, *damit er Sorge für unsere Seele trage.* Statt diesen Engel für die Verfehlungen der armen hilflosen Seele verantwortlich zu machen, wird letztere, entsprechend der theologischen Logik für alle Sünden des Körpers und des Geistes bestraft. Es ist die Seele, der *immaterielle* Atem Gottes und seine *angebliche Schöpfung*, die durch ein erstaunliches intellektuelles Jonglieren verurteilt ist, in einer materiellen Hölle für immer zu brennen, ohne von deren Flammen je verzehrt zu werden, während der Engel ungestraft entschlüpft und mit einigen Tränen benetzt, seine weißen Flügel entfaltet. Ja, das sind unsere "dienenden Geister", die "Botschafter der Gnade", welche gesandt sind, wie Bischof Mant uns sagt:

Gutes zu vollbringen für der Erlösung Erben,
zu trauern, wenn in Sünde wir fallen,
zu jubeln, wenn wir wieder bereuen.

Es ist wohl klar ersichtlich, daß, würde man alle Bischöfe der Welt auffordern, ein für alle Mal definitiv zu erklären, was sie unter *Seele* und deren Tätigkeit tatsächlich verstehen, sie ebenso unfähig wären dies zu tun, wie sie auch keinen Schatten von Logik in dem orthodoxen Glauben nachweisen könnten.

Diese Wahrheit wird im Johannes-Evangelium gelehrt

Darauf könnten die Bekenner dieses Glaubens antworten: wenn auch das orthodoxe Dogma dem verstockten Sünder und Materialisten eine schlimme Zeit in einer allzu realistischen Hölle verspricht, so gibt es ihm doch auf der anderen Seite bis zum letzten Augenblick die Möglichkeit der Reue. Überdies lehrt es nicht die Vernichtung oder den Verlust der Persönlichkeit, was ja dasselbe ist.

Wenn auch die Kirche nichts dergleichen lehrt, so tut es doch Jesus; das ist wenigstens etwas für jene, die Christus höher stellen als das Christentum.

Lehrt Christus irgend etwas Derartiges?

Ja. Jeder gut informierte Okkultist und auch Kabbalist wird Ihnen dies bestätigen. Christus oder zumindest das vierte Evangelium lehrt sowohl die Reinkarnation als auch die Vernichtung der Persönlichkeit, wenn Sie nur den toten Buchstaben beiseite lassen und sich an die esoterische Bedeutung halten. Denken Sie an die Verse 1 bis 6 im 15. Kapitel des Johannes-Evangeliums. Wovon anders kann dieses Gleichnis sprechen als von der *höheren Dreiheit* im Menschen. *Atma* ist der Weingärtner, das spirituelle Ego oder *Buddhi* (Christos) ist der Weinstock, während die tierhafte vitale Seele, die *Persönlichkeit*, die Rebe ist. "Ich bin der *wahre* Weinstock, und mein Vater ist der Weingärtner. Eine jede Rebe an mir, die keine Frucht bringt, wird er wegnehmen ... Wie die Rebe keine Frucht bringen kann aus sich selbst, wenn sie nicht am Weinstock bleibt, so auch ihr nicht, wenn ihr nicht in mir bleibt. Ich bin der Weinstock, ihr seid die Reben ... Wer nicht in mir bleibt, der wird weggeworfen wie eine Rebe, er verdorrt und wird ins Feuer geworfen und verbrannt."

Wir erklären dies folgendermaßen: Da wir an das Höllenfeuer nicht glauben, von dem die Theologie sagt, daß es der Drohung an die Reben zugrunde liegt, sagen wir, daß der Weingärtner Atma darstellt, das Symbol für das unendliche, unpersönliche Prinzip[39], während der Weinstock für die spirituelle Seele, Christos, steht, und jede Rebe eine neue Inkarnation darstellt.

Welche Beweise haben Sie, um eine so willkürliche Auslegung zu unterstützen?

Die universale Symbolik ist ein Garant für die Richtigkeit dieser Auslegung und dafür, daß sie nicht willkürlich ist.

39 In den Mysterien ist es der Hierophant, der "Vater", der die Rebe pflanzte. Jedes Symbol hat sieben Schlüssel. Der Enthüller des Pleroma wurde immer "Vater" genannt.

Hermes sagt von "Gott", daß er "den Weingarten pflanzte", das heißt, die Menschheit erschuf. In der Kabbala wird gezeigt, daß der Alte der Alten oder das "lange Gesicht" einen Weingarten anlegt, der die Menschheit, und den Weinstock, der das Leben bedeutet. Der Geist des "*Königs* Messias" wird daher gezeigt, wie er seine Gewänder seit der *Erschaffung* der Welt im *Wein* von oben wäscht (*Zohar*, Kommentar über die Genesis, 40, 10). Der König *Messias* ist das gereinigte Ego, das seine *Gewänder* (das heißt, seine Persönlichkeiten in der Wiedergeburt) *im Wein von oben* oder Buddhi *gewaschen hat.* Adam oder A-Dam bedeutet "Blut". Das Leben des Fleisches ist im Blut (Nephesh-Seele), Levitikus 17., und Adam-Kadmon ist der Eingeborene. Auch Noah pflanzt einen Weingarten, das allegorische Treibhaus der künftigen Menschheit. Wir finden dieselbe Allegorie übernommen auch im *Nazaraeus-Kodex*. Sieben Weinstöcke wurden ins Leben gerufen – unsere sieben Rassen mit ihren sieben Heilanden oder *Buddhas* – die aus Kebar-Zivo hervorgingen, und Ferho (oder Parcha) Rabo bewässert sie. (Codex Nazarus, Vol. III, S. 60,61). Wenn der Gesegnete mit den Geschöpfen des Lichtes aufsteigt, werden sie Iavar-Zivo, den Herrn des LEBENS und den ersten WEINSTOCK sehen. (C.N. Vol. II, S. 281). Diese kabbalistischen Gleichnisse werden somit im Johannes-Evangelium ganz natürlich wiedergegeben.

Wir dürfen nicht vergessen, daß beim Menschen das Ego, der *denkende Mensch*, auch von jenen Philosophien, die unsere siebenfältige Einteilung nicht kennen, der Logos genannt wird, der Sohn von Seele und Geist. Ein okkultes Werk sagt: "Manas ist der angenommene Sohn von König und Königin" (esoterische Bezeichnungen für Atma und Buddhi). Er ist der "Mensch-Gott" Platos, der sich, zur Erlösung der MATERIE, im Raum (der Dauer des Lebenszyklus) selbst kreuzigt. Dies tut er, indem er immer wieder inkarniert und auf diese Weise einerseits die Menschheit zur Vollkommenheit emporführt, andererseits Raum schafft, damit niedrige Formen sich höher entwickeln können. Während keines einzigen Lebens hört er auf, sich selbst vorwärts zu entwickeln und der ganzen physischen Natur zum Fortschritt zu verhelfen. Selbst das gelegentlich äußerst seltene Geschehnis, daß er eine seiner Persönlichkeiten verliert, wenn diese jeglichen Funkens an Geistigkeit ermangelt, hilft ihm zu seinem Fortschritt.

Aber, wenn das Ego verantwortlich gemacht wird für die Verfehlungen seiner Persönlichkeiten, dann muß es auch an den Folgen des Verlustes, oder der gänzlichen Vernichtung einer der Persönlichkeiten zu leiden haben.

Keineswegs, ausgenommen, es hätte nichts getan, um dieses schlimme Schicksal abzuwenden. Aber wenn trotz aller Anstrengungen seine Stimme, die *Stimme des Gewissens*, unfähig war, die Mauer der Materie zu durchdringen, dann ist deren Stumpfheit, die von der unvollkommenen Natur des Materiellen herrührt, ein Fehler der Natur. Das Ego ist dann durch den Verlust von Devachan genügend bestraft und besonders dadurch, daß es fast unmittelbar darauf wieder inkarnieren muß.

Diese Lehre von der Möglichkeit, seine Seele (oder wie Sie es nennen, seine Persönlichkeit) zu verlieren, steht völlig im Widerspruch zu den idealen Theorien sowohl der Christen als auch der Spiritisten; nur Swedenborg nimmt sie bis zu einem gewissen Ausmaß an in dem, was er den geistigen Tod nennt. Die Christen werden sie niemals annehmen.

Das kann eine Naturtatsache nicht ändern, wenn es eine solche ist und auch nicht verhindern, daß etwas derartiges gelegentlich passiert. Das Universum und alles in ihm – moralisch, mental, physisch, psychisch und spirituell – ist auf einem vollkommenen Gesetz des Gleichgewichts und der Harmonie aufgebaut. Wie bereits gesagt (siehe *Isis entschleiert*) könnte sich die zentripetale Kraft ohne die zentrifugale in den harmonischen Kreisbewegungen der Himmelskörper nicht manifestieren und alle Formen und deren Fortschritt sind die Ergebnisse dieser zweifältigen Kraft in der Natur. Nun ist der Geist (Buddhi) die zentrifugale und die Seele (Manas) die zentripetale spirituelle Energie. Um ein Ergebnis zu erzielen, müssen sich diese beiden in vollkommener Einheit und Harmonie befinden. Wenn die zentripetale Bewegung der irdischen Seele gegen den Mittelpunkt, der sie anzieht, gebrochen oder beeinträchtigt wird, wenn sie dadurch gehemmt ist, daß sich ein schwereres Gewicht von Materie an sie heftet, als sie zu tragen vermag oder als für den Devachanzustand möglich ist, dann ist die Harmonie des Ganzen gestört. Das persönliche Leben oder vielmehr die ideelle Spiegelung desselben kann nur fortgesetzt werden, wenn es durch diese zweifältige Kraft, das heißt, durch die enge Verbindung von Buddhi und Manas, in jeder Wiedergeburt oder jedem persönlichen Leben erhalten wird. Jede Abweichung von der Harmonie schädigt es; wenn sie aber so zerstört wird, daß sie nicht wiederhergestellt werden kann, dann trennen sich die beiden Kräfte im Augenblick des Todes. Während die geistige Blüte der persönlichen Form sich an das Ego heftet, ihm ins Devachan folgt und so der *bleibenden Individualität vorläufig ihre persönliche Färbung gibt*, wird diese persönliche Form (*Kamarupa* oder *Mayavirupa* genannt) selbst weggetrieben und verbleibt in Kamaloka, um dort allmählich in nichts zu zerfallen. Für den gänzlich verdorbenen, ungeistigen und unverbesserlich bösen Menschen kommt nach dem Tode der kritische und letzte Augenblick. Wenn während des Lebens alle verzweifelten Anstrengungen des *inneren Selbstes* (Manas), wenigstens etwas von der Persönlichkeit mit dem schimmernden Strahl des göttlichen Buddhi zu vereinigen, scheitern, wenn die Persönlichkeit gestattet, daß dieser Strahl von der sich immer mehr verhärtenden Kruste des physischen Gehirns mehr und mehr ausgeschlossen wird, dann bleibt das spirituelle Ego oder Manas, sobald es vom Körper befreit ist, vollkommen von den ätherischen Überresten der Persönlichkeit getrennt; die letzteren (Kamarupa) folgen der irdischen Anziehung, sie werden in den Hades gezogen, den wir Kamaloka nennen, und bleiben dort. Das sind die "verdorrten Reben", von denen Jesus sagt, daß sie vom Weinstock abgeschnitten werden. Die Vernichtung tritt aber niemals sofort ein, es mag manchmal Jahrhunderte dauern, bis sie ganz vollzogen ist. Die Persönlichkeit bleibt dort zusammen mit den *Überresten* anderer glücklicherer persönlicher Egos und wird mit ihnen zu einer *Schale* und einem *Elementarwesen*. Es sind, wie in *Isis* gesagt wird, diese beiden Klassen von "Geistern", die *Schalen* und die *Elementarwesen*, welche die führenden "Stars" auf der großen spiritistischen Bühne der Materialisationen sind. Und Sie können sicher sein, daß nicht diese es sind, die reinkarnieren. Darum wissen so wenige "teure Verstorbene" etwas von Reinkarnation und führen dadurch die Spiritisten in die Irre.

Aber wird nicht die Autorin des frühen theosophischen Buches Isis entschleiert *beschuldigt, gegen die Reinkarnation gesprochen zu haben?*

Nur von denen, die das dort Gesagte mißverstanden haben. Zu der Zeit, als dieses Buch geschrieben wurde, glaubten weder die englischen noch die amerikanischen Spiritisten an die Reinkarnation. Was dort über Reinkarnation gesagt wurde, richtete sich gegen die französischen Spiritisten, deren Theorie so unphilosophisch und absurd ist, wie die östliche Lehre logisch ist und deren Wahrheitsgehalt sich selbst beweist. Die Reinkarnationsanhänger der Allan-Kardec-Schule glauben an eine willkürliche und unmittelbare Reinkarnation. Bei ihnen kann der verstorbene Vater in seiner noch ungeborenen Tochter reinkarnieren usw. Sie kennen weder Devachan noch Karma und besitzen keine Philosophie, welche die Notwendigkeit aufeinanderfolgender Wiedergeburten rechtfertigen oder beweisen würde. Aber wie kann die Autorin von *Isis* gegen eine karmische Reinkarnation von unterschiedlichen Zeiträumen, zwischen 1000 und 1500, argumentieren, wenn dies der grundlegende Glaube sowohl der Buddhisten als auch der Hindus ist?

Dann verwerfen Sie also die Theorie der Spiritisten ganz und gar?

Nicht in ihrer Gesamtheit, sondern nur in Beziehung auf ihre hauptsächlichsten Glaubenssätze. Sowohl die französischen wie die englischen Spiritisten glauben, was ihre Geister ihnen sagen. Aber beide Richtungen unterscheiden sich voneinander ebenso stark, wie die Theosophen von ihnen beiden. Die Wahrheit ist nur eine einzige, und wenn man hört, daß die französischen Spukgeister die Wiederverkörperung predigen, die englischen Spukgeister sie aber leugnen, so sagen wir, daß entweder die französischen oder die englischen "Geister" nicht wissen, worüber sie reden. Die Theosophie nimmt ebenso wie die Spiritisten die Existenz von Geistern an, oder von unsichtbaren Wesen mit mehr oder weniger Intelligenz. Aber während es in unserer Lehre unzählige Arten und Klassen von Wesen gibt, lassen unsere Gegner nur eine einzige Art zu, nämlich, menschliche entkörperte Geister, die nach der theosophischen Erkenntnis meistens nichts anderes sind als kamalokische Schalen.

Sie scheinen sehr gegen Geister eingenommen zu sein. Nachdem Sie Ihre Anschauungen, die gegen den Glauben an die Materialisation von entkörperten Menschen oder an eine Kommunikation mit ihnen in spiritistischen Sitzungen sprechen, dargelegt haben, bedarf es noch einer Erklärung. Weshalb wiederholen manche Theosophen unermüdlich, wie gefährlich der Verkehr mit Geistern und die Medialität überhaupt sind? Haben sie einen besonderen Grund dafür?

Sicherlich. Ich zumindest habe einen Grund. Ich bin durch mehr als ein halbes Jahrhundert mit diesen unsichtbaren, aber nur allzu fühlbaren und unleugbaren "Einflüssen" vertraut, von den bewußten Elementalen, halbbewußten Schalen bis zu den völlig empfindungslosen, nicht im einzelnen zu beschreibenden Spukerscheinungen aller Art. Ich behaupte daher, ein Recht auf meine Anschauung zu haben.

Ist es möglich, einige Andeutungen darüber zu geben, warum solche Dinge gefährlich sind?

Dies würde eine sehr ausführliche Darlegung erfordern. Jede Ursache muß nach den Wirkungen beurteilt werden, die sie hervorbringt. Betrachten Sie die Geschichte des Spiritismus in den letzten fünfzig Jahren seit seinem Wiedererwachen in Amerika und beurteilen Sie selbst, ob er seinen Anhängern mehr Nutzen oder Schaden gebracht hat. Verstehen Sie mich recht; es soll gar nicht gegen den wirklichen Spiritualismus gesprochen werden, sondern gegen jene moderne Bewegung, welche diesen Namen benützt, und gegen die sogenannte Philosophie, welche erfunden worden ist, um die Phänomene zu erklären.

Glauben Sie gar nicht an die Phänomene der Spiritisten?

Eben weil ich mit gutem Grund an sie glaube und weiß, daß sie (von einigen Fällen bewußten Betrugs abgesehen) ebenso wahr sind wie die Tatsache, daß Sie und ich leben, lehnt sich mein ganzes Wesen gegen sie auf. Ich spreche dabei nur von den physischen, nicht von den mentalen und psychischen Phänomenen. Gleiches zieht Gleiches an. Ich kenne persönlich verschiedene hochgesinnte, reine und gute Menschen, die Jahre ihres Lebens unter unmittelbarer Führung und sogar unter dem Schutz hoher "Geister" verbracht haben, seien es entkörperte oder planetarische Geister. Aber *diese* Intelligenzen sind nicht vom Typ der John Kings oder Ernests, die in *Seance*-Räumen erscheinen. Diese Intelligenzen führen und lenken Sterbliche nur in seltenen Ausnahmefällen; sie werden zu ihnen durch die karmische Vergangenheit der betreffenden Individuen magnetisch hingezogen.

Um solche Geister anzuziehen, genügt es nicht, sich nur hinzusetzen, “um sich zu entwickeln”. Dies öffnet nur die Tür für einen Schwarm von “Spukwesen”, seien sie gut, böse oder indifferent, unter deren Herrschaft das Medium dann für sein ganzes Leben gerät. Gegen solche verworrene Medialität und solchen unterschiedslosen Verkehr mit Kobolden erhebe ich meine Stimme, nicht gegen spirituelle Mystik. Diese letztere ist veredelnd und heilig. Die erstere ist von derselben Art wie die Erscheinungen vor zwei Jahrhunderten, für welche zahllose Hexen und Zauberer leiden mußten. Lesen Sie Glanvil und andere Autoren über den Gegenstand der Hexenkünste, und Sie werden dort Parallelen zu den meisten, wenn nicht zu allen physischen Erscheinungen des Spiritismus des 19. Jahrhunderts aufgezeichnet finden.

Wollen Sie behaupten, daß dies alles Hexerei ist und nicht mehr?

Ich behaupte, daß dieser ganze Umgang mit den Toten, bewußt oder unbewußt, *Nekromantie* und daher eine höchst gefährliche Praxis ist. Schon lange Zeit vor Moses wurde ein solches Erwecken der Toten von allen intelligenten Völkern als sündig und grausam betrachtet, da es die Ruhe der Seelen stört und ihre evolutionäre Entwicklung in höhere Zustände hemmt. Die Weisheit aller vergangenen Jahrhunderte hat kollektiv solche Praktiken stets laut und deutlich abgelehnt. Schließlich behaupte ich noch, und ich habe seit fünfzehn Jahren nicht aufgehört, dies mündlich und schriftlich zu wiederholen: Während einige dieser sogenannten “Geister” überhaupt nicht wissen, worüber sie sprechen, da sie wie Papageien bloß das wiederholen, was sie in dem Gehirn der Medien und der anderen Leute finden, sind andere Geister sehr gefährlich und können nur zum Bösen führen. Dies sind zwei sich selbst beweisende Tatsachen. Gehen Sie in die spiritistischen Zirkel der Alan-Kardec-Schule und Sie werden “Geister” finden, welche die Reinkarnation bestätigen und wie geborene römische Katholiken sprechen; wenden Sie sich zu den “teuren Verstorbenen” in England und Amerika, so werden Sie hören, daß sie die Reinkarnation absolut verneinen, deren Lehrer verleumden und protestantische Anschauungen vertreten. Und wenn Sie Ihre besten und fähigsten Medien betrachten, so haben diese alle in ihrer körperlichen und geistigen Gesundheit gelitten. Denken Sie an das traurige Ende von Charles Foster, der in einer Anstalt starb, ein rasender Verrückter; an Slade, einem Epileptiker; an Eglinton, gegenwärtig das beste Medium in England, ebenfalls Epileptiker. Blicken Sie auf das Leben von D.D. Home zurück, der durchdrungen war von Galle und Bitterkeit gegen alle, von denen er meinte, daß sie psychische Kräfte besitzen, und der jedes Medium bis zum bitteren Ende bekämpfte. Dieser Calvin des Spiritismus litt jahrelang an einer schrecklichen Rückenmarkskrankheit, die er sich durch den Verkehr mit den “Geistern” zuzog. Er starb als völliges Wrack. Denken Sie an das traurige Schicksal von Washington Irving Bishop. Ich kannte ihn von New York, als er 14 Jahre alt war. Er war unleugbar ein Medium. Es ist wahr, daß dieser arme Mann seinen “Geistern” den Rang ablief, indem er sie, zur Belustigung der ganzen Gesellschaft von hochgebildeten und wissenschaftlichen Narren und zur Auffüllung seiner eigenen Tasche, eine “unbewußte Muskeltätigkeit” nannte. Aber “de mortuis nil nisi bene” (von den Toten soll man nur Gutes reden); sein Ende war ein trauriges. Er hatte seine epileptischen Anfälle mit großer Mühe verborgen gehalten – Epilepsie ist das erste und stärkste Symptom echter Medialität. Auch weiß man nicht, ob er tot oder noch in Trance war, als die nachtodliche Untersuchung stattfand. Seine Verwandten behaupten fest, daß er lebte, wenn wir dem Telegramm Reuters glauben dürfen. Denken Sie an die Veteran-Medien, die Gründer und antreibenden Kräfte der modernen Spiritisten, die Fox-Schwestern. Nach mehr als 40-jähriger Verbindung mit den "Engeln" wurden sie zu unheilbar Verrückten, die jetzt in öffentlichen Vorträgen ihr eigenes Lebenswerk und ihre eigene Philosophie als Betrug erklären. Ich frage Sie, was für eine Art von Geistern müssen das gewesen sein, die ihnen so etwas eingeben?

Aber ist Ihre Schlußfolgerung richtig?

Was würden Sie daraus schließen, wenn die besten Schüler einer bestimmten Gesangsschule wegen überanstrengter und wunder Kehlen zusammenbrächen? Doch zweifellos, daß die Gesamtmethode schlecht war. Die gleiche Schlußfolgerung muß beim Spiritismus gemacht werden, wenn es sich zeigt, daß die besten Medien solch einem Schicksal verfallen. Wir können nur sagen: Laßt dienjenigen, die an der Frage interessiert sind, den Baum des Spiritismus an seinen Früchten beurteilen und über die Lektionen nachdenken. Wir haben die Spiritisten immer als Brüder betrachtet, die die gleiche mystische Tendenz wie wir haben, aber wir sind von ihnen immer als Feinde angesehen worden. Da wir im Besitz einer älteren Philosophie sind, haben wir stets versucht, ihnen zu helfen und sie zu warnen, sie aber haben unsere Absichten verkannt und uns auf jede mögliche Art verleumdet. Nichtsdestoweniger sagen die besten englischen

Spiritisten nichts anderes als wir, sobald sie ihren Glauben ernsthaft behandeln. Hören Sie, was M.A. Oxon sagt: “Die Spiritisten neigen viel zu sehr dazu, bei der Vermittlung äußerer Geister in dieser unserer Welt zu verweilen *und dabei die Kräfte des inkarnierten Geistes zu ignorieren.*” (*Second Sight*, Introduction). Warum beschimpft man die Theosophen, wenn sie das gleiche sagen? Aber lassen sie uns zur Besprechung der Reinkarnation zurückkehren.

⌘

XI

Über die Geheimnisse der Reinkarnation

Periodische Wiedergeburten

Sie sind also der Meinung, daß wir alle schon in vielen vergangenen Inkarnationen auf der Erde gelebt haben, und daß dies auch in der Zukunft so weitergehen wird?

Ja. Der Lebenszyklus, oder besser gesagt der Zyklus des bewußten Lebens, beginnt mit der Trennung des sterblichen Tiermenschen in die Geschlechter und wird erst am Ende der letzten Entwicklungsstufe in der siebenten Runde und siebenten Rasse der Menschheit enden. Wenn man bedenkt, daß wir uns heute erst in der fünften Rasse der vierten Runde befinden, dann wird seine Dauer etwas besser vorstellbar.

Und während dieser ganzen Zeit sollen wir immer wieder in neuen Persönlichkeiten inkarnieren?

Sicherlich, denn dieser Lebenszyklus oder die Periode der Inkarnationen kann am besten mit einem Menschenleben verglichen werden. So wie jedes dieser Leben aus Tagen der Tätigkeit zusammengesetzt ist, die durch Nächte des Schlafens oder der Untätigkeit voneinander getrennt sind, so folgt im Zyklus der Inkarnationen jedem aktiven Leben die Ruhe im Devachan.

Und diese Aufeinanderfolge von Geburten wird als Reinkarnation bezeichnet?

Ja. Nur durch diese Geburten kann der unaufhörliche Fortschritt der zahllosen Millionen von Egos zu ihrer endgültigen Vervollkommnung und Ruhe (die dann ebenso lange dauern wird wie die Periode der Aktivität) erreicht werden.

Was regelt die Dauer und die besonderen Merkmale der einzelnen Inkarnationen?

Karma, das universale Gesetz der vergeltenden Gerechtigkeit.

Ist Karma ein intelligentes Gesetz?

Für den Materialisten, der das Gesetz der Periodizität, welches die Anordnung der verschiedenen Körper reguliert, ebenso wie alle anderen Gesetze in der Natur nur blinde Kräfte und mechanische Gesetze nennt, wäre Karma zweifellos nur ein Gesetz des Zufalls und nicht mehr. Von unserem Standpunkt aus gibt es für das, was unpersönlich und keine Wesenheit, aber ein universal wirkendes Gesetz ist, keine Worte, die es beschreiben oder näher bezeichnen können. Wenn Sie mich nach der verursachenden Intelligenz in ihm fragen, so muß ich Ihnen antworten, ich kenne sie nicht. Wenn Sie mich aber nach seinen Wirkungen fragen, dann kann ich sagen, daß die Erfahrung tausender Zeitalter aufgezeigt hat, daß sie absolute, unfehlbare *Gerechtigkeit*, Weisheit und Intelligenz sind. Denn Karma ist in seinen Wirkungen unfehlbare Wiedergutmachung sowohl menschlicher Ungerechtigkeit sowie aller Fehlschläge der Natur. Es führt in Strenge alles Unrecht wieder zur Ordnung und ist ein vergeltendes Gesetz, das absolut unparteiisch belohnt und bestraft. Es wirkt im vollsten Sinn des Wortes "ohne Rücksicht auf die Person" und kann auch durch Gebet weder günstig gestimmt noch beiseite geschoben werden. Das ist der gemeinsame Glaube von Hindus und Buddhisten, die beide an Karma glauben.

Die christlichen Dogmen stehen zu beiden in Widerspruch, und es ist zu bezweifeln, ob irgend ein Christ diese Lehre jemals annehmen wird.

Nein; und Inman gab schon vor vielen Jahren den Grund dafür an; er sagt: "Die Christen werden jeden Unsinn akzeptieren, sobald er von der Kirche als Glaubenssatz anerkannt ist ... Die Buddhisten sagen, daß nichts, was der gesunden Vernunft widerspricht, eine echte Lehre des Buddha sein kann". Die Buddhisten glauben nicht an irgendeine Vergebung ihrer Sünden, sondern an eine vollkommene und gerechte Bestrafung jeder bösen Tat und jedes bösen Gedankens in einer zukünftigen Verkörperung, und an einen entsprechenden Ausgleich für jene, die geschädigt worden sind.

Wo ist dies zu lesen?

In den meisten ihrer Heiligen Schriften. Im *Rad des Gesetzes*, sind folgende theosophischen Lehrssätze zu finden: "Die Buddhisten glauben, daß jede Tat, jedes Wort oder jeder Gedanke ihre Konsequenzen haben, die früher oder später, im gegenwärtigen oder in einem zukünftigen Leben, wirken werden. Böse Taten werden böse Folgen hervorbringen, gute Taten werden gute Folgen hervorbringen: Glückliche Zeiten in dieser Welt, oder Geburt im Himmel (Devachan) . . . im zukünftigen Zustand.

Glauben die Christen nicht an das gleiche?

Durchaus nicht. Sie glauben an die Vergebung und den Nachlaß aller Sünden. Ihnen wurde versprochen, wenn sie nur an das Blut Christi (eines *unschuldigen* Opfers!) glauben, an das Blut, das von ihm als Sühneopfer für die Sünden der ganzen Menschheit dargebracht wurde, so würde dies jede irdische Sünde sühnen. Wir glauben aber weder an eine stellvertretende Sühne noch an die Möglichkeit eines Nachlasses auch nur der kleinsten Sünde durch irgendeinen Gott, ja nicht einmal durch ein *persönliches* Absolutes oder "Unendliches", wenn es so etwas überhaupt geben könnte. Das, woran wir glauben, ist strenge unparteiische Gerechtigkeit. Unsere Vorstellung von der unbekannten universalen Gottheit, die sich im Karmagesetz darstellt, ist, daß es eine Kraft ist, die nicht irren kann und die daher weder Zorn noch Gnade, sondern nur absolute Gerechtigkeit sein kann, eine Gerechtigkeit, die jeder kleinen oder großen Ursache ihre unausweichliche Wirkung sichert. Das Wort Jesu "mit welchem Maß ihr messet, mit dem soll auch euch zugemessen werden" (Matth.7, 2) läßt weder seinem Wortlaut noch seinem Sinn nach irgendeine Hoffnung auf künftige Gnade oder stellvertretende Erlösung zu. Eben weil wir in unserer Philosophie die Richtigkeit dieser Feststellung anerkennen, können wir bei wechselseitigen Beleidigungen gar nicht stark genug Erbarmen, Güte und Vergebung empfehlen. *Widerstrebe nicht dem Übel* und *Vergelte Böses mit Gutem* sind buddhistische Vorschriften, die vor allem wegen der Unversöhnlichkeit des Karmagesetzes gepredigt wurden. Jedenfalls aber ist es eine gotteslästerliche Anmaßung, wenn der Mensch das Gesetz in seine eigenen Hände nimmt. Menschliches Gesetz darf einschränkende, aber nicht strafende Maßnahmen vorsehen; ein Mensch aber, der, obwohl er an Karma glaubt, sich trotzdem selbst rächt und sich weigert, jedes Unrecht zu vergeben und dadurch Böses mit Gutem zu vergelten, ist ein Verbrecher und verletzt sich nur selbst. Karma wird den Menschen, der ihm unrecht getan hat, mit Bestimmtheit bestrafen. Wenn der Verletzte daher versucht, seinem Feind eine zusätzliche Bestrafung zuzufügen, anstatt die Bestrafung dem großen Gesetz zu überlassen, und diesem noch sein bißchen eigenes Gewicht hinzufügt, schafft er eine Ursache für eine künftige Belohnung seines Feindes und eine künftige Bestrafung seiner selbst. Der unfehlbare Regulator beeinflußt in jeder Inkarnation die Qualität der nachfolgenden, und die Summe von Verdienst und Schuld der vorhergehenden bestimmt sie.

Können wir daher aus der Gegenwart eines Menschen auf seine Vergangenheit schließen?

Nur soweit, um darauf zu vertrauen, daß sein gegenwärtiges Leben so ist, wie es gerechterweise sein muß, um für die Sünden des vergangenen Lebens Sühne zu leisten. Abgesehen von Sehern oder großen Adepten können wir als gewöhnliche Sterbliche natürlich nicht wissen, welcher Art diese Sünden waren. Mangels Kenntnis näherer Daten ist es uns sogar unmöglich zu erkennen, wie die Jugend eines alten Menschen gewesen sein mag; aus dem gleichen Grund können wir aus dem, was wir in dem gegenwärtigen Leben irgendeines Menschen wahrnehmen, auch keine sicheren Schlüsse über sein vergangenes Leben ziehen.

Was ist Karma?

Aber was ist Karma?

Wie ich schon gesagt habe, betrachten wir es als das *grundlegende* Gesetz des Universums, als Ursprung und Quelle aller anderen Gesetze, die in der Natur existieren. Karma ist das unfehlbare Gesetz, welches auf der physischen, mentalen und spirituellen Ebene des Seins die Wirkungen den Ursachen anpaßt. Von der größten bis zur geringsten Ursache, von einer kosmischen Störung bis zu einer Bewegung unserer Hand bleibt nichts ohne seine gebührende Wirkung, Gleiches ruft wieder Gleiches hervor. *Karma* ist daher jenes unsichtbare und unerkennbare Gesetz, *welches weise, verständig und gerecht jede Wirkung ihrer Ursache anpaßt*, wobei sie diese auf ihren Erzeuger zurückführt. Wenn es auch selbst *unerkennbar* ist, so kann doch seine Wirkung wahrgenommen werden.

So ist es also wieder das "Absolute" und "Unerkennbare", das als Erklärung der Lebensprobleme von wenig Wert ist?

Im Gegenteil; denn wenn wir auch nicht wissen, was Karma *per se* ist, so wissen wir doch, *wie es wirkt*, und wir können die Art seiner Wirkungsweise genau definieren und beschreiben. Wir kennen nur seine letzte *Ursache* nicht; genau wie die moderne Philosophie, die allgemein zugibt, daß die *letzte* Ursache von allem "unerkennbar" ist.

Und was hat die Theosophie zur Lösung der mehr praktischen Bedürfnisse der Menschheit zu sagen? Welche Erklärung bietet sie für die schrecklichen Leiden und die große Not in den sogenannten "unteren Klassen"?

Die großen sozialen Übel, der Unterschied zwischen den Klassen der Gesellschaft, den Geschlechtern, die ungleiche Verteilung von Kapital und Arbeit, sind nach unserer Lehre auf das zurückzuführen, was wir kurz Karma nennen.

Aber sicherlich sind doch alle diese Übel, die die Masse ziemlich unterschiedslos zu befallen scheinen, nicht ein verdientes individuelles Karma?

Nein. Sie können in ihren Wirkungen nicht so genau bestimmt werden, um zeigen zu können, daß jede individuelle Umgebung und die besonderen Lebensbedingungen, in denen sich eine Person befindet, nichts anderes sind als das vergeltende Karma, welches ein Individuum in einem vergangenen Leben erzeugt hat. Wir dürfen nicht die Tatsache aus den Augen verlieren, daß jedes Atom dem allgemeinen Gesetz unterliegt, welches den ganzen Körper beherrscht, zu dem es gehört, und hier kommen wir zu einem umfassenderen Verständnis des karmischen Gesetzes. Können Sie nicht verstehen, daß die Summe des individuellen Karmas zu jenem der Nation wird, zu welcher diese Individuen gehören, und weiter, daß die Gesamtsumme des nationalen Karmas das Karma der Welt ist? Die Übel, von denen Sie sprechen, sind nicht den einzelnen Individuen eigen, ja nicht einmal der einzelnen Nation, sie sind mehr oder weniger universell; und auf diesem weiten Feld wechselseitiger menschlicher Abhängigkeit findet das Karmagesetz seine gerechte und ausgleichende Wirkungsmöglichkeit.

Verstehe ich also richtig, daß das Karmagesetz nicht unbedingt ein individuelles Gesetz ist?

Das ist es, was ich sagen will. Es wäre unmöglich, daß Karma das Gleichgewicht der Kräfte im Leben und Fortschreiten der Welt herstellen könnte, wenn es nicht ein weites allgemeines Wirkungsfeld hätte. Es wird von den Theosophen als eine Wahrheit betrachtet, daß die wechselseitige Abhängigkeit der Menschheit die Ursache ist für das, was man verteilendes Karma nennt, und dieses Gesetz ist es, welches die Lösung der großen Frage des kollektiven Leidens und seiner Linderung bietet. Außerdem ist es ein okkultes Gesetz, daß kein Mensch sich über seine individuellen Mängel hinausheben kann, ohne zugleich, und sei es noch so gering, die ganze Gemeinschaft, von welcher er ein integraler Bestandteil ist, mitzuheben. In gleicher Weise kann niemand sündigen und unter den Wirkungen der Sünde alleine leiden. Es gibt in Wirklichkeit keine "Getrenntheit"; die nächste Annäherung an diesen egoistischen Zustand, welchen die Gesetze des Lebens zulassen, ist die Absicht oder der Beweggrund.

Gibt es kein Mittel, durch welches das Gruppen- oder nationale Karma gewissermaßen gesammelt zu seiner natürlichen und rechtmäßigen Erfüllung gebracht werden könnte, ohne all das Leiden?

Als allgemeine Regel und innerhalb gewisser Grenzen, die unser Zeitalter bestimmen, kann das Gesetz von Karma in seiner Erfüllung weder beschleunigt noch verzögert werden. Aber ich bin sicher, daß diese Möglichkeiten bisher noch nie berührt worden sind. Lesen Sie die folgende Darstellung einer Phase nationalen Elends und fragen Sie sich dann, ob, bei Anerkennung der wirkenden Kräfte des individuellen, relativen und verteilenden Karmas, solche Übel nicht einer durchgreifenden Umwandlung und allgemeinen Abhilfe fähig sind. Was hier angeführt wird, ist aus der Feder einer nationalen Wohltäterin, die über die engen Grenzen des eigenen Selbstes hinausgewachsen ist und es aus freier Wahl übernommen hat, der Menschheit zu dienen, indem sie soviel von dem nationalen Karma auf ihre Schultern geladen hat, wie sie tragen kann. Sie sagt folgendes:

"Ja, die Natur spricht immer. Glauben Sie das nicht? Nur machen wir zuweilen so viel Lärm, daß wir ihre Stimme übertönen. Daher ist es so erholsam, sich aus der Stadt hinaus zu begeben und sich in die Arme der Mutter Natur zu schmiegen. Ich denke an den Abend in Hampstead Heath, als wir den Sonnenuntergang betrachteten. Aber, ach, über wie viel Elend und Mühsal ging die Sonne dahin! Eine Frau brachte mir gestern einen Strauß von wilden Blumen. Ich dachte, einige meiner East-End-Familien hätten ein größeres Recht darauf als ich, und so nahm ich ihn am Morgen in eine sehr arme Schule in Whitechapel mit. Sie hätten die strahlenden Gesichtchen der blassen Kleinen sehen sollen. Dann bezahlte ich für einige Kinder Mittagessen in einem kleinen Speisehaus. Dieses lag in einer kleinen abgelegenen, engen Gasse, wo sich die Leute drängten. Ein unbeschreiblicher Geruch von Fischen, Fleisch und anderen Eßwaren lag in der Luft. Alles stank in der Sonne, die in Whitechapel die Dinge nicht reinigt, sondern eher zum Faulen bringt. Das Speisehaus war eine Ansammlung aller schlechten Gerüche. Unbeschreiblich schlechte Fleischpasteten zu einem Penny, ekelerregende Speisereste und eine Menge von Fliegen, ein wahrer Altar von Beelzebub! Und überall Kinder, die etwas zu ergattern suchten. Eines mit einem wahren Engelsgesicht suchte sich Kirschkerne, um sich seinen Hunger zu stillen. Ich kam in den Westen zurück, mit den Nerven am Ende und fragte mich erschüttert, ob denn einige Teile von London anders gerettet werden könnten, als dadurch, daß seine Bewohner von einem Erdbeben verschlungen werden und durch den reinigenden Lethe ge-

hen, aus dem es keine Rückerinnerung gibt. Dann dachte ich zurück an Hampstead Heath und überlegte. Wenn man doch durch irgendein Opfer die Kraft gewinnen könnte, diese Menschen zu retten, keine Kosten wären zu hoch. Aber sehen Sie, man müßte *sie* ganz ändern, aber wie kann man das machen? In dem Zustand, in dem sie sich jetzt befinden, würde es ihnen gar nichts nützen, sie in eine andere Umgebung zu bringen. In ihrer gegenwärtigen Umwelt müssen sie aber weiter verkommen. Es bricht mir das Herz, dieses endlose, hoffnungslose Elend zu sehen und die tierische Entwürdigung, die ihre Folge und ihre Wurzel zugleich ist. Es ist wie beim Banyanbaum, bei dem jeder Zweig selbst Wurzeln schlägt und so wieder Schößlinge hervorbringt. Welch ein Unterschied zwischen diesen Gefühlen und der friedvollen Szene in Hampstead! Und doch haben wir, die Brüder und Schwestern dieser armen Geschöpfe, nur das Recht, die Hampstead Heaths zu nutzen, um Kraft zu gewinnen, die Whitechapels zu retten."
(Unterzeichnet mit einem Namen, der zu geachtet und zu bekannt ist, um ihn Spöttern preiszugeben.)

Dies ist ein trauriger, aber schöner Brief, und er schildert mit schmerzlicher Offenheit das, was die Theosophie relatives und Gruppenkarma nennt. Aber es besteht ja keine Hoffnung auf eine etwaige Lösung durch ein Erdbeben oder ähnliches?

Was gibt uns das Recht, so zu denken, wo die Hälfte der Menschheit in einer Lage ist, eine unmittelbare Linderung des Elends ihrer Mitbrüder herbeiführen zu können? Wenn jeder einzelne zum allgemeinen Wohl das beitragen würde, was er an Geld, Arbeit und edlen Gedanken tun kann, dann, und nur dann, würde ein Gleichgewicht im nationalen Karma möglich sein, und solange das nicht geschieht, haben wir kein Recht und keinen Grund zu sagen, daß es auf der Erde mehr Leben gibt, als ernährt werden kann. Es ist den heroischen Seelen, den Heilanden unserer Nationen und Rassen vorbehalten, die Ursachen für den ungleichen Druck des Gruppenkarmas herauszufinden und durch eine außergewöhnliche Anstrengung das Gleichgewicht der Kräfte wieder herzustellen und dadurch die Menschen vor einem moralischen Verfall zu retten, der tausendmal schlimmer und auch andauernder wäre, als so eine physische Katastrophe, in welcher viele den einzigen Ausweg aus dem angehäuften Elend zu sehen scheinen.

Sagen Sie mir nun bitte, wie Sie ganz allgemein dieses Karmagesetz definieren.

Wir definieren Karma als das Gesetz der Wiederherstellung, welches immer versucht, ein gestörtes Gleichgewicht in der physischen und eine gestörte Harmonie in der moralischen Welt wiederherzustellen. Wir sagen nicht, daß Karma immer in dieser oder jener besonderen Art wirkt, sondern daß es immer so wirkt, daß die Harmonie wiederhergestellt und das Gleichgewicht, vermöge dessen das Universum existiert, gewahrt wird.

Geben Sie mir ein Beispiel.

Später werde ich Ihnen ein ausführliches Beispiel geben. Denken Sie jetzt an einen Teich. Ein Stein fällt in das Wasser und verursacht störende Wellen. Diese Wellen bewegen sich vorwärts und rückwärts, bis sie schließlich auf Grund der Wirkung dessen, was die Physiker Energiestreuung nennen, zur Ruhe gebracht werden und das Wasser in seinen Zustand unbeweglicher Ruhe zurückkehrt. In ähnlicher Weise verursacht jegliche Tätigkeit auf jeder Ebene eine Störung in der ausgeglichenen Harmonie des Universums und die dadurch hervorgerufenen Schwingungen werden sich, wenn der Raum begrenzt ist, so lange vorwärts und rückwärts bewegen, bis das Gleichgewicht wiederhergestellt ist. Da aber jede solche Störung von einem besonderen Punkt ausgeht, ist es klar, daß Gleichgewicht und Harmonie nur dadurch wiederhergestellt werden können, daß alle Kräfte, die von einem Punkt aus in Bewegung gesetzt worden sind, *an diesem gleichen Punkt wieder zusammenlaufen*. Hier haben Sie den Beweis, daß die Folgen der Taten, Gedanken usw. eines Menschen alle auf *ihn* selbst mit der gleichen Kraft zurückwirken müssen, mit der sie in Bewegung gesetzt wurden.

Aber ich kann keinen moralischen Charakter in diesem Gesetz wahrnehmen, es scheint mir völlig dem einfachen physikalischen Gesetz zu gleichen, daß Aktion und Reaktion gleich und entgegengesetzt sind.

Ich bin nicht überrascht, Sie so sprechen zu hören. Die Europäer können sich nicht von der tief eingewurzelten Gewohnheit lösen, Recht und Unrecht, Gut und Böse als Angelegenheiten eines willkürlichen Gesetzeskodex zu betrachten, der entweder von den Menschen selbst festgelegt oder ihnen von einem persönlichen Gott auferlegt wurde. Wir Theosophen hingegen sagen, daß "gut" und "Harmonie" und ebenso "böse" und "Disharmonie" Synonyme sind. Außerdem sind wir der Auffassung, daß alle Schmerzen und Leiden Ergebnisse fehlender Harmonie sind, und daß der schreckliche einzige Grund der Störung der Harmonie die Selbstsucht in der einen oder anderen Form ist. Darum gibt Karma jedem Menschen die *tatsächlichen Folgen seiner eigenen Handlungen zurück*, ohne Rücksicht auf ihren moralischen Charakter. Aber, da er das ihm Gebührende für *alles* erhält, ist es offensichtlich, daß er ebenso, wie er für alle Leiden, die er verursacht hat, sühnen muß, auch die Früchte allen Glücks und aller Harmonie ernten wird, die zu erzeugen er geholfen hat. Ich kann nichts besseres tun, als eine Anzahl gewisser Stellen aus Büchern und Artikeln anzuführen, die von Theosophen geschrieben sind, die eine richtige Vorstellung von Karma besitzen.

Das wäre gut, da Ihre Literatur in bezug auf diesen Gegenstand sehr spärlich ist.

Weil es der schwierigste unserer Lehren ist. Vor kurzer Zeit erschien aus der Feder eines Christen folgender Einwand:

"Angenommen, die theosophische Lehre sei richtig in bezug darauf, daß der Mensch sein eigener Erlöser sein muß, sein Selbst und das Böse, das in seiner dualen Natur liegt, überwinden und besiegen muß, um die Befreiung seiner Seele zu erlangen, was muß der Mensch dann tun, nachdem er sich seiner Niederträchtigkeiten und Unzulänglichkeiten bewußt geworden ist und er sich in einem gewissen Maße bessert? Wie erlangt er Befreiung, Vergebung oder Auslöschung dessen, was er an Bösem oder aus Gemeinheit bereits begangen hat?"

Darauf antwortet J.H. Connelly sehr eindringlich, daß niemand hoffen kann, die theosophische Lokomotive auf dem theologischen Gleis laufen zu lassen. Er sagt:

"Die Möglichkeit, individueller Verantwortung aus dem Wege zu gehen, gibt es im Konzept der Theosophie nicht. In diesem Glauben gibt es so etwas wie Vergebung oder Auslöschen von bereits begangenem Übel oder Niederträchtigkeiten nicht, außer durch die entsprechende Bestrafung des Übeltäters und die Wiederherstellung der von ihm gestörten Harmonie des Universums. Das Böse kam von ihm, und da andere darunter gelitten haben, kann es von niemandem außer von ihm selbst gesühnt werden ... Die beabsichtigte Verfassung, "in der er sich seiner Niederträchtigkeiten und Unzulänglichkeit bewußt werden soll und sich im gewissen Maße bessern soll", ist jene, in der er erkennt, daß sein Tun böse ist und deshalb eine Bestrafung verdient. In dieser Erkenntnis ist unweigerlich das Gefühl der persönlichen Verantwortlichkeit gegeben, und das Gefühl für diese schreckliche Verantwortung muß im gleichen Verhältnis zum Grade seines Bewußtwerdens oder seiner "Besserung" stehen ... Wenn es zu schwer auf ihm lastet, fühlt er sich gedrängt, die Lehre vom stellvertretenden Sühneopfer anzunehmen ... Man sagt ihm, er müsse auch bereuen, aber nichts ist leichter als das. Es ist eine liebenswerte Schwäche der menschlichen Natur, das Böse, das wir begangen haben, zu bereuen, wenn unsere Aufmerksamkeit darauf gelenkt wird, und wir entweder darunter selbst gelitten oder uns der Früchte erfreut haben. Eine genauere Analyse unserer Gefühle würde uns möglicherweise zeigen, daß wir eher die Erforderlichkeit des Übels als notwendiges Hilfsmittel zur Erlangung unserer egoistischen Ziele bereuen, als das Übel selbst.

Der gewöhnliche Verstand mag an dieser Betrachtung, "die Last der Sünden am Fuß des Kreuzes niederzulegen", Gefallen finden, sie empfiehlt sich aber nicht für den Studierenden der Theosophie. Er kann nicht begreifen, warum ein Sünder durch Erkennen seiner Sünde Vergebung oder Auslöschung seiner begangenen Gemeinheit erlangen sollte, daß Reue oder zukünftig richtiges Leben berechtigen sollte, daß das Weltgesetz von Ursache und Wirkung zu seinen Gunsten aufgehoben werden soltle. Die Folgen seiner bösen Taten dauern fort, die Leiden, die er anderen durch seine Schlechtigkeit verursacht hat, sind nicht ausgelöscht. Der Studierende der Theosophie bezieht die Wirkungen der Übeltaten auf die Unschuldigen in sein Gesamtproblem mit ein. Er betrachtet nicht nur die schuldige Person, sondern auch seine Opfer.

Das Böse ist eine Störung der Harmonie-Gesetze, die das Universum regieren, und die Strafe dafür muß den treffen, der diese Gesetze verletzt. Christus warnte: "Sündige nicht mehr, sollen nicht schlimmere Dinge über dich kommen". Und St. Paulus sagt: "Bewirke deine eigene Erlösung. Was der Mensch säet, das wird er auch ernten". Dies ist, nebenbei bemerkt, eine schöne metaphorische Wiedergabe des Satzes aus den – lange vorher geschriebenen – *Puranas*, daß "der Mensch die Folgen seiner eigenen Taten erntet". Das ist die Grundlage des Gesetzes von Karma, wie es die Theosophie lehrt. Sinnett spricht in seinem *Esoteric Buddhism* von Karma als "dem Gesetz der ethischen Verursachung". "Gesetz der Vergeltung", wie es Frau Blavatsky übersetzt, ist besser. Es ist die Macht, die

> "gerecht, jedoch geheimnisvoll uns unfehlbar führt
> auf nicht markierten Wegen von Schuld zur Strafe".

Aber es bedeutet noch mehr. Es belohnt den Verdienst ebenso unfehlbar und reichlich, wie es die Schuld bestraft. Es ist das Ergebnis jeglichen Tuns, von Gedanken, Worten und Taten. Und durch dieses Gesetz gestalten die Menschen sich selbst ihr Leben und ihre Ereignisse. Die östliche Philosophie verwirft die Idee einer Neuschöpfung der Seele für jedes neugeborene Kind. Sie glaubt an eine begrenzte Zahl von Monaden, die sich entwickeln und immer vollkommener werden, durch die Assimilation von vielen nachfolgenden Persönlichkeiten. Diese Persönlichkeiten sind das Ergebnis von Karma, und durch Karma und Reinkarnation kehrt die menschliche Monade mit der Zeit zu ihrer Quelle, zur absoluten Göttlichkeit zurück."

E. D. Walker gibt in seinem Werk *Reincarnation* die folgende Erklärung:

"In wenigen Worten ausgedrückt bedeutet die Lehre von Karma, daß wir uns durch unsere früheren Handlungen selbst zu dem gemacht haben, was wir sind, und daß wir unsere zukünftige Ewigkeit durch unsere gegenwärtigen Handlungen aufbauen. Es gibt kein Schicksal, sondern nur das, was wir selbst bestimmen. Es gibt keine Erlösung oder Verdammnis, ausgenommen jene, die wir selbst über uns verhängen. ... Weil es keinen Schutz für sträfliche Handlungen bietet und eine echte Mannhaftigkeit verlangt, ist Karma schwachen Naturen weniger willkommen als die leichten religiösen Glaubenssätze einer stellvertretenden Sühne, Fürsprache, Vergebung und Bekehrung auf dem Totenbett ... Im Bereich der ewigen Gerechtigkeit sind Missetat und Strafe untrennbar miteinander verbunden, wie die Glieder eines einzigen Ereignisses, weil es keine Trennung gibt von einer Handlung und dem, was aus ihr wird ... Es ist Karma oder unsere alten Handlungen aus früheren Leben, die uns wieder in das Erdenleben zurückführen ... Des Geistes Wohnung ändert sich seinem Karma entsprechend, und dieses Karma verbietet ein längeres Verweilen in einem Zustand, denn es verändert sich fortwährend. Solange das Handeln des Menschen von materiellen und egoistischen Motiven gelenkt wird, solange müssen sich die Wirkungen solchen Handelns in physischen Wiedergeburten manifestieren. Nur der vollkommen selbstlose Mensch kann sich der Anziehungskraft des materiellen Lebens entziehen. Wenige haben dies erreicht, aber es ist das Ziel der Menschheit."

Und dann zitiert der Autor aus der *Geheimlehre*:

"Wer an Karma glaubt, muß an das Schicksal glauben, welches jeder Mensch von seiner Geburt bis zu seinem Tod Faden um Faden um sich herum webt, wie eine Spinne ihr Netz spinnt. Dieses Schicksal wird entweder von der himmlischen Stimme des unsichtbaren Urbildes außerhalb von uns gelenkt oder durch unseren astralen inneren Menschen, der nur zu oft der böse Genius jener verkörperten Wesenheit ist, die man Mensch nennt. Beide lenken den äußeren Menschen, aber einer davon muß die Vorherrschaft erlangen. Und vom ersten Anfang dieses unsichtbaren Kampfes schreitet das strenge, unerbittliche Gesetz des Ausgleichs ein und nimmt, den Schwankungen des Kampfes getreulich folgend, seinen Lauf. Wenn der letzte Faden verwoben und der Mensch sichtlich im Netz seiner eigenen Taten eingeschlossen ist, findet er sich vollkommen unter der Herrschaft dieses selbsterzeugten Schicksals ... (GL I, S0.700–701). Ein Okkultist oder Philosoph wird nicht von der Güte oder Grausamkeit der Vorsehung sprechen; aber sie mit Karma-Nemesis gleichsetzend, wird er nichtsdestoweniger lehren, daß sie die Guten schützt und über sie in diesem sowie im zukünftigen Leben wacht; und daß sie den Übeltäter bestraft – ja, bis zu seiner siebenten Wiedergeburt –, kurzum so lange, bis die Wirkung davon, auch nur des kleinsten Atoms in der unendlichen Welt der Harmonie, die er gestört hat, schließlich wieder in Ordnung gebracht ist. Denn die einzige Fügung Karmas – eine ewige und unveränderliche Fügung – ist unbedingte Harmonie sowohl in der Welt des Stoffes als auch in der Welt des Geistes. Nicht Karma ist es daher, welches belohnt oder bestraft, sondern wir belohnen oder bestrafen uns selbst, je nachdem wir entweder mit und gemäß der Natur wirken, indem wir den Gesetzen, von denen diese Harmonie abhängt, gehorchen oder sie brechen … (GL I, S. 704–705). Auch wären die Wege Karmas nicht unerforschlich, wenn die Menschen in Einigkeit und Harmonie wirken würden, anstatt in Uneinigkeit und Streit. Denn unsere Unkenntnis dieser Wege – welche ein Teil der Menschheit die Wege der Vorsehung nennt, dunkel und verworren, während ein anderer in ihnen die Wirkung des blinden Fatalismus sieht und ein dritter einfachen Zufall, ohne Götter und ohne Teufel zu ihrer Leitung – würde sicherlich verschwinden, wenn wir sie nur ihrer richtigen Ursache zuschreiben würden … Wir stehen verwirrt vor dem Mysterium unseres eigenen Tuns und vor den Rätseln des Lebens, die wir *nicht* lösen *wollen*, und dann klagen wir die große Sphinx an, daß sie uns verschlingt. Aber fürwahr, es gibt keinen Zufall in unserem Leben, keinen mißglückten Tag, kein Mißgeschick, das nicht auf unser eigenes Tun in diesem oder einem anderen Leben zurückgeführt werden könnte … (GL I, S. 705). Das Gesetz von Karma ist unentwirrbar verwoben mit jenem der Reinkarnation. Nur diese Lehre vermag das geheimnisvolle Problem von Gut und Böse zu erklären und den Menschen mit der scheinbar furchtbaren Ungerechtigkeit im Leben zu versöhnen. Nur eine solche Gewißheit vermag unser revoltierendes Gerechtigkeitsempfinden zu beruhigen. Denn wenn jemand, der mit dieser edlen Lehre nicht vertraut ist, um sich blickt und die Ungleichheiten von Geburt und Vermögen, von Intelligenz und Fähigkeiten beobachtet, wenn er sieht, wie Toren und Verbrechern, auf die das Glück durch bloßes Vorrecht der Geburt seine Gaben gestreut hat, Ehre erwiesen wird, während ihr nächster Nachbar, der dies weit mehr verdienen würde, trotz all seines Intelligenz und seiner edlen Tugenden kein Mitleid findet und in Not und Mangel zugrunde geht – wenn er all dies sieht und sich abwenden muß, unfähig, das unverdiente Leid zu erleichtern, wenn einem die Ohren klingen und das Herz bricht von den Schmerzensschreien ringsumher, dann ist das gesegnete Wissen von Karma das einzige, was ihn zu hindern vermag, das Leben und die Menschen samt ihrem vermeintlichen Schöpfer zu verfluchen. (GL II, S. 317–318)." Dieses Gesetz, ob bewußt oder unbewußt, teilt keinem Menschen und keiner Sache eine Vorherbestimmung zu. Es existiert von Ewigkeit zu Ewigkeit, denn es ist selbst Ewigkeit. Und da keine Handlung der Ewigkeit gleichgestellt ist, so kann auch nicht von einem Handeln gesprochen werden, denn es ist selbst Handlung. Nicht die Welle ertränkt den Menschen, sondern die *persönliche* Handlung des armen Kerls, der sich freiwillig unter die unpersönliche Handlung des Gesetzes begibt, das die Bewegungen des Ozeans regiert. Karma schafft nichts, noch plant es. Es ist der Mensch selbst, der die Ursachen schafft, und das karmische Gesetz gleicht die Wirkungen nur aus. Dieser Ausgleich ist kein Handeln, sondern nur die universale Harmonie, die immer wieder ihre ursprüngliche Gleichgewichtslage einzunehmen sucht, gleich einem Ast, der, wenn er mit Gewalt niedergebogen worden ist, mit der gleichen Kraft wieder zurückschnellt. Wenn daher der Arm verrenkt wird, der versucht hat, ihn aus seiner natürlichen Lage nieder zu drücken, sollen wir dann sagen: daß ihn der Ast verrenkt hat, oder daß unsere eigene Torheit den Kummer verursacht hat? Karma hat es niemals darauf abgesehen, die intellektuelle oder individuelle Freiheit zu beschränken, wie das bei dem Gott der Monotheisten der Fall ist. Es hüllt seine Fügung nicht absichtlich in Dunkelheit, um den Menschen zu verwirren, noch bestraft es ihn, wenn er es wagt, seine Geheimnisse zu erforschen. Im Gegenteil, derjenige, der durch Studium oder durch Nachdenken in seine Wege einzudringen und Licht auf seine dunklen Wege zu werfen versucht, in deren Irrgängen so manche aus Unkenntnis des Lebenslabyrinths umkommen, wirkt für das Heil seiner Mitmenschen. Karma ist ein absolutes und ewiges Gesetz in der Welt der Erscheinungen; und da es nur eine Absolute, eine Ewige, eine allgegenwärtige Ursache geben kann, dürfen die Bekenner von Karma nicht als Atheisten oder Materialisten, noch weniger als Fatalisten angesehen werden, denn Karma ist eins mit dem Unerkennbaren, von welchem es einen Aspekt in seinen Wirkungen in der Erscheinungswelt darstellt..." (Gl. II, S. 319–320).

Eine andere theosophische Autorin, Mrs. P. Sinnett, schreibt in *Purpose of Theosophy*:

"Jedes Individuum schafft sich gutes oder böses Karma, mit jeder Handlung und mit jedem Gedanken seines alltäglichen Lebens, und arbeitet zugleich in diesem Leben das Karma ab, das es aus einem früheren Leben durch Handlungen und Wünsche mitgebracht hat. Wenn wir jemanden mit einem angeborenen Leiden sehen, so ist mit Sicherheit anzunehmen, daß dieses Leiden die unvermeidliche Folge von Ursachen ist, die er selbst in früheren Leben gesetzt hat. Man könnte sagen, daß es sich dabei um vererbte Leiden handelt, die doch nichts mit einer vergangenen Inkarnation zu tun haben. Aber da muß entgegnet werden, daß das eigentliche Ego, die Individualität, der wirkliche Mensch, seinen geistigen Ursprung nicht in den Eltern hat, durch die er geboren wird, sondern, daß es durch die Anziehungskräfte, die es sich in einem früheren Leben um sich herum gebildet hat, zu demjenigen Elternhaus hingezogen wird, das am besten geeignet ist, diese Tendenzen zu entwickeln ... Diese Lehre vom Karma ist, wenn sie richtig verstanden wird, sehr wohl geeignet, diejenigen, die ihre Wahrheit einsehen, zu einer höheren und besseren Lebensweise zu führen, denn es darf nicht vergessen werden, daß nicht nur auf unsere Handlungen, sondern auch auf unsere Gedanken eine Fülle von Umständen folgt, die unsere Zukunft im Guten oder im Bösen beeinflussen, und was wichtiger ist, die Zukunft vieler unserer Mitmenschen. Wenn Unterlassungssünden und begangene Sünden nur auf ihn selbst bezogen wären, dann wäre die Wirkung auf das Karma des Sünders von geringer Konsequenz. Die Tatsache, daß jeder Gedanke, jede Handlung während des Lebens eine gute oder schlechte Wirkung auf andere Glieder der Menschheitsfamilie nach sich zieht, macht den strengen Sinn für Gerechtigkeit, Moral und Selbstlosigkeit deutlich, der so notwendig ist für das zukünftige Glück und den Fortschritt. Ein einmal begangenes Verbrechen, ein einmal ausgesandter schlechter Gedanke, kann niemals mehr zurückgerufen werden. Keine Art von Reue kann zukünftige Wirkungen auslöschen. Reue, wenn sie aufrichtig ist, wird einen Menschen davon abhalten, seine Irrtümer zu wiederholen, aber sie kann ihn und andere nicht vor den Wirkungen, die bereits geschaffen wurden, bewahren; Wirkungen, die ihn unfehlbar, entweder in diesem oder in einem nächsten Leben einholen werden."

Mr. J.H. Connelly fährt fort:

"Die Anhänger einer Religion, die auf einer solchen Lehre beruht, sind gerne bereit, sie mit jener zu vergleichen, in der das Schicksal des Menschen für die Ewigkeit von den Zufällen eines einzigen kurzen Erdenlebens abhängt, während er damit getröstet wird, "daß der Baum liegen wird, wie er gefallen ist"; wobei die lichteste Hoffnung, wenn er zur Erkenntnis seiner Schwächen erwacht, die Lehre der stellvertretenden Sühne ist, die aber, dem presbyterianischen Glaubensbekenntnis entsprechend, auch wieder verhindert wird.

Durch göttlichen Ratschluß und um die göttliche Macht zu manifestieren, sind einige Menschen und Engel zum ewigen Leben bestimmt und andere zum ewigen Tod. Diese Menschen und Engel, ausersehen und vorherbestimmt, sind ihrer Zahl nach so unveränderlich festgelegt, daß sie nicht vermehrt oder vermindert werden kann ... Da Gott die Auserwählten für die Herrlichkeit bestimmt hat ... kann eigentlich niemand durch Christus wirklich berufen, gerechtfertigt, angenommen, geheiligt und gerettet werden, außer diejenigen, die auserwählt wurden. Den Rest der Menschheit geruhte Gott nach seinem unerforschlichen Ratschluß – wobei er zur Verherrlichung seiner Macht über seine Geschöpfe Gnade nach Belieben gewährte oder versagte – außer Acht zu lassen und sie zu Schande und Zorn für ihre Sünden zu bestimmen, zum Lobe seiner wunderbaren Gerechtigkeit."

Wir können nichts besseres tun, als diese Betrachtung mit einem Zitat aus einem wunderschönen Gedicht abzuschließen. Wie Cornelly sagt:

Die außerordentliche Schönheit der von Edwin Arnold in *Die Leuchte Asiens* gegebenen Darlegung von Karma, könnte dazu verführen, hier eine vollständige Wiedergabe zu bringen, wenn sie nicht so lang wäre. Aber hier ist wenigstens ein Auszug davon.

> Karma – das gesamte Werk der Seele,
> Alles was sie tat und dachte,
> Jenes Ich, das sie gewebt,
> Am Lebenswebstuhl, wo als Einschlag dient
> Der Zeit Unendlichkeit, die unsichtbar
> Sich mit den Taten als der Kette kreuzt.
>
> Vor allem Anfang, ohne End', gewiß
> Wie Sicherheit, und ewig wie die Welt,*
> Gibts' eine Macht, die stets zum Guten treibt,
> Nur ihre Satzung hält.
>
> Verachtet ist's von keinem; denn wer es
> Bekämpft, verliert; und wer ihm dient, gewinnt;
> Verborgne Guttat lohnt's mit Ruh' und Glück,
> Mit Qual verborgne Sünd'.
>
> Es sieht allüberall und merket wohl;
> Tu' recht, und es belohnt; tu' Unrecht, – dann
> Mußt du die Schuld bezahlen, ob auch lang'
> Der Dharma zögern kann.
>
> Nicht Zorn, noch Gnade kennt's; es mißt sein Maß,
> Untrüglich, fehlerlos ist seine Wag';
> Zeit gilt ihm nichts: es richtet morgen wohl,
> Vielleicht nach manchem Tag.
>
> Dies das Gesetz; es wirkt Gerechtigkeit,
> Niemand entgeht ihm, keiner hemmt's zuletzt;
> Sein Urgrund ist die Liebe, und sein Ziel
> Fried' und Vollendung. Ihm gehorchet jetzt!
>
> (Autorisierte Übertragung aus dem Englischen von Konrad Wernicke, Reclam, Leipzig, n.d., S. 146, 180, 182)

---

* Im Original "space" (Hg.)

Ich empfehle nun, die theosophischen Ansichten von Karma, dem Gesetz der Vergeltung, zu vergleichen und zu sagen, ob sie nicht philosophischer und gerechter sind, als das grausame und idiotische Dogma, welches aus “Gott” einen gefühllosen Unhold macht; nämlich, daß nur die Auserwählten gerettet werden, während der Rest zur ewigen Verdammnis verurteilt ist.

Ich verstehe nun, was Sie im allgemeinen sagen wollen; aber könnten Sie mir nicht ein konkreteres Beispiel der Wirkung von Karma geben?

Das kann ich nicht. Wir können, wie ich schon sagte, nur sicher sein, daß unser gegenwärtiges Leben und seine Umstände die unmittelbaren Folgen unserer Handlungen und Gedanken in vergangenen Leben sind. Aber da wir weder Seher noch Eingeweihte sind, können wir nichts über die Einzelheiten der Wirkungsweise des Karmagesetzes wissen.

Können Adepten und Seher oder andere diesen karmischen Vorgang der Wiederherstellung im einzelnen verfolgen?

Sicherlich. “Jene, die wissen”, können dies durch den Gebrauch von Kräften, die latent in jedem Menschen ruhen.

Wer sind jene, die wissen?

Gilt das für alle Menschen?

Für alle. Die gleiche begrenzte Schau besteht für alle, ausgenommen jene, die in der gegenwärtigen Inkarnation den Höhepunkt der spirituellen Vision und Hellsichtigkeit erreicht haben. Wir können nur erkennen, daß die Dinge für uns anders gekommen wären, wenn wir uns anders verhalten hätten, und daß wir das sind, wozu wir uns selbst gemacht haben und wir nur das haben, was wir uns verdient haben.

Ich befürchte, daß eine solche Anschauung verbitternd wirken könnte.

Das Gegenteil sollte der Fall sein. Der Unglaube an ein gerechtes Gesetz des Ausgleichs scheint viel eher geeignet zu sein, im Menschen kämpferische Gefühle wachzurufen. Ein Kind, und genauso ein Erwachsener, wird sich gegen eine Strafe oder einen Verweis auflehnen, der ihm unverdient erscheint, aber nicht gegen eine verdiente Strafe. Der Glaube an Karma ist die beste Grundlage zur Versöhnung mit seinem Lebenslos und stärkt das Bemühen, die nachfolgenden Wiedergeburten zu verbessern. Beides würde zerstört werden, wenn wir annehmen müßten, daß unser Los nicht das Ergebnis eines strengen Gesetzes ist, oder daß unsere Bestimmung in einer anderen Hand als in unserer eigenen liegt.

Sie haben gerade behauptet, daß diese Lehre der Reinkarnation unter dem karmischen Gesetz der Vernunft, dem Gerechtigkeitsgefühl und der Moral einleuchtet. Aber geht das nicht auf Kosten edlerer Eigenschaften, wie Mitgefühl und Mitleid, und führt es dadurch nicht zu einer Verhärtung der feineren Empfindungen der menschlichen Natur?

Nur scheinbar, aber nicht wirklich. Kein Mensch kann mehr oder weniger auferlegt bekommen als das, was er verdient, ohne eine entsprechende Ungerechtigkeit oder Parteilichkeit für andere. Und ein Gesetz, das durch Mitleid abgewendet werden könnte, müßte mehr Elend bringen und mehr Verwirrung und Übel als Dank. Vergessen Sie nicht, daß wir das Gesetz nicht verwalten, wenn wir Ursachen für seine Wirkungen schaffen. Das Gesetz verwaltet sich selbst. Außerdem zeigt es im Zustand des Devachan die reichhaltigste Vorsorge von gerechtem Mitleid und Gnade.

Sie sprechen von den Adepten als einer Ausnahme von der Regel unserer allgemeinen Unwissenheit. Wissen diese wirklich mehr als wir von der Wiedergeburt und den Zuständen nach dem Tode?

Das ist in der Tat der Fall. Durch die Ausbildung von Fähigkeiten, die alle Menschen besitzen, die aber nur sie alleine zur Vollkommenheit entwickelt haben, sind sie in der Lage, im Geiste in die verschiedenen Ebenen und Zustände einzutreten, von denen wir gesprochen haben. Durch lange Zeiträume hindurch hat eine Generation von Adepten nach der anderen die Geheimnisse des Seins, des Lebens, des Todes und der Wiedergeburt erlernt, und sie haben ihrerseits einige dieser so erfahrenen Tatsachen gelehrt.

Ist es das Ziel der Theosophie, solche Adepten hervorzubringen?

Die Theosophie betrachtet die Menschheit als eine Emanation der Göttlichkeit auf dem Pfad der Rückkehr dorthin. An einem gewissen Punkt des Fortschritts auf diesem Pfad werden jene, die sich während einer Reihe von Inkarnationen diesem Ziel gewidmet haben, die Adeptschaft erreichen. Denken Sie daran, kein Mensch hat jemals die Adeptschaft in den geheimen Wissenschaften innerhalb eines einzigen Lebens erreicht. Viele Inkarnationen sind dazu notwendig, nachdem man sich dieses Ziel bewußt gestellt und mit der notwendigen Schulung begonnen hat. Möglicherweise gibt es in unserer Gesellschaft viele, die bereits mit dieser mühseligen Arbeit zur Erleuchtung schon vor mehreren Inkarnationen begonnen haben, die aber jetzt, auf Grund persönlicher Täuschungen des gegenwärtigen Lebens, entweder sich dieser Tatsache nicht bewußt sind oder sogar auf dem Weg sind, in dieser Existenz jede Chance auf weiteren Fortschritt zu verlieren. Sie fühlen eine unwiderstehliche Anziehung zum Okkultismus und zum *höheren Leben*, sind aber doch zu persönlich und zu sehr von sich eingenommen, zu verliebt in die täuschenden Lockungen des weltlichen Lebens und der vergänglichen Freuden der Welt, um sie aufzugeben, und so verlieren sie ihre Gelegenheit in der gegenwärtigen Geburt. Aber für den gewöhnlichen Menschen und die praktischen Pflichten im täglichen Leben ist ein so weit entferntes Ergebnis unangemessen als Ziel und unwirksam als Beweggrund.

Was ist dann ihr Ziel oder ihre besondere Absicht, wenn sie der Theosophischen Gesellschaft beitreten?

Viele sind an unseren Lehren interessiert und fühlen instinktiv, daß sie wahrer sind als die irgendeiner dogmatischen Religion. Andere haben den festen Entschluß gefaßt, das höchste Ideal menschlicher Pflicht zu erreichen.

Der Unterschied zwischen Glauben und Wissen; blinder und begründeter Glaube

Sie sagen, daß diese Mitglieder die Lehren der Theosophie akzeptieren und an sie glauben. Aber da sie nicht zu jenen Adepten gehören, die Sie gerade erwähnt haben, müssen sie diese Lehren auf Grund eines blinden Glaubens akzeptieren. Worin unterscheidet sich das dann von den konventionellen Religionen?

Wie es sich in fast allen Punkten unterscheidet, so auch in diesem. Das, was Sie "Glauben" nennen, ist in bezug auf die christlichen Dogmen in Wirklichkeit *blinder Glaube*, der aber bei uns zu "Wissen" wird, zu einer logischen Folge von Dingen, die wir über die Tatsachen der Natur *wissen*. Ihre Lehren gründen sich auf Auslegungen, also auf Zeugnisse von Sehern aus *zweiter Hand*; unsere Lehren hingegen gründen sich auf das unveränderliche und einstimmige Zeugnis von Sehern. Die gewöhnliche christliche Theologie z.B. vertritt den Standpunkt, daß der Mensch ein Geschöpf Gottes ist und sich aus drei Teilen zusammensetzt – Körper, Seele und Geist. Diese drei Teile sind alle für seine Integrität wesentlich, und sie werden alle entweder in der groben Form der physischen Existenz auf Erden oder in der ätherisierten Form des Daseins nach der Auferstehung benötigt, um den Menschen für alle Zeiten so aufzubauen. Jeder Mensch hat eine dauernde Existenz, getrennt von den anderen Menschen und vom Göttlichen. Die Theosophie hingegen vertritt die Auffassung, daß der Mensch eine Emanation der unerkennbaren, aber allgegenwärtigen und unbegrenzten göttlichen Essenz ist, und daß sein Körper und alles andere unbeständig und daher eine Illusion ist; der Geist allein ist in ihm die bleibende Substanz, und selbst dieser Geist verliert im Augenblick seiner vollkommenen Wiedervereinigung mit dem *Universalgeist* seine getrennte Individualität.

Wenn wir sogar unsere Individualität verlieren, dann ist das doch Vernichtung?

Wir verlieren sie *nicht*, ich spreche von der *getrennten*, aber nicht von der universalen Individualität. Die letztere wird als ein Teil in das Ganze transformiert. Der *Tautropfen* verdunstet nicht, er wird zum Meer. Ist der physische Mensch *vernichtet,* wenn er vom Fötus zum alten Mann wird? Was für ein teuflischer Stolz muß in uns sein, wenn wir unser verschwindend kleines Bewußtsein und unsere Individualität höherstellen als das universale und grenzenlose Bewußtsein!

Daraus folgt, daß es de facto *keinen Menschen gibt, sondern alles Geist ist.*

Da irren Sie sich, denn daraus folgt, daß die Vereinigung von Geist und Materie nur vorübergehend ist. Oder um es noch klarer auszudrücken: Da Geist und Materie eins sind, die beiden Gegenpole der manifestierten universalen Substanz, verliert der Geist das Recht, Geist genannt zu werden, solange noch der geringste Partikel seiner manifestierenden Substanz an irgend einer Form, dem Ergebnis der Differenzierung, haftet. Anders zu glauben ist *blinder Glaube.*

Beruht es also auf Wissen und nicht auf Glauben, wenn Sie behaupten, daß das bleibende Prinzip, der Geist, nur durch die Materie durchgeht?

Ich möchte es anders sagen. Wir erklären, daß die Erscheinung des bleibenden Einen Prinzips, des Geistes, als *Materie* vergänglich und darum nicht mehr als eine Illusion ist.

Gut, und das beruht auf Wissen und nicht auf Glauben?

Ganz richtig. Aber ich sehe, worauf Sie hinaus wollen, und ich sage Ihnen, daß wir den *Glauben*, so wie Sie ihn befürworten, als eine Geisteskrankheit betrachten, und den wirklichen *Glauben*, die *Pistis* der Griechen, als einen *auf Wissen gegründeten Glauben*, ob dieses Wissen nun durch den Beweis physischer oder spiritueller Sinnesorgane erlangt wurde.

Was meinen Sie damit?

Ich will damit sagen, daß zwischen einem *Glauben*, der auf *Autorität* beruht, und einem *Glauben*, der auf die *eigene spirituelle Intuition* gegründet ist, ein sehr großer Unterschied besteht.

Was für einer?

Das eine ist Leichtgläubigkeit und *Aberglaube*, das andere menschlicher Glaube und *Intuition*. Wie Prof. Alexander Wilder in *Introduction to the Eleusinian Mysteries* sagt: "Unwissenheit führt zur Entweihung. Die Menschen ziehen ins Lächerliche, was sie nicht richtig verstehen … Die verborgene Strömung dieser Welt ist auf ein Ziel gerichtet; und Teil der menschlichen Anlage zum Glauben ist eine fast grenzenlose Kraft, eine heilige Fähigkeit, die höchsten Wahrheiten des Daseins zu begreifen." Diejenigen, die diese *Fähigkeit zu glauben* lediglich auf autoritäre Dogmen beschränken, werden diese Kraft niemals erkennen und sie nicht in ihrer Natur wahrnehmen. Sie haftet fest an der äußeren Ebene und ist nicht fähig, die Essenz, die sie leitet, hervorzubringen. Um das zu bewirken, müßten sie ihr Recht auf ein persönliches Urteil in Anspruch nehmen, und das wagen sie niemals zu tun.

Und ist es diese "Intuition", welche Sie zwingt, Gott als persönlichen Vater, Herrscher und Lenker des Universums abzulehnen?

So ist es. Wir glauben an ein ewig unerkennbares Prinzip. Nur blinde Verirrung kann dazu führen, zu behaupten, daß das Universum, der denkende Mensch und alle Wunder, selbst jene, die in dieser Welt der Materie enthalten sind, sich entfalten konnten ohne intelligente Kräfte, um die außerordentlich weise Anordnung aller seiner Teile zustande zu bringen. Die Natur kann irren und sie tut es oft, in Einzelheiten und in den äußeren Manifestationen ihres Stoffes, niemals aber in ihren inneren Ursachen und Wirkungen. Die alten Heiden hatten in dieser Frage viel philosophischere Ansichten als die modernen Philosophen, seien es Agnostiker, Materialisten oder Christen. Und kein heidnischer Schriftsteller hat jemals den Lehrsatz aufgestellt, daß Grausamkeit und Mitleid keine endlichen Gefühle sind und daher zu den Eigenschaften eines *unendlichen* Gottes gemacht werden können. Ihre Götter waren daher alle endlich. Der siamesische Autor des Buches *Rad des Gesetzes* bringt die gleiche Ansicht von Ihrem persönlichen Gott wie wir. Er sagt:

"Ein Buddhist könnte an die Existenz eines Gottes glauben, der über alle menschlichen Eigenschaften und Attribute erhaben ist; an einen vollkommenen Gott, der über Liebe, Haß und Eifersucht steht, der unbewegt in einer Stille ruht, die durch nichts gestört werden kann. Von einem solchen Gott würde er nicht geringschätzig sprechen, nicht aus einem Wunsch heraus, ihm zu gefallen oder aus Furcht, ihn zu beleidigen, sondern aus natürlicher Verehrung. Aber ein Gott mit menschlichen Eigenschaften ist ihm unbegreiflich, ein Gott, der liebt, haßt und der Ärger zeigt, eine solche Gottheit, ob nun von christlichen Missionaren, von Mohammedanern, von Brahmanen[40] oder von Juden beschrieben, könnte für ihn nicht einmal an die Norm eines gewöhnlichen guten Menschen heranreichen."

Ist nicht der Glaube des Christen, der in seiner menschlichen Hilflosigkeit und Demut daran glaubt, daß ein gnädiger Vater im Himmel ist, der ihn vor Versuchungen schützt, ihm im Leben helfen und ihm seine Fehltritte vergeben wird, besser als der kalte und stolze, fast fatalistische Glaube der Buddhisten, Vedantisten und Theosophen?

Sie können natürlich, wenn Sie wollen, unsere Auffassungen auch weiterhin als "Glauben" bezeichnen. Aber da wir nun wieder einmal bei dieser immer wiederkehrenden Frage angelangt sind, frage ich nun meinerseits: Ist nicht der auf strenger Logik und Vernunft beruhende Glaube besser, als einer, der bloß auf menschlicher Autorität oder auf Heldenkult beruht? Unser "Glaube" besitzt die ganze logische Kraft der arithmetischen Binsenwahrheit, daß zwei und zwei vier ergibt. Ihr Glaube gleicht der Logik mancher gefühlvoller Frauen, von denen Turgenjew sagt, daß zwei und

40 Damit sind sektiererische Brahmanen gemeint. Der Parabrahm der Vedantisten ist die Gottheit, die wir anerkennen und an die wir glauben.

zwei für sie in der Regel fünf sind und dabei noch etwas übrigbleibt. Mehr noch, Sie haben einen Glauben, der nicht nur mit jeder denkbaren Auffassung von Gerechtigkeit und Logik unvereinbar ist, sondern, wenn man ihn näher untersucht, den Menschen moralisch ins Verderben führt, den Fortschritt der Menschheit aufhält und aus Macht tatsächlich Recht macht – er verwandelt in jedem Augenblick den Menschen in einen Kain für seinen Bruder Abel.

Hat Gott das Recht zu vergeben?

Worauf spielen Sie an?

Auf die Lehre vom Sühneopfer. Ich spiele auf dieses gefährliche, von Ihnen geglaubte Dogma an, welches lehrt, daß wir, gleichgültig wie ungeheuerlich unsere Verbrechen gegen die Gesetze Gottes und der Menschen auch sein mögen, nur an die Selbstaufopferung Jesu für die Erlösung der Menschheit zu glauben brauchen, und daß dann sein Blut jeden Makel von uns abwaschen wird. Seit zwanzig Jahren predige ich gegen diese Lehre und will jetzt die Aufmerksamkeit auf einen Absatz aus dem Buch *Isis entschleiert* lenken, das 1877 geschrieben worden ist. Dies ist es, was das Christentum lehrt und was wir bekämpfen (Bd. II, S. 545):

“Gottes Barmherzigkeit ist ohne Grenzen und unergründlich. Es kann keine noch so verdammungswürdige menschliche Sünde geben, die nicht durch den im voraus für die Errettung des Sünders bezahlten Preis aufgewogen werden könnte, selbst wenn sie tausendmal größer wäre. Außerdem ist es niemals zu spät für die Reue. Auch wenn der Beleidiger bis zur letzten Stunde des letzten Tages seines sterblichen Lebens warten sollte, ehe seine erbleichenden Lippen das Glaubensbekenntnis stammeln, er kann des Paradieses doch sicher sein. Der sterbende Dieb tat dies und genauso können es die anderen. Das sind die Behauptungen der Kirche und der Priesterschaft". Behauptungen, welche von den angesehensten Priestern den Menschen eingehämmert werden, im "Lichte des 19.Jahrhunderts", dieses paradoxeste von allen Zeitaltern. Wohin aber wird dies führen?"

Macht das den Christen nicht glücklicher als den Buddhisten oder Brahmanen?

Nein, jedenfalls nicht die gebildeten Menschen, denn die Mehrheit von ihnen haben praktisch schon lange jeden Glauben an dieses grausame Dogma verloren. Aber jene, die noch daran glauben, führt es leichter an den Rand jedes erdenklichen Verbrechens als irgendeine andere Lehre, die ich kenne. Ich möchte dazu noch einmal aus *Isis* zitieren (Bd. II, S. 545–546):

"Wenn wir aus dem kleinen Kreis des Glaubens heraustreten und das Universum als Ganzes betrachten, wie es durch die wunderbare Anpassung seiner Teile im Gleichgewicht ist, wie rebelliert da alle gesunde Logik und selbst das schwächste Gefühl für Gerechtigkeit gegen dieses stellvertretende Sühneopfer! Wenn ein Verbrecher nur gegen sich selbst gesündigt und nur sich selbst Unrecht getan hätte und niemand anderem, wenn er durch aufrichtige Reue die Auslöschung vergangener Ereignisse bewirken könnte, und zwar nicht nur aus dem Gedächtnis der Menschen, sondern auch aus den unvergänglichen Aufzeichnungen, welche keine Gottheit – nicht einmal die höchste der höchsten – auslöschen kann, dann würde dieses Dogma nicht unbegreiflich sein. Aber zu behaupten, daß jemand seinem Mitmenschen Unrecht tun, ihn töten, das Gleichgewicht der Gesellschaft und der natürlichen Ordnung der Dinge stören dürfe und daß ihm dann vergeben würde, bloß weil er – gleichgültig, ob aus Feigheit, Hoffnung oder Zwang-- glaubt, daß das Vergießen des einen Blutes das andere Blutvergießen reinwäscht, das ist widersinnig! Können die

Folgen eines Verbrechens ausgelöscht werden, wenn das Verbrechen selbst vergeben wird? Die Wirkungen einer Ursache beschränken sich niemals auf den Bereich dieser Ursache selbst, und so können auch die Ergebnisse eines Verbrechens nicht auf den Täter und sein Opfer beschränkt bleiben. Jede gute und jede böse Handlung hat ihre Wirkungen, so sicher wie der Stein, der in ein ruhiges Wasser geworfen wird. Der Vergleich ist zwar abgedroschen, aber er ist der beste, den es gibt und so wollen wir ihn gebrauchen. Die wirbelnden Kreise sind größer und schneller, je nachdem, ob der störende Gegenstand größer oder kleiner war, aber selbst der kleinste Kieselstein, ja das winzigste Körnchen verursacht ein Kräuseln des Wassers. Und diese Störung beschränkt sich nicht nur auf die sichtbare Oberfläche, darunter stößt ungesehen Tropfen auf Tropfen in jeglicher Richtung nach außen und nach unten, bis die Ufer und der Grund von der Kraft berührt werden. Mehr noch, auch die Luft über dem Wasser wird bewegt und diese Störung geht, wie uns die Physiker sagen, von Schicht zu Schicht unbegrenzt in den Raum hinaus. Der Materie ist ein Impuls gegeben worden, und dieser geht niemals verloren und kann nie wieder zurückgerufen werden! . . .

Ebenso ist es mit dem Verbrechen und ebenso mit dem Gegenteil davon. Die Handlung mag nur eine augenblickliche sein, die Wirkungen sind ewig. Wenn wir, nachdem der Stein in den Teich geworfen wurde, in der Lage wären, ihn wieder in unsere Hand zurückzurufen, die kräuselnden Wellen zurückrollen zu lassen, die ausgegebene Kraft zurückzuholen, die ätherischen Wellen wieder in den früheren Zustand des Nicht-Seins zurückzuführen und jede Spur der Handlung, nämlich des Werfens des Geschosses, auszulöschen, so daß die Aufzeichnungen der Zeit nicht mehr zeigen würden, daß sie überhaupt jemals getan worden ist, dann könnten wir geduldig die Christen anhören, wenn sie für die Wirksamkeit dieses Sühneopfers argumentieren",

und könnten auch aufhören, an das Karmagesetz zu glauben. So wie es aber jetzt steht, rufen wir die ganze Welt auf, zu entscheiden, welche dieser beiden Lehren die größere Achtung vor der göttlichen Gerechtigkeit zeigt und welche auch auf der Grundlage einfacher menschlicher Logik die vernüftigere ist.

Und doch glauben Millionen von Menschen an dieses christliche Dogma und sind glücklich.

Weil reine Sentimentalität ihr Denkvermögen überwältigt, was kein wirklicher Menschenfreund und Altruist je dulden würde. Es ist nicht einmal ein egoistischer Traum, sondern ein Schreckgespenst des menschlichen Intellekts. Sehen Sie wohin das führt, und zeigen Sie mir das heidnische Land, in dem Verbrechen häufiger und zahlreicher vorkommen als in christlichen Ländern. Man betrachte die langen und schrecklichen Jahresberichte der Verbrechen, die in europäischen Staaten begangen werden und besonders im protestantischen und bibelgläubigen Amerika. Dort sind *Bekehrungen* in den Gefängnissen häufiger, als sie durch öffentliche Erweckungen und Predigten bewirkt werden. Man sieht, wie es um die Bilanz der christlichen Gerechtigkeit steht: "Blutbefleckte Mörderhände, getrieben durch die Dämonen der Lust, der Rache, der Begierde, des Fanatismus und von Blutrünstigkeit, die ihr Opfer töten, meistens ohne ihm die Zeit zur Reue zu geben oder Jesus anzurufen. Diese sterben vielleicht in Sünde und werden, der theologischen Logik entsprechend, Bestrafung erhalten für ihre größeren oder kleineren Vergehen. Der Mörder, der menschlichen Gerichtbarkeit überantwortet, wird gefangen genommen, von sentimentalen Menschen beweint, es wird für ihn gebetet, und nachdem er die Zauberworte der Bekehrung ausgesprochen hat, geht er zum Schafott als ein erlöstes Kind Jesu! Wäre der Mord nicht gewesen, hätte man nicht für ihn gebetet, er hätte keine Erlösung, keine

Vergebung erlangt. Ganz klar, dieser Mann tat gut daran, ein Mörder zu werden, denn so errang er die ewige Seligkeit. Was aber ist mit dem Opfer, dessen Familie, Angehörigen und sozialen Verhältnissen? Gibt ihnen die Gerechtigkeit keinen Ausgleich? Müssen sie in dieser und der anderen Welt leiden, während er, der ihnen ein Unrecht angetan hat, an der Seite des "heiligen Schächers" vom Kalvarienberg sitzt und selig wird? Über diese Frage hüllt sich die Priesterschaft in weises Schweigen" (*Isis entschleiert*, II, 546–47).

Nun wissen Sie, warum die Theosophen, deren grundlegender Glaube und Hoffnung die Gerechtigkeit für alle im Himmel und auf Erden und im Karma ist, dieses Dogma verwerfen.

Die letztendliche Bestimmung des Menschen ist also nicht ein Himmel, über den Gott waltet, sondern die stufenweise Umwandlung der Materie in ihr ursprüngliches Element, den Geist?

Das ist das letzte Ziel, dem alles in der Natur zustrebt.

Betrachten nicht einige von Ihnen den "Fall des Geistes in die Materie" als ein Übel, und die Wiedergeburt als Leid?

Manche tun dies und sind daher bestrebt, ihre Prüfungszeit auf der Erde abzukürzen. Es ist jedoch kein reines Übel, da es uns jene Erfahrungen sichert, durch die wir zu Wissen und Weisheit gelangen können. Ich meine die Erfahrung, die uns *lehrt*, daß die Bedürfnisse unserer spirituellen Natur durch nichts anderes erfüllt werden können als durch spirituelles Glück. Solange wir uns im Körper befinden, unterliegen wir Schmerz, Leiden und allen enttäuschenden Ereignissen, die während des Lebens geschehen. Darum, und um diese zu mildern, erwerben wir Wissen, welches allein uns Erleichterung und Hoffnung auf eine bessere Zukunft geben kann.

XII

Was ist praktische Theosophie?

Pflicht

Weshalb benötigen wir Wiedergeburten, wenn sie uns alle doch keinen bleibenden Frieden geben können?

Weil das endgültige Ziel auf keine andere Weise erreicht werden kann, als durch Lebenserfahrungen, und weil die Hauptmasse dieser Erfahrungen aus Schmerzen und Leiden besteht. Nur durch diese letzteren können wir lernen. Freuden und Vergnügen lehren uns nichts, sie sind flüchtig und bringen auf lange Sicht nur Überdruß. Darüber hinaus zeigt uns gerade der Umstand, daß wir im Leben keine bleibende Befriedigung finden können, welche die Bedürfnisse unserer höheren Natur erfüllen könnte, ganz klar, daß diese Bedürfnisse nur auf ihrer eigenen Ebene – der spirituellen – erfüllt werden können.

Ist das natürliche Ergebnis von alledem der Wunsch, das Leben auf die eine oder andere Weise zu beenden?

Wenn Sie unter einem solchen Wunsch *Selbstmord* verstehen, sage ich ganz entschieden nein! Ein solches Ergebnis könnte nie "natürlich" sein, es beruht immer auf einem krankhaften Zustand des Gehirns oder auf extrem materialistischen Anschauungen. Selbstmord ist das übelste aller Verbrechen und gräßlich in seinen Wirkungen. Wenn Sie aber unter dem Wunsch einfach ein Streben verstehen, das spirituelle Dasein zu erreichen, nicht aber den Wunsch, die Erde zu verlassen, dann ist dies allerdings ein durchaus natürlicher Wunsch. Freiwilliger Tod hingegen wäre ein Im-Stich-Lassen unseres gegenwärtigen Postens und der Pflichten, die auf uns lasten, ein Versuch, sich vor karmischen Verpflichtungen zu drücken, der nur wieder neues Karma erzeugen kann.

Wenn aber die Handlungen auf der materiellen Ebene unbefriedigend sind, weshalb sollten Pflichten, die solchen Handlungen entsprechen, zwingend sein?

Vor allem deshalb, weil unsere Philosophie lehrt, daß das Ziel unserer Pflichterfüllung allen Menschen und schließlich uns selbst gegenüber, nicht ist, persönliches Glück zu erlangen, sondern das Glück der anderen herbeizuführen. Wir haben das Rechte um des Rechten willen zu tun, aber nicht deshalb, weil es uns etwas einbringen kann. Glück, oder besser Zufriedenheit, mag der Erfüllung einer Pflicht folgen, aber es darf nicht der Beweggrund sein.

Was verstehen Sie in der Theosophie genau unter "Pflicht"? Es können nicht die christlichen Pflichten sein, die von Jesus und seinen Aposteln gepredigt wurden, da Sie ja keinen von diesen anerkennen.

Sie befinden sich wieder im Irrtum. Was Sie "christliche Pflichten" nennen, wurde schon lange vor der christlichen Ära von jedem großen moralischen und religiösen Reformator gepredigt. In den alten Zeiten wurde alles, was groß, edel und heldenhaft war, nicht nur wie in unserer Zeit von den Kanzeln gepredigt, es wurde manchmal von ganzen Völkern wirklich danach gehandelt. Die Geschichte der buddhistischen Reformation ist voll der edelsten und heldenhaftesten selbstlosen Taten. "Seid alle eines Sinnes, habt Mitgefühl füreinander, liebet einander als Brüder, seid mitleidig und höflich, vergeltet nicht Böses mit Bösem, Spott mit Spott, sondern im Gegenteil mit Segen" – dies wurde von den Nachfolgern Buddhas schon mehrere Jahrhunderte vor Petrus verwirklicht. Die Ethik des Christentums ist zweifellos großartig, aber ebenso unleugbar ist sie nicht neu, sondern ist aus "heidnischen" Pflichten entstanden.

Und wie würden Sie diese Pflichten oder den Begriff "Pflicht" im allgemeinen, wie Sie ihn verstehen, definieren?

Pflicht ist das, was der Menschheit gebührt, unseren Mitmenschen, unseren Nachbarn, unserer Familie, und besonders das, was wir jenen schulden, die ärmer und hilfloser sind als wir. Dies ist eine Schuld, welche uns, wenn wir sie während unseres Lebens unbezahlt lassen, spirituell bankrott werden und in unserer nächsten Inkarnation moralisch herunterkommen läßt. Theosophie ist die Quintessenz der Pflicht.

Das ist Christentum, wenn es richtig verstanden und ausgeführt wird.

Daran kann kein Zweifel sein. Wenn es aber in der Praxis nicht nur ein *Lippenbekenntnis* wäre, dann hätte die Theosophie unter Christen wenig zu tun. Unglücklicherweise ist es aber nur eine solche Lippen-Ethik. Diejenigen, die ihre

Pflichten um der Pflicht willen erfüllen, sind wenige, und noch weniger sind diejenigen, die ihre Pflicht erfüllen und sich mit der Zufriedenheit ihres eigenen inneren Bewußtseins begnügen. Es ist: *Die öffentliche Stimme des Lobes, die ehrt die Tugend und sie belohnt,* was in den Gemütern der Philanthropen, die von der Welt anerkannt werden, ganz oben steht. Die moderne Ethik ist schön zu lesen und gut zu diskutieren, aber was sind Worte, wenn sie nicht in Handlungen umgesetzt werden? Wenn Sie also fragen, wie die theosophischen Pflichten praktisch und vom karmischen Gesichtspunkt aus zu verstehen sind, so kann ich darauf antworten, daß es unsere Pflicht ist, den Becher des Lebens ohne zu murren bis zum letzten Tropfen auszutrinken, was immer er für uns bereit halten mag, die Rosen des Lebens nur um des Duftes willen zu pflücken, den sie auf andere ausströmen mögen, und uns selbst mit den Dornen zu begnügen, wenn wir diesen Duft nicht genießen könnten, ohne einen anderen zu berauben.

All dies ist sehr unbestimmt; was tun Sie mehr als die Christen?

Es geht nicht darum, was die Mitglieder der Theosophischen Gesellschaft tun, obwohl einige von uns ihr Bestes versuchen, sondern um wieviel weiter die Theosophie zum Guten führt, als das moderne Christentum. Auf das Handeln, auf kraftvolles Handeln kommt es an, nicht auf bloße Vorsätze und bloßes Reden. Ein Mensch mag sein, wie er will, er kann der weltlichste, selbstsüchtigste und hartherzigste Mensch der übelsten Sorte sein und es wird ihn und andere nicht daran hindern, ihn einen Christen zu nennen. Aber kein Theosoph hat das Recht auf diesen Namen, wenn er nicht völlig durchdrungen ist von der Richtigkeit der von Carlyle ausgesprochenen uralten Wahrheit: “Der Endzweck des Menschen ist eine *Handlung* und nicht ein *Gedanke*, und wäre es auch der edelste”; – und solange er nicht sein tägliches Leben dieser Wahrheit gemäß einrichtet. Eine Wahrheit zu bekennen bedeutet noch nicht nach ihr zu handeln. Und je schöner und großartiger sie klingt, je lärmender mit Pflicht oder Tugend geprahlt wird, anstatt daß danach gehandelt wird, um so mehr wird man dabei an Pflanzen aus dem Toten Meer erinnert. Heuchelei aber ist das widerwärtigste von allen Lastern. Und *Heuchelei* ist der hervorstechendste Zug des größten protestantischen Landes dieses Jahrhunderts – England.

Was gebührt Ihrer Auffassung nach der Menschheit im allgemeinen?

Die volle Anerkennung gleicher Rechte und Privilegien für alle, ohne Unterschied der Rasse, der Hautfarbe, der gesellschaftlichen Stellung oder der Geburt.

Und wann wird Ihrer Meinung nach diesem Anspruch nicht entsprochen?

Wenn auch nur der kleinste Eingriff in das Recht eines anderen erfolgt, sei es eines anderen Menschen oder eines anderen Volkes; wenn wir ihm in irgendeiner Weise nicht die gleiche Gerechtigkeit, Freundlichkeit, Beachtung oder Barmherzigkeit schenken, die wir für uns verlangen. Das ganze gegenwärtige System der Politik ist auf der Mißachtung solcher Rechte und auf der verbissenen Geltendmachung nationaler Selbstsucht aufgebaut. Der Franzose sagt: “Wie der Meister, so der Mann”; sie sollten dem hinzufügen: “Wie die nationale Politik, so der Bürger”.

Betätigen Sie sich in irgendeiner Weise politisch?

Als Gesellschaft vermeiden wir dies sorgfältig, aus Gründen, die noch zu erwähnen sind. Zu versuchen, politische Reformen zu erreichen, bevor wir eine Reform in der menschlichen Natur erreicht haben, bedeutet, *neuen Wein in alte Schläuche gießen*. Wenn es uns gelingt, die Menschen im innersten Herzen fühlen und erkennen zu lassen, was ihre wirkliche echte Pflicht gegenüber allen anderen ist, dann wird jeder althergebrachte Mißbrauch von Macht und jedes ungerechte Gesetz in der nationalen Politik, das auf persönliche, nationale oder politische Selbstsucht gegründet ist, von selbst verschwinden. Töricht ist der Gärtner, der versucht, sein Blumenbeet dadurch von Unkraut zu befreien, daß er es abschneidet, anstatt es mit seinen Wurzeln auszujäten. Wenn die gleichen egoistischen Menschen an der Spitze bleiben wie vorher, kann niemals irgendeine bleibende politische Reform erreicht werden.

Das Verhältnis der Theosophischen Gesellschaft zu politischen Reformen

Die Theosophische Gesellschaft ist also keine politische Gesellschaft?

Nein. Sie ist im höchsten Sinne international, da sie als Mitglieder Menschen aller Rassen, Religionen und Denkrichtungen umfaßt, die alle für ein Ziel, die Besserung der Menschheit, zusammenarbeiten; aber als Gesellschaft beteiligt sie sich in keiner Weise an Politik, weder an nationaler noch an Parteienpolitik.

Und warum nicht?

Aus den Gründen, die ich schon erwähnt habe. Die politische Tätigkeit verändert sich auch notwendigerweise mit den Zeitumständen oder den natürlichen Anlagen und Neigungen der Menschen. Während die Mitglieder der Theosophischen Gesellschaft auf Grund der Tatsache, daß sie Theosophen sind, hinsichtlich der Prinzipien der Theosophie übereinstimmen – sonst wären sie nicht Mitglieder der Gesellschaft –, geht daraus durchaus nicht hervor, daß sie auch in allen anderen Fragen übereinstimmen. Als Gesellschaft können sie nur in Angelegenheiten zusammenwirken, die allen gemeinsam sind – also in der Theosophie selbst. Als Einzelperson ist es jedem vollkommen freigestellt, seiner besonderen Linie politischen Denkens und Handelns zu folgen, solange dies nicht im Widerspruch zu den theosophischen Prinzipien steht oder die Theosophische Gesellschaft schädigt.

Aber sicherlich steht die Theosophische Gesellschaft den sozialen Fragen nicht ganz fern, die jetzt so stark in den Vordergrund treten?

Die Prinzipien der Theosophischen Gesellschaft sind selbst der Beweis dafür, daß dies nicht der Fall ist oder besser gesagt, daß die meisten ihrer Mitglieder diesen Fragen nicht fern stehen. Wenn die Menschheit zuerst einmal nur durch die Durchsetzung der bestbegründeten und wissenschaftlichsten physiologischen Gesetze intellektuell und spirituell entwickelt werden kann, dann ist es die Pflicht derer, die eine solche Entwicklung anstreben, ihr Äußerstes zu tun, damit diese Gesetze auch allgemein verwirklicht werden. Die Theosophen sind sich nur zu gut der Tatsache bewußt, daß es in westlichen Ländern besonders die sozialen Umstände den großen Massen des Volkes nicht erlauben, den Körper und den Geist angemessen zu schulen, und daß deshalb die Entwicklung beider zurückbleiben muß. Da diese Schulung und Entwicklung aber eines der Hauptziele der Theosophie ist, so ist die Theosophische Gesellschaft in völliger Übereinstimmung und Harmonie mit allen in diese Richtung gehenden wahren Anstrengungen.

Aber was ist mit "wahren Anstrengungen" gemeint? Jeder soziale Reformer hat sein eigenes Patentrezept und jeder glaubt, daß nur seines der richtige Weg sei, um der Menschheit zu helfen.

Ganz richtig, und das ist der wirkliche Grund, warum so wenig Befriedigendes in der sozialen Arbeit geleistet wird. In den meisten dieser Patentrezepte findet sich weder ein echtes leitendes Prinzip, noch gibt es ein sie alle verbindendes Prinzip. So werden wertvolle Zeit und Kraft verschwendet, da die Menschen, anstatt mit vereinten Kräften zu handeln, alle gegeneinander arbeiten, häufig des Ruhmes oder der Belohnung wegen, aber nicht, weil sie die große Sache wirklich fördern wollen, die sie vorgeben am Herzen zu haben und die ihnen das Höchste im Leben sein sollte.

Wie sollten Ihrer Ansicht nach die theosophischen Prinzipien angewandt werden, damit eine soziale Zusammenarbeit gefördert und wirksame Anstrengungen zur Besserung der sozialen Verhältnisse gemacht werden könnten?

Dazu darf ich Ihnen erst kurz in Erinnerung rufen, worin diese Prinzipien bestehen: universale Einheit und Kausalität, menschliche Solidarität, das Karmagesetz und Reinkarnation. Dies sind die vier Glieder der goldenen Kette, welche die Menschheit zu einer Familie, zu einer universalen Bruderschaft verbinden sollte.

In welcher Weise?

Im gegenwärtigen Zustand der Gesellschaft, besonders der sogenannten zivilisierten Länder, wird uns ständig die Tatsache vor Augen geführt, daß eine große Anzahl von Menschen an Not, Armut und Krankheit leidet. Ihre physische Kondition ist erbärmlich und ihre mentalen und spirituellen Fähigkeiten liegen oft brach. Auf der anderen Seite der sozialen Skala führen viele Menschen ein Leben in völliger Gleichgültigkeit, materiellem Luxus und egoistischer Maßlosigkeit. Keine dieser beiden Daseinsformen ist ein Zufall. Beide sind die Wirkungen der Umstände, die jene umgeben, die von ihnen abhängig sind, und die Vernachlässigung der sozialen Pflichten der einen Seite ist eng verbunden mit der gehemmten Entwicklung der anderen Seite. In der Soziologie, wie in allen Zweigen wahrer Wissenschaft, hat das Gesetz der universalen Kausalität Gültigkeit. Dies aber schließt als logische Folgerung jene menschliche Solidarität ein, welche die Theosophie so nachdrücklich betont. Wenn die Handlung des einzelnen auf das Leben aller einwirkt, und das ist die wahre wissenschaftliche Idee, wenn alle Menschen wirklich Geschwister werden und im täglichen Leben wahre Bruderschaft ausüben, erst dann kann die wirkliche menschliche Solidarität, welche die Grundlage jeglichen Fortschritts der menschlichen Rasse ist, erreicht werden. Es ist diese Wechselwirkung, diese wahre Bruderschaft und Geschwisterschaft, in der jeder für alle und alle für jeden leben sollte, die eines der grundlegenden theosophischen Prinzipien ist, an das sich jeder Theosoph gebunden fühlen sollte, nicht nur es zu lehren, sondern es in seinem persönlichen Leben auszuüben.

Das alles ist recht gut als allgemeines Prinzip, aber wie würden Sie es konkret anwenden?

Betrachten Sie für einen Augenblick das, was Sie die konkreten Tatsachen der menschlichen Gesellschaft nennen würden. Vergleichen Sie nicht nur das Leben der Massen, sondern auch das Leben der sogenannten mittleren und höheren Klassen mit dem, was sie unter gesünderen und besseren Verhältnissen sein könnten, in denen Gerechtigkeit, Freundlichkeit und Liebe vorherrschen würden, anstelle der Selbstsucht, Gleichgültigkeit und Brutalität, die heute nur zu oft das Szepter zu führen scheinen. Alles Gute und Böse in der Menschheit hat seine Wurzel im menschlichen Charakter. Und dieser Charakter ist und war bedingt durch die endlose Kette von Ursache und Wirkung. Aber diese Bedingtheit bezieht sich auf die Zukunft genauso wie auf die Gegenwart und die Vergangenheit. Selbstsucht, Gleichgültigkeit und Brutalität können niemals der normale Zustand der menschlichen Rasse sein – dies zu glauben würde bedeuten, an der Menschheit zu verzweifeln –, und das kann kein Theosoph tun. Ein Fortschritt kann nur durch die Entfaltung edlerer Eigenschaften erreicht werden. Nun lehrt uns die Evolution, daß wir durch eine Veränderung der Umwelt eines Organismus den Organismus selbst ändern und verbessern können. Dies gilt streng genommen auch für den Menschen. Jeder Theosoph ist daher verpflichtet, sein Äußerstes zu tun, um mit allen Mitteln, die in seiner Macht stehen, jede weise und wohlüberlegte soziale Bestrebung zu unterstützen, die die Verbesserung der Verhältnisse der Armen zum Ziel hat. Solche Bestrebungen sollten letztlich deren echte soziale Emanzipation im Auge haben, oder die Entwicklung des Sinnes für Pflichtgefühl in jenen, die es heute in fast allen Beziehungen des Lebens vernachlässigen.

Einverstanden. Aber wer soll entscheiden, ob soziale Bestrebungen weise oder unweise sind?

In dieser Hinsicht kann weder eine Einzelperson noch eine Gesellschaft irgendwelche feste Regeln aufstellen. Vieles muß notwendigerweise dem individuellen Urteil überlassen bleiben. Eine allgemeine Prüfung allerdings gibt es: Zielt die vorgeschlagene Tätigkeit darauf ab, jene wahre Bruderschaft zu fördern, die das Ziel der Theosophie ist? Keinem wirklichen Theosophen wird es schwerfallen, diese Prüfung vorzunehmen. Sobald er aber diese Frage zufriedenstellend geklärt hat, ist es seine Pflicht, die öffentliche Meinung dahingehend zu bilden. Dies kann nur erreicht werden, wenn jene höheren und edleren Vorstellungen öffentlicher und privater Pflicht eingeprägt werden, welche die Grundlage aller geistigen und materiellen Verbesserungen bilden. In jedem Fall muß er selbst ein Zentrum spirituellen Handelns sein, und von ihm und seinem persönlichen Leben müssen jene höheren spirituellen Kräfte ausstrahlen, die alleine seine Mitmenschen wandeln können.

Aber warum soll er das tun? Sind nicht Ihrer Lehre nach alle durch ihr Karma bestimmt so wie er, und muß sich nicht Karma notwendigerweise in bestimmter Richtung auswirken?

Gerade das Karmagesetz bekräftigt all das, was ich gesagt habe. Die Einzelperson kann sich nicht von der Menschheit absondern und die Menschheit nicht von der Einzelperson. Das Karmagesetz wirkt in gleicher Weise auf alle, wenn auch nicht alle gleich entwickelt sind. Der Theosoph glaubt, daß er durch die Förderung der Entwicklung anderer nicht nur diesen hilft, ihr Karma zu erfüllen, sondern daß er dadurch im wahrsten Sinne auch sein eigenes Karma erfüllt. Er hat dabei immer die Entwicklung der ganzen Menschheit im Sinn, von welcher er ebenso ein integraler Teil ist wie die anderen. Er weiß, wenn er versagt und nicht auf das Höchste in seinem Inneren reagiert, dann verzögert er nicht nur seinen eigenen Fortschritt, sondern den aller. Er kann es durch seine Handlungen für die ganze Menschheit schwerer oder leichter machen, die nächst höhere Daseinsebene zu erreichen.

Wie verhält sich dies zum vierten Grundprinzip der TG, zur Reinkarnation?

Die Verbindung ist sehr eng. Wenn unser gegenwärtiges Leben von der Entwicklung verschiedener Prinzipien abhängt, die aus Keimen entspringen, die von einer früheren Existenz zurückgelassen wurden, dann gilt dieses Gesetz auch für die Zukunft. Sie sollten die Idee begreifen, daß die universale Kausalität nicht nur die Gegenwart betrifft, sondern Vergangenheit, Gegenwart und Zukunft, und jede Handlung auf unserer gegenwärtigen Ebene fällt auf ihren natürlichen und richtigen Platz und ist in ihrer wahren Beziehung zu uns selbst und zu anderen zu sehen. Jede niedrige und selbstsüchtige Handlung wirft uns zurück und nicht nach vorn, jeder edle Gedanke und jede selbstlose Handlung aber sind Sprungbretter zu den höheren und herrlicheren Ebenen des Daseins. Wenn dieses Leben alles wäre, dann wäre es in vieler Hinsicht tatsächlich armselig; wenn man es aber als Vorbereitung für die nächsten Sphären des Daseins betrachtet, kann es als ein goldenes Tor benutzt werden, durch welches wir, nicht selbstsüchtig und allein, sondern in Gemeinschaft mit unseren Mitbrüdern, zu den Palästen weiterschreiten können, die dahinter liegen.

Über Selbstaufopferung

Ist gleiche Gerechtigkeit für alle und Liebe zu jedem Geschöpf der höchste ethische Standard der Theosophie?

Nein. Es gibt einen noch weit höheren.

Welchen?

Den, anderen *mehr* zu geben als sich selbst – *Selbstaufopferung*. Dies war der Standard, der in überreichem Maße die größten Lehrer und Meister der Menschheit besonders kennzeichnete, z.B. den Gautama Buddha der Geschichte und den Jesus der Evangelien. Dieses Charaktermerkmal genügte, um ihnen die bleibende Erinnerung und Dankbarkeit der Generationen zu sichern, die nach ihnen kamen. Wir sagen allerdings, daß diese Selbstaufopferung mit Unterscheidungsfähigkeit geübt werden muß. Eine Selbstaufgabe, die ohne Gerechtigkeitssinn, blind und ohne Rücksicht auf die Folgen ausgeübt wird, mag sich oft nicht nur als vergeblich, sondern sogar als schädlich erweisen. Eine der grundlegenden Regeln der Theosophie ist Gerechtigkeit sich selbst gegenüber – als Teil der kollektiven Menschheit betrachtet – nicht als persönliche Selbstgerechtigkeit und nicht mehr, aber auch nicht weniger als den anderen gegenüber, es sei denn, daß durch das Opfer des einzelnen vielen ein Nutzen erwiesen werden kann.

Könnten Sie Ihren Gedanken durch ein Beispiel etwas klarer machen?

Es gibt viele Beispiele in der Geschichte. Eine Selbstaufopferung, um viele zu retten oder vielen Gutes zu tun, schätzt die Theosophie weit höher als Selbstverleugnung um einer sektiererischen Idee willen, so wie etwa die, "die Heiden vor der *Verdammnis* zu retten". Unserer Auffassung nach ist Pater Damien, der als dreißigjähriger junger Mann sein ganzes Leben der Linderung der Leiden der Leprakranken in Molokai opferte und sich entschloß, achtzehn Jahre lang mit ihnen zu leben, um schließlich selbst diese ekelerregende Krankheit zu bekommen und an ihr zu sterben, *nicht vergeblich gestorben*. Er hat Tausenden armseligen Geschöpfen Erleichterung und, soweit wie möglich etwas Glück gebracht. Er hat ihnen mental und physisch Trost gebracht. Er hat einen Strahl von Licht in die dunkle und trostlose Nacht eines Daseins gebracht, dessen Hoffnungslosigkeit in der Geschichte menschlichen Leidens keine Parallele findet. Er war ein *wahrer Theosoph*, und die Erinnerung an ihn wird in unseren Annalen stets lebendig bleiben. In unseren Augen steht dieser arme belgische Priester unermeßlich höher als z.B. jene, zwar aufrichtigen, aber hochmütigen Toren, die ihr Leben als Missionare auf den Südsee-Inseln oder in China opferten. Was haben sie Gutes getan? Im einen Fall gingen sie zu

Menschen, die noch nicht reif für irgendeine Wahrheit sind; im anderen Fall gingen sie zu einem Volk, dessen religiös-philosophischen Systeme ebenso großartig wie die anderer Völker sind, wenn die Menschen, die sie besitzen, nur nach dem Standard des Konfuzius und ihrer anderen Weisen leben würden. Und sie starben als Opfer von unverantwortlichen Kannibalen und Wilden im einen Fall und von nationalem Fanatismus und Haß im anderen. Wären sie aber in die Slums von Whitechapel oder in irgendeine andere ähnliche Örtlichkeit gegangen, in jene Sümpfe, die unmittelbar unter der strahlenden Sonne unserer eigenen Zivilisation bestehen und voll von christlichen Wilden und mental Aussätzigen sind, hätten sie wirklich Gutes tun können und ihr Leben für einen besseren und würdigeren Zweck bewahrt haben.

Aber die Christen denken nicht so.

Natürlich nicht, sie gehen von irrtümlichen Meinungen aus und glauben, durch die Taufe des Körpers eines Halbwilden seine Seele von der Verdammnis zu retten. Die eine Kirche vergißt ihre Märtyrer, die andere spricht sie heilig. Wenn wir könnten, dann würden wir für Pater Damien, den wahren, praktischen Heiligen ein Denkmal errichten für sein lebendiges Beispiel theosophischen Heldentums und barmherziger Selbstaufopferung im Sinne von Buddha und Jesus.

Dann betrachten Sie also Selbstaufopferung als eine Pflicht?

Ja! Und wir erklären dies, indem wir zeigen, daß Altruismus ein integraler Teil der persönlichen Entwicklung ist. Aber wir müssen unterscheiden: Kein Mensch hat das Recht, *sich zu Tode* zu hungern, damit ein anderer Nahrung hat, wenn nicht das Leben dieses anderen Menschen für die Vielen nützlicher ist als sein eigenes. Aber es ist seine Pflicht, seine eigene Bequemlichkeit zu opfern und für andere zu arbeiten, wenn diese unfähig sind, für sich selbst zu arbeiten. Es ist seine Pflicht, alles was sein eigen ist zu geben, was nur ihm selbst nützen würde, wenn er es selbstsüchtig anderen vorenthielte. Die Theosophie lehrt Selbstverleugnung, aber nicht eine voreilige, nutzlose Selbstaufopferung; sie billigt keinerlei Fanatismus.

Aber wie können wir einen solch erhabenen Zustand erreichen?

Durch eine verständige Anwendung unserer Vorschriften im praktischen Leben, durch den Gebrauch unserer höheren Vernunft, unserer spirituellen Intuition und unseres sittlichen Empfindens und indem wir dem Diktat jenes von uns so genannten "Tons eines leisen Wehens"* in unserem Gewissen folgen. Es ist die Stimme unseres EGOS, die lauter in uns spricht als die Erdbeben und Donner Jehovahs, in denen "der Herr nicht ist".

---

* *Anmerkung des Herausgebers:* "The still small voice", ein von HPB oft benutztes Zitat aus 1.Kön. 19,12. Hier in der Elberfelder Bibelübersetzung wiedergegeben.

Wenn das unsere Pflichten gegenüber der Menschheit im allgemeinen sind, was verstehen Sie dann unter unseren Pflichten gegenüber unserer unmittelbaren Umgebung?

Genau die gleichen, zuzüglich jener, die aus den besonderen Verpflichtungen unserer Familienbindungen entstehen.

Dann ist also nicht wahr, was man sagt: daß ein Mann nicht eher in die Theosophische Gesellschaft eintreten soll, bevor er sich nicht schrittweise von seiner Frau, seinen Kindern und seinen Familienpflichten zu lösen beginnt.

Das ist eine grundlose Verleumdung, wie so viele andere. Die erste aller theosophischen Pflichten ist es, seinen Verpflichtungen allen Menschen gegenüber nachzukommen, und insbesondere gegenüber jenen, denen man eine besondere Verantwortlichkeit schuldet, entweder weil man sie freiwillig auf sich genommen hat, wie z.B. die Ehe, oder weil das Schicksal sie mit ihnen verbunden hat; ich meine damit jene Pflichten, die wir unseren Eltern und nächsten Verwandten schulden.

Und was soll die Pflicht eines Theosophen gegenüber sich selbst sein?

Durch das *Höhere Selbst* das *niedere Selbst* zu kontrollieren und zu besiegen; sich innerlich und moralisch zu läutern; niemanden und nichts zu fürchten, nur das Gericht des eigenen Gewissens; niemals etwas halb zu tun; das heißt, wenn jemand denkt, daß es richtg ist etwas zu tun, dann soll er es mutig und offen tun, wenn er es aber für unrichtig hält, soll er es überhaupt nicht anrühren. Es ist die Pflicht eines Theosophen, sich seine Bürde zu erleichtern, indem er des Spruches des Epiktet eingedenk ist, der sagt: “Laß dich von deiner Pflicht nicht ablenken durch *müßige Bemerkungen*, welche die *törichte Welt über dich macht*, denn da ihr Tadel außerhalb deines Einflusses liegt, solltest du ihn als belanglos betrachten."

Angenommen, ein Mitglied Ihrer Gesellschaft würde seine Unfähigkeit, praktischen Altruismus zu praktizieren, nach dem Grundsatz erklären, daß "Nächstenliebe zuerst im eigenen Heim beginnt"; weil es zu viel arbeiten müsse oder weil es zu arm sei, um der Menschheit oder auch nur einem einzelnen Menschen nützlich sein zu können. Was sagen Ihre Regeln in einem solchen Fall?

Niemand hat unter was immer für einem Vorwand das Recht zu sagen, daß er nichts für andere tun könne. "Wer die rechte Pflicht am rechten Platz tut, kann die Welt zu seinem Schuldner machen", sagt ein englischer Autor. Einem durstigen Wanderer zur rechten Zeit einen Becher Wasser zu geben, ist eine edlere Pflicht und mehr wert, als ein Dutzend Festessen zu geben für Menschen, die in der Lage sind, selbst dafür zu bezahlen. Wer es nicht in sich hat, wird nie ein *Theosoph* werden, aber er kann trotzdem ein Mitglied unserer Gesellschaft bleiben. Wir haben keine Regeln, durch die wir irgend jemanden zwingen können, ein praktizierender Theosoph zu werden, wenn er dies nicht selber wünscht.

Warum tritt er dann überhaupt in die Gesellschaft ein?

Das wird er selbst am besten wissen. Auch hier haben wir kein Recht, jemanden im vorhinein zu verurteilen, selbst wenn die Stimme der ganzen Gemeinschaft gegen ihn stehen sollte. Ich will Ihnen auch sagen, warum: In unseren

Tagen ist die *Vox populi* (zumindest soweit es die Stimme der Gebildeten betrifft) nicht mehr die *Vox dei*, sondern stets eine Stimme des Vorurteils, selbstsüchtiger Beweggründe und oft einfach der Unpopularität. Unsere Pflicht ist es, Samen auf breiter Ebene für die Zukunft zu säen und zu sehen, daß es gute sind, nicht aber innezuhalten und zu überlegen, warum wir dies tun und wie und warum wir unsere Zeit darauf verschwenden; denn jene, die die Ernte in zukünftigen Tagen einbringen, werden wohl nie wir selbst sein.

Über die Nächstenliebe

Wie betrachten Sie die christliche Pflicht der Nächstenliebe?

Welche Art von Nächstenliebe meinen Sie? Güte des Denkens oder praktische Wohltätigkeit auf der physischen Ebene?

Ich meine die praktische Nächstenliebe, wie sie die Idee der universalen Bruderschaft einschließt und natürlich Güte des Denkens.

Dann meinen Sie die praktische Ausführung der Gebote, die von Jesus in der Bergpredigt gegeben wurden?

Genau dies.

Warum nennen sie diese "christlich"? Denn, obwohl Ihr Heiland sie predigte und ausübte, denken die heutigen Christen doch am allerwenigsten daran, sie in ihrem Leben auszuüben.

Aber es gibt doch viele, die ihr ganzes Leben damit verbringen, solche Nächstenliebe zu praktizieren.

Ja, aber nur aus dem Überschuß ihrer großen Reichtümer. Aber zeigen Sie mir den Christen, selbst den philanthropischsten, der dem zitternden und hungrigen Dieb, der ihm seinen Rock stehlen will, auch noch den Mantel geben würde oder der dem, der ihn auf die linke Wange schlägt, auch die rechte darbieten würde, ohne daran zu denken, es ihm übel zu nehmen?

Aber Sie müssen doch einsehen, daß diese verschiedenen Vorschriften nicht wörtlich genommen werden dürfen. Zeiten und Umstände haben sich seit den Tagen Christi geändert. Außerdem sprach er in Gleichnissen.

Warum lehren dann Ihre Kirchen nicht, daß auch die Lehren von der Verdammnis und vom Höllenfeuer als *Gleichnis* zu verstehen sind? Warum geben dann einige Ihrer volkstümlichen Prediger zwar im Prinzip zu, daß diese "Gleichnisse" so zu verstehen sind, wie Sie es meinen, bestehen aber auf der wörtlichen Bedeutung des Höllenfeuers und der *physischen* Qualen einer "asbestartigen" Seele? Wenn das eine ein Gleichnis ist, dann ist es auch das andere. Wenn das Höllenfeuer eine wörtliche Wahrheit ist, dann müssen auch die Gebote Christi in der Bergpredigt bis auf den letzten Buchstaben befolgt werden. Und ich kann Ihnen sagen, daß viele, die nicht an die Göttlichkeit Christi glauben – wie Graf Leo Tolstoi und so mancher Theosoph – diese edlen Vorschriften, die universell sind, wörtlich ausführen; und noch mehr gute Menschen würden dies tun, wenn sie nicht sicher wären, daß sie eine solche Lebensführung sehr wahrscheinlich in eine Heilanstalt für Geisteskranke bringen würde; so *christlich sind Ihre Gesetze*!

Aber jedermann weiß, daß auf öffentlichen und privaten Wohltätigkeitsveranstaltungen jährlich Millionen und Abermillionen gespendet werden.

O ja, aber die Hälfte bleibt an den Händen hängen, durch die sie gehen, bevor sie die Bedürftigen erreichen, und ein guter Teil des Restes gelangt in die Hände berufsmäßiger Bettler, die zu faul zur Arbeit sind, und hilft so in keiner Weise jenen, die wirklich leiden und elend sind. Haben Sie nicht gehört, daß die erste Wirkung der großen Ausgaben für wohltätige Zwecke im Eastend von London darin bestand, daß die Mieten in Whitechapel um zwanzig Prozent erhöht wurden?

Was würden Sie also tun?

Individuell handeln und nicht kollektiv; den nordbuddhistischen Vorschriften folgen: "Reiche nie die Nahrung dem Mund eines Hungrigen durch die Hand eines anderen". "Laß niemals den Schatten deines Nachbarn (*einer dritten Person*) zwischen dich und den Gegenstand deiner Gabe treten". "Laß der Sonne nicht Zeit, eine Träne zu trocknen, ehe du sie getrocknet hast" und schließlich "Gib Geld den Armen oder Nahrung dem Priester, der an deiner Türe bittet, *nie durch einen Diener*, sonst wird dein Geld die Dankbarkeit verringern, und deine Nahrung verwandelt sich in Galle".

Aber wie kann man das im praktischen Leben anwenden?

Die theosophische Vorstellung von Wohltätigkeit bedeutet *persönliche* Anstrengung für andere, *persönliches* Erbarmen und Freundlichkeit, *persönliches* Interesse am Wohlergehen derer, die leiden, *persönliches* Mitleid, *persönliche* Vorsorge und *persönliche* Hilfe in ihren Sorgen und Nöten. Wir Theosophen glauben nicht, daß es Wert hat, Geld (wenn wir es hätten) durch die Hände anderer Menschen oder Organisationen zu geben. Wir glauben, daß wir dem Geld eine tausendmal größere Kraft und Wirkung geben können durch den persönlichen Kontakt und das persönliche Mitgefühl für jene, die es brauchen. Wir glauben, daß es ebenso notwendig ist, wenn nicht sogar notwendiger, den Hunger der Seele zu stillen als die Leere des Magens; Dankbarkeit nützt nämlich dem, der sie fühlt, mehr, als dem, dem sie entgegengebracht wird. Wo ist die Dankbarkeit, wo sind die guten Gedanken, die Ihre "Millionen von Pfunden" hervorgerufen haben müßten? Zeigt sie sich in dem Haß der Armen von Eastend gegen die Reichen oder in dem Anwachsen von Anarchie und Unordnung? Oder bei den Tausenden unglücklicher arbeitender Mädchen, die als Opfer des Ausbeutungssystems gezwungen sind, täglich auf die Straße zu gehen, um überhaupt leben zu können? Danken Ihre hilflosen alten Männer und Frauen Ihnen für die Armenhäuser, oder Ihre Armen für die tödlich ungesunden Wohnungen, in denen man ihnen gestattet, neue Generationen von kranken, rachitischen Kindern zu erzeugen, nur um ihr Geld in die Säcke der unersättlichen Hausbesitzer zu stecken? Das ist der Grund, weshalb jedes einzelne Geldstück von all den "Millionen", die von guten und hilfsbereiten Menschen gespendet werden, wie ein glühender Fluch anstatt wie ein Segen auf die Armen fällt, deren Los es mildern sollte. Wir bezeichnen dies als das *Erzeugen von nationalem Karma*; seine Ergebnisse am Tage der Abrechnung werden furchtbar sein.

Theosophie für die Massen

Und Sie glauben, wenn die Theosophie zur Wirkung käme, daß sie helfen könnte, diese Übel unter den widrigen Verhältnissen unseres modernen Lebens zu beseitigen?

Wenn wir mehr Geld hätten und wenn nicht die meisten Theosophen für ihr tägliches Brot arbeiten müßten, bin ich fest überzeugt, daß wir es könnten.

Wie denn? Erwarten Sie, daß Ihre Lehren, die so schwer verständlich und schwierig sind, daß selbst gebildete Menschen sie kaum verstehen können, von den ungebildeten Massen begriffen werden könnten?

Sie vergessen eines, daß es gerade Ihre viel gerühmte moderne Bildung ist, die es für Sie so schwer macht, Theosophie zu verstehen. Ihr Verstand ist so voll von intellektuellen Spitzfindigkeiten und Vorurteilen, daß Ihre natürliche Intuition und die Wahrnehmung der Wahrheit nicht wirksam werden kann. Es bedarf keiner Metaphysik und Bildung, damit ein Mensch die allgemeinen Wahrheiten, wie Karma und Reinkarnation, versteht. Blicken Sie auf die Millionen armer, ungebildeter Buddhisten und Hindus, für die Karma und Reinkarnation echte Wirklichkeiten sind, da ihr Verstand nie dadurch eingeengt und verbogen worden ist, daß man ihn in unnatürliche Bahnen zwang. Ihr angeborener menschlicher Sinn für Gerechtigkeit ist nie dadurch verdorben worden, daß man ihnen erzählte, ihre Sünden würden deshalb vergeben, weil ein anderer Mensch um ihretwillen getötet worden sei. Und die Buddhisten leben ihrem Glauben gemäß ohne irgendein Murren gegen Karma oder das, was sie als gerechte Strafe betrachten; wogegen die christlichen Völker weder ihrem moralischen Ideal entsprechend leben, noch ihr Los zufrieden akzeptieren. Daher das Murren und die Unzufriedenheit und die Intensität des Kampfes ums Dasein in den westlichen Ländern.

Aber würde diese von Ihnen so gepriesene Zufriedenheit nicht jeden Antrieb zu Anstrengungen lähmen und den Fortschritt zum Stillstand bringen?

Darauf sagen wir Theosophen, daß Ihr gerühmter Fortschritt und Ihre Zivilisation nichts Besseres sind als ein Haufen von Irrlichtern, die über einem Sumpf flimmern, der giftige, tödliche Dämpfe ausstrahlt. Denn wir sehen, wie Selbstsucht, Verbrechen, Unmoral und alle vorstellbaren Übel über die unglückliche Menschheit aus dieser Büchse der Pandora herfallen, die Sie ein Zeitalter des Fortschritts nennen; und all dies nimmt in gleichem Maße mit dem Wachstum Ihrer materiellen Zivilisation zu. Bei solch einem Preis ist die Trägheit und Untätigkeit in den buddhistischen Ländern vorzuziehen, die im übrigen nur als Folge langer Zeitalter politischer Sklaverei entstanden ist.

Dann ist die ganze Metaphysik und Mystik, mit denen Sie sich so sehr beschäftigen, ohne Bedeutung?

Für die Massen, die nur praktische Führung und Hilfe benötigen, sind sie nicht von großer Bedeutung; aber für die Gebildeten, die natürlichen Führer der Massen, deren Art zu denken und zu handeln früher oder später von den Massen angenommen wird, ist sie von größter Bedeutung. Nur mittels der Philosophie kann der intelligente, gebildete Mensch den intellektuellen Selbstmord durch blinden Glauben vermeiden. Nur dadurch, daß er sich die logische Folgerichtigkeit und den Zusammenhang der östlichen, wenn schon nicht der esoterischen Lehren zu eigen macht, kann er deren Wahrheit wirklich erkennen. Überzeugung bringt Begeisterung hervor, und "Begeisterung", sagt Bulwer-Lytton, "ist der Genius der Aufrichtigkeit, ohne den die Wahrheit keine Siege erringt". Auch Emerson bemerkt sehr wahr: "Jede große und achtunggebietende Bewegung in der Geschichte der Welt ist ein Triumph der Begeisterung". Was aber ist geeigneter, solch ein Gefühl hervorzurufen, als eine so großartige, folgerichtige, logische und allumfassende Philosophie, wie es unsere östlichen Lehren sind?

Und doch sind ihre Feinde sehr zahlreich, und jeden Tag erwirbt sich die Theosophie neue Gegner.

Genau das beweist ihre inneren Vorzüge und ihren Wert. Die Menschen hassen nur Dinge, die sie fürchten; und keiner nimmt die Mühe auf sich, etwas niederzuwerfen, was ihn weder bedroht noch sich über die Mittelmäßigkeit erhebt.

Hoffen Sie, diese Begeisterung eines Tages auch auf die Massen zu übertragen?

Warum nicht? Die Geschichte lehrt uns, daß die Massen den Buddhismus mit Begeisterung aufgenommen haben und, wie schon früher gesagt, die praktische Wirkung dieser ethischen Philosophie auf die Massen zeigt sich noch heute in dem geringen Prozentsatz von Verbrechen unter buddhistischen Völkern, verglichen mit jeder anderen Religion. Der Hauptpunkt ist, die fruchtbarste Quelle aller Verbrechen und aller Unmoral zu beseitigen – nämlich den Glauben, daß es möglich ist, den Folgen der eigenen Taten zu entfliehen. Man lehre sie das größte aller Gesetze, *Karma* und *Reinkarnation*, dann werden sie nicht nur in sich selbst die Würde der menschlichen Natur fühlen, sondern sie werden sich vom Bösen abwenden und es meiden wie eine physische Gefahr.

Wie die Mitglieder der Gesellschaft helfen können

Wie könnten die Mitglieder Ihrer Gesellschaft bei dieser Aufgabe helfen?

Vor allem, indem sie die theosophischen Lehren studieren und verstehen, um sie andere, insbesondere die Jugend, lehren zu können. Zweitens dadurch, daß sie jede Gelegenheit benützen, mit anderen zu sprechen, um ihnen zu erklären, was Theosophie ist und was sie nicht ist, und dadurch Mißverständnisse beseitigen und Interesse für diese Dinge wekken. Drittens dadurch, daß sie helfen, unsere Literatur zu verbreiten, Bücher kaufen, wenn sie die Mittel dazu haben, sie verleihen und verschenken, und indem sie ihre Freunde anregen, das gleiche zu tun. Viertens dadurch, daß sie die Gesellschaft gegen die ungerechten Verleumdungen, die gegen sie ausgesprochen werden, mit jedem legitimen Mittel, das ihnen zur Verfügung steht, verteidigen. Fünftens, und dies ist das wichtigste, durch das Beispiel ihres eigenen Lebens.

Aber diese ganze Literatur, deren Verbreitung Sie so viel Bedeutung beilegen, scheint mir von wenig praktischem Wert zu sein, um der Menschheit zu helfen. Das ist keine praktische Nächstenliebe.

Wir sind anderer Meinung. Wir glauben, daß ein gutes Buch, das den Menschen Nahrung zum Denken gibt, das ihre Gedanken stärkt und klärt, das sie befähigt, Wahrheiten zu erfassen, die sie bereits undeutlich gefühlt haben, aber nicht formulieren konnten, daß solch ein Buch etwas wirklich Gutes bewirkt. Was die Taten der Nächstenliebe betreffen, die den Körpern unserer Mitmenschen zugute kommen, so tun wir darin das wenige, was wir können; aber, wie schon gesagt, die meisten von uns sind arm, und besonders die Gesellschaft selbst hat nicht einmal genug Geld, um einen Stab von Mitarbeitern zu bezahlen. Wir alle, die wir uns für sie mühen, geben unsere Arbeit unentgeltlich und in den meisten Fällen auch noch unser eigenes Geld. Die Wenigen, welche die Mittel haben, das zu tun, was man üblicherweise Wohltätigkeit nennt, folgen den buddhistischen Vorschriften und tun ihre Werke selbst, nicht durch Stellvertreter oder dadurch, daß sie öffentlich zu Wohltätigkeitsfonds beitragen. Was ein Theosoph vor allen Dingen tun muß, ist, seine Persönlichkeit zu vergessen.

Was ein Theosoph nicht tun sollte

Haben Sie für die Mitglieder Ihrer Gesellschaft irgendwelche Verbote oder Bestimmungen?

Viele, aber sie werden nicht erzwungen. Sie drücken das Ideal unserer Organisation aus, aber die praktische Anwendung müssen wir dem Ermessen unserer Mitglieder selbst überlassen. Unglücklicherweise ist der Geisteszustand der Menschen in unserem Jahrhundert ein solcher, daß niemand es wagen würde, den Beitritt zur Theosophischen Gesellschaft zu riskieren, wenn wir nicht zugestehen würden, daß diese Bestimmungen sozusagen außer Gebrauch bleiben. Dies ist aber gerade der Grund, warum ich mich gezwungen fühle, solches Gewicht auf den Unterschied zwischen der wahren Theosophie und ihrem mit bester Absicht hart kämpfenden, aber doch noch unwürdigen Werkzeug, der Theosophischen Gesellschaft, zu legen.

Kann ich erfahren, was diese gefährlichen Klippen im Meer der Theosophie sind?

Sie können sie mit Recht Klippen nennen, denn so manches im übrigen aufrichtige und wohlgesinnte Mitglied der Theosophischen Gesellschaft hat sein theosophisches Schifflein schon an ihnen zerschellen lassen. Und doch scheint es das leichteste in der Welt zu sein, bestimmte Dinge zu vermeiden. Hier ist z.B. eine Reihe solcher Verbote, denen positive theosophische Pflichten zugrunde liegen:
Kein Theosoph sollte schweigen, wenn er hört, daß üble Behauptungen oder Verleumdungen über die Gesellschaft oder über unschuldige Personen, seien sie nun seine Kollegen oder Außenstehende, verbreitet werden.

Aber angenommen, das, was man hört, ist die Wahrheit, oder es könnte wahr sein, ohne daß man es weiß?

Dann müssen Sie wirklich Beweise für die Behauptung verlangen und unparteiisch beide Seiten hören, bevor Sie die Anklage unwidersprochen lassen. Sie haben kein Recht, an etwas Böses zu glauben, solange Sie nicht unleugbare Beweise für die Richtigkeit einer Behauptung erhalten haben.

Und was sollte man dann tun?

Mitgefühl und Nachsicht, Güte und Großmut sollten uns immer veranlassen, unsere sündigen Brüder zu entschuldigen und über die, die irren, das sanfteste Urteil zu fällen, das möglich ist. Ein Theosoph sollte niemals vergessen, was durch Unzulänglichkeiten und Schwächen der menschlichen Natur hervorgerufen wird.

Sollte er in solchen Fällen vollkommen vergeben?

In jedem Fall, besonders aber der, gegen den gesündigt wurde.

Aber wenn er dadurch riskieren würde, andere zu verletzen oder zuzulassen, daß andere verletzt werden? Was sollte er dann tun?

Seine Pflicht. Das, was sein Gewissen und seine höhere Natur ihm eingeben, aber nur nach reiflicher Überlegung. Gerechtigkeit besteht darin, keinem lebenden Wesen Schaden zuzufügen; Gerechtigkeit gebietet uns aber auch, niemals zu gestatten, daß den Vielen oder einem Unschuldigen unrecht getan wird dadurch, daß wir dem Schuldigen erlauben, ungehindert davonzukommen.

Wie lauten die anderen negativen Bestimmungen?

Kein Theosoph sollte sich mit einem müßigen oder frivolen Leben zufriedengeben, das weder ihm selbst noch anderen etwas Gutes bringt. Er sollte für das Wohl der Wenigen, die seine Hilfe brauchen, arbeiten, wenn er unfähig ist, sich für die Menschheit zu mühen und auf diese Weise für den Fortschritt der theosophischen Sache zu wirken.

Das verlangt eine außergewöhnliche Natur und würde manchem Menschen sehr schwer fallen.

Dann sollten sie besser außerhalb der Theosophischen Gesellschaft bleiben, statt unter falscher Flagge zu segeln. Von niemandem wird verlangt, daß er mehr gibt, als er vermag, sei es an Hingabe, Zeit, Arbeit oder an Geld.

Welche weiteren Vorschriften gibt es noch?

Kein aktives Mitglied sollte zu großen Wert auf seinen persönlichen Fortschritt in den theosophischen Studien legen, es sollte vielmehr bereit sein, soviel altruistische Arbeit zu tun, wie in seiner Macht liegt; es sollte nicht die ganze schwere Bürde und die Verantwortlichkeit für die theosophische Bewegung auf den Schultern weniger hingebungsvoller Arbeiter ruhen lassen. Jedes Mitglied sollte es als seine Pflicht erachten, einen so großen Teil, wie es vermag, von der gemeinsamen Arbeit auf sich zu nehmen und sie mit allen Mitteln zu unterstützen, die in seiner Macht liegen.

Das ist nur recht und billig. Was weiter?

Kein Theosoph sollte seine Empfindlichkeit und seine persönliche Eitelkeit über die Interessen der Gesellschaft als Körperschaft stellen. Wer diese oder den Ruf anderer Menschen auf dem Altar seiner persönlichen Eitelkeit, seines weltlichen Wohlergehens oder seines Stolzes opfert, dem sollte nicht gestattet werden, ein Mitglied zu bleiben. Ein krebskrankes Glied macht den ganzen Körper krank.

Ist es die Pflicht jedes Mitglieds, andere zu lehren und Theosophie zu verkünden?

Ja. Kein Mitglied hat das Recht, untätig zu bleiben mit der Entschuldigung, daß es zu wenig wisse, um lehren zu können. Der Betreffende kann sicher sein, daß er immer andere finden wird, die noch weniger wissen als er. Außerdem bemerkt ein Mensch seine eigene Unwissenheit in der Regel erst dann, wenn er zu versuchen beginnt, andere zu lehren. Erst dann trachtet er, diese Unwissenheit zu beseitigen. Aber das ist eine weniger wichtige Vorschrift.

Welche negativen theosophischen Pflichten betrachten Sie dann als die wichtigsten?

Immer bereit zu sein, seine eigenen Fehler zu erkennen und einzugestehen. Eher durch übertriebenes Lob zu sündigen, als durch zu geringe Würdigung der Anstrengungen anderer. Niemals einen anderen zu verleumden oder üble Nachrede zu üben. Wenn man etwas gegen jemanden hat, es ihm offen und unmittelbar ins Gesicht zu sagen. Sich niemals zum Echo von dem zu machen, was man über einen anderen gehört hat. Niemals ein Rachegefühl gegen jemanden aufkommen zu lassen, der uns verletzt oder beleidigt hat.

Aber oft ist es gefährlich, den Menschen die Wahrheit ins Gesicht zu sagen. Denken Sie das nicht auch? Ich kannte eines ihrer Mitglieder, das bitter beleidigt war und die Gesellschaft verließ und ihr Feind wurde, nur weil ihm eine unangenehme Wahrheit ins Gesicht gesagt wurde, und weil es wegen dieser getadelt wurde.

Solche gibt es mehrere. Kein Mitglied, ob bedeutend oder nicht, hat je die Gesellschaft verlassen, ohne unser bitterster Feind zu werden.

Wie kann man das erklären?

Sehr einfach. Nachdem jemand zuerst der Gesellschaft außerordentlich ergeben war und die übertriebensten Lobeshymnen anstimmte, konnte er nach seinem Austritt für seine ehemalige Kurzsichtigkeit nichts anderes als Entschuldigung anführen, als daß er ein *unschuldiges* und *getäuschtes Opfer* geworden sei. Nur so konnte er den Tadel von den eigenen Schultern abladen und der Gesellschaft aufbürden, besonders deren Leitern. Solche Personen erinnern an die alte Fabel von dem Menschen mit dem häßlichen Gesicht, der seinen Spiegel zerbrach, weil er glaubte, daß dieser an seiner Häßlichkeit schuld sei.

Aber was bringt solche Menschen dazu, sich gegen die Gesellschaft zu stellen?

Gekränkte Eitelkeit in der einen oder anderen Form ist fast immer die Ursache. Zumeist, weil ihre Behauptungen und Ratschläge nicht als bestimmend und maßgeblich angenommen werden. Oder weil sie zu denen gehören, die lieber in der Hölle regieren, als im Himmel dienen wollen. Weil sie meist nicht ertragen können, sich dem Ganzen einzuordnen und “Zweiter” zu sein. So z.B. kritisierte und diffamierte ein Mitglied die Mitglieder der Theosophischen Gesellschaft bei Außenstehenden und Theosophen, daß alle *untheosophisch* seien, er tadelte an ihnen gerade das, was er selbst fortwährend tat. Schließlich verließ er die Gesellschaft, indem er als Grund angab, daß alle, besonders die Gründer, seiner tiefsten Überzeugung nach Betrüger seien. Ein anderer, der auf intrigante Art der Leiter einer großen Sektion der Gesellschaft zu werden versuchte und der sehen mußte, daß die Mitglieder ihn nicht haben wollten, wandte sich gegen die Gründer der Gesellschaft und wurde deren bitterster Feind, indem er einen von ihnen verleumdete, wo er nur konnte, einfach, weil dieser ihn der Gesellschaft weder aufdrängen konnte noch wollte. Das war ein Fall von maßlos verletzter Eitelkeit. Ein anderer versuchte, ja tat es wirklich, schwarze Magie auszuüben, das heißt, er wollte schädlichen psychologischen Einfluß auf Mitglieder ausüben, während er vorgab, sich zu allen theosophischen Tugenden zu bekennen. Als dem Einhalt geboten wurde, brach der Betreffende mit der Theosophie und verleumdet und beschimpft nun die unglücklichen Leiter in der bösartigsten Art. Er versucht die Gesellschaft zu vernichten, indem er den Ruf derjenigen beschmutzte, die er nicht täuschen konnte.

Was tut man mit solchen Menschen?

Man soll sie ihrem Karma überlassen. Weil jemand Böses tut, darf das kein Grund für andere sein, das gleiche zu tun.

Aber, um auf Verleumdungen zurückzukommen, wo liegt die Grenzlinie zwischen übler Nachrede und gerechter Kritik? Ist es nicht unsere Pflicht, unsere Freunde und Nachbarn vor Menschen zu warnen, von denen wir wissen, daß sie gefährlich sind?

Wenn dadurch, daß wir sie ungehindert lassen, anderen Personen Schaden zugefügt werden könnte, dann ist es sicherlich unsere Pflicht, dieser Gefahr entgegenzuwirken, indem wir diese vertraulich warnen. Aber keine Anklage gegen eine Person, sei sie nun wahr oder falsch, sollte allgemein verbreitet werden. Wenn sie wahr ist und das Vergehen nur den Sünder selbst schädigt, dann überlasse man ihn seinem Karma. Wenn sie aber falsch ist, dann vermeide man, noch etwas zur Ungerechtigkeit in der Welt beizutragen. Daher bewahre man Stillschweigen über solche Dinge jenen gegenüber, die daran nicht direkt beteiligt sind. Aber wenn ein solches Schweigen geeignet ist, andere in Gefahr zu bringen, dann sage ich: *sage die Wahrheit, koste es was es wolle*, und mit Annesly: "Erwäge die Pflicht und nicht die Folgen". Es gibt Fälle, wo man gezwungen ist auszurufen: "Verzichte auf Zurückhaltung, ehe du erlaubst, daß sie dich in deiner Pflicht behindert".

Ich glaube, wenn Sie diese Grundsätze ausführen, werden Sie eine ganze Menge Schwierigkeiten haben.

Allerdings. Wir müssen zugeben, daß wir demselben Spott ausgeliefert sind wie die ersten Christen. "Seht, wie diese Theosophen einander lieben", kann auch von uns ohne den Schatten einer Ungerechtigkeit gesagt werden.

Da Sie also selbst zugeben, daß es innerhalb der Theosophischen Gesellschaft genausoviel, wenn nicht mehr, Verleumdung, üble Nachrede und Streit wie in den christlichen Kirchen, geschweige denn in wissenschaftlichen Gesellschaften gibt, dann frage ich Sie, welche Art von Bruderschaft ist es dann?

Zweifellos ist sie gegenwärtig noch etwas ärmlich und nicht besser als alle anderen, solange sie nicht sorgsam gesiebt und reorganisiert wird. Aber bedenken Sie: Die menschliche Natur ist innerhalb der Theosophischen Gesellschaft die gleiche wie außerhalb. Ihre Mitglieder sind keine Heiligen; bestenfalls sind sie Sünder, die sich bemühen, es besser zu machen, aber infolge ihrer persönlichen Schwächen immer wieder Rückfällen unterworfen sind. Dazu kommt, daß unsere "Bruderschaft" keine "anerkannte" oder etablierte Körperschaft ist und sozusagen außerhalb jeglicher Gerichtsbarkeit steht. Außerdem befindet sie sich in einem chaotischen Zustand und ist *ungerechterweise so unbeliebt wie keine andere Gesellschaft*. Es ist daher nicht verwunderlich, daß Mitglieder, die bei der Ausführung ihres Ideals versagen, sich, nachdem sie die Gesellschaft verlassen haben, Schutz suchend an unsere Feinde wenden und ihre Galle und Bitterkeit in deren nur zu willfährige Ohren gießen. Sie wissen, daß sie Unterstützung, Mitgefühl und bereitwilligen Glauben für jede noch so absurde Anklage finden werden, die sie gegen die Theosophische Gesellschaft erheben und beeilen sich daher, ihrem Zorn gegen den unschuldigen Spiegel, der ihr wahres Gesicht zu getreulich wiedergab, freien Lauf zu lassen. *Der Mensch vergibt niemals dem, dem er Unrecht zugefügt hat.* Das Wissen um die Freundlichkeit, die sie erhalten und die sie mit Undankbarkeit vergolten haben, treibt sie zu einer irren Selbstrechtfertigung vor der Welt und vor ihrem eigenen Gewissen. Die Welt ist nur zu bereit, an irgend etwas zu glauben, das gegen eine von ihr gehaßte Gesellschaft gesagt wird. Und das Gewissen – aber ich möchte lieber nichts mehr sagen, ich fürchte, schon zuviel gesagt zu haben.

Ihre Lage scheint mir nicht sehr beneidenswert zu sein.

Das ist sie sicherlich nicht; aber glauben Sie nicht, daß es hinter der Theosophischen Gesellschaft und ihrer Philosophie etwas sehr Edles, Erhabenes und Wahres geben muß, wenn die Gründer und Führer dieser Bewegung trotzdem mit aller Kraft für sie weiterarbeiten? Sie opfern ihr alle Bequemlichkeit und allen weltlichen Erfolg, sogar ihren guten Namen und Ruf, ja selbst ihre Ehre, um als Gegenwert dafür unaufhörliche Schmähungen, unbarmherzige Verfolgungen, unermüdliche Verleumdungen und ständige Undankbarkeit zu ernten, ein Mißverstehen ihrer besten Absichten, Stöße und Schläge von allen Seiten – dabei brauchten sie bloß ihre Arbeit aufzugeben, und sie würden sich sofort von jeder Verantwortung befreien und vor allen weiteren Angriffen geschützt finden.

Ich muß gestehen, daß mir eine derartige Ausdauer sehr erstaunlich erscheint, und ich wunderte mich schon, warum sie all dies tun.

Glauben Sie mir, nicht zur eigenen Befriedigung, nur in der Hoffnung, wenigstens einige Personen so schulen zu können, daß sie in der Lage sind, unsere Arbeit für die Menschheit nach dem ursprünlichen Programm fortzusetzen, wenn die Gründer der Bewegung einmal nicht mehr sind. Sie haben schon einige solche edle und hingebende Seelen gefunden, die einmal an ihre Stelle treten werden. Dank dieser Wenigen werden kommende Generationen den Weg zum Frieden etwas weniger dornig und den Pfad etwas breiter finden; somit wird all dieses Leiden gute Ergebnisse gebracht haben, und ihre Selbstaufopferung wird nicht vergeblich gewesen sein. Augenblicklich ist das Hauptziel der Gesellschaft, Saatkörner in die Herzen der Menschen zu senken, die sprießen können, wenn die Zeit gekommen ist, und die unter günstigen Umständen zu einer gesunden Reform führen können, die den *Massen* mehr Glück gewährleistet als bisher.

⌘

XIII

Einige Mißverständnisse über die Theosophische Gesellschaft

Theosophie und Askese

Ich habe gehört, daß Ihre Regeln von allen Mitgliedern verlangen, Vegetarier, Zölibaten und strenge Asketen zu sein; Sie haben bisher nichts davon erwähnt. Könnten Sie mir sagen, was es damit auf sich hat?

Die Wahrheit ist, daß unsere Regeln nichts derartiges verlangen. Die Theosophische Gesellschaft erwartet nicht einmal, viel weniger fordert sie von ihren Mitgliedern, in irgendeiner Weise Asketen zu sein, ausgenommen, falls Sie das Askese nennen wollen, daß sie anderen Menschen hilfreich, und in ihrem eigenen Leben selbstlos sein sollen.

Aber viele Ihrer Mitglieder sind doch strenge Vegetarier und erklären auch offen ihre Absicht, unverheiratet zu bleiben. Dies ist besonders oft bei jenen der Fall, die in der Arbeit Ihrer Gesellschaft eine führende Rolle innehaben.

Das ist nur natürlich, da die meisten unserer wirklich ernsten Arbeiter Mitglieder der Inneren Gruppe sind, von der ich Ihnen früher berichtet habe.

Oh! Dann verlangen Sie also eine asketische Lebenshaltung von dieser Inneren Gruppe?

Nein, auch dort *verlangen* wir sie nicht und schreiben sie nicht vor. Aber ich sehe, ich muß Ihnen zunächst eine Erklärung unserer Ansichten über die Askese im allgemeinen geben, dann werden Sie auch die Frage des Vegetarismus und andere Dinge besser verstehen.

Wie ich Ihnen schon gesagt habe, wünschen jene Menschen, welche die Theosophie wirklich ernst studieren und aktive Mitglieder in unserer Gesellschaft werden, mehr zu tun, als die Wahrheiten, die wir lehren, bloß theoretisch zu erlernen. Sie wünschen, die Wahrheit durch eigene, unmittelbare Erfahrung *zu wissen*; sie studieren den Okkultismus in der Absicht, jene Weisheit und Kraft zu erlangen, von der sie fühlen, daß sie sie brauchen, um anderen wirksam und vernünftig helfen zu können, anstatt blind und aufs Geratewohl. Darum schließen sie sich früher oder später der Inneren Sektion an.

Aber Sie sagten, daß auch in dieser Inneren Sektion "asketische Praktiken" nicht Pflicht sind.

Das sind sie auch nicht; aber das erste, was die Mitglieder dort lernen, ist die richtige Vorstellung von der Beziehung zwischen dem Körper, der physischen Hülle, und dem inneren wahren Menschen. Die Beziehung und Wechselwirkung zwischen diesen beiden Aspekten der menschlichen Natur wird ihnen erklärt und vorgeführt, so daß sie bald von der überragenden Wichtigkeit des inneren Menschen über die äußere Hülle, den Körper, durchdrungen werden. Sie werden belehrt, daß blinde, unvernünftige Askese reine Torheit ist, daß ein Verhalten wie jenes von St. Labre, von dem ich bereits sprach oder der indischen Fakire und Dschungelasketen, die ihre Körper in grausamer und schrecklicher Weise zerschneiden, verbrennen und abzehren, lediglich eine Selbstquälerei für selbstsüchtige Ziele ist, um Willenskraft zu entwickeln, die aber für eine wirklich spirituelle oder theosophische Entwicklung völlig nutzlos ist.

Ich sehe, Sie betrachten lediglich die moralische Askese als notwendig. Sie ist gewissermaßen ein Mittel, welches das volle Gleichgewicht der inneren Natur des Menschen und das Erreichen einer vollständigen Herrschaft über den Körper mit allen seinen Wünschen und Leidenschaften zum Ziel hat.

So ist es; aber dieses Mittel muß intelligent und weise und nicht blind und töricht gebraucht werden, so wie ein Athlet trainiert und sich für einen großen Wettkampf vorbereitet und nicht wie ein Geizhals, der hungert, bis er krank wird, nur um seine Leidenschaft für Gold zu befriedigen.

Ich verstehe nun Ihre allgemeinen Vorstellungen; aber wie sehen diese in der Praxis aus? Wie steht es z.B. mit dem Vegetarismus?

Einer der großen deutschen Naturwissenschaftler hat gezeigt, daß jede Art tierischen Gewebes, wie man es auch kochen mag, bestimmte bezeichnende Eigenschaften des Tieres beibehält, zu dem es gehörte, und diese Eigenschaften können erkannt werden. Abgesehen davon erkennt ja auch jeder schon durch den Geschmack, was für ein Fleisch er ißt. Wir gehen einen Schritt weiter und beweisen, daß das Fleisch von Tieren, das vom Menschen als Nahrung aufgenommen wird, ihm physiologisch einige der Eigenschaften des Tieres verleiht, von dem es kommt. Die okkulte Wissenschaft lehrt und gibt ihren Schülern sichtbare Beweise dafür, daß diese "vergröbernde" oder "animalisierende" Wirkung auf den Menschen beim Fleisch der größeren Tiere am stärksten ist, geringer beim Fleisch von Vögeln, noch geringer beim Fisch und anderen kaltblütigen Tieren, am geringsten aber, wenn er nur pflanzliche Nahrung zu sich nimmt.

Dann sollte er am besten gar nichts essen?

Wenn er ohne zu essen leben könnte, sicherlich. Wie die Dinge aber liegen, muß er essen, um zu leben, und so raten wir den wirklich ernsthaft Studierenden, solche Nahrung zu essen, die ihr Gehirn und ihren Körper am wenigsten belastet und die Entwicklung ihrer Intuition, ihrer inneren Fähigkeiten und Kräfte möglichst wenig hindert und verzögert.

Dann nehmen Sie nicht alle Argumente an, welche von den Vegetariern im allgemeinen gebraucht werden?

Nein. Einige ihrer Argumente sind sehr schwach und gründen sich oft auf Annahmen, die ganz falsch sind. Manches, was sie sagen, ist andererseits vollkommen richtig. Wir glauben z.B., daß viele Krankheiten und insbesondere die große Krankheitsanfälligkeit, die ein so bemerkenswertes Zeichen unserer Zeit ist, in beträchtlichem Maße eine Folge des Essens von Fleisch und insbesondere von Fleischkonserven ist. Aber es würde zu weit führen, auf diese Frage der Berechtigung des Vegetarismus tiefer einzugehen.

Noch eine Frage. Wie haben sich die Mitglieder Ihrer Inneren Sektion hinsichtlich der Ernährung zu verhalten, wenn sie krank sind?

Natürlich den besten praktischen Ratschlägen zu folgen, die sie erhalten können. Verstehen Sie nicht, daß wir in dieser Hinsicht niemals irgendwelche bindenden Verpflichtungen auferlegen? Merken Sie sich bitte, daß wir in solchen Fragen immer eine vernünftige und nie eine fanatische Auffassung pflegen. Wenn ein Mensch infolge von Krankheit oder langer Gewohnheit nicht ohne Fleisch auskommen kann, dann soll er es weiter essen. Es ist kein Verbrechen: es wird nur seinen Fortschritt ein wenig aufhalten. Denn grundsätzlich sind alle rein körperlichen Handlungen und Funktionen von weit geringerer Bedeutung als das, was der Mensch *denkt* und *fühlt*, welche Wünsche er in sich fördert und ihnen gestattet, Wurzel zu fassen und zu wachsen.

Aber Wein und Spirituosen empfehlen Sie den Menschen sicherlich nicht zu trinken.

Sie sind für sein moralisches und spirituelles Wachstum schlechter als Fleisch, denn Alkohol in all seinen Formen hat einen unmittelbar spürbaren und sehr schädlichen Einfluß auf den psychischen Zustand des Menschen. Das Trinken von Wein und Spirituosen wird in seiner schädigenden Wirkung auf die Entfaltung der inneren Kräfte nur durch den gewohnheitsmäßigen Gebrauch von Haschisch, Opium und ähnlichen Drogen übertroffen.

Theosophie und Ehe

Eine weitere Frage: Soll man heiraten oder im Zölibat leben?

Das hängt davon ab, was für einen Menschen Sie meinen. Wenn Sie an jemanden denken, der die Absicht hat, in der Welt zu leben, jemand, der zwar ein guter ernster Theosoph und ein eifriger Arbeiter für unsere Sache ist, der aber doch Bindungen und Wünsche hat, die ihn an die Welt fesseln, kurz jemand, der nicht fühlt, daß er mit dem, was die Menschen Leben nennen, für immer abgeschlossen hat oder, daß er nur ein einziges erstrebt – die Wahrheit kennenzulernen und sich fähig zu machen, anderen zu helfen –, dann sehe ich keinen Grund, weshalb ein solcher Mann nicht heiraten sollte, falls er das Risiko dieser Lotterie auf sich nehmen will, in der es so viel mehr Nieten als Preise gibt. Sie werden doch sicherlich nicht glauben, daß wir so absurd und fanatisch wären, uns gänzlich gegen die Ehe zu stellen. Im Gegenteil, von einigen wenigen Ausnahmefällen praktischer Okkultisten abgesehen, ist die Ehe das einzige Mittel gegen Unmoral.

Aber weshalb kann jemand diese Kenntnisse und Kräfte nicht erwerben und gleichzeitig ein Eheleben führen?

Mein Herr, ich kann hier keine physiologischen Fragen erörtern, aber ich kann Ihnen eine einleuchtende und, wie ich glaube, hinreichende Antwort geben, die Ihnen die moralischen Gründe erklärt, die wir dafür haben. Kann ein Mensch zwei Herren dienen? Nein! Dann ist es für ihn auch ebenso unmöglich, seine Aufmerksamkeit zwischen dem Okkultismus und einem Ehepartner zu teilen. Wenn er es dennoch versucht, dann wird er sicherlich darin versagen, es in beiden Richtungen recht zu machen. Darf ich Sie daran erinnern: Der praktische Okkultismus ist ein viel zu ernstes und gefährliches Studium, als daß es jemand aufnehmen könnte, dem es damit nicht vollkommen ernst ist und der nicht bereit ist, *alles, vor allem aber sich selbst zu opfern*, um sein Ziel zu erreichen. Das bezieht sich aber nicht auf die Mitglieder unserer Inneren Gruppe. Ich meine damit nur jene, die entschlossen sind, den Pfad der Schülerschaft zu beschreiten, der zum höchsten Ziel führt. Die meisten, wenn nicht alle, die sich unserer Inneren Gruppe angeschlossen haben, sind lediglich Anfänger, die sich in diesem Leben nur darauf vorbereiten, den Pfad in kommenden Leben wirklich zu beschreiten.

Theosophie und Erziehung

Eines Ihrer stärksten Argumente für die Unzulänglichkeit der gegenwärtigen Religionsformen im Westen, und bis zu einem gewissen Grad auch die jetzt so populäre materialistische Philosophie, die Sie für trostlos zu halten scheinen, ist das große Elend, das besonders in unseren großen Städten existiert. Aber Sie müssen doch anerkennen, wieviel schon getan wurde und weiter getan wird, um diesen Zustand durch Hebung der allgemeinen Bildung und durch Verbreitung von Wissen zu verbessern.

Die künftigen Generationen werden Ihnen für eine solche "Verbreitung von Wissen" kaum danken, und Ihre gegenwärtigen Bildungsmethoden werden den armen hungernden Massen kaum viel Gutes bringen.

Oh, aber Sie müssen uns Zeit geben, es ist ja erst einige wenige Jahre her, seit wir begonnen haben, an der Bildung des Volkes zu arbeiten.

Und was, bitte, hat dann Ihre christliche Religion überhaupt seit dem 15. Jahrhundert getan, da Sie selbst zugeben, daß die Bildung der Massen vor der gegenwärtigen Zeit gar nicht versucht worden ist? Das ist aber doch gerade die Arbeit, welche eine christliche, das heißt, eine Christus folgende Kirche und ein solches Volk durchführen müßte.

Gut, sie mögen recht haben.

Betrachten wir doch diese Frage der Bildung von einem umfassenden Standpunkt. Ich werde Ihnen beweisen, daß Sie keinen Nutzen, sondern nur Schaden stiften mit vielen Ihrer gerühmten Verbesserungen. Die Schulen für die ärmeren Kinder sind zwar durchaus nicht so nützlich, wie sie sein sollten, aber sie sind sicherlich gut im Vergleich zu der schlechten Umgebung, in der zu leben sie durch Ihre moderne Gesellschaft verurteilt sind. Aber das Einprägen von nur ein wenig praktischer Theosophie würde den armen leidenden Massen in ihrem Leben hundertmal mehr helfen als das Einprägen (nutzlosen) Wissens.

Aber wirklich –

Bitte, lassen Sie mich zu Ende sprechen. Sie haben ein Thema angeschnitten, das uns Theosophen tief berührt, und ich muß darüber sagen können, was ich zu sagen habe. Ich gebe durchaus zu, daß es für ein kleines Kind, welches in den Slums aufwächst und die Gosse als Spielplatz hat, das inmitten ständiger Gemeinheit von Worten und Handlungen lebt, von großem Vorteil ist, wenn es jeden Tag in einem hellen, reinen Schulzimmer sitzt, in dem Bilder hängen und das oft mit Blumen geschmückt ist. Dort wird es gelehrt, rein, freundlich und ordentlich zu sein; dort lernt es zu singen und zu spielen, es hat Spielzeug, mit dem seine Intelligenz geweckt wird, es lernt seine Finger geschickt zu gebrauchen, man spricht mit einem Lächeln mit ihm anstatt mit einem Stirnrunzeln, es wird sanft und mit Güte zurechtgewiesen anstatt mit Flüchen. Alles dies macht die Kinder menschlicher, es weckt ihr Denken und macht sie empfänglicher für intellektuelle und moralische Einflüsse. Die Schulen sind nicht das, was sie sein könnten und sein sollten, aber verglichen mit dem Zuhause der Kinder sind sie ein Paradies, und allmählich wirken sie auf dieses Zuhause zurück. Obwohl dies bei vielen öffentlichen Schulen zutrifft, verdient Ihr System an sich dennoch ein vernichtendes Urteil.

Mag sein, doch fahren Sie fort.

Was ist das wirkliche Ziel der modernen Erziehung? Ist es, den Verstand in die richtige Richtung zu entwickeln und zu kultivieren; die Enterbten und Unglücklichen zu lehren, die Bürde des Lebens (die ihnen vom Karma zugemessen ist) standhaft zu tragen, ihren Willen zu stärken, ihnen Nächstenliebe und das Gefühl wechselseitiger Abhängigkeit und Brüderlichkeit einzuprägen und so ihren Charakter für das praktische Leben zu schulen und zu bilden? Nicht im mindesten. Und dennoch sind dies die Ziele jeder wahren Erziehung. Niemand leugnet dies; alle Ihre Pädagogen geben es zu und sprechen über diese Dinge große Worte; aber was ist das praktische Ergebnis ihrer Tätigkeit? Jeder Knabe, jeder junge Mann, ja sogar jeder Lehrer der jüngeren Generation wird antworten: “Das Ziel der modernen Erziehung ist es, Prüfungen zu bestehen.” Es ist ein System, das nicht den rechten Wetteifer entwickelt, sondern in den jungen Menschen Eifersucht, Neid, ja nahezu Haß gegeneinander erzeugt und sie so für ein Leben wilder Selbstsucht schult, für den Kampf um Ehren und Gehälter anstatt für freundliche Gefühle.

Ich muß zugeben, daß Sie darin recht haben.

Und was sind diese Prüfungen, der Schrecken der modernen Jugend? Sie sind lediglich eine Methode der Klassifizierung, durch die die Ergebnisse des Schulunterrichts in Tabellen eingetragen werden. Mit anderen Worten, sie sind die praktische Anwendung der modernen naturwissenschaftlichen Methode auf die Gattung Mensch, gemäß der Verstandestätigkeit. Nun lehrt die “Naturwissenschaft”, daß der Intellekt das Ergebnis der mechanischen Wechselwirkung der Gehirnzellen ist; darum ist es nur logisch, wenn die moderne Erziehung nahezu gänzlich mechanisch ist, eine Art automatischer Maschine zur tonnenweisen Herstellung von Intellekt. Schon eine geringe Erfahrung mit Prüfungen genügt, um zu zeigen, daß die erreichte Bildung nur eine Schulung des physischen Gedächtnisses ist; und früher oder später werden alle Ihre Schulen auf dieses Niveau herabsinken. Eine wirklich gesunde Kultivierung der Kraft des Denkens und Urteilens ist unmöglich, da alles nur nach den Resultaten der Prüfungskonkurrenz bewertet wird. Die Erziehung in der Schule ist jedoch von größter Wichtigkeit für die Charakterbildung, besonders für die moralische Orientierung. Aber da ist Ihr modernes System von Anfang bis Ende auf die sogenannte naturwissenschaftliche Offenbarung gegründet: “Den Kampf ums Dasein” und das “Überleben des Tauglichsten”. Bereits während seines frühen Lebens wird dies dem Menschen durch praktische Beispiele und Erfahrungen sowie durch unmittelbare Belehrungen eingetrichtert, bis es unmöglich ist, aus seinem Verstand die Vorstellung zu tilgen, daß das “Ich”, das niedrige, persönliche, tierhafte Selbst, Sinn und Zweck des ganzen Lebens ist. Hier haben Sie die große Quelle allen nachfolgenden Leidens, Verbrechens und herzloser Selbstsucht, deren Existenz Sie ja ebenso zugeben wie ich. Der Egoismus ist, wie ich schon wiederholt sagte, der Fluch der Menschheit und der fruchtbare Boden aller Übel und Verbrechen in diesem Leben. Und Ihre Schulen sind die Treibhäuser solcher Selbstsucht.

Das mag im allgemeinen richtig sein. Ich möchte aber einige Tatsachen hören und erfahren, wie dem abgeholfen werden soll.

Gut, ich werde versuchen, Sie zufrieden zu stellen. Es gibt drei große Gruppen von Schuleinrichtungen: Öffentliche Grundschulen, Mittelschulen und Privatschulen. Dies ist die gesamte Skala von Schulen, angefangen von den äußerst kommerziellen, bis hin zu den idealistisch-klassischen Richtungen, mit all ihren Abstufungen und Kombinationen. Die praktisch-kommerziellen fördern die moderne Seite, die alten und klassischen spiegeln ihre Altehrwürdigkeit wider, soweit es das Schüler-Lehrer-Verhältnis betrifft. Wir können deutlich sehen, wie die wissenschaftlichen, materiell-kommerziellen die verbrauchten orthodoxen und klassischen verdrängen. Der Grund dafür liegt nahe. Die Ziele dieses Zweiges der Erziehung sind: Pfunde, Schillinge und Pennies, *summum bonum* des 19. Jahrhunderts. So ist alle Energie, die innerhalb der Gehirnmoleküle der Anhänger dieses Systems erzeugt wird, lediglich auf den einen Punkt gerichtet und bildet in gewisser Weise ein organisiertes Heer gelehrter, spekulativer Intellektueller, eine Minderheit von Menschen, die erzogen ist, die Masse von unwissenden, ungebildeten Menschen zu beherrschen und auszubeuten. Das aber ist nicht nur eine *untheosophische*, sondern auch eine durchaus *unchristliche* Erziehung. Das unmittelbare Ergebnis dieser Erziehung ist eine Überflutung des Marktes mit geldmachenden Maschinen, mit herzlosen, egoistischen Menschen, die sehr sorgfältig dazu erzogen wurden, ihre Mitmenschen zu übervorteilen und aus der Unwissenheit ihrer schwächeren Brüder Nutzen zu ziehen.

Aber das kann doch von unseren großen öffentlichen Schulen sicher nicht behauptet werden.

Nicht ganz, das ist richtig. Aber, obgleich die *Form* verschieden ist, der sie beherrschende Geist ist überall derselbe, *untheosophisch* und *unchristlich*, ob nun Eton und Harrow Wissenschaftler oder Theologen hervorbringen.

Aber Sie wollen Eton und Harrow wohl nicht als "kommerziell" bezeichnen?

Nein. Natürlich ist das klassische System vor allen anderen Dingen ehrenwert, und es bringt in der Gegenwart manches Gute hervor. Es ist sicherlich noch immer der Favorit unserer höheren öffentlichen Schulen, wo man nicht nur eine intellektuelle, sondern auch eine soziale Erziehung erlangen kann. Es ist daher wichtig, daß die unbegabten Knaben der aristokratischen und wohlhabenden Eltern in solche Schulen gehen, wo sie mit den anderen jungen Leuten der reichen Klassen zusammenkommen. Aber unglücklicherweise gibt es da schon bei der Aufnahme viel Konkurrenz, denn die wohlhabenden Schichten sind im Wachsen, und die armen, aber begabten Knaben versuchen durch die reichen Stiftungen in öffentliche Schulen zu gelangen und von da zu den Universitäten.

Entsprechend dieser Anschauung müßten die reicheren "Tröpfe" mehr arbeiten als ihre ärmeren Kameraden?

So ist es. Aber, so seltsam es klingt, die Bekenner des Kultus vom "Überleben der Tauglichtsten" setzen ihren Glauben nicht in die Praxis um, denn all ihr Streben läuft darauf hinaus, zu bewirken, daß der von Natur aus Untaugliche den Tauglichen verdrängt. So bringen sie durch Bestechungsgelder die besten Lehrer dazu, sich von ihren begabten Zöglingen abzuwenden und die von Natur aus Untauglichen in Berufe hinein zu manipulieren, die sie dann nutzlos überfüllen.

Und welchem Umstand ist dies zuzuschreiben?

Es kommt von der Verderblichkeit eines Systems, das keine Rücksicht nimmt auf die natürlichen Anlagen und Fähigkeiten der Jugend. Der arme kleine Kandidat für dieses fortschrittliche Paradies des Lernens kommt fast unmittelbar aus der Kinderstube in die Tretmühle einer Vorbereitungsschule für Herrensöhne. Die Werkleute der materiell-intellektuellen Fabrik ergreifen ihn sofort und stopfen ihn voll mit lateinischer, griechischer, französischer Formenlehre, mit Daten und Zahlen, so daß seine natürlichen Fähigkeiten auf schnellstem Wege durch das, was Carlyle so treffend: "tote Vokabeln" nennt, beiseite gedrängt werden.

Aber sicherlich werden ihm außer "toten Vokabeln" noch andere Dinge gelehrt, und vieles davon mag ihn zur Theosophie oder sogar zur Theosophischen Gesellschaft führen.

Nicht viel. Im Geschichtsunterricht wird er nur jene Kenntnisse über seine eigene Nation erwerben, die geeignet sind, ihn mit einem Panzer von Vorurteilen gegen alle anderen Völker auszustatten und Nationalhaß und Blutsfeindschaft zu nähren. Das würden Sie doch sicher nicht *Theosophie* nennen?

Wie lauten Ihre weiteren Einwände?

Dazu kommt noch eine oberflächliche Kenntnis sogenannter biblischer Tatsachen, durch deren Studium jeder Intellekt vernichtet wird. Es sind nur Gedächtnisübungen, das "Warum" der Lehrer ist das "Warum" der Umstände und nicht der Vernunft.

Ich habe aber gehört, daß Sie mit Befriedigung festgestellt haben, daß die Zahl der Agnostiker und Atheisten in unseren Tagen gewachsen ist; es scheint also, daß Menschen, die in dem von Ihnen so geschmähten System geschult werden, doch gelernt haben, selbst zu denken und zu urteilen.

Ja, aber das ist eher die Folge einer gesunden Reaktion auf dieses System, als ein Ergebnis des Systems selbst. Wir ziehen in unserer Gesellschaft Agnostiker, ja selbst entschiedene Atheisten frömmelnden fanatischen Anhängern jedweder Religion bei weitem vor. Der Geist eines Agnostikers ist immer der Wahrheit geöffnet; einen Frömmler aber blendet die Wahrheit wie die Sonne eine Eule. Unsere besten, das heißt, die wahrheitsliebendsten, philanthropischsten und ernsthaftesten Mitglieder waren und sind Agnostiker und Atheisten (das heißt, sie glauben nicht an einen *persönlichen* Gott). Aber es gibt keine *frei*denkenden Jungen und Mädchen, und im allgemeinen wird die Schulung, die sie in ihren jungen Jahren erhalten haben, ihren Stempel in Form eines verkrampften und verdrehten Denkens hinterlassen. Ein richtiges und gesundes Erziehungssystem sollte ein kraftvolles, liberales Denken hervorbringen, einen Verstand, der streng in logischem und genauem Denken und nicht in blindem Glauben geschult ist. Wie können Sie jemals erwarten, gute Ergebnisse zu erzielen, wenn Sie die Urteilsfähigkeit unserer Kinder dadurch verderben, daß Sie ihnen am Sonntag gebieten, an die Wunder der Bibel zu glauben, während Sie sie die übrigen sechs Tage der Woche lehren, daß solche Dinge wissenschaftlich unmöglich sind?

Was würden Sie also tun?

Wenn wir das Geld dazu hätten, würden wir Schulen gründen, die etwas anderes hervorbringen als lesende und schreibende Kandidaten für das Verhungern. Den Kindern sollte in erster Linie Selbstvertrauen, Liebe zu allen Menschen, Altruismus und gegenseitige Nächstenliebe anerzogen werden, vor allem aber, selbst zu denken und zu urteilen. Wir würden die rein mechanische Gedächtnisarbeit auf ein absolutes Minimum reduzieren und die Zeit der Entwicklung und Schulung der inneren Sinnesorgane und Fähigkeiten und schlummernden Eigenschaften widmen. Wir würden uns bemühen, jedes Kind individuell zu behandeln und es so zu erziehen, daß seine Kräfte möglichst gleich und harmonisch entfaltet werden, damit sich seine besonderen Neigungen voll und natürlich entwickeln können. Wir würden bestrebt sein, *freie* Männer und Frauen zu schaffen, die intellektuell und moralisch frei und vorurteilslos in jeder Richtung, vor allem aber *selbstlos* sind. Und wir glauben, daß vieles, wenn nicht alles davon, durch eine richtige, *wahrhaft theosophische* Erziehung erreicht werden könnte.

Warum bestehen so viele Vorurteile gegen die Theosophische Gesellschaft?

Wenn die Theosophie auch nur die Hälfte von dem wäre, was Sie sagen, warum wird sie dann so heftig abgelehnt? Das ist doch ein größeres Problem als alles andere.

Das ist es. Sie müssen bedenken, wie viele mächtige Widersacher wir uns seit der Gründung der Gesellschaft zugezogen haben. Wenn die theosophische Bewegung nur eine der zahlreichen modernen Verrücktheiten wäre, ebenso harmlos wie kurzlebig, dann würde sie lediglich verlacht werden – wie dies auch heute noch seitens jener geschieht, die ihren wirklichen Sinn nicht verstehen – und man würde sie einfach in Ruhe lassen. Aber nichts dergleichen. In Wirklichkeit ist die Theosophie die bedeutendste Bewegung unserer Zeit und darüber hinaus eine Bewegung, welche die meisten altehrwürdigen Täuschungen, Vorurteile und sozialen Übel unserer Zeit an ihrem Lebensnerv bedroht. Jene Übel, welche die oberen Zehntausend und ihre Nachahmer und Verleumder, die wohlhabende Schicht der Mittelklasse, fett und glücklich machen, während sie die Existenz von Millionen Armen untergraben und diese verhungern lassen. Bedenken Sie dies, und Sie werden leicht den Grund der rücksichtslosen Verfolgung durch jene verstehen, die, aufmerksamer und scharfsinniger als andere, das wahre Wesen der Theosophie erkennen und es darum fürchten.

Wollen Sie damit sagen, daß einige Wenige, die verstanden haben, wohin die Theosophie führt, darum versuchen, die Bewegung zu zerschlagen? Aber wenn die Theosophie nur zum Guten führt, dann können Sie doch nicht ernstlich eine so furchtbare Anklage hinterlistiger verräterischer Herzlosigkeit gegen diese Wenigen erheben?

Eben dies tue ich. Jene Feinde, mit denen wir während der ersten zehn Jahre der Existenz unserer Gesellschaft zu kämpfen hatten, möchte ich weder als mächtig noch als "gefährlich" bezeichnen; wohl aber jene, die sich in den letzten drei, vier Jahren gegen uns erhoben haben. Diese aber sprechen weder, noch schreiben oder predigen sie gegen die Theosophie, sie arbeiten in der Stille und hinter dem Rükken der für sie tätigen törichten sichtbaren Marionetten. Wenn sie aber auch den meisten Mitgliedern unserer Gesellschaft unsichtbar sind, so sind sie doch den wahren "Gründern" und Schützern unserer Gesellschaft wohl bekannt. Aber aus bestimmten Gründen können sie derzeit nicht genannt werden.

Sind sie vielen von Ihnen bekannt oder nur Ihnen allein?

Ich habe nie gesagt, daß *ich* sie kenne. Ich mag sie kennen oder auch nicht – ich weiß von ihnen, und das genügt, und ich *traue ihnen das Schlimmste zu.* Sie können gräßliches Unheil stiften und Verwirrung in unsere Reihen bringen, besonders unter den Kleinmütigen und unter denen, die nur nach der äußeren Erscheinung urteilen können. *Aber sie werden die Gesellschaft nicht zerstören, was immer sie auch tun mögen.* Abgesehen von diesen wirklich gefährlichen Feinden – "gefährlich" nur für jene Theosophen, die diesen Namen nicht wert sind und deren Platz eher außerhalb als in der Gesellschaft ist – ist die Zahl unserer Gegner auch sonst sehr beträchtlich.

Können Sie wenigstens diese Gegner aufzählen, wenn Sie schon nicht von den anderen sprechen wollen?

Selbstverständlich. Wir müssen 1. gegen den Haß der amerikanischen, englischen und französischen Spiritisten kämpfen, 2. gegen die ständige Gegnerschaft des Klerus aller Konfessionen und 3. gegen den mitleidslosen Haß und die Verfolgung seitens der Missionare in Indien. Dieser letztere führte zu dem bekannten und berüchtigten Angriff der Society for Psychical Research gegen unsere Theosophische Gesellschaft, ein Angriff, der durch eine regelrechte, von den Missionaren in Indien organisierte Verschwörung herbeigeführt wurde; und zuletzt müssen wir noch die Schädigung durch bekannte Mitglieder einbeziehen, deren Gründe ich bereits erklärt habe. Alle haben sie ihren Beitrag geleistet, die Vorurteile gegen uns zu vermehren.

Können Sie mir genauere Details darüber geben, damit ich weiß, was ich zu antworten habe, wenn ich danach gefragt werde; eine kurze Geschichte der Gesellschaft, und warum die Welt all das glaubt?

Der Grund ist ganz einfach. Die meisten Außenstehenden wußten überhaupt nichts von der Gesellschaft, ihren Beweggründen, ihren Zielen und ihrer Anschauung. Von Anfang an hat die Welt in der Theosophie nichts anderes gesehen, als erstaunliche Phänomene, an welche zwei Drittel der Nicht-Spiritualisten nicht glauben. Bald schon wurde die Gesellschaft als eine Körperschaft betrachtet, welche den Besitz von "Wunderkräften" vorgab. Die Welt hat aber nicht begriffen, daß gerade diese Theosophische Gesellschaft den absoluten Unglauben an *Wunder*, oder an die Möglichkeit solcher, gelehrt hat. In der Gesellschaft gab es nur wenige Leute, die solche psychischen Fähigkeiten besaßen, und ebenso wenige, die sich dafür interessierten. Auch hat die Welt nicht begriffen, daß diese Phänomene niemals in der Öffentlichkeit produziert wurden, sondern nur im privaten Kreis unter Freunden, als eine Art Hilfsmittel, um zu beweisen, daß solche Dinge ohne dunkle Räume, Geister und Medien hervorgebracht werden können. Leider wurde dieses Mißverständnis durch das erste Buch über dieses Thema, Mr. Sinnetts *The Occult World*, verstärkt. Wenn dieses Buch auch viel dazu beigetragen hat, die Gesellschaft bekannt zu machen, so hat es doch seine unglücklichen Hauptpersonen noch mehr in Verruf gebracht, zum Gespött gemacht und von ihnen ein falsches Bild vermittelt. Der Autor von *The Occult World* wurde ausdrücklich davor gewarnt, aber er schenkte der angedeuteten *Prophezeiung* keine Beachtung.

Weshalb und seit wann können die Spiritisten Sie nicht ausstehen?

Seit dem ersten Tage des Bestehens der Gesellschaft. Sobald bekannt wurde, daß die Theosophische Gesellschaft als Körperschaft nicht an eine Verbindung mit den Geistern der Toten glaubt, sondern die sogenannten "Geister" zum größten Teil als die astralen Spiegelbilder der entkörperten

Persönlichkeiten, als Schalen und dergleichen betrachtet, faßten die Spiritisten eine heftigen Haß gegen uns und besonders gegen die Gründer der Gesellschaft. Dieser Haß fand seinen Ausdruck in allen amerikanischen spiritistischen Organen in jeder Form von Verleumdung, schonungslosen persönlichen Bemerkungen und absurden Fehldarstellungen der theosophischen Lehren. Jahrelang wurden wir verfolgt, öffentlich angeprangert und beschimpft. Es begann im Jahre 1875 und setzt sich bis zum heutigen Tage fort. Im Jahre 1879 wurde der Hauptsitz der Theosophischen Gesellschaft von New York nach Bombay, Indien verlegt und dann endgültig nach Madras. Als der erste Zweig unserer Gesellschaft, die britische Theosophische Gesellschaft in London, gegründet wurde, traten die englischen Spiritisten, genau wie es die amerikanischen Spiritisten getan hatten, geharnischt gegen uns auf, gefolgt von den französischen.

Aber warum sollte Ihnen der Klerus feindlich gesonnen sein, da doch die theosophischen Lehren, dem Materialismus, dem großen Feind jeglicher Religionsform in unseren Tagen, entgegengesetzt ist?

Der Klerus ist unser Feind nach dem allgemeinen Grundsatz: "Wer nicht für mich ist, der ist gegen mich." Da Theosophie mit keiner einzelnen Sekte und keinem einzelnen Glaubensbekenntnis übereinstimmt, wird sie von allen gleichermaßen als Feind betrachtet, denn sie lehrt, daß sie alle mehr oder weniger im Irrtum sind. Die Missionare in Indien haßten uns und versuchten uns zu vernichten, weil sie sahen, daß die Blüte der gebildeten indischen Jugend und die Brahmanen, die ihnen nahezu unzugänglich waren, sich der Gesellschaft in großer Zahl anschlossen. Abgesehen von diesem allgemeinen Klassenhaß finden sich doch in den Reihen der Theosophischen Gesellschaft mehrere Priester und sogar zwei Bischöfe.

Und was führte die Society for Psychical Research *in die Reihen Ihrer Gegner? Sie verfolgte doch in mancher Beziehung die gleiche Studienrichtung, und verschiedene Forscher der S.P.R. gehörten zu Ihrer Gesellschaft.*

Anfangs standen wir mit den Leitern der S.P.R. in guter Freundschaft. Aber als im *Christian College Magazine* der Angriff auf die Phänomene erschien, gestützt auf die falschen Enthüllungen des Hauspersonals, fand die S.P.R., sie habe sich dadurch kompromittiert, daß sie zu viele Phänomene, die im Zusammenhang mit der Theosophischen Gesellschaft stattgefunden haben, in ihren Berichten veröffentlichte. Es war ihr Ehrgeiz, sich als eine *maßgebende, streng wissenschaftliche* Körperschaft darzustellen; und so hatten sie, um sich diese Stellung zu wahren, keine andere Wahl, als entweder die Theosophische Gesellschaft über Bord zu werfen und sogar zu versuchen, sie zu vernichten, oder aber in der Meinung der Sadduzäer der großen Welt mit den "leichtgläubigen" Theosophen und Spiritisten in einen Topf geworfen zu werden. Sie hatten keinen anderen Ausweg und zogen es vor, uns über Bord zu werfen. Es war für sie eine Angelegenheit bitterer Notwendigkeit. Sie standen derartig unter Druck, vernünftige Beweggründe für das aufopfernde Leben und die unaufhörliche Arbeit der zwei Gründer und für das Fehlen jeglicher finanzieller Vorteile zu finden, daß sie gezwungen waren, zu der absurden und lächerlichen Theorie der "russischen Spione" zu greifen. Aber der alte Spruch "das Blut der Märtyrer ist der Same der Kirche", hat sich wieder einmal als richtig erwiesen. Nach dem ersten Schock dieser Angriffe verdoppelte und verdreifachte sich die Mitgliederzahl der Theosophischen Gesellschaft, aber der entstandene schlechte Eindruck bleibt bestehen. Ein französischer Autor hatte recht, als er sagte: "Calomniez, calomniez toujours et encore, il en restera toujours quelque chose", (verleumdet nur immer wieder, etwas bleibt schon hängen). Deshalb sind unwahre Vorurteile im Umlauf und alles, was mit der Theosophischen Gesellschaft in Verbindung gebracht wird, insbesondere mit ihren Gründern, ist dcrartig verzerrt, weil es ausschließlich auf bösartigem Gerede beruht.

Aber haben Sie in den vierzehn Jahren des Bestehens der Gesellschaft nicht genügend Zeit und Gelegenheit gehabt, sich und Ihre Arbeit in ihrem wahren Licht zu zeigen?

Wie oder wann wurde uns eine solche Gelegenheit geboten? Unsere prominentesten Mitglieder hatten eine Abneigung gegen alles, was wie eine öffentliche Rechtfertigung aussah. Ihre Taktik war immer: "Wir müssen es durchstehen. Was liegt daran, was die Zeitungen schreiben oder die Menschen denken?" Die Gesellschaft war zu arm, um öffentliche Redner auszusenden, und deshalb war die Darstellung unserer Ansichten und Lehren auf einige wenige theosophische Bücher beschränkt, die erfolgreich waren, die aber von den Leuten oft mißverstanden wurden oder die sie nur vom Hörensagen kannten. Unsere Zeitschriften wurden und werden noch boykottiert, unsere literarischen Werke ignoriert. Und bis zum heutigen Tage scheint noch niemand so recht sicher zu sein, ob die Theosophen eine Art von Schlangen- und Teufelsanbetern sind oder einfach "esoterische Buddhisten", was immer das bedeuten mag. Es war nutzlos für uns, immer wieder, Tag für Tag und Jahr für Jahr alle Arten unbegreiflichen Unsinns über uns zu widerlegen; denn kaum hatten wir eine abgetan, war schon wieder eine neue, noch absurdere und noch böswilligere Geschichte aus der Asche der vorhergehenden geboren. Unglücklicherweise ist die menschliche Natur so beschaffen, daß alles Gute, was man über jemanden sagt, sofort vergessen und nie wiederholt wird. Aber man braucht nur eine Verleumdung zu äußern oder eine Geschichte zu erfinden, gleichgültig wie absurd, falsch oder unglaubwürdig sie sein mag, wenn sie nur mit irgendeiner unpopulären Persönlichkeit verbunden ist, dann ist sie sogleich erfolgreich und wird als historische Tatsache angenommen. Wie in *Don Basilios* Verleumdung (Rossinis Oper "Der Barbier von Sevilla") kommt das Gerücht auf, zuerst als eine leichte, sanfte Brise, kaum das Gras unter den Füßen bewegend, und dann, keiner weiß wann, erhebt es sich und verwandelt sich innerhalb kürzester Zeit in einen starken Wind und geht in einen heulenden Sturm über. Eine Verleumdung in den Nachrichten ist wie eine Krake unter Fischen. Es saugt sich in unser Gehirn, heftet sich an unser Gedächtnis und hinterläßt unauslöschliche Spuren; selbst dann noch, wenn sich die Verleumdung äußerlich bereits zerschlagen hat. Eine verleumderische Lüge ist der Hauptschlüssel, der jedes Gehirn öffnen wird. Es wird willkommen geheißen und findet Aufnahme in jedem menschlichen Gemüt, dem höchsten wie dem niedersten, wenn es nur ein wenig voreingenommen ist und ganz gleich, von welchem niedrigen Ort und Motiv es ausgegangen ist.

Glauben Sie nicht, daß Ihre Behauptung etwas zu allgemein ist? Ein Engländer ist nicht so schnell bereit zu glauben, was er hört. Unsere Nation ist sprichwörtlich bekannt für ihr "fair play". Eine Lüge hat zu kurze Beine, um darauf lange stehen zu können.

Der Engländer ist genauso bereit, übler Nachrede Glauben zu schenken, wie ein Mensch jeder anderen Nation, denn das ist eine Eigenschaft der menschlichen Natur und nicht die einer Nation. Wenn Lügen schon keine Beine haben, auf denen sie stehen können, so haben sie außerordentlich schnelle Flügel und sie fliegen weiter als jede andere Nachricht, in England ebenso wie anderswo. Lügen und Verleumdungen sind das einzige, was es gratis und ohne Abonnement gibt. Wenn Sie wollen, können wir einen Versuch machen. Stellen Sie mir, die Sie so interessiert sind an theosophischen Themen und so viel über uns gehört haben, über die Gerüchte und das Gerede so viele Fragen, wie Ihnen einfallen. Ich werde Ihnen die Wahrheit sagen und nur die Wahrheit, die der strengsten Überprüfung standhält.

Bevor wir das Thema wechseln, wollen wir die ganze Wahrheit hören. Einige Autoren haben Ihre Lehren als unmoralisch und gefährlich bezeichnet. Andere sagen, daß sogenannte "Autoritäten" und Orientalisten in den indischen Religionen nichts anderes sehen, als vielfältige Formen sexueller Kulte. Sie werden von diesen beschuldigt, auch nichts anderes als Phallus-Verehrung zu lehren. Sie sagen, daß die moderne Theosophie eng mit dem östlichen Gedankengut, ganz besonders dem indischen, verbunden ist und deshalb nicht frei von diesem Makel sein kann. Gelegentlich gehen sie sogar so weit, die europäischen Theosophen zu beschuldigen, diesen Kult neu zu beleben.

Ich habe davon gelesen und gehört. Ich sage Ihnen aber, daß keine bodenlosere Verleumdung je in Umlauf gebracht wurde. "Dumme Menschen können nur dumme Träume haben", sagt ein russisches Sprichwort. Solch schmutzige Anschuldigungen, die auf falschen Schlußfolgerungen beruhen, denen jegliche Grundlage fehlt, bringen das Blut zum Kochen. Fragen Sie die Hunderte von ehrenhaften und langjährigen englischen Mitgliedern der Theosophischen Gesellschaft, ob ihnen unmoralische oder gefährliche Lehren beigebracht wurden. Öffnen Sie die *Geheimlehre* und Sie werden Seite für Seite sehen, daß viele Nationen wegen des Ausübens von phallischen Riten angeprangert werden, die das Ergebnis ihrer buchstabengetreuen Auslegung der Natursymbole und der groben materialistischen Vorstellungen ihres Dualismus in allen exoterischen Glaubensformen sind. Diese nie endende und gehässige Auslegung unserer Lehren ist wirklich eine Schande.

Aber Sie können die Existenz des phallischen Elements in den Religionen des Ostens nicht bestreiten?

Das leugne ich auch nicht, ich behaupte nur, daß dies nicht mehr beweist, als es dessen Vorhandensein im Christentum tut, der Religion des Westens. Lesen Sie Hargrave Jennings *The Rosicrucians*, wenn Sie sich davon überzeugen wollen. Im Osten ist die phallische Symbologie vielleicht ungeschminkter, weil sie natürlicher ist oder ich würde sagen naiver und ehrlicher als im Westen. Aber deshalb ist sie nicht ausschweifender und sie vermittelt dem östlichen Verstand nicht dieselben groben und rohen Vorstellungen wie dem westlichen. Es mag ein oder zwei Ausnahmen geben, so zum Beispiel die schändliche "Maharaja" oder *Vallabhacharya*-Sekte.

Ein Schreiber im Agnostic Journal, *einer Ihrer Anschuldiger, hat darauf hingewiesen, daß die Anhänger dieser schamlosen Sekte Theosophen seien und für sich "wahre theosophische Einsichten beanspruchen".*

Er schrieb eine Unwahrheit und das ist alles. Kein einziges Mitglied dieser Vallabhacharya-Sekte befindet sich in unserer Gesellschaft. Was ihren Anspruch auf theosophische Einsichten betrifft, so ist dies ein weiterer Unsinn, der auf krasser Unkenntnis in bezug auf indische Sekten beruht. Ihr "Maharaja" beansprucht lediglich das Geld, die Frauen und Töchter seiner törichten Anhänger und nicht mehr. Diese Sekte wird von allen Hindus verachtet.

Sie finden das gesamte Thema in der *Geheimlehre* ausführlich beschrieben und sie werden darin detaillierte Erklärungen finden. Um zum Schluß zu kommen, die Theosophie ist gegen jeglichen Phalluskult, in ihrer Esoterischen Abteilung ebenso wie in ihren exoterischen Lehren. Niemals wurde eine verlogenere Äußerung gemacht, als die oben erwähnte. Nun, stellen Sie einige andere Fragen.

Einverstanden.

Ist die Theosophische Gesellschaft ein auf Gewinn ausgerichtetes Unternehmen?

Haben die Gründer, H.S. Olcott oder H.P. Blavatsky, jemals Geld, Gewinn oder weltliche Vorteile aus der Theosophischen Gesellschaft gezogen, wie dies einige Zeitungen sagen?

Nicht einen Penny, die Zeitungen lügen. Ganz im Gegenteil, beide haben sie alles gegeben, was sie besaßen und haben sich buchstäblich an den Bettelstab gebracht. Was die "weltlichen Vorteile" betrifft, denken Sie an die Verleumdungen und Herabsetzungen und dann stellen Sie diese Frage!

In einigen Missionszeitschriften habe ich gelesen, daß die Aufnahmegebühren und Abonnementgebühren weit höher sind, als die abzudeckenden Ausgaben und es heißt, daß die Gründer im Jahr zwanzigtausend Pfund erwirtschaften.

Das ist Unsinn, wie vieles andere auch. In der im Januar 1889 veröffentlichten Finanzabrechnung finden sie eine genaue Auflistung aller Gelder, die seit 1879 erhalten wurden einschließlich ihrer Quellen. Die Gesamtsumme aller Einkünfte (Aufnahmegebühren, Spenden usw. usw.) während dieser 10 Jahre betrug knapp sechstausend Pfund, und davon wurde ein großer Anteil von den Gründern selbst aus dem Verkauf privaten Eigentums und aus ihren literarischen Arbeiten beigetragen. Dies wurde öffentlich und offen dargelegt, sogar von unseren Feinden, der Society of Psychical Research. Nun sind die beiden Gründer selbst ohne einen Penny. Die eine ist zu alt und krank um zu arbeiten, wie sie es früher gewohnt war und nicht mehr in der Lage, Zeit aufzubringen für zusätzliche literarische Arbeiten. Um der Gesellschaft mit Geldzuwendungen zu helfen, kann sie nur noch für die theosophische Sache schreiben. Der andere arbeitet für die Gesellschaft wie immer und erhält dafür nur wenig Dank.

Aber Sie brauchen doch sicher Geld zum Leben?

Überhaupt nicht. Solange sie Essen und Unterkunft haben, auch wenn sie es durch die Treue einiger Freunde erhalten, benötigen sie keines.

Aber könnte Madame Blavatsky besonders durch ihre schriftstellerische Tätigkeit nicht mehr als genug verdienen, um davon zu leben?

Während sie in Indien war, verdiente sie mit Artikeln für russische und andere Zeitungen mehrere tausend Rupees im Jahr. Aber diese Einnahmen gab sie alle der Gesellschaft.

Waren das politische Artikel?

Niemals. Alles, was sie während ihres siebenjährigen Aufenthalts in Indien geschrieben hat, wurde veröffentlicht. Die Artikel behandeln nur Religionen, Ethnologie, das Brauchtum Indiens und Theosophie, aber niemals Politik, von der sie nichts versteht und die sie nicht interessiert. Vor 2 Jahren lehnte sie einige Verträge ab, die insgesamt ungefähr 1200 Rubel monatlich eingebracht hätten, die sie aber nicht annehmen konnte, ohne ihre Arbeit für die Gesellschaft aufgeben zu müssen, die ihre ganze Zeit und Kraft benötigte. Sie hat Unterlagen, die das beweisen.

Aber warum haben sie und General Olcott nicht das getan, was viele andere Theosophen machen, nämlich, ihrem Beruf nachzugehen und in ihrer Freizeit für die Gesellschaft zu arbeiten?

Diente man zwei Meistern, dann hätte entweder der Beruf oder die philanthropische Arbeit gelitten. Jeder wahre Theosoph ist moralisch verpflichtet, das Persönliche dem Unpersönlichen zu opfern, seinen eigenen *gegenwärtigen* Nutzen dem zukünftigen *Wohl* anderer Menschen. Wenn die Gründer nicht ein Beispiel geben würden, wer täte es dann?

Gibt es viele, die diesem Beispiel folgen?

Ich bin verpflichtet Ihnen die Wahrheit zu sagen; in Europa sind es ungefähr ein halbes Dutzend, und wir haben mehr als sechs Sektionen.

Dann ist es nicht wahr, daß die Theosophische Gesellschaft ein großes Vermögen oder eigene Stiftungen besitzt?

Es ist unrichtig, sie besitzt nichts dergleichen. Da jetzt die Aufnahmegebühr von £ 1 und der geringe Jahresbeitrag abgeschafft wurden, ist es kaum zweifelhaft, ob die Mitarbeiter am Hauptsitz in Indien nicht bald verhungern werden.

Warum keine Spendenaufrufe?

Wir sind nicht die Heilsarmee. Wir können und werden nicht betteln. Wir folgen auch nicht dem Beispiel der Kirchen und Sekten und machen keine Kollekten. Das, was für den Unterhalt der Gesellschaft gelegentlich gegeben wird, die kleinen Summen, die von treuen Mitgliedern beigetragen werden, sind alles freiwillige Spenden.

Aber ich hörte von großen Summen, die Frau Blavatsky gegeben wurden. Vor vier Jahren hieß es, daß sie £ 5000 von einem reichen, jungen Mitglied erhalten habe, der nach Indien kam und der Gesellschaft beitrat, und von £ 10000 von einem anderen reichen, sehr bekannten Amerikaner, einem Ihrer Mitglieder, der vor Jahren in Europa verstarb.

Sagen sie jenen, die Ihnen so etwas erzählten, daß sie entweder selbst lügen, oder eine grobe Lüge wiederholen. Madame Blavatsky hat seit der Gründung der Theosophischen Gesellschaft weder von diesen beiden Herren Geld erhalten oder darum gebeten, noch von irgend jemand anderem. Lassen sie irgendeinen Menschen versuchen, eine solche Verleumdung zu beweisen, und es wird einfacher sein zu beweisen, daß die Bank von England bankrott ist, als daß die Gründer jemals Geld durch die Theosophie erlangt hätten. Diese beiden Verleumdungen wurden von zwei hochgestellten Damen der Londoner Aristokratie aufgebracht, aber sofort widerlegt. Es sind also alte Geschichten, die wieder an die Oberfläche gezerrt wurden.

Dann wurde mir noch von großen Erbschaften der Theosophischen Gesellschaft erzählt. Einmal wurden ungefähr £ 8000 von einem exzentrischen Engländer hinterlassen, der nicht einmal der Gesellschaft angehörte. Der andere Nachlaß von etwa £ 3000 bis £ 4000 stammt von einem australischen Mitglied. Ist das richtig?

Vom ersten habe ich gehört. Ob rechtmäßig hinterlassen oder nicht, ich weiß, die Gesellschaft hat keinen Nutzen davon gehabt, auch wurden die Gründer offiziell nicht davon in Kenntnis gesetzt. Als unsere Gesellschaft noch keine eingetragene Körperschaft war und deshalb keine legale Existenz hatte, schenkte der Richter des Nachlaßgerichtes solch einem Testament keine Beachtung und sprach die Summe den Erben zu. Soweit zum ersten. Was den zweiten betrifft, so ist es richtig. Der Erblasser war eines unserer treuen Mitglieder und vermachte alles, was er besaß, der Theosophischen Gesellschaft. Aber als der Präsident

Oberst Olcott in die ganze Angelegenheit Einblick bekam, stellte sich heraus, daß der Erblasser Kinder hatte, die er aus gewissen familiären Gründen enterbt hatte. Deshalb rief Olcott eine Ratsversammlung ein, in der beschlossen wurde, daß die Erbschaft abgelehnt werden und das Geld den rechtmäßigen Erben zukommen soll. Die Theosophische Gesellschaft würde ihrem Namen nicht gerecht, würde sie von Geldern profitieren, die anderen zustehen, zumindest nicht nach ihren theosophischen Prinzipien, wenn nicht rechtlich.

Was ich nun sage, betrifft Ihre eigene Zeitschrift The Theosophist. *Es wird ein Raja von Indien erwähnt, der der Gesellschaft 25000 Rupees spendete. Haben Sie ihm nicht im* Theosophist *vom Januar 1888 für diese großzügige Spende gedankt?*

Das haben wir, und zwar mit folgenden Worten: "Der Kongreß übermittelt dem Maharaja seinen Dank für das *versprochene*, großzügige Geschenk von 25000 Rupees für den Fonds der Gesellschaft". Die Danksagung wurde ordnungsgemäß übermittelt, aber das Geld ist immer noch ein "Versprechen" und hat den Hauptsitz niemals erreicht.

Aber wenn es der Maharaja versprach und ihm dafür öffentlich und gedruckt gedankt wurde, dann wird er sich wohl auch an sein Versprechen halten?

Das mag sein, obgleich das Versprechen bereits 18 Monate alt ist. Ich spreche von der Gegenwart und nicht von der Zukunft.

Wie gedenken Sie weiterzumachen?

Solange die Theosophische Gesellschaft einige treue Mitglieder hat, die gewillt sind, ohne Dank und Lohn zu arbeiten, solange sie einige gute Theosophen mit gelegentlichen Spenden unterstützen, solange wird sie bestehen können und nichts kann sie zerstören.

Ich habe von vielen Theosophen "von einer Macht, die hinter der Gesellschaft steht" gehört, von bestimmten "Mahatmas", die auch in den Werken von A.P. Sinnett erwähnt werden. Es wird gesagt, daß sie die Gründer der Gesellschaft sind, über sie wachen und sie beschützen.

Sie mögen vielleicht lachen, aber es ist tatsächlich so.

Die Mitarbeiter der Gesellschaft

Diese Männer sind, so habe ich gehört, große Adepten, Alchemisten und was sonst noch. Wenn sie also Blei in Gold verwandeln und soviel Geld herstellen können, wie sie wollen, nebenbei noch alle Arten von Wundern vollbringen, wie in Mr. Sinnetts The Occult World *gesagt wird, warum beschaffen sie nicht die nötigen Gelder und unterstützen die Gründer und die Gesellschaft entsprechend?*

Weil sie keinen "Miracle Club" gegründet haben, und weil die Gesellschaft dazu bestimmt ist, den Menschen zu helfen, durch eigene Anstrengung und eigenen Verdienst die in ihnen latenten Kräfte zu entfalten. Was immer sie in bezug auf Phänomene hervorbringen mögen oder nicht, sie sind auf keinen Fall Falschmünzer; außerdem würden sie keine zusätzlichen oder starken Versuchungen auf den Weg der Mitglieder und Kandidaten streuen. *Theosophie kann nicht gekauft werden.* In den vergangenen 14 Jahren hat kein Mitarbeiter jemals Bezahlung oder ein Gehalt erhalten, weder von den Meistern noch von der Gesellschaft.

Dann wird keiner Ihrer Mitarbeiter bezahlt?

Bis jetzt nicht. Aber da jeder essen, trinken und sich kleiden muß, werden diejenigen, die ohne Einkünfte sind und ihre gesamte Zeit der Arbeit der Gesellschaft widmen, mit dem Lebensnotwendigen am Hauptsitz in Madras versorgt, obgleich dieses Lebensnotwendige äußerst bescheiden ist. Da die Arbeit der Gesellschaft in Europa zunimmt und sich ständig erweitert (trotz aller Verleumdungen), benötigen wir mehr arbeitende Hände. Wir hoffen, daß wir in der Zukunft Mitarbeiter haben werden, die entlohnt werden können, falls dieses Wort in diesen Fällen überhaupt angebracht ist, da alle diese Mitglieder, die ihre ganze Zeit der Gesellschaft zur Verfügung stellen, gute und hoch bezahlte Positionen aufgeben, um für uns für *weniger als die Hälfte ihres früheren Einkommens* zu arbeiten.

Und wer wird die Gelder dafür zur Verfügung stellen?

Einige unserer Mitglieder, die etwas reicher sind als die übrigen. Jemand, der mit Theosophie spekuliert oder damit Geld machen will, wäre unwürdig, in unseren Reihen zu verbleiben.

Aber mit Ihren Büchern, Zeitschriften und anderen Veröffentlichungen verdienen Sie doch Geld?

The Theosophist in Madras, ist die einzige Zeitschrift, die einen Gewinn abwirft, und dieser wird regelmäßig an die Gesellschaft abgegeben, wie die Jahr für Jahr veröffentlichten Jahresabschlüsse zeigen. *Lucifer* bringt stetig, aber nur langsam etwas Geld, deckt aber immer noch nicht seine Ausgaben, dank des Boykotts der gottesfürchtigen Buchhändler und Bahnhofs-Kioske. Der *Lotus* in Frankreich begann auf privater Basis, mit den wenigen Mitteln eines Theosophen, der ihm seine ganze Zeit und Arbeitskraft widmete, aber aus denselben Gründen sein Dasein beendete. Ebenso kann sich der New Yorker *Path* nicht selbst tragen. Gerade wurde mit der *Revue Theosophique* in Paris begonnen, ebenfalls mit privaten Mitteln einer Dame. Werfen irgendwelche Werke, die in der Theosophical Publishing Company in London veröffentlicht werden, Gewinn ab, wird dieser in den Dienst der Gesellschaft gestellt.

Bitte erzählen Sie alles, was Sie über die Mahatmas wissen. Es werden so viele absurde und widersprüchliche Dinge über sie gesagt, daß man nicht weiß, was man glauben soll. Alle Arten von lächerlichen Geschichten über sie sind im Umlauf.

Richtig, es sind lächerliche Geschichten!

XIV

Die "Theosophischen Mahatmas"

Sind sie "Geister des Lichtes" oder "Kobolde"?

Wer sind diese Wesen eigentlich, die Sie "Meister" nennen? Einige sagen, sie sind "Geister" oder irgendeine andere Art von übernatürlichen Wesen, während andere sie als bloße "Mythen" bezeichnen.

Sie sind keines von beiden. Ich hörte einmal einen Außenstehenden sagen, daß sie eine Art von männlichen Meerjungfrauen seien, was auch immer für ein Geschöpf das sein mag. Wenn Sie darauf hören, was die Leute sagen, werden Sie nie zu einer richtigen Auffassung über sie gelangen. Zuerst einmal sind sie *lebende Menschen*, geboren, wie wir geboren sind und ihr Schicksal ist, zu sterben wie jeder andere Sterbliche.

Ja, aber es geht das Gerücht um, daß einige von ihnen schon tausend Jahre alt sind; ist das wahr?

So wahr, wie das wundersame Wachsen des Haares am Kopf von Merediths Shagpat. Wahrlich, kein theosophisches Rasiermesser war bisher imstande, es zu schneiden. Je mehr wir sie in Abrede stellen, je mehr wir versuchen, es den Leuten richtig zu erklären, desto absurder werden die Erfindungen. Es wird gesagt, Methusalem sei 969 Jahre alt geworden, aber da ich mich nicht verpflichtet fühlte daran zu glauben, lachte ich über diese Aussage und wurde sofort von vielen als gotteslästerlicher Ketzer angesehen.

Nun aber in allem Ernst; übersteigt ihr Alter das gewöhnliche Alter des Menschen?

Ich erinnere mich, im *Lancet* von einem Mexikaner gelesen zu haben, der nahezu 190 Jahre alt war; aber ich habe noch nie von einem sterblichen Menschen gehört, sei es ein Laie oder ein Adept, der auch nur die halbe Zeit leben konnte, die Methusalem zugeschrieben wird. Einige Adepten überschreiten das, was Sie das gewöhnliche Alter nennen würden, weit, aber es ist nichts Wunderbares daran, und wenige von ihnen sind daran interessiert, sehr lange zu leben.

Was bedeutet das Wort "Mahatma" in Wirklichkeit?

Einfach "große Seele", groß durch moralische Erhabenheit und geistige Fähigkeiten. Wenn man einem betrunkenen Soldaten wie Alexander den Titel "der Große" gegeben hat, warum sollten wir dann nicht diejenigen "groß" nennen, die weit größere Siege über die Geheimnisse der Natur errungen haben, als Alexander sie je auf dem Schlachtfeld erfocht. Im übrigen stammt die Bezeichnung aus dem Indischen und ist ein sehr altes Wort.

Und weshalb nennen Sie sie "Meister"?

Wir nennen sie "Meister", weil sie unsere Lehrer sind, und weil wir von ihnen alle theosophischen Wahrheiten erhalten haben, wie mangelhaft manche von uns sie auch verstanden oder ausgedrückt haben mögen. Es sind Menschen von großer Gelehrsamkeit und von noch größerer Heiligkeit des Lebens, die wir Eingeweihte nennen. Sie sind keine Asketen im gewöhnlichen Sinne des Wortes, wenn sie auch sicherlich zurückgezogen von der Unruhe und dem Streit des Lebens der westlichen Welt leben.

Aber ist es nicht selbstsüchtig, sich so zu isolieren?

Worin liegt da die Selbstsucht? Zeigt nicht das Schicksal der Theosophischen Gesellschaft hinreichend, daß die Welt weder bereit ist, sie anzuerkennen, noch aus ihren Lehren Nutzen zu ziehen? Von welchem Wert wäre es gewesen, wenn Professor Clerk Maxwell* eine Klasse kleiner Jungen im Einmaleins unterrichtet hätte? Übrigens sondern sich die Mahatmas lediglich vom Westen ab, in ihrem eigenen Land gehen sie ebenso offen umher wie andere Menschen.

Werden ihnen nicht übernatürliche Kräfte zugeschrieben?

Wir glauben, wie ich Ihnen schon sagte, an nichts Übernatürliches. Wenn Edison vor 200 Jahren gelebt und seinen Phonographen erfunden hätte, würde er wahrscheinlich mitsamt seiner Erfindung verbrannt worden sein, und das Ganze wäre dem Teufel zugeschrieben worden. Die Kräfte, welche die Meister anwenden, beruhen einfach auf der Entwicklung von Anlagen, die in jedem Menschen latent vorhanden sind, und deren Existenz jetzt sogar schon die offizielle Wissenschaft anzuerkennen beginnt.

---

* Großer schottischer Physiker, in Fachkreisen angesehen als Wissenschaftler vom Format eines Sir Isaac Newton (Hg.).

Ist es wahr, daß diese Männer einige von Ihren Autoren inspiriert haben, und daß viele, wenn nicht alle theosophischen Werke nach ihrem Diktat geschrieben wurden?

Bei einigen ist dies der Fall. Es gibt Stellen, die absolut *wörtlich* von ihnen diktiert wurden. In den meisten Fällen geben sie jedoch nur die Inspiration der Ideen und überlassen die literarische Form den Verfassern.

Aber dies ist ja an sich schon wunderbar, es ist ein wirkliches Wunder. Wie können sie das tun?

Sie befinden sich in einem großen Irrtum, mein Herr, und die Wissenschaft selbst wird in nicht allzu ferner Zeit Ihre Argumente widerlegen. Warum sollte dies ein "Wunder" sein, wie Sie es nennen? Unter Wunder versteht man irgendein Geschehen, das übernatürlich ist; in Wirklichkeit gibt es aber nichts über oder jenseits der Natur und der Naturgesetze. Unter den vielen Formen des "Wunders", die durch die moderne Wissenschaft erforscht werden, ist auch die Hypnose, und eine ihrer Stadien ist als "Suggestion" bekannt, eine Form der Gedankenübertragung, welche erfolgreich benützt wird, um verschiedene physische Krankheiten zu bekämpfen. Die Zeit ist nicht fern, in der die wissenschaftliche Welt gezwungen sein wird anzuerkennen, daß es ebenso viele Wechselwirkungen von einem individuellen Bewußtsein zum anderen gibt, wie zwischen zwei Körpern in engster Berührung. Wenn zwei Gemüter in einem Band der Sympathie miteinander verbunden sind und die Instrumente, durch die sie wirken, darauf abgestimmt sind, magnetisch und elektrisch aufeinander zu reagieren, dann gibt es nichts, was die willensmäßige Übertragung von Gedanken zwischen diesen beiden verhindern könnte. Da der Geist keine greifbare Natur hat, welche durch Entfernung von dem Gegenstand seiner Betrachtung getrennt werden kann, folgt daraus, daß der einzige Unterschied, der zwischen zwei Gemütern bestehen kann, der Unterschied des Zustandes ist. Wenn also dieses letzte Hindernis überwunden ist, wo bleibt dann bei der *Gedankenübertragung*, über welche Entfernung auch immer, das "Wunder"?

Aber man muß doch zugeben, daß die Hypnose nichts derartig Wunderbares zustande bringt.

Ganz im Gegenteil, es ist eine Tatsache, daß der Hypnotiseur auf das Gehirn seines Subjekts so einwirken kann, daß er seine eigenen Gedanken und Worte durch den Organismus des Subjekts zum Ausdruck bringt. Wenngleich die Resultate dieser Methode der Gedankenübertragung bis jetzt noch nicht sehr zahlreich sind, kann niemand vorhersagen, wie weit sich ihre Auswirkung in der Zukunft verbreiten wird, wenn die Naturgesetze, die sie leiten, wissenschaftlich begründet sein werden. Und wenn solche Ergebnisse auf Grund der erst anfänglichen Kenntnis der Grundlagen der Hypnose produziert werden können, was sollte dann einen Adepten davon abhalten, mit psychischen und spirituellen Kräften Ergebnisse hervorzubringen, welche Sie auf Grund Ihres gegenwärtigen begrenzten Wissens ihrer Gesetze als "Wunder" bezeichnen?

Warum versuchen denn unsere Ärzte nicht zu experimentieren und etwas ähnliches hervorzubringen?

Weil sie erstens keine Adepten sind mit einem durchdringenden Verständnis der Geheimnisse und Gesetze der psychischen und spirituellen Gebiete, sondern Materialisten, die sich scheuen, einen Schritt aus den engen Gleisen des groben Stoffes hinauszugehen; und zweitens, weil sie gegenwärtig *versagen* müssen, solange bis sie anerkennen, daß solche Kräfte erreichbar sind.

Könnte man sie nicht dahingehend belehren?

Nein, solange sie nicht so weit vorbereitet sind, daß sie den angesammelten materialistischen Ballast in ihrem Gehirn bis zum letzten Atom getilgt haben, ist das nicht möglich.

Das ist sehr interessant. Sagen Sie mir bitte, haben die Adepten viele Theosophen auf diese Weise inspiriert oder ihnen diktiert?

Nein, im Gegenteil, nur sehr wenigen. Solche Unternehmen erfordern besondere Bedingungen. Ein skrupelloser, aber erfahrener Adept der schwarzen Bruderschaft (wir nennen sie "Brüder des Schattens" oder Dugpas) arbeitet unter viel weniger Schwierigkeiten. Da er keine Gesetze spiritueller Art hat, die seine Tätigkeit hemmen, wird ein solcher Dugpa-"Zauberer" ohne besondere Umstände Herrschaft über den Verstand eines jeden Menschen erlangen und ihn gänzlich seinen bösen Kräften unterwerfen können. Unsere Meister aber werden derartiges niemals tun. Wenn sie nicht der schwarzen Magie verfallen wollen, haben sie kein Recht, völlige Herrschaft über das unsterbliche Ego irgendeines Menschen zu erlangen und können daher nur auf die physische und psychische Natur des Betreffenden einwirken und müssen seinen freien Willen völlig unangetastet lassen. Solange eine Person nicht in eine psychische Verbindung mit den Meistern gebracht wird, gestärkt durch volles Vertrauen und Hingabe an diese Lehrer, haben letztere, wenn sie ihre Gedanken übertragen wollen, ohne daß diese Bedingungen erfüllt sind, die größten Schwierigkeiten, durch das nebelhafte Chaos der Sphäre dieser Person zu dringen. Aber dies ist nicht der Ort, um ein Thema dieser Art näher zu behandeln. Es genügt zu sagen, daß, wenn solche Kräfte existieren, es auch Intelligenzen (verkörperte oder entkörperte) gibt, die diese Kräfte lenken, und daß es lebende bewußte Mittler gibt, durch die sie übermittelt und von denen sie empfangen werden. Wir müssen uns dabei nur vor der *schwarzen Magie* hüten.

Was verstehen Sie eigentlich unter "schwarzer Magie"?

Einfach den *Mißbrauch von psychischen Kräften* oder von den *Geheimnissen der Natur*; die Anwendung der Kräfte des Okkultismus für selbstsüchtige und sündige Zwecke. Ein Hypnotiseur, der seine Suggestionskraft benützt, um jemanden zum Stehlen oder Morden zu zwingen, würde von uns als Schwarzmagier bezeichnet werden. Die berühmte Verjüngungsbehandlung von Dr. Brown-Sequard in Paris mit widerlichen *tierischen Injektionen* in das menschliche Blut – eine Entdeckung, welche alle medizinischen Zeitschriften in Europa gegenwärtig erörtern – ist, wenn sie zutrifft, *unbewußte schwarze* Magie.

Aber das ist doch ein mittelalterlicher Glaube an Hexenkunst und Zauberei! Selbst das Gesetz glaubt heute nicht mehr an solche Dinge.

Um so schlimmer für das Gesetz; es hat durch den Mangel an Unterscheidungsfähigkeit zu mehr als einem Justizirrtum und Verbrechen geführt. Es ist nur die Bezeichnung, die Sie mit ihrem "abergläubischen" Unterton erschreckt. Würde das Gesetz nicht jeden Mißbrauch hypnotischer Kräfte, den ich gerade erwähnte, bestrafen? Es hat dies auch bereits in Frankreich und in Deutschland getan; dennoch würde entrüstet geleugnet werden, daß ein Verbrechen offensichtlicher Zauberei bestraft worden ist. Sie können aber nicht an die Wirksamkeit und Realität der *Suggestionskräfte* bei Ärzten und Hypnotiseuren glauben und andererseits sich weigern, an die gleichen Kräfte zu glauben, wenn sie für üble Zwecke benützt werden. Wenn Sie das tun, dann glauben Sie an *Zauberei*. Sie können nicht an das Gute glauben, ohne nicht auch an das Böse zu glauben. Sie können nicht anerkennen, daß es echtes Geld gibt und gleichzeitig die Tatsache ablehnen, daß es auch Falschgeld gibt. Nichts kann ohne sein Gegenteil existieren, es könnte der Tag, das Licht und das Gute in Ihrem Bewußtsein nicht vertreten sein, wenn es nicht die Nacht, die Dunkelheit und das Böse als Gegensatz geben würde.

Ja, ich kenne Menschen, die durchaus an das glauben, was Sie psychische oder magische Kräfte nennen, die aber über Hexerei und Zauberei lachen.

Was beweist das? Nur, daß sie unlogisch sind. Um so schlimmer für sie. Und wir, die von der Existenz der guten und heiligen Adepten wissen, glauben ebenso fest an die Existenz schlechter und unheiliger Adepten, oder *Dugpas*.

Aber wenn die Meister existieren, warum treten sie dann nicht an die Öffentlichkeit und widerlegen ein für allemal vor den Menschen die vielen Beschuldigungen, die gegen Frau Blavatsky und gegen die Gesellschaft erhoben werden?

Was für Beschuldigungen?

Daß diese Meister gar nicht existieren und daß Frau Blavatsky sie erfunden hat. Daß sie Strohmänner sind. Verletzt dies nicht ihr Ansehen?

In welcher Weise könnte eine solche Anklage ihr Ansehen wirklich verletzen? Hat sie ihre angebliche Existenz jemals dazu mißbraucht, Gewinn oder Ruhm daraus zu ziehen? Nein, nur Angriffe, Schmähungen und Verleumdungen, welche schmerzvoll für sie gewesen wären, wenn sie nicht schon lange vorher gelernt hätte, solchen falschen Anschuldigungen gegenüber vollkommen gleichgültig zu sein. Denn worauf laufen sie letzten Endes hinaus? Eigentlich ist darin ein Kompliment eingeschlossen, und wären ihre törichten Ankläger nicht von blindem Haß besessen, sie würden es sich zweimal überlegt haben, ein solches auszusprechen. Zu behaupten, daß sie die Meister erfunden hat, bedeutet: sie müßte dann jeden einzelnen Teil der Philosophie erfunden haben, die in der theosophischen Literatur veröffentlicht wurde; sie müßte die Verfasserin der Briefe sein, auf Grund derer das Buch *Esoteric Buddhism* geschrieben wurde; sie müßte die alleinige Erfinderin aller Lehren sein, die in der *Geheimlehre* zu finden sind, einem Buch, welches, wenn die Welt gerecht wäre, dafür anerkannt werden müßte, daß es viele fehlende Glieder in der gegenwärtigen Wissenschaft liefert, die wohl erst in hundert Jahren erkannt werden. Durch ihre Behauptungen räumen sie ihr ein, weit klüger als Hunderte anderer Menschen zu sein (und zwar *sehr* kluger Menschen und auch so mancher Wissenschaftler), die an das glauben, was sie sagt – denn es wäre ihr ja dann gelungen, sie alle zum Narren zu halten! Wenn sie die Wahrheit sprechen würden, müßte Frau Blavatsky ein Konglomerat einer ganzen Anzahl von Meistern sein, denn in den sogenannten *Mahatma-Briefen* finden sich viele in voneinander ganz verschiedenen Stilarten, und doch behaupten ihre Ankläger, sie habe sie alle geschrieben.

Ja, das sagen sie; aber ist es nicht schmerzlich für Frau Blavatsky, öffentlich als die "vollendetste Betrügerin des Jahrhunderts, deren Name es verdient, der Nachwelt überliefert zu werden", bezeichnet zu werden, wie dies in dem Bericht der Society for Psychical Research *geschehen ist?*

Es könnte schmerzlich für sie sein, wenn es wahr wäre oder wenn es von Menschen käme, die weniger wütende Materialisten und weniger vorurteilsvoll wären. Wie die Dinge aber liegen, behandelt sie persönlich die ganze Angelegenheit mit Verachtung, die Mahatmas aber lachen bloß darüber. In Wahrheit ist es das größte Kompliment, das ihr gemacht werden konnte. Ich kann dies nur wiederholen.

Aber ihre Feinde behaupten, daß sie den Fall beweisen konnten.

Es ist einfach, eine solche Behauptung aufzustellen, wenn man sich gleichzeitig zum Richter, Geschworenengericht und Staatsanwalt ernennt, wie sie es taten. Aber wer, außer ihren Gefolgsleuten und unseren Feinden, glaubt daran?

Aber sie sandten einen Beauftragten nach Indien, diese Sache zu untersuchen?

Das taten sie und ihre endgültige Schlußfolgerung beruht ausschließlich auf den nicht bewiesenen Aussagen und nicht belegten Behauptungen dieses jungen Herrn. Ein Rechtsanwalt, der sein Gutachten durchlas, erzählte einem Freund von mir, daß er in seiner ganzen bisherigen Laufbahn noch nie ein solch "*lächerliches* und selbstzerstörerisches Dokument" gesehen habe. Es ist voll von Annahmen und *Arbeitshypothesen*, die sich gegenseitig zerstören. Ist das ein ernsthaftes Urteil?

Und doch hat es der Gesellschaft großen Schaden zugefügt. Warum verteidigt Frau Blavatsky nicht wenigstens ihren eigenen Ruf vor einem Gericht?

Vor allem, weil es als Theosophin ihre Pflicht ist, alle persönlichen Beleidigungen unbeachtet zu lassen, und zweitens, weil weder die Gesellschaft noch Frau Blavatsky genug Geld hatten, um es für eine solche gerichtliche Klage zu vergeuden. Schließlich aber, weil es sowohl für die Gesellschaft als auch für Frau Blavatsky lächerlich gewesen wäre, ihren Prinzipien wegen eines Angriffs untreu zu werden, der von einer Herde dummer alter britischer Hammel auf sie gemacht wurde, die von einem übermütigen Lämmchen aus Australien* dazu verleitet wurden, auf sie loszugehen.

---

* Gemeint ist der Australier R. Hodgson, Autor des von der S.P.R. veröffentlichten "Hodgson Reports" von 1885 (Hg.).

Das ist ja schmeichelhaft! Aber glauben Sie nicht, daß es der Sache der Theosophie doch sehr genützt hätte, wenn sie die ganze Angelegenheit mit allem Nachdruck ein für allemal widerlegt hätte?

Vielleicht. Aber glauben Sie, daß irgendein englisches Gericht oder ein englischer Richter jemals die Realität psychischer Erscheinungen zugegeben hätte, selbst wenn er ganz unvoreingenommen gewesen wäre? Und wenn Sie daran denken, daß das Gericht schon gegen uns eingenommen gewesen wäre wegen der angeblichen "russischen Spionin" und der Beschuldigung des Atheismus und des Unglaubens und all der anderen Verleumdungen, die über uns verbreitet worden sind, dann müssen Sie wohl einsehen, daß jeder Versuch, vor einem Gericht zu unserem Recht zu kommen, mehr als fruchtlos gewesen wäre. All das wußten die psychischen Forscher sehr wohl, und sie nützten in gemeiner Weise ihre Lage aus, um auf unsere Kosten zu glänzen und sich zu retten.

Die S.P.R. leugnet jetzt vollständig die Existenz der Mahatmas. Sie sagen, daß diese von Anfang bis Ende ein Märchen seien, welches Frau Blavatsky selbst erfunden hat.

Nun, sie hätte manche Dinge tun können, die weniger klug waren als dies. Aber wir haben nicht das geringste gegen diese Theorie einzuwenden. Wie Frau Blavatsky immer sagt, zieht sie es fast vor, wenn die Leute nicht an die Meister glauben. Sie erklärt offen, sie hätte es lieber, daß die Menschen ernsthaft dächten, ihre grauen Gehirnzellen seien das einzige Mahatma-Land, oder kurz, sie selbst habe sie aus der Tiefe ihres eigenen inneren Bewußtseins entwickelt, als daß ihre Namen und hohen Ideale so schmählich entweiht würden, wie dies gegenwärtig geschieht. Anfangs protestierte sie entrüstet gegen jeden Zweifel an deren Existenz. Jetzt kümmert sie sich weder um Beweise noch um Gegenbeweise. Sie läßt die Menschen denken, was sie wollen.

Aber diese Meister existieren doch wirklich?

Wir versichern, daß *sie existieren*, aber das hilft nicht viel. Viele Leute, ja sogar manche Theosophen und Ex-Theosophen erklären, daß sie niemals Beweise für ihre Existenz erhalten haben. Nun gut; Frau Blavatsky gibt darauf die folgende Antwort: Wenn sie sie erfunden hat, dann hat sie auch ihre Philosophie erfunden und das praktische Wissen, das einige erworben haben; wenn dies so ist, was für einen Unterschied macht es dann, ob die Meister existieren oder nicht, da doch Frau Blavatsky hier ist und ihre eigene Existenz zumindest kaum angezweifelt werden kann. Wenn das Wissen, von dem angenommen wird, daß die Meister es vermittelt haben, seinem inneren Wert nach gut ist und es von so vielen Menschen mit überdurchschnittlicher Intelligenz akzeptiert wird, warum dann überhaupt all der Lärm über diese Frage? Jedenfalls ist der Verdacht, daß sie eine Betrügerin ist,* *niemals bewiesen worden* und bleibt deshalb *sub judice*. Eine sichere und unleugbare Tatsache aber ist es, daß die von den "Meistern" gegebene Philosophie, von wem immer sie auch erfunden wurde, eine der großartigsten und wohltätigsten Philosophien ist, sobald man sie richtig versteht. So scheinen sich die Verleumder, die von den niedrigsten und gemeinsten Beweggründen getrieben sind, nämlich von

---

* *Anmerkung des Herausgebers:* Frau Blavatsky wurde 1986 von der Society for Psychical Research, London, vollständig rehabilitiert.(*Journal of the S.P.R.*, Vol. 53, No. 803, S. 286–310).

Haß, Rachsucht, Übelwollen, verletzter Eitelkeit und enttäuschtem Ehrgeiz, gar nicht dessen bewußt zu sein, daß sie den intellektuellen Fähigkeiten Frau Blavatskys den größten Tribut zollen. Nun, wenn die armen Narren es so haben wollen, möge es so sein. Frau Blavatsky hat nicht das geringste dagegen, von ihren Feinden als dreifacher Adept und noch obendrein als "Mahatma" dargestellt zu werden. Nur weil sie sich in ihren eigenen Augen nicht mit fremden Federn schmücken will, fühlt sie sich immer wieder gezwungen, auf die wahren Tatsachen hinzuweisen.

Aber wenn Sie solch weise und gute Menschen als Leiter der Gesellschaft haben, wie kommt es, daß so viele Fehler gemacht wurden?

Die Meister leiten die Gesellschaft *nicht*. Sie lenken nicht einmal ihre Gründer, und niemand hat jemals behauptet, daß sie es täten; sie wachen nur über die Gesellschaft und schützen sie. Dies wird deutlich durch die Tatsache bewiesen, daß keiner der Fehler die Gesellschaft aktionsunfähig machen konnte und daß weder innere Skandale noch die gefährlichsten Angriffe von außen in der Lage waren, sie zugrunde zu richten. Die Meister blicken in die Zukunft und nicht auf die Gegenwart, und jeder Fehler bedeutet ein Mehr an angesammelter Weisheit für kommende Tage. Jener andere "Meister", der den Mann mit den fünf Talenten aussandte, sagte ihm auch nicht, wie er sie verdoppeln sollte, und er hinderte den törichten Diener auch nicht, das eine Talent, das er besaß, in der Erde zu vergraben. Weisheit muß jeder durch eigene Erfahrungen und Verdienste erwerben. Die christlichen Kirchen, die behaupten, einen weit höheren "Meister" zu haben, nämlich den Heiligen Geist selbst, haben nicht nur "Fehler" verschuldet und verschulden sie noch, sondern sie haben durch Jahrhunderte lang sogar eine Reihe blutiger Verbrechen begangen. Dennoch würde kein Christ aus diesem Grunde seinen Glauben an jenen "Meister" verleugnen, nicht wahr, obwohl dessen Existenz viel *hypothetischer* ist als die der Mahatmas. Denn noch niemand hat je den Heiligen Geist gesehen, und daß die Kirche durch ihn gelenkt wird, wird durch die Kirchengeschichte sogar deutlich widerlegt. *Errare humanum est.* Kehren wir zu unserem Gegenstand zurück!

Der Mißbrauch heiliger Namen und Bezeichnungen

Dann ist das, was ich gehört habe, nämlich, daß viele theosophische Autoren behaupten, von diesen Meistern inspiriert worden zu sein oder sie gesehen und mit ihnen gesprochen zu haben, nicht wahr?

Es mag wahr sein oder auch nicht, wie kann ich darüber urteilen? Die Last des Beweises liegt bei ihnen. Einige von ihnen, aber nur sehr wenige, haben entschieden entweder gelogen oder sie litten an Halluzinationen, wenn sie sich einer solchen Inspiration rühmten. Andere wieder wurden wirklich von großen Adepten inspiriert. Man muß den Baum an seinen Früchten erkennen. Und so wie jeder Theosoph nach seinen Taten beurteilt werden muß und nicht nach dem, was er schreibt oder sagt, so müssen auch alle theosophischen Bücher nach ihrem inneren Wert beurteilt werden und nicht danach, ob sie irgendeine Autorität für sich in Anspruch nehmen.

Aber würde Frau Blavatsky dies auch auf ihre eigenen Werke anwenden, z.B. auf Die Geheimlehre?

Sicherlich. Sie sagt im Vorwort ausdrücklich, daß sie die Lehren weitergibt, die sie von den Meistern erhalten hat, aber sie beruft sich auf keinerlei wie immer geartete Inspiration für das, was sie in letzter Zeit geschrieben hat. Und auch unsere besten Theosophen würden es in diesem Fall vorgezogen haben, daß die Namen der Meister niemals mit unseren Büchern in Verbindung gebracht worden wären. Mit wenigen Ausnahmen sind die meisten dieser Werke nicht nur unvollkommen, sondern auch fehlerhaft und irreführend. Die Entweihungen, denen die Namen von zweien der Meister ausgesetzt sind, sind groß. Es gibt kaum ein Medium, das nicht behauptet hätte, sie gesehen zu haben.
Jede betrügerische Gesellschaft behauptet nun aus Gründen der Geschäftstüchtigkeit, von "Meistern" geführt und geleitet zu werden, von denen oft angenommen wird, daß sie weit höher stünden als die unseren. Zahlreich und schwer sind die Sünden derer, die solche Behauptungen aufgestellt haben, sei es aus Gewinnsucht, Eitelkeit oder unverantwortlicher Medialität. Viele Personen sind schon von solchen Gesellschaften, die sich anbieten, die Geheimnisse von Macht, Erkenntnis und spiritueller Wahrheit für wertloses Gold zu verkaufen, um ihr Geld gebracht worden. Was aber das Schlimmste ist, die geheiligten Namen des Okkultismus und seiner Hüter sind dadurch, daß sie mit schmutzigen Beweggründen und unmoralischen Praktiken in Verbindung gebracht wurden, befleckt und in den Schmutz gezo-

gen worden. Durch die Unglaubwürdigkeit und den schlechten Ruf, den solche Schwindler und Betrüger über diesen ganzen Bereich gebracht haben, sind Tausende von Menschen zurückgehalten worden, den Pfad der Wahrheit und des Lichtes zu betreten. Ich sage nochmals: Jeder ernste Theosoph bedauert es heute im tiefsten Grunde seines Herzens, daß diese geheiligten Namen und Dinge jemals öffentlich erwähnt wurden, und wünschte brennend, daß sie innerhalb eines kleinen Kreises vertrauenswürdiger und hingebungsvoller Freunde geheimgehalten worden wären.

Man hört diese Namen tatsächlich heute sehr oft und ich erinnere mich nicht, bis vor kurzer Zeit jemals etwas von solchen Personen wie "Meistern" gehört zu haben.

So ist es, und wenn wir uns an den weisen Grundsatz des Schweigens gehalten hätten, anstatt in der Öffentlichkeit Aufsehen zu erregen und alles, was wir wußten und hörten, bekanntzumachen, dann hätte es niemals eine solche Entweihung gegeben. Noch vor 14 Jahren, ehe die Theosophische Gesellschaft gegründet wurde, sprach man nur von "Geistern". Sie waren überall in jedermanns Munde; aber niemand träumte auch nur zufällig davon, von lebenden "Adepten", "Mahatmas" oder "Meistern" zu sprechen. Man hörte kaum den Namen der Rosenkreuzer, und die Existenz von etwas wie "Okkultismus" wurde nur von sehr wenigen vermutet; jetzt hat sich dies alles geändert. Wir Theosophen waren unglücklicherweise die ersten, die über diese Dinge sprachen und die bekanntgaben, daß "Adepten", "Meister" und ein okkultes Wissen im Osten existieren. Jetzt ist diese Bezeichnung Allgemeingut geworden. Das Karma, die Folgen der dadurch entstandenen Entweihung heiliger Namen und Dinge, ist daher auf uns gefallen. Alles, was Sie über solche Dinge in der gegenwärtigen Literatur finden – und das ist nicht wenig –, kann auf den Anstoß zurückgeführt werden, der von der Theosophischen Gesellschaft und ihren Gründern gegeben wurde. Unsere Feinde ziehen aus unseren Fehlern bis zum heutigen Tage Nutzen. Vom neuesten, gegen die theosophischen Lehren gerichteten Buch wird behauptet, es sei von jemandem geschrieben, der seit 20 Jahren Adept ist. Aber das ist eine augenfällige *Lüge*. Wir kennen den Schreiberling und seine *Inspiratoren* (denn er selbst ist nicht fähig etwas dieser Art zu schreiben). Diese *Inspiratoren* sind lebende Personen, rachsüchtig und proportional zu ihren intellektuellen Fähigkeiten gewissenlos. Und von diesen unechten Adepten gibt es nicht nur einen, sondern mehrere. Dieser Zyklus von "Adepten", die als Schmiedehammer eingesetzt werden, um die theosophischen Köpfe zu zerschmettern, begann vor 12 Jahren mit Emma Hardinge Brittens "Louis", aus *Art Magic and Ghost-Land* und endet jetzt mit dem "Adepten" und Autor von *The Light of Egypt*, einem Werk, das von Spiritisten gegen die Theosophie und ihre Lehren geschrieben wurde. Aber es ist nutzlos, über das, was geschehen ist, zu klagen. Wir können es nur in der Hoffnung ertragen, daß unsere Indiskretion es für andere etwas leichter gemacht haben wird, den Weg zu diesen Meistern zu finden, deren Namen nun überall sinnlos benutzt werden und unter deren Deckmantel schon jetzt manche Niederträchtigkeit verübt worden ist.

Lehnen Sie "Louis" als einen Adepten ab?

Wir denunzieren niemanden, das überlassen wir unseren Feinden. Die spiritistische Autorin von *Art Magic* mag oder mag auch nicht mit solch einem Adepten bekannt gewesen sein. Ich sage damit weit weniger, verglichen mit dem, was diese Dame gegen uns und die Theosophie in den letzten Jahren geschrieben hat, das ist ihre Angelegenheit. Aber wenn, in einer feierlichen Szene mystischer Visionen, ein angeblicher Adept "Geister" sieht in Greenwich, England, durch das Teleskop Lord Rosses, das in Irland steht und von dort auch niemals weggebracht wurde, dann muß es mir gestattet sein, mich über die Unwissenheit dieses "Adepten" in Fragen der Wissenschaft zu wundern. Das übertrifft alle Fehler und Schnitzer, die von den *Chelas* unserer Lehrer jemals begangen wurden. Und es ist dieser "Adept", der jetzt benützt wird, die Lehren unserer Meister zu zerschlagen.

Ich kann Ihre Gefühle diesbezüglich gut verstehen und finde sie ganz natürlich. Und jetzt, im Hinblick auf all das, was Sie mir gesagt und erklärt haben, gibt es noch ein Thema, zu dem ich Ihnen einige Fragen stellen möchte.

Schlußwort

Die Zukunft der Theosophischen Gesellschaft

Was erwarten Sie für die Theosophie in der Zukunft?

Wenn Sie von Theosophie sprechen, dann ist meine Antwort folgende: So wie sie seit Ewigkeit durch endlose aufeinanderfolgende Zyklen existiert hat, so wird sie auch durch die grenzenlosen Zyklen der Zukunft weiter existieren. Denn Theosophie ist gleichbedeutend mit IMMERWÄHRENDER WAHRHEIT.

Entschuldigen Sie, ich wollte Sie eigentlich nach den Aussichten der Theosophischen Gesellschaft fragen.

Ihre Zukunft wird nahezu gänzlich von dem Ausmaß an Selbstlosigkeit, Ernst und Hingabe und nicht zuletzt von dem Maß an Wissen und Weisheit abhängen, das jene Mitglieder besitzen, denen die Aufgabe zufallen wird, die Arbeit weiterzuführen und die Gesellschaft nach dem Tode ihrer Gründer zu lenken.

Ich sehe die Wichtigkeit, selbstlos und hingebungsvoll zu sein, aber ich kann nicht ganz verstehen, daß ihr Wissen in dieser Frage ein so lebenswichtiger Faktor sein soll, wie diese anderen Eigenschaften. Hier sollte doch die bereits bestehende Literatur, der noch laufend weitere Werke hinzugefügt werden, ausreichen?

Ich meine damit nicht das technische Wissen der esoterischen Lehren, obwohl dieses äußerst wichtig ist. Ich wollte vielmehr darauf hinweisen, wie sehr unsere Nachfolger bei der Führung der Gesellschaft ein unvoreingenommenes und klares Urteil benötigen werden. Jeder ähnliche Versuch wie der der Theosophischen Gesellschaft ist in der Vergangenheit am Ende fehlgeschlagen, weil die betreffende Bewegung früher oder später zu einer Sekte degenerierte, eigene starre Dogmen aufstellte und so allmählich jene Vitalität verlor, die nur die lebendige Wahrheit verleihen kann. Sie müssen bedenken, daß alle unsere Mitglieder in irgendeinem Glauben oder einer Religion geboren und erzogen worden sind, daß alle mehr oder weniger physisch und intellektuell das Merkmal ihrer Generation tragen und daß daher ihr Urteil nur zu leicht durch einzelne oder alle diese Momente beeinflußt und in unbewußte Vorurteile gedrängt werden kann. Wenn sie sich von solchen ererbten Vorurteilen nicht befreien oder zumindest lernen können, sich ihrer sofort bewußt zu werden, und so vermeiden, sich von ihnen irreführen zu lassen, dann kann das Ergebnis nur sein, daß die Gesellschaft auf die eine oder andere Sandbank des Denkens getrieben wird, um dort als ein gestrandetes Wrack liegen zu bleiben und zu vermodern.

Aber wenn diese Gefahr abgewendet wird?

Dann wird die Gesellschaft bis in das 20. Jahrhundert hinein und darüber hinaus weiterleben. Mit ihren großzügigen edlen Vorstellungen von Religion, Pflicht und Philanthropie wird sie allmählich in die große Masse denkender und intelligenter Menschen eindringen. Langsam, aber sicher wird sie die eisernen Fesseln von Glaubensbekenntnissen und Dogmen, von Gesellschafts-und Kastenvorurteilen auseinanderbrechen; sie wird die nationalen Schranken und Antipathien niederreißen und den Weg für die praktische Verwirklichung der Bruderschaft aller Menschen öffnen. Durch ihr Lehren, durch die Philosophie, welche sie dem modernen Denken zugänglich und verständlich gemacht hat, wird der Westen lernen, den Osten und seinen wahren Wert zu verstehen und zu schätzen. Die Entwicklung psychischer Kräfte und Fähigkeiten, deren Anzeichen in Amerika schon sichtbar werden, wird in gesunder Weise normal weitergehen. Die Menschheit wird vor den schrecklichen geistigen und körperlichen Gefahren gerettet sein, die unvermeidlich sind, wenn diese Entfaltung, in einem Treibhaus des Egoismus und aller üblen Leidenschaften vor sich geht. Das intellektuelle und psychische Wachstum des Menschen wird im Gleichklang mit seiner moralischen Veredelung erfolgen, und seine materielle Umwelt wird jenen Frieden und brüderlichen guten Willen widerspiegeln, die in seinem Denken herrschen wird, anstelle der Zwietracht und des Streites, der heute überall um uns sichtbar ist.

Ein wahrhaft herrliches Bild! Aber erwarten Sie wirklich, daß all dies in einem kurzen Jahrhundert erreicht werden kann?

Kaum. Aber ich muß Ihnen sagen, daß während des letzten Viertels jedes Jahrhunderts von den "Meistern", von denen ich sprach, ein Versuch gemacht wird, dem spirituellen Fortschritt der Menschheit in entschiedener Weise voranzuhelfen. Sie werden feststellen, daß gegen das Ende jedes Jahrhunderts eine Ausstrahlung oder Steigerung von Spiritualität, wenn Sie es vorziehen, nennen Sie es Mystik, stattgefunden hat. Eine oder mehrere Personen erschienen in der Welt als ihre Vertreter, und ein größeres oder geringeres Maß okkulten Wissens oder okkulter Lehren wurde ausgegeben. Wenn Sie sich die Mühe machen, können Sie diese Bewegungen Jahrhundert um Jahrhundert zurückverfolgen, soweit unsere historischen Aufzeichnungen im einzelnen reichen.

Aber wie hängt dies mit der Zukunft der Theosophischen Gesellschaft zusammen?

Wenn der gegenwärtige Versuch in Gestalt unserer Gesellschaft einen besseren Erfolg hat als ihre Vorgänger, dann wird die Gesellschaft als organisierte lebendige und gesunde Körperschaft bestehen, wenn die Zeit für den Impuls des 20. Jahrhunderts gekommen ist. Der allgemeine Zustand des menschlichen Denkens und Fühlens wird sich infolge der Verbreitung ihrer Lehren verbessert und gereinigt haben; und wie ich schon sagte, ihre Vorurteile und dogmatischen Täuschungen werden, zumindest in gewissem Maße, beseitigt sein. Und nicht nur das; neben einem großen, allen zugänglichen Literaturangebot wird der nächste Impuls eine große geeinte Gemeinschaft von Menschen vorfinden, die bereit sind, den neuen Fackelträger der Wahrheit willkommen zu heißen. Er wird das Denken der Menschen für seine Botschaft vorbereitet finden, eine geeignete Sprache, in die er die neue Wahrheit, die er bringt, kleiden kann, und eine Organisation, die seine Ankunft erwartet und die ihm die rein mechanischen, materiellen Hindernisse und Schwierigkeiten aus dem Weg räumen wird. Bedenken Sie, wieviel jemand, dem so günstige Möglichkeiten gegeben werden, zu erreichen vermag. Messen Sie es an dem, was die Theosophische Gesellschaft in den letzten 14 Jahren, ohne diese Vorteile tatsächlich erreicht hat, obwohl sie mit einer Reihe von Hindernissen kämpfen mußte, die den neuen Lehrer der Menschheit nicht mehr hemmen werden. Überlegen Sie all dies, und dann sagen Sie, ob ich wirklich zu optimistisch bin, wenn ich behaupte: Wenn die Theosophische Gesellschaft am Leben bleibt und wenn sie ihrer Sendung und ihrem ursprünglichen Auftrag durch die nächsten 100 Jahre treu bleibt, gehe ich dann wirklich zu weit, wenn ich behaupte, daß die Erde im 21. Jahrhundert im Vergleich zu heute ein Himmel sein wird?

Finis

Register